염상섭

문장 전집

III

1946—1962

엮은이

한기형 韓基亨, HAN Kee Hyung
1962년 충남 아산생
성균관대 대학원에서 문학박사학위 취득
현재 성균관대 동아시아학술원 교수

이혜령 李惠鈴, LEE Hye Ryoung
1971년 서울생
성균관대 대학원에서 문학박사학위 취득
현재 성균관대 동아시아학술원 교수

염상섭 문장 전집 III

초판인쇄 2014년 6월 20일 **초판발행** 2014년 6월 30일
엮은이 한기형 이혜령 **펴낸이** 박성모 **펴낸곳** 소명출판 **출판등록** 제13-522호
주소 서울시 서초구 서초중앙로6길 15(란빌딩 1층)
전화 02-585-7840 **팩스** 02-585-7848
전자우편 somyong@korea.com **홈페이지** www.somyong.co.kr

값 40,000원   ⓒ 한기형 이혜령, 2014

ISBN 978-89-5626-919-1 04810
ISBN 978-89-5626-869-9 (세트)

이 책은 2007년 정부(교육과학기술부)의 재원으로 한국연구재단의 지원을 받아 수행된 연구임
(NRF-2007-361-AL0014)

1950년 9 · 28 서울 수복

1952년 7월부터 이듬해 2월까지 『서울신문』에 연재된 『취우』는 인공치하 서울에서의 삶을 다루었다

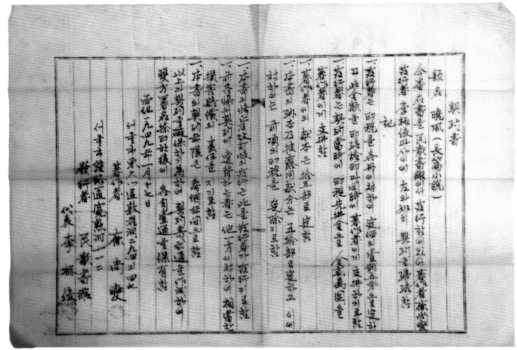

1949년 1월 17일 민중서관과 맺은 『효풍』의 출판계약서. 출간 여부는 확인되지 않았다

『경향신문』 초대편집국장 염상섭

1947년 창간된 『경향신문』 사옥은 조선정판사 건물로 소공동에 위치

『취우』 구상메모(상)와
을유문화사의 출판계약서(하)

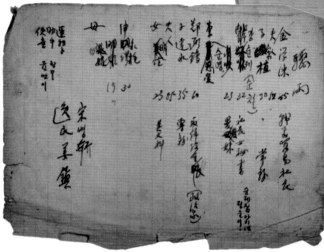

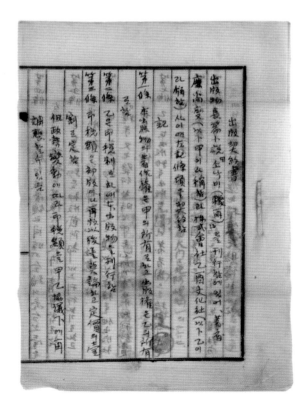

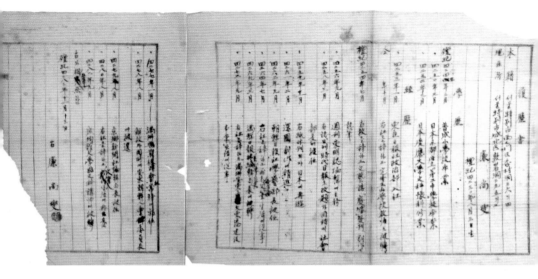

1950년 11월 13일 자 이력서

단기 4243년 2월 보성소학교 졸업, 단기 4282년 9월 성균관대학 국문과 강사에 위촉

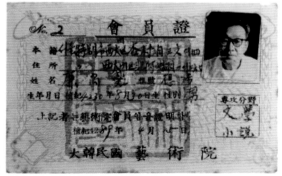

김성환이 그린 〈두문불출하는 중 독주독락(獨酒獨樂)의 염상섭 씨〉, 『동아일보』, 1958.8.7

문화인증(상)과 예술원회원증(하)

문화인 등록을 해야 예술원회원 선거권·피선거권을 얻을 수 있었다. 염상섭은 1954년 초대 예술원회원 25인 중 하나

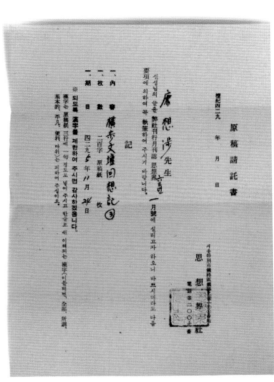

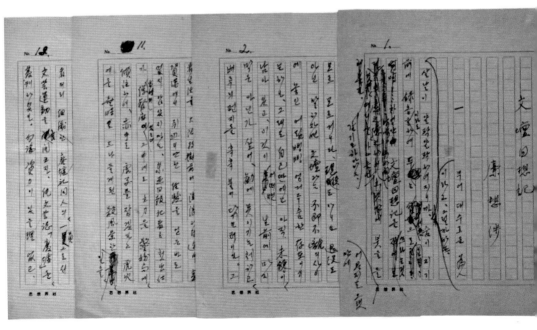

『삼팔선』, 금룡도서, 1948

『해방의 아들』, 금룡도서, 1949

『취우』, 을유문화사, 1954

『일대의 유업』, 을유문화사, 1960

염상섭
문장 전집
── III ──
1946-1962

한기형·이혜령 엮음

소명출판

일러두기

1. 발표 당시의 표기 방식을 따르지 않고 현재의 표기 방식으로 수정하였다. 단, 의미가 분명하다면 당대와 염상섭의 언어 사용의 맛을 해치지 않기 위해서 원문 텍스트를 존중한다. 또 어의나 지시 대상(고유명의 경우)이 불분명하거나 확정하기 어려운 경우에도 원문의 표기를 그대로 두었다.

2. 한자 표기는 한글화하되 한글만으로 의미가 모호한 경우 한자를 병기하였다. 또한 저자가 순우리말의 단어의 이해를 위해 괄호에 한문을 병기한 경우 그대로 둔다.
   예 검부재(藁火)

3. 외국어 표기는 모두 현대식으로 전환한다. 경우에 따라 본문 또는 각주에 외국어를 병기한다.
   예 '씨인' → 신(scene). 일본어의 경우, 한국식 한문음독으로 관습적으로 쓰는 경우(예, 東京 → 동경(東京))는 그대로 준용하고, 그 밖의 것은 현대 외국어 표기를 준용한다. 또한 외국어 표기에서 따옴표를 없앤다.

4. 숫자의 한자 중 아라비아 숫자로 교체하여 자연스러운 것은 교체하였다.

5. 판독불능인 글자는 □로 표시한다.

6. 원문의 복자는 그대로 두었으며, 원문에 □ 표시로 된 것은 각주에 복자임을 표시한다.

7. 현대어 전환 이외의 인명이나 문맥의 추정 등에 의해 원문을 수정할 때는 각주에 해당 원문, 그리고 경우에 따라서는 수정 근거를 제시한다.

8. 해당 글의 첫 번째 각주에는 발표지면상의 이름이나 필명(한자 병기), 출처를 밝혀둔다. 경우에 따라서는 게재지의 편집에 따른 글의 성격을 밝혀둔다.
   예 염상섭(廉想涉), 「무엇이나 때가 있다」, 『별건곤』, 1929.1. 이 글은 '새해를 맞으면서 내가 생각하는 조선문단 진흥책'이라는 표제하에 실린 글 중 하나이다.

9. 단어, 인명, 기존연구사 등 원문 텍스트의 이해를 위해 제공된 편집자 주 또한 각주로 처리한다.

 소설은 물론 염상섭의 모든 글들을 읽어보자는 과업은 아직도 달성하지 못했다. 그러나 그의 글 가운데 '문장'을 정리하는 작업이 불비하나마 결실을 맺게 되었음을 기쁘게 생각한다. 이 일의 처음은 한기형과 이혜령이 함께 개설한 2010년도 성균관대 동아시아학과 대학원 수업에서 비롯되었다. 그의 상당수 소설도 그렇지만, 적지 않은 염상섭의 '문장'들은 전모가 채 드러나지 않았고 따라서 충분한 독해의 대상이 되지 못한 상태였다. 두 사람이 함께 한 수업은 한 학기 더 이어졌다. 학생들이 보태준 땀과 신선한 독해 덕분에, 우리는 염상섭의 '문장'을 읽는 것이 20세기 한국인이 지녔던 지적 사유의 심부에 접근하는 것이라고 확신을 갖게 되었다.

 사상을 지니고 살아가는 것, 혹은 그것을 표현하고 실천하는 것이 극단적으로 억압되었던 20세기 한국에서 염상섭은 문학이라는 대중언어를 통해 자기가 처한 시대의 곤혹에 대해 지속적인 사유와 해석을 시도했다. 우리는 그런 의미에서 염상섭의 문학은 사상의 형상이었다고 생각한다. 그의 인식은 시대의 주류들에 대한 불화와 비타협의 정신으로 표현되었다. 그가 의도적으로 불화했던 대상은 누구보다 반세기 가까이 한국을 점령했던 제국의 식민자들이었다. 그러나 염상섭은 단성적인 언어와 사고방식을 고집했던 일부

프롤레타리아 비평가들, 자신의 언어조차 갖지 못했던 우익 이데올로그들의 편협과 나태에 대해서도 신랄한 공격을 주저하지 않았다. 비유컨대 근대 한국의 사상적 정황 속에서 염상섭은 상반되는 양쪽 모두를 비추는 야누스의 거울과 같은 존재였다.

독선과 자기애의 포로들에 대한 가혹한 멸시야말로 염상섭이 지녔던 지성의 본질이었다. 그들은 자신들이 다른 사회적 존재들에 의존하고 있음을 망각하고 그들의 삶에 각인되어 있는 중첩된 시간성을 깨닫지 못했다. 그렇기 때문에 그 존재와 시간성을 현전화하고 의미화하려는 언어의 자리조차 부정함으로써 그 흔적을 말소시키려고 한다. 이 같은 나르시시즘과 동물성에 대한 염상섭의 명징한 자의식은 아직도 한국사회가 해결하지 못하고 있는 치부의 정면을 응시하고 있다. 염상섭의 문장은 역사를 결정하거나 정의한 자들의 오류를 파헤치는 데 바쳐졌다고 해도 과언이 아닌데, 이것이야말로 '문학다운 것'이라는 점에서 그가 작가로서의 최대치에 다가간 한 징표로 이해해도 좋을 것이다.

염상섭은 불청객 취급을 받고 경원시되더라도 끊임없이 말을 거는 두터운 신경의 소유자였다. 그는 『만세전』의 이인화처럼 듣고자 하는 인내심이 출중했던 청자이기도 했다. 프롤레타리아 문학 비평가들과 가장 열띤 논전을 벌인 문인이 염상섭이라는 사실은, 그가 절충주의자라거나 민족주의자라는 것을 의미하기보다 사회주의와 사회주의 운동세력의 역사적 존재성을 진지하게 받아들였음을 뜻한다. 그것은 사회주의를 잉태한 세계의 전체 안에 자신도 거하고 있다는 공통성의 감각에 기초해 있었다. 염상섭은 진정으로 응답하는 자였다.

세계공황 이후 맹위를 떨치던 프로문학이 침체에 빠져들고 이른바 '사상의 동요'가 확산되던 1934년 초 염상섭은 "…… 조선에는 엄정한 의미로 '우익'은 없다. 자본주의가 발달 안 된 조선, 따라서 독자(獨自)의 자본주의적 문학이 생성치 못한 우리의 문학이란 것은 다분(多分)의 모방일지는 몰라도 완전한 부르주아 문학은 아닐 것이다. 따라서 예술지상주의에까지 올라가지도 못하였거니와 물론 파쇼화한 경향도 보지 못한 것이다. 그러므로 조선에서 구태여 이름 짓자면 '중간파'와 '좌파'는 있어도 '우익'이라는 것은 좀 부당할 것 같다"라고 말했다.

이 언급은 그 자신에게 붙여진 부르주아 문학자니 하는 규정에 대한 유감의 표현이기도 했지만, 무엇보다 전체성과 그것에 기반하여 생성되어야 할 삶과 사유의 공통성에 대한 환기였다. 그 공통성을 표현하고 상상하는 자궁 혹은 플랫폼이 문학이며, 문학은 엄습해오는 파국을 지연시킬 사유의 힘을 길러낼 것이라고 생각했다. 하지만 반이성(反理性)의 배중률(排中律)이 지배했던 한반도 현대사에서 염상섭의 본뜻은 충분히 이해받지 못했다.

우리는 여기서 염상섭이 사태를 관찰하고 판단하는 장외 비평가의 위치에만 있었던 것이 아니라는 점도 강조해두고 싶다. 오사카 한국노동자 일동 대표(「독립선언서」)로 3·1운동에 참여했던 염상섭은 1947년 임화와 김남천 등이 모두 월북한 즈음에서야, 즉 사상 통제가 가혹해진 8·15해방의 끝자락에서 조선문학가동맹에 가입해 활동했다. 혹자의 추측처럼 문학가동맹 측이 헤게모니를 위해 그의 이름을 임의로 올린 것이 아니었다. 자발적 의사로 가입했다는 사실은 1947년 11월 1일, 2일에 『중앙신문』에 실린 「조선문학을 어떻게 추진할까」라는 대담에서 분명히 확인된다.

김동인, 백철과 함께 한 『중앙신문』 좌담회에서 염상섭은 조선문학가동맹의 '정치주의'와 전조선문필가협회의 '순수성'이라는 양극단을 버린다면 '합류(合流)의 가능성'이 없지 않음을 강조했다. 38선 이남에서의 정세가 좌우를 똑같이 저울질할 수 없었던 상황에서 조선문학가동맹에 참여한 것은 이념과 정국의 비대칭적 기울기를 조금이라도 줄이기 위한 필사적 기투였다. 염상섭의 해방기 문학 활동이 모두 그 낯설고 추상적이며 동시에 직접적이었던 38선에 대한 사유에 바쳐졌던 이유가 여기에 있었다.

이제 모두에게 익숙한 문장으로 돌아갈 때가 되었다. 노라와 예수를 개인의 절대성을 강조하는 아나키즘의 인격적 표상으로 내세운 글인 「지상선(至上善)을 위하여」(『신생활』, 1922)에서 염상섭은 "자기의 독이(자)성을 스스로 멸살하고 자기의 본질적 요구를 스스로 거부함으로써 타아를 위하여 자아를 희생하는 것"이야말로 인간의 생활에서 '가장 추하고 악한 것'이라 주장했다. 그런데 개인의 절대적 자유를 고창한 이 말은 거꾸로도 해석되어야 한다. 자아를 위하여 타아를 희생시키는 것 또한 자아의 자율성, 독이성에 대한 극도의 부정이라는……. 그는 민중주의적 가치를 신봉하지는 않았지만 누구보다 더 삶의 고난과 고통, 운명의 아이러니, 역사적 질곡의 무게와 같은 인간들이 직면해 있는 한계상황에 예민했다. 그 이유는 한계상황 속에서 인간은 서로의 삶을 자기 명분의 실현도구나 수단으로 훼손하기 때문이다. 그런 이유에서 염상섭의 문장은 놀랍도록 현재적이었다.

책을 만들기로 결정한 후 2년의 세월이 흘러 『염상섭 문장 전집』을 세상에 내놓게 되었다. 여기서 '문장'이란 표현을 선택하게 된 이유를 간략히 적는다. 우리는 비평이니 평론이니, 정론이니, 수필이니 하는 레테르를 달아 대상 자료를 분류하기보다 그 모두를 통칭할 필요를 느꼈다. 표면적 형식들과 무관하게 염상섭의 글들은 사유의 긴밀한 내적 소통 속에서 씌어졌다는 점을 강조하고 싶었다. 시대의 징후를 드러내고 사태의 전말을 끌어내는 그의 심후한 문장들이 하나의 전체상으로 이해된다면, 사안의 맥락에 대한 심각한 고뇌로부터 글쓰기를 시작하는 사상가로서의 염상섭을 만날 수 있을 것이다.

이 전집에 기록된 횡보(橫步)와 제월(霽月), 상섭(想涉)과 상섭(尙燮) 등의 이름 뒤에는 또 다른 얼굴들이 감추어져 있다. 염상섭 문장들의 기초 서지는 김종균, 김윤식, 이보영, 김경수 선생의 노작을 통해 그 체계를 세웠다. 염상섭의 풍성한 어휘에 대한 이해는 곽원석 선생의 역작에서 그 실마리를 찾았다. 서지학자 오영식 선생은 귀중한 사진들뿐 아니라 우리가 미처 찾지 못한 해방 이후 염상섭 문장들을 제공해 주었다. 선생의 후의로 이 책이 보다 완정해진 것이다.

전집의 내용이 갖추어지는 데에는 많은 학생들의 적극적 참여가 있었다. 이재은, 전상희, 첸옌(錢姸), 김민정, 김경미, 강부원, 왕저(王哲), 이용희, 장지영, 박형진, 장병극, 김진수, 허민, 오승목, 하시모토 세리(橋本妹里), 최은환, 윤태희, 최우석, 조영란 씨 등 열아홉 사람이 두 학기 수업 안팎에서 자료를 찾고 타이핑을 하는 어려운 수고를 감내했다. 특히 오혜진, 이종호 두 동학의 헌신적 노력을 각별히 기록해둔다. 이들은 기획부터 자료 수집과 검토, 마지막 교정까지를 함께한 공동 연구자들이다. 두 사람의 진지한 협력이 없었다면 이만큼의 체계가 갖춰지기 어려웠을 것이다. 염상섭 시대의 문채(文彩)를 살리면서도 오늘날 표기로 고치는 과정을 세심하게 살펴준 박현수 선생에게도 고마움을 표한다. III권 부록에 I, II권에 누락된 자료를 새로 수습하여 보완하였고 몇 가지 정정 사항을 밝혔다. 그러나 아직 찾지 못한 문장들, 서툰 교열이나 주해는 모두 엮은이들의 게으름과 부족 탓이다. 앞으로 보완하고 수정할 것을 약속한다.

서문을 마무리하면서 따님 염희영 선생의 따뜻한 배려를 말하지 않을 수 없다. 염 선생은 생전 아버님의 모습을 참으로 실감나고 살뜰하게 들려주었을 뿐 아니라 귀한 자료들을 흔쾌히 내어주셨다. 이 자리를 빌어 염 선생과 유족 여러분께 깊은 감사의 말씀을 드린다.

지난 1월 이틀간 성균관대학교에서 열린 염상섭학회의 수준 높은 발표와 토론, 청중들의 진지한 반응은 우리 작업의 흥을 돋우었다. 그 성과가 『저수하의 시간, 염상섭을 읽다』라는 제목으로 이번에 함께 간행되는 것을 기쁘게 생각한다. 가까운 곳에서 이 일의 추진을 지지해준 정우택, 천정환, 황호덕 선생께도 심심한 우의를 표한다. 동아시아학술원 인문한국(HK)사업단의 연구비 지원이 작업을 진행하는 데 큰 힘이 되었음도 밝혀둔다.

끝으로 소명출판의 노고에 진심어린 고마움을 전한다. 공홍 부장은 성심을 다해 품격 있는 책을 만들어 내었다. 우리는 박성모 사장이 보여준 한국문학에 대한 남다른 애정을 오랫동안 잊지 않을 것이다.

2013년 5월 15일
이혜령, 한기형

차례

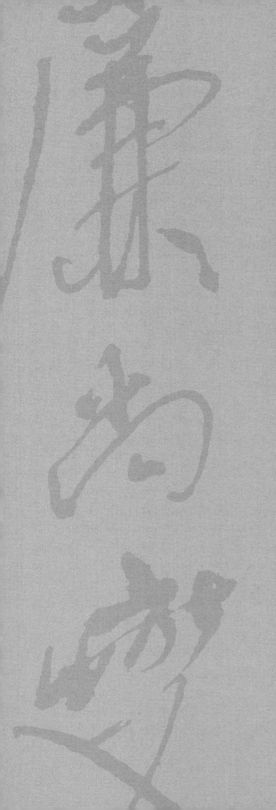

염상섭 문장 전집
1946

폭력행위를 절멸(絶滅)하자[1]

폭력행위를 절멸(絶滅)하자

1

인간성의 일면에는 확실히 잔인성과 파괴충동이 본능적으로 뿌리박고 있다고 볼 수 있으나 이것을 지성으로 억압·자제하는 동시에 보다 더 큰 본능인 건설의욕과 창조충동을 가짐으로써 비로소 인류는 문화의 혜택을 힘입고 평화와 자유를 향유할 수 있으며 넓은 사랑의 세계가 전개되는 것이다. 오인(吾人)은 구태여 소학교단의 수신강화(修身講話) 같은 이러한 기본문제를 장제(長堤) 논의코자 하는 바는 아니거니와 해방 이후 더욱이 근경(近頃) 경향(京鄉)에 풍미소연(風靡騷然) 한 폭동·폭력행위의 계기빈발(繼起頻發)하는 암담한 현상을 볼 때 이것은 다만 식자(識者)의 개탄이나 일반대중의 빈축·지탄 정도로 논과(論過)할 문제가 아니라 실로 우리의 문화 정도에 대한 자기비판

1 「폭력행위를 절멸(絶滅)하자」(전2회), 『경향신문』, 1946.11.28~11.29. '상편'과 '하편'으로 나뉘어 연재되었으며 '하편'의 제목은 「테러와 정계(政界)―폭력행위를 절멸하자」이다. 염상섭은 1946년 9월, 『경향신문』의 창간에 편집국장으로 참여한다. 이 글은 필자가 따로 명시되지 않은 '사설'이나, 김윤식(『염상섭연구』, 서울대 출판부, 1987)과 김경수(『염상섭과 현대소설의 형성』, 일조각, 2000) 등이 염상섭의 글이라고 밝히고 있기에 수록한다.

을 요청케 하고 우리의 민주국가 건설과 자유 획득 및 그 옹호에 있어 우리의 역량을 자의(自疑)케 하며 심지어는 우리의 민족성을 재검토함으로써 우리의 전도를 그르치지 않을 근본대책을 확립하여야 할 것이 아닌가 하는 염려조차 없지 않게 하는 바 있다.

2

그러나 우리 조선의 지혜는 4천 년 오랜 문화에 자라났고 평화를 즐기며 자유를 애호하고 동족애에 두터운 순박·솔직하고 가장 감격성에 섬부(贍富)한[2] 명랑·영리한 민족인 것을 결코 자화자찬만이 아닌 것을 우리는 믿는다. 멀리는 삼국시대 이래로 국제적으로 들볶여왔고 국내적으로는 군주전제 밑에서 늘 자라났었으며 일제시대에는 덤받이의 신세로 현대적 성장기를 물심(物心) 함께 영양불량 속에서 최대역경에 시종(始終)하여온 까닭에 우리의 민족성격은 본래의 미점(美點)을 자유로이 육성·발휘할 겨를이 없었던 것뿐이다. 우리 겨레는 결코 잔인·파괴를 즐기는 민족이 아니다.

해방 이후 경향에 접종계기(接踵繼起)한 허다한 폭력행동은 현하의 조선이 세계 환시(環視)하에서 그 귀추가 평화수립에 중요한 관련성을 가진 만치 실로 조선의 자아폭로요, 거족적 수치를 자초한 것이었으며 이것만으로도 국제적 손실이 막대하였거니와 돌이켜 테러성(性)의 농후를 찾자면 그것은 단적으로 봉건적 정치이념과 일제 잔재에서 골라낼 수밖에 없다 할 것이다.

---

2   섬부(贍富) : 넉넉하고 풍부하다.

3

어떠한 폭동이나 폭력행위이든지 그 배후에는 정치적 모략이 다분히 잠영(潛影)하여 있으며 여기에 근시안적·소극적 현실부정과 당동벌이(黨同伐異)하는 소아병적 배제의욕이 가미하고 또 비록 애국애족의 열정과 울분이 있다 할지라도 그것이 편협한 시야에서 방황하다가 영웅주의에 심취하거나 지사연(志士然)하는 망상으로 변모될 때 발작적으로 폭력적 직접행동에 나오게 되는 것이라고 추단(推斷)할 수 있다. 더욱이 배후에 계획적 정치모략이 있을 때 이것은 폭동 교사 심지어는 매수행위의 추태에까지 이를 경우도 없지 않을 것인즉 여기에 가서는 언어도단이거니와 그 어느 경우에나 비현대적·비민주주의적이며 사이비 애국적임은 물론 이러한 천려망동(淺慮妄動)이 거듭하여 국사(國事)를 그르칠까 두려워하는 바이다. 현대에 있어서 문화인으로서 폭력행동이란 결국 자기모독에 불외(不外)한 바거니와 백보를 양(讓)하여 순수하고 직정에서 우러나온 정치적 직접행동일지라도 이것은 언론·집회·출판의 자유가 억압되고 군주전제의 탄압이 인권 유린에 극달(極達)한 시대면 용혹무괴(容或無怪)로되 비록 미군정(美軍政)이라 할지라도 서상(叙上)의 자유가 어느 정도로 확보된 민주주의 시대의 금일에 있어 자유로운 의사표시의 수단과 기회를 자기(自棄)하고 폭력을 사행(肆行)함은 그 결과의 득실은 차치하고라도 우선 이것은 봉건적 잔재라 아니할 수 없는 것이요, 더욱이 정치모략이 동기인 경우면 이것은 전(前) 세기의 권모술수를 시사(是事)하던 구관구투(舊慣舊套)를 미탈(未脫)하고 민족적 신기원을 창조하려는 이때에 망국·멸족하던 병폐를 옮겨 심어 국사와 아울러 혈기방장한 유위(有爲) 청년을 그르치게 하는 민족반역적 범행이라 할 것이다. (1946.11.28)

테러와 정계政界

1

이조(李朝)에 연첩(連疊)한 사화(士禍)는 특권계급 및 그에 직결된 사류(士類)에 국한한 당쟁이었으니 국민대중과는 연(緣)이 없던 것이요, 임오군란(壬午軍亂)에 이르러 하층계급의 테러성격을 발휘하였다 하여도 그 역(亦) 대중화한 정치운동은 아니었으며 다만 종국에 있어 정변에 이용되었을 따름이니 금일의 민중을 대상으로 하여 선전 내지 선동을 목적하는 테러와는 판이한 것이다. 합병 전후의 수삼(數三) 열사(烈士)의 의거는 물론 논외이요, 이조 말기에 있어서도 외적(外敵)에 대항으로 국민의 통일을 보았으며 뒤이어 일제시대에 들어와서는 테러 여부(與否)가 없었던 것은 필자의 노노(呶呶)를 불사(不俟)하는 바이거니와 3·1운동 당시에조차 '독립만세'의 호창(呼唱) 이외에는 투옥·학살도 좌대감수(座待甘受)하던 일종 무저항주의에 시종하던 조선인이었었다. 조선에는 테러가 없었다 하여도 과언이 아니다. 그 조선인이 비록 그 일부이나마 해방 이후에는 이렇듯 역행적으로 돌변한 원인은 무엇인가. 여기에는 지도·영도에 있어 실당(失當) 과오(過誤)도 다다(多多) 있음을 간과키 어렵겠거니와 다년 폭압되었던 사상·감정의 반발적 분방(奔放)을 저지키 어려운 일편에 정치적 환멸과 경제적 파탄 등 객관 정세(政勢)에 인유(因由)하는바 허다함도 사실일 것이다.

2

그러나 돌이켜 우리의 과거의 생활태도와 민족성을 생각할 제 그 순후박직(醇厚樸直)하고 평화를 애호하는 성격을 일조(一朝)에 상실하고 동족상잔의 잔인성을 발휘하며 폭력적 망동이 무소부지(無所不至)한 것을 보면 이것은 저 일제시대에 부지불식간 감염된 일인(日人)의 경조표독(輕佻慓毒)한 그 성행(性行)을 모방하고 소위 그들의 무사도 정신이란 파쇼적 부면의 좋지 못한 영향만을 받은 것도 확실히 일인(一因)이 아닌가 한다. 일본의 헌정(憲政)이 세계에 무류(無類)를 자랑하는 경찰의 비호 밑에 발달되었었다는 사실은 일본의 정치와 테러는 불가분의 것이라는 의미도 되거니와 금일 우리 청년의 정치이념 속에는 필시 이러한 일본적 관념이 뿌리박고 있지 않은가 의심하는 바이다. 테러는 정치운동에 있어 상투수단이라는 그릇된 비민주적 관념은 일제 잔재의 하나인 것이다. 이로써 보면 해방의 중요과제로 봉건적 유산과 일제 잔재의 불식 청산을 고창역조(高唱力調)하는 좌익 계열에 있어서는 물론이요, 민주국가 건설에 매진하는 정치지도층에 있어 오늘의 폭동 및 폭력행위에 추호라도 관련성이 잠복하여 있다면 이러한 자가당착은 없을 것이다.

3

구태여 정치지도층이 폭력행위를 시인 혹은 묵인한다고는 믿으려 아니 한다. 그러나 테러에는 반드시 정치모략이 수반된다는 것이 상식화하였다면 이러한 놀라운 화근도 없겠거니와 이것은 정치활동 내지는 정치인을 자승자박하는 결과밖에 아무것도 없는 것이다. 오늘날같이 정치활동이 사랑방에서 가두로 진출 못 하고 정견발표 입회(立會) 연설은 고사하고 일석(一夕)의 정치강연조차 들을 기회가 없이 민중과 정치가 완전히 괴리된 때는 없으나 이렇고도 민주주의요, 언론의 자유는 향유되었다는가. 테러는 정치활동을 저해하고 정치인에게 함구령을 하(下)한 형태이며 민중을 정치면에서 철벽으로 격리하여 놓은 결과를 재래(齋來)하였다 하겠다. 그뿐 아니라 테러는 직접위해(直接危害)가 목적인 경우도 있겠으나 민중에 대한 선전적 효과에 치중하는 경우가 많을 것인데 기실 민중은 혼란과 불안이 가중할수록 정치활동 및 정치인에 대한 환멸과 혐기(嫌忌)가 자심하여가는 역효과를 출현(出現)함이 사실이니 현하의 민중이 정치에 냉연한 것을 보면 넉넉히 짐작할 수 있는 바이다.

4

과일(過日) 남로당 결성식장에서의 투탄(投彈) 사건으로 언론인의 희생자를 내었음은 유감천만이거니와 이것을 계기로 우리 동업자가 궐기하여 그 대책을 강구코자 하는 본의는 보도임무의 중요성을 자각하고 그 자위책으로서도 당연한 조치요, 또 우리의 요망이 반드시 달성될 것을 굳게 믿는 바이다. 그러나 그 당면한 책임과 시책(施策)은 물론 경찰당국에 있다 할지라도 그보다도 먼저 정치지도층에 있어서 조고계(操觚界)[3]와 가일층 긴밀한 연락하에 발본색원적 대책을 구체적으로 강구·수립하여 정치활동의 장해와 민주정치의 대중교육의 일로(溢路) 삼제(芟除)[4]함에 노력하기를 절망(切望)하는

---

3 조고계(操觚界) : '조고(操觚)'란 '글자를 쓰는 패를 잡다'라는 뜻으로 '문필에 종사함'을 이르며,
   '조고계'는 '문필계'를 뜻한다.
4 삼제(芟除) : 풀을 깎듯이 베어버림. 무찔러 없애버림.

바이다.

　또한 경찰당국으로서도 지방의 소요사건의 경비(警備)와 미곡반입 기타 경제경찰 등 방면에 주력을 경주하는 나머지 이러한 방면에는 소루(疏漏)한 감이 없지 않았고 또한 그 말단에 있어 소승적(小乘的) 정치관념에 좌우되는 폐단도 불무한 모양이나 이 점을 특히 유념・신칙(申飭)하는 동시에 그 철저한 취체와 근절에 만전을 기하여야 할 것이라고 믿는다. (1946.11.29)

노안老眼을 씻고[5]

하루에 하루는커녕 한 시간에도 안경을 몇 번이나 벗었다 썼다 하는지 무어나 손에 들면 반사적으로 고개부터 뒤로 젖혀지는 것을 보고 "인제는 늙으셨구려." 하던 인사를 받던 것도 벌써 옛날 같다. 해방 이후에 집 같은 집은 지녀보지 못하고 이날 이때까지 채광이 고약한 침침한 방 속에서 그래도 새 시대에 노후(老朽)란 말을 듣기 싫어서 무위한 날은 안 보내겠다고 억지를 부려본 탓인지 그랬댔자 아무 소득이라곤 없어 올 들어서부터 어느덧 신문 한 줄을 읽으려 해도 손이 안경으로부터 먼저 올라가게 되었다. 그야 속일 수 없는 것은 나이라 벌서 노경(老鏡)이 필요한 때가 와서도 그렇겠지마는 기위(旣爲) 동구(瞳球)의 수정체에 일어나는 변화일 바에야 요철의 상쇄로 근시경(近視鏡)마저 벗어던지게 되었으면 작히 좋으련마는 조물주의 친절과 주밀(周密)이 거기까지 미치지 못하여 공휴일궤(功虧一簣)[6]랄지 쓸 테거든 돋보기마저 겹으로 쓰라는 것이다. 다만 접시만한 화경(火鏡)을 넣고 다니며 손금 보는 대도(大道)의 음양가(陰陽家) 모양으로 쓱쓱 빼어들 지경이 아닌 것만은 아

---

5 염상섭(廉想涉), 「노안(老眼)을 씻고」, 『경향신문』, 1946.12.12.
6 공휴일궤(功虧一簣) : 『서경(書經)』의 '여오편(旅獒篇)'에 나오는 말로, '산을 쌓아올리는 데 한 삼태기의 흙을 게을리 하여 완성을 보지 못한다는 뜻이다. '거의 이루어진 일을 중지하여 오랜 노력이 아무 보람도 없게 됨'을 비유적으로 이르는 말이다.

직 든든하고 위로도 되나 그 역 '아직'이다. 며칠 갈지 뉘 알랴.

그러나 남의 명함 한 장만 받아들고도 일일이 안경을 벗어야 하고 그 사람의 얼굴을 보자면 또 시급히 다시 써야만 하는 그게 폐스런 '활약'이란 아무리 생각해보아도 남의 앞에 내놓기 싫은 일이요, 늙은 티가 배어 보여서 께름칙하지 않을 수 없다. 어떤 때는 궁기(窮氣)조차 끼어 보인다.

'이 방 안에 안경을 썼다 벗었다 하는 친구가 한 분쯤이라도 더 있어도…….' 하는 생각이 나서 쓸쓸한 때도 있다. 젊은 분위기에 어울리지 못할까 보아 애가 씌우는 것은 아니면서도 어쩐지 제일선에서 뒷줄로 물러서야 될 것 같은 자의식이 섭섭한 것이다

언젠가 "×선생은 완고해." 하는 말이 나왔을 때 자기는 그야말로 완강히 거부하였고 완고하거나 머리가 진부하지는 않다고 변명해주는 말이 반갑기도 하였었다. 완고니 고루니 진부니 보수니 하는 말이 노후란 말과 일맥상통한 점이 있다면 나의 완고와 진부에는 안경을 썼다 벗었다 하는 동작도 섞여 있을 것이요, 나날이 늘어가는 반백(斑白)의 탓도 있는가 싶어 결국 의논할 때는 안경이나 석경(石鏡)인가 ― 하고 혼자 쓸쓸히 웃어버릴 때도 있다.

생각하면 해방 이후에 금시로 안력(眼力)만 부실해진 것이 아니라 머리도 부쩍 세었다. 안력이 쇠퇴하고 백발이 성성하기란 병발(倂發)하는 증후요, 하필 해방 덕(德), 해방 탓이랴마는 처음 맛보는 이러한 초로의 적막을 위로해주고 메꾸어주는 것은 마음이 한 10년은 젊어진 듯싶은 심경이다. 이것은 절실히 해방의 덕이나 신로심불로(身老心不老)라는 그런 비근(卑近)한 의미나 생리적·심리적 변화가 아니라 해방이 한 10년 끌어올려준 것 같은 사상적 변동기에 나도 부지중에 밀려가고 밀려온 모양이다. 해방 통에 오죽잖은 살림이나마 다 파방치고[7] 서발 막대 거칠 것이 없을 신세가 되었어도 이것만은

해방에 절하며 고이고이 키워가야 할 것이다. 그러나 이것은 나만의 내적 변화가 아니요, 나만의 자랑은 아니다. 삼천만이 민족적으로 적어도 십 년은 젊어졌으리라.

그러나 실상 조선사람은 생리적·심리적으로도 젊어져야 할 것이다. 이때껏 기를 못 펴고 주눅이 들어 살아온 것을 생각하면 진정한 해방이 와서 정말 활갯짓을 하고 살 세상이 돌아왔으면야 민족적으로 고생에 찌들어서 겉늙은 주름살도 펴져야 하겠고 얼굴에 앉은 검은 진도 벗겨져야 할 것이다. 그러나 요새 같은 영양불량으로서는 언제 훨훨 털고 제 자국에 들어서게 되려는지. 영양부족이란 물자적(物資的)으로만 아니다. 정신적으로, 문화적으로도 우리는 과연 부옇고 미끈하고 늠름하고 씩씩하게 자주독립의 실력을 가졌는가? 10년은 젊어졌으리라 하여야 그것이 헛장담이 되고 이대로 졸아붙어버릴까 보아 애가 키운다. 이런 것, 저런 것을 생각하면 민족문화의 새 출발 새 지경을 닦는 이 고비가 대단히 어렵고 길을 잘못 들까 보아 염려가 크다. 노안을 만들 걱정을 하다가 군소리를 횡수설(橫竪說)하였다마는 설마 이것이 망령(妄靈)의 시초이랴. 늦지는 않았다.

12월 10일

---

7 파방(罷榜) 치다 : 살던 살림을 그만두다.

무위無爲의 일 년은 아니었다[8]

1

해가 저무는 이날에 과거 일 년을 돌려보며 이 해도 속아 살았구나 하리라. 우리는 공사(公私) 아울러 싸우며 살아왔고 속아 살았을망정 무위(無爲)히 일 년을 허송하지는 아니하였다. 국사(國事) 현실에 비탄과 통탄이 피를 뒤끓게 하고 구명도생(救命圖生)에 국욕(國辱)과 고초가 살을 에는 듯한 속에서도 늠연히 싸우면서 간신히 여기까지라도 끌어 나온 것을 생각하면 이것만으로도 적은대로 일 단계의 전진이라 할 것이요, 또 이것은 그만한 민족적 시련이 있고서야 명일의 대망을 성취하리라는 불가피한 과도적 현상이며 추이였다 할 것이다. 아무리 우리가 금시발복(今時發福)을 하고 국제적 정치도의가 경이적 비약을 한다기로 일제세력의 와해·소탕으로 소위 '해방' 2자(字)는 앉아 얻었을지언정 전후 수습에 열강이 안비막개(眼鼻莫開)요, 너나없이 오비삼척(吾鼻三尺)[9]인 이 판에 자주독립의 새 살이까지 배포를 돌보아(후견)주고 뒤

---

8   「무위(無爲)의 일 년은 아니었다」, 『경향신문』, 1946.12.31. 이 글은 필자가 따로 명시되지는 않은 '사설'이나, 김윤식『염상섭연구』, 서울대 출판부, 1987) 등에서 염상섭의 글이라고 밝히고 있기에 수록한다.

9   오비삼척(吾鼻三尺) : '내 코가 석 자'라는 뜻으로, 자기 사정이 급하여 남을 돌볼 겨를이 없음을 이르는 말.

받쳐주는 친절이 있다면 그것은 좀처럼 한 일이 아니니 여기에 무진한 간곤(艱困)이 가로놓였겠거늘 하물며 세계를 휩쓰는 궁핍과 혼란과 알력상극(軋轢相剋)이 우리만을 시달리지 않고 갈 리 없을 것을 생각한들 오늘의 이 처지, 이 수난을 차라리 의당 겪고야 말 큰 고비로 알고 감수하는 수밖에 없는 것이다.

2

그러나 그 겪는 이 고초가 약소민족으로 다 같이 겪는 것이라 할지라도 우리의 그것은 그 양상이 복잡미묘하고 그 분열·대립의 심각·다기함이 자별한바 있던 것이다. 첫째, 해방에 당면하여 준비와 훈련과 기술이 졸지에 십전(十全)을 기할 수는 없었더라도 애국애족의 열성이라도 이 부족을 보태어 상하일심(上下一心) 정연한 보취(步驟)로 민생의 안정을 꾀하고 모리배의 도량(跳梁)을 막아 산업경제의 신건설에 매진할 만한 기틀을 잡았던들 이렇듯한 혼란과 파탄을 자초하지는 않았을 것이요, 둘째로 미소(美蘇) 양군(兩軍)이 진주(進駐)·분거(分據)한 그 본질적 의도와 지향을 적정히 이해·유도하면서 외교적으로나 사무적으로나 피아의 계선(界線)을 명백히 할 만한 역량과 기백이 우리에게 있었더라면 저렇듯한 삼팔장벽의 고민상과 이렇듯한 군정의 불안상은 어느 정도 완화되었을 것이며 일 보를 더 나아가 정치인 및 일반지도층으로서 관념적 고집을 버리고 편당적 정권욕에서 초탈하여 진정히 민족혁명의 현 계단을 지도하려는 협조와 지성(至誠)이었다면 아무리 관념과 현실에 피치 못할 모순을 느끼고 과도적 사태에 철주(掣肘)[10]되는바 적지 않다

---

10 철주(掣肘) : '팔굽을 당긴다'는 뜻으로, 간섭하여 마음대로 하지 못하게 함을 비유적으로 이르는 말이다.

할지라도 민주입국(民主立國)의 유일한 노선인 합작과 공위(共委)만은 기어코 본 궤도에 끌어올려놓고야 말았을 것이다. 그러나 그 원인이 어디에 있고 간에 오늘의 결과에 있어서는 모든 대망(待望)과 신뢰와 노력은 드디어 수포에 돌아가고 그 대상(代償)으로 우리의 기억과 우리의 역사를 더럽힌 것은 다만 민족상잔의 폭력행위와 폭동·소요뿐이었고 삼천만 대중은 모리모략에 휘둘리며 형극(荊棘)[11]의 길을 묵묵히 걸어왔을 따름이다.

다만 한 가지 금년 도미(掉尾)[12]의 정치전개요, 차라리 해방 이후 유일한 정치적 추진이었다 할 입의(立議)의 출현을 보았으나 그 육성과 사명에 있어는 금일에 논하기에 상조(尚早)한 감이 있는 것이다.

3

제야(除夜)의 등심(燈心)을 돋우고 침사묵념(沉思黙念)할 제 회고와 반성의 만감이 교집(交集)하여 삼천만 뉘라서 지난 일 년의 그렇지 않을 수 없었음을 스스로 뉘우치며 또 스스로 변해(辨解)함이 없으랴마는 사람의 지혜는 공교히도 사후에 회상과 반성을 기를 잡아 샘솟는 것이다. 우리는 간신히 이 혜지(慧知)의 힘으로써 앞걸음의 길잡이를 삼아 명일을 경영할 따름이다. 그러나 이 새로운 주모(籌謀)와 새로운 방략에 있어 화충협력(和衷協力)을 바탕으로 하고서야 전철을 다시 밟지 아니힐 것을 뇌기(牢記)하여야 할 것이다.

국제연합총회가 끝난 뒤에 세계정국의 지도적 거두가 화기애애(和氣靄靄)히 함소악수(含笑握手)하며 그 성과를 예찬하고 전도를 축복하던 것은 반드시

---

11 형극(荊棘) : 나무의 온갖 가시. '고난'을 비유적으로 이르는 말.
12 도미(掉尾) : '꼬리를 흔든다'는 뜻으로, '끝판에 더욱 활약함'을 뜻한다.

한 이데올로기, 한 세계에서 살기를 심허(心許)한 것이 못 되고 세계에 향하여 시위시사(示威示唆)에 그칠지라도 오히려 세계의 평화, 인민의 복지를 회복하기 위하여서는 없을 수 없는 명랑한 제스처였으리라고도 보이거니와 우리에게 있어서도 이것이 필요하고 이것을 바라는 바이다.

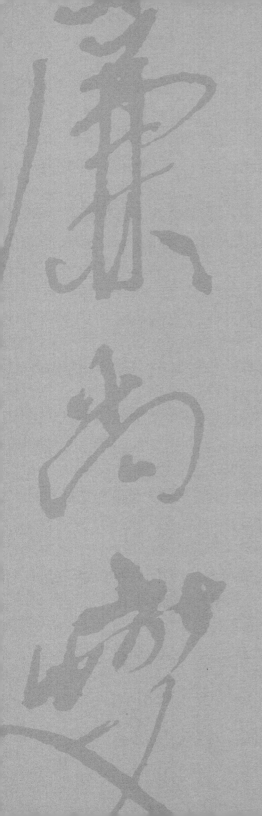

염상섭 문장 전집
1947

이건혁李健赫 편술編述 『돈과 물건』[13]

　돈에 조화가 붙었다 하는지, 지금 세상은 돈에 조화 붙은 것이 아니라 물건에 조화가 붙어서 요사이는 '돈을 먹었다'는 말 대신에 '고무신을 먹었다', '전등알 먹는다'는 말이 유행하게끔 되었다. 돈은 왜 이리 사태가 나고 물건은 왜 이리 나날이 오르는 것인지 그 병원(病源)은 무엇이요, 그 요방법(療方法)은 어디 있는가. 누구나 알 듯하고 분명 꼭 집어 말할 수 없는 이 절급(切急)하고 궁금한 문제를 부엌의 주부는 말할 것도 없고 조금만 철난 아이들이라도 쉽사리 알 수 있도록 간명하고 평이하게 해설하여주고 또 다만 지식으로 알아둘 뿐만 아니라 파산지경에 간 우리의 생활을 바로잡자면 위정국(爲政局)은 어떻게 해주어야 하겠고 우리 각자는 어떠한 열심과 규모로 그날그날의 생활을 스스로 이끌어나가야 할 것인가 하는 방침을 보여준 유식·무식의 누구나 읽을 수 있고 읽어두어야 할 양저(良著)이다. 또 조선은행권 발행고(發行高)와 물가지수의 누년(累年) 통계표, 기업가·상공업자는 물론이요, 이 방면에 관심 있는 분의 좌우에 놓고 참고할 귀중한 수집(蒐集)이며 끝으로 경제구급책에 있어 당국에 대한 제언과 모리배를 경성(警醒)[14]한 애국의 지정(至

13　염상섭(廉尙燮), 「이건혁(李健赫) 편술(編述), 『돈과 물건』」, 『경향신문』, 1947.1.30. '신간평'란에 게재된 글이다.
14　경성(警醒) : '정신을 차려 그릇된 행동을 하지 않도록 타일러 깨우침'을 뜻한다.

情)에 이르러서는 경의를 표하여 마지않는 바이다.

부문별 위원회 설치와 실질적 이양[15]

1

　군정(軍政)에 대한 진언(進言)이라 하니 비판보다는 희망이요, 요청을 말하라는 뜻인가 한다. 나 일 개인의 의견이나 요망이 남조선 2천만의 의견이며 요망일 수 없고 또 이것이 얼마나 군정에 참고가 될지도 모르지마는 여하간 그 서론과 결론만을 말한다면 먹는 문제의 긴급한 해결과 군정의 완전한 이양이 일반의 요청일 것이요, 진언코자 하는 중점일 것이다. 정치의 요체가 궁극에 가서는 먹는 문제에 있고 더욱이 지금과 같은 비상사태에 처하여서는 모든 난관과 혼란의 실마리가 여기에 있는 때문이며 또한 군정으로 말하면 그 목적이 군정 및 주군(駐軍)에 있지 않고 군정이 필요치 않은 정당한 원상(元狀)에 회복케 함에 있어서 군정을 위한 군정이 아닌 바에는 1일이라도 조속히 명실상부하는 군정의 이양으로써 신정부가 수립되는 첫 계단을 밟는다면 그것은 곧 군정의 성공이라 할 것이며 일보를 경진(更進)하여서는 군(軍)

15　염상섭(廉尙燮), 「부문별 위원회 설치와 실질적 이양」, 『신천지』, 1947.2. 이 글은 이 잡지의 '군정에 대한 나의 진언(進言)!'이란 기획의 일환으로 작성되었다. 글 말미에 '필자는 경향신문 편집국장이라고 명기되어 있는데, 함께 글을 게재한 설의식(薛義植), 김오성(金午星), 이갑섭(李甲燮), 박익서(朴益緒), 이종모(李鐘模), 한보용(韓普容) 등도 당대 언론의 일익을 담당하고 있던 이들이다.

자체의 철귀(撤歸)[16]까지에 이르게 되어야만 군정은 그 중임을 완수하였다 하겠기 때문이다.

이 두 가지의 근본문제가 순조로이 귀정이 난다면 그 중간의 모든 정치적·경제적 난관은 저절로 해결의 단서를 붙들게 될 것이다. 혹은 쌀 문제로부터 주둔군의 철퇴까지에 이르는 그 중간에 가로놓인 정치·경제·산업의 모든 현안이 하나씩 풀려나가야만 우리 정부가 설 것이요, 또 그렇고 나서야 바야흐로 민생과 군정이양의 양 문제가 귀정날 것이라고도 하겠으나 그 선후는 어떠하든지 간에 결국 이 두 가지 요망 속에 군정의 손을 빌지 않으면 안 될 모든 과제가 내포하였다고 할 수 있는 것이다.

물론 미군정의 당면한 중요임무로서 미소공위의 결말을 어떠한 모양으로든지 지어야 하겠고 신정권의 탄생에 있어서 솜씨 있고 친절한 산파가 되어 주기를 믿고 고대하는 바이지마는 이것은 미군정 단독으로만도 해결될 문제가 아니니 여기에는 잠깐 논외에 두자는 것이다.

2

우선 먹는 문제, 널리 말하면 민생문제에 있어 군정당국도 시책의 목표와 성안(成案)을 가졌을 것이요 연두에 헬믹(Charles G. Helmick) 대리(代理) 장관으로부터 시정방침의 항목을 열거하여 공언한 바도 있었지마는 그 구체적 실시안은 어느 정도로 진척(進捗)되었고 그 내용은 과연 어떠한 것이며 이 절박한 파탄을 수습함에 있어 무엇에서부터 어떻게 착수·실시할 방침인지 우

---

16 철귀(撤歸) : 군사나 시설 따위를 거두어 가지고 돌아가거나 돌아옴.

리는 마치 수술대에 누운 빈사(瀕死)의 환자를 지키며 발을 동동 구르고 양의(良醫)의 불리시각처치(不移時刻處置)를 기다리는 그러한 초조한 심리로 당면한 시정방침의 구체적 내용을 알고 싶어 하는 것이다. 그 수술과 투약은 물론 어디까지나 친절하고 신속하고 정확하고 솜씨 있고 신뢰할 만한 것이어야 할 것이요, 또 그러하겠지마는 우리의 조급하고 불안하기란 여간 밤잠이 아니 오는 정도로 논지(論之)가 아니니 만큼 일층 긴밀한 비상대책이 있어야 할 것이다.

원체 군정은 산업부흥, 경제안정, 재정확립 등에 있어 전반적 기본국책에 관하여도 조선의 독립을 전제로 하는 이상 깊이 참견하여 책임지고 손을 대기를 꺼리고 주권이 설 때까지 기다리자는 방침인 듯하니 이는 당연한 일이요, 또 삼팔선을 격한 남북 정정(政情)으로 보아 급거히는 내하(奈何)치 못할 실정이기도 하지마는 가령 최근의 1월 이후의 물가광등과 인플레 격화의 단말마적 현상을 볼 제 그 조정(調整)과 방지책에 있어서만이라도 하등의 비상(非常) 시조(施措)가 있어야 할 것이라고 본다. 도대체 군정은 어느 한도 이상으로는 너희들이 해볼 대로 해보라는 듯이 관망적·비판적 태도인 듯한 점이 없지 않으니 이것은 물론 미구불원(未久不遠)에 자주국가로서 발전하여야겠고 또 그처럼 유도하기 위한 양보적 호의에서 나온 것이기도 한지 모르겠으나, 그러나 기위(旣爲) 실권을 잡고 지도적 책임이 있는 바에는 그러한 겸양이 도리어 군정의 실패를 자초하는 결과에 빠질 것이라 하겠다. 쉬운 예로 모리(謀利)의 온상은 어디에 있으며 이것을 거근(去根)하는 방도는 무엇일까. 적산(敵産) 영리(管理)와 운용에 과오와 비위(非違)가 있으면 이것은 어찌 시정할까. 식량문제는 어떻게 임시조처와 아울러 항구적 대책을 세울 것인가. 통제에서 자유주의로 넘어가는 과정을 자연스럽게 유도하여 혼란을 미연에 방지 못하였던 원인은 어디에 있었고 오산이 있었음이 사실이라면 이것은 어떠한 수단방법으로 만회할 것인가. 과거에 있어 실정(實情)에 생소하였고 용의가 주도치 못하고 기술에 미숙한 탓도 있었을 것이요, 또 제일선에 나선 일부 조선인의 과실도 한 원인이 되었을 것이며 혼돈을 거듭한 정정(政情)에 좌우되는 바도 적지 않았겠지마는 결국은 군정이 어느 정도에 가서는 탐탁히 다잡아들지 않고 어떤 경우에는 시험대를 주시·관찰하는 과학자의 눈으로 냉연히 바라보는 그런 태도와 심경이 없지 않았던 소치나 아닌가 의심난다. 만일에 그렇다면 이렇다 한 태도, 이렇다 한 심경도 고쳐주기를 요망하는 바이거니와 어쨌든 우리는 과거를 추궁하려는 것은 아니다. 다만 금후의 수습과 시정과 응급조치에 있어서 십분 열의 있고 조선의 실정(實情)에 부합되는 용단(勇斷)으로써 이 이상의 경제혼란을 방지하고 민생의 도탄을 한시바삐 건짐으로써 건국의 기초와 장래(將來)할 신정부에 화근이 남지 않도록 일층 노력하여줌을 간망(懇望)할 따름이다.

요컨대 대국적 정치방면의 해결은 별문제로 하고 내정에 있어 민생문제의 기본적 해결의 두서만이라도 잡아주고 서광이 비치는 일루(一縷)의 희망만 대중의 마음속에 심어주고서 물러난다 하여도 군정은 큰 성공이요, 우리의 감사는 배전(倍前)한 것이 있을 것을 명기하여주기 바라거니와 목전의 긴급사태에 대하여는 건국 후 위정(爲政) 당로자(當路者)가 그대로 인계·답습하여도 그리 파탄과 장애가 없을 만한 정도로 조선적 성격에 부합되는 항구성과 타당성을 고려하면서 좀 더 성의 있고 강력한 건설적 처단이 경제, 산업, 민생 각 방면에 즉각으로 실시되기를 요청하는 바이다.

3

　그러나 강력한 비상처단이라 하여도 과거의 경험에 비추어 이것을 일부 관리의 전단(專斷)에 맡기어 입안케 하여 즉시 실시에 옮긴다는 것은 고려할 여지가 있다고 생각한다. 이것은 각기 담당 이료(吏僚), 또 현존한 경제위원회 등을 신뢰치 못한다는 뜻은 아니다. 다만 차제에 이러한 조사·연구·기획·입안·건의·시행에 관여할 수 있는 개별적 부문의 전속 상설기관을 크게 확충하고 각각 전문가와 권위자를 널리 민간에서 구함은 물론이요, 당해(當該) 업자와 종업자까지의 의사와 실정을 십분 반영하여 종합할 길을 터서 분과별 혹은 업종별의 위원회를 설치·활용함이 필요하다고 믿는 바이다. 그리하여 민간의 신용·신뢰를 집중케 할 만한 구성조직과 권위와 인정(당국의)을 주어 당국으로서도 그 기획·입안이나 건의는 단순한 자문(諮問) 이상으로 우우(優遇) 채택하는 상하(上下)에 한가지로 신임 있는 기관이 되기를 바라는 바이다. 번폐스러울 것 같으나 이러한 정세(情勢) 밑에서 합심과 단결과 자치·자율과 자진협력의 실(實)을 거(擧)할 뿐 아니라, 중지(衆智)를 모으니 만치 훌륭한 기획과 방책이 나올 수 있을 것이요, 관력으로 강행하지 않는다는 인상을 줌으로써 일단은 더욱 승복·협조하고 불만과 군색(窘塞)이 있어도 감연(敢然)히 분투·극복하는 정신이 환초(喚超)될 것이다. 가령 식량문제에 있어 소작인 대표까지 그 입안에 간여하였다면 공출(供出)이 얼마나 손쉬웠을까를 생각하면 모든 생산계획과 민생부문에 이러한 기관이 긴절(緊切)하다고 믿는 바이다.

4

다음에는 사무 간첩(簡捷)과 모리(謀利)와 직결된 탐관오리의 청숙(淸肅)이 절실히 요청될 것이다. 사무의 정체(廷滯)가 민생에 지대한 영향을 미치는 것은 더 말할 것도 없다. 은행의 부정 대부(貸付)라는 것 중에는 기업자에 대한 십만 원 한도의 대부허가를 받자면 시일이 정천(廷遷)되는 고로 그 수속의 번폐에 편의를 보아준 결과로 오해된 바도 불소하거니와 예전부터 관료의 폐단은 번문욕례(繁文縟禮)[17]에 있었다. 금융연합회를 통한 배급물자가 작년 하반기만도 전(全) 수탁량(受託量)의 3분지 2나 아직 재고(在庫) 중인 이유의 하나는 전표 한 장이 4개 기관을 거쳐 나오느라고 시일이 걸리는 관계란 말도 있다. 이 절박한 시기에 후생물자를 두고도 구급이 못 된다는 것은 생각할 일이다.

모리에 있어서도 건국의 암이니 더 말할 것 없다. 매점, 암매, 밀수출입, 적산 부정처분 등등 새삼스러이 개구(開口)할 필요도 없는 주지의 사실이거니와 그중에도 적산공장에서 나오는 건설자재가 사산(四散)한다는 사실은 국가적 출혈이다.

철 한 근, 동판 한 장이 암시장으로 전전하여 경제교란을 일으킨다는 그 사실보다도 국가건설에 더없이 귀중한 자재가 불견불급(不堅不急)한 어느 구석으로 소모되는지 모르게 낭비·남용되는 그 딱한 사정을 생각하면 모리배를 가만둘 수 있으며 이와 직결된 오리(汚吏)를 내버려두겠는가. 이 병폐가 각 층, 각 면에 얼마나 만연되어 있는가는 각자의 상상에 맡겨두려니와 이것을 생각하면 금일의 사태의 책임은 군정에만 돌릴 수 없다. 그러나 모리·오리가 통역정치에 관련이 없다 할 수 없는 이상 결국은 모리의 일소도 군정의

---

17 번문욕례(繁文縟禮): 번거롭고 까다로운 규칙과 예절.

자기숙청에서부터 기대된다 아니할 수 없다.

그러나 이 경제적 파탄에 부채질을 하고 민생을 암담한 도탄의 구렁으로 끌고 들어가는 망국·망족적 모리배가 이렇듯 심악하게 발광을 한 것은 몇몇 탐관오리의 죄에만 돌릴 수도 없다. 오리가 모리를 끌고 군정에 들어가는 길(통로), 즉 틈(흔극(釁隙))이 반드시 없지 못할 것이다. 그 길, 그 틈은 무엇인가. 명약관화한 일이다. 기구와 조직과 인심이 꼭 째이지 못한 탓일 것이며 긴밀치 못한 때문일 것이다.

양심적이요, 열성이 있고 수완역량을 가진 관리로도 다시 말하면 적임적재이면서도 수수방관하는 수밖에 없는 경우가 많을 것이다. 이것은 조미(朝美) 양측이 다 그런 처지일 수도 있을 것이다. 정치정세가 마음을 흔들리게도 할 것이요, 주위의 견제, 상하간의 철주(掣肘)도 있을 것이며 아유(阿諛)는 아닐지라도 부득이한 타협도 없을 수 없겠고 굴종은 아니라도 무용한 양보도 있을 것은 넉넉히 짐작된다. 어쩐지 일하기가 거북한 경우가 다만 조선인 측에만 아니라 미군 측도 있을 것이다. 내 일이면서도 내 일 같이 탐탁히 덤벼들기 어렵고 수완을 부려보기 어려운 그런 사정이 틈을 벌려놓는 것인가 싶다. 여기에 기구와 조직에 불비가 있고 보면 일층 더할 것이다. 이 점에 전반적 검토가 있어야 할 것이요, 조개(組改)를 요할 부분도 있으리라고 추측되거니와 군정이 이미 이양의 방침을 세운 바에는 그 완전한 실시와 함께 단연 개편성(改編成)을 속행하여 통역정치의 일색을 말소하고, 자재에 관한 실권까지 양심 있는 조선인관리에 일임하여 자기의 책임으로써 운영하도록 편달하여야 비로소 조선인도 책임감을 느끼고 오리·모리가 준동할 간극을 두색(杜塞)하는 실효를 거(擧)할 것이다.

축사[18]

　　해방 이래에 부인계의 정치적 활약과 이에 따른 사회적 지위의 향상은 괄목할만한 바 있다고 생각합니다마는 문화 방면이나 일반 여성의 계몽 또는 실생활의 개선 등 실제적 문제에 있어서는 좀 소조(蕭條)하고 등한시되어 있지나 않은가 하는 인상을 가지고 있습니다. 첫째, 문화활동으로 말씀하면 일제시대에 비하여서는 아무래도 나은 점이 있겠지마는 그 반면에 사상적 경향의 소치라 할지 개치노선(改治路線)의 동향에 연유됨이라 할지 하여간에 여류문화인이 단중(團衆)하여 문화운동에 매진하시는 단체와 기회가 적은 것 같이 보임은 매우 유감입니다. 여기에는 여류문화인으로서 너무 정치운동에 누몰(泪沒)하시는 관계로도 그런가 싶고 또 부인계에 경제력이 빈약하다는 것, 물자난 등 여러 가지 이유가 있겠으나 앞으로는 문화활동도 정치활동과 병진(竝進)하게 되었으면 신문화 건설에 얼마나 큰 공헌이 될까 합니다. 또 일반 여성의 계몽사업이라든지 실생활의 개량문제만 하여도 긴급・절실하기야 더 말할 것 없고 이 역시 서상(敍上)한 바와 같은 이유로 활발한 활동이나 추진을 못 보고 있지 않은가 합니다마는 정치활동이나 사회 및 문화운동과 긴밀한 관련 아래에 적극적 동태(動態)가 뚜렷하여지기를 빕니다.

18　염상섭(廉尙燮),「축사」,『부인』, 1947.4. 필자명 옆에 '경향신문 편집국장'이라고 명기되어 있다.

이러한 현상에 있어서 귀지(貴誌)가 지령(誌齡) 1년을 기꺼 맞이하심은 부인계를 위하여는 물론이요, 조선의 문화발전사상에 끼치신 다대한 공헌으로도 동경(同慶)의 축의(祝意)를 근표(謹表)하여 마지않습니다. 돌상에 올려놓아드릴 아무것도 없어 섭섭하기에 다만 한마디 바치고자 하는 축원은 많지 않은 부인잡지 중에 가장 충실하고 빛나게 길이 구투(舊鬪)하소서 함이외다.

김동리金東里 단편집『무녀도』[19]

　　심각, 중후, 진지 ……. 이러한 것이 이 분의 작풍(作風)인가 싶다. 『무녀도』에 실린 8편의 그 어느 것을 보나 날렵한 경쾌미라든지 유머의 신랄미라든지 하는 것이 부족한 대신에 어디까지든지 진중하고 정확하게 실수 없이 굼튼튼하게 관찰하고 전개하고 묘사한 데에 믿음성이 있다. 이 점으로 보면 장래 장편에 많은 기대를 가지게도 하거니와 「무녀도」, 「바위」 같은 데서 괴기적 요소가 보임도 이 작가의 특징의 하나인지 모르되 「동구앞길」, 「화랑의 후예」들과 아울러 여기에 해학미와 풍자미가 십분 발휘되었다면 한층 더 생색이 났을까 한다. 작자 김동리 씨는 우익작가의 중진이요, 순수문학 호특자(護特者)로 정평이 있거니와 순수문학이라 하여 사상(事相)의 사회적 의의나 작가 자신의 사상적 요소 내지 솔직한 견해의 표현을 거부할 의무를 져야 할 것은 아니다.

7. 10.

19　염상섭(廉尙燮), 「김동리 단편집『무녀도(巫女圖)』」, 『경향신문』, 1947.8.10.

가을의 소리[20]

　단칸방 안의 가을은 땀기 거친 매끈한 살갗에서나 깨닫는다 할까? 삼복증염(三伏蒸炎)에 피서니 탁족(濯足)이니 납량피서를 모르고 외일(畏日)[21] 염위(炎威)가 하도 끔찍하기에 꿈쩍도 못하던 것을 생각하면 인제는 살았구나 하고 더없이 반가운 추신(秋信)이건마는 구차가 감각조차 무디게 하였던지? 창밖의 가을은 또 어드메 왔는가 눈여겨 보자고도 않는다. 소조(蕭條)한 기색(氣色), 소(蕭)□한 추성(秋聲)에 마음을 멈추고 귀를 기울여 무상(無常)・감상(感傷)을 느끼고 자아낼 그런 여유, 그런 시취(詩趣)는 찾으려야 찾아볼 수가 없다. 창틈으로 새어드는 즐즐(喞喞)하는 귀뚜라미 소리가 겨우 가을의 수조(樹調)를 일깨는가 하였더니 책상 밑에서 찍찍거리는 생쥐새끼 소리가 그나마 회살을 놓고 만다. 헤진 헛바닥같이 깔깔한 인생이요, 물 말은 조밥 같은 세정(世情)이니 가을의 풍치인들 뉘 눈엔들 띌 겨를이 있으랴.

　백로(白露)가 벌써 지나고 추분(秋分)이 내일 모래다. 중과(仲科)에 월병(月餅)은 말도 말고 뚜사(事)가 요행 대풍(大豊)이라니 새 술 빚어 혀를 찰 듯싶되

20　염상섭(廉想涉), 「가을의 소리」, 『중앙신문』, 1947.9.14.
21　외일(畏日) : 여름 낮.

두주(斗酒)에 천금이 아깝고 말고 간에 그나마 밀주(密酒)이면야 용수에 방울 달렸을까 애가 키우리라. 그러면 가을의 미각을 어디 찾아볼까? 낮술에 10원, 100원 하는 풋과실 한 개, 송이 한 뿌리가 뉘 입에 들어가 볼 듯싶은고? 칠순 말에 졸라맨 허리띠나 늦추는 것이 이 가을의 호프(hope)인가 싶다.

그래도 추색은 나날이 짙어간다. 햇발이 엷어갈수록 검깊은 응달에 들어서면 재채기가 나도록 선들하다. 뒷동산에 널렸던 납량객(納涼客)의 그림자가 어느덧 스러진 것도 섭섭하거니와 앞집의 류색을 걸머지고 아침저녁으로 드나드는 젊은이의 흰 양복도 벌써 쓸쓸하다. 파나마 하나에 2, 3천 원 하는 한여름을 □□자(子)로 그대로 났더니, 인제는 제법 행세할 제철이 돌아왔다.

"백지장 같은 이불솜 한 장에 1천 8백 원 달랍디다. 올겨울에는 솜 한 관(貫)에 얼마나 할꾸?"

차렵이불을 매만지는 아내의 걱정이다. 이 방 안의 가을소리다. 가을의 협위(脅威)다.

"장작은 어떻게 하우?"

"장작을 사들이지 머리에 이고 앉았나? 집부터 정해야지!"

전재민(戰災民), 남하동포(南下同胞)들의 가을의 한탄이다. 가을은 겨울의 전주곡이나, 24기(期)의 원무곡(園舞曲)은 아니다. □양가(壤歌)의 콧노래에, 코웃음을 뒤집어씌운다.

어저께는 저녁산보 하는 길에 '그 집은' 어찌 되었을꼬? — 하고, 뒷동산 산등성이에 올라가 살펴보았다. 이 등성이 너머 산비탈에, 서까래 몇 개와 거적 여남은 조각으로 엉구어놓은 움집이, 늘 마음에 남아 있기 때문이다. 처음 이 움을 발견하였을 제는, 삼각형으로 멍석조각을 드리운 그 속에 거적이

두어 잎 깔려 있고, 길가로 놓인 석유궤짝은 깨끗이 포개놓은 사기그릇이 눈에 띄기에 무심코 보지 않았던 것이다. 다음번에는 홑이불이며 옷가지를 빨아 널은 것이 얌전해 보였다. 그 다음번에는 서까래가 여남은 밖에 세워 있었다. 바로 옆에 우물이 있기에 지나는 길에 물을 얻어 쓰면서 물어보니 이북에서 쫓겨 와서 그 모양이 된 전재민으로 채석장에서 조약돌을 패어 그날그날을 연명하면서 그 서까래를 사들여 일간두옥(一間斗屋)을 처(處)□하는 중이라 한다. 그 정수(井水)를 보니 명당이라고 실없는 소리를 하였었다. 실없는 말이 아니라 명당이기를 심축(心祝)하였다. 그 후에 지나다 보니 그 자리에 단칸방을 우뚝이 세워놓고 사벽(四壁)에는 미군 식료품을 포장하였던 마분지 조각으로 누덕누덕 백결(百結)[22]을 하고 있었다. 올 같은 장마에 용히 배겨났구나 하는 고마운 마음까지 났었다.

그것이 어제 가서 내려다보니 누렇게 이영을 덮어놓지 않았는가!

'허허! 저기다가 벽만 치고 구들을 놓으면 삼동(三冬)을 나리라!'

고마웠다. 고대백간(高臺百間)을 지닌 사람보다도 더 생기 있고 희망 있고 신기한 기분에 안도(安堵)할 것이다. 그의 가을은 승리(勝利)의 가을이다.

그러나 한(寒)□, □□이 한 달 지내(之內)다. 5월 염천(炎天)에 마지못해 열렸던 공위(共委)는 삼복중염에 대동휘서(大同揮暑)로 헛되이 세월만 보냈다마는 질질 끌던 그 하일(夏日)의 우연(牛涎)을 입동(立冬) 후에까지 끌고 가서 동결을 시키려는가? 우리는 이처럼 겨우살이 걱정에 얼이 나갈 지경이다마는 겨우살이에 한 걸음 더 나간 크나큰 일을 생각할 제 우리는 어안이 벙벙하다. 내외위훈(內外爲勳) 제공(諸公)의 성심과 구원(救院)에 매달리는 우리를 잊어

---

22 백결(百結) : '현순백결(懸鶉百結)'의 줄임말. '옷이 해어져서 백 군데나 기웠다'는 뜻으로, '누덕누덕 기워 짧아진 옷'을 이르는 말이다.

될까 보냐!

9월 8일

신문학운동의 회고와 전망

김동인, 염상섭 양 씨氏에게 문학을 듣는 좌담회[23]

기자: 해방 후 조선사회의 어느 부문이고 모두가 그렇지만 문학방면도 역
       시 혼란상태에 빠져 있다고 보입니다. 그리고 작품 수준도 해방 이
       전보다 오히려 떨어진다는 말을 흔히 듣게 되므로 우리 문학을 어떻

---

23 염상섭(廉尚燮)·김동인(金東仁)·백철(白鐵), 「신문학운동의 회고와 전망－김동인, 염상섭
    양 씨(氏)에게 문학을 듣는 좌담회」(전2회), 『중앙신문』, 1947.11.1～11.2. 이 글은 『중앙신문』
    창간 2주년을 맞이하여 '조선문학을 어떻게 추진할까?'라는 제하에 개최된 좌담회로, 백철(白
    鐵)이 사회를 맡았다. 이 좌담에 대한 편집자의 말은 다음과 같다.
    "신문학운동의 선봉으로 시어딤 김동인 씨를 중심으로 한 순문학 동인지 『창조』가 탄생된 것
    이 3·1운동보다 앞서기 1개월, 만세운동을 계기로 도처에 대두되는 민족부흥의 기운에 호응
    하여 횡보 염상섭 씨 등이 동인지 『폐허』를 발간한 것이 만세 직후였고, 다시 그와 전후하여 월
    탄 박종화 씨 등이 동인지 『백조』로서 봉화를 들어, 이에 무(無)에서의 창조로서의 고고(呱呱)
    의 소리를 올린 조선신문학은 그 후 맥맥(脈脈)히 자라서 오늘 30년의 역사를 갖게 되었다. 회고
    하건댄 조선문학이 걸어온 30년의 발자취는 결코 순탄한 역사는 아니었다. 객관적으로는 일제
    의 조선어말살이라는 강력적(强力的)인 탄압□□□ 죽는 듯이 명맥을 부지하였고, 주관적
    으로는 처참무비(悽惨無比)한 자아현실을 암중모색으로 극복하□□□ 일 보, 일 보 암흑 속에
    서 피눈물 나는 전진을 꾀하였으니 과거 반세기 간의 우리 민족의 비참하고도 □□한 운명은
    그것이 그냥 신문학운동의 운명이기도 하였다. 지내온 역사는 그러하였거니와 금일 우리가 직
    면하고 있는 우리 문단의 현상은 어떠한가? 8·15를 계기로 당연히 활기를 띠었어야 함에도 불
    구하고 우리 문단은 국제정세에 지배되어 좌우의 대립이 격화되고 사상이 갈등이 우심(尤甚)
    하여 오히려 해방 전보다 예술수준이 저조(低調)에 흘러 조선문학의 장래는 실로 한심한 바 없
    지 않다. 그러나 우리 민족을 살려나가야 할 사람은 결국은 우리들 자신밖에 없듯이 우리 문학
    을 쌍미(雙眉)에 떠메고 나서야 할 사람도 필경은 조선문인 밖에 없을 것이다. 이에 본사(本社)
    에서는 본보(本報) 2주년 기념일을 맞이하여서 조선문학을 백년대계에 추진코자 초간기(草間
    期)부터 오늘에 이르기까지에 연면(連綿)히 작품활동을 계속해온 양 선배작가에게 신문학운
    동의 과거와 장래에 대한 말씀을 듣고자 하는 바이다."

게 하면 백년대계로 추진시킬 수 있을까 이 점에 대해서 두 분 선생님의 말씀을 듣기로 하겠습니다. 그리고 오늘 사회는 지금 조선문학 사조(思潮)를 저술 중에 계시는 백철 씨에게 부탁하기로 했습니다.

조선문학의 스타일 탐구

백철 : 그럼 제가 두 선생을 모시고 주로 말씀을 묻는 입장에서 사회하겠습니다. 조선 신문학운동은 1919년 만세운동과 전후해서 시작되었다고 생각합니다. 물론 그 전에도 육당(六堂), 춘원(春園) 같은 이들이 신문학을 쓴 것은 사실이지만 진정한 의미에서 문학운동다운 것이 시작된 것은 『창조』 시대부터가 아닌가 생각됩니다. 그때 김 선생은 『창조』의 중심인물이시고 염 선생은 『폐허』를 중심으로 활동하신 분이니까 먼저 『창조』 시대의 문학운동을 이야기를 해주십시오.

김동인 : 그때 우리 의기(意氣)는 조선문학을 조선서 시작해보자는 것이었는데 ……. 소설은 나하고 전영택 둘밖에 없었고 작품이라야 습작수준을 넘지 못했죠.

백철 : 그때 신문학운동이 춘원문학과 질적으로 상위(相違)되는 점은?

김동인 : 춘원의 작품은 통속소설로 인정하였기 때문에 좀 더 고답적인 순문학의 수립을 지향하였지요.

염상섭 : 나는 만세 이후 1920년 10월에 『동아일보』 발간을 준비할 때 동경서 나왔습니다. 『창조』는 동인 군이 시작한 것인데 춘원은 평이하게 민중화하는 것은 좋으나 너무 통속적이므로 거기엔 나부터도 불만이었지요. 나도 순문학을 하기 위하여 『폐허』를 동인들과 같이 만들었

죠. 그 점에서 『창조』는 『폐허』보다 일일지장(一日之長)이 있었지요.

김동인 : 『폐허』엔 『폐허』의 특장이 있었으니까.

염상섭 : 『폐허』엔 자연주의적 경향이 상당히 명확했었지!

백철 : 『창조』나 『폐허』에는 그 당시에 조선문학의 전통이 없었기 때문에 주로 외국문학의 영향을 받았겠지요.

김동인 : 외국문학이래야 그때 내가 읽은 것은 톨스토이의 작품이었는데 톨스토이의 사상 영향보다 『전쟁과 평화』의 사실적 묘사에 많이 영향되었으며 그를 통해서 내 문학의 길을 개척하였지요. 그러나 톨스토이의 사실주의가 아니라 조선적 소설양식을 만들려 했죠.

백철 : 그럼 「약한 자의 슬픔」 같은 작품은 그런 대표적 작품입니까?

김동인 : 성(性)□□□□심(心)이었지. 하여간 □□□□ 소설의 스타일 □□□□다고 했지만 ……. [24]

백철 : 『창조』 시대에 소설 스타일이 결정되었습니까?

김동인 : 소설 문장을 보면 춘원의 『무정』도 구어체지만 '더라', '러라'를 그대로 쓰고 또 과거사(過去詞)와 현재사(現在詞)가 분명치 못했는데 그것이 『창조』 시대에 와서 혁신된 셈입니다.

리얼리즘 개척

백철 : 당시 사조적으로 □□□□[25]였습니까?

염상섭 : 만세 이후이니 □□ 지금 해방 후와 같이 사조 혼돈시대였지요. 그러

---

24 원문의 해당 부분이 훼손되어 식별할 수 없다.
25 원문의 해당 부분이 훼손되어 식별할 수 없다.

나 그때 일본은 낭만주의를 지나서 자연주의가 일어나는 때고, 우리는 모두가 일본문학 분위기에서 문학수업을 했으니까 자연히 자연주의적 사실주의로 기울어졌지요. 그리고 사상적 경향으로 보면 만세사건의 실패로 인해서, 현실에 환멸을 느끼게 되어 퇴폐적인 점이 많았지.

백철 : 그러면 염 선생의 「표본실의 청개구리」나 「제야」, 「암야」 같은 전기(前期)의 작품은 역시 퇴폐주의의 영향을 받으셨던가요?

염상섭 : 물론 어느 정도로 받은 것이 사실이지요.

백철 : 『창조』 시대도 사상적으로 따지자면 자연주의적인 경향이었습니까?

김동인 : 자연주의를 흉내 내려고 했지요. 자연주의라고 지적할 만한 것은 없고.

백철 : 김 선생은 시대사조 같은 것을 영합(迎合)하시는 편입니까?

김동인 : 내 성질은 새로운 시대에 대해서는 반대입니다. 유행사조는 반대지요.

백철 : 반대하시건 찬성하시건 사조는 역시 시대의 사실인데 먼저 염 선생이 잠깐 말씀하신 퇴폐주의는 가령 『폐허』를 중심하면 그 정체가 무엇입니까?

염상섭 : 정치적·사실적으로 찬성을 느낀 데서 온 것인데 특히 『폐허』 동인들은 모두가 가난뱅이여서 생활에 대한 불평도 있는데다가 문학인들이라 술잔이나 마시면 비분강개가 심하고 또 한편으로 보면 그때엔 인습타파운동의 말기쯤 되는데 신도덕을 주장하는 반항적인 것이 있었지만 그런 것들도 제3자로 보면 퇴폐주의로 보기가 쉬웠던 모양이죠.

백철 : 신도덕적인 것, 반항적인 것은 실제로 문학의 모럴이 되었나요?

염상섭 : 별로 체계적인 도덕관을 형성한 것은 없었지. 그래도 작품의 정신이 된 것은 사실입니다. 그때 우리가 현실, 그중에서도 현실의 암흑면을 탐구해서 그리게 된 것은 그런 데서 온 것이고, 또 그것이 자연주의적인 경향의 문학이 된 것입니다.

낭만정신의 세례

백철 : 그럼 이번은 그와 반대되는 경향, 즉 낭만주의의 『백조』가 등장한
사실에 대하여 말씀해주십시오.

김동인 : 『백조』파 사람이 하나 왔다면 좋을 뻔했군!

염상섭 : 글쎄 말이야!

기자 : 사실 그런 생각도 했었습니다만, 그렇게 되면 신경향파도 있고 또
그 뒤도 있고 해서 이번은 두 분만의 말씀을 듣기로 했습니다.

백철 : 그러니까 두 분이 직접 경험하신 것만이 아니고 방관(傍觀)하신 데
대해서도 …….

염상섭 : 내가 먼저 말씀한 바와 같이 조선은 일본의 문단현상을 직수입한 관
계상 낭만주의를 뛰어넘어서 자연주의로 왔는데 그 점에서 조선문
학은 『백조』 시대에 와서 비로소 낭만주의의 세례를 받은 셈이죠.
조선문학이 근대적인 의미에서 참된 문학이 되기 위해서는 역시 근
대의 온갖 주조(主潮)의 세례를 받아야 하겠으니까 그런 점에서 『백
조』가 남긴 공적은 특수하다고 봅니다.

김동인 : 하여튼 『백조』파 사람들은 문학의 괴물들이었지! 그들의 문학은 물
론이고 언행이나 복장까지도 괴상했으니까. 그만치 문학의 경이(驚
異)였다고도 할 수 있구…….

백철 : 그때 낭만주의가 나오게 된 무슨 사회적 원인이 있습니까?

염상섭 : 당시는 신경향파와 프로문학이 대두할 전제로 사회운동이 왕성히
일어났는데 말하면 민족운동의 실패에서 민중운동으로 새로운 전
환을 하던 시대죠. 『백조』는 역시 이런 시대의 어떤 면을 반영하고
있는 것이 아닐까 하는데요. 민중이 사회운동에서 희망을 가지듯이

무슨 희망과 꿈을 가지려는 데서 로맨티시즘이 발생한 원인이 있지 않을까 합니다.

김동인 : 그렇게까지 사회적 원인이니 역사적 원인이니 생각해야 할까? (일동 웃음(笑))

백철 : 그럼 그 문학원리에 대해서 김 선생 …….

김동인 : 아까 내가 말한 바와 같이 나는 유행하는 그 문학사조를 반대하는 사람이니까요. 그러나 사회자가 말한 바와 같이 이 자리는 객관적인 사실을 이야기하는 곳이니까 그 점에선 한 사조에 대한 반동으로 딴 사조가 오는 것은 근대의 사실(史實)이니까 『백조』적인 낭만주의는 결국 먼저 유행한 자연주의문학에 대한 반대에서 일어난 사조의 유행이었겠지요. 아마 그때 월탄(月灘)이 어딘가 쓴 것이 있지. 과거의 문학은 헐가(歇價)의 문학이고 미온적(微溫的)인 문학이라고 …….

염상섭 : 그런 것이 있어. 하여튼 그때 그들의 독선적인 기세는 굉장했으니까 …….

김동인 : 『백조』파에는 연소재사(年少才士)가 많았지만 평론가, 작가들도 많이 나왔지. 도향(稻香), 노작(露雀), 월탄(月灘), 회월(懷月) ……. (이하 명일 (明日) 계속)[26] (1947.11.1)

---

26 말미에 다음과 같은 내용이 명기되어 있다.
"『창조』 동인
1919.2.10 어(於) 동경 창간
1기 김동인, 주요한, 전영택, 최승만, 김백악
2기 이광수, 오천원
3기 이일, 김억, 김찬영, 김관호, 김탄실"
"『창조』 창간호와 제2호를 인쇄한 것은, 일본 요코하마(橫濱) ‘복음인쇄소’였다. 그 복음인쇄소의 직공들은 모두 조선문을 모르는 일본인이므로 활자의 모양을 보아 문선(文選)하고 식자(植字)하느니만치 국문의 ‘까’ 자는 ‘외(外)’ 자로, ‘못’ 자는 약자·□ 자로 글자의 절반 이상이 오자 (誤字)였다.
이러한 간난을 극복하고 1919.2.10일에 조선어 문자의 첫 봉화인 『창조』 창간호는 탄생되었다.

염상섭 문장 전집 III

조선문학을 어떻게 추진할까
정치추수 관념을 버리고 문학의 독자성을 찾자

김동인 : 『백조』과 노작의 시, 도향·월탄의 소설은 지금까지도 애상적·회
　　　　고적인 점이 농후하지요.

염상섭 : 낭만주의는 회고적이고 애상적이며 따라서 병적이었으며 건설적이
　　　　못 되며 퇴폐주의와 연락되는 것도 그 때문이 아닐까? 결국 『백조』문
　　　　학에 대한 결론은 『백조』는 조선문학의 전통 위에 감상적이요, 정서
　　　　적인 요소를 준비해준 사실은 중요하다고 생각합니다.

김동인 : 무엇보다 거기서 작가와 시인이 많이 나온 사실만 해도…….

백　철 : 그 뒤 『백조』문학에 반기를 들고 자연주의를 비판하면서 나온 신경
　　　　향파 및 프롤레타리아문학을 어떻게 보십니까? 그 당시 두 분이 이
　　　　경향에 대해선 공동으로 반대하신 줄 기억합니다마는 공정한 입장
　　　　에서 평가해주시기 바랍니다.

염상섭 : 신경향파나 프로문학은 일언으로 말하면 정치주의의 문학이고 우
　　　　리가 그때 반대한 것은 그 정치주의에 대한 것이었죠.

기　자 : 결국 정치와 문학의 문제가 되겠군요. 이 문제는 해방 뒤에도 전면
　　　　적으로 이야기되어 있는데 두 선생께서는 기본적으로 정치와 문학
　　　　을 어떤 관계로 보십니까? 가령 만세 후에 있어 문학을 하신 분들이
　　　　정치를 어떻게 보셨습니까?

염상섭 : 그때는 다르죠. 당시는 민족운동시대니까요. 문학자도 민족운동자
　　　　고 민족운동이 곧 정치운동이었으니 정치와 문학은 자연히 일치된

　　그것은 동경유학생의 독립선언이 선포된 것과 같은 날이었다."

셈이지요. 그러나 프로문학에 와서는 정치는 별개인 것인데 문학이 지원을 받아야 한다니까 거기에 모순이 있는 것이지요.

백철 : 그야 프로문학의 이론으로 보면 염 선생의 민족과 계급을 바꿔놓은 것이 되지 않겠습니까?

염상섭 : 그러니까 정치의 개념이 다르겠지요. 우리가 말하는 민족, 즉 정치란 우리가 별로 정치를 따로 내세우지 않고 자연히 발휘한 감정적인 것이기 때문에 문학의 요소가 될 수 있는데 프로문학인 경우에는 정치단체가 별개로 있고 그 정치의 도구가 되라는 것이니까 문학이 그렇게 될 수 없다는 말입니다.

김동인 : 나도 그 점은 염 군과 동감이야. 문학은 정치에 따라다니는 것이라고는 생각지 않아.

염상섭 : 문학작품의 잘된 작품을 보면 생활과 정치가 반영되는 것이니까 문학이 전연 정치를 도외시한단 말은 아니지. 도리어 문학인이 정치인보다도 앞서서 시대에 대한 정치적 예언을 하는 경우가 있을 수 있으니까. 다만 공식주의만은 질색이야.

백철 : 신경향파와 프로문학으로서 역시 우리 문학사상(文學史上)에 남겨놓은 공적도 있겠지요. 김 선생 어떻습니까?

김동인 : 없지요. (웃음(笑))

염상섭 : 나는 그렇게까지 극단으로 생각하지 않는데 일제시대에는 누구나 반제운동(反帝運動)이 목표였다는 데, 우리의 목적은 하나였지. 그 점에서 맥이 통하는 점이 있었죠. 그들이 공식주의를 버리고 좀 더 문학적 약속을 지켰으면 문학에 대한 공적도 컸을 것이라고 생각하는데 …….

백철 : 문학적 수법 면에 있어서는 신경향파 프로문학이 새로운 것을 제시

한 것이 없었습니까?

김동인 : 그들의 문학은 정치선전문학이니까 문학작품 위에도 정치선전의 문구는 상당했지!

염상섭 : 그러나 그런 것은 문학이 아니요 문학 이외의 요소니까!

김동인 : 글쎄, 그 점에 프로문학의 특장이 있었지! (웃음(笑))

백철 : ⬜⬜⬜⬜⬜⬜⬜⬜⬜⬜[27] 자연주의에 대한 유물변증법적 사실주의, 사회주의적 리얼리즘의 문제를 제출했었는데 그 점은 어떻게 보시나요?

염상섭 : 그 사실주의란 대체 어떤 것 입니까?

백철 : 가령 자연주의의 평면성에 비하여 입체적이란 것을 내세웠지요.

염상섭 : 그 입체적인 사실주의란 또 어떤 것입니까? (일동 웃음(笑))

백철 : 생략이라는 것이 특징이었을 것입니다. 자연주의면 하나에서 열가지를 다 묘사해서 사실성을 발휘하는 대신에 불필요한 것을 대생략(大省略)하고 특징만을 클로즈업하는 데서 사실성을 발휘한다는 것입니다.

염상섭 : 글쎄요, 생략을 너무 하면 프로문학으로 불리하지 않을까요? 프로문학은 그 본질이 대중문학인데 대중이 너무 생략하는 수법의 문학을 잘 이해하게 될까. (간(間)) 그러나 금일 우리가 건국도상에 있어서 신문학을 건설하는 데는 옛날 자연주의문학과 같이 유장(悠長)한 기분으로 쓸 수가 없으니까 생략법도 쓰고 템포도 빠르게 할 신수법(新手法)을 강구할 필요가 있을 줄 압니다.

---

27 원문의 해당 부분이 훼손되어 식별할 수 없다.

전통을 찾고 신인을 대망

백철 : 과거 문단과 현 문단을 통틀어 우리 문학에 전통이 있다면 어떤 것
을 붙잡아야겠습니까?

염상섭 : 주조는 역시 자연주의겠죠. 자연주의는 처음부터 나중까지 꾸준히
우리문학의 사조요, 수법이 된 셈이니까.

김동인 : 그 점은 근대문학의 한 운명이니까.

백철 : 구체적으로 조선의 단편소설은 누가 만들었다고 볼 수 있을까요?

염상섭 : 그야 여기 출석했다고 하는 말이 아니라 김동인 군이 그 일인자겠
죠. 그 뒤에 빙허(憑虛)가 오고, 또 그 뒤에 상허(尙虛), 효석(孝石) 등
여러분이 오고.

기자 : 그럼 장편소설은 누가 선구입니까?

김동인 : 춘원이 쓰기는 먼저 썼지만 근대적인 장편소설을 쓴 것은 횡보(橫步)지.

백철 : 만일에 문학을 공부하는 사람들이 과거의 작가를 읽으려면 대개 어
떤 사람들이 그 명부에 오르게 될까요?

염상섭 : 그야 소설을 중심하면 춘원에서 시작되어 동인, 전영택, 빙허, 월탄,
서해(曙海), 도향.

김동인 : 요섭(耀燮)……. 그리고 회월과 팔봉(八峯)도 소설을 많이 썼으니까.

염상섭 : 그렇지 ……. 그리고 그 뒤에 이기영(李箕永), 이태준(李泰俊), 박태원
(朴泰遠), 채만식(蔡萬植), 이무영(李無影).

김동인 : 안회남(安懷南) 군의 등장은 언제쯤 되나?

백철 : 김남천(金南天), 안회남 씨 등이 다 채만식 씨 등과 전후해서 나온 작
가지요.

염상섭 : 그 뒤에 또 있겠지. 이상(李箱)이란 기재(奇才)도 있고 김유정(金裕貞),

계용묵(桂鎔默), 최명익(崔明翊), 김동리(金東里), 정비석(鄭飛石), 현덕 (玄德) 대개 그런 개산(槪算)이 되지 않을까? 빠진 것은 뒤로 사과를 하기로 하고! (웃음(笑))

기자 : 여류작가는 어떻게 됩니까?

염상섭 : 아차, 큰 실수를 했군. 유능한 여류작가도 많은데.

김동인 : 그러니까 이제부터 우리 문단에 신인이 등장하는 데는 이상에 열거 한 작가들의 작품이 일반청년 간에 소화되게 되어야 할 터인데 상당 한 시일이 걸려야 하겠거든.

백철 : 그럼 건국도상의 신문학의 주조와 그 수법은 무엇이여야 하겠습니까?

염상섭 : 리얼리즘이지요, 역시! 물론 지금은 건설기니까 꿈도 있고 이상도 있겠지만 그것은 결코 과거의 낭만주의와 같은 것이 아니고 현실에 발을 붙인 이상이요, 꿈일 터이니까 역시 그 문학의 본위는 리얼리 즘이라고 봅니다.

현 문단에의 희망

백철 : 나중으로 해방 뒤 문단현장에 대해서 선배의 입장에서 한 말씀해주 십시오.

김동인 : 순문학으로 복귀해야 되겠지요.

염상섭 : 문학의 길로 돌아와야지요. 예술가의 현장을 떠나서 좌우익 투쟁의 도구가 되어서 안 될 줄 압니다.

백철 : 그런데 순문학이라든가 문학의 본도(本道)라든가 그 규정이 서로 다 르니까 문제 아닙니까?

김동인 : 문학이야 문학이지 별 것이 있을 리 있나요. 그런데 소설을 한 삼십 년 써보니까 소설에다가 무슨 딴 목적을 넣어서 인물과 사건을 지정해놓는 것이 무상(無常)한 생각이 들거든요.

염상섭 : '문학무상'인가.

김동인 : 그저 문학이란 낭만이라 할까, 감상(感傷)이라 할까. 읽고 나서 막연히 느껴지는 일종의 향수적(鄕愁的)인 것에 그 본성이 있지 않을까?

염상섭 : 나는 문학을 그렇게까지는 생각지 않는데 가끔 문학에 대해서 니힐리스틱한 생각을 가지게 되는 때도 있지만, 그러나 문학이란 하나의 향락점보다도 영양소가 되어야 하니까 거기엔 생활이 문학의 중요한 대상이 되리라고 생각하는데 ……. 그러니까 문학의 본도라는 것은 그것이 생활이나 현실을 피해서 존립하는 문제가 아니고 그것과는 정면(正面)하는 데 있는 것이되 그것이 생생한 현실, 생생한 정치가 아니고 그와 별세계인, 오직 문학이 차지하는 세계는 문학자만이 창(創)할 수 있는 곳이라면 문학창조의 본길이란 것은 명백한 것이 있지 않을까요?

김동인 : 문학은 허구세계지. 그런데 내가 말하는 것은 그 허구세계를 너무 의식적으로 만드는 데 부자연을 느낀단 말이야 ……. 문학이란 감흥 그대로 쓰는 것이 제일이지. 그 증거로는 노력한 작품은 모두 실패고 도리어 쉽게 써나간 작품이 좋은 작품이 되거든.

염상섭 : 그렇지도 않지. 조금이라도 노력을 가하면 가한 만치 작품이 좋아지지 ……. (일동 웃음(笑))

백철 : 지금 문학의 본질에 대한 두 분의 말씀은 두 분의 작가적 기질이 그만치 다르시다는 것을 말씀한 것이라 생각됩니다.

기자 : 그런가 봅니다. 저는 소설을 많이 쓰지 못했으나 실제는 김 선생 말

씀과 같이 감흥을 주로 쓴 작품이 낫게 되는 것 같아요.

염상섭 : 물론 감흥의 힘도 크겠지요.

백철 : 　결국 그러면 금일 문단은 두 분이 말씀하신 문학의 길로 반성하는
　　　데서 다시 합류, 일원화가 되겠다고 예상하십니까?

염상섭 : 기술적으로 어려운 점이 많겠지요. 사실 나는 지금 이름은 문학가동
　　　맹 측에 있는데 처음에 내가 문학가동맹을 생각하기는 공식주의로
　　　고집하는 사람은 간부 측의 사람이니까 그 사람들이 퇴진을 하고 재
　　　편성이 되리라는 견해를 가졌습니다. 그러나 지금 와서 생각하면 한
　　　망상에 지나지 못한 것 같습니다.

김동인 : 역시 문학가동맹과 문필가협회는 정치적 견해로 갈린 것이니까 먼
　　　저 그 정치를 떼버려야지 …….

염상섭 : 문제는 거기 있어. 문학가동맹에서도 그 정치주의를 버리고 문필가
　　　협회에서도 너무 그 순수성이란 것을 고집하지 말고 서로 양단(兩端)
　　　을 버리고 중용을 취한다면 결코 합류 가능성이 없는 것은 아니야.
　　　건국은 문학자로서도 우선 단일한 행위에 서야 도움이 될 터이니까
　　　그 점에 우리의 문단의 통일시대를 희망치 않을 수 없지.

기자 : 　대개 이 정도로 그치렵니다. 좋을 말씀 많이 해주셔서 감사합니다.
　　　(끝) (1947.11.2)[28]

28　글 중간에 다음과 같은 내용이 명기되어 있다.
"『폐허』 동인
염상섭, 김억, 변영로, 오상순, 김찬영, 남궁벽

『백조』 동인
박종화, 박영희, 나빈, 홍사용, 이상화, 현진건, 노자영, 안석주"

작자의 말

『효풍曉風』[29]

　　새벽바람은 맵고 어지럽습니다. 그러나 그것이 곧 '해방조선'의 현실인 듯싶습니다. 독립을 앞에 놓고 일고삼장[30]이 되도록 노닥거리고만 앉았는 것이 안타깝지 않은 게 아니로되 이렇듯이 맵고 쓰라리고 혼란과 분잡이 끝 간 데를 모르는 것은 아무 준비 없이 큰 길을 떠나는 차림차리에 면할 수 없는 일이요, 한때 너저분히 늘어놓고 서두는 무질서한 꼴은 그날 살이의 새 질서를 정돈하는 준비거니 생각하면 오늘날 우리 앞에 전재된 현실상(現實相)에 공연히 눈만 찌푸리고 앉았다든지 외면을 한다든지 한때의 흥분에 비분 강개하여 정력을 낭비하고 일을 거즐어 놓아서는 안 될 것입니다. 새벽바람

29　염상섭, 「작자의 말―『효풍』」, 『자유신문』, 1947.12.28. 이 글은 「원단(元旦)부터 본지 연재소설 『효풍』 염상섭 작・김인승(金仁承) 화(畵)」라는 소설연재 예고기사에 포함된 것이다. 부기된 기사는 다음과 같다.
　　"해방 후의 거편으로 만천하 애독자의 절찬 가운데 계속되던 월탄 박종화 씨의 『청춘승리』는 어제까지로 끝났거니와 이에 계속하여 신춘 정월 초하룻날부터 횡보 염상섭 씨의 장편 『효풍』을 싣기로 합니다. 우리 문단에 거성이요, 해방 전후를 통하여 대문장으로 알려진 작자를 새삼스럽게 소개치 않거니와 일찍 『만세전』, 『사랑과 죄』, 『이심』, 『삼대』, 『무화과』 등 그의 명작들은 널리 알려진 바입니다. 문장의 유려함과 구상이 심오한 점은 연재된 지면에 뚜렷하여 독자로 하여금 우리 현실의 거짓 없는 모습을 찾기에 주저함이 없을 것은 작자의 말을 보아도 넉넉히 알 수 있습니다. 삽화는 양화계(洋畵界)의 제일인자로 자타가 공인하는 아름다운 필치를 갖춘 김인승 화백이니 아울러 첨화 격이 아니 될 수 없습니다. 계속 애독을 바라마지 않습니다."
30　일고삼장(日高三丈) : '해가 세 길이나 떠올랐다는 뜻으로, '날이 밝아 해가 벌써 높이 뜸'을 이르는 말이다.

은 모질고 어지럽되 개동의 여명(黎明)은 희망의 빛이요 간밤(前夜)의 피로와 악몽을 씻어준 새 힘의 줄기외다. 여기에 쓰는 이 생활기록이 아무리 기구하고 혼란하고 무질서하고 참담하더라도 그것은 당장 오늘 낮이 되면 바람이 자고 정상(正常)한 제 살이, 제 자국에 들어앉을 새 질서를 찾아가는 고민이요, 노력에 지나지 않음을 잊지 말고 읽어주시기 바랍니다.

염상섭 문장 전집
1948

UN과 조선문제[31]

1. '통일'과 '자주' — 이 두 가지를 떠나서는 우리에게 아무 조력도 못되는 것이다. UN총회의 최후의 결정을 본 조선에 관한 결의안은 그 의도에 있어 또는 성의에 있어 결코 의심하는바 아니요, 사의(謝意)와 지지를 아끼는바 아니나, 소련이 보이콧한 점에 있어 우선 그 출발에서부터 첫 과제인 통일을 극히 의문시하게 되었으니, 동(同) 위원회가 내조(來朝) 후에 얼마한 성과를 거두겠는가는 미지수이지마는 UN의 조선에 대한 금일까지의 노력이 전적으로 성공한 것이라고는 볼 수 없고, 또는 조선에 파견되는 위원회가 실질적으로 영도(領導)에 자임한다거나 국내의 지도자 또한 이에 추수(追隨)를 일삼아 다투어 그 비식(鼻息)이나 엿보기에 한월(寒月)이 없다기는 '자주(自主)' 2자(字)도 허울 좋은 우발림[32]에 그칠 것이다. 그러나 그렇다고 우리의 역량으로만 통일과 자주가 완수될 것이냐 하면 그러한 것도 아니고 본즉 비록 너무 큰 기

---

31 염상섭(廉尚燮), 「UN과 조선문제」, 『신천지』, 1948.1. 이 글은 'UN의 조선문제에 관한 결의안은 실현되겠습니까?'라는 설문에 '소설가 염상섭'의 이름으로 답한 것이다. 구체적인 질문의 내용은 다음과 같다.
　　"1. 소련의 제안을 어떻게 생각하십니까? / 1.선생이 생각하시는 조선문제의 해결안. / 1. 소련의 참가 없이 대일(對日) 강화회의가 성립되겠습니까? / 1. 인도대표가 조선문제에 적극적으로 발언한 이유는?"
32 우발림 : '의례적으로 건네는, 귀에 솔깃할 정도의 태도'를 뜻한다. 곽원석, 『염상섭 소설어사전』, 고려대 출판부, 2002, 536면 참조(이하 저자, 책명만 표기).

대를 가졌다가 실망치 않도록 경계하여야는 하겠으되 냉안시하거나 그 업무가 실패에 돌아가기 쉽다는 예상 아래에 차(次) 계단에 나갈 방도를 앞질러 서두르지 말고 도리어 이 기회를 붙들어 통일·자주에 대한 자력추진의 일대전기(大轉機)를 삼도록 최대의 협조가 필요하다고 믿는다.

2. 소련의 제안이란 철병(撤兵) 문제이겠으나 실상은 소련의 제안도 만시지탄(晚時之歎)이 있는 것이다. 그러나 소련이 자기의 진주목적을 달성하였다고 믿고 헛생색만 내려 든다면 생각할 문제이다. 하루바삐 동시철병을 바라는 바이나, 다만 철병 후 통일과 자주를 자해하는 사태의 소지를 만들어놓아서는 안 될 것이며 이 점에 대하여는 충분한 책임을 지기 바란다.

3. 소위 극우, 극좌라는 '극(極)' 자(字)를 잊어버리고 진심으로 화협·통일하는 기운을 조장하며 민족의 원대한 이상을 잊지 말고 민성(民聲)에 양심 있는 정대(正大)한 귀를 기울이기로 결심하는 것이 요건이라 하면 너무 추상적 꿈같은 잠꼬대라 하는가?

4. 런던 사상회의(四相會議)의 성과나 보면 짐작이 다소 나겠으나, 소련을 제외하고 대일강화회의가 성립되고 조약이 체결된다기로 조선으로서나 세계동향으로서나 환영할 바 아님은 물론이다.

5. 중국의 왕스제(王世杰) 외교부장이 "조선문제 해결은 중국의 사활적 관심사"라 하였거니와, 인도와 우리와는 해방과 분열에 동병상련인 점도 있고 동양에 있어 공동책무를 가진 순치보거(脣齒輔車)의 긴밀성을 느끼는 때문이라 하겠다. 우리도 우호관계를 일층 추게(推揭)하여야 할 것이라고 믿는다.

문일평文一平 편저編著 『조선사화朝鮮史話』[33]

근자(近者)에 유행하는 문(文)□적(的) □□인 사화(史話)나 야담(野談) 유(流)라면 모르겠으나 호암(湖岩)과 같은 사학계 선배의 전문적 연구인 이 편저(編著)에 대하여 □□간(間) 평필(評筆)을 가한다는 것은 감히 □□의 생(生)□도 못할 바이나 독후감쯤은 □히 망(妄)□이 아닐까 한다.

호암의 사학가로서의 지위도 나의 사(辭)할 바 아니나, 필자는 이 편저에 접할 때, 첫째 반갑고 그 유려하면서도 어떠한 구절에 가서는 호암의 엄밀한 문체가 오래간만에 읽으니 만치 먼 옛날의 모습을 방(彷)□화(和)하는 바 적지 않다. 그러나 이것은 오히려 말단의 나 개인의 소감이거니와 그 내용에 있어서는 □□의 천박한 역사지식으로도 그 사안(史眼)의 공정하고 타당함을 볼 수 있다. 인물편(人物篇)에서라든지 광해군에 대한 □해(解) 같은 것이 그러하다 하겠다. 더욱이 사실편(史實篇)은 이 사화집의 □점(點)이 여기에 있다고 하겠고 취중(就中)에도 □□간(間) 삼(三)□은 사실(史實) 그것보다도 □□의 착안점과 그 열의에 있어 국민교육과 민족의식 선양이라는 견지로도 불후(不朽)의 가치를 발견하는 바이다. 일반 대중의 □□□□□□ 중(中)□□특(特)히 □□□□□에서 □□□[34]로 썼으면 좋으리라고 생각한다.

---

33 염상섭(廉尚燮), 「문일평(文一平) 편저(編著) 『조선사화(朝鮮史話)』」, 『서울신문』, 1948.2.8.

(금룡도서주식회사 발행)

---

34 원문이 훼손되어 식별할 수 없다.

3·1 전후와 문학운동[35]

1

3·1운동을 전후한 신문학 대두기를 회고하여보라는 것이 편집자의 요구인데 특히 3·1운동이라는 역사적 전환기를 목표로 한 본의로 그 시대성에 치중하여 당시의 환경, 즉 정치정세나 사회현실이 신문학 생성에 미친바 직접간접의 영향이란 것을 고찰하라는 의미 같다.

3·1운동은 결과로서 보면 겨우 무단정치(武斷政治)의 탈피밖에 안 된 것이었다.

샤벨과 군화로 둘러싼 무단의 표피가 한 꺼풀 벗겨지고 문화정치라는 육피(肉皮)가 허울 좋게 나타났으나 그것은 결국에 모공(毛孔) 하나 없는 가장 강인한 유피(鞣皮)[36]에 쌓인 것이었다. 말이 문화정치이지 이 속에서 새로운 문화·문학이 올곧게 생성·발전할 수 없었던 것은 더 말할 것 없었다. 그러나 세계대전 직후인 만큼 일대 전환기임에는 틀림없었고 소위 '민족자결'이라는 구호에 속고 말았을망정 삼일운동의 전개로써 민족의 명맥이 질식상태

---

35 염상섭(廉想涉), 「3·1 전후와 문학운동」, 『신민일보』, 1948.2.29. 염상섭은 1948년 2월 1일에 창간된 『신민일보』에 주필을 겸한 편집국장으로 참여한다.

36 유피(鞣皮): 잘 매만져서 부드럽게 만든 가죽.

에서 소생되었던 것만은 사실이므로 이 내외의 재생(齋生)[37] 기운을 타고 울연(蔚然)히 머리를 든 것이 신문학운동이었었다. 그러나 세상은 '울연'이란 형용사는 그 당시에 있어서 기분적으로는 몰라도 사실상으로 내용적으로 얼마의 후현상(後現象)이 있었다.

그래도 하여간에 합병 이래 — 아니 오랫동안 봉건세력과 외래의 지배세력 밑에서 신음하여왔고 가까이는 10년간 무단통치의 유린(蹂躪) 밑에서 깩소리도 못하던 생명력이 기실은 이미 '문학'에서만 겨우 웬만큼 한 배설구를 발견하였던 것이다.

2

외타(外他)의 부문으로 말하면 하급관리와 교원의 채용, 농공상업의 유치한 원시적 부분의 참여, 국한된 언론의 내문(來間) 등을 부분적으로 개방하여 약간 숨을 늦추어주면서도 늘 감시의 눈을 게을리 아니함으로써 자기네의 통치시험대를 삼아 문화정치란 헛생색을 내이면서 다른 실질적 치적을 거두기에 급급하게 되었던 것이다.

그러나 문학 분야에 있어서는 원체 하등의 사회적 노력을 가진 것이 못되고 정치의욕에서 떨어진 듯이 보였으므로 저들의 여기에 대한 관심이 그리 심(甚)치 않은데다가 문학을 지향하는 청년들도 이것을 정치운동이나 사회운동에 연결하여 그 후기에 나타난 소위 경향파문학과 같은 성격을 갖추기보다는 신문학의 흡수와 그 형태 및 골격을 형성하기에 급하였으므로 그처

---

37 재생(齋生) : '거재유생(居齋儒生)'의 준말로, '조선시대에, 성균관이나 사학(四學) 또는 향교의 기숙사에서 숙식하며 학문을 닦던 선비'를 이르는 말.

럼 가혹하던 검열제도하에서도 오히려 평범시하고 도외시하는 관(觀)이 없지 않았었다.

이와 같이 그 초기의 활동은 외타(外他)의 문화·사회 내지 산업·경제 방면의 활동과 중장(仲張)보다는 비교적 평탄한 길을 걸어온 세음이요, 많지 않은 신문잡지나마 신문학의 육성에 직접·간접 공헌이 적지 않았던 것이다. 이를 일언이폐하면 3·1운동의 결과로 약속된 문화정치는 표면상 4, 5종의 언론기관의 허가와 소위 일면삼교제(一面三校制)니 일면일교제(一面一校制)니 하는 표방으로써 색책(塞責)하려는 정도에 그쳤으나 그 반면에 신문학건설에 있어서는 그 초기에 있어 얼마쯤 방임주의이었던 것이 사실이니 이것은 정치의욕을 이리로 전향시키는 수단이기도 하였겠지마는 기실은 조선의 신문학운동이 무권위(無權威)이었던 증좌도 되는 것으로써 만일 대중적 세력을 가졌더라면 일대 탄압에 직면하였을 것이다. 그것은 그 후 문학이 차츰 대중에 삼투되어감을 따라 검열이 일층 가혹하여진 사실로 보아 넉넉히 짐작할 수 있는 것이다.

3

그러나 당시에 문학하는 사람들은 결코 정치의욕 — 쉽게 말하면 민족운동·독립운동이나 사회운동에서 이탈된 것은 아니었다. 차라리 정치의욕을 카무플라주하고 도피적 현상으로 소위 문학의 상아탑 속에 숨으려는 경향도 없지 않았던 것이다. 그러므로 이 시대에 문학하는 사람들 중에는 본질적으로 절실한 욕구로서 문학한다기보다도 정치적·사회적으로 봉쇄되고 억압된 생명력·생활력의 발로·발산의 분출구를 문학에 구하려는 일종의 유행성적 성격을 띤 것도 사실이었고, 또 이러한 현상은 문학의 정당한 발전과 질의 향상에 좋은 결과를 가져오지는 못하였던 것이다. 다시 말하면 문학을 일생의 천직으로 알고, 여기에 정통하려는 그 열의가 부족하고 또 침체한 사회 환경은 자극과 감격에 결핍하여 문학하는 사람들 자신까지도 문학을 한 여기로쯤 여기게 되었던 것이다.

여기에는 일어·일문의 세력에 밀리어 문인이 문필로는 생활보장을 얻을 수 없고 출판업 역시 유치·부진한 사정도 문인으로 하여금 직업인으로서 호구의 방도를 구하게 하여 자연히 문학을 여기(餘技)로 하지 않을 수 없게 하였지마는 이러한 모든 사정을 결국 3·1운동을 계기로 하여 획기적 신발족(新發足)을 한 조선의 현대문학이 30년의 역사를 가졌으면서도 아직 그 뿌리를 깊게 못 박은 최대의 원인이 되었던가 한다. (끝)

축사
비약을 기대[38]

　귀지(貴誌) 1주기념(一週記念)에 축사를 드린 나로서는 두 돌을 맞이하여 또다시 축사를 올리게 된 것은 광영이오며 기쁘외다. 지난 1년 동안은 문화사업에 있어서도 일층 더 군색한 바가 있었던 것을 회고하면 여러분의 수고가 이만저만치 않으셨을 것을 잘 압니다마는 그 대신 문화향상과 일반 부녀자에 끼치신 공로를 생각하면 스스로 위로되시는 바 적지 않으시리라고 믿습니다. 또한 부녀자 여러분 독자에 있어서도 수양과 지식의 섭취에 좋은 동무, 좋은 계몽자를 얻어 많은 도움이 되셨을 것을 믿으며 감축함을 마지않습니다. 늘 참신(嶄新)하고 명랑하고 주도(周到)하신 계량과 편집방침으로 오늘 이와 같은 면목을 갖추시게 된 것을 치하합니다. 마는 이 기회에 군더더기나마 한마디 드리고자 함은, 첫째, 소위 일제 잔재를 가정에서 거근(去根)함에 힘쓰시는 반면에 새로운 사대정신이 대신 침범하여 자리를 잡고 들어앉을 여지가 없도록 경계망을 쳐주시기를 바랍니다. 가정부인의 자녀에게 미치는 위대한 힘을 생각할 제 이 점을 교육상 경시하여서는 안 될 것은 더 말할 것 없습니다. 둘째, 봉건적 구관(舊慣)과 악습은 청산하되 좋은 전통과 미풍양속의 구별을 잘 하여 부덕(婦德)의 함양과, 잃어서 안 될 가풍을 신시대에 맞추

38　염상섭(廉尙燮), 「축사―비약을 기대」, 『부인』, 1948.4. 글 말미에 '소설가'라고 명기되어 있다.

어 잘 보전하도록 지도하여주심을 바랍니다. 셋째, 부권(婦權) 확장과 참정권의 획득에 따라서 독단적 과오와 신구(新舊) 충돌이 없도록 부인의 정치지식과 정치이념을 적당하고 적정하게 갖도록 힘쓰심도 한 큰 사명이실 줄 압니다. 넷째, 경제지식에 있어서도 현대의 주부로서 또는 새 조선의 어머니로서 필요한 정도의 계몽은 없어 안 될 노력이라고 믿습니다. 이상 몇 가지 외람한 말씀을 드려 미안하오며 또 이러한 점들은 이미 실행하여오신 바인 줄 압니다마는 혹시 참고가 되시면 재심(宰甚)한 일이외다. 앞으로 대발전(大發展)·대비약(大飛躍)을 비옵니다.

'민족문학'이란 용어에 관련하여[39]

1

해방 후에 민족문학이란 신용어를 쓴다. 신문학이 대두한 이래 이러한 용어가 있었던지 기억이 없으니 어떠한 경위, 어떠한 의도로 누가 쓰기 시작하였는지는 모르나 소위 좌우 양 계열로 나누었다는 그 어느 편에서나 이런 용어를 쓴다. 그 말이 내포한 개념은 다르겠지마는 언뜻 듣기에는 일제 말기의 소위 '국민문학'이라는 자타를 기만하던 그야말로 기회주의문학, 전체주의문학, 동화정치 어용문학, 아부문학의 대어(對語) 같아서 오늘날의 새로운 정세하에 있어서는 또 다시 새로운 의미로 이상히 들리는 것이다. 우리가 일제시대와 같이 민족적 독이한 존재임이 부인되거나 또 혹은 어느 연방 내의 복합민족으로서 자민족의 문화가 말살될 위기에 처하였다면 우리문화, 우리문학 ― 조선문화·조선문학이라고 호칭하는 대신에 '민족' 두 자(字)를 관(冠)하여 특히 민족관념이나 민족의식을 고양할 필요를 느낄 것이다. 그야 우리와 같은 약소민족으로서는 언제나 민족의식의 생동을 바라지 않는 바가 아

---

39 염상섭(廉尙燮), 「·민족문학이란 용어에 관련하여」, 『호남문화』, 1948.5. 이 글은 임병주(林炳周)가 발행인과 편집인을 맡은 『호남문화』의 창간호에 실린 글이다.

니나 그러나 오늘날 우선 일제에서라도 해방이 된 이 당장에 아무리 여전히 약소민족의 기반은 못 벗었을망정 단일민족으로서 독립국가의 완성을 기약하고 있는 오늘날에 민족문학이라는 용어를 새삼스레 쓸 필요가 있는가 의문이다. 쓸데없는 의문이요, 제언인지도 모르겠으나 혹은 별개의 의도가 있는 것인지 또는 소자출(所自出)이 있어서 사용되는 것인지 알고 싶은 바인 동시에 심상(尋常)히 우리 문화, 우리 문학, 또는 조선문화·조선문학이라면 족할 것이 아닌가 늘 의아히 생각하여오는 바이다.

2

소위 좌익계열이라고 지목되어 오는 문학자 간에서 특히 '민족' 두 자를 관하여 사용키로 결정되었다면 얼른 생각하기에는 소연방(蘇聯邦) 내의 일 연방, 일 구성민족이 되리라는 가상하에 이러한 명사를 붙였는가도 싶으나 그러나 아무려니 프롤레타리아 문학이론을 가졌다기로 조선을 소련 내의 일 연방으로야 가상할 리 없으니 무의미한 명칭이다. 또 한편 민족주의자의 문학이란 의미로 민족문학이라 한다든지 극단으로는 국수주의적 경향을 가진 것이라 하면 그런 것도 물론 아닐 것이요, 또 그래서도 아니 될 것이다. 민족주의의 의의가 정치 분야에서 어떻게 해석되고 설명되는지는 몰라도 피압박민족으로서 민족자결·민족해방·반제운동선상에서 고조될 것이요, 또는 분열된 민족이 통합과 단일화를 목표로 제창되어야 할 경우 이외에는, 특히 '민족' 두 자가 문화운동·문학이론에 고양되어야 할 긴절한 문제가 되리라고는 생각할 수 없다. 그러므로 민족문화·민족문학이란 용어는 차라리 일제 밑에서 쓰였어야 할 용어요, 해방 이후는 비록 약소민족의 굴레는 완전히 못 벗어났다 할지라도 별안간 이러한 용어를 쓸 필요가 없어졌고 또 현재 우리가 지리적으로나 정치·경제상으로는 양분되어 있다 할지라도 우리의 고유문화라든지 우리의 문학까지 분산·분해될 위기에 당면한 것이 아니니 민족적 문화의 분열이나 산일(散逸)이나 인몰(湮沒)을 방지하는 수단으로도 이런 용어를 써야만 될 형편은 아닐 것이다. 용어쯤야 아무래도 상관없을 듯하나, 그러한 것도 아니다. 민족문학이란 범칭(凡稱) 밑에 프롤레타리아의 문학 — 투쟁문학 — 전통과 과거의 문화적 유산을 부인하고 나서는 문학만이 민족정통의 문학이라고 규정되어서는 걱정인 것과 같이 일방에 있어서는 배외적·국수적·복고적이요, 봉건잔재를 옹호하는 문학이 민족문학이라고 지목되거나 인상(印象)되어도 장래가 염려되기 때문이다. 문학은 어디까지든지 자유무애(自由无涯)한 입장에 놓여야 할 것이요, 모든 것을 포괄하고 결코 편향하여서는 아니 될 것이라고 믿는 자기로서는 좌우의 분립경향을 가진 쌍방 '민족문학'을 가운데 놓고 각자가 자기의 소출이라고 마주 끌고 찢는 것 같은 현상은 내용은 하여간에 우선 외관부터 정상적이 아닌 듯이 보이는 것이다. 또 다른 의의와 해석이 있는지? 있다면 교시와 질정을 바란다.

3

문학이 다른 문화 부문이나 생활 영위에 종속적 존재가 아닌 것은 다시 말할 것도 없다. 하물며 정치나 사회생활 내지는 사회운동의 선전 선동에 이용되어 북을 치며 길잡이로 나서는 데서 문학다운 문학이 나올 리는 없는 것이다. 또한 문학의 대상이 한 계급이나, 그때 현상에 국한될 수도 없는 것이다. 자연 인생의 삼라만상이 문학 안에 포섭되거늘 하필 무산자만을 위한 문학,

무산자 해방만을 위한 문학에 제약되고 국척(踢躇)하여 있을 수는 없다. 그와 마찬가지로 문학이 과거의 그것과 같이 왕조의 비호 밑에 자라나서 특권계급의 완롱에 맡기거나 부르주아지의 금력 밑에 그 향락에 공(供)하고 때로는 그들의 이념을 대변함에 그칠 것도 아님은 물론이다. 문학은 넓고 자유로운 세계를 가지고 자주적으로 육성·발전되어야 할 것이다. 우리는 미란(靡爛)[40]한 자본주의사회를 구가하는 것이 아닌 것과 같이 무산계급 독재의 사회를 전취(戰取)하는 무기로서 문학이 견마(犬馬)의 노(勞)를 부담하여야 하는 것은 아니다. 무산계급의 해방을 위하여 일비지력(一臂之力)을 아끼지 않는 성(誠)과 열(熱)에 있어서는 인후(人後)에 떨어지지 않되 문학의 영역에 들어와서는 그 한계가 자재(自在)한 것이어야 할 것이다. 문학은 무산자만을 위하여 제작되고 존재한 것도 아니요, 대중화는 필요하나 그 대중화를 위하여 그 수준을 저하하여야 할 것도 아니다. 문학은 먼저 문학으로서 완성되어야 하겠기 때문이다.

또한 문화적 유산에 대하여도 유물사관적 각도로만 이를 재검토하고 재평가한다거나 그것이 봉건적 잔재요, 자본주의문화의 유물이라 하여 종교가 아편이라 함과 같이 무산계급에 대한 마취제라고 하여 덮어놓고 배척한다면 이것은 분서갱유의 현대판일 것이요, 실로 민족문화의 밑동을 자르고 앞으로 신건설의 원천을 말리는 것이다. 정치와 민생의 밑뿌리가 경제생활에 있는 이상 문화의 생성·발전이 경제산업과 지밀(至密)한 관련성을 가진 것은 유물사관까지 기다릴 배 아니어든 뉘라도 이 소위 진보적 견해나 검색을 거부하는 것은 아니다. 상대적으로 필요한 것이다. 그러나 아무리 새로운 각도로 검토 비평하여 신문화 건설의 지표를 정한다든지 반성을 촉(促)함에 유익

---

40 미란(靡爛) : 썩거나 헐어서 문드러짐.

하고 필요한 노력이라 할지라도 그 자체가 내포하고 있는 순수·보편한 문화적 불후의 가치라든지 문화적·예술적 생명까지를 부정하여서는 아니 될 것은 더 말할 것도 없는 것이다. 기위 민족문학이라고 한 바에는 민족적 개성이라고 할까? 민족 독자(獨自)의 경지에서 이 민족의 본원(本源)에 입각하여 우리 민족의 진수를 파악하고 나서 구문화(舊文化)·구문학(舊文學)을 재평가도 할 것이요, 신문화·신문학의 지침도 장만하여야 할 것이니 그리기에 구문화·구문학의 연구와 발견은 앞으로 더욱 더 왕성·활발화하여야 할지언정 이것을 신문화·신문학 건설에 대조적 폄척(貶斥)의 대상으로 삼으려는 의도를 가져서는 아니 될 것이다. 다시 말하면 그러한 선입견의 공식적 작의를 가지고 구문화·구문학에 임하여서는 아니 된다는 말이다. 겸허할 뿐 아니라 십분 존중하는 경의를 가지고 객관적으로 탐색하고 수집하고 연찬(研鑽)하고 평가하여 체계를 세운 뒤에 이것을 토대삼아 앞으로 신민족문화의 진로를 세워야 하겠거늘 일방(一方)은 프롤레타리아문화 수립이라는 국부적 편견에 사로잡혀 이를 무시하려 하고 또 일방은 그 반발·반동적 감정에 흘러 국수적 복고주의의 경향에 흐른다면 신문화 건설은 고사하고 바야흐로 제 근지, 제 밑천이나 찾게 되는 이 호기를 잃고 외래문화에 또 다시 압도되는 비운을 자초하는 외에는 별 방도도 없게 될 것이다.

홀망간(忽忙間)에 대단히 조잡한 관견(管見)을 약술한 데 그쳤으나 상세(詳細)는 다음 기회에 미루어둔다.

12월 23일

사회성과 시대성 중시[41]

1. 신문학의 '재건'이라 하니 필시 우선 문제가 되는 것은, 소위 일본 잔재를 문학면 자체에서 구축(驅逐)・청산하고 또 혹은 문학의 힘으로써 사회의 각 층과 생활의 모든 부면에 침윤된 일제의 여독을 청소한다는 것이 그 재건의 첫 조건으로 꼽을 것 같다. 그런데 내 생각 같아서는, 전시문학의 외도적 현상을 제외한 그 나머지의 신문학 유산 속에서는 일제 잔재라는 것이 그리 문제시될 것은 없으리라고 믿는다. 왜 그러냐 하면 당시에 있어 문학은 좌우익을 막론하고 정치를 떠난 완곡한, 또는 완만・은밀한 민족의식의 고취거

---

41 염상섭(廉尚燮), 「사회성과 시대성 중시」, 『백민』, 1948.5. 이 글은 '조선문학 재건에 대한 제의'라는 기획의 일환으로 작성되었다. 염상섭의 글 외에도 「계란을 세우는 방법」(김동인), 「정치적 감시를 소탕」(김동리), 「신윤리의 개척과 신인간의 창조」(백철), 「신이상과 신인간형의 탐구」(곽종원), 「문학자의 사명」(윤곤강), 「민족문학을 위하여」(김광섭), 「문학으로 돌아가서」(김광주), 「민족적 긍지를 고양하자」(박종화)가 함께 실려 있다. 기획에 대한 『백민』지 주간의 말은 다음과 같다.

"조선문학은 일정(日政) 시대에 있어서 찌긋한 압박과 함께 박해를 당하면서도 그 명맥만은 보존해 왔습니다. 그러므로 일정시대의 우리 문학은 질식한 환경 속에서 앓고 피로하고 쇠잔하고 신음해 왔던 것입니다. / 그러다가 해방과 함께 창문은 활짝 열리고 마음대로 대기를 호흡할 수 있게는 되었으나, 양대 사상의 침입과 아울러 민족적 분열선이 그어지고 거기에 따라서 문학인들도 좌왕우왕하면서 정치 정치의 물결 속에 함입하야 올바른 문학의 정도를 잊고 방황해왔습니다. 문단에 있어서도 혼란의 4년이었습니다. / 이제 우리의 갈망하는 중앙정부가 서게 되고, 따라서 우리 문단도 세기의 서광을 받으면서 민족문학의 진정한 모습을 세계에 나타낼 시기가 왔습니다. 이때를 당하여 본지는 '조선문학 재건'이란 타이틀을 붙여가지고, 현재 문단에서 활약하고 계신 선배와 중견・신예들의 고견을 물어서 이 한자리에 모았습니다. 상기 구(九) 씨(氏)의 논문은 능히 혼란된 문단을 청소할뿐더러 조선문단 재건의 지표가 될 줄로 믿습니다."

나 반제운동의 일익이었고 그 계몽적 역할을 하였기 때문이다. 그러므로 해방 후의 신문학이 일제 잔재와 관련하여 고려될 점은 전자에 있지 않고, 차라리 후자—즉 각층의 사회와 모든 생활 부면에 미만, 삼투되어 있는 일제적 의식, 이념, 습관, 취미 등을 일소함에 있어 문학이 담당하여 책무를 자각하여야 할 것이다.

2. 일제는 물러났으나 우리 자주정신을 그려놓는 외세가 대신 들어와서 차지하고 앉을지 모른다. 또는 일단 물러간 일제가 그 외세의 등에 업혀서 다시 반도의 주인이 되려고 할 경우도 상상되는 것이다. 재건되는 문학은 정권에 아부하거나 추세하거나, 또는 편향적 이념 밑에서 나팔을 불고 길잡이로 나서려는 용기(容氣)를 버리고, 이러한 국제정세를 부단히 경계하면서 기본적이요, 국가민족의 대본(大本)인 교육과 문화발전에 새로운 시각, 새로운 결의가 요청된다고 생각한다.

3. 다음에는 봉건잔재의 탈피가 재건되는 신문학의 중요한 요소를 차지할 것을 잊어서 아니 되겠다. 신문학은 신국가 · 신사회 · 신생활 건설에 있어 광범하고 원동적(原動的)인 은연한 세력과 영향을 가진 것이다. 문학자는 이 점을 깊이 자각하고 또 신국가 · 신사회 · 신생활을 재건함에 있어 봉건잔재의 불식청소(拂拭淸掃)한 어떠한 의의를 가졌는가를 깊이 관찰하고 그 한계를 구명하여 여기에 착오 없는 협력을 하여야 할 것이다. 착오 없는 협력이란 별 말이 아니다. 봉건적 관념이나, 습관이나 감정이나를 청산은 하되 우리에게 없어서 안 될 전통까지를 분간치 못하고 옥석을 구분(俱焚)[42]하는 과오를 저

---

42 구분(俱焚) : 한꺼번에 불에 탐.

지르지 않도록 십분 사고하고 신중을 거듭하여야 하겠다는 말이다. 문학이 대중과 자손에게 미치는 영향을 생각할수록에 더욱 그러한 것이다.

4. 재건되는 신문학은 민족을, 역사를 고쳐 보아야 할 것이다. 이것은 반듯이 소위 유물사관적으로 보아야 한다는 의미가 아니라, 널리 또 깊이 연구하고 반성하여 문학에 반영시키자는 말이다. 해방 후에 우리의 민족주의도 일제시대보다도 이론적으로나 현실적으로 일보도 전진하였다고는 생각되지 않으나 대체로 국수주의에 타(墮)하여서는 아니 될 것이라고 믿는다.

민족이나 국가를 떠나서 모든 것을 생각할 수 없지마는, 또한 민족적이요, 광범한 의미로서의 자주주의적인 점을 문학에서도 유의하여야 할 것이라고 생각된다. 하여간에 나는 편향을 싫어한다. 사회성과 시대성을 중시하면서도 문학의 자유롭고 넓은 보편적 순수성을 존중도 한다. 팔방미인적이라고 비난할지 모르나, 그와 같은 저속한 처세적 의(意)를 떠나서 문학 자체가 그러한 것이라고 믿기 때문이다.

5. 좌익이론을 덮어놓고 부인하고 배격하는 것만으로 능사라 할 것은 아니다. 유물사관을 깊이 연구한 바도 아니요, 전적으로 지지하는 바도 아니나 재건되는 문학에 있어서는 여기에 경청하는 바 있어야 하겠고 참작하여야 할 것이다. 유물사관적 관찰만이 정곡을 얻은 철칙은 아니로되 그러한 각도에서 보는 관찰도 상대적으로 필요하고 용허될 수 있을 것이니, 그렇다고 하여, 문학의 순수성이라는 것을 부인함도 아니요, 또 그 가치가 깎기는 것도 아니라고 믿는다. 제한된 지면에 표현도 불충분하였거니와, 자기 자신도 문학이념을 정돈하여야 할 과도기에 놓였으므로 실상은 아직 이러한 관견(管見)이나마 발표하기는 꺼리는 터이다. 미흡·불충분한 점은 다음 기회로 밀어두기로 한다.

마해송馬海松 저著 『편편상片片想』[43]

간밤에 봉화(烽火)를 보았느니 총소리를 들었느니 하고 두런거리는 아침에 이 아담한 단문집(短文集)을 받는 길로 읽어가노라니 이러한 혼란과 소음 속에서 「유치원의 위기」를 염려하고 「유아의자」의 치수를 마음으로 재고 「소학생의 소제(掃除)」를 걱정하고 마지막으론 「가난한 조선어린이」를 한탄하는 소리가 주위와 현실에서 동떨어진 한담이라 하겠는가?[44] 도리어 때가 이러하니만큼 이러한 기본적인 논제를 쳐들은 논의야말로 귀담아들어야 할 말이요, 값있는 노력을 여기에서 발견하는 것이다.

또한 저자는 다만 어린이의 생활을 관찰하고 그 씩씩한 성장에만 열정을 기울이는 데 그치지 않았다. 생활문화의 전반을 통하여 우리의 반성할 바를 —따라서 개신개선(改新改善)할 바를 지적하고 제성(提醒)하기에 애쓴 자취를 우리는 높게 사야 할 것이다.

이 『편편상(片片想)』은 비록 그 구체적 지도서는 아니로되 예리한 관찰로써 생활개조에의 많은 시사와 지표(指標)를 던져준 것만으로도 저자에게 사의를 표하는 바이니 저자가 들춘바 모든 문제는 국부적 소소한 '편상(片想)'

---

43 횡보생(橫步生), 「마해송(馬海松) 저(著) 『편편상(片片想)』」, 『서울신문』, 1948.5.5. 이 글은 '신간평'란에 수록되었다.

44 모두 마해송의 『편편상』에 수록된 글의 제목이다.

같으되 기실은 민족재생·국가재생의 근본문제인 것이다. 유의(有意)한 대방(大方)의 일독을 권하여 마지않는다. (원남동 145 새문화사 간(刊) 정가 180원)

'자유주의자'의 문학[45]

　리버럴리즘이니 리버럴리스트니 하는 말이 도처에 범람한다. 이것도 해방 이후의 한 새로운 현상일거다. "그 사람은 고작해야 리버럴리스트지.", "아니, 나는 리버럴리즘의 입장에서 ……." 이 따위 대화를 어느 좌석에서나 한두 번은 듣는다. '고작해야 리버럴리스트'란 말은 제 아무리 소위 진보적이라 해도 범박한 민족주의에서 털이 조금 난 정도이겠지 하는 경모(輕侮)하거나 불만을 품은 어기(語氣)요, "아니, 나는 리버럴리스트다."고 나서는 사람은 자기가 중간파라는 표명이거나 좌익이 아니라는 변명같이 들린다. 대체, 이 리버럴리스트가 조선에 몇 퍼센트나 되는지 조금 있으면 자유당 하나쯤은 나올 거라 …….

　해방 이후 나의 짧은 신문기자 생활의 경험으로 보면, 신문이 자유주의의 입장에서 초당파적(超黨派的)·초좌우적(超左右的) 사시(社是)를 걸고 나가는 동안은 인기도 좋고 신용도 박(博)하며 판로개척이 빠르나, 좌우간 어느 편으로나 기울 때에는 평가가 떨어져가는 경향인 것을 보면, 의외로 리버럴리스트로 자처하고 소위 중간노선을 걷는 층이 상당한 퍼센티지를 점하고 있는지 모른다. 하고 보면 실제의 정치세력이라는 것은 별문제로 하고 대중의 지

45　염상섭(廉尙燮), 「·자유주의자'의 문학」, 『삼천리』, 1948.7.

향(志向)이라 할지 여론의 동향이라는 것이 역시 이 어름에 집중되어 있지나 않은가도 싶다. 나는 지금 정치니 여론이니 하는 것을 말하자는 것이 아니니 별로이 심해(深解)코저도 않거니와 …….

일전에 어느 청년이 와서 문단인의 경향을 이야기하던 끝에 나는 어떻게들 보느냐고 물어보니까 언하(言下)에 "리버럴리스트시지요." 하고, 여기서도 리버럴리스트가 또 나왔다.

실상은 요전에 신문사 필화사건에 걸렸던 끝이라, 자기 일 개인쯤 사상경향이 어떠한들 천하대사(天下大事)일 리 아니요, 자기 작품의 팬인들 그리 관심사가 될 것도 아니겠지마는, 자기로서는 의외의 돌발사건이었으니만치, 그 후의 자기가 문화인 사이에 어떻게 보이는지 궁금하여 물어본 것이다. 그러므로 그 대답으로서 "리버럴리스트시지요." 하는 말이 귀에 거슬릴 까닭은 조금도 없다. 자유주의자라는 것을 명예로도 불명예로도 생각지 않는 자기이기 때문이다.

그러나 자유주의자란 말은 신문인·사회인으로 볼 때에 붙이는 말일 것이요, 또한 오늘날과 같은 정치정세에 있어서는, 특수한 의의를 가지고 싸우는 말인지 모르나, 문단인의 경향이나 문예사조로서 자유주의나 자유주의자란 것은, 내용이 공소하고 광막한 표현에 불과한 것이다. 근대문명·근대생활이 이미 자유주의에서 출발한 것인 다음에야 지금 자유주의를 특히 표방한다는 것도 새삼스러운 일이거니와, 비록 현하의 조선에서 유행되는 의미로서의 내용이나 개념을 가지고 쓰더라도 문단인의 경향이나 문예사조를 지적하는 용어로서는 맞지를 않는다.

그러나 소설을 의뢰하러 온 이 청년이 "당신은 자유주의자요."라고 하듯이 문학의 도(徒)나 문학사상의 경향도 정치이념의 분류에 따라서 간단히 구분하여버리고 마는 것이 조선의 현상이다.

민족주의문학, 프롤레타리아트의 문학, 자유주의문학 = 우익문학, 좌익문학, 중간파문학 ……. 이렇게 구분 못할 것이 없을지 모르기는 하다. 그러나 만일 그렇다면 '중간파문학 = 자유주의문학'이란 어떻게 구성되는 것이요, 어떠한 내용으로서 민족주의문학이나 프로문학과 구별될 것인가? 지금의 조선에서 이르는바 자유주의는 특히 구래(舊來)의 민족주의에서 자본주의적 요소나 제국주의적 요소를 제거한 것이라는 의미로서 본다면 자유주의문학, 즉 중간파문학은 프로문학에 일보 접근한 것이라고 규정할 수도 있을지 모른다. 그러나 민족주의문학은 자본주의나 제국주의를 구가(謳歌)하고 칭송하는가 하면 반드시 그런 것도 아니다. 그러면 그 이색(異色)이 어디 있는가? 모호한 분류일 것이다. 이것은 프로문학과의 경우에도 마찬가지인 것이다.

그야 세밀히 분석하여 유형적 규격을 짓는다면 못 지을 것은 아닐 것이요, 민족주의 그 자체가, 중간파니 자유주의자니 하는 사람들의 이론적 근거를 자기의 개념으로 하여 새로운 면모를 갖추고 나오는 날에는 ― 다시 말하면 민족주의가 지금 우리의 이념하고 있는 것과 같은 자유주의의 내용을 섭취한다든지 포섭한다든지 하여 새로운 경지를 개척하고 전개되는 날이면, 설령 자유주의문학이라거나 중간파문학이라는 것이 규정된다손 치더라도 그것은 결국에 '해방 후의 민족주의문학'이라든지 혹은 '신(新) 민주주의문학'이라든지 하는 규정 밑에 일치되고 마는 것이리라고 생각된다.

말이 기로(岐路)에 흘렀으나 내가 여기에서 말하고자 하는 것은 정치이념을 가지고 문학적 주조를 삼으려 한다든지, 정치적 분야를 그대로 옮겨다가 문학의 분야로 경계선을 쳐놓으려는 지금의 경향은 본도(本道)가 아니요, 변태(變態)라는 점에 있다.

근자 자기는 모(某) 지(誌)의 문학재건에 관한 설문에 대답한 중에 이러한 말을 쓴 일이 있다.[46]

"…… 나는 편향을 싫어한다. 사회성과 시대성을 중시하면서도 문학의 자유롭고 넓은 보통적 순수성을 존중도 한다. 팔방미인적이라고 비난할지 모르나 그와 같은 저속한 처세적 의미를 떠나서 문학 자체가 그러한 것이라고 믿기 때문이다 ……."

이것은 문학에 가하여오는 정치성의 중압을 염두에 두고서 한 말이다. 정치력이 직접 문학에 강압을 가하여오는 경우도 있지마는, 요사이의 문학작품은 문화인 간에 빚어진 기분적 분위기 속에서 유동하는 정치성이나 혹은 문학인 자신의 파지(把持)하는 정치이념 밑에 깔리고 휘둘려서 나온다. 이것은 좌우익이 똑같다. 그러나 문학이 굴레를 쓴다면 문학의 생명은 없어지는 것이다. 하물며 제 손으로 만든 굴레에 머리를 박고 문학을 한대서야 이런 빽빽하고 거북하고 답답스러운 문학이 있을 리 없다. 문학은 굴레에서 해방되자는 것이다. 주객이 전도되어서는 안 된다. 어떤 이념에 갇혀서 자유를 잃은 문학은 이념의 충복일지언정 독립한 부단의 생명력을 포지(把持)·발휘하기 어려울 것이요, 보편성과 아울러 특이성을 가진 순수한 예술적 가치는 찾을 수 없을 것이다.

그렇다고 시대성과 사회성을 도외시하는 고집을 가진다면 이것도 편견인 것이다. 시대와 사회에서 고립한 인생은 있을 수 없는 것은 아니나 예외다. 그리고 시대성·사회성이라는 데는 그 시간의 또는 그 작업의 정치성 내지 정치이념이 합치되거나 내재한 것으로 볼 수 있다. 그러므로 내가 이때까지 한 말은 정치성이나 정치이념을 무시하거나 등한시한다는 말이 아님은 자명한 일이다. 물론 시대성·사회성 — 혹은 정치성·정치이념이라는 것은, 유

---

46 「사회성과 시대성 중시」(염상섭, 『백민』, 1948.5)를 가리킨다.

동하고 변개(變改)되는 것이나, 그것은 또한 인생과 생활의 피요, 살이다. 따라서 그것은 문학에도 피가 되고 살이 된다. 다만 사회성과 시대만이 농후히 비추어야만 문학이 산다는 것은 아니다. 피와 살만이 인생과 생활에 중요한 요소요, 그 주재(主宰)가 되는 것이 아니라 할 따름이다. 그러나 그렇다고 하여 문학이나 예술의 보편성·특이성·순수성만이 필요하고 그 주재라 하면 사람은 영혼과 뼈만으로 살 수 있다는 논리와 마찬가지다. 이러한 편견은 배척되어야 할 것이다. 그러나 또 여기에서 잊어서 안 될 것이 있다.

'인생은 짧고 예술은 길다.'는 말이다. 유동하고 변개되는 사회성·시대성·정치이념은 짧되, 예술과 문학은 길다는 것을 명기하여야 할 것이다. 예술과 문학의 시간을 초월한 보편성, 특수성 내지 순수성을 높이 평가하여야 인류의 문화는 남아간다는 것이다.

지금의 문학인은 마음에 우상을 가지고 있다. 그 우상은 정치이념일 수도 있고, 영웅화한 정치인일 수도 있고, 계급의 이해휴척(利害休戚)을 대표하는 집단일 수도 있다. 그리하여 그 우상을 어떻게 선전함으로써 더욱 영험 있고 권위 있는 우상화하겠는가에 문학적 사명과 기(其) 목적이 있는 줄 알고 그 비식(鼻息)을 엿봄에 여념이 없다. 그리하여 추세문학(追勢文學)에 타락하고 말았고 갈도문학(喝道文學)[47]에 자감(自甘)하려 한다. 이 역시 좌우익이 마찬가지나 우익에 있어서는 좌익처럼 정치공작에 문학을 이용하려고도 않고 문학의 대중성이나 선전가치를 그리 요긴하게 인정치도 않건마는 자청하여서 길잡이도 나서겠다는 경향까지 보이는 것은 웬 까닭인지? 선전사상일 리 없고 엽관(獵官)의 □□일 리 만무하면 봉건적 타성이랄까? 반드시 자계급(自階級) 옹호의 의식에서만이라고도 할 수 없다면 호의로 보아서 건국대업에 협

---

47 갈도(喝道) : 큰 소리로 꾸짖어 길을 치움. 지체 높은 사람이 행차할 때 구종(驅從)이 소리를 질러 일반인의 통행을 금하던 일.

력하는 단성(丹誠)의 충동이라 하겠으나, 문학은 마음의 우상에 바치던 제물은 아닌 것이다. 역시 독자(獨自)의 권위를 보지(保持)하면서 특립독행(特立獨行)하는 데에 본령이 있고 또 그러함으로써 문학 자체를 살릴 뿐만 아니라 — 아니, 그러함으로서 문학을 살리고서야 문학을 통한 독립전취(獨立戰取)와 건국에 매진하고, 정치활동에 유조(有助)한 협력자도 될 수 있을 것이다.

그러나 문학의 독자성이니 특립독행이니 하여야 문학이 초인간적 존재로 정치나 사회에서 유리되거나 속세에서 고고한 특수존재라는 것은 아니다. 어디까지든지 인생과 생활과 — 따라서 사회와 정치와 국가와 국민과 붙어 다니는 것이다. 그러면서도 특자(特自)니 특립(特立)이니 독행(獨行)이니 하는 것은 종국에 문학은 편향하지 않는다는 말이다. 그리고 편행(偏行)을 하지 않는다는 말은 반드시 중정(中正)을 지킨다는 뜻에 그치지 않는다. 자유무애(自由無礙)하다는 말이다. 그러나 자유무애는 불기분방(不羈奔放)을 의미하지는 않는다. 또한 불기분방이라는 말이 데카당틱한 어감을 준다 할지라도 그것은 결코 방종과 동의어는 아니다. 결국 문학은 사회성, 시대성, 정치성 내지 정치이념에 구애되거나 원사(願使)되지는 않으나 이것을 무시하고 성립되는 것은 아니라는 말이다. 우리는 — 사람은, 생활에 있어 모든 불합리에 □성하고 구속에 그 성장이 조애(阻碍)되어 있으나, 다만 하나 예술과 문학에서 자기의 의지와 생명력을 펴는 것이다. 이것을 스스로 자굴(自屈)하여 주저하는 것은 문학인의 할 일이 아니다.

사람이 가리켜 자유주의라 할 제, 자기 스스로도 이를 수긍한다. 그러나 정치이념으로나 또는 현시(現時)의 정치정세로 보아서 리버럴리스트로밖에 될 수 없다거나 또 그러니까 문학에 있어서도 정치이념이나 그 정세에 추종하여서는 결코 아니다. 다시 말하면 문학인으로서 정치이념에 구속을 받지 않을 뿐 아니라 문학의 자유성과 자주성을 견지하는 자기의 신념이 우연히

정치이념으로서의 리버럴리즘과 합치되는 점에서 아무 모순 없이 자안(自安)
을 얻는 것이다.

6월 16일

해방 후의 나의 작품메모[48]

　국외에서 해방을 만나자 중앙 진출이니 정계 비약이니 노소 없이 한참을 흥분한 것은 당연한 일이나 감격 이외에는 별로 야심도 없는 자기는 다만 해방의 감격을 살려서 소설이나 한 편 쓰겠다는 술회를 모(某) 우(友)에게 한 일이 있었다. 그러나 그 '소설'을 아직도 못 쓰고 있는 지금에 '작품메모'를 쓰라니 (그야 아니 쓰면 그만이겠지마는 쓰자니) 적안(赤顔)할 일이다. 금년에 들어서부터 『자유신문』에 『효풍(曉風)』을 쓰고 있으나 해방의 민족적 감격을 쓰는 것은 아니다. 『효풍』은 해방 후의 남조선의 현실상이요, 신풍속도요, 그들의 정치이념이나 생활태도를 엿보자는 데에 의도가 있을 따름이다. 미처 숨을 돌릴 새 없이 뒤를 따라 박도(迫到)하는 현실고(現實苦)가 너무나 머리를 짓누르기 때문에 감격이 식어가고 감각이 무디어져서도 그렇겠지마는 이 중맥(重脈)이 한 꺼풀, 두 꺼풀 벗겨지고 상당한 시간이나 경과한 뒤라면 회억(回憶)과 추상(追想) 속에서 '해방의 감격'이 다시 살아나올지? 그렇지 않으면 그보다 더 큰 새로운 '감격의 날'이 우리에게 찾아오기를 기다려 쓰게 될지? 아직은 모르겠다.

　해방 후 몇몇 단편을 쓴 것이 있다. 현 문단은 어떤 모로 보면 침묵의 문단

48　횡보(橫步), 「해방 후의 나의 작품메모」, 『삼천리』, 1948.7.

이라고도 할 수 있으니 평단이라는 것이 침체한 것은 여러 가지 원인과 이유가 있을 것이거니와 월평 같은 것도 보지를 못하여 얼마만한 반향이 있었는지 묵살되었는지조차 자기는 모른다. 그러나 자기 딴은 어떠한 기준이라 할지 목표라 할지 하여간 진중한 태도로 일관한 맥락을 잃지 않으면서 써왔다고 믿는다.

서울에 와서 처음으로 쓴 것이 「첫걸음」이요, 기자생활 일 년 후에 쓴 것이 「바쁜 이바지」, 「엉덩이에 남은 발자국」들인데, 이것은 『해방의 아들』을 거둔 것이다. 「바쁜 이바지」는 아직 『한보』에 연재 중으로 미완이다. 『개벽』 신년호의 「이합(離合)」은 별리(別離)만을 쓴 전편이요, 후편은 방금 집필 중이다. 「이합」은 원시(元是) 후편을 보고서 논할 바이나 우익계열은 좋다 하고 좌익계열은 불만인 모양이다. 그러나 작품을 독립한 일개 문학적 소산으로 공정히 보고 평가하기 전에 정치정세 또는 정치이념이란 저울에 올려놓고 이데올로기만 추로 다는 것은 정도가 아니다. 최근에 「그 초기(初期)」를 『백민』에 발표하였으나 이것은 해방 초기의 이북의 시대상 사회상을 순전한 리포터적 입장에서 사건의 요점만을 기록적으로 남겨두자는 의도로 쓴 것이다.

그 외 단행본으로 된 「삼팔선(三八線)」과 「모략(謀略)」이 있다. 「삼팔선」은 소위 '국내의 국경'을 넘은 기념으로 썼고, 「모략」은 일제의 최후 발악의 일면과 민족관념을 주제로 한 것이었다.

이상의 모든 단편은 이북에 취재한 것이다. 그러나 나 자신은 이데올로기나 정치정세에 휘둘리기 싫기 때문에 어디까지 리버럴한 입장을 견지하면서 호오(好惡)의 감정에서 초월하여 공정히 썼고 우리의 갈 길을 조금이라도 시사하려는 양심적 의도로 제작되었다고 믿는다.

전후(戰後)의 창이(創痍)[49]가 쉽사리 아물기 어렵거늘 미소(美蘇)는 한 편씩의 민주적 이념을 붙들고 고집하여 그 수합이 극난(極難)한 이때 문학과 예술의 정상(正常)한 복구를 급속히 바라는 것은 무리다. 하물며 현대적 생활건설에 있어 그 기초와 내력이 빈약한 조선으로서 벼락해방을 받고 두서(頭緖)를 못 차리는 혼란기에 있어 문학의 분야만이 초연히 자기의 길을 건실히 걸어가기를 바랄 수는 물론 없다. 실생활의 그것과 같이 피로를 느끼고 암중모색을 거듭하고 앉았기는 일제시대보다 별로 나은 점이 없으며 살벌하고 각박하고 조민(躁悶)한 이 속에서 문학적 감흥과 창작의 의욕이 자극되고 발랄할 수 있을 리 없는 것이다. 그러나 생(生)으로 강압적으로 상극(相剋) 대치를 극(極)하며 자제와 반성과 융통성을 잃어버린 정치이념에 문학이 ― 문학인이 휘둘리고 싶지는 않다. 문학인부터가 자유정신에 살아야할 것이다.

6월 15일

---

49 창이(創痍) : 병기(兵器)에 다친 상처.

김영기金永基 저著 『조선미술사』[50]

    민족의 결합에 있어 혈연관계 및 지연적(地緣的) 요소와 함께 문화의 유사성은 더 말할 것도 없다. 해방의 아침에 앉아 우리의 문화를 다시 연구하고 검토하며 문화적 유산을 찾아 이를 수집·보전하려는 새로운 자각과 열의가 엄연히 일어남은 이(理)의 당연한 바요, 또 이 고비를 놓치지 말고 번듯한 공적을 내어야 할 거족적 큰 사업이거니와 모든 문화재 중에서도 '미술 = 예술'은 더욱이 이 혈연적 요소 및 지연적 제약과 가장 밀접불가분한 관계로서 생성·제작되는 것이다. 그러므로 문화의 전통과 아울러 우리의 조선(祖先)이 남겨준 예술을 찾아, 그 민족적 특이성이나 독자성 위에 세워진 미(美)에 첨흡(沾洽)하고 그 예술의 진수(眞髓)와 정신을 획득함은, 다만 과거의 민족적 또는 문화적 번영을 추수하고 자랑함에만 그치는 것이 아니라, 개인으로나 민족으로서나 자기도야의 길이요, 생명의 비약이며 민족정신을 흥기(興起)시키는 □류원천(流源泉)이 되는 것이다.

    이제 김영기(金永基) 씨 저(著) 『조선미술사』를 보건대 미술문화의 전반(全般)에 긍(亘)하여 낙랑 이래의 변천과 발달의 자취를 골고루 더듬어, 각 부문별과 시대별의 특징을 논증·해설하였음에 그쳤을 뿐 아니라, 삼국시대로부

---

50   염상섭(廉尙燮), 「김영기(金永基) 저(著), 『조선미술사』」, 『서울신문』, 1948.7.11.

터 현대에 이르기까지의 국체적(國體的) 유품의 감상과 함께 명장(名匠) 백위(白慰)의 예술적 경향 및 약전(略傳)까지를 무후편술(無漏編述)하여 여(餘)□이 없으니 이와 같은 집성(集成)은 사계(斯界)의 문헌으로 처음 보는 바이다. 우리와 같은 문외의 도(徒)로서는 다만 지식욕으로나 혹은 인물지(人物志)의 참고로도 문화인의 안두(案頭)에 없지 못할 호저(好著)이거니와, 미술교육의 계몽적 지도서로서 고등상식을 함양함에 비익(裨益)하는 바 다대할 것이다. 그러나 우리는 동양문화의 정화(精華)인 조선미술이 과연 어떠한 것이며 세계문화 수준에 비추어 얼마나 자랑되는가를 가르쳐주는 데에서 이 저술의 더 큰 진가를 발견할 것이다. 막연히 내 거니 좋다 말고 내용과 실질을 구체적으로 잘 알고서 하는 자랑만이 자신(自信)을 돋궈주고 민족의식에 새로운 기혼(氣魂)을 넣어주기 때문이다. (금룡도서주식회사 간(刊) 값 800원)

열탑냉어 熱榻冷語[51]

낮에는 파리와 싸우고 밤이면 물것에 뜯기며 오막살이 한 칸 방에서 땀을 짜고 앉아 있는 사람더러 척서만필(滌署漫筆)이니 납량단편(納涼短篇)이니 이런 배짱 좋은 주문이 있을까! 붓장난도 척서(滌署)의 청량제가 되는지, 같은 납량의 어릿광대 노릇이나 할 양이면, 창경원에 가서 땅재주를 넘어 보이거나, 탑골공원에서 멍석 위에 뒹구는 장안(長安)의 시체 '한량(閑良)'에게 시(詩) 낭독은 어떨꼬? 납량독물(納涼讀物)보다는 차라리 빙수(氷水)를 두둑이 한 그릇 갈아 공궤(供饋)함이 독자에게는 더 생색이 나리라.

한 손에 부채를 들고 한 손으로 배 문질러가며 냉(凉)탑의 한담(閑談)으로 해(광음) 가는 줄 모르는 그런 팔자란 저마다 타고난 것 아니거니와 우거진 홰나무 밑에 촌옹(村翁)들이 모여앉아 곰방대를 털고 담고 하여가며, 하염없는 옛이야기에 더위를 잊어버리는 전원(田園)의 소하(銷夏) 풍경은 그 어떨꼬? 그러나 이렇듯 악착한 세간(世間)에는 이것조차 지난날의 꿈인지 모르겠다.

도시의 부요(富饒)[52] 계급은, 요새 같은 전기(電氣) 사정[53]이라, 선풍기도 제

---

51 염상섭(廉想涉), 「열탑냉어(熱榻冷語)」, 『개벽』, 1948.8.
52 부요(富饒) : '부유(富裕)'와 동의어.
53 '5 · 14 단전(斷電)' 사건을 가리킨다. 1945년부터 1948년 5월까지 남한은 북한이 필요로 하는 물자를 공급하는 대가로 매년 5~6만 kW의 전력(電力)을 공급받아왔다. 그러던 중, 1947년 5월, 북한 주둔 소련군은 남한 미군에 대해 그간의 전력 사용료로 500만 달러를 요구했고, 이에

대로 돌지 않고 기름진 살이 이 삼복염천(三伏炎天)에 짓무르지나 않는지 그 것도 한 걱정이다마는 하기야 얼음찜질인들 못하랴. 시원하기로 말하면 돈 있고 재주 좋겠다, 제빙회사를 통으로 삼켜버리면 구하(九夏)[54]에 땀 한 방울 흘릴 까닭이 없을 텐데, 제빙회사는 적산(敵産)이 없는지? 요새 신문을 아무리 눈여겨보아야 제빙회사를 통으로 삼킨 건담가(健啖家)[55]가 있다는 말을 못 들 었다.

이러한 답답한 세상에 시원한 일, 선들한 이야기를 찾는 사람이 틀리다 할 까. 선풍기는 압록강에서 전기를 아니 주어 못 부치고, 오사카(大阪)의 '특산' 이 되었던 미선(尾扇), 태극선(太極扇)도 그나마 길이 막혀서 못 오니 부채질도 저마다 하기 어려울 거라, 올여름에는 땀방울이나 좋이 흘려보라는 것이다. 서울에서 '악박골' 약수란 것이 예전부터 유명하였겠다. 척서에 제일이요, 라 듐 분(分)이 섞였다든가 하여 10년 묵은 미류체(彌留滯)[56]도 뚫린다는 것이다. 그놈이나 한 대접 켜면 시원할 거나, 요새 시세로 한 대접에 10원을 하든지 100원을 할 거라, 그 역(亦) 형세에 부쳐 맛볼 수 없고, 수돗물이나마 절약을 하여야 하는 판이라 물 안 먹으면 땀 아니 흘릴 것이요, 없는 부채니 손에 드 는 버릇이 아니 생겨 선들한 맛에 감질이 안 들 거라, 그만하면 제물에 서퇴 (暑退) 안 되리! 나올 데 없는 냉미(凉味)를 턱없이 찾는 것부터 실수인가 싶다.

그러나 파리 등쌀만은 장장하일(長長夏日)에 견디어 내는 수가 없다. 구양 수(歐陽修)[57]의 증승부(憎蠅賦)쯤이야 구승(驅蠅)의 주문도 못되는 것, 원자문

미군은 그 일부에 해당하는 물자를 우선 공급하고 나머지는 추후 전액지불할 것을 제안했다. 그러나 소련군은 이를 거절, 송전량을 점차 감소시키다가 마침내 1948년 5월 14일, 남한의 단 독선거를 계기로 송전을 완전히 중단했다.
54 구하(九夏) : 여름철의 약 90일 동안.
55 건담가(健啖家) : 식욕이 왕성하여 무엇이나 많이 먹는 사람.
56 미류체(彌留滯) : '미루체'의 원말. 오래된 체증(滯症).
57 구양수(歐陽脩, 1007~1072) : 중국 송나라의 정치가 겸 문인.

명시대에 앉아서 삼하(三夏)를 파리와 악다구니 치기에 진땀을 빼고 있다니 사람의 체면을 유지할 수 없는 노릇이다. 그야 파리의 원자탄이 없는 것은 아닌 모양, 연전(年前)에 미군 비행기가 DDT를 공중에서 산포할 제 시원스럽기라니, 그때만은 외세를 빌어도 빈 보람이 있는가 싶었었다. 초가삼간을 다 태워도 빈대 죽는 맛이라는 셈으로 소채(蔬菜)에 다소 해가 된다 해도 또 한 번 뿌려서 깨끗이 구제(驅除)하였으면 청신·상쾌하기 이를 데 없을 것이다.

게다가 밤중의 흡혈귀 — 모기, 빈대, 벼룩……. 이 행악(行惡)은 또 어쩌나? '철썩' 소리와 함께 끈적하는 손바닥을 보면 발그레한 신선한 피, 아 이것이 2홉(合) 몇 작(勺)으로 간신히 빚어놓은 그야말로 금(金) 같은 '피 한 방울'이다. 사람은 계급투쟁은 할 줄 알아도 이 무서운 착취군(搾取群)은 막아내는 방도를 모르는구나. 요놈의 빈대! 요놈의 벼룩! 주먹으로 방바닥을 쳐야 주먹만 아프다. 한밤을 꼬박이 밝히면서 뜯기고 빨리고 난, 잠에 취한 여름아침의 하울(夏鬱)한 얼굴. 고열(苦熱)의 여름은 혈전(血戰)의 여름이요, 착취의 여름이기도 한 것이다.

그런데, 청승섬멸(靑蠅殲滅)의 '원자말(原子末)'은 이 문예벽풍(蚊蚋壁風)에도 초특급의 위력이 있어 화로에 태우면 독와사(毒瓦斯)쯤은 되리라는 풍설. 이것을 한 번 실전에 써보고 싶건마는, 어디 DDT가 수중에 들어와야 말이지. 그러나 엊그제 어느 신문에선가 보니, 이 DDT를 가정용으로만도 1,400여 드럼이나 배급키로 되었는데 비상시용으로 저장이 되었다던가? 원려(遠慮)가 없으면 근우(近憂)가 있는 법이라 비록 '먹는 물반(物件)'은 아니로되 절용(節用), 저축은 매우 좋은 요량이기는 하나 비상시용이라 하니 문예벽풍의 일대 연합군이 총공격을 개시하여 최후의 일전을 결(決)할 때가 비상시인지? 딴은 선들바람이나 불면 절용은 되리라마는 위생이니 보건이니는 열두째다. 이 중염(蒸炎) 속에서 악전고투하는 선량한 시민의 빨리는 피 한 방울이 아까울 줄은 알아야 할 일이다. 소서만담(鋤暑漫談)이 조금도 시원한 맛없는 객설이 되고 말았구나. DDT 안 준다는 불평에 이르러서는 사람이 이만치 녹록하기로도 쉽지 않으리라. 어제 자 보도에 보매, 문호 버나드 쇼 옹(翁)은 두 세계의 협조를 말하고 인류의 행복과 진보를 위하여 월레스 씨에게 투표할 것을 미국시민에게 권하였다던가, 월레스 씨에게 보내는 1표가 인류의 행복이요, 진보일지 나는 모른다. 그러나 하여간 영국의 문호는 적어도 두 개의 세계를 근심하고 인류의 행복과 진보를 빌었거늘, 조선의 그 소위 문필인 자, 쇼 옹의 십 분의 하나, 백 분의 한 토막도 못되기로서니, 고작 한다는 소리가 파리 타령, 빈대퇴치론 아니면 DDT 배급 달라고 투덜댄대서야, 붓끝이 부끄러워 낯이 뜨뜻할 지경이요, 웃지 못할 웃음거리가 되고 말리라.

그러나 파리 한 마리 잡고 못 잡으며, 적으면 적은대로 불평이 있다는 것부터가 벌써 정치의 일반(一斑)임에는 틀림없거니 하면 나도 또한 당당한 정치론의 대기염이나 토한 듯이 제 방 속에서만은 활갯짓도 치고 싶다. 가가(呵呵).

7월 29일

백철白鐵 저著 『조선신문학사조사 朝鮮新文學思潮史』[58]

　조선의 신문학사조의 유입과 그 변천에 대한 연구나 논의는 종래 부분적·단편적임에 그치고 총괄적, 체계 있는 연구·비판을 보지 못하였던 것은 신문학의 연찬(研鑽)과 발달을 위하여 적지 않은 손실이었던 이것이 이처럼 오늘날까지 도외(度外)에 놓여 있었던 것은 일제하에서 모든 것을 자포자기하는 경향과 아울러 충분히 자유로운 견해와 비판을 가하기 어려운 자상(刺傷)도 있었던 동시에 외래문학 등이 일본문학의 압도와 심취로 일반이 조선문학을 경시하는 선입견도 없지 않았던 데에 큰 원인이 있었던가 싶다. 그러한 점으로 보면 오늘에 우리가 『조선신문학사조사』의 쾌저(快著)에 접하는 것도 해방의 선물이라 아니할 수 없다. 그러나 또 한편으로는 이 방면의 연구와 저작이 전인미답의 처녀지대로 있었던 만치 누구나 용이히 손을 댈 수 있으면서도 우금(于今)껏 방치하여두었던 또 하나의 원인은 세계문학사조의 수입과 육성·발전의 경로와 그 자취가 뚜렷하지 못하고 연구의 대상·재료를 포착·수집하며 분석·종합하여 체계를 세우기가 힘이 들고 구살머리쩍었던 관계에 있었던 것도 사실이었다 하겠다. 그 점으로 보면 이러한 난

58　염상섭(廉尙燮), 「『조선신문학사조사(朝鮮新文學思潮史)』, 백철(白鐵) 저(著)」, 『자유신문』, 1948.10.20. 이 글은 '신간평'란에 수록되었다. 원문에는 책 제목이 『조선신문사사조(朝鮮新文學史思潮)』로 되어 있는데, 『조선신문학사조사』의 오식이므로 수정했다.

관과 번폐(煩弊)를 물리치고 감연(敢然)히 신기축(新機軸)을 세워놓은 저자의 정력과 분발과 열성에 경의를 표하지 않을 수 없다.

　내용에 있어 저자의 평석(評釋)이나 견해에 부분적으로는 나 자신도 간혹 이의를 발견하는 바 없지 않고 또 종차(從此)로 연구를 거듭하는 동안에는 수보(修補)되어야 할 점도 없지 않을 것을 저자 역시 그 서문에서 자인한 바이지마는 지금에 있어 이만큼 집성하여 놓은 그 공로를 높이 사야 할 것인 동시에 이 길에 뜻을 둔 동호자로서는 반드시 이 문을 거쳐 나가야만 할 호저(好著)임에 틀림없으며 또한 신진(新進)하는 여러분에게 좋은 지도가 될 것을 믿는 바이다.

　수선사(首善社) 간(刊) 값 650원

나의 소설과 문학관[59]

누구나 그러한지 모르겠지마는 소위 작가생활이란 것에 행복하다거나 고맙고 기쁘다고 생각해본 일은 없다. 작품의 제작이 순조롭게 나갈 제 간혹 회심의 기쁨을 느껴보는 일은 없지 않겠지마는, 불만, 초조, 불안, 염오(厭惡) ……. 심하면 비굴감까지를 느끼는 것이 과거나 현재나 여일한 작가생활이다. 작품의 성과에 대한 불만, 역량미흡에서 오는 조민(躁悶), 작가로서 자기에 대한 끊임없는 불안, 제작의 염증 ……. 그리고 그것이 얼마의 생(生)의 비굴감 ─ 이러한 것을 생각하면 문학을 하고 작가가 된다는 것에 행복을 느껴본 일도 없고 명예라고 꿈에도 생각해본 일은 없다. 첫째는 자기의 재분(才分) 문제요, 둘째는 노력과 수양이요, 셋째는 생활의 안정에 딸린 것이나, 용이치 않는 이 길로 들어선 것을 후회한 때도 없지 않고 니힐리스트한 심경에 빠져버린 때도 있었던 것이다. 그러므로 지금도 간혹 문학을 지망하고 작가로 나서겠다는 청년을 만나면 나는 그리 탐탁히 권하지는 않는다. 물론 첫째는 천부재분 문제이나 실제로는 생활정도를 묻고서 될 수 있으면 완실(完實)한 직업을 가지고 생계를 세울 방도를 차리면서 문학하기를 권하곤 한다. 문학을 여기(餘技)로 하라는 말이 온당치 않은 줄은 아나 조선의 형편은 그러한

---

59 염상섭(廉想涉), 「나의 소설과 문학관」, 『백민』, 1948.10.

것이요, 잘못하다가는 문학도 문학답게 못 하고 말겠기 때문이다. 또 문학이나 예술로 길을 안 들고 과학, 기타 상재(商材)의 방향을 잘못 들었다가는 개인으로나 국가로나 손실이기 때문이다. 요컨대 문학은 다른 학문이나 직업과도 또 달라서 재분 이외에 생활의 보장이라는 것을 한층 더 필수조건으로 하기 때문에 문학으로 밥걱정을 안 하게 되기까지는 문학과 직업을 달리 하여야 할 것이요. 그 직업은 아무쪼록 과학 방면을 택하여 신조선 건설에 일신양역(一身兩役)을 한다면 큰 공로도 되리라는 것이 신진문학의 동호자에게 권하고 싶은 말이다.

신진문학 동호자에게 권고를 청한 것이 아니요, 나의 작가가 된 내력을 말하라는 것이나, 천부와 실생활이 아울러 빈곤한 속에 작가로 붓을 들었다는 것이 일생의 실수인 것은 더 말할 것 없다. 학생시대의 원조하던 선배는 실업 방면을 희망하였었고 그 후 어떤 기회에 관계가 있던 일인(日人) 법률가는 법리학을 연구하기를 권한 일이 있었다. 그대로 하였다면 은행에 과장쯤은 되었거나 변호사 문패라도 부치고 지금쯤 밥걱정은 아니 하였을지 모를 것이다. 그러지 않아도 작가생활이란 것을 하면서도 한참 궁한 판에는 법률강의록을 펴놓고 보던 한때도 있었던 것이다. 그렇게도 먹는 데 더러우냐고 웃을지 몰라도 배곯고는 문학도 안 되는 것이다. 생활을 제쳐놓고 문학 제일일 수는 없기 때문이다.

말이 기로(岐路)로 샌 모양이나, 그러면 번연히 그런 줄을 알면서, 무슨 재화(才華)와 자부가 놀랍다고 일생의 모험인 작가생활로 들어섰느냐고 웃을 사람도 있을 것이다. 그러나 재분을 자허(自許)하였다거나 선배의 격려나 추만(推輓)이 있어 소위 등용문에 올랐다든지 하는 그런 번듯한 출세를 한 것도 아무것도 아니었었다. 누구나 청소년시대에 거의 본능적으로 즐겨하는 문학에 대한 오락적 취미나 동경이 — 쉽게 말하면 섣부른 난봉이 직업화하고 만

셈쯤 된 것이다.

　이렇게 말하면 문학에 대한 모독으로도 들리기 쉽다. 그러나 문학도 인생의, 생활의, 그리고 사회와 학문의 커다란 문화적 일부분을 차지한 엄연한 존재임에는 틀림없으나, 자기로서는 그 모든 조건을 충분히 구비치 못하고 여기에 간여한 것을 자고(自顧)하고서 하는 말에 불과한 것이다. 당시에 있어 조선의 신문학은 개척을 기다리는 한 처녀지이었으므로 아무나 손을 댈 수 있었던 것이다. 말하자면 그만치 어수룩하여 보였기 때문에 자기도 손에 밴 재주 없이 덮어놓고 여기에 덤벼들어 보습(犁)을 내려놓고 손쉽게 한 소작인의 자리를 차지하게 되었던 것이다. 그러나 얼마나 개척되고 얼마나 수확되었는가는 모른다. 장근(將近) 30년이나 되니, 30년이라면 사람의 1세대인데 그동안 무엇을 하였느냐고 묻는다면 그 역(亦) 할 말이 없다.

　신문화운동이 3 · 1운동을 계기, 혹은 일 전기로 하여 사회적 전개를 보인 것은 장제(長提)할 필요도 없거니와, 자기로서는 때마침 조고계(操觚界)에 투족(投足)하게 된 것이 문예운동에 간여하게 되고 따라서 창작에 붓을 들게 된 기연(機緣)을 얻게 되었던 것이다. 기성문단이란 것이 없는 처녀지이었고, 정치사회와 같은 각축과 견제가 없느니만치 작가로 나오기가 쉬웠기로 하였겠지마는 정치, 경제, 산업, 사회, 문화 등 모든 분야에 있어 활동의 여지도 없고 사방이 막혔으니 재분이니 역량이니 생활방도이니 하는 고려 여부없이 이 길로 용이히 도피하여버리거나, 일제 밑에 억압된 생활력의 한 배설구로 문학에 몰리는 경향도 없지 않았으니, 자기도 그 사품에 한몫 본 것이었다.

　그러나 원체 자극이 없고, 빈곤 · 침체 · 우울한 주위환경에 잠긴 계몽기이니만치 활발한 활동은 일반으로 기대하기 어려웠다. 저널리즘도 겨우 첫 단계의 부진상태로서 유치한 출판사정은 문학의 발전을 촉진할 여지가 없었다. 개인으로도 순전히 문학에 정진한 사람이 몇 사람이나 되었을지, 거개가 직업인으로서 문학은 여기요, 부업이었다. 필자와 같음은 기자생활과 창작의 집필을 교체적으로, 즉 실직하고 들어앉은 때마다 간헐적으로 작품을 발표하였음에 불과하였으나, 그나마 발표할 신문잡지가 국한되어 있으니 얼마 안 되는 작가로서도 공급과잉상태가 되어 장편 하나 발표하기에도 지면획득에 쟁투전이 일어날 지경이었던 것이다. 하고 보면 문단생활 근 30년이라 하여도 문학을 집어치우고 순직업인으로 만주에 나가 있던 8, 9년을 제외하고 약 20년 가까운 문필생활을 하였다 하여 시간으로나 분량으로나 그 3분의 2 넘어는 신문잡지의 기사이었을 것이요, 겨우 3분의 1이 문학적 노력이었을 것인데, 그나마 먹기를 위한 잣단 돈푼에 팔려 쓴 것이었다 하겠다. 문학하였다고 작가생활이라고 큰소리를 칠 건더기가 없다.

그러나 이러구러 오십이나 되어 '인제는 여생이 얼마 아니 남았는데 …….' 하고 머리를 쓰다듬게 되었다. 오입이었던지 천직이었던지 간에 지금 와서는 군소리 말고 앙탈 말고, 짧은 앞날을 빈틈없이 정진하게 되기만 스스로 빌 뿐이다. 위고가 육십에 『레미제라블』을 썼다 하여도 그것은 위고니까 될 일이지 범속이 바랄 바 아니요, 10년, 20년 허송한 것만이 아깝다. 어리석은 수작이지마는 10년만 젊었어도 문학을 인생일대의 사업이라는 새로운 각오를 가지고 다시 문학입문에서부터 공부를 시작하여보고 싶은 생각이 간절한 바도 없지 않다. 이생과 아울러 문학에 회의하고 니힐리스틱한 부정적 집념에 방황하던 때도 많았지마는 문학이 남아일대의 사업임에 넉넉지 않은 바도 아닌 것이다. 부귀와 공명만이 인생 사위(事爲)의 최고봉은 아닐 것이다.

자기존재의 주장 ─ 자기표현욕은 사람의 본능이라 하면 문학은 우선 그 자기표현의 가장 세련되고 정치한 수단인 것이다. 따라서 자기생활의 발로요, 생활의 의의를 여기에서 발견하는 것이라 하겠다. 이것을 광범히 순객관적으로 말한다면 문학은 인생의 탐구요, 인생의 표현이며, 인생의 의의를 발견하고 파악해가는 과정이 문학의 노력이라 할 것이다. 이 과정은 자기를 완성하고 인생을 완성하여가는 길이기도 한 것이다. 또한 명리를 초월한 온전한 기쁨, 영원한 기쁨이 없이는 인생의 사막일 뿐이라면, 우리는 예술 없는 생활을 생각할 수조차 없는 것이다. 예술미는 이해를 초월한 영원한 기쁨의 원천이기 때문이다. 문학이 인생의 의의를 탐구하고 그 진수의 표현이면서 동시에 예술인 소이가 여기에 있다. 다시 말하면 피가 돌고 숨을 쉬고 웃고 울고 하는 인생의 산 철학이요, 참된 생활의 예술적 기록이 곧 문학이라 할 것이다. 그리하여 문학을 통하여 예술적 표현미를 통하여 만인에게 주는 공감, 공명은 살벌한 생활투쟁과 감정의 반발을 융화함으로써 이해-사랑-평화의 싹을 만인의 마음에 심어주는 것이라 하겠다. 사람의 모든 노력이 결국에 노리는 바가 기쁘고 행복하고 화락(和樂)하게 의의 있는 생을 자유롭게 영위하고자 함에 있다 할진대 문학은 인생의 그 근본과제를 푸(解)는 가장 진지한 노력이라 할 것이다. 문학의 의의라 할지 문학의 가치라 할지 하여간 문학의 본질을 이렇게 볼 제, 문학으로서 인생일대의 사업이라 한들 부족할 것은 없을 것이다.

'문학적 경력과 문학관'을 쓰라는 편집자의 부촉(付囑)인데, 별로 남에게 들어달라고 할 만한 과거도 갖지 못하였고, 제한받은 지면으로는 이밖에 더 쓸 여유도 없거니와, 회고나 새삼스러운 문학관의 논의보다도 규모가 작으면 작은 대로 남의 세월이 짧으면 짧은 대로 앞으로서 새 계획이 더 바쁘고 더 요긴하건마는 얼마나 힘이 자랄지 망연자실하여 두서를 못 차리고 앉아있는 것이 지금의 자기이다.

8월 9일 조(朝)

현 문단 창작평
질質의 문제[60]

1

해방 후에 창작단의 질이 저하하였다는 소리가 차츰 높아가는 것 같다.

사실일지도 모르겠다. 질의 저하로 말하면 비단 창작에서뿐이랴. 우리는 지금 자유를 찾고 자유를 보지(保持)한 것이 아니라 '자유를 부르짖을 만한 자유'쯤 갖게 된 혼돈기인지라 질의 저하는 물심(物心) 어느 면에나 휩쓸고 가는 무역(貿易)인지도 모른다. 아니 전후세계의 계절이기도 한 것이다. 중학생의 머리(장발)에서 '자유'와 머리(두뇌)의 저하를 동시에 발견한 일도 있었거나, 이만 정도의 저하는 이 혼돈상에서 면치 못할 현상이라고 할 것이다. 문학도 여기에 예외일 수는 없을 것이다.

그러나 창작의 질이 저하한 것이 사실이라면 그 원인이 신인의 발표 자유나 남작(濫作)·다작(多作)에만 있는 것이 아닐 것이다. 해방 후에 신전기(新轉機)를 획(獲)할 만한 신작이나 신인의 출현을 보지 못한 것은 사실이요, 또 해방이라는 역사적, 민족적 일대 신전기에 반드시 괄목할 만한 신인·신작의 출현으로 신기축이 설 것으로만 여기고 기대가 컸더니 만치 실망이 크고, 실

---

60 염상섭(廉想涉), 「현 문단 창작평 – 질(質)의 문제」, 『자유신문』, 1948.11.5.

망이 크니 만치 유난히 저하한 듯이 보이는 점도 있을 것이다. 그 점으로 보면 책임은 도리어 신인에 있는 것이 아니요, 기성문단이나 기성작가 내지 그 작품에 있다고 하여야 옳을 것 같기도 하다. 기성작가나 기성작품을 과소평가하려는 것도 아니요, 조선의 현대문학이 획기적 비약을 하지는 못하였을 망정 세계수준에서 그리 떨어진다고는 생각되지 않는다. 그러나 제2차 세계전을 치르는 동시에 특히 우리는 일제 밑에서 시간적으로나 작품의 실질로나 신인을 양성할 만한 충분한 기회를 갖지 못하였었고 일반적으로 전시와 전후 수습기에 있어서는 문학·예술의 정당한 발전이 신인의 출현을 위하여는 불리한 조건만이 연첨(連簷)하는[61] 것이니 해방 후에 신인이 자유롭게 등장은 할 수 있었을지 몰라도 그 실력을 스스로 양성하고 발휘하기까지에는 3년이란 시간이 짧은 것인지 모를 것이다. 신인에게 대한 기대는 차라리 앞으로 있는 것이나 역시 객관정세의 전변(轉變)에 따라서 결정되는 점이 많을 것이다.

2

　이렇게 생각하면 현시(現時)의 침체나 질의 저하는 비록 객관정세의 불리에 그 원인이 크다 할지라도 우리의 내부적 사정으로는 그 전반의 책임이 기성작가에 있다고 하겠다. 무엇보다도 현저히 눈에 띄는 것은 중견작가의 분산이다. 월북한 작가군(作家群)은 말할 것도 없고 남한에 있어서도 현실도피가 아니면 현실에의 몰입에서 오는 분산이다. 그러면 부득이한 분산이라도

61　연첨(連簷)하다 : 처마와 처마가 맞닿다.

분산인 채 각기의 분야에서 문학을 하고 창작에 붓을 드느냐 하면 이미 도피가 아니면 현실에의 정치에의 몰입이니 문학적 창작에서 멀리 떨어져 있는 관망(觀望)·냉시(冷視)가 아니면 문학을 지고 정당의 문을 두드리는 현상인 것이다. 이 두 가지 태도에 있어 우리는 새로이 검토하고 다시 고려할 계기가 오지 않았는가 생각한다. 현시와 같은 정세하에서 붓을 들기가 주관적으로나 객관정세로나 심히 고려할 경우가 있는 것은 사실이다. 사유와 창작의 자유를 누가 유린하는 것은 아닐지라도 자기의 이념이나 신념을 □□ 파악하기에 힘이 들고 붓은 들기가 거북하며 무언(無言) 중에 철주(掣肘)되는 점이 없지 않은 것이다. 또한 현실을 초월하여 정관(靜觀)·비판하며 음미·분석하는 태도는 필요한 것이다. 그러나 아무리 비판적이라 하고 정관·음미한다기로 현실을 백안시하는 독선이 인생이나 생활에 대한 태도는 아닐 것이다. 정열과 감분(感奮)이 있을 것이요, 또 있어야 할 것이다. 그렇다고 하여 그 정열과 감분을 가지고 현실에 몰두하여만 될 것도 아닐 것이다. 정치가 인생이나 생활의 전부인 것은 아니다. 문학인은 문학인으로서 그 정열과 감분을 어디까지 문학창작을 통하여 살릴 수 있는 것이요, 또 정치만치 필요한 일이다. 그러면 문학인은 이러한 혼돈기일수록 자유로운 분위기를 스스로 심두(心頭)에 전개하면서 종용부박(從容不迫)한 태도로 정진하여나갈 새 길을 찾아야 할 것이 아닌가 생각한다. 과연 오늘날 같이 신인을 기다림이 간절한 때도 없다 하겠거니와 또 한편으로는 문학의 분야에서 지나치게 초연히 등지고 앉은 기성작가가 우선 벼루를 새로 닦고 나와야 될 때도 없을 것이다.

3

그러나 여기에는 출판계의 조력(助力)에 기대하는 바 또한 적지 않다 하겠다. 부절(不絶)한 자극과 권장에 있어 출판업자의 은연한 추진력은 다시 말할 것 없는 것이다. 오늘과 같은 출판사정은 변태(變態)요, 여러 가지의 모순과 혼돈이 있음을 모르는 바 아니며 또 그 용지, 인쇄 등의 애로와 시대상의 불안정한 채산(採算)상 막측(莫測)한 변동이라든지 지식층의 요구라든지 교과서의 전반적 갱신으로 인한 분잡(紛雜) 등 허다의 불리한 현황을 짐작 못하는 바는 아니나 출판계도 문화사업인 이상 문학의 가치를 문화향상의 점으로나 국가적 견지에서 새로운 각도로 보아주게 되어야 할 것이요, 또 그러한 노력이 물심양면으로 있어야 할 것이다. 문학작품을 단순히 상품시하는 편견에서 벗어나서 신문화 건설을 위하여 일정(一情)의 역(力)을 치(致)한다는 이해와 열의가 있고 없는 데에 따라 문학의 쇠장(衰長)에 불소(不少)한 영향이 있는 점도 생각하여야 할 것이다. 실제문제에 있어서 과거 수년과 같이 교과서나 역사 유(類)의 간행이 긴급한 시기에는 이를 제쳐놓고라도 문학서의 간행이 우선적으로 필요하다는 것은 아니다. 교과서가 이미 포화상태에 달하고 저속한 소설류와 만담의 범람이 오늘과 같은 유행적 현상에 이르러서는 문학저작에 용력(用力)할 시기도 되었고 여력도 있으리라고 믿는 바이거니와 출판업이라는 것이 일반문화와 함께 문학발달에 은연한 일(一) 중추적 추진력을 가진 점에 독(獨)히 유념하게 되면 문학계에 주는 자극과 질의 향상에 적지 않은 공헌을 할 것이다.

문단의 자유 분위기[62]

1

지난여름에 일부 중견작가의 소회합(小會合)이 있었을 제, 나도 초청은 받고도 사소한 사정으로 출석하지 못하였거니와, 문단의 침체라 할지, 불안정한 요즈음 형편이나 문예조류에 비추어보아, 그러한 모임이라도 가끔 있는 것이 출판기념의 회합보다는 의의가 있을까도 싶다. 그때의 모임이 별로 성과를 남긴 것도 없는 모양이요, 어떤 종류의 잡음인지 잡음만 뿌리고 말았다는 말도 들었으나, 나의 보는 바로는 오늘과 같은 주위환경에서는, 그러한 무색투명한 모임에 성과야 있고 없고 간에 호감을 갖는 것이다. 목표와 의도를 가진 데에는 모략과 불순이 따르는, 하도 믿을 수 없는 세태이기에 말이다. 그런 회합은 첫째 파별적(派別的) 고집에서 떠나서 자유롭게 담담히 문학을 이야기할 수 있지 않을까 하는 것이다. 그렇다고 문인의 청유(淸遊)라는 유한(悠閑)한 아취(雅趣)를 찾자는 뜻은 아니다. 속진(俗塵)을 떠난 한때의 청유도 물론 좋지 않음이 아니로되, 문학을 하는 사람의 모임이니만치 명확한 지표는 없으나마 문학의 진전을 돕고 신생면(新生面)을 타개하는 기운을 만들자

---

62 염상섭(廉尙燮), 「문단의 자유 분위기」, 『민성』, 1948.12.

는 의욕은 막연하나마 가졌을 것인즉 시인 묵객(墨客)의 단순한 청유만도 아닐 것이다. 대립적 감정이나, 이데올로기의 배치(背馳)에서 초연하여 모이는 동안에 불기(不期)한 견해의 일치와 의견의 종합을 본다면, 그것이 도리어 비작위적(非作爲的)으로 자연스럽게 새로운 문학운동의 지표가 되고, 신기축(新機軸)을 세워 이 막다른 현 문단에 생기를 불어넣는 계기가 되지 않을까? ─ 이러한 의미로 초파별적이요, 무계획적인 그런 모임이, 차라리 현 문단 정세로는 새 활로를 찾아나가는 방편이 되지나 않을까? ─ 이렇게 나는 보는 것이다.

물론 문학도 사람이 하는 일이요, 사회적 활동현상이며 각자의 이념이나 사상의 분야를 가진 것이니 '초파별(超派閥)'이라는 것도 어느 정도요, '무목표(無目標)'일 수도 없을 것이다. 심하게 말하면 초파별·무목적·무목표를 내세우는 그것이, 벌써 한 개의 표방이라 할 수도 있는 것이다. 그러나 문학의 본질론이나 방법론이 아닌, 다시 말하면 문학적 이유가 아닌, 객외(客外)의 조건과 이유에 얽매여, 대립의 타성에 본의 아니게 끌려가는 종래의 양상에 어지간히 멀미가 난 사람이라면, 무엇보다도 먼저 이 외곽적 파별감(派別感)에서부터 벗어나려는 정의(情意)가 굳게 움직이는 것이 사실은 아닐까? 또한 문학은 선반 위에 높직이 얹혀놓고, 그 밑에서 빈주먹을 휘두르며 이데올로기의 입씨름이 아니면, 정치적 별동대로서 그때의 정세에 아부까지는 아닐망정 추수(追隨)·방황하는 경우를 생각하여 볼 제, 우리는 먼저 아무 목적이나 목표를 내걸기 전에 다시 백지에 돌아가서, 현실과 아울러 문학을 재검토하고 신기축을 세워보고자 하는 요구가 있다 하기로 그것이 틀린다 할 것인가? 작가의 자유, 문학의 권위를 스스로 견지, 옹호하기 위한 노력으로서 이러한 태도는 필요할 것이요, 또 이러한 분위기를 조성한다는 의미로도 그와 같은 문인의 회합을 비난할 이유는 없을 것이다. 그 회합에 대한 잡음이라는 것이 어떠한 내용의 것인지는 모르거니와, 좌우익 간에 자기 진영에서 이탈하여 반기를 드는 행동이라고 보는 편협한 감정론에서 비난한다면, 이것은 마치 문학인을 정당인(政黨人)으로 보려는 외도요, 유견(謬見)으로 문학의 본질·본도(本道)를 망각한 혼선일 따름이라고 본다.

노골적으로 말하면, 각자의 분야가 있고, 소위 진영이란 것이 있어, 이러한 자유로운 문학적 경지를 개척하려는 부류를 문단의 교란적 존재라고 경계한다든지, 자가(自家)·자파(自派)의 단취(團聚)나 세력 분야를 미약화하는 부동층이라고 질시할지도 모르나, 만일 그렇듯이 파쟁과 세력 유지 및 그 신장이 제1의(第一義)이거든 차라리 문학을 버리고 정치로 달아남이 효과적일 것이 아닌가도 싶다. 정치인으로도 '정치'를 위하여, 정치의 상도(常道)를 위하여 싸울 것이요, 파쟁(派爭)과 세력 유지나 그 신장을 위한 정치가 아니겠거늘, 하물며 문학인이 문학을 집어치우고 파쟁이나 세력분야가 안중에 먼저 있다면 문학의 타락이요, 문인으로서의 자기포기일 따름일 것이다.

2

문학의 자유와 독립성을 호지(護持)하자는 것은 문학인만이 사회인으로서나 국민으로서 특수한 자유를 향유하겠다는 것도 아니요, 또 혹은 문학인은 정치의 권외(圈外)에 서있을 초연한 존재라는 의미도 아니려니와, 하물며 현실도피거나 자기 일신(一身)의 안전을 구보(苟保)하려는 소위 기회주의로서가 아님은 더 말할 것도 없다. 초파벌적이요, 정치세력에 견제 좌우되거나 심하면 아부·추수하지 않는 문학의 분야를 보유하여야 하겠다는 것은, 자유로운 비판과 탐구와 표현 없이 문학의 독창이 없기 때문이다. 어느 정치권력이나 사회적·파벌적 세력 밑에 문학이 비판과 탐구와 표현의 자유를 잃거나 위축되고 신음하는 데에서 독창적, 건전한 문학은 바랄 수 없는 것이다. 더구나 해방조선의 뒤를 받아 국가 100년의 계(計)를 세우고 민족 만대(萬代)의 이상을 계시하며 구현하고 실천할 만한 새롭고 웅건한 문학이 태동하여야만 되겠고, 또 이것은 신문화 건설에 있어 주조(主潮), 주동적(主動的) 역할을 가진 것이라 하겠거늘, 이 커다란 전기(轉機)에 있어서 문학의 자유성과 독립성 — 다시 말하면 그 창조적 충동과 창조적 의욕의 원천인 자유성과 독립성을 문학인 자신이 스스로 멸여(蔑如)하게까지 된다면 우리는 명일의 문학에 아무 희망도 가질 수 없는 것이다.

특히 문학의 자유성을 부르짖고, 그 독창적 충동에 호소하려는 것은, 문학이 가장 편당성(偏黨性)에 유인(幽因)되어 있고 독창적 생명과 빛을 잃은 반증(反證)에 틀림없음은 물론이거니와 자다가 깬 듯이 새삼스럽게 문단의 자유로운 분위기라든지 문학의 자유성을 운위한다고, 이것을 가리켜 자유주의라 비난하고 중간파라고 이단시하려는가? 다언(多言)을 비(費)하고자 아니한다. 다만 우선 소위 전시문학(戰時文學)이라는 것만을 보면 알 노릇이 아닌가 한다. 전시문학 같은 편향문학, 국수주의문학, 목적의식에 철저한 문학은 없을 것이요, 전시문학처럼 통제된 귀일(歸一)한 문학은 없을 것이다. 또 그리고 전시문학처럼 자유성과 독창성이 억압, 혹은 말살된 문학은 없을 것이다. 그러나 전시문학이 문학의 주류가 되고 순문학의 지위를 차지하여본 일은 없다. 이것은 일제하에서 경험해본 조선과 같은 특수환경이나 패전국 일본에서만의 예가 아니다. 통제된 편향적·귀일적·수단적 목적의식을 가진 문학이 순정한 문학적일 수 없음은 상식이다.

쉽게 말하면 정치 정세나 집단적 제약, 철주(掣肘) 밑에서 우물거리고 있는 동안은 문학다운 문학이 나올 수 없다는 말이다. 하루바삐 이러한 환경에서 벗어나야 할 것이다. 더욱이 신문학 혹은 국민문학의 토대가 튼튼치 못하고, 그 역사가 연천(年淺)한 우리로서는 문학이 정쟁에 휩쓸리고 정권 차지에 조방군(助幇軍)이 노릇을 할 여가가 없는 것이다. 문학 자체의 주조(主潮)와 권위를 세우기가 급하고, 또 이 길을 통하여서만 건국에 공헌하고 보국(報國)에 진충(盡忠)하는 소이가 있는 것을 깨달아야 할 것이다.

만일 문학의 도(徒)로서 문학을 통하여 정치에 간여한다면, 그것은 정쟁의 국외(局外)에 서서 중화작용을 함으로써 가열(苛烈)한 대치를 건지고, 중정건실(中正健實)한 국민사상을 향도(嚮導)하는 데 있을 것이다. 문학은 감정의 통일을 치(致)하는 완화제요, 매개적 존재이기 때문이다. 그러므로 문인이란 어느 때나 필연적으로 중립적 존재이다. 그 천직으로써 싫거나 좋거나 자유주의적일 수밖에 없는 것이다. 비판적이요, 탐구적이며 생명과 인생과 사회의 진실한 표현미를 생명으로 하는 문학은 언제나 통일하고 공정한 태도를 제1의로 하는 것이다.

작가가 작품의 어떠한 인물만을 편애하였다가는 그 작품이 실패하는 것과 같이 협사(挾私)가 없고 지공(至公)하며 정확하여야 하는 것이 작가의 태도라 할진대, 저절로 정쟁의 과중(過中)에 섞일 수 없는 중간적 중립적 존재일 수밖에 없겠으나, 기실은 중간이니 중립이니 하는 의식조차 가질 수 없는 것이다. 가질 필요가 없는 것이다. 당질(黨叱)을 앞세우는 정치가는 국민이 원치 않고 믿을 수 없는 정치가이어든, 하물며 문학·문인에서랴. 문인의 눈에는 파당(派黨)이 있고 편향·편애가 있을 수 없다. 인생과 국가와 민족과 인류의 복지 이외에 다른 것이 그 눈에 비치고 유혹할 리 없다. 둘의 세계 외 존재는 인식하나 인식할 따름이지 그 지향하는 바는 융화된 사랑의 한 세계, 평화의 한 세계일 따름이다. 그 융화와 사랑과 평화의 구현을 위한 노력이 문학의 사명이라 할 것이다.

3

해방 후에 좌우를 막론하고, 문인은 붓을 던지고 칼을 든 것은 아니나, 문학을 정치궤도에 올려놓고 붓 대신에 핸들을 붙잡던 듯이 보인다. 그러나 냉정을 회복할 때도 되었지나 않은가 싶다. 정치의 레일 위에서 문학을 다시 끌어내어서 문학 본연의 레일로 다시 올려놓아야 할 것이다. 해방과 동시에 닥쳐왔던 그러한 일시적 현상은 소이연(所以然)이 있는 것이요, 불가피의 과정이기도 하였겠으나, 객기인 것은 분명하고 객기도 한때지, 오래가면 문학을 죽인다. 원체(元體)가 영양불량인 조선문학이 수척하여질 따름이요, 이때를 그르치면 병이 고황(膏肓)에 들지[63] 말라는 법도 없을 것이다. 해방 후에 예기하였더니보다는 신인과 신작이 영성(零星)한 사실은 그 원인이 일이(一二)에 그치지 않겠지마는 큰 원인의 하나가 문인이 정치열에 너무 재빨랐던 탓이 아니었던가를 반성하여볼 수는 없을까? 기실은 그 반성과 아울러 문학을 본연의 정도(正道)에 다시 올려놓기 위하여 우선은 전기(前記)한 문인의 회합 같은 것이 의의 없는 배 아니라고 하였거니와, 이러한 혼란기일수록에 문학이 그 혼란에 휩쓸리지 않고 자기의 도(道)를 엄연히 세워나가야 할 것이다. 어떤 의미로는 지금 우리는 문학의 유산을 전적으로 부인하는 것은 아니나 신국가(新國家) 건설과 함께 신문학을 재건하는 새 발족점에 섰다고 할 막중한 시기에 처하여 있는 것이다. 좋은 전통을 살리면서 새 시대에 거듭나는 민족정신을 담뿍 싣고 기껏 북돋을 만한 민족문학의 초석이 놓일 때라고 할 것이다. 이러한 귀중한 시기에 문학이 외도(外道)로 벗어서 혼돈에 휩쓸려갔다가

---

63 고황(膏肓)에 들다 : '고(膏)'는 심장의 아랫부분이고, '황(肓)'은 횡격막의 윗부분으로, '고황'은 '심장과 횡격막의 사이'를 가리킨다. '고황이 든다'는 것은 '병이 고치기 힘들게 몸속 깊이 든다'는 뜻이다.

는 그 손실을 회복하기에만도 또 얼만한 시간과 노력의 낭비가 있을지 모르는 것이다. 이런 때 해가(奚暇)에 소설을 쓰고 앉았겠느냐, 시를 읊조리랴 하는 생각을 하여서는 아니 된다. 이런 때일수록에 위대한 작품과 혜성과 같은 신인의 출현을 바라는 마음이 더욱 간절한 것이다. 다만 문학의 주조와 추향(趨向)할 바를 계시하고, 사상의 안정과 통일을 향도할 만한 대작(大作)이 나와야만 할 시기이다. 그러나 해방 후 삼사(三四) 성상(星霜)이란 시간은 우리의 대망하는 그러한 거성(巨星) 대작이 출현하기에는 아직 짧을지 모른다. 그러므로 지금 우리가 맡아서 아니하면 아니 될 임무는 그러한 거장, 대작이 나올 수 있는 환경과 온상을 만드는 데 있다 할 것이다.

기성작가는 사상과 태도를 정돈・수합(收合)하여 문학을 제 길로 바로잡아놓고 이 민족이 걸어갈 길을 밝힘에 힘씀으로써, 신인이 커가고 위대한 작품이 나올 조건을 갖춘 환경부터 만들어야 할 것이다. 그리함에는 문인 자신부터 스스로를 굴레 씌운 대립적 감정과 추세의 허영에서 자유로운 심경에 자기를 해방하여야 할 것이요, 또 그리함으로써 본래의 문예도(文藝道)를 살리며 감연(敢然)히 여기에 매진하여야 할 것이 아닌가 한다. 하여간 개인적으로나 집단적으로나 일 신전기(新轉機)에 당면한 것이 사실이요, 이의 타개책을 세워야 할 때인가 우고(愚考)한다.

11월 21일

가두만필街頭漫筆[64]

1. 소위 '신변잡사(身邊雜事)'

신변잡사도 좋으니 수필을 써보지 않겠느냐는 권(勸)에 붓은 들었으나 궁조대(窮措大)[65]의 그 소위 신변잡사란 대개는 설궁(說窮)이 아니면 제 방 속에서 얼굴이 붉으락푸르락 하며 혼자 중얼거리는 불평을 늘어놓거나 듣겠다는 사람 없는 하소연쯤에나 낙착이 될 것이 십상팔구(十常八九)일 듯싶다. 그러나 고생살이에 찌든 마누라에게 자고새며 듣는 그 따위 푸념의 중계방송이면야 대개는 멀미가 났을 거라 공감보다는 비소(鼻笑)가 앞을 설 것이다. 읽히는 독자가 가엾다.

아무리 입을 벌리기 어려운 세태이기로서니 자기 이야기를 하는 바에야 누가 무어라고 시비를 하려 한다. 그러나 자기 이야기를 들어달라고 할 염우(廉隅)는 어디 있으며 남과 관련을 떠난 자기 이야기에 누가 귀를 기울이겠다든가? 남의 상대요, 남을 상대로 하는 자기고 보면 자기 이야기도 주위를 떠나서 한마디도 할 수 없으니 자연 남을 걸고 들어가게 된다. 자기 이야기를

---

64   염상섭(廉尚涉), 「가두만필(街頭漫筆)」(전7회), 『경향신문』, 1948.12.23~12.31.
65   궁조대(窮措大) : 곤궁한 선비.

하는 동안에 남의 이야기를 하고 말게 되는 것이요, 시비의 와중에 뛰어들고 만다. 자기 이야기인지라 제 판을 차리고 제멋대로 제 몸을 주고 제 자랑, 제 독단에 자기도취가 되어 한참 신이 나서 떠들다가 겨우 정신을 차리고 보면 제 다리를 긁는다는 것이 어느덧 남의 다리를 긁고 말게 되기 쉽다.

아니 남의 다리를 긁기만 하면 좋으련마는 남의 다리를 꼬집고 만다. 피를 내려 들지도 모른다. 남을 걸고 들어간다는 말부터가 벌써 남을 꼬집는다는 말이다. 칭찬받을 일에 남을 걸어 넣는 것을 별로 보지 못하였다. 시류에 등을 지고 제법 청담(淸談)이나 한문자(閑文字)를 소견(消遣) 삼아 희롱하려면 모르거니와 이렇듯한 우울한 환경에서 거친 기분으로 신변잡사에 붓을 대기도 용이치 않음을 깨닫는다.

자나 깨나 어른, 아이가 집 걱정으로 세월을 보내는 판이라, "돈 얼마만 있으면 세(貰) 집간(間)이라도 얻으련마는 ……." 하고 눈이 실룩하여지고 입을 비쭉거릴 때가 있다. 물론 누구를 탓하고 꼬집는 것은 아니다. 집 없는 설움의 자탄이요, 어디까지 저 혼자의 하소연이다. 그 실룩하여진 눈은 몇 만원 돈을 허공에 노려보는 것이요, 그 비쭉하는 입은 주변 없는 자기의 무능을 비웃는 것이리라. 그러나 그 눈길의 저 끝에는 적산(敵産)을 이중삼중으로 점거한 재수 좋은 모리배가 걸려 있고, 그 뒤둥그러진 입귀는 세상의 불공평과 위정자에 불명(不明)을 꼬집는 의사나 감정의 표시일지도 모른다.

무심한 제 소리가 본의 아닌 데 가서 남을 꼬집고 만다. 시비의 와중에 아니 들고 남을 꼬집지 않고 살 수는 없어 볼까? 남을 꼬집거나 할퀴기는 고사하고 남을 건드리지 않고 남에게 끼아치지[66] 않는 그런 명랑하고 순편(順便)한 환경에서 살아볼 수는 없을까?

---

66 끼아치다: 남에게 은혜나 괴로움을 받게 하다. 곽원석, 『염상섭 소설어사전』 참조.

천하의 근심을 근심한 제 분수도 아니거든 차라리 입을 닥침이 옳을 거라. 우울한 환경에 서투른 솜씨로 취색(取色)을 내어가며 자기감정을 한층 더 시달리게 하여본들 이로울 일은 조금도 없을 것이 아닌가.

그러나 때때로는 '그림과 같은 문학은 없을 것인가?' 하는 생각을 하여본다. 회화도 문학과 같이 감정의 갈등, 인정(人情)의 기미(機微), 세태의 모순, 불합리를 제재로 하지 않는 바가 아닐지나 그 이해(利害)와 시비에서 초연(超然)이야 순수한 예술미의 표현으로서 인생고를 어루만져주고 감정을 융화하며 명랑과 웃음을 가져다주는 점으로 그림(畵)과 같은 문학, 음악과 같은 문학을 바라게 되는 것이다.

우리의 임무는 우울에 윤색(潤色)하는 것이 아니요, 숨을 돌리고 명랑한 앞을 희망의 눈으로 내다보게 함에 있기 때문이다. 말초신경을 눅이는 완화제가 되고 꼬집으려던 손끝으로 가려운 데를 긁어주는 데에 있기 때문이다. 대립과 갈등의 모난(圭角) 데를 둥글게 다듬어서 사개가 들어맞게 하는 것이 우리의 일이기 때문이다. 그리함에 있어 우리는 문학의 힘을 믿기 때문이다.

(1948.12.23)

2. 산보 스케치

문학에도 그림은 있다. 사생문(寫生文) 자연묘사는 물론이거니와 소설에서 인물의 성격 묘사에 용모나 동작의 묘사를 비는 것은 회화적 요소다. 투르게네프의 「첫사랑」에서 보는 자연묘사 같은 것은 문장으로 그린 명화라 할 것이다. 이런 것은 물론 위에서 말한 '그림과 같은 문학'이란 것과는 의미가 다르거니와 문예작품에 나타나는 또 한 가지의 회화의 요소로는 풍속화적 효과다. 나는 간혹 어느 작품에서 시대의 변천이나 시대색을 농후히 표현하고 싶을 때 풍속화를 그리는 흥미와 의식을 가지고 묘사하는 때도 있지마는 이 점으로 보면 역사소설은 그 시대, 시대의 문물과 아울러 풍속도를 보는 흥미에 더 끌리는 것이다.

가령 혜원(蕙園)의 풍속도에서 먼저 눈이 가고 흥미를 끄는 것이 여자의 머리다. 유녀(遊女)의 머리쪽이니 여염부인의 머리도 그러하였었는지는 모르나 하여간 일본유녀나 처녀의 '시마다(島田)' 같은 그러한 머리쪽지에서부터 오늘날의 지지고 싹둑거리고 한 양발(洋髮) 백태에 이르기까지의 결발(結髮) 풍속도 하나만 펼쳐놓아도 한나절의 소일(消日) 감은 넉넉히 될 것이다.

문화로나 풍속으로나 유행으로나 하루가 십 년만치 급속도로 진전하고 변천하여가는 오늘의 풍속도는 눈 깜짝할 새에 놓쳐버리기 쉽다. 차대(次代)를 위하여 — 뒤에 오는 사람의 흥미를 위하여만이 아니라 사진에 영화에 화포(畵布)에 문필에 남겨두어야 할 일이다. 좋은 의미로나 반성하는 의미로나.

이즈막의 서울의 거리는 나는 — 나뿐 아니겠지마는 — 약방(藥房)에 급한 걸음이나 하기 전에는 별양 나가다니고 싶지 않게 되었다. 그러나 당대 풍속도의 진열장이거니 하는 흥미만은 머리에서 떠나지를 않는다. 이 흥미에 끌려서 하루에 한 번씩 산보도 하는 것이요, 볼일이 있거나 없거나 발 나가는 대로 종로로 명동으로 진고개로 일대 편력(遍歷)을 하는 것이다.

나의 산보 스케치첩은 이리하여 가두에서 주운 당대 풍속도다. 원래 화재(畵材)가 없는지라 중학교 시간에는 도화(圖畵)에 과정 낙제까지 하여본 기록을 가지고 있으니 사생첩(寫生帖)을 가졌을 리가 없다. 화재가 있어 캔버스를 길모퉁이나 종로네거리에 버티어놓고 앉아서 사생을 할 장발객이기로서니 그러한 한가로운 시절도 아니다. 두 렌즈에 스크랩하여 둔 머릿속의 소묘일 따름이다.

산보는 누구에게 있어서든지 세루(世累)에서의 해방이요, 생활고로부터의 해방일 것이다. 그러나 나에게 있어서 산보는 피로한 머리에 안식을 줄 뿐 아니라 건설사(建設師)가 설계도를 그리는 작업시간도 되는 것이다. 어린 아이들과 복다구니를 치는[67] 방 속에서 풀려나온 상쾌만이 아니라 주위의 일체에서 해방된 기쁨을 맛보는 시간이요, 생활의 설계, 자기본업의 구도를 여기에서 얻는다. 그것을 생각하면 요사이의 다방은 그 무엇인지 알 수 없다. 몽몽(濛濛)한[68] 자연(紫煙) 자욱한 속에서 돈을 들여가며 헛바닥이 알알이 헤지도록 멋없이 흥분제를 마시고 가뜩이나 흥분되는 신경을 송곳 끝같이 날카롭게 만드는 그 까닭을 알 수가 없는 일이다.

감당(甘黨)에 산보예찬을 하여야 할 이유도 없거니와 '산보 스케치'의 화첩은 감추어놓고 대도매(大道賣) 약상(藥商)의 효능기(效能記) 같은 유래기(由來記)가 되고 말았다. (1948.12.25)

3. 무용(無用)한 복고적 경향

전차를 달리며 내다보자니, 대여섯 살 된 아들은 보이스카우트의 복색을 시켜서 걸리고, 젊은 아버지가 안은 아이는 전복(戰服)에 복건을 씌우고 태사(太史) 신을 신겨 성장(盛裝)을 한 일행이 눈앞을 스쳐간다. 정초(正初)에도 간혹 보는 금자박이 복건·전복이지마는 돌잡이의 호사인지? 자기가 못하여 본 일은 자식에게나 시켜보고 싶은 것이 부모의 마음이라, 젊은 아버지는 보지도 못하고 자랐을, 이 때때를 입혀서 사진 한 장이라도 박아두고 싶어 할

---

67 복다구니를 치다 : 여러 사람이 복잡하게 떠들어대다. 곽원석, 『염상섭 소설어사전』 참조.
68 몽몽(濛濛)하다 : 비, 안개, 연기 따위가 자욱하다.

젊은 부모의 마음을 짐작할 수 있다. 음력설은 우리 설이요, 양력설은 왜놈의 설이라는 반발로 해방 후에는 음력 과세를 기껏 즐기려 하던 그 심리를 옮겨다가 보면, 이것도 해방의 기쁨의 하나요, 한 구석에 죽치고 눌렸던 기죽을 훨훨 펴고 나선 시원한 기분의 표징으로 보여서 싫을 것도, 눈 서투를 것도 없다. 그러나 복건과 전복을 걸리는 아이의 보이스카우트 복장과 나란히 놓고 볼 제, 웃음이 저절로 떠오르는 것이었다.

세물전(貰物廛)[69]에 가면 고려 말엽에 수입하였다는 명나라의 사모(紗帽)와 단령(團領)이 아직도 걸려 있는 조선이다. 그러나 보이스카우트복(服)과 복건·전복 사이는 1세기의 상거(相距)는 있을 것이요, 또 복건, 전복은 신라 적부터의 유물이라니 런던(倫敦)과 서라벌의 거리는 있지 않을까도 싶다.

복건을 보면 댕기가 생각이 나고, 나도 열 살 전에는 땋은 머리에 댕기를 드리웠던 기억이 있지마는 아무리 한가로운 호사가라도 아들놈에게 댕기를 드리워주지는 않을 것이요, 지금 여학생에게 금자박이의 댕기를 드리고 학교를 가라면 갈 듯싶은가? 모자를 벗어 던지고 통량(統營) 갓에 갈무[70]를 우그려 쓰고 나서 보면 어떨꼬?

박물관으로 보낼 것은 보내둘 것이다. 가뜩이나 뒤진 백성이 박물관의 진열장까지 뒤져내서 50년, 100년 뒷걸음질 칠 필요는 없는 것이다.

한때 어린아이의 재롱 보자는 것이지, 실질적으로 생활이념이나 생활감각이 뒷걸음질 친 것은 아니라 할지도 모르겠고 또 그러한 데서 단편적으로 엿보이는 고전미를 말살하자는 생각은 조금도 없다. 회고적인 그러한 정서도 이해한다. 그러나 그것은 어디까지든지 감상이나 완미(玩味)의 정도에 그칠 것이지 그것을 실생활에 부활시키고 끌어넣을 것은 못되는 것이다.

---

69 세물전(貰物廛) : 일정한 삯을 받고 혼인이나 장사에 쓰는 물건을 빌려주는 가게.
70 갈무 : 유지로 만들어 갓 위에 덮어쓰는 우비. 곽원석, 『염상섭 소설어사전』 참조.

대체로 해방 이후로 조선사람의 생활에 군일이 늘어가는 경향이 있다. 가뜩이나 거추장스럽고 인력과 시간을 낭비하는 조선사람의 의식(衣食)인데 이 것을 간소화하고 합리화하기는 고사하고 역행하는 경향이 없는가 생각하여 보아야 할 것이다. 언젠가는 '뒷발막'[71]인지 마른신(皮鞋)을 신은 중노신사(中老紳士)를 종로에서 보았지마는 비오는 날에는 진신(油鞋)[72]을 신은 분이 눈에 띄었다. 결코 악취미라는 것도 아니요, 또 한편으로 보면 급격히 무사려(無思慮)하게 양풍화(洋風化)하여가는 당세(當世) 풍속에 대한 반동으로 이러한 경향이 나타남도 그럼직은 한 일이라고 하겠다. 그러나 수십 년래(年來)에 자취를 감추었던 건유혜(乾油鞋)가 요사이 점두장식(店頭裝飾)으로 처처(處處)에 내걸린 복건·전복같이 다시 유행하고 생산된다면 이러한 비경제적인 난센스는 없을 것이다.

건유혜의 경우에 기위(旣爲) 있는 것이니 신어버린다면 모른다. 그러나 고무신, 구두를 벗어두고 건혜(乾鞋)나 유혜(油鞋)를 궁극스럽게 만들어 신으려거든 그런 '고상한 취미'는 아직 참아두어야 할 것이다. 우리는 지금 전시(戰時) 이상으로 궁핍한 생활파탄에 빠져 있고, 전시 이상으로 물자를 애호하여야 하겠는 것은 내 말을 기다릴 것도 없을 것이다. 복건·전복이나 건유혜는 일례에 지나지 않지마는 이와 같은 물자와 노력과 시간의 낭비가 얼마나 많을까는 그 길에 있는 사람이 더 잘 알거라. 만일 영리 일념의 상략(商略)으로 불긴불급(不緊不急)한 생활제품으로 유행을 자극·유치하는 것이라면 긴절·급박한 산업경제의 부흥을 위하여는 통제억압의 수단도 있을 것이다. 이러한 미미한 현상은 손톱 밑의 가시일지 모른다. 그러나 손톱 밑의 가시도 쉬슬은 염통 밑에 신경은 직결되어 있는 것이다. (1948.12.26)

---

71 뒷발막 : 남자 가죽신의 하나. 뒤는 발막처럼 솔기가 없고 앞은 사짜신처럼 생겼다.
72 진신 : 진 땅에서 신도록 만든 신. 물이 배지 않게 들기름에 결은 가죽으로 만들었다.

4. 극장 앞을 지나며

늦은 아침이다. ××극장 앞에 중학생의 검은 떼가 대오도 정연히 운집하여 개관을 기다리고 섰다. 무슨 영화인지 극(劇)인지는 모르나 '학생입장 환영'이란 기다란 목판만은 지날 결에 눈에 띈다. 환영이라니 운집하였을 것이다. 아니 선생들의 영솔하에 관람을 온 것일 거라.

"저건 무엇 하자는 것인구? 에이 귀찮은 세상야!"

옆에서 걷던 친구가 눈살을 찌푸린다. 서재의 빈대좀(蠹魚) 같은 이 늙어가는 선비의 하염직한 탄성이기도 하고 중학생이 수업 일(一) 시간을 제쳐놓고 영화나 연극을 단체로 구경 오는 것이 눈에 거슬리고 못마땅하기는 하겠지마는 중학생의 극장이동 교수와 귀찮은 세상과의 맥락을 알 수가 없었다.

"아니 학생환영이면 일반사람은 흥(興)도 빠지려니와 불청객이 자래(自來)로 오려 들겠나? 청자 받은 중학생이 의리로라도 와서 보아주어야 극장도 살지 않나."

"난 중학생 때 영화 안 보고도 ─ 단체로 그 따위 극장이동 교수를 받아본 일 없이도 공부하였네."

"그러기에 자네는 반편 아닌가. 그 따위로 정서교육을 못 받았기에 자네 같은 빈대좀, 자네 같은 벽창호 뚱딴지가 생겨났네그려."

"요새 신문에 나는 광고 ─ 종규(鍾馗)[73]가 키스를 하는지 방상시(方相氏)[74]가 껴안은 것인지 알 수 없는 그 광고는 나 같은 사람의 정서교육을 하자는 것일세그려?"

---

73 종규(鍾馗) : 중국 도교(道敎)의 신. 당나라 현종 황제의 꿈에 나타나, 잡귀를 퇴치해서 황제의 병을 낫게 했다고 전한다.
74 방상시(方相氏) : 옛날 궁중의 나례(儺禮) 의식에서 악귀를 쫓는 사람

"딴은 그렇지! 다만 유감은 거기다가 '학생은 불가견(不可見)'이란 주의를 아니 시킨 것이지. 허허허."

두 사람의 객담은 그칠 줄 몰랐으나 '빈대좀' 친구의 말을 들으면 해방이 되자 첫대 염려가 키스와 댄스와 영화의 해소(海嘯)가 쓸어오지나 않을까? 하는 것이었는데 기우만이 아니었다고 선명지명(先明之明)을 자랑하는 것이었다.

이상적으로만 하면 중학생에게 보지 말라는 영화나 극이 상영연(上映演)되지 않는 것이나 이것은 어려운 일일 것이다. 소설로 두고 말하더라도 보여서 자미 없는 것이 이루 많다. 그러나 보아서 무관한 것일지라도 특별히 학생을 위한 소년독물이 아니면 독서력도 비판력도 부족한 난해·난독의 소설이나 시를 읽어서 별로 효과가 없을 뿐 아니라 연한 머리, 미정(未定)한 심지(心志)에 공연히 복잡한 세상이나 인생관을 잡박(雜駁)하게 넣어주어서 심정을 어수선 산란케 하는 역효과를 내기 쉬울 것이다.

영화나 극 역시 특수한 보조교육 제재로 된 교육영화 이외에는 적극적으로 가보라고 권할 필요도 없거니와 수업시간을 희생하며 단체관극까지는 고려할 여지가 있는 문제라 하겠다.

근시(近時) 유행하는 단체관극의 종합적 효과가 어떠한지 당국으로서는 여러 각도로 연구도 하고 통계도 만든 바가 있겠지마는 우리 학부형으로 보면 더욱이 교통 기타로 허비하는 시간을 이용하여 정서교육에 유조(有助)한 동서(東西)의 명저를 골라서 이야기를 들려준다든지 선생의 지도하에 저희끼리 윤독을 하게 한다면 독서력도 늘고, 글에 맛을 들이며, 작문력도 키우게 될 것이 아닌가 한다. 또 그렇지 않기로 해방 후에 실력이 저하한 것이 사실이요, 심리적으로 어딘지 모르게 해이하고 방심된 경향과 이유가 여러 가지 있은즉 그 실력의 보충을 위하여서 느즈러진 마음의 긴장을 회복하는 점으로나, 구경구경하며 폐공(廢工)하고 나서는 그 기분부터가 침착을 잃고 달뜬

것 같아서 좋게 보이지 않는 것이다. (1948. 12. 28)

5. 어느 날의 점경(點景)

소설(小雪)·대설(大雪)이 지나야 눈 한 점 못 보았고, 입동(立冬)이 거치어 김장고비를 넘기고도 연일 포근포근한 봄날 같은 날씨다. 맨머리에 외투가 도리어 무거울 것 같아 그대로 산보를 나섰다.

골목을 나서자 깨끗이 차리고 입 속에는 눈깔사탕을 물었는지 한편 볼이 밤알만치 톡 불거진 중년부인이 지나는 것과 마주쳤다. 부인은 질겁을 하며 입에 문 것을 혓바닥으로 굴려 넣는지 볼이 제대로 가라앉을 새도 없이 이편이 도리어 무색해서 눈을 얼른 피하였다. 지나쳐 놓고서야 웃음이 저절로 떠올라왔다. 옛날 '장옷' 속에서는 '동부인절미'를 사서 먹으며 다녔으리라는 생각이 떠오른 것이다.

그러나 생각하면 집에 들어가는 결에 아이들 주려고 산 것을 무심코 입에 하나 들이들인 것일지도 모를 것이다. 혹은 입덧이 나서 집에 들어갈 새를 참을 수가 없든가 하는 생각도 하여보았다. 하여간 거리에서 눈깔사탕을 물고 가는 여자는 평생에 처음 보는 것이니만치 일전에 큰길에서 담배를 물고 가던 여자를 본 것보다도 더 신기하였다.

길에서 담배를 물고 갈 제야 늙었거나 젊었거나 여염부인이 아닌 것이야 말할 것 없지마는 술집 갈보가 피우던 담배를 든 채, 옆집이고 가게고 잠깐 나선 것과도 달라서 퍽 눈서툴렀었다. 영국부인은 담배를 즐겨서 노상에서까지 물고 다닌다 하고 — 아니 미국부인도 오피스에서 담배를 피워 물고 나오는 것을 보기도 하였지마는 치마저고리에 고무신을 신고 손가락 새에 낀

권연(卷煙)을 입에 대는 꼴은 보기 좋은 풍경은 못 되었었다.

시장의 뒷문께를 오자니 빈대떡, 막걸리, 밀국수⋯⋯. 너저분히 땅바닥에서 파는 의지간[75] 없는 길바닥의 대중식당의 한참 벅적거리는 속에 그야말로 만록총중(萬綠叢中)의 일점홍(一点紅)으로 반반한 외투를 입은 색시가 명태며 미나릿단을 담은 조그만 망태를 옆에 놓고 빈대떡 지짐질 뚜에 앞에 오뚝서서 김이 무럭무럭 나는 빈대떡을 걸삼스럽게[76] 먹고 섰다. 무심히 건너다보며 걸으려니까 길이 마주치자 그 아낙네는 살짝 외면을 하여버린다.

시원한 큰 거리로 빠져나와 무심히 걷는 동안에 양장한 두 처녀가 어느덧 홰죽홰죽 앞을 선다. 초콜릿을 쩌더거리는지[77] 그 소위 양키껌을 씹는지 속살대랴 쩍쩍거리랴 관자놀이가 쉴 새가 없다. 극장이 이 근처이니 극단여자인가 하는 생각도 하여보았으나 '오늘은 왜 이리 쩌더거리는 여자만 눈에 띄누?' 하였다. 그러나 이것이 어느 거리에서나 볼 수 있는 일인데 이때까지 자기만 무심하였던가도 싶었다.

해방이 되자 찍소리도 없이 들어엎대었던 일녀(日女)들이 차츰차츰 조선사람 시장에 꼬여들어 팥떡 목판 엿(飴) 장사 앞에서 쩌더거리던 지방에서 본 광경이 머리에 떠오른다. 이 서울에서 쩌더거리는 꼴도 일제(日帝)가 본보기를 내어놓고 터주고 간 버릇인가 생각하였다.

의(衣)□□□한 남자도 대로상에서 왜콩사탕인지 포켓에서 꺼내서 우물거리고 다니는 것을 흔히 본다. 그러나 요즈막까지도 아낙네가 길가에서 쩌더거리는 것은 못 보던 신풍경(新風景)일 것이다. 외국도 그렇겠지마는 더구나 조선부인은 부엌에서도 음식을 주무르며 만지던 것이 '널름' 하고 자

---

75 의지간(依支間) : 집채의 원간(原間)에 잇대어 늘여 짓거나 차양을 달아 붙인 달개. 곽원석, 『염
　　상섭 소설어사전』 참조.
76 걸삼스럽다 : 남에게 지지 않으려고 억척스럽다. 『염상섭 소설어사전』 참조.
77 쩌더거리다 : 혀를 차면서 입맛을 자꾸 크게 다시거나 소리를 내다. 『염상섭 소설어사전』 참조.

기 입에 들어가는 것이란 못 보던 일이다. 진수성찬이 벌어져도 침이나 아니 삼키도록 단련이 되고 참을성이 있는 조선부인이다. 구차하고 주리면 주릴수록 시부모와 남편 공궤(供饋)하고 나서는 자식생각에 고기저름 하나 차마 입에 넣을 줄 모르는 것이 조선의 아내요, 어머니였었다. 아니 지금도 그러하더라. (1948.12.29)

6. 서울의 삼(三) 풍경

밀고 밀리고 발 들일 곳을 잃고 남에게 지다위를 하고 가슴이 결리고 외투자락이 비비대는 틈에 끌려 나가고 ……. 한바탕 부대끼다가 전차에서 빠져나와 한숨 돌릴 새도 없이 코밑에 들이대는 것은 100원에 몇 갑(匣)요, 하고 아우성을 치는 담배다. 눈살이 찌푸려진다. 겨끔내기로 턱밑에 치받히는 담뱃갑의 총공격에 이리저리 피하여 나서면, 아저씨 할아버지 하며 구두를 닦고 갑시라고 소맷자락을 붙든다. 오죽 구두가 너절하여 닦고 가라고 친절히 붙들려마는 '너 보기에도 40원, 50원에 닦을 구두냐?'고 호통을 하고 싶은 것을 꿀꺽 참고 간신히 뿌리치고 지나친다. 4, 50원에 그까짓 양키 구두약으로 닦기는 구두가 아깝다는 생각인지? 돈이 아깝다는 생각인지? 자기도 코웃음을 치며 구두를 내려다보고 묻듯이 웃는 것이다.

해가 져서 허덕지덕 한 발자죽이라도 앞서려고 정류장 앞에 한 마장이나 뻗힌 장사진(長蛇陣)에를 대어서면 또 코밑에 데어미는 것이 '내일아침 신문'이다. 부득부득 사라 한다. 이 장사진의 머리에서부터 꼬리까지 좌우로 즐비하다. '내일아침 신문'을 고래고래 지르며 차례차례 데밀고 서서 떨어져가지를 않는다. 반 시간, 잘못하면 한 시간이나 서서 몇 차례를 졸리고 나면 마음이 무겁다. 그러나 팔아야 할 사람은 더 초조하다. '내일아침 신문'에 몇 식구의 입이 달렸는가?

담배, 구두약, 신문 팔지 않고는 옴치고 뛸 수 없는 우울한, 그러나 백열적(白熱的)이요, 피 나는 삼(三) 풍경이다. 저녁으로 쌀쌀하여진 바람이 '윙' 하고 휩쓸고 간다. 맑은 바람결에 '내일아침 신문요.' 소리만 쓸쓸히 떠내려간다.

무슨 신문이거나 대문짝에 '불견(不見)'이라고 써 붙인 것을 보면 이해 상관 없이 쾌유(快愉)한 것이 못 된다. 그러나 하도, 거리가 떠나가도록 신문이름을 외치며 사라고 조르니, 그 신문까지가 못마땅해지고 값이 떨어져 보인다.

기미운동 후에 신문 창간할 때 일이 어제 일 같이 머리에 떠오른다. 창간호를 박여놓고 나니까, 비는 주룩주룩 오는데 동전 몇 푼 혹은 5전짜리 백통전 한 푼씩을 들고 어른, 아이가 편집실로 신문을 사러 몰려들었었던 것이다 —그렇게 신문을 한 번 해보았으면.

그러나 그때이기에 그만한 열심 있는 독자가 있었던 것이다. 신문이 많지 못하다는 것도 한 원인이었겠지마는 독자의 정신 — 대중의 정신이 하나로 나갔었기 때문이었다. 민족정신이 한 초점에 타(燒)붙었었기 때문이었다. 신문이 그때와 같은 그런 열광적 갈채와 지지를 못 받는 한이 있기로서니 또 다시 민족적 공세의 표적이 생겨서 되려마는, 그러나 민족정신을 한 속으로 다시 모을 엄정하고 권위 있는 신문이 나와야 할 때도 되었다. 거리에서 싸움을 하여가며 팔지 않아도 좋을 신문이 보고 싶다.

그래도 전차에 오르니 에서제서 '내일신문'을 펴들고 본다. 한편 불빛이 반가워서도 펴드는 것이요, 길에 가면 석유등잔 밑에서 눈을 찌그리고 보는 것보다는 편하니 급히 보는지도 모른다. 그러나 새로 나온 신문을 앉아 펴들고 싶거나 옆 사람의 신문을 등 너머라도 들여다보고 싶은 관심이나 흥미가 아니 나니, '나도 인제는 마음이 늙었구나.' 하는 쓸쓸한 생각도 든다. (1948.12.30)

7. 만필의 만화 시기(猜忌)

산보에 따라 나섰던 어린놈이 돌아오는 길에 만화를 사내라고 조른다. "만화는 또 무슨 만화야." 나무라고 달래고 하여야 막무가내다. 벌써 만화가게 앞에 뛰어가서 섰다. 수년래로 사들인 만화를 값으로 따져도 수월치 않을 것이다. 5원, 10원 하던 것이 이즈막에는 80원, 100원 한다. 그나마 망측한 지질에 잉크가 손에 묻어날 듯한 것이 여남은 장에 100원이면 헐한 것이 아니다. 출판물 사륙판 한 페이지에 1원 50전, 평균으로 따지면 10배 가까운 폭이다.

구멍가게 속에 줄을 건너질러 매놓고 기저귀 말리듯이, 만화를 포갬포갬 널어놓은 속에서 이것저것 뒤져야 골라잡을 것이 없다. 고르는 사람이 틀렸다는 생각이면서도 그래도 국민교육의 기본상식이 될 듯한 것을 하나 사들려 가지고 왔다.

집에 와서 읽어 들려주자니 이것 역시 요술쟁이, 꼭두각시놀음밖에 아무것도 아니다. 설혹 원본이 그러하기로 현대의식을 가지고 과학적으로 합리화시키면서 원본의 정신을 살려주어야 어린아이의 흥미와 함께 교화적 가치가 있을 것이다.

"자, 어떠냐? 자미 있지?"

"이것도 엉터리 깡터리야."

아직 국문도 못 깨치고 어른이 읽어주어야 할 어린것도 호불호와 진위는 아는 것이다. 감수성이 단적이요, 직각적이며 첨예하니만치 분간이 더 정확한지 모르겠다. 그야 모든 만화의 스토리가 '엉터리 깡터리'일 리는 없다. 위인전 기타 좋은 것도 많을 것이다. 그러나 주제의 포착과 구상에 일 전기(轉機)가 아니 와서 그러한지 유형적이 되어 흥미가 감쇄(減殺)될 뿐 아니라 심한 것은 어른부터 읽히기가 싫고 아이들 자신도 읽고 나서는 실망을 느끼는 모양이다. 그러면서도 읽겠다는 것은 딱지치기, 알(다마)치기, 팽이, 굴렁쇠 따위 이외에는 가지고 놀 것이 없고 오락이 없어 그러한 것이요, 또 혹여 '정말 만화'가 있을까 하여 찾는 마음으로 졸라서 사는 것이다. 만화가나 출판업자는 이 '찾는 만화'를 찾아서 주어야 할 것이다. (여기서 말하는 것은 '보는 만화'가 아니라 '읽는 만화', 즉 스토리 말이다.)

대개의 만화를 보면, 왕, 왕비, 왕자, 선녀, 옥황상제, 용왕, 용궁, 운상선인(雲上仙人)…… . 이 따위를 중심으로 한 비민주적, 비과학적이요, 부자연하고 허탄황잡(虛誕荒雜)하기 짝이 없는 문제로서 싸워나가야 할 차대(次代) 국민의 초아(初芽)를 걸음하려는 그 요량부터 알 수가 없는 것이다. 위에서 말한 '정말 만화', 반드시 위인열사의 전기만을 말한 것도 아니지마는 약의 감초같이 용궁, 용왕이나 왕비, 왕녀가 아니면 권총 든 '꼬마'나 '스파이'가 빠지면 만화가 아니 되란 법은 없을 것이다. '서모(庶母)와 …… .' 무어라고 한 만화를 보고도 생각한 것이지마는 계모·서모라면 으레 고정한 타입이 있다. 그러나 그것을 깨뜨리고 인자한 계모, 적자를 기출(己出)과 같이 애육(愛育)하는 서모는 못 그려볼까? 참된 건설적 정신은 그러한 데서 함양되는 것이요, 새 한국의 출발점도 거기에 있다. 그러한 만화면야 어린아이보다도 계·서모도 눈을 씻고 보게 될 것이다. 질투, 시기, 모함, 중상, 격투, 강탈로 어린이의 정서를 기르려고 하는가?

각도를 정반대향으로 돌려놓지 않는 한, 만화는 어린이 자신이 보이콧하게 될 것이다.

문교부는 저번에 교과서의 검인정에 대한 신규정을 세웠거니와 이 만화도 소아의 준(準) 교과서로 취급하여 엄선을 실시할 의사는 없는지? 그리 한다기로 출판자유의 억압은 아닌 것이다. 더구나 철자법의 무책임한 착오는 학교교육을 뒤쫓으며 무너뜨리는 셈이니 이런 점으로만도 방치하여둘 수 없는 일일 것이다.

'가두만필'이 어느덧 안으로 기어들어와 앉아서 꼬집는 독백이 되고 말았다마는 실상은 어느 만화나 그림만은 이 따위 만필과 자리를 같이 할 바 아니다. 만필이 돈벌이가 아니 되니 자연 만화를 시기하여 꼬집은 것인가 보다. 그러나 만필자도 종차(從此) 만화에 만필을 매고 가두행진을 하면 냉락(冷落)한 누거(陋居)나마 출판업자가 문전에 저자(市)를 이루어 호강을 하여볼거나. 가가(呵呵).

무자(戊子) 세모(歲暮) (1948. 12. 31)

부기附記[78]

　20여 년 전의 『해바라기』를 읽으신 분이 혹 있을지, 또 기억에 남은 독자가 얼마나 될지 모르나 위의 『신혼기』는 『해바라기』를 개작·개제한 것이다. 이미 절판된 지 오래나 이번에 중간(重刊)의 의논이 있어 다시 읽어보니 주제와 착상에 버리기 아까운 바 있으되, 표현의 졸렬은 차마 그대로 둘 수가 없기에 첨삭 정도의 개작을 시하여 결정고(決定稿)로 삼는 동시에 중각에 힘쓰신 '금룡도서'의 김 형[79]의 뜻을 받아 개제까지 한 것이다.

작자(作者)

78　염상섭(廉尙燮), 「부기(附記)」, 『신혼기』, 금룡도서주식회사, 1948.
79　금룡도서주식회사의 사장 '김시필(金時必)'을 가리킨다.

염상섭 문장 전집
1949

정부에 대한 문화인의 건의

예술원, 저작권 등[80]

10만 선량(選良), 2천만 선량의 제의(提議)키로 반드시 실시되란 법도 없거든 하물며 일개 서생의 건의쯤 귓가로 들릴지 모를 것이요, 이처럼 공총(倥傯)한 사위(四圍)의 정세로는 문화사업에 대한 건의나 시설은 소홀히 여기는 경우도 없지 않겠지마는 내외의 정치정세가 긴박하고 다단하다고 하여 밥 아니 먹을 수 없음과 같이 문화기구 정비나 그 진전을 하루라도 등한시할 수는 없는 것이다. 그러나 나는 설문을 받았기에 생각도 해보고 쓰기도 하나 무엇을 건의하여야 좋을지 모른다. 학제개정이나 교과서의 정비 같은 것은 아마 착수된 모양이요, 또 당국안(當局案)보다 더 좋은 구체안(具體案)을 가진 것도 아니니 그 결과에 기대할 뿐이요, 과학진흥책이라든지 이 방면의 인물양성도 각각 고안되고 부족한 예산으로라도 실시되고 있으리라고 믿는다. 또한 말썽 많은 언론출판의 자유와 정리 같은 것은 국외(局外)에 있어서도 구체적으로 말하기 곤란하나 다만 설문의 본의가 특히 문예와 기타 예술부문에 대한 정부의 원호와 육성을 바란다는 말이라면 다소의 의견도 없지는 않겠으나 그 역(亦) 일부의 인사가 막연히 발언하듯이 문화인의 생활상 특전을 고려하여달라는 유의 희망은 아닐 것이요, 또 한때 제창하던 문화부의 설치니 예

---

80 염상섭(廉想涉), 「정부에 대한 문화인의 건의 – 예술원, 저작권 등」, 『경향신문』, 1949.7.28.

술원이니 하는 조직의 문제만을 가리킨 것도 아닐 듯싶다.

문화부 설치의 필요 여부는 생각하여볼 일도 없고 정부의 예산 문제도 있는 것이니까 찬부(贊否)는 고사하고 실현성의 유무 역시 모르거니와 예술원 같은 것은 반관반민(半官半民)의 조직으로 잘 운영하여가면 권위도 세우고 소기의 목적을 달성할 만한 기초가 설지 모르겠다. 그러나 벼슬자리를 만들어놓고 자리다툼이나 한다든지 하면 문화인의 본령과도 어그러지는 것이요, 정말 문화의 진전을 위하여서는 도리어 해를 끼칠 수도 있는 것인즉 그렇다고 가시 무서워서 장 못 담그랴마는 그 본령을 잃지 않는 정도 범위에서 그러한 조직을 문화인이 자주적으로 가지고 정부가 재정으로 측면적 원조를 함은 좋은 일일 것이다. 그 외에 돈 문제를 떠나서 정부가 문화와 문화인을 위하여 할 수 있는 일은 우선 열악한 출판물의 자연도태를 조성하는 제약을 가하는 한편에 저작권을 옹호하는 법률의 제정이라 하겠다. 요컨대 문화인 자신이 원호를 받아야만 될 궁경에 있다든지 또는 민간의 실력자로서 문화와 문화인을 원조할 만한 기풍이 유행되고 그런 단체의 출현활동이 없어 그렇지 않다면야 정부의 힘을 빌어야만 되는 것이 아니요, 문화인이 벼슬을 하고 관록(官祿)을 먹어야만 살 수 있다는 것은 아닐 것이다.

지상紙上 좌담회
건국과 함께 자라나는 문화[81]

민족적 지성의 방향
찬(燦)! 문화 결실의 이모저모

건국 1년, 네 번째 맞이하는 해방의 감격과 함께 대한민국은 이제 분투 1년이 찬연한 역사의 한 면(頁)을 남기고 완전한 독립과 통일과 실지(失地) 회복의 민족적 대업을 향하여 매진하고 있는 것이다.

유구한 역사와 빛나는 문화를 동방에 자랑하는 우리 민족은 이 건국 이후 최초의 1년간에 있어서 문화적으로 어떠한 업적을 이룩했으며, 또 어떠한 방향으로 민족적 지성이 움직이고 있는가? 반성과 회고로써 제2년의 새 길을 걸어가는 첫걸음을 삼고자 본지는 사계(斯界)의 권위(權威) 제씨(諸氏)의 기탄없는 고견을 듣고자 지상(紙上)으로 좌담회를 가지는 바이다.

출석자

염상섭(廉尙燮) 씨   (소설가)

---

81   염상섭(廉尙燮) 외, 「지상(紙上) 좌담회 – 건국과 함께 자라는 문화」, 『경향신문』, 1949.8.15. 염상섭이 관여한 '문학계', '출판계', '교육계'의 내용만 수록하고, 염상섭이 참여하지 않은 '영화계', '화단(畵壇)·악단(樂壇)', '연극계'의 내용은 제외했다.

김진섭(金晋燮) 씨　　(수필가)

배운성(裵雲成) 씨　　(화가)

오영진(吳泳鎭) 씨　　(시나리오 작가)

박노경(朴魯慶) 씨　　(연출가)

하대응(河大應) 씨　　(음악가)

최영해(崔暎海) 씨　　(정음사 주간)

이희재(李熙載) 씨　　(이대 교수)

본사 측

김광주(金光洲)　　　(문화부장)

문학계─사상적 기초 확립

본사　　먼저 문학 혹은 문단 방면에 있어서 특기할 만한 사실이라든지 우수
　　　　한 작품 등에 관하여 기탄없는 의견을 들려 주셨으면 좋겠습니다.

김진섭　위대한 걸작이 없었다는 것도 말할 수 있겠지만, 그보다도 우선 해
　　　　방 후 인제 5년째나 되어오니 문학하는 이들이 좀 더 견고한 사상적
　　　　기반 위에 서야 할 것은 물론이지만, 편협한 당파심, 그룹적 심리를
　　　　버리고 '예술가'라는 아량과 금도(襟度)를 가지고 시기·질투·쓸데
　　　　없는 욕설 등을 좀 청산하고 문학을 한다는 깨끗한 긍지를 가지고
　　　　살아갈 수 있기를 바랍니다. 중견급에서 좋은 작품이 없었다는 것도
　　　　섭섭한 일입니다.

염상섭　과문한 탓인지, 문학활동이 침체한 탓인지 가기(可記)할 것이 없습

니다. 작품을 많이도 못 읽었지마는 그저 쓸쓸하고 비슷비슷한 정도였습니다.

오영진 문학적인 동시에 문단적으로도 특기할 만한 사실이 현재 발생 중에 있습니다. 독립된 오늘에 한한 현상도 아니고, 신생 민국(民國)의 인적(人的) 부족의 소치라고도 하겠지만, 특히 금년에 들어서는 많은 문인이 문필을 부업으로, 또는 여기로 삼고 속속 관계(官界)·교육계·실업계·농업계로 진출하고 있습니다.

퇴계(退溪)와 송강(松江)과 김만중(金萬重)이도 호구지책으로 붓대를 잡지는 않았지만, 우리의 오늘의 문학을 위하여서는 모든 취업(就業)에 부적합한 무관(無冠)의 제왕인 우수한 문인에 한해서는 사정없이 관방(官房)에서, 교원실에서, 회사에서, 외양간에서 추방하여야만 할 것입니다. 딴 생각 말고 죽을 때까지 글을 쓰라고.

작품으로는 이은상(李殷相)의 「백범(白凡) 추도가(追悼歌)」가 백범의 서거와 함께 동포의 심금을 울렸습니다. 그 밖에는 과독(寡讀)으로 말할 자격이 없습니다.

작품은 아니지만 김동리(金東里)와 김동석(金東錫)의 순수론과 목적론이 논전(論戰) 아닌 논전으로 끝났지만, 한 걸음 더 발전시킴이 여하(如何)? 모든 예술의 정치성은 정치의 도구가 되는 데 있지 않고, 정치를 인스파이어 하고 자극하는 데 그 고도의 정치성이 있다는 상식론을 들고 나오는 논객은 없는가?

최영해 나문학(癩文學)이랄까 ……. 환자들의 고민 속에서 우러나는 작품을 정음사(正音社)는 다루었습니다. 소설에 『애생금(哀生琴)』,[82] 시에 『한

---

82 심숭, 『애생금(哀生琴)』, 『신천지』, 1946.6~1947.4; 심숭, 『애생금』 상, 정음사, 1949; 심숭, 『애생금』 하, 정음사, 1950.

하운(韓何雲) 시초(詩抄)』[83] 모두 다 굉장한 인기를 얻었습니다.

나는 이 두 작품이 우수하고, 우리 마음을 찌름을 느꼈습니다. 그 밖에 우수한 작품으로 한무숙(韓戊淑) 씨의 『역사는 흐른다』[84]를 들겠으니, 필자가 부인이라는 데 기쁨은 더욱 큽니다.

하대응 글쎄요. 문학적으로 특기할만한 것으론 문학가들이(이 밖의 예술인이 다 비슷하지만) '생활 불안전(不安全)'으로 해서 초조하게 또는 호구지책으로 쓰는 평범 이하의 작품이 많지 않았나 싶습니다. 손꼽을 만한 작품에 아직 접하지 못했습니다.

박노경 수필, 잡문이 범람한 것. 따라서 우수한 작품이 없다고 생각합니다.

본사 '문총(文總)'의 사업이나 공작을 어떻게 보십니까?

김진섭 좀 더 적극적인 활동을 해야죠. 허명무실한 간판만 지키지 말고 문화 전반적인 일에 제일선에 나서서 감투(敢鬪)해주었으면 합니다.

출판계 – 영리에 급급

본사 출판계는 가장 활발했다고 보겠는데 주목할 만한 문제라든지, 출판계에 보내고 싶으신 말씀은 없으십니까.

최영해 이렇다 할 질적 향상은 볼 수 없다. 막말로 하면 다 해먹은 적산공장(敵産工場) 같습니다. 주목할 문제는 외국지(外國紙) 범람입니다. 모름지기 신문잡지는 국산지(國産紙)로 국책이 서야 할 것입니다.

하대응 영리에만 급급하여 무책임한 내용의(질적으로 저약(低弱)한) 교과서가

---

83 한하운, 『한하운 시초』, 정음사, 1949.
84 1948년도 『국제신보』의 신춘문예 당선작인 한무숙의 「역사는 흐른다」를 가리킨다.

범람한 것은 출판계의 수치입니다. 주목할 일은 독자의 구미에만 아부하여 밀려나오는 저속하고 에로틱한 내용의 잡지.

염상섭 교과서의 재검인정(再檢認定)으로 금추(今秋)부터 나오는 것에 기대되는바 많고, 또 신문광고에서 본 바로도 차차 향상되어 가는 듯합니다. 다음에 '주목할 만한 문제'라기보다도, 시정되어야 하고 업자가 반성하여야 할 문제로서 동일 저서의 개제(改題), 무단출판과 저자의 검인(檢印) 사기 등 몰염치한 저작권 침해문제가 있습니다. 이외에도 무슨 부정과 농락이 있는지 알 수 없으나, 피해자뿐 아니라 문필가 전체의 권익을 위하여 이러한 신의 없는 행위는 철저히 규명되어야 되고, 또 업자끼리도 제재를 가하여 출판계의 신용 유지와 정대(正大)한 기풍을 길러야 할 것 같습니다.

김진섭 조(趙)가 많다는 것만으로는 출판계의 향상은 안 될 것입니다. 출판계에 종사하시는 분들의 고충과 애로도 잘 압니다마는, 좀 더 문호를 개방하고 정말 문화적으로 의의 있는 책들이 많이 나와 주었으면 합니다.

오영진 (1) 출판계는 문자 그대로 '질적(質的)'으로 향상했습니다. 우선 '종이'가 좋아지고, (2) 교과서의 범람과, 좌익냄새가 풍기는 내외 서적과 에로·그로·넌센스의 가타[85] 형(型) 잡지들! 그것만이 수지가 맞는다고요? 그러나 후(後) 2자(者)는 아편적 효과 밖에 없습니다. 알아두십쇼. 이런 중에 있어서 크라브젠코의 기록『나는 자유를 선택했다』[86]와 조선어학회의『우리말 큰사전』의 출판은 고금(古今) 미증유의 사업입니다.

---

85 가타(かた, 型) : 형. 본. 틀. 거푸집. 골.
86 빅토르 크라브젠코(Victor Kravchenko), 이원식 역, 『나는 자유를 선택하였다』상·하, 국제문화협회, 1949.

교육계—교과서의 통일

본사   끝으로 교육 부면(部面)에 있어서 당면한 문제라든지, 그 타개책을 말씀해 주십시오.

염상섭   교육문제의 초점은 교육정신과 방침의 확립 및 그 철저화(徹底化)에 있겠습니다마는, 현행(現行)의 그 구체적 내용은 자세(仔細) 모르니 왈가왈부 할 수 없습니다. 다음은 교과서의 편찬과, 교육자의 양성과 질의 향상, 진용(陣容)의 정비 등이겠습니다. 또 한 가지 한자문제의 해결이 시급합니다. 인조어(人造語)가 문제되는 모양입니다마는, 지금 사용하는 교과서를 보면 진도(進度)의 계단(階段)이 불일(不一)하여 정도(程度)에 넘치는데다가, 한자를 모르는 소·중학생에게 난해한 한문숙어를 국음(國音)으로 남용하였으니 이 폐단을 어떻게 바로잡아놓을지, 비단 한자문제뿐 아니라 아이들의 공부하는 꼴이나, 학교에서 가르치는 눈치를 보고 들으면 답답합니다.

이희재   몽매주의적(蒙昧主義的)이요, 열광적인 교육자는 위험한 세력가가 되기 쉽습니다. 교육자는 세계사적으로 낙제를 한 이론체계가 다시 우상이 되지 않도록 냉정해야 하며, 학교건물과 묵은 전통에 따르는 위신 확보에 급급하지 말고 건실한 학구생활에만 편의를 가지도록 해야 할 것입니다. 요(要)는 우리의 교육과업은 냉철한 과학적 사고방식과 부단(不斷) 겸허(謙虛)로써 이제부터 출발해야 할 것입니다. 교육운영의 경제적인 면은 그것대로 타개책이 자재(自在)할 것이지요. 당장에서 못된다면 영원한 미래에 있어서라도.

박노경   두말할 것도 없이 민주주의 교육방법을 취해야죠. 요는 그 실천 여하에 있습니다. 미국식 학제는 우리 사회의 모든 조건으로 보아 부적당하다고 생각됩니다. 대학이 명실공히 대학이 되기 위하여 도서 설비를 국책으로 철저히 하고, 교수들의 연구자유를 위한 분위기와 생활을 보장해야 하겠다고 생각합니다.

본사 여러 가지로 좋은 말씀 많이 들었습니다. 고맙습니다.

나와 소설[87]

　나와 소설 ……. '나의 소설'이 아니라, 나와 소설과의 관계를 말함이다. 소설을 읽는다는 것과, 쓴다는 것은 입장이 상반하는 것이라고도 하겠으나, 소설이란 읽을 것이지, 쓸 것은 못 된다. 소설을 쓴다는 것은 한 고역(苦役)이다. 나에게 있어 소설은 어느덧 생활의 중축이 되다시피 하였고, 다른 직업이 없고 보니, 본업화(本業化)하여져서 자연 쓰지 않으면 읽고, 읽지 않으면 쓰는 것이 소설이지마는, 쓰는 고통이나 심려(心慮)·집조(集燥)가 나날이 심각하여갈수록, 읽는 자미가 그와 비례하여 깊어가니 읽는 데 자미를 붙일수록 쓰는 고통은 점점 더 증대하여갈 수밖에 없다.

　그나마 쓴다는 것이 먹는다는 것과 직결되어 덜미를 짚을 제, 여간 고통 정도로 논지(論之)가 아닌 것이다. 창작이 생활내용을 풍부히 끌어올린다든가, 자기표현의 절실한 욕구라든가, 자기성장의 지표가 된다든가, 인생을 기름지게 한다든가, 예술미를 창조한다든가 하는 정신적 의의나 노력은 반성할 새도 없이, 소설이 자기를 먹여 살리고 가족의 몇 식구가 붓끝에 입을 달고 있다는 사실은 지금 같은 민생고(民生苦)의 도탄 속에서일수록 비참한 일이기도 한 것이다. 원고지의 정간(井間) 속에다가, 돌려가면서 한 자 한 자씩

87　염상섭(廉想涉), 「나와 소설」, 『신인』, 1949.9.

을 그려 넣고 앉았는 자기의 꼴을 생각하면 마치 꼽추나 앉은뱅이가 망건을 뜨고 있는 것이나 다를 것이 없는 고역 같이만 생각이 든다.

물론 먼저 생각할 것은 자기의 천분이라든지 노력과 연찬(研鑽)에 있다 하겠지마는, 그래도 인생이나 문학에 대하여 여유 있는 사색과 구상을 가지고 장편(長篇) 하나에 1, 2년 걸려 쓴다면 조금은 나은 것이 나올지? 그러나 생각하면 붓 한 자루로 먹고 살아가겠다는 배짱도 틀렸거니와, 붓을 들기가 점점 더 소심하여지는 것은 나이 먹어가는 탓인지도 모르겠다.

불능매문위활不能賣文爲活[88]

　　예술적 충동 ― 다시 말하면 예술적 발로라든지 예술적 감수성에라든지 또는 미(美)에 대한 동경과 추구라든지 하는 것은, 사람의 본성에 구유(具有)한 한 본능이라고 하겠다. 그러므로 문학도 한낱의 '학(學)'으로 연구대상이 되거나 특수한 전문적 기술로서 제작되는 좁은 범위를 떠나서 보편적으로 볼 제, 문학은 누구나 할 수 있는 천분을 가지고 있고, 또 누구나 표현욕과 감수력을 가지고 있는 것이다. 촌부(村婦)가 편지 한 장을 쓰기에 애를 쓰고 학동(學童)이 동요 한 구를 읊기에 노심(勞心)하는 것부터가 벌써 문학적 노력이요, 그 천분의 발휘요, 예술적 욕구며 미에 대한 충동적 동경인 것이다. 물론 그 천분이나 역량에는 장단(長短)이 있고 심천(深淺)이 있으나, 문학은 만인이 다 같이 하는 것이요, 문학인만의 문학은 아닌 것이다. 문화와 생활의 수준이 가장 고도화한 사회에 이르러서는, 문학의 제작이나 감상이 전문의 역(域)을 벗어나서 가장 보편화할 것이라고 믿거니와, 지금에 있어서도 문학의 직업화라는 것은 그리 칭양(稱揚)할 일도 못되고 바라는 바도 아니다. 그것은 반드시 문학의 도(徒)는 고고(孤高)·청한(淸閒)하고 개결(介潔)·안빈(安貧)하

---

[88]　염상섭(廉尙燮), 「불능매문위활(不能賣文爲活)」, 『민성』, 1949.9. 이 글은 '후배에게 주는 글'이라는 기획의 일환으로 작성되었다.

여야 한다는 고루한 생각으로만이 아니다. 문학이라는 문화재가 편재하지 않고 만인 필수의 일상생활에 불가결한 문화적, 정신적 영양소로서 보급·균점(均霑)되어야 할 것이기 때문이다. 물론 이것은 이상론일지 모른다.

그러나 그렇다고 하여 천부(天賦)에 따라, 문학을 전공하고 문예창작에 정진함으로서 일생의 천직으로 자각·자임함을 추장(推獎)치 않는다거나 그 사실을 과소평가하려는 것은 아니다. 요는 문학에 대한 개념을 잘 파악하고 자기의 천분을 스스로 깊이 양도(量度)하고서 출발하여야 할 것을 경계코자 함에 있다. 문학을 일생일대의 사업으로 정하는 바에는 일시적 취미라든지 감흥이나 기호 정도로 이 길을 선택하여서는 실패가 십상팔구요, 더구나 현명(顯名)이라든지 세속적 성공이라는 것을 노리고 문학을 하려 하여서는 처음부터 말이 아니 된다. 성공이나 명성을 생각지 않는다는 말도 안 되겠지마는, 문학은, 문학을 위한 문학이 아닌 이상으로, 생활을 위한 문학, 공명을 위한 문학일 수는 없다. 자기의 표현이니 자기만족(예술적 법열)이니 자기완성이니 하여 자기를 떠나서 문학을 생각할 수 없는 일면이 있으나, 또한 인생을 위한 문학이요, 국가·사회와 민족, 인류의 향상·발전을 위한 문학이다. 그리고 이러한 모든 노력은 그 결과로 얻을 보수나 성패(成敗)와 이해(利害)를 초월하는 염담무욕(恬淡無慾)한 경지에서만 그 진가와 광채가 발휘될 것이다. 그러므로 문학의 길은 자기의 진정한 천분이 달리(馳)는 대로 거의 무계획, 무타산한 채 맹목적으로 열중하는 데에서 뚫리고 닦여져 가는 것이나 아닌가 한다. 그러나 자기의 천분을 발견하는 그 점에 가서는 무계획적이요, 맹목적이어서는 아니 될 뿐 아니라, 차라리 예민한 자기비판이 필요할 것이다.

천부에 다음가는 것은 근면과 정력일 것이다. 하필 문학에 한하리오. 천부와 근면과 정력의 필요하기론 흙짐꾼으로부터 재상에 이르기까지 조금도 등차(等差)가 있을 리 없다. 그러나 문학의 연구나 창작이라는 것은 남과 관련을 떠난 완전한 자기 울안의 자율적 작업이기 때문에 근면과 정력의 집중이라는 것이 특별히 필요조건이 될 것이다. 독자, 관찰, 사색, 제작 ……. 이러한 노력이나 노무를 누가 간섭하거나 제약하지 않고 하려면 하고 말려면 말 수 있기 때문에 자율적으로 정진하고 분발·고투함으로써만 될 것이다.

다음에, 발표욕을 어느 정도 자제하고 다작(多作)보다는 다독(多讀)에 직중(直重)하여야 할 것이다. 문학을 학문으로 연구하는 데 있어 문학작품의 연구는 물론이나, 작가생활을 지향함에는 연구적 태도로 남의 작품을 될 수 있는 대로 많이 읽어야 할 것은 물론이요, 담당한 체험과 상식과 아울러 넓은 범위의 독서가 절대 필수조건이 되는 것이다. 오늘날 창작계의 통폐(通弊)는 독서와 사색에 등한하고, 발표제일주의에 있는가 한다. 이는 생활의 군박(窘迫)에 제일 원인이 있기도 하겠지마는, 내 남 없이 게으른 까닭이다. 해방 이후에 문학계가 그 성세(聲勢)보다도 침체하고 창작의 수준이 저하하였다 함도 독서와 실력함양보다는 무정부상태로 신구진(新舊進)을 막론하고 발표욕에 급급하여 문명(文名)을 허장(虛張)하며 파쟁을 일삼았던 데에 큰 원인이 있었던가도 싶다.

끝으로 필자를 소위 선배라 하여 이 일문(一文)을 촉래(囑來)한 모양이나, 이러한 고언(苦言)을 진(陳)함이 본의는 아니다. 선배—반드시 천분이 있는 것도 아니요, 그 천분을 잘 자량(自量)하고서 이 길로 나선 것은 못되니 자괴지심(自愧之心)이 없지 않기 때문이다. 자신을 돌이켜 생각할 제, 독서와 연구와 제작에 그 어느 것 하나나 각고(刻苦)하고 정도(精到)하고 신심(心身)을 경주(傾注)하였다고 대언(大言)할 아무것이 없음을 스스로 육니(忸怩)하고 후회하지 않을 수 없는 것이다. 그러나 나의 실패의 원인은 자기 천분의 오신(誤信)이나 과신(過信)에 있었고 타태(惰怠) 부재(不才)에 있었다는 말이요, 자기 문학의 미완성을 자탄(自嘆)함이지, 세간적(世間的) 의지로 소위 공성명수(功成名遂)를 못함을 한(恨)하거나 평생의 구차를 원망하는 것은 아니다. 본지(本誌) 전월호(前月號)

의 「문인생활 별견기(瞥見記)」인지 나의 '적빈기(赤貧記)'인지 하는 난센스기사를 읽은 독자면, 후배에게 보낸다는 이 글을 보고, 그러면 너처럼 무능무위(無能無爲)히 빈고(貧苦)가 도골(到骨)하면서도 오히려 문학으로 안빈청빈(安貧淸貧)을 가장(假裝)이나 하면 족하랴? 문학은 생활을 차의적(次義的)으로 밀고 앉을 만한, 제1의적(第一義的) 인생의 최대의의를 가진 것이냐고 반문할지도 모른다. 그러나 나는 붓장난을 하지도 않거니와 안빈이고 청빈이고 간에 빈궁이 문학의 죄는 아니다. 문학이 치부의 술(術)은 아니나 문학을 하지 않고 은행의 총재가 되기로 도의(陶猗)의 부(富)를 옹(擁)하리라는 법도 없다. 문(文)과 빈(貧)은 형영(形影)이 서로 닮는 무슨 숙명적 인과에 매여 있기로 또한 문학에 정진하고 심혼(心魂)을 여기에 기울임으로써 행복과 만족과 생활의 의의를 찾을 수 있다면 빈(貧)에 안(安)할 수도 있으며, 이에 도전하여 초극할 수도 있으리라. 다만 두려운 바는 빈은 도골하면서도 문학에 맞아 대성(大成)은커녕 일생을 도로(徒勞)에 허귀(虛歸)케 할까 함이다.

과시(果是) 문학에 지향하는 자(者)로서 한 가지 유념하여야 할 것은 문학이 아무리 직업화하여 매문위활(賣文爲活)을 하려 하되 문필로써 생계를 세운다는 것은 망상에 가까운 일이라는 점이다. 이러한 점으로는 이 시대와 같은 발전과정에서 문학을 한다는 것은 그 초기에서와 같이 의연히 일종의 순교자적 열정을 가져야 할 것이라고도 하겠거니와 하여간 생계는 문학을 떠나서 별도로 마련하여야 할 것이다. 앞으로의 사회가 부모의 유산에 의존할 수 없게 된다면 더욱 그러할 것이다. 그렇다고 하여 유족(裕足)하거든 문학을 하고 빈한(貧寒)한 자질(子姪)이거든 이를 버리란 말도 아니다. 차라리 문학의 성취와 당신의 문학가로서의 대성을 위하여 생계의 방도를 따로 세울 각오와 계획을 미리 준비하라는 부탁이다.

8월 9일

설문[89]

1. 민주주의가 좋으냐고 물을 것이 아니라 우리에게 적합한 민주주의의 현실의 민도(民度)에 알맞은 민주사상의 조치와 실천으로써 주의(主義)나 사상으로서 유리하여 있지 않고 곧 생활내용이 되도록 온(穩)·타당(妥當)하게 육성하는 방도를 차리며 노력하여야 할 것인가 합니다.

2. 선거장에서 국회에서 관청에서 법정에서 학원(學苑)에서 회합에서 거리에서 가정에서 십분 민주주의를 실천하고 민주사상이 삼투되어가는 줄로 압니다. 그러나 그 막(幕) 뒤의 소식은 모릅니다. 따라서 좋은 점, 나쁜 점도 들어보고 들은 것이 없습니다. 다만 직역(直譯)과 모방(模榜), 구격(具格)만 맞춘 허울 좋은 탕탕 민주주의 풍이라든지 구미풍(歐美風), 즉 민풍(民風)이라는 난(亂)□자류(者流)는 큰 걱정이겠지요.

---

89 염상섭(廉尙燮), 「설문」, 『신천지』, 1949.10. 이 설문에는 염상섭 이외에도, 김광섭(金珖燮), 김동성(金東成), 조연현(趙演鉉), 김영랑(金永郞), 최영수(崔永秀), 고재욱(高在旭), 민재정(閔載禎), 안수길(安壽吉), 조향(趙鄕), 이정순(李貞淳), 최현배가 답변에 참여했다. 질문의 내용은 다음과 같다.
"1. 당신은 민주주의를 진심으로 좋다고 생각하십니까, 혹은 반대하십니까, 그 이유는? / 2. 오늘 우리의 현실에서 당신이 보고 들은 민주주의 풍(風)에 대해서 좋은 점과 나쁜 점. / 3. 귀택(貴宅)에서는 어떤 방법으로 민주주의를 실천하십니까?"

염상섭 문장 전집 Ⅲ

3. 보수적이요, 봉건유습이 아직 머리에 남아서 그런지는 몰라도 방만을 경계하고 가정의 자딴[90]예절 같은 것도 구습(舊習)이라 하여 함부로 버리지 말면서 통제와 규율 있는 민주사상을 길러주려고 합니다.

90　자딴 : 보잘 것 없거나 하찮은. 곽원석, 『염상섭 소설어사전』 참조.

우리말의 갈 길

표준어 사용과 인조어의 물시勿施[91]

　우리말의 위기를 넘긴 요행에 너무 상기가 되었거나 또 혹은 너무 눌리고
구박을 받아왔던 반동으로이거나 원인과 이유는 하여간에 '우리말의 갈 길'
을 생각하여보지 않으면 아니 되리만치 공연히 일을 만들어 곤경에 빠져온
것이 해방 후의 사실이기는 하다.

　조선사람이 자기 말과 글을 사랑할 줄 모르고 천대하여왔던 사실과 그 유
래를 다시 노노(呶呶)할 필요도 없고 왜정(倭政) 30여 년간의 흙작질도 그들로
서는 의례 그럴 일이거니와 그러면 과거 30년 동안 신문화인 또는 신문필인
들은 어떠하였느냐면 누구보다도 말과 글을 아끼고 사랑할 줄도 알고 어감
에 예민하여야 할 것이요, 또 책임을 가져야 할 이네들이 너나 할 것 없이 너
무나 무성의하였고 무책임하였던 것도 사실이었었다. 다만 한 구석에서 어
학자들이 숨도 크게 못 쉬며 연구하고 집성한 공으로 '새 맞춤법'의 대두리가
되어 일부 신문잡지가 활자화하고 그 정한 표준어를 쓴 덕에 오늘날 어느 정
도 말의 통일과 글의 통일을 보게는 되었지마는 어학자의 일이란 말과 글의
해부, 분석과 문법의 분류・구성이 아니면 다만 말의 유취(類聚)에 그칠 뿐이
지 이것을 활(活)하여 말에 생명을 불어넣고 통일과 정화와 미화의 또 보급에

91　염상섭(廉尙燮), 「우리말의 갈 길－표준어 사용과 인조어의 물시(勿施)」, 『신천지』, 1949.10.

이르러서는 그 책무가 따로이 일반 문화인, 그중에서도 문필인에게 있는 것이다. 그러면 문화인과 문필인이 얼마나 말에 정성을 가지고 골라 썼으며 아름답게 다듬어 놓았으며 통일 있는 글을 써왔는가? 위에서도 말하였지마는 대답하기 곤란하다. 그리고 보니 아무리 어학자의 제공한 연구의 결과가 정확·정치하더라도 우리말은 역시 난맥(亂脉)이요, 우리글이 무잡(蕪雜)에 흘러 세련된 글을 찾기에 힘들이 들기는 여전하다. 그러므로 우리말의 갈 길을 찾아 말을 바로잡자면 문필인이 누구보다도 먼저 말의 정화와 미화에 노심하고 말이 가진 뜻을 정확하고 통일 있이 써야 할 것인데 지금의 소설 같은 것을 보아도 공정된 표준어를 정확히 쓰기에 노력하려는 성의조차 부족한 감이 있는 작품이 수두룩하고 심한 것은 그 말이 가진 뜻이나 개념을 전연 모르거나 또는 어감을 무시하고 쓰는 것이 눈에 띈다. 또 일어(日語) 계통에서 오는 말을 그대로 주워 씀과 같은 것도 별반 조처가 있어야 할 것이다. 이러한 것이 정리되어 우리말이 제 길로 들어서자면 표준어의 사용과 정확한 어문의 표현이 아니고는 도저히 행세할 수 없을 만치 독자·출판업자·문필가가 신경이 예민하여지고 편달하고 책임을 느끼게 되어야 할 것이다.

다음에 소위 인조어와 한자 유(流)의 명사 등을 무리히 번역하느라고 도리어 혼란과 불통일을 가져오는 폐단에서 구(救)하여야 할 것이다. 말은 어린애를 키우듯이 감독과 보호는 하되 자연한 생성과 도야에 맡겨야 할 것이다. 자식을 귀여워하면 병신자식을 만들어 놓는 것이다. 말을 임의로 주물러서는 아니 될 것이다. 인조어나 한자명사 등의 번역을 가르쳐 국수주의적이니 먼로주의니 문화의 고립이요, 배타(排他)의 하는 등의 이념문제라든지 세획(世劃) 문화와의 교류상 이(利)·불리(不利)와 같은 문제는 차치하고 또 어감이 좋지 않다든지 듣기에 생소하다든지 하는 것도 논외로 하고 우선 많이 사용된 국민학교 교과서를 들쳐보아도 그 용어의 저어와 불통일만을 가져와서 말의 덤받이 같아야 실용상 가치로도 받아들이기 어려운 말썽꾼이에 지나지 않는다.

'자외선(紫外線)'을 무어라든가? ── 물론 조어자(造語者)로서는 어원과 전거나 유래가 있어 지었겠지마는 우리에게는 기억도 잘 아니 되는 외어(外語)와 같이 생경한 감이 있거니와 소학(小學) 4학년용 교과서를 보면 '힘살(筋肉)'이라 하였고, '포유동물(哺乳動物)'은 '젖빨이동물'이요, '파충류(爬蟲類)'는 '갈동물', '양서류(兩棲類)'는 '물물동물'이라 쓰여 있다. 한자를 모르는 4년생이 '힘살'이 무어냐고 물으나 어른이 대답에 막히는 것은 고사하고 한자 모르는 아이의 교과서에 '근육(筋肉)'을 어째서 넣었는지 알 수 없다. '포유'를 '젖빨이'라 하였으면 '동물'도 '짐승'이라고 번역 아니 한 이유는 무엇인가? '혜성(慧星)'을 '살별'이라 하였으면 '해왕성(海王星)'은 '바다임금별', '토성(土星)'은 '흙별'이어야 할 것이다. '운석(隕石)'은 '별똥별'인데 '화석(化石)'은 어째서 '화석' 그대로 썼는가? '단체생활(團體生活)'을 '모듬살이'라 한 것은 좋으나, '가정생활(家庭生活)'을 무엇이라 번역하였는지 듣지 못하였다. '위(胃)'는 '밥통'이 틀리지 않았으나, 그다음에 가서는 '위액(胃液)'이라 하여 '위(胃)' 자를 썼고, '맹장(盲腸)'은 그대로 두고' 대소장(大小腸)'은 '곤자손이', '곱창'으로 되어 있다. 다음 대(代) 사람도 허파·밥통·곱창·곤자손이와 함께 폐(肺)·위(胃)·소장(小腸)·대장(大腸)이라 이름을 부를 것이요, 또 알아둘 필요가 있는 것이다. 자기 전대(前代)의 문헌도 보아야 하고, 일본이나 중국의 책을 보고 배워야 하겠기 때문이다. 그것도 외곬으로 째인 규모 밑에 통일이 되었으면 모르겠으나 칠령팔락(七零八落) 두서(頭緒)를 차릴 수가 없고, 편수자(編修者)의 의도를 짐작하기 곤란하나 자연 불평이 아니 나올 수가 없으며, 실제 아이들은 더 한층 어리둥절하여 머리에 제대로 들어갈 것이 비비꼬이고 길을 몇 번이나 돌아서 간신히 터득이 되는 모양이다. 왜 이런 번폐가 생겼는가? 교육의 방침은 감정론이나 현기벽(衒奇癖)이나 한두 사람의 한때 착상이나 고집으로 될 것이 아니다. 과학적 연구와 중지를 모아 가장 주밀히 계량하고, 진중히 심의 검토하고 실제의 효과를 시험한 뒤에 실시하고도, 오히려 미비와 폐단이 백출(百出)할 것인데, 국민교육과 같은 막중한 대사업을 몇 사람의 의견이나 발안으로 조변석개(朝變夕改)를 무상(無常)으로, 임의로 한다면 문교(文敎)를 그르치는 장본(張本)이 되기 쉽고, 또한 말을 어떤 권위의 힘으로 통용·유행케 한다면 말을 살리기보다도 죽일 것이요, 의사(意思)의 소통과 일상생활에 불편이 적지 않으며 까닭 없는 고통과 교육상 부담만을 더하게 될 것이다. 더구나 학술상 용어는 말할 것도 없거니와 한자로 된 보통명사나 이미 조선말에 대한 식민으로서 우리말을 뺏어갈 염려는 없는 것이다. 도리어 인조어와 억지로 꾸어다 막은 번역어는 어감과 말의 미(美)를 상하여 교각살우(矯角殺牛)의 우(愚)를 면치 못할 것이다. 문학자는 도저히 받아들일 수가 없는 것이다. 도대체 우리말의 갈 길 — 살리는 길이 아니다.

여기에 관련하여 한자폐지에 대하여 부언하고 싶으나, 급단(級短)하여 그만둔다. 다만 일언이폐(一言以蔽) 하면 규모 있는 계획으로 체감적 제한을 실시하되, 소학 3년부터는 간이(簡易)한 한자를 가르치기 시작하여야 조선말을 이해하고 정확히 쓰는 데에도 큰 도움이 될 것이라 함이다. 조선말이 더구나 우리글이 한문과 한자의 영향과 전용(轉用)·잉용(仍用)으로 된 점이 수두룩한 때문에, 싫고 불편하고 비현대적이요, 시간과 노력의 불경제(不經濟)인 줄은 알면서도 우리 문화가 큰 권위를 가질 때까지 불가피한 일이라 하겠다.

아까운 그의 조세_{루世}[92]

    우연히도 빙허(憑虛)의 「빈처(貧妻)」, 「타락자(墮落者)」 등 초기작을 다시 읽는 중에 이러한 부탁이 있기에 기왕이면 다른 우수한 대표작을 좀 더 읽고서 작품을 중심으로 한 □□□에 보자 했더니 시간의 여유를 주지 않으므로 이것은 다음 기회로 미루거니와 우선 작품생활에 있어서 빙허는 나보다 한 1년 앞섰던 것을 발견하였다. 연세로는 4, 5세 뒤일 거니 하였는데 그 처녀작인 「빈처」가 1920년의 작(作)이니 나보다는 한 해 앞서 이십 전후에 벌써 창작의 붓을 들었던 모양이다. 물론 이 초기의 작품들은 빙허문학에 있어서 □ 연(宴)한 지위를 차지한 것은 아니지마는 그래도 여기에서 벌써 작가로서의 소질과 천분이 엿보이는 것이다. '소질'이란 문학적 경향을 이름이니 앞으로 빙허의 여러 작품을 다시 읽어보면 알겠거니와 이 두 작품에서만도 그가 '로맨틱한 자연주의자' 혹은 '자연주의적 로맨티시스트'라고 보는 것이 옳겠다.

    원체 이십 전후에 쓰는 작품이니 깊이와 무게를 바랄 수는 없는 것이요, 다만 그 본바탕과 그 본바탕에 따르는 그의 갈 길이 엿보였고 또한 소설로서 틀이 잡혔던 점에서 벌써 빙허의 장래가 크게 촉망되었던 것을 알겠다. 만세 직

---

92 염상섭(廉尙燮), 「아까운 그의 조세(루世)」(전2회), 『국도신문』, 1949.11.18~11.19. 이 글은 '사(思) 고우(故友)'라는 기획의 일환으로 작성된 것이다.

후에 □□한 신문학운동이 □□도 □□도 □□도 없던 그 시절이었는데 스무 살쯤 된 새 서방님의 첫 작품이거니 하는 생각을 하면서 읽어가노라면 그때의 문학청년이 맛보던 고민에 동정과 기혹(欺惑)과 미소를 금할 수 없는 것이다.

"빙허가 살았더라면 ……"이라는 말에는 아까워하고 기대가 컸더란 의미와, 또 하나는 원숙기에 들어갈수록 '어떠한 심경이나 사상에서 어떠한 작품을 썼을까?' 하는 추단(推斷)의 의미가 있을 것이다. 해방 후에 내가 신문에 간여하게 되었을 제, 삼십 전에 함께 뒹굴던 신문인(新聞人)이었더니 만치 '빙허나 도향(稻香)이 살았더라면' 하는 감회가 없었지마는 "빙허가 살았더라면 이 시국에 어떤 태도였을꾸?" 하고 이야기하는 사람도 있었다. 그러나 '어땠을꾸?' 여부가 아니라 나는 빙허가 그 타고난 천분을 마음껏 펴보지 못하고 조세(早世)한 것이 그 개인을 위함보다도 조선의 신문학(新文學)을 위하여 더 아깝게 간절히 느끼는 것이다. 말이 어떻게 어설픈 적사(弔辭) 같이 되었지마는 문학을 알고 우리의 현상을 □찰(察)하는 사람이면 동감일 거라. (1949.11.18)

빙허는 창작에 있어서만 일년지장(一年之長)이 있을 뿐 아니라 주량(酒量)에도 막능당(莫能當)[93]이 있었다. 원체 내가 거북살스럽고 뻑뻑한 위인이라 빙허나 도향은 나를 못마땅하게도 생각했겠지마는 그래도 내 속마음으로는 좋아하고 경애(敬愛)도 하였었다. '경애'의 '애' 자(字)가 틀렸다면 취소할까, 가가(呵呵). 하여간 빙허와는 그가 「타락자」를 쓰던 임술년(壬戌年) 경(내가 25세)서부터(육당(六堂)이 출옥하는 길로 시작한 『동명』지를 함께 하게 되었을 제)의 교의(交誼)요, 선술집에도 좋이 같이 다녔지마는 늘 아니꼽게 보았던 모양이라 하루는 돈의동(敦義洞) 명월관(明月館) 본점에서 만취가 되어 나오다가 어쩌나 욕지거리를 하고 주정을 하다 못해서 눈이 펄펄 날리는데 돌멩이를 집어서

---

93 막능당(莫能當) : 어느 것으로도 능히 대적할 수 없음.

내던지며 정신없이 법석이든지, 달래다 못하여 도망질을 쳐버렸었다. 그때 나는 소설을 쓰느라고 돈의동에서 가까운 여숙(旅宿)에 묵고 있었다. 아침에 누가 들쑤시기에 눈을 떠보니 검정 명세(明細) 두루마기를 입은 빙허가 앞에 앉았다, 허허허 하고 일어나서 해성(解醒)[94]을 같이 하였던 것이다. 지금도 그 생각만은 잊어지지를 않지마는 그 후부터 더 친하여졌었다. 빙허를 어디서 어떻게 만났는지는 생각이 아니 나지마는 '빙허의 주정이 상당하고나' 하는 기억만은 남아 있다. 그러나 내가 무어나 빙허를 이길 것은 없을 법해도 주정만은 내가 □연(然) 이겼다. 주정을 하다가도 내 주정이 나오면 꿈쩍하는 빙허이었었다. 생각하면 재미있는 일이었다.

빙허는 곱살스러운 사람이었다. 그러기에 로맨틱한 기질을 다분히 가졌던 것이다. 그러나 암상스럽고 날카로운 사람이었었다. 그러기에 그의 소설이 자라갈수록 맑고 또렷한 자기 경지를 혼자서 개척하여 나갔던 것이다. 또 약은 사람이요, 이지적(理知的)이었었다. 그러기에 누구에게나 적의(敵意)를 사지 않았다. 이지적이면서도 섬세하고 예민하고 요령이 있었다. 이것이 그의 작가로서의 천품(天稟)에 알맞은 기질이었었다. 만일 그가 일제(日帝) 밑에서 궁축(窮縮)하지 않고 마음대로 기를 폈더라면 오만한 재자(才字)나 천재였을지도 모른다. 그러나 빙허의 특장(特長)은 재승박덕(才勝薄德)이 아니요, 요령이 있고 애교가 있는 데에서 인기를 끌었었다.

지단(紙短)하니 더 쓸 수도 없지마는, 지금 살았으면 머리가 반백이 되어서라도 영리(玲履)한 존재였겠지마는, 또 한편으로 생각하면 머리가 희어가면서 창작이라기보다도 매문(賣文)에 허덕였을까 보아서 차라리 나보다는 팔자가 좋다는 생각도 든다. (1949.11.19)

---

94 해성(解醒) : 해독시켜 깨어나도록 하는 것.

염상섭 문장 전집
1950

나와 민족문학[95]

　신년 □□이 한다고 새삼스레 '나와 문학'의 관계를 이야기하여야 할 필요나 이유는 없을 것이다. 또는 출제자의 의도가 어디에 있는지도 모르겠으나, 한 문학자의 문학생활의 사적(私的) 발전경로를 알자는 흥미로서가 아니라면 '나와 문학'이란 말은 '당신(필자, 즉 모든 사람)과 문학'이란 말과도 통하는 것이다. '나'라는 말의 의미가 실재(實在)한 '자기'를 떠나서 추상적으로 '문학하는 사람' 또는 '문학을 이해하는 사람'을 가리킨 것이라면 '나와 문학'이란 말은 곧 '문학하는 사람과 문학'이라든지 '문학을 애호하는 사람과 문학'이라는 의미도 될 수 있을 것인가. 그렇게 해석을 하면 '나', 즉 필자 자신과 문학과의 특수성을 떠나서 일반 문학론이 되고 말겠으나 차라리 그 편이 보편적으로 말하기 편할까 한다. 본시 예술은 처음부터 끝까지가 자기표현에 시종하는 것이다. 표현이란 널리 말하면 이른바 만물지중(萬物之中)에 최(最)□한 개인의 본능이면서도 세련되고 고급한 생명의 유로(流露)이니 이를 평범히 말하면 결국에 누구나 할 수 있는 자기고백이요, 한 개의 자기토로인 것이다. 그러나 '자기'란 무엇이냐? 아무리 자기의 독자성과 자유를 주장할지라도 자연

95　염상섭(廉尙燮), 「나와 민족문학」, 『국도신문』, 1950.1.1. 글 말미에 '필자는 소설가'라고 명기되어 있다.

의 제약 — 다시 말하면 유전(遺傳)과 환경에서 벗어난 자기는 있을 수 없는 것이다. 독자성이니 개성이니 하는 것이 인간으로나 문학적으로나 □□되어야 할 것은 다시 말할 것 없으나, 그것은 어디까지든지 자연적 조건, 즉 유전과 환경의 □□ 안에서 말이다. 그리고 이 '자연적 조건'이란 것은 인간으로서는 면치 못할 공유(共有)의 조건이지마는 제일차적으로서는 곧 민족성 — 민족적 개성을 가리킴이요, 또 이것은 자랑할 수 있거나 없거나 어찌할 수 없는 숙명적인 것인 것이기도 한 것이다.

그러므로 모든 예술(문학도 예술의 일 부문이니)은 개인적 표현에 시종(始終)하면서 동시에 민족적 표현인 것이다.

나의 문학과 당신(□□)의 문학은 다른 것이다. 또 달라야 할 것이다. 그러나 일단 나의 문학과 당신의 문학이 타민족으로서는 입내도 낼 수 없고 맛볼 수 없는 공일점(共一點)을 가진 것을 발견할 수 있을 것이다. 그리하여 이 공일점에서 새롭고 더 큰 '나'를 알아보고 찾을 수 있는 것이다. 이것이 민족문학이요, 또한 누구에게나 내 문학일 수 있는 큰 덩어리의 문화재가 엉키고 굳게 쌓여가는 것이라 하겠다. 또한 예술이나 문학이란 것은 살고 난 해골이라든지 화신(化信)이 아니라 피가 통하고 입김을 가진 생명체이다. 그야말로 목숨은 짧고 예술은 긴 것이니 그는 물론 진선미(眞善美)의 표현을 말함이나, 그러나 동시에 예술이나 문학이 자기표현을 떠나서 있을 수 없다 하여도 '자기'를 거두절미(去頭截尾)한 지렁이의 가운데 토막 같은 자기를 사상(思想)할 수 없는 것이므로 몇 십만 년 누누이 흘러내려온 피와 전통과 지리적 환경과 거기에서 빚어나온 □□의 순일(純一)과 □□감정 □□ 등 모든 생활조건이나 이해휴척(利害休戚)을 같이 하여온 민족이 공통성을 지닌 '자기'가 예술의 □□되었기 때문이다. 그러므로 예술이 살아있고 젊다는 것은 그 작가의 생명이 영구(永久)히 살아있다는 의미인 동시에 그 민족이 지난바 피와 전통과 지리적 조건이 빚어낸 풍물과 언어신앙, 도☐(道☐), 정서, 취미 등……. 통틀어 그 민족적 개성이 그 예술과 문학을 통하여 구원(久遠)히 살아있다는 말인 것이다. 민족문학 수립이란 이 민족적 생명의 거룩하고 영원한 영화(榮華)를 길이 선양하자는 말이라고 생각하는 바이지마는 이것은 한때의 유행이나 ☐제적(第的) 의도나 의미로가 아니라 문학의 본질이 원체 그러한 것이라고 믿는 바이다.

그러나 문학은 문학하는 사람의 '나'의 표현이며 민족으로서의 '나'의 표현인 동시에 사람으로서의 '나', 인생의 일면으로서의 '나'의 표현이다. 여기에 가서 예술과 문학은 개인과 민족에서 한 걸음 더 나가서 자기를 세계인인 '나', 인류로서의 '나'로서 추확(推擴)하고 세계의 넓은 무대에 뛰어나가 인류의 향상과 복지에 공헌하는 기회를 얻을 것이며, 예술과 문학이 환경을 초월하여 세계문화의 향상과 인류애의 정신을 체득하고 발양하는 경지에까지 가는 것일 것이다. 그러므로 문학에 있어 자기표현에 충실함은 민족표현에 충실한 소이(所以)요, 민족문학의 선양은 국제간의 모든 정치적·외교적 노력보다도 세계평화와 인류애의 체현과 인류공영(人類共營)의 길을 걸어가는 가장 솔직하고 값있는 노력이라고 할 것이다.

말이 매우 추상적이요, 피상적으로 흘러간 감이 없지 않으나, 요컨대 '나와 문학'이란 곧 '민족과 문학'이란 의미가 되고, '인생과 문학'이라든지, 인류가 가질 수 있는 고도의 세계문화라는 것을 생각할 제도 또한 민족문학의 건실하고 찬란한 발전, 현양(顯揚)만이 그 핵심이 되는 것이라고 믿는 바이다.

민족문학 수립의 이념[96]

1

10년 전, 20년 전 구작(舊作)을 읽다가 '행랑어멈', '바깥애' 따위의 명사나 실제 인물이 나오는 것을 보면 벌써 한 세대가 지난 것 같이 어감부터 귀에 서투르다. 그만치는 시대가 바뀌고 한 걸음 전진한 것이다. 지금 시절에 아무리 전재민(戰災民)·이재민(罹災民)이기로 양반의 집이나 중류 가정의 행랑살이로 들어가서 '어멈' 소리나 '바깥애'로 머리를 숙이고 상전을 떠받들 사람이 있을지? 20년 전에 쓴 나의 작품 중에서도 '바깥애'가 행랑을 면하고 셋방살이로 나가는 장면이 있었거니와 나의 좁은 안계(眼界)에서인지는 모르되 민주주의국가를 건설하여 나가고 보통선거를 실시한 오늘에도 '바깥애'가 아직도 있으리라고는 생각할 수 없다. 10년, 20년 전에는 양반이나 중산계급이 몰락과정에 있어 행랑사람을 부릴 자력(資力)이 점차 없어져가는 반면에, '바깥애' 계급의 자각과 아울러 일제 밑에서 노동자원으로 흡수되었던 관계로 하여간 우선은 '바깥애' 신세를 면하여가게 되었던 것이다. 그리고 해방이 된 오늘에 와서는 여러 가지 혼란과 부패상(腐敗相)이 없지 않더라도, 신흥(新興)

---

96 염상섭(廉想涉), 「민족문학 수립의 이념」(전2회), 『조선일보』, 1950.1.1~1.5.

의 기개와 함께 자유노동 혹은 장(場) 거리에 앉아 빈대떡, 우동을 팔고 담배 행상을 할망정 남의 집 행랑살이는 하지 않겠다는 인격적 자각을 능히 살려 나가고, 자녀의 의무교육을 생각하여서도 방공호에서 거적때기를 치고 삼동(三冬)을 나면서 자질(子姪)을 학교에는 보내야 하겠으니 '어멈' 소리나 '행랑 아범' 소리는 아니 듣겠다는 자존심과 처연한 인간적 체면을 지키게 된 것일 것이요, 그들은 경제적으로 완전히 자립은 못하였다 하여도 자존심과 인격을 유지하는 만족은 얻게 된 것이다.

이러한 사실은 매우 잘고 두드러진 사회현상은 아닌 것 같지마는 그러나 이 사상(事象)을 통하여 얻는 결론은 여간 중요하고 가치 있는 것이 아님을 깨닫는 바이다. 첫째로 무산대중의 국민적 자존심과 인격적 자각이나 긍지가 이만큼 골고루 보급되었다는 것이요, 둘째는 거기 따라서 봉건잔재의 청소(淸掃)와 함께 민주주의국가 건설이 극히 용이하다는 것이며, 다음에는 계급적 대립을 무언(無言) 중에 중화(中和)시켜 민족적 단결에 유도하는 불로(不勞)의 공(功)을 거둘 수 있다는 것이다.

2

또 일면에 있어 자민족(自民族)의 능동적인 산업경제의 발달을 갖지 못하였던 우리에게 있어서는 약간의 자본층이 있다 하여도 그것은 미미한 존재였으므로 노자(勞資) 양 계급의 대립투쟁이란 것은 거의 없었던 것이었다. '일제'라는 가열(苛烈)한 위압과 착취 앞에서는 다만 민족이 있을 뿐이요, 노자의 갈등과 분열과 투쟁을 용납할 여지조차 없었던 것이다. 그리고 이러한 실정은 해방 후 오늘에 있어서도 그 규(揆)를 함께하는 바이다.

.우리는 '민족산업의 재건'과 '자주발전(自主發展)'이라는 대기치(大旗幟) 아래 노자의 대립분열을 용허할 수 없는 것은 더 말할 것도 없는 것이다. 국가를 생각하고, 민족의 장래를 생각하고, 자기와 자손의 행복번영을 생각하는 일념이 있다면 신국가(新國家) 건설의 이렇듯 지난한 개두(開頭)에 서서 계급투쟁을 일삼을 겨를이 있을 수 없는 것이다. 하물며 대립투쟁을 피할 수 없는 계급의 대치나 실체가 확연히 섰는가 하면 결코 그렇지도 않은 우리의 특수한 과정임에 있어서랴.

또한 다시 미구불원(未久不遠)에 실시될 농지개혁법(農地改革法)을 생각하면 비단 남한의 농민대중의 전도가 양양할 뿐이 아니라, 실로 국기(國基)와 민본(民本)이 여기에 확립되는 것이요, 1,500만의 무산대중은 투쟁 없는 해방을 앉아서 얻는 것이다. '해방'이라는 말은 도리어 어폐(語弊)가 있을지 모르나, 이러한 환경과 정세에 있어서도 무엇을 위한 투쟁이 우리에게 필요하다는가?

이를 요컨대 우리는 싸워야만 얻을 수 있으리라고 생각한 것이 저절로 해결되고, 수중(手中)에 들어옴을 알았다. 인제는 얻자면 싸워야 하겠고, 싸우자니 계급의식을 고취하고 첨예화시켜야 하겠다는 이론이나 그들 소위 지도자의 손에서 벗어난 것을 다행히 생각할 때가 왔다. 우리의 할 일은 다만 '건설'에 있고, 창조충동을 발휘함에 있다는 것은 다시 말할 바 아니거니와 이만큼 이끌어온 환경과 정세를 또 다른 고장 없이 순탄하게 전개시키고, 배성(背成)하자면 국민이 어떠한 임무를 자각하고 수행하여야 될 것인가는 각자가 생각하여보면 저절로 알 것이라고 믿는다.

3

그러면 이러한 정세하에서 문학의 사명은 무엇이며, 좌우익이 똑같이 소리를 높여 창도(唱道)하던 '민족문학'이란 무엇인가? 우선 '민족문학'이라는 단어부터 재검토할 필요가 있다 한다. 일제시대에 외래자본이나 일제 세력 하의 산업경제와 구분하여 '민족자본' · '민족산업'이라고 하던 것과 동의(同義)로 해석한다면 다소의 배외적(排外的) 인기(認氣)는 없지 않으나, 결국에 '국민문학' · '국문학'이란 말을 일층(一層) 민족적 인식을 강조하는 의미로 사용한 것이라고 봄이 어떨까 한다. 그러나 좌익계열에서 프롤레타리아문학을 민족문학이라고 부른 데에는 의의(疑義)가 있었던 것이다. 복합민족이 아니요, 다수 민족의 연방(聯邦)이 아닌 바에는 프로문학을 민족문학이라고 부를 필요도 없고, 민족문학이라면야 계급성을 표시한 것은 못되기 때문이다. '민족' 안에는 유산 · 무산의 별(別)이 없이 단일민족이 온통으로 포함되어야 할 것이기 때문이다. 그러므로 프롤레타리아문학이거나 부르주아문학이거나 왕실 · 귀족의 문학이거나를 물론(勿論)하고, 계급성이 농후하고 본연(本然)한 민족성의 표현이 박약하다면 순수한 민족문학으로서 높이 평가할 수 없겠거늘, 하물며 한 계급의 계급의식을 고조앙양(高調昂揚)하고 계급적 대치와 투쟁을 목표로 하는 투쟁문학이 민족문학일 수 없는 것은 물론이요, 순정한 문학일 수도 없는 것은 번설(煩說)할 바도 아니다.

본문학(本文學)은 자기표현에 시종(始終)하는 것이면서도 민족적 개성의 표현이요, □양(揚)이며, 동시에 인간성과 인생생활의 탐구요, 구현인 것이다. 그러므로 문학이나 예술은 국경을 초월한 인류 공동의 문화재이기도 하나, 만일 민족이라는 입장에서 보면 어느 나라의 문학이든지 민족문학 아닌 것이 없다. 국토의 자연적 조건과 면면히 흘러내려온 피로써 엉킨 전통을 계승하여 맺혀진 민족적 특이성의 표현과 발로(發露)가 없는 문학은 상상할 수 없는 것이다. 그리고 그 민족적 특이성은 한 계급만이 전유(專有)한 것이 아니요, 계급을 초절(超絶)[97]한 민족의 생명이요, '얼'이다. 여기에서 민족문학이 계급성을 내포할 수 없는 것이 자명하여지는 것이다. 한 걸음 더 나가서 민족문학이 세계문학의 일환으로 인류의 공유할 수 있는 문화재라는 의미에 이르러서 문학은 한 계급의 전유물이거나 계급투쟁의 선전문서로 □□할 수는 없다는 것이다. 셰익스피어의 문학은 영국의 문학이며 세계의 문학이지, 부르주아의 문학도, 프롤레타리아의 문학도 아닌 것이다. (1950.1.1)

이와 같이 문학은 본질적으로 이미 민족을 떠나서 존재할 수 없는 일편(一便), 문학에서 계급성을 발견할 수 없을 뿐만 아니라, 문학이 투쟁의 무기가 아닌 것은 우리 문단에 계급문학이 수입되었을 20여 년 전에 이미 논진(論盡)하였던 바이지마는, 가사(假使)[98] 계급운동 내지 계급투쟁이 있는 이상, 계급문학이 존재할 수 있다 할지라도 그것은 구원성(久遠性)을 가진 예술이거나 완전한 예술적 표현일 수는 없는 것이다. 왜냐하면 그것은 전시문학(戰時文學)과 같이 일시의 방편이요, 성도(盛道)로서 종전(終戰)과 함께 스러질 시간적 현상에 불과한 것이기 때문이다. 그러나 이것도 자본주의가 극도로 발달된 국가에서라든지 혹은 민족해방을 성(成)치 못한 민족으로서 독립의 방편이나 □도(道)로라면 모르거니와 우리 대한(大韓)에 있어서 계급의 대립이나 투쟁이 있을 수 없고, 있을 요인도 없다는 것은 위에서 누누이 증명한 바와 같다. 설령 계급의 이해가 상반(相反)하고 투쟁할 요인이 있다 할지라도 '민족통일, 실지회복(失地回復), 독립완성'이라는 거족적 절박한 대사업의 앞에서

---

97 초절(超絶) : ①출중하게 뛰어남. ②절대로 넘지 못하는 한계를 사이에 두고 존재하는 일, 특히, 신과 사람의 한계에서 세계에 대한 신의 초월적 존재의 뜻.
98 가사(假使): '가령'과 동의어.

도 대동단결 이외에 활로가 없었거늘 하물며 우리 남한에서와 같이 계급의 대립이나 투쟁이 전개될 모든 요인이 이미 순조롭게 자연소멸이 되어간 오늘에는 남한에서만이라도 계급문학이란 이미 과거의 사실이 되고 만 것이다. 과거에 있어 계급문학은 민족문학의 정상적(正常的) 진전을 지연시키고 문학인을 방황케 하였으나, 이제 우리는 이념이나 인식의 분열·착각 없이 민족문학 — 문학의 정도(正道)에 올라선 일 전기(轉機)에 처한 것이다. 또한 우리 민족은 오랫동안 현대적 국가생활을 못하였고 민족의식을 마비시키거나 분산시키는 환경에서 살아왔기 때문에 민족문학의 갈 길은 순정한 국문학을 통하여 '신(新) 민족문화의 수립'이라는 중대한 사명을 띠었음은 물론이나, 일편에 있어서는 민족의 독자성과 민족혼의 파악·표현으로써 국민정신의 진작(振作)·선양(宣揚)을 도(圖)하여, 안으로 통일과, 밖으로 민족투쟁의 완수에 공헌하여야 한다는 점을 잊어서는 아니 될 것이다.

기축(己丑) 세모(歲暮) (1950.1.5)

문화교류와 평론에 힘쓰라

현現 문단에의 제언提言[99]

　문화활동이 사회불안이나 경제불안에 지대한 영향을 받는 것은 사실이나 여기에 휩쓸려서 어리둥절히 속수무책으로 앉았을 문화인은 아닌 것이다. 불안이 있으면 불안 그대로를 반영하면서 지지하나마 진전될 것이요, 그 불안과 궁핍을 물리치며 꿋꿋이 싸워나가는 데에 문화인의 정신과 긍지도 있을 것이다. 다만 실생활의 심각한 곤궁, 불안 속에서 문화인으로서의 내적 생활 ─ 창작의 자기세계를 옹호하고 거기에 휩쓸리지 않기 위한 노력이나 고난에 이중으로 시달리는 것은 사실이나, 그것도 생각하면 비단 지금이라 하여 그렇고 올해라 하여 우심尤甚한 것은 아닐 것이다. 문화인의 노력은 꾸준할 것이요, 또 백난百難을 무릅쓰고 꾸준히 자기 길을 닦아감으로써 문화는 어떠한 군색과 불안 속에서라도 일보인들 전진하는 것이지 결코 퇴영하는 법은 없다.

　금년이라고 특히 비관悲觀 재료가 있는 것은 아니다. 식량과 아울러 종이 □□이 아직 해소 못되었고, 또 이것은 문화활동에 똑같이 직접 · 간접으로 큰 관련성을 가진 것이지마는 이것이야 현명한 당국의 만전의 시책에 신탁

99　염상섭(廉尙燮), 「문화교류와 평론에 힘쓰라─현現 문단에의 제언提言」, 『연합신문』, 1950.1.31.

(信託)하는 수밖에 없는 것이요, 우리가 생각할 바는 질의 문제이다. 가령 용지문제에 있어 최악 경우를 생각하여 양서(良書)를 간행치 못하고 학자와 문인의 원고가 썩는 한이 있더라도 진실로 좋은 연구의 결과나 작품이 있기만 하다면 세상에 널리 행(行)치는 못할망정 벌써 그만한 질의 향상은 거두고 있는 것이다. 목전의 생활난에 쪼들리면 누구나 별 수는 없는 일이요, 100년 후에 지기(知己)를 만난다는 꿈같은 수작만 하고 앉았을 수 없다 하겠지마는 자기가 관심을 갖는 제작 방면만 보더라도 자신부터도 이래서는 안 되겠다는 초조뿐이요, 별 진전을 못 보는 것이 답답한 노릇이다.

사실 바라는 것이 신인이요, 금춘(今春)의 서울신문사의 '획기적'이라고 할 만한 □질(質)의 결과는 아직 논문이나 작품의 전반(全般)은 읽을 겨를이 없어 모르거니와 단편 하나만을 가지고 보더라도 기대가 너무 컸던 까닭인지 일보 전진한 자취나 새로운 맛은 모르겠다. 이러한 시대에 비약적(飛躍的) 진경(進境)을 바라고, 더구나 신인에게 별안간 그 책임을 지우는 것이 무리일 듯도 하나, 하여간 지도와 편달과 공정한 비평이 더욱 필요하다고 생각한다. 이러한 의미에서 금년에는 창작과 아울러 외교문단(外交文壇)의 소개·연구와 평단의 지도적 활약에 □중(重)하여지기를 바라는 바이다.

전후(戰後)의 구미문화나 일본의 동향 등을 알고 싶어 하고, 또 문화의 교류를 요망(要望)하기론 문화 방면에 한한 배 아니거니와 문학이론에 있어 또는 일반 사조에 있어 외국과 너무 두절되어 있고, 따라서 고(呱)□과 □작(酌)의 편이 없는 것은 유감 아닐 수 없다. 이것은 독자(獨自)의 경지(境池)를 개척하고 국문학의 이념을 세우는 데 있어 도리어 유리하다고 볼 수 있는 것이요, 외국문학의 영향을 벗어나는 점으로는 시급하지 않다고도 보겠으나 역시 세계의 대상이요, 세계에 호흡하는 오늘의 우리니만치 문화교류를 등한시하고 지연(遲延)하면 그만치 손(損)일까 한다.

다음에 평단의 훈계 가지고 풍부한 논조(論調)가 나와야 우리의 문학이론이라든지, 민족문학의 수립 방면이 □명(明)될 것이다. 월평으로써 작가들 편달하는 정도에서 준순하여서는 활발한 동향을 양성·유도(誘導)하기 어려울 것이다.

이에 있어 다행히 작동(昨冬)에 대한문학가협회(大韓文學家協會)[100]가 창립되어 금년부터 활동에 착수하게 되었으므로 이를 중심으로 각 부문별로 생신(生新)한 국면 타개가 있을 줄로 믿거니와 동 협회에 바라는 바는 (기실은 나도 그 간부의 한 사람이지마는) 전술(前述)과 같이 대외적으로는 문화교류에 힘쓰는 동시에 대내적으로 민족문화의 추향(趨向)을 □명(明)하고 문화의 일반적 보급에 신획적(新劃的) 노력이 있어야 할 것이라고 믿는다. 그러나 문화의 향상은 국체적(國體的) □□나 □동(動)도 필요하지마는 실질적으로는 개인의 끊임없는 침묵의 노력과 정진에 있다는 것을 잊어서는 안 될 것이라는 것을 부언하여둔다.

경인(庚寅) 1월 19일 조(朝)

---

100 '한국문학가협회(韓國文學家協會)'의 오식으로 보인다. 염상섭은 1949년 12월에 참가한다.

작자의 말[101]

『난류暖流』

　새 나라, 새 시대에 반드시 나와야 할 이상적 새 여성은 그 어떠한 것일까
를 머리에 그려보면서 한편으로는 하필 여성뿐이리요, 남성도 새 조선, 새 시
대의 남편이 되고 아버지가 될 이상적 타입은 반드시 있으려니 하고 그 모습
을 상상하여 보는 것이다. 상상하여본다면야 가상(假想)의 인물이요, 우리와
함께 호흡하는 이 시대의 실재(實在)한 인물이 아니라고 생각할지 모른다. 그
러나 기실은 이웃에서, 거리에서, 직장에서 흔히 보고 무심히 지나치는 범상
한 그네들 속에 섞여 사는 사람들이다. 다만 그가 곁 사람들과 다른 것은 자
기를 아낄 줄 알고, 곁 사람을 자기처럼 아끼는 것이라 할까. 아낀다는 말은
인색하다거나 이기적(利己的)이란 말이 아니라, 욕심 없는 사랑을 이름이다.
사랑도 욕심이거니 욕심 없는 사랑이 어디 있다 하랴마는, 또한 사랑은 모든

---

101 염상섭(廉想涉), 「작자의 말─『난류(暖流)』」, 『조선일보』, 1950.2.2. 이 글은 '장편소설 『난류』'
　　라는 제목으로 된 소설연재 예고와 함께 실려 있으며, 동일한 글이 2월 3일에도 수록된다. 예고
　　내용은 다음과 같다.
　　"소개의 말 / 만천하 독자의 애독 중에 있던 박태원(朴泰遠) 씨의 거작 『군상(群像)』은 금일로써
　　상편이 완료되었습니다. 물론 후편이 연하여 게재되어야 할 바이오나 작자의 사정에 의하여 우
　　선 이것으로 끝을 막고 속편은 다음 기회를 기다리기로 하였습니다. 이에 뒤이어 우리 문단의 기
　　숙(耆宿) 상섭(想涉) 염상섭(廉尙燮) 씨의 집필인 장편소설 『난류(暖流)』를 싣기로 하였습니다.
　　씨는 더 소개할 것 없는 바이지만 독특한 구상(構想)과 유려한 필치로 쓰실 『난류』야말로 독자
　　제위에게 커다란 감흥을 주리라 믿습니다. 그리고 삽화는 웅초(熊超) 김규택(金奎澤) 씨가 담당
　　하여 이달 십일 경부터 연재하여 독자 제위의 기대에 어그러짐이 없을 것을 믿는 바입니다."

것을 바치는 희생의 정신을 요구한다. 그러므로 사랑은 욕심 없이 자기를 내놓는 것이요, 자기를 내놓는 정신은 자기를 참으로 아끼는 마음에서 출발하는 것이다.

호랑이를 그리려다가 고양이가 되고 말지는 모르겠지마는, 이러한 마음보를 가진 이 시대의 참된 청년남녀들의 혹은 즐겁고 혹은 설은 사정을 호소하여볼까 한다.

남한문단의 신전기新轉機[102]

남북분열이 문단 역량에 미치는 영향도 적지 않으리라고 염려하였으나 (분열이 없었더니만 같으랴마는) 만근(輓近)의 문단 동향으로 보아서는 그것이 □□한 기□이었던 것을 알았다. 대체로 정돈기(整頓期) 혹은 반성기(反省期)가 왔고 이모저모로 활발한 움직임을 볼 수 있는 것이 사실이라 하겠다. 그야 아직 명랑치는 않지마는 일부 문예가에 대한 집필 제한이라든지 소위 친일문인에 대한 일반의 태도가 석연치 못하고 우울한 일면이 아직도 남아 있는 현상은 □□이요, 이것은 민족적·문화적 손실이니만치 하루바삐 정상(正常)한 □정(正)을 지어 명랑화(明朗化)하여지기를 바라는 바이거니와 그러나 그 □□에 창작계의 □□한 동향이라든지 잡지나 단행본 등을 통하여 수준이 높아지고 무게가 있는 양서(良書)를 접할 수 있고 특히 몇몇 신인이 등장한 것은 신춘문단의 이채(異彩)요, 마음 든든함을 느끼게 하는 바이다. 그러므로 이 □운(運)을 타서 좀 더 조리 있고 통일된 조직 밑에 일단(一段)의 활동을 전개하면 획기적인 진경(進境)을 보여줄 것 같기도 하다.

이러한 견지로 보면 내가 위에서 정돈기나 반성기가 왔다는 말이 비단 좌

---

102 염상섭(廉尙燮), 「남한문단의 신전기(新轉機)」, 『한성일보』, 1950.2.2. 이 글은 '자신이 본 우리 문단'이라는 표제하게 게재된 것이다.

익계열이라고 지목받던 문인이라든지 소위 중간적 존재나 혹은 무소속층의 정돈과 반성만을 지칭함이 아니라 문학적으로 질적으로의 반성과 정비를 의미하고 바야흐로 좀 더 깊게 파들어 가는 생신(生新)하고 씩씩하고 굳은 신(新)□□문학의 뿌리가 퍼져나갈 반가운 조짐이 보인다는 말이었다.

세전(歲前)에 새로 조직된 문협(文協)의 제1차 추천회원 수가 150인(人), 그 외에 2차, 3차로 경향(京鄕)의 미참가 문인이 육비래참(陸飛來參), 또 포섭된다면 그 수 삼, 사백 명을 넘을 것이니 이로써만도 남한의 문학 진용이 결코 분열로 인하여 침체하거나 자주성을 확립하지 못하였다고는 못할 것이다. 여기에 있어 자주성이라는 말은 북한에 대하여서가 아니라 미영독법일(美英獨法日) 각국의 문학적 영향을 생각하고서 하는 말이다.

혹은 그것은 양의 문제이지 질의 문제가 아니라고 할지도 모른다. 그러나 아무리 질을 먼저 찾는다 하여도 역시 양도 많아야 하는 것이요, 양이 불고서야 질도 좋아지는 것이다. 남북으로 갈리고 이름 있는 문인의 중견층이 이백, 삼백이라면 신문학운동을 □□도 못해 10년, 20년 전을 회고하여 격세(隔世)의 감(感)이 없을 수 없는 것이다. 지금도 색표지(色表紙)의 이야기책으로 소견(消遣)하는 대중독서층 대부분을 점하는 것이 사실지도 모르지마는 오륙십의 노경(老境)에 들었더라도 독서층이면 대개는 문학이라는 것을 알아주게 된 것을 보면 역시 기쁘고 우리 문단에 울연(鬱然)한 추진력이 된다고 생각하는 것이다.

더욱이 학생계의 독서열과 문과계통이 아닌 타 학부의 학도로서도 문학에 대한 견식(見識)이나 상식 정도를 넘어 거의 일가견을 가지고 있는 것을 가끔 발견할 제 우리 문단의 앞날을 더욱 낙관하는 것이다.

나는 학도들에게 문학을 반드시 전공하라고 권하지는 않는다. 그러나 어느 과학을 연구하든지 한편으로 취미로나 여기로 문학을 즐기는 것은 장려하는 것이요, 이네들의 문학감상안(文學感賞眼)이 높아가는 것은 우리나라 문운(文運)의 강강(降降)한 진전을 위하여 더없이 반가운 현상이라고 보는 바이다.

그러나 문학 및 문단의 정치성·사회성을 생각할 제 나는 다소의 의아한 느낌이 없지 않다. 말할 것도 없이 문학은 어디까지나 개인의 사업이요, 머리에서, 서재에서 나오는 □술(術)이다. 그러므로 문단이라는 범칭(汎稱)을 떠나서 사회적·국가적 행동이나 행사 등 대외적 제스처도 필요하고 또 거기에 제약을 받는 것도 개인적으로 뿐 아니라 국가·사회의 문운을 지도·향상시킴에 긴요한 경우도 있으나 그것이 정치성을 띠고 파쟁적(派爭的)에 흐르는 것은 경계하여야 할 일이다.

그렇다고 문단이 단순한 문필인의 사교장(社交場)에 그치는 것도 아니라 우리가 문단에 요구하고 또 문학을 위하여 필요로 하는 것은 문단적 분위기요, 문단의 동향이다. 즉 문학정신이 건실히 지도되어가는 데에 있는 것이다. 그러나 문단적 분위기라는 것은 작가와 작품에 미치는바 영향이 클 뿐아니라 문단의 동향을 질정(質定)하는 것이다. 또한 문단의 동정(動靜)은 그 분위기의 구상화(具象化)이겠지마는 문단사조와 일대(一代)의 사조를 형성하고 이를 이끌어가는 일방(一方)의 원동력이 된다는 것을 생각할 제 문단의 밖에 있고 안에 있는 것을 막론하고 그 □□와 □□에 십분 주의하여야 하고 무리한 작위적인 면을 삼가야 할 것이라 생각한다.

4283년[103] 1월 30일

---

103 단기 4283년은 '서기 1950년'에 해당한다.

물 가난[104]

삼동(三冬)에도 물 가난이지마는 봄이 되면 이리저리 물을 꾸러 다닌다. 사시장청(四時長靑) 낭랑히 흐르는 약수터가 생각난다. 약수야 여나 제나 함부로 나랴마는 빨래꾼이 꼬이는 산□진수(山□津水)라도 마르지 않고 흥건히 흐르는 것이 보고 싶다.

대관절 이 물줄기가 어디서 나오는 것이관대 왜 이리 마르는 건고? 그러나 5, 6월 장마에는 □분(分)·□분(分)이 심하여 허드렛물로도 어른·아이가 구박이고 또 역시 동리 집 물을 구걸하여다가 먹는다. 힘이 차고 돈이 들어도 수도를 고치고 우물을 다시 파야 하겠다.

나는 쭐금쭐금 나오는 마당의 물 펌프를 바라보며 30년 신문예운동과 자기의 작가생활을 돌이켜 생각하여보고 앉았다.

---

104 염상섭(廉想涉), 「물 가난」, 『서울신문』, 1950.4.6. '문화인 독백' 란에 수록된 글이다.

어느 날[105]

"이 홉 오 작이래요. 쌀 타러 가세요."

반장 집에서 통기하러 온 아이도 큰 호소식(好消息)이나 전하는 듯이 첫대에 '이 홉 오 작'부터 내세웠지마는 듣는 사람도 어제 신문에 보았는데 이번에는 꽤 빠르구나 하며 반겨들 하였다. 1합(合) 5작(勺)의 방출미(放出米)란 것이나마 발전된 지 얼마 만에야 반상회에서 내가 타리, 네가 타리 한참 볼때기를 쳤다든가 한 끝에 구입권(購入券)을 산 지 불과 며칠 뒤지마는 이 동리에서는 다른 시장보다도 오십 더 큰 것이다.

들에서 빨래를 하느라고 미처 손이 아닌 난 아내가 '저 서랍에서 돈을 꺼내 주세요, 예전 쌀표로 준대요, 도장도 가져오래요 …….' 어쩌고 하는 대로 붓을 놓고 일어나서 시중을 들며,

"돈 조심하라구. 도장 잃어버리면 안 돼. 남는 돈은 집에 두구 가지."

하며, 연거푸 잔소리를 하니까,

"내, 잔말두 퍽은 하슈. 당신두 인젠 늙으셨세요!"

하고 핀잔을 준다. 바로 일전에 그 1홉 5작을 타러 나갔다가, 눈 깜짝할 동안에 그 알량한 배급 탈 돈마저 스리를 맞고 들어올 제, 풀이 빠지고 급하던 생

---

105 염상섭(廉想涉), 「어느 날」, 『문예』, 1950.5.

각이 아직도 가시지를 않았는데, 주의를 시키는 것이 그 불쾌를 똥기는 것 같아서 그러는 듯도 싶으나, 하여간 거기에 따라서 잔소리라거니, 잔소리가 아니라거니, 짜장 잔말이 길어지고 말았다.

늙었다는 말이 듣기 싫을 것도 없고 듣기 좋을 것도 없으나, 말이 길어진 뒤의 입맛은 썼다.

원고독촉을 왔던 청년이, 몇 번이나 걸음을 시킨다고 불끈하며 군소리가 하도 심하기에, 화를 내고 들어와 앉으니, 다시는 붓을 들기가 싫다. 아무리 빨라야 쌀값이나 고리대금의 이자도 따라가지 못하는, 이 붓대나마 잘라버리고 싶다. 맥맥히 앉았다가 불쾌와 염증을 가시느라고 옷을 떼어 입고 나섰으나 머리는 여전히 가라앉지 않고 식지도 않는다.

전차에 올라서 보니, 마주치는 사람마다 모든 얼굴이 왜 그리 험상궂고 우울하고 피곤해 보이는지 모르겠다. 화에 뜬 제 얼굴을 일부러 거울에 비춰볼 호사객은 없으리라. 방 안에 혼자 가만히 앉았을 것을 공연히 나왔다고 후회도 났다.

차창 밖을 내어다보니, 거리에 대여섯 간통씩 떨어져서 중학생들이 늘어섰다. 무언가? 하였다. 차에서 내리는 말에, 역시 2, 3년생쯤 된 아이가, 미식(美式) 행전(行纏)[106]으로 옹구바지[107]를 입고 멀거니 섰기에,

"무엇 땜에 나와 섰는 것인가?"

하고 물어본즉 교통안전주간이기 때문이라 한다. 웃는 낯으로 돌쳐서면서도, 그 어린 학생이 뒷짐을 진 채 수작을 하던 양이 곳리에 남아 있어 못마땅하다. 집에 돌아와서 저녁을 먹으며, 그 이야기를 하니 아이들 말이 '열중 쉬

---

106 행전(行纏) : 바지·고의를 입을 때 정강이에 꿰어 무릎 아래에 매는 물건.
107 옹구바지 : 대님을 맨 윗부분의 바지통이 옹구의 불처럼 축 처진 한복바지.

엇!'의 자세는 그러한 것이라 하며 그러한 것을 못마땅하여 하는 아버지를 늙은 탓으로 돌린다.

어슬녘에 문전(門前)에를 나서니까, 저의 동무와 재잘대던 옆집의 여학생이 인사를 한다. 어린 것을 데리고 공받기 대거리를 하여주다가 학생들 앞으로 굴러간 공을 주우면서,

"너두 한 반이냐?"

하고, 그 동무애에게 말을 붙였다. 옆집아이가 집의 큰딸년과 한 반이기에 친숙한 생각으로 말을 붙인 것이다.

"아네요."

하고, 부끄러운 듯이 고개를 외로으면서 '열중 쉬엇'을 한층 더 강화하여 뒷짐을 딱 켠다. 나는 얼굴을 피하면서

"너 몇 학년이냐?"

하고 묻는 목소리가 저절로 좀 높아졌다. 여학생은 대꾸도 없이 뒷짐을 풀고 달아나버렸다.

4월 15일 일기 대신에

나의 문학수련[108]

1

문학수련에는 졸업이 없다. 평생을 두고 수련이요, 붓을 드는 것이 또한 곧 수련이다. 세계적 문호나 그들의 걸작을 생각할 제, 우리가 문학적으로 자기완성(自己完成)하였다거나 문학수련에 졸업하였거니 하는 자기도취(自己陶醉)의 교긍(驕矜)을 가지고 문학적 수련을 게을리 한다면 그런 작가에게 기대할 것은 아마 별로 없을 것이다. 문학의 길에 들어선 바에는 일생을 통하여 지워진 피할 수 없는 무거운 짐이요, 쉴 새 없는 자기편달(自己鞭撻)이 문학하는 사람의 수련일 것이다. 그러고도 반드시 자기완성을 기필(期必)할 수 없는 것이 문학인가 싶다. 원래 미완성인 것이 인간이요, 미완성인 채 끝마치고 마는 것이 인생이니 생각하면, 문학도 또한 인간수업인 바에는 일생을 바치고도 아직 모자라서 미완성인 채 내버려두고 가는 것이 당연한 일일지도 모른다. 그러나 생물(生物)의, 인류의 노력은 미완성을 끌어가는 데 있는 것이다. 미완성인 채 두고 갈 바에는 늙게 기를 쓰고 허덕여본댔자 오십보백보 아니냐고 웃을 일도 아니요, 자포자기(自暴自棄)할 것은 아니다. '노쇠(老衰)'

---

108 염상섭(廉想涉), 「나의 문학수련」, 『문학』, 1950.6.

가 '자진(自盡)'의 이유 될 리는 없지 않은가? 다만 일모도원(日暮途遠)의 탄(嘆)은 날이 갈수록 깊어가는 일편(一便)에, 붓을 들수록 자신(自信)에 동요(動搖)가 생기고 초조하기 짝이 없다. 세평(世評)을 도외시하거나 제멋대로 하는 비평쯤 뉘 알랴, 나 할 일만 하고 가면 그만이라는 배짱을 부릴 용기가 없어서 그런 점도 있겠지마는, 기실은 자기의 수련이 부족함을 자량(自量)하느니만치 또 그 수련부족을 메꾸어나갈 시간 즉, 여생이 얼마 없거니 하는 생각에서 생기는 자신의 동요요, 초조인 것이다. 그러나 작품을 쓰는 그것이 곧 문학적 수련이거니 하는 겸허한 마음으로 붓을 들 제, 다시 평정을 회복할 수 있는 것이다. 작품생활을 30년이나 하였으면서 아무리 겸허한 태도로 창작에 임하기로, 습작시대와 같이 문학적 수련이거니 하고 붓을 든대서야 너무나 자신과 긍지가 없는 말이라고 할지 모르나, 진실로 심혼(心魂)을 기울여서 제작된 작품이라면 그 하나하나가 한 계단, 한 계단씩 밟아 올라간 자취가 아니면 아닐 것이요, 이러한 의미로 붓을 든다는 것, 작품을 쓴다는 것이 수련의 과정이라는 말이다. 한 작가의 작품은 마치 환자의 검온표(檢溫表) 모양으로 수련의 자취를 따라 승강(昇降)한다 할까? 하여간 불소(不燒)의 창작의욕은 불권(不倦)의 수련에서 나오는 것이라 할 것이다. 이로써 보면 신인의 출현이 혜성 같고 의기헌앙(意氣軒昂)[109] 함이 방약무인(傍若無人) 같다가도 어느덧 성식(聲息)[110]이 묘연(渺然)함을 왕왕히 보는 것은 이 역(亦) 결국은 수련의 근기(根氣)를 지속치 못하는 데에 많은 원인이 있지 않은가 한다.

---

109 의기헌앙(意氣軒昂) : 의기충천(意氣衝天). 득의한 마음이 당당하여 너그럽고 인색하지 않음.
110 성식(聲息) : 기별. 신식(信息).

2

    문학수련은 내외(內外) 양면(兩面)으로 쌓여가는 것이다. 문학의 깊이와 표현력은 표리상응(表裡相應)하여 긴밀한 영향을 서로 주는 것이기도 하지마는, '표현력'이라는 것은 결국 기능이요, 문학의 본질을 구성하는 일면에 그치는 것이 아무리 문학이 예술적 표현에 시종(始終)한다 하여도 '표현미(表現美)' 그것이, 또는 그것만이 문학의 본질일 수는 없다. 문학의 종국(終局)의 목적이 감정의 순화라든지, 인간성의 도야라는 정적(情的) 부면(部面)과 아울러 인생에의 철오(徹悟)와 현실초극의 길을 밝힘으로써 아름다운 인생, 참된 생활의 창조를 노리는 데 있다 할지면, 문학에 있어 내용의 가치를 표현미와 동일한 지위에 두어야 할 것은 더 말할 것도 없다. 모론(毋論) 문학은 인생의 표현이요, 자기표현이다. 그러나 인생과 자기의 무엇을 표현하겠는가? 표현역량, 표현기능은 수련을 쌓았다 하여도 표현할 그 무엇이 있어야 할 것이요, 그 무엇을 표현하려면 그 무엇을 찾아내야 할 것이다. 따라서 그 무엇의 탐구와 발견이야말로 문학의 수련의 주(主) 되는 과제가 될 것이다. 문학에서 우리가 요구하는 것은 완전하고 아름다운 표현과 아울러 깊이에 있다 하겠으나, 그 깊이는 문학적인 인간수련에서 오는 것임을 생각할 제, 문학이 무엇인지 알수록에 그 어려움을 통절히 느끼는 것이다.

    좋은 작품을 읽고 난 뒤에 자기를 돌려 보고 육니(忸怩)[111]함을 금치 못하는 것은 그 무엇을 깊고 널리 탐구하고 발견하지 못한 반성에 불외(不外)한 것이요, 창작에 붓을 들기 전에 주제를 잡기에 고심하는 것도 그 '무엇' ─ 작품의 핵심 ─ 을 찾기 힘들기 때문이다. 요컨대 작품의 핵심이 되는 그 '무엇'이

---

111 육니하다 : 부끄럽고 창피하다.

라든가 깊이라는 것은 내면적 수련에 달린 문제요, 문학정신의 발로인 것이다. 작가로서의 인생에 대한 태도와 체험이나 관조(觀照)의 심천광협(深淺廣狹)을 의미하는 동시에, 그 작가의 질(質)을 결정하는 척도가 되는 것이다. 그러나 이것은 모방으로 될 것이 아님은 물론이요, 배워서만 얻을 수 있는 것도 아니다. 작가 자신의 소질에 달린 것이라고도 하겠지마는, 아무리 좋은 소질을 가지고 깊은 조예가 있더라도 역시 경험과 사색을 쌓고, 작련(作鍊)에 수련을 가함으로써, 속에서 우리고 발효하여 저절로 뿜어 나와야 할 것이니, 그만큼이나 표현능력의 수련보다 훨씬 어려운 본질적 문제인 것이다. 아무리 현란한 표현을 가지고 작품으로서 격(格)을 갖추었기로, 생명이 약동하고 혼(魂)이 들어있지 않다면 문학의 수련을 쌓은 참된 문학이라 하기는 어려울 것이다.

그러나 나는 표현을 경시하거나 표현력의 수련은 용이한 것이라고 하는 것은 아니다. 아무리 좋은 제재와, 그 제재에 싸인 핵심(주제)이 뚜렷한 작품일지라도 치졸한 표현으로서는 개념의 유희에 떨어질 것이요, 신문의 취미기사나 강담(講談)만한 흥미조차 없을 것이다. 소설이 단순한 생활기록이거나, 교단의 설법이 아닌 이상, 예술적 표현미는 문학적 생명을 결정하는 첫 조건이라 할 것이다. 그러나 다만 표현력의 수련은 작가의 사상경향이나 내생활(內生活)과 밀접한 관련성이 없느니만치 기술적 숙련을 쌓는 데 그친다는 말이다. 그러나 이것은 한 작가의 내면적 수련에 대한 비교적 의미일 따름이지, 실제 문제로서 표현형식이라든지 그 수법에 이르러서는 결코 말과 같이 용이한 것은 아니요, 오랫동안의 경험과 수련을 기다려서 비로소 한 경지가 개척되는 것이다.

3

'나의 문학수련'을 말하려는데 추상적 일반론이 되고 말았으니 출제자의 본의(本意)에는 어그러진 듯도 하거니와, 자기의 체험담이라야 별로 흥미 있는 이야깃거리가 없다. 오십 평생은 세고(世故)에 시달리고 휘달리는 동안에 훌쩍 넘어갔다 하더라도, 문학 30년에는 무엇을 하였나 하고 회고하여보면 다못 무연(憮然)할 따름이다. 진실로 끓어오르는 충동이나 감격을 가지고 넘치는 창작욕에 팔을 걷어붙이고 덤벼들어본 때가 있었던가? 문학이 직업화하고 작품을 상품화시킨 내력이나 이야기하라는가? 무엇을 해놓았다고 회구담(懷舊談) 따위를 늘어놓으랴. 그보다는 차라리 "인생은 오십부터"라고는 못할망정 "문학은 오십부터"라고 하고 싶고, "수련은 이제부터"라고 함이 옳겠건마는 그러한 장담을 하고 나설 자기도 못된다. 기억력이 전과 같지 못한데 정력이 꾸준히 미칠 지 그것부터 의(疑)이다. 다만 문학에는 부인(婦人)의 단산기(斷産期)와 같은 생리작용은 없으니만치 득남(得男)을 기다리듯 낙심(落心)을 아니할 뿐이다.

그러나 쓰는 것만이 수련이 아니다. 독서에서 얻는 수련이 쓰는 데 미치는 힘을 생각하여야 할 것이다. 밑천이 있고 기름을 부어주고 자극이 있어야 쓰는 것이요, 또 그것이 수련이 되는 것임은 더 말할 것도 없다. 실상은 문학수련에는 쓰는 분량보다 읽는 분량이 더 많아야 할 것인데, 수확보다는 거름이 많이 들어서는 수지가 맞지 않아서 그런지, 대개의 경우에 주객이 전도가 된다. 나도 그러한 축의 한 사람이다. 독서는 첫째 성근(誠勤)하여야 하고, 다음에 생활이 유여(裕餘)하여야 하겠지마는 발표욕이 너무 앞서기 때문에 독서가 뒤로 밀려가는가도 싶다. 그러나 내 경우에는 발표욕이 문제가 아니라, 성근(誠勤)도 남만 못한 데다가 당장 먹고 살자니 붓대부터 들게 되고 마는 것이다. 지금이라도 독서나 하고 들어앉아서 2, 3년에 장편 하나씩만 몰려가며 쓰지 않게 된다면, 그것도 써보아야 성과를 알 일이지마는, 하여간 무에 될 듯도 하다. 그러나 1, 2주일을 앞두고 예고문(豫告文)부터 쓰라고 독촉하는 벼락소설에, 구상도 충분히 할 새 없이 붓을 든대서야 비록 상당한 수련이 있기로 조수족(措手足)[112]이나 할 겨를이 있겠는가? 10여 년 전, 만주로 떠날 제 결심은 밥걱정이나 안 하게 될 때까지 공부나 하며 그 실(實)답지 않은 고료 생활을 면하게끔 되거든 다시 창작의 붓을 들겠다는 것이었으나 그 역(亦) 꿈이었다. 그러나 언제 제법 서재를 꾸며놓고 한가롭게 되랴. 그런 팔자가 되면 혹은 술 먹기에 바쁠지도 모른다. 원체가 계통 있는 독자도 못되지마는, 급한 대로, 닥치는 대로 등잔불 밑에서라도 읽어야는 하겠는데 그나마 책 없어 못 보고 쓰기에 바빠 못 보는 형편이다. 그래도 요지막에는 전에 읽은 것이라도 기억력이 부실하여 그런지 줄거리조차 잊어버린 것을 틈틈이 다시 읽어보면 역시 2, 30년 전에 보던 것과는 딴판으로 새 맛도 나고 새 자극을 받아서 적이 머리의 보양(保養)이 된다.

작품만 아니라 문학이론에 있어서도 새로운 시대, 새로운 핍향기미(逼向驥尾)에 따라가자면 용이치 않은 새로운 수련이 있어야 할 것만은 통절히 느끼고 있다. 자기의 입장에서도 그렇거니와 한국의 문학이 대체로 자연주의시대에서 몇 걸음이나 전진하였는지? 여기에 무관심할 수 없다. 민족문학 수립의 이론과 구체적 방법이라든지 작품의 실제적 내용이라든지 하는 것도 작가로서 막연히 외치고만 있을 수 없음을 느낀다. 이러한 것은 개인의 문제인 동시에 문학계 전체의 공동(共同)한 과제이므로 논단의 권위 있는 연구와 계몽에 힘입을 바 많을 것을 믿는 바이지마는, 요컨대 창작에나 이론에나 신생

---

112 조수족(措手足) : '손발을 움직인다'는 뜻으로, '자기 힘으로 겨우 살아갈 만함을 이르는 말.

면(新生面)을 타개할 만한 때도 돌아오지 않았는가 하면, 자기의 문학수련에도 새로운 비약이 있어야만 되겠다는 염원은 늘 가지고 있는 것이다. 그러나 나의 이 염원이라는 것은 마치 주연(酒宴)에서 다 늦게 혼자 세성경작(洗盛更酌)을 하겠다고 서두는 것과 같아서 스스로 고소(苦笑)도 금치 못하거니와 또 그만치나 초민(焦悶)하여 하는 것도 사실이다.

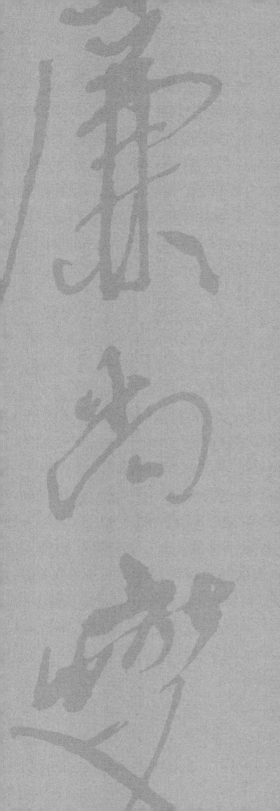

염상섭 문장 전집

1952

군인이 된 두 가지 감상[113]

　몇 사람 작가가 현역군인이 되었다는 소문에, 일본의 문학인들이 "시대색(時代色)이로군!" 하고 의외로 여기더라는 말도 들었지마는, 6·25가 빚어낸 이 알뜰한 '시대'에 조금도 생색 안 나는 윤색이나 하자고 군모(軍帽)를 쓴 것도 아니요, 직업으로 군인을 택하였을 리도 없었다. 종군기자로 제일선에 구치(驅馳)하여보고 싶은 희망은 육십 줄의 노두아(老頭兒)[114]로는 몸이 말을 듣지 않을 것이라, 삼팔선이 뚫린 김에 군의 뒤를 따라 올라가서 문화공작(文化工作)을 하는 것이 시급하다는 의논 끝에 어쩐등해서 입게 된 것이 이 군복이다.

　서울에서 떠날 때는 3개월의 조직적 훈련이 기다리고 있다는 것도 분명히 몰랐다던 그런 어리보기 같은 소리 말라 할 것이요, 그 따위 어림뼹뼹한 수작으로서야 무슨 제법 군인다운 각오나 결의가 있겠느냐고 비소(鼻笑)를 받을지 모르지마는, 소년기를 군대 분위기에서 자라난 덕에 훈련이 그다지 생소하거나 뼈저린 것도 아니었고, 군인생활이 별천지라거나 비위에 맞지 않는 것도 아니었다. 소시(少時)의 군대 분위기라는 것은 내가 동경에 건너갔을 때

113　염상섭(廉尙燮), 「군인이 된 두 가지 감상」, 『신천지』, 1952.1. 필자명 앞에 '해군소령'이라고 명기되어 있다. 이 글은 '나의 군인생활'이라는 기획의 일환으로 작성된 것으로, 염상섭의 글과 함께 윤백남의 「나의 군인생활」이라는 글이 실려 있다.
114　노두아(老頭兒) : 중국에서 '노인, 늙은이'를 이르는 말.

사백(舍伯)[115]은 일본 육사(陸士)의 사관후보생으로 있었고, 중학교를 졸업할 때까지 군인 형님 밑에서 일인(日人) 사병과 같이 지냈고, 군국주의 일본의 교육은 중학 3년부터 군사교련을 받게 하여 실탄사격쯤은 물론이요, 해마다 군의 지도하에 기동(機動) 연습도 하였던 것을 말함이다. 지금은 잊어버렸지만 소대장·중대장의 입내도 내어본 것이 30여 년 후 오늘에도 얼마쯤 도움이 된 것이다.

그러나 마음에 몸이 따르기가 여간 고된 것이 아니었다. 입대 첫날의 첫 과제인 "동심(童心)에 돌아가라."는 교훈도 다소곳이 받아들일 수 있었고, 젊은 훈육관의 보좌관인 이십 전후의 사관생도 앞에 차렷 자세로 서서 훈화훈련을 받는 것이 조금도 불쾌하다거나 싫증이 나지는 않았다. 6·25 이후에 머리를 짓누르는 납덩이같은 우울과, 가슴속에 뿌듯이 서린 채로 김을 뺄 구멍을 찾지 못하던 저기압이 운산무소(雲散霧消) 하는 것 같고, 사바세계(娑婆世界)를 뚝 떠서 극무(劇務) 가운데도 일말의 고고(孤高)한 기분을 지닐 수 있는 관내생활(管內生活)의 간소·단순한 맛이 마음과 정신을 깨끗이 가라앉혀 주는 것만으로도 큰 수양이 되는 것을 깨달았다. 그러나 생활양식과 환경이 급각도(急角度)로 전환한 데에서 오는 정신적·생리적 변조(變調)는 어찌하는 수 없었다. 심리적으로는 모든 것을 솔직히 조금도 반발 없이 고스란히 받아들일 수 있으면서도, 신경이 몹시 예민하여져서 무조(無燥)한 반면에 망연자실하는 때가 있고, 체위(體位)가 점점 저하하여 몸이 마음을 따르지 못할 뿐 아니라, 젊은 후보생들의 펄펄 뛰는 그 뒤를 따르자니 오기가 나고 허영에 신음하고 구보(驅步)에는 낙오하기가 일쑤요 ……. 노병의 설움은 다른 데서 받은 것이 아니라 자기 몸에서 빚어내는 것이었다. 열(熱)과 정(情)과 꿈이 늙

---

115 사백(舍伯) : 남에게 자기의 맏형을 겸손하게 이르는 말이다.

어가는 몸을 군문(軍門)으로 밀어 넣은 것이지마는, '적어도 십 년만 젊었더라면 …….' 하는 성탄(聲嘆)이 몇 번이고 입에서 흘러 나왔던지, 군인은 젊어서할 일, 또 군인정신의 발양(發揚) 없이 강병(强兵)일 수는 없으며, 체력의 완비없이 또한 참다운 군인이기도 어려움을 깨달았다.

끝으로, 아직 일천한 나의 군인생활에 있어서이지마는 훈련을 마친 뒤에자기가 현역군인이라는 실감을 새삼스럽게 절실히 느낀 때는 한 시간 안으로 배에 오르라는 명령을 받고 허둥지둥하던 때와, 함상(艦上)에서 적기(敵機)의 공습을 받은 때였다는 것을 부기하여두고 싶다. 이것으로 보아도 군인생활이란 것은, 명령에 복종한다는 것과 싸운다는 이 두 가지에 생명이 있고, 그 전모를 가히 엿볼 수 있는 것이나 아닌가 한다.

9월 21일

한국의 현대문학[116]

1. 서언(緖言)

사대주의(중국 및 중국문화를 숭상하는 사상)와 쇄국정책은 한국의 현대문학 발전에도 큰 장해를 준 것은 말할 것도 없다. 우리의 문자가 창제된 지 5백 유여(有餘) 년인 오늘날에도 한문자(漢文字)의 패반(覊絆)에서 벗어날 수 없고, 한문학의 조박(糟粕)을 여전히 핥는 형편이요, 세계적 성가(聲價)를 박(博)한 자기의 문자를 가진 5백년간에도 이것을 스스로 천시하고 한문·한문자의 위력 밑에서 문학적 효용과 발달의 길이 막혔던 것만 보아도 순수한 한국문학의 꽃이 피고 결실(結實)하기에 얼마나 더디었던 것은 능히 짐작할 수 있을 것이다. 자기의 얼(혼)을 지니지 못한 중국의 문학을 빌어 가졌었고, 거기에 심취하였으며, '소화(小華)'에 만족하였던 우리에게 뚜렷한 민족적 개성을 살리고 발양한 국문학이 서기 어려웠던 것은 무리가 아니었었다.

또한 이조(李朝) 말엽에 이르러 동점(東漸)하는 외세에 다만 전전긍긍하여 극단의 쇄국정책을 고집한 결과는, 같은 쇄국주의로 말미암아 후진(後進)한 일본보다도 70년 내지 1세기는 근대문화권에서 낙후되었던 것에 상도(想到)

---

116 염상섭(廉尙涉), 「한국의 현대문학」, 『문예』, 1952.6.

하면, 한국의 현대문학이 아직 장년기에 달하지 못한 것 역시 가릴 수 없는 사실인 것이다. 생활이 없는 곳에 문학이 있을 수 없는 것이다. 다시 말하면 근대적 생활에 호흡한 지가 반세기 밖에 아니 되는 우리의 문학은 아직 젊다. 고전(古典) ─ 특히 우리의 고유한 시가(詩歌)를 통하여 상하(上下) 4천 재(載)에 면면히 흐른 문학혼(文學魂)은, 노성(老成)하고 한국의 자연풍토와 한 가지 심수현묘(深邃玄妙)한 독자(獨自)의 경지를 지니고 있지마는, 구미(歐美)의 문학사조를 기준으로 하여 본 한국의 현대문학은 지금 막 수준에 올랐다 할 것이다.

　그러나 우리의 현대문학이 ─ 하특(何特) 문학에서뿐 아니라 모든 문화의 각 분야에서 그렇지마는 ─ 이처럼 구미의 그것에 비하여 낙후한 또 한 가지의 원인은 일본 통치에 있는 것이다. 일본의 조선 경략(經略)은 청일전쟁 전후에 비롯하여 반세기 이상에 긍(亘)한 바이지마는, 이 동안에 일본은 정치, 경제, 문화 ……. 모든 부면에 있어 구미와 직접으로 접촉하는 것을 극히 꺼리고 두려워하였으며 그러한 기회를 빼앗는 것이 한 큰 정책이기도 하였던 것이다. 식민정책으로서는 당당할지 모르겠고, 구미 선진국의 비호와 원조는 독립을 조성(助成)할 것이요, 독점시장의 교란을 초래할까 두려워서 그렇다 하겠지마는, 문화면에 있어서도 일본을 거쳐 나온 번역문화의 빵(면포(麵麭)) 부스러기나 맛보임으로써 자기 문화의 이식과 강제섭취의 더 넓은 분야를 확보하기에 급급하였던 것이다. 한편 우리의 재력(財力)이 구미에 유학생을 보낼 만큼 넉넉지도 못하였지마는 간신히 미주(美洲)에 건너가는 유학생이라야 선교사의 주선으로 고학(苦學) 가는 유학생이 대부분이니, 자연과학 기타 인문과(人文科) 방면은 물론이요, 더욱이 문학을 지향하는 청년은 거의 없었던 것이다. 그러므로 이와 같은 사실은 우리가 구미문학에 대하여 지나문학에서와 같은 사대적 병폐에 빠지거나 직역적(直譯的) 조박이나 핥는 정도로 심취하지 않았다는 소극적 의미로서의 소득은 있었을지도 모르나, 그 반면에 그 많은 도움이 되어야 할 구미문학의 좋은 영향과 깊은 연구의 기회를 잃었던 것이요, 그와 비례하여 그 보충으로 우리에게는 일본문단과 제정(帝政) 러시아(露西亞) 시대의 작품의 영향을 받은 점이 비교적 많았던 것이 사실이었다. 여기에서 주의하여야 할 것은 일본'문학'이 아니라 일본'문단'이라는 것이요, 노서아의 혁명문학이 아니라 제정(帝政) 시대에 배출한 거장들의 작품을 말함이라는 것이다.

즉, 우리는 일본의 통치하에서 일본문단의 영향은 받았을망정 일본문학과는 특립(特立)한 한국문학을 가졌다는 것이다. 문학적으로는 식민지화하지 않았다는 큰소리를 칠 수 있는 데에 한국문학의 엄호(嚴乎)한 존재를 부르짖고 자랑하는 것이다. 그리고 이것은 또다시 우리가 30여 년간 식민지 백성으로서도 우리의 생활이 확호(確乎)히 따로 있었고, 우리의 얼(혼)이 뿌리깊이 살아있었다는 의미인 것이다. 사실 한국의 현대문학이 구미문학에서 받은 영향은 보담 더 간접적이었고, 직접적으로는 일본의 문단 동향에 부단히 자극되고 계몽된바 적지 않았지마는 결코 구미문학의 직역이거나 일본문학의 모방은 아니었던 것이다. 현대문학에 있어서는 사대주의가 용허되지 않았던 것이다. 문학이란 자기의 표현이요, 생명의 호소며 부르짖음이거니, 원래 모방이니 사대니 용허될 성질의 것이 아니기 때문이기도 하다.

그런데 이와 같이 우리의 현대문학이 생성하는 전 기간을 통하여 일본의 패반하에 있었고 문단적 영향은 받았으나, 본질적으로는 구미문학의 다음으로는 러시아문학의 영향을 받은 작가가 적지 않다는 사실은 일견 기묘한 관(觀)이 없지 않을 것이다. 그러나 이것은 한국사람이 민족성으로 슬라브민족성과 소통된다는 것도 아니요, 그와 환경이 유사하다는 이유도 아니며, 혁명 전의 러시아와 같은 사회사정에 있었다는 것도 아니다. 다만 한국의 지리적 조건이 명랑한 남구적(南歐的)임보다는 북구적(北歐的)인 점, 사회상이 침작음산(沉爵陰酸)하다는 것 등으로 노서아문학에 흐르는 그 침통미(沉痛美)에 공감을 느꼈던지 또는 우리 같은 역경에 처한 민족에게는 순경(順境)이요, 명랑쾌적(明朗快適)한 생활환경인 구미의 작품보다 일층 심금을 울려준다는 점으로 톨스토이, 도스토옙스키, 고리키들의 작품에서 더 자기를 발견하였던 것인가 싶다. 만일 정치적 의미를 찾자면 일본의 쟁정자(爭政者)들이 구미와의 접근, 그중에도 미국과의 접촉을 대기(大忌)하고, 또 그 원조를 기대하기 어려우니만치 러시아의 명일의 혁명이 한국의 독립을 촉진하는 기회가 되려니 하는 막연한 희망이 없지 않았던 것도 당시 한국대중의 심리적 추향(趨向)이었은즉, 그러한 점으로도 러시아문학이 한국에 많이 소개되고 보급된 일인(一因)이었던가 싶다.

하여간 이와 같이 일본을 중개로 하여 구미문학과 러시아문학 및 일본의 문단적 동향 등 3방면의 영향을 받으면서, 마치 영양불량에 걸린 아이가 가지가지의 악조건을 요리조리 피하면서 곤곤(困困)히 소복(蘇復)되고 간신히 육성하여온 것이 오늘의 한국의 현대문학인 것이다.

2. 문학사조의 변천

자연주의문학은 어떤 나라의 문학에 있어서나 한 큰 분수령을 지은 것이나, 한국의 현대문학은 실로 그 분수령에서부터 발족한 것이라고 하겠다. 한국에서 현대문학이라고 규정할 만한 신문학의 발아는 청일전쟁 전후 — 일제세력이 침입하기 시작하던 60년 전의 일이나, 그 초기에는 완전한 근대문학의 형태를 구비치는 못하였을망정 하여간 순연한 로맨티시즘의 굴레에서 벗어나지는 못하였던 것이다. 나는 위에서 일본문단의 영향을 누설(縷說)하였거니와 이 시기는 일본에서도 아직 로맨티시즘에서 탈각하지 못한 자연주의의 초기쯤 되었을 것이다.

그 후, 10년 후 일본문단으로 말하면 일로전쟁(日露戰爭)을 지내어 메이지(明治) 말엽의 자연주의 극성기(極盛期)쯤이 한국에서는 신문학운동이 근대적 조건을 갖추어가며 비로소 대두하기 시작하던 무렵이었다. 그러나 이 시기에도 한국에는 아직 자연주의의 그림자도 비치지 못하였었다. 말하자면 낭만주의 내지 이상주의적 경향을 띠면서 신문학의 파종이 시작되던 시절이었던 것이다. 그리하여 또 그 후 10년 — 1919년의 제1차 독립운동이 있던 익년에 필자와 여러 동호자가 동인지『폐허』를 창간하게 된 뒤부터 신문학운동은 본격적 궤도에 오르는 동시에 자연주의문학의 대두와 그 기치는 뚜렷하여진 것이요, 또한 여기에서 현대문학의 토대는 잡혀진 것이라 하겠다. 당시 일본문단에서는 자연주의가 이미 퇴경(頹傾)의 기운을 보였으니, 이로써 보면 한국문단은 그만치 10년, 20년 후진하였던 것이 사실이다. 그러나 현대문학에의 발족인 이상에는 자연주의의 세례를 받고 사실주의에 직진하지 않고는 안 될 것이요, 또 당연한 과정을 밟은 것이었다. 동시에 이것은 일본문단의 모방도 아니요, 이즘을 위한 문학은 아니었던 것이다. 즉, 일본문학이 밟아온 길을 따라가며 밟았다거나, 자연주의문학의 체를 걸러 나와야만 현대문학을 수립할 수 있다 하여 억지로 계량적으로 자연주의문학을 이식하여놓은 것은 아니었다. 각기의 작가적 소질이나 경향이 그러하였을 뿐 아니라, 당시 한국의 현실상이 자연주의로 달아날 수밖에 없었던 것을 간과하여서는 아니 될 것이라는 말이다. 즉, 제1차의 독립운동이 민족의식의 각성을 촉성(促成)하고 무형(無形)하나마 정신적 효과를 거두었으니, 실패에 돌아간 환멸의 비애와 제1차 세계대전 후에 온 세계적 불경기의 조수(潮水)에 밀려서 가일층 궁박한 생활에 빠진 식민지 백성의 문학적 표현으로서는 부정적 자연주의문학밖에 없었던 것이다. 더욱이 뒤늦게 과학문명에 접촉하고 과학정신을 체득하게 되었던 우리이었음에라.

이와 같이 자연주의는 한국의 현대문학에 있어 획기적 주류를 이루게 되었으나, 미기(未幾)에 일전(一轉)하여서는 소위 네오로맨티시즘 내지 신이상주의(新理想主義) 문학의 대두와 병행하여 유행적이라고도 할 만한 프롤레타리아 문학운동이 전개되었으니, 이 역시 반드시 세계적 경향에의 추세나, 일본문단의 동향을 추종한 것만이라고는 할 수 없는 내재적 이유도 있었던 것이다. 신로맨티시즘 내지 이상주의문학과 프롤레타리아 문학운동과는 이념에 있어서는 서로 배치되고 수단방법은 양 극단을 걸으면서도, 새로운 희망과 민족운명의 광명을 찾는 문학정신에는 일면의 공통점이 있었던 것이거니와, 당시 한국에 있어서 정치적으로는 독립운동이 실패에 돌아가고, 경제적으로는 세계적 공황에 휩쓸리는 외에, 식민지적 착취가 가중되어 민생(民生)은 이중삼중으로 피폐한 데다가, 가열(苛烈)한 탄압 밑에 질식·민사(悶死)할 지경이고 보니, 이러한 사회적 불안과 암흑·공포 속에서 끓어 나오는 신음이 혹은 자연주의문학으로 표백되고, 혹은 데카당적 경향으로 미끄러져나갔던 것이나, 여기에서 일전(一轉)하여 희망과 광명에 살려 하고 새로운 활로를 찾아보겠다는 노력이 곧 신낭만·신이상주의의 파악이었고, 다른 한편으로는 제1차 세계대전 직후에 울연히 일어난 무산자해방운동의 세계적 동향에 추수(追隨)하는 동시에 약소민족의 해방운동을 이 방면에 결부시키려 하던 시기이었던지라, 이것이 문화운동으로는 프롤레타리아문학의 작품행동으로 나타났던 것이었다. 그리하여 전자(前者)를 대표할만한 것은 '백조파'라는 문학청년들의 새 그룹이 출현되었고, 뒤이어 카프(KAPF)라는 조선프롤레타리아문학단체가 자연주의 일파 및 신경향파와 대립하게 되었던 것이다. 그러나 문단의 주류를 옹(擁)한 일파는 그들 카프 일파의 투쟁문학·선전문학이 문학적 모든 제약과 형식을 무시하고 표현이 생소·졸렬할 뿐 아니라, 근본적으로 문학정신을 무시한 점을 들어서 격렬한 논쟁을 전개하였였던 것이다. 투쟁은 결국에 투쟁 없는 사회, 계급부정의 사회의 실현을 위한 투쟁이어야 할 것이요, 문학의 근본정신도 여기에 가서는 일치되는 것이지마는, '투쟁을 위한 투쟁'이나 '무산독재'와 같은 일 계급만을 위한 투쟁은 근본적으로 모순을 내포한 것이요, 또한 그들의 문학이 그 형식과 내용을 갖추지 못하고 선전삐라화하여서는 후진한 우리 문학을 더욱 후퇴시킬 따름이라는 우려에서 맹렬히 싸웠던 것이다. 여기에서 문단이 좌우익으로 판연히 분열되고 우익문인들이 무산자해방운동 내지 무산해방운동과 약소민족해방운동과의 결부연진(結附聯進)에도 동정 혹은 찬동하면서도 문학행동에서는 서로 대립하여 불양(不讓)하여왔던 것이다. 일전에 UN종군기자로서 동경으로부터 입경(入京)한 한국인기자 김 군이 전하는 바에 의하면, 일본의 문화인들 간에는 이번 6·25사변에 우리 문인들이 다수 가담하여 적화(赤化)되었다는 낭설에 큰 관심을 가졌다고 하는 말도 있으나, 그야말로 낭설이다. 우리 문단과 문학의 주류는 20여 년 전 카프 일파와 논쟁하던 그 시절이나 지금이나 미동도 아니 하고 중축중견(中軸中堅)은 의구히 건재하여 있다. 이번 사변으로 이삼(二三) 시(詩) 작가가 이북으로 납치되었고, 기만책(欺瞞策)에 걸려서 징용되어 끌려갔던 약간 인(人)의 소장문인들도 속속 도피귀부(逃避歸赴) 중이니, 문단적으로는 별 이상은 없으나 그 외의 피화(被禍)한 문화인, 특히 문인은 적지 않으리라는 추상(推想)이다. 하여간 우리는 기회주의적으로 변절하여 불시에 적화될 그런 박약한 문학정신의 소유자들은 아니다.

대체로 여상(如上)한 추이로 발달되어오는 동안에 자연주의문학이라기보다도 널리 사실주의문학이 확호한 기반을 쌓게 되었고, 민족문학으로서의 독자(獨自)의 광채를 방(放)하게 되었다. ("자연주의문학이라기보다도 널리 사실주의문학"이라는 말은, 하나는 한국의 자연주의문학이 무이상(無理想)·무해결(無解決)에서 일보 전진하여 새로운 광명, 새로운 희망, 새로운 이상을 추구하는 그 작가적 태도에 비추어 하는 말이요, 또 하나는 사조·유파의 여하를 막론하고 시나 극작은 별문제요, 창작인 한, 사실주의의 범주에서 벗어날 수는 없다는 의미에서 "널리 사실주의"라고 한 말이다. 소설에 있어 심볼리즘이나 신비주의라는 것은 용허되지 않을 배는 아니나, 나는 전적으로 수긍치는 않기 때문이다.)

하여간 오늘의 우리 문학은 민족문학으로서 현대적 성격을 갖추게 되었고, 또 세계적 수준에 이르렀다는 자신을 가진다 하여 그것이 결코 자화자찬이 아닐 것을 믿는다. 이야기가 좀 기로(岐路)로 새일 듯하나, 지금의 한국의 중견작가가 일본문단에 가서 작가생활을 한다 하여도 별로 손색이 없다는 사실은 — 반드시 일본문학의 수준을 높이 평가하자는 말은 아니지마는 — 한국문학이 아무리 젊어도 이미 세계적 수준에까지 끌어올렸다는 의미도 되는 것이다.

그러나 미일전쟁(美日戰爭) 전후의 6, 7년간과 해방 후의 5년간은 우리 문단에도 적지 않은 손실을 준 것이 사실이다. 만주사변을 계기로 한 중일전란(中日戰亂)에 뒤이은 미일전쟁이 계속하던 10여 년간은 문학적으로 거의 진공상태에 빠뜨렸던 것이다. 우리가 자국문학(自國文學)을 특히 민족문학이라고 부르는 것은 국수주의적 의미를 가진 것이 아니라, 최근 반세기 동안에 급격히 받아들인 외래문화에 자기의 고유문화가 휩쓸려 들어가서 자기를 잊어버리거나 잃어버리거나 혼효될까보아서, 민족의식의 앙양과, 민족혼의 새로운 발견 및 자각과 민족성 — 민족적 독이성(獨異性)을 고조·선양·표현한다는 의미에서 특히 '민족' 2자(字)를 붙여서 부르는 것이거니와 그 우리에게는 아무 아랑곳도 없는 중일(中日), 미일(美日)의 양 전란 중에 우리는 이 '민족'을 마음속에 가두어두고 감추어두고 10여 년 살았던 것이다. 따라서 그 기간 중 우리는 문학을 제대로 가질 수가 없었던 것이다. 민족적 생활이 없었으니 민족문학이 있을 수 없었다. 남의 장단에 춤추는 전쟁문학이 횡행하였었고, 그 것이 심하여는 그 지긋지긋한 황민화문학이 등장하였던 것이다. 제 성명을 갈아서 왜인식(倭人式) 성명을 썼고, 말과 글을 뺏어갔었다. 말과 글을 뺏기고 자기 문학 — 민족문학이 있었을 리 없다. 진공상태였었고 완전히 질식한 가사(假死) 상태였던 것이다. 이 기간에는 좌우의 대립도 없었고, 낭만이니 자연이니 이상이니 사실이니 주의와 색채도 없었다. 다만 암흑일색이었다.

그러면 그 뒤에 온 8·15해방 후에는 어떠하였는가? 제 성명을 찾고, 민족을 찾고, 말을 찾고, 글을 찾았더니만치 — 암흑일색의 반동적 기분으로 진실로 다채로운 해방 후 5년 동안을 살아왔다. 그러나 '다채(多彩)'는 육리(陸離)한[117] 광망(光芒)일 수도 있으나 혼란·혼돈에 나오는 새로운 암흑일 수도 있는 것이다. 다시 찾은 민족과 말과 글이 자기들만의 것이라고 날뛰고 뒤법석인 좌익계열의 북새통에 우리는 불행히도 그 후자(後者)(새로운 암흑) 속에 또다시 숨이 막힐 뻔하였던 것이다. 일언이폐(一言以蔽) 하면 문학은 또 한 번 방면(方面)을 잃을 뻔하였던 것이다.

그러나 시종일관한 꾸준한 노력과 때(時)는 모든 것을 해결하여준다. 아니 언제나 발랄하고 생생히 약동하는 민족의 얼(혼)은 저 갈 길을 정확히 찾아들고 제 갈 곳에 가서 안좌(安坐)하는 것이다. 작금(昨今) 양년(兩年)에 들어서부터 민족문학도 정당한 궤도에 들어서 일보 전진의 길 차비를 차리고 있는 것

---

117 육리하다 : 여러 빛이 서로 뒤섞이어 눈이 부시게 아름답다.

이다. 6·25의 악몽과 같은 일시의 분요(紛擾)쯤은 문제도 아니다. 차라리 민족통일·민족정신의 강인하고 줄기찬 단결력으로써 민족문학은 금후 일층 활발히 신경지를 개척하고 발흥할 기운에 제회(際會)하였다.

3. 금후의 한국문학

아세아의 지도를 펴놓고 보면 대륙의 저 끄트머리에 누에고치(繭) 한 개가 매달려 있는 것을 구미인사들은 우금(于今)껏 무심히 보아왔을 것이다. 8·15해방 이후, UN에서 문젯거리가 되고 금차(今次)의 사변으로 인하여 세계의 이목을 용동(聳動)시키기 전까지는 일본과 동일색(同一色)으로 물들었던 것으로 미루어 일본이 대륙에 건너서는 징검다리거나, 지나대륙에 붙은 무용(無用)의 맹장(盲腸)쯤으로 밖에 여기지 않았을 것이다. 그러나 반만년의 세계에 드문 유구한 역사와 문화를 가졌다는 것을 인식하여야 할 것이다. 단일민족이란 말은 혈통을 말하는 동시에, 말과 글의 단일부터를 의미하는 것이다. 언뜻 생각하면 동일한 문화계통이라 하여 문화적으로 그 어느 일자(一者)에 속하거나, 혹은 양자(兩者) 간의 혼혈아쯤으로 여길지 모르나, 만일 구미인사로서 이러한 유상(謬想)을 가지고 있다면, 우리 한민족에게 대하여 이 이상 더한 모욕이 없다는 것을 명기하여주기를 바라는 바이거니와, 문학에 있어서도 또한 그러하다. 과거에 있어 한문, 한문자의 위압과, 국사(國事)를 그릇한 위정자나 부유(腐儒)로 말미암아 한문학의 발달이 극히 저해되었던 것도 사실이요, 정치적으로 중(中)·일(日)·러(露) 3자(者) 간에 끼어서 부대끼며 살아온 우리지마는, 사람은 부대끼면 부대낄수록 차돌마치처럼 달아서 영리해지고, 철석같은 제정신이 연마되는 법이니, 한국사람의 민족혼은 1세기에 가까운 왜인통치 밑에서도 더 한층 똑똑히 살아났고, 그 혹심하던 어문 말살정책 속에서도 제 문학을 세우고 살려온 과거의 피비린내 나는 혈투를 알아주어야 할 것이다. 한국의 문인이란 노방(路傍)의 돌멩이처럼 뭇발길에 채이며 천대를 받고 압박을 받으며, 실생활의 궁핍은 걸객이나 다름없는 처지이나, 그러면서도 문학을 천직으로 여기고 거의 순도자적(殉道者的) 의기와 청고(淸高)한 기개로 일생을 바쳐온 것이다. 그러면 그 사람들이 전도간난(前途艱難)은 하나마, 천재일우(千載一遇)인 건국천업(建國天業)을 앞에 놓고서 인후(人後)[118]에 떨어지려 할 리가 없다. 문학이 민족의 소장(消長)과 국가의 흥망에 미치는바 지대한 영향을 가진 것을 깊이 깨닫는 그들이니만치 금후 건국과 부흥의 일익(一翼)으로서 어떠한 사명이 부하(負荷)될 것인가도 잘 알고 있는 것이다. 또한 그들은 민족과 지리적 환경은 민족문학을 표방하고 나섰다 하여도 결코 민족의 울안에서만 국과(跼蹐)하려는 우물 안 고기는 아니다. 반드시 세계문화의 일환으로서 일대 비약을 시(試)할 날이 명일에 올 것을 자기자서(自期自誓)하면서 오늘날의 가혹한 이 시련을 달게 받고 있는 것이다. 이 민족적 간난과 신고(辛苦) 속에서 무엇이든지 우러져 나오지 않을 리 없을 것을 믿는 바이다.

돌이켜 한국의 자연을 볼지면 ─ 자연과 지리적 환경은 민족성, 따라서 문학의 질을 결정함에 지중(至重)한 관련성을 가진 것이라고 하겠기에 부언코자 하는 바이거니와 ─ 한국은 불한불열(不寒不熱)한 온대(溫帶)에 처하여, 소위 남구적인 열정도 없고 북구적인 침울과 명상도 없으며 그 강토의 규모가 웅대치 못하니 큰 인물이나 세계적 대작웅편(大作雄篇)을 기대하기 어려우리라고 보는 사람도 없지는 않다. 그러나 가령 기후관계로만 볼지라도 엄동(嚴

---

118 인후(人後) : ① 다른 사람의 밑이나 뒤. ② 남의 집에 양자로 들어가던 일. 또는 그 양자.

冬)에도 영하 23, 4도의 극한(極寒)이 습래(襲來)하고, 성하(盛夏)에는 30도를 넘는 경염(庚炎)과 싸우는 한국사람이다. 또한 산자수명(山紫水明)한 평화향(平和鄕) 속에서 자란 순후질박(淳厚質朴)한 기품이 있는가 하면 저 조물주의 묘수(妙手)를 자랑하는 천하의 기관(奇觀) 금강(金剛)과 같은 천암만학(千巖萬壑)[119]과 민족정신의 상징인 백두성봉(白頭聖峰)의 품 안에서 키워진 이 민족의 성격에는 남에게 용이히 굴(屈)치 않는 강의효한(剛毅驍悍)한 일면의 기질을 엿볼 수 있는 것이다. 이 속에서 그 무어든지 제 천부(天賦)대로 나오고야 말 것이요, 또 구미 여러분은 기대하여 실망할 리 없을 것을 약속하여둘 뿐이다. 구태여 금후의 한국문학이 어떠한 일 주의(主義), 일 유파에 기울어 어떠한 신진로(新進路)·신경지를 개척하리라는 구구한 논의를 길게 늘어놓고 싶은 흥미는 없다.

---

119 천암만학(千巖萬壑) : '수많은 바위와 골짜기'라는 뜻으로, '깊은 산속의 경치'를 이르는 말이다.

작자의 말[120]

『취우驟雨』

피난민이 길이 메게 쏟아져가는 어느 길갓집 문전에 손주새끼를 데린 노인이 식후에 바람을 쏘이려 나왔는지, 곰방대를 물고 앉아서, 한 발자국이 새로워라고 허덕지덕 앞을 다투어 밀려가는 사람 떼를, 멀거니 구경하고 있는 앞에서는, 노란 강아지 한 마리가 꼬리를 치며 놀다가, 저도 이상한지, 신기한지 오도카니 바라보고 섰는 것을 눈길에 보고, 나는, 여기가 어딘데 이런 별유천지[121]의 평화향(平和鄕)도 있는가 싶었다. 그러나 거기는 금방 저녁밥을 먹다가 내던져두고 나온 자기 집 동리에서 돌팔매를 쳐도 날아올 만한 데고 보니 총소리도 뒤따라오는 것이었다. 그것은 마치 피난민은 당장 소나기를 맞으면서 오는데, 이 노인은 쨍쨍한 햇발을 받고 앉았는 것 같이 보여서

---

120 염상섭(廉想涉), 「작자의 말―『취우(驟雨)』」, 『조선일보』, 1952.7.11. 이 글은 「연재장편소설
『취우(驟雨)(소나기)』 17일부터 연재」라는 소설연재기사에 함께 실려 있으며, 7월 12일 자, 14
일 자, 15일 자에도 동일한 글이 수록된다. 기사의 내용은 다음과 같다.
"소개의 말 / 오늘 17일부터 본지 2면에 연재소설 『취우(驟雨)』를 싣기로 하였습니다. 쓰시는
분은 독자 여러분과 너무나 친숙한 우리 문단의 기숙, 염상섭(廉想涉) 씨이니 굳이, 긴말을 적지
아니하겠습니다. 오랫동안 여러분께 소설을 보내드리지 못한 송구하였던 마음이 이로써 미안
함을 풀 수 있고 독자 여러분도 무게 있으며 값있고 또, 유머와 풍자를 아로새긴 느긋한 내용과
오묘한 필치 속에 반드시 만족을 얻으실 줄 믿는 바입니다. 더구나 삽화에는 화단의 중진인 김
영주(金榮注) 씨가 담당하기로 하여 금상첨화가 될 것을 믿어 의심치 아니합니다."
121 별유천지(別有天地) : '속계를 떠난 특별(特別)한 경지에 있다'는 뜻으로, '별세계(別世界)'를 뜻
한다.

이상하기도 하고 부럽기도 하였다.

　나는 이번 난리를 겪어오면서 문득문득 머리에 떠오르는 것은 썰물같이 밀려나가는 피난민의 떼를 담배를 피우며 손주새끼와 태연무심히 바라보고 앉았는 그 노인의 얼굴과 강아지의 오도카니 섰는 꼴이다. 길 이 편에서는 소낙비가 쏟아지는데 마주 뵈는 건너편에는 햇발이 쨍히 비추는 것을 눈이 부시게 바라보는 듯한 그런 느낌이다. 생각하면 이러한 큰 화란을 만난 뒤에 우리의 생활과 생각과 감정에는 이와 같이 너무나 왕창 뛰게 얼룩이 진 것이 사실이다. 나는 그 얼룩을 그려보려는 것이다. '소나기 삼형제'를 써볼까 한다.

염상섭 문장 전집
1953

작가와 분위기
정치소설이 나와도 좋을 때다[122]

    작품을 쓰다가도 붓대를 멈추고 붓의 자유라는 것을 생각할 때가 있다. 그
것이 당시의 정치에 관련되는 경우에 더욱 그러하다. 작가 자신의 불평불만
을 토로하는 것이 아니고 대중의 여론을 객관적으로 □□하는 경우에도 그
러하다. 그러나 붓의 자유를 □□하고 □□□□□에 자처하는 것쯤이야 당
연하다고 생각하는 것이 상식화되어 있다. 그러나 분위기가 작가와 작품에
미치는 영향이란 예민하고 사소하고 □대(大)한 것이다. 그렇다고 하여 문학
의 영역은 다른 □□ 분야에 비하여 치외법권을 가진 특수□□라는 것은 아
니다. 작품에 있어 붓의 자유가 대(代)□□이 □□□□에서 보장되는 혀(舌)
의 자유만치는 보장되어야 할 것이라고 주장하는 것도 아니다. 하물며 □□
내에서 대(代)□□의 혀의 자유도 보장되지 않음에랴. 그러나 작품을 제작하
는 데에서까지 붓끝이 무디어지고 우고좌면(右顧左眄)하거나 표면에 자처치
않을 수 없는 분위기라면 이것은 정상은 아닐 것이다. 물론 동세(同世)도 아
니요, □세(勢)도 아니기는 하다. 어떻게 보면 자(自) 겁에서 나온 지나친 조
심이랄까, 소심익익(小心翼翼)한 데서 오는 자유의 □□인 경우도 없지는 않

---

122 염상섭(廉想涉), 「작가와 분위기─정치소설이 나와도 좋을 때다」(전2회), 『연합신문』, 1953.2.19
    ~2.20. 글 말미에 '작가'라고 명기되어 있다.

을 것이다. 자라에 놀란 놈이 솥뚜껑에 놀라듯이 제풀에 겁을 집어먹는 것까지야 하는 수 없는 일이지마는 □□에 있어 가령 정치소설은 아닐지라도 작품에 연관되는 어떤 □□사건이 부분적으로나마 당시의 정치세력에 관련성을 가졌으매 거기에 아무 세력을 느끼지 않고 □□ 없이 대담하게 대상화할 수 있을까 □□이다. 이러한 □만은 중견□□인 사람에게도 마찬가지이겠지마는 만일 □ 세대를 지나서 보이지 않는 세력을 피하여 쓴다면 그것은 역사소설의 영역에 들 것이다. 그 역시 □□의 정(正)□을 □□하고 □정(正)한 □만을 □□하기는 어려운 것이다. □□에 끌리어 작가적 양심을 □□□□ 어려우리라는 말이다. 그러나 생활양식이 바뀌어가면 민주주의적 □□□ □을 세워가는 이러한 □□□에 있어 정치소설이라는 새로운 분야가 개척되어야 하지 않을까 하는 생각도 하여본다. 대중에 대한 민주주의 □□ 정치 □□, 민주정치의 상식적 발달은 □하여 중요하고 또 교체에 대하여 반드시 □□되어야 할 것이라고 생각하는 바이다. 실상은 정치소설이라는 명도를 받지 않더라도 □□에서 취재하거나 해방 이후 □□의 기분만을 □□히 □ □하고 □□하자면 아무래도 정치면을 건드리게 되리라고 생각하지마는 직접적으로 대중의 정치수련이라든지 민주주의교육이라는 점에 유의하는 것도 좋은 일이다. 물론 특수한 문학적 견해로서는 이러한 □□은 무의미한 말이라고 할지 모르나 기성 특수문학을 떠나서 신문소설이나 잡지소설을 쓸 바에는 정치라는 커다란 분야도 취급되는 것이 당연하고 실생활에 □□하는 □□도 더 많은 것을 □□할 것은 아니다. 그렇다 하여 작가의 예술적 □□가 저하하는 것도 아니거니와 차라리 □□적 역량을 기울여 문학가의 □□을 엄연히 □□하면서 대중과 함께 일세(一世)의 정치를 바로잡고 민주정치 체험의 □□을 타는 데 □□하는 바 있겠다는 자부(自負)와 □□으로 나온다면 훌륭한 작품이 나올지 모르겠다. 그뿐 아니라 작품도 역사적 의의를 가진 문헌이라고 볼 제 이 커다란 과도기에서 우리가 어떻게 살고 있는가, 또 어떻게 살았던가를 여실히 기록하여주는 작품이 나와야 될 것은 시대적 의의로도 가치 있는 일이요, 그러자면 정치라는 커다란 살림터의 커다란 부엌 속을 들여다보아야 할 것이기도 한 것이다.

다만 문제는 위에서도 말한 바와 같이 그것이 얼마나 자유자재하게 □□□□히 실상을 파악·표현할 수 있을까? 또는 이 경우에 작가적 양심을 살리고 못 살리는 데에 작품의 결과가 달린 것인데 그 작가적 양심을 어떻게 온전히 또 충분히 살릴 수 있겠는가이다. (1953.2.19)

일본이 독립한 후, 미군점령 7년간의 득실은 □□한 가운데 어떠한 논자는 "각인(各人)의 제 생각을 적극적으로 기탄없이 말할 수 있었다"고 한 것은 매우 흥미 있는 말이다. 당연히 미군정 밑에 숨을 죽이고 신음하였어야 할 패전국민이 도리어 승전국민처럼 붓의 자유, 혀의 자유를 얻었다는 것은 상식적으로 생각하여도 □□□이었다. 그러나 일본과 일본인이 군정의 □□과 □□에서 해방되었고 자유불가침의 천황이 운상(雲上)에서 인간으로 □□됨을 따라 대(大)□으로 □□적 □□이 탈피된 것은 사실이었다. 사실상의 군의 □□을 거꾸러뜨리고 군의 등에 얹힌 인(人)□천(天)□□상(上)에 집어내자면 상당한 피를 흘렸어야 할 텐데 그것이 미군 점령하에 소리 없이 일대 운명을 완□한 셈이다. □□의 대상(代償)으로 얻은 민주주의 □□의 자유도 미군의 □시와 □□하에 된 □□□이 □□하는 자유라는 점에서 그리 명예로운 것은 아닐지 모르나 그래도 그 자유를 대중은 □□하고 미군의 □□□□을 본 것이었다. 저희는 태평양전쟁에서 피를 흘려서 동아의 약소민족을 위하여 싸워주듯이 얌체빠진 소리를 하는 자도 있지마는 결과로 보면 저희의 그 □□법이 미군의 □□□법이라 하여도 그 흘린 피 값으로 얻은 것이었고 제 생각을 기탄없이 말할 수 있는 자유가 그 피의 대상(代償)으로 얻은 □

□의 것이요, □일(一)의 것인 □을 저희들도 모르지는 않을 것이다. 그러고 보면 미국은 일본의 군벌에게서 일본사람을 민주주의적으로 해방하여주기 위하여 싸워준 세음쯤 되었다고도 할 것이다.

하여간에 그들은 명랑하였다. 일부에서는 얻은 것도 자유지마는 잃은 것도 자유라 하고, 자유는 □□□이었다고도 하지마는 그것은 저희들이 □□□ 내세우는 □□□□의 □□의 □ 없었다는 의식에서 나온 말이기보다는 □□의 국가의 스□에 □시명령(示命令)에 좌우된다거나 맥아더 원수(元帥)가 □존 □□세력과 결탁하여 그들을 끼고 너무나 □□한 결과 요시다(吉田)[123] □책(策)이 역(逆) 코스로 나가 □인을 만들어주어서 국민 대다수의 자유가 다시 □□되어감을 □□하는 것일 것이다. 미군으로 말하여도 7년 동안 씨를 뿌려놓고 자꾸만 민주사상이 운이나 될동말동한 채 버리고 가는 것이 본의가 아니겠지마는 (원체 구(舊) 세력의 잔재를 끼고 노는 수밖에는 □□도 없었겠지마는) 너무 응석을 받아주어서 역코스만 조장하여놓은 □□을 대할 □□□ □결(結)이라 할 것이다. 그러나 대중으로서는 구체화해가는 미군□ 문제와 함께 반동적으로 당면할 □□에 접은 내면서 자유를 한때 □□었었다고 실망하는 것도 무리가 아니다.

그러나 일본사람이 그만한 것도 민주사상을 쉽사리 받아들여 거의 □□으로 □□만은 자유를 살려서 향유할 수 있었던 것은 60여 년 동안 망국 정체(正体)밑에서 □□하여왔고 □□□□에 □□한 덕택이었으니 어제 오늘 민주 간판을 내건 것과는 본질적으로 다른 것이라 하겠다.

이 분수로 하자면 우리의 민주주의도 반세기 후에나 물이 잡힐지 혹은 템포가 빠른 세상이요, 우리가 결코 우미한 백성은 아니니 사반세기쯤이면 남

---

[123] 요시다 시게루(吉田茂, 1878~1967) : 일본의 외교관이자 정치가이며, 일본의 제45・48・49・50・51대 내각총리대신을 지냈다.

의 1세기 □□한 □료(了)□하고 나설지도 모른다. 그것은 하여간에 우리는 일본과도 달라서 패전전(敗戰田)으로 군 점령하에 있던 것도 아니었고 해방되어야 할 군벌이나 천황이 있었던 것도 아니었는데 어째서 얻은 것도 자유였고 잃은 것도 자유였는지?

우리 헌법이 엄연히 □□되어 있는 이상 잃은 자유가 있을 리 없다 할지 모르지마는 지금의 우리가 민주정치를 □□만 걸어간다고 □소(訴)할 사람 업을 것이다. 그러면 이것이 누구의 책임이냐? 민주정치 국민 전체의 책임일지도 모르겠고 아무의 책임도 아니라고 말할 수 있을지 모르겠다. 아무의 책임도 아니란 말은 책임을 무지(無知)에 방기하는 말 같다. 그러나 사실 그렇기도 하거니와 모른다는 데도 죄가 없는 것은 아니다.

이러한 의미에 있어서도 나는 민주주의 육성을 위한 대중교육의 교재로서 우리의 민주정치의 생발(生跋)하는 □□한 □□□정(正)히 표현하고 민주이론을 □□시킬 만한 정치소설이 나와 주기를 바라는 바이다. (1953.2.20)

3 · 1운동과 신문학[124]

본질적인 심도 표현
3·1 계기로 순수문학운동 전개
문단 원로 좌담회

말하는 분

공초(空超) 오상순(吳相淳)

횡보(橫步) 염상섭(廉尚燮)

수주(樹州) 변영로(卞榮魯)

월탄(月灘) 박종화(朴鍾和)

사회 유(兪) 본사 문화부장

사회　바쁘신 중 이렇게 참석을 해주셔서 대단히 감사합니다. 오늘 좌담회
　　　는 문단 40년의 회고담을 통해서 그때의 문학적 분위기를 선생님들

---

124 염상섭(廉尚燮) 외, 「3·1운동과 신문학」, 『서울신문』, 1953.3.1. 이 글은 표제와 부제의 첨가 정
　　　도만 다를 뿐, 「40년 문단 회고 좌담회」(『신천지』, 1953.4)와 동일한 글이다.

가운데에서 느껴보고 알아볼까 합니다.

특히 월탄(月灘) 선생님은 사(社)의 지위를 떠나셔서 이 자리에서는 작가의 처지에서 말씀해 주십시오.

월탄 그러고 보니 이건 모두 골동품들만 모였는데 그래. (일동 소(笑))

사회 그 당시 여러 선생님들 연세는 얼마나 되셨지요? 우선 염 선생님 연세는?

횡보 네. 내가 그때 스물셋인가 봅니다.

월탄 공초(空超)가 아마 여기서는 제일 연장(年長)으로 그때 스물여섯이고, 수주(樹州)는 스물둘, 내가 열아홉, 그러나 나이로는 내가 제일 젊었지만 그래도 활약이야 남보다 적었을라구 ……. 하하하. (일동 소(笑))

사회 그 당시 문학에 반영된 새로운 기운이 어떠한 형태로 나타났는지 그 예를 들어 말씀해주십시오.

월탄 그때는 싹이 보였다는 정도지, 새로운 의미를 가진 잡지로 『태서문예신보』라는 것이 있었다고 기억됩니다.

수주 그렇지. 장두철(張斗徹)이가 한 것이지.

월탄 정열은 대단한 것이어서 학생이면서도 우리는 『피는 꽃』이라는 동인 잡지를 지금은 행방불명된 정백(鄭栢) 또한 지하에 돌아간 홍사용(洪思容)과 함께 프린트로 회람하고 있었습니다.

수주 홍사용도 참 재자(才子)였는데.

월탄 그러게 노작(露雀)이 아니요.

사회 제가 알기로는 그때 『창조』·『폐허』·『백조』가 있었는데 어느 것이 먼저 나타났나요?

월탄 『창조』는 동경에서, 『폐허』는 서울서, 『백조』도 서울에서 그렇게 연달아 나왔지요.

횡보　그렇지요.『창조』는 아마 3·1운동 3개월 전에 나온 게 아닐까? 햇수로는 그 전 해 같은데 …….

사회　수주 선생님, 그때는 미국 갔다 오셨다는 소리를 들었는데 국내에 계셨던가요?

수주　아냐, 내가 미국유학 간 것은 훨씬 그 후지.

공초　이야기를 하라고 술을 자주 주는데 입심이 있어야지

사회　결국 3·1운동이란 1차대전 후 윌슨 대통령의 민족지상주의 주창에 자극된 점이 많다고 볼 수 있습니다만, 그보다도 우리의 피압박민족의 반항정신이 억눌려서 필연적으로 폭발한 것이라고 볼 수 있는 게 아닙니까.

공초　사회 말씀대로 확실히 그러했지. '타임'의 조건이 우연히 맞아들었단 말이야.

월탄　말하자면 '민심이 곧 천심'이라는 말이 있지 않나. 우리는 그들의 하는 짓을 모두 보아 왔지만 저희들이 암만 압박을 해도 우리는 우리대로 살아왔지요. 윌슨의 민족지상주의는 우리들의 사상 면에나 행동 면에 모든 준비를 다 한데다가 도화선이 되었다는 것을 증명하는 것이지. 문학의 역할은 민족주의 고취에 큰 선동을 하려고 노력하였었고.

횡보　나는 그때 일본유학을 하고 있었기 때문에 국내사정은 잘 모릅니다. 그러나 신문학운동상으로 보면 육당(六堂) 최남선(崔南善)이 주재한 『소년』 또는『청춘』이 지금 와서 보면 문학적 수준으로는 아무것도 아니지만 당시로 보면 그것이 유일한 문화운동의 존재여서 민족정신의 고취나 혹은 계몽문화의 창달 의의가 자못 컸습니다. 말하자면 내가 못하는 일을 후손에게라도 부탁해보자는 그러한 생각으로 젊은이에게 하소연해 온 것입니다. 또 춘원(春園)이 학생시절이었지만 소설

에 있어서는 독단장(獨壇場)이었다고 할 수 있을 만치 많이 일을 했습니다.

공초　우리들의 신문학운동이 발아동기(發芽動機)한데다가, 또 다시 목적을 말하면 그것은 일제 탄압하에 모든 발언이 봉쇄되어 있는 질식 상태 속에서 우리가 엄연히 살 길을 찾았는 데 있었다고 봅니다. 우리는 정신적으로 예술을 통해서 우리의 감정, 의욕을 왜놈에게 카무플라주하는 방편, 수단을 썼던 것입니다.

월탄　모든 것이 우리는 우리였습니다. 그때 수주의 『조선의 마음』[125]이라는 시집도 역시 우리 민족의 노래였습니다.

수주　월탄, 과찬 마시오. 이건 직접 문학이야기와는 거리가 좀 먼 것입니다만, 우리의 3·1 독립선언서를 영문으로 번역한 것은 나와 지금 유엔 총회에 가 있는 우리 일석(一石)[126] 형님과 둘이서 했습니다. 청년회관에서 밤늦도록 타이프라이터를 찍는데, 그 타이프 소리가 어쩌나 요란스럽게 들리던지 밖에는 기마순사(騎馬巡査)들이 오고가는데 참 땀을 함빡 흘린 일이 있습니다. 그때 그것이 외국인 또는 외국기관을 통해서 해외로 나갔는데 …….

월탄　그건 수주의 숨은 자랑의 하나이지.

수주　이건 자꾸 나의 자랑 같지만 그때 나는 반(半) 공부, 반 자위(自慰)로 영시를 공부했는데 아마 영시를 쓴 사람은 내가 처음일 것입니다. 16세 때 쓴 「코스모스」라는 시가 있습니다. 그리고 백낙천(白樂天)[127]의 「비파행(琵琶行)」을 번역해보기도 했습니다.

125　변영로, 『조선의 마음』, 평문관, 1924.
126　일석(一石) : 한글학자 이희승의 호.
127　백낙천(白樂天) : 백거이(白居易, 772~846). 당나라 때 '취음선생(醉吟先生)', '향산거사(香山居士)' 등으로 불린 가장 뛰어난 시인 중의 한 사람이다.

공초　백낙천의 「비파행」 번역은 대담무쌍한 일이지. 그때 우리의 문학이
　　　란 잔뜩 눌렸던 감정을 감출 길이 노출되어 나오는 그러한 것이었지.

월탄　문학사상적(文學史上的)으로 보면 3·1운동 이전의 육당의 경문(硬文),
　　　춘원의 연문(軟文)이 출발점이 되어 내려오다가 3·1을 계기로 그것
　　　이 더 내용적으로 질을 촉진시켰다고 볼 수 있습니다.

수주　오늘은 회고담이라니깐 내 또 하나 회고담을 하지. 그 당시 관재(貫齋)
　　　이도영(李道榮)[128] 씨의 만화가 지금도 기억되는데, 『매일신보』 지상
　　　에 이런 만화가 있었습니다. 쭈그리고 앉은 병구(病狗)를 백정이 타살
　　　(打殺)하는 그림을 그려놓고, 거기 쓴 글이 걸작이란 말이야. 즉, ‘병준
　　　(病준)’(송병준(宋秉畯)), ‘용구(庸狗)’(이용구(李容九)) 타살지도(打殺之圖)라
　　　해놓고, 반역자 송병준과 이용구를 때려죽이는 그림을 그렸다는 말
　　　이지. 그리고 『금수회의록』이란 것도 재미있는 그 시절의 대표적 풍
　　　자라고 할 수 있어.

공초　『금수회의록』은 문학사(文學史)상으로 보아 우리 문학의 상징주의의
　　　기원이라 할 수 있겠지. 하하하. (일동 소(笑))

월탄　그건 너무 과장인데, 지금도 내 기억에 뚜렷한걸.『금수회의록』의 표
　　　지는 프록코트 입은 호랑이 대의원 양(羊) 대가리의 의장(議長)으로 하
　　　는 풍자의 그림이 표지였어. 반역자들을 비웃고 놀려댔던 그 당시의
　　　신문인(新聞人)의 기백인 것이지 …….

사회　중복이 될지 모르지만 3·1운동이 끼친 영향이라고 할까, 작품을 쓰
　　　는 작가에게 그것이 어떻게 반영되었는가 그런 것을 더 구체적으로
　　　말씀해주십시오.

---

128 이도영(李道榮, 1884~1933) : 조선의 화가. 호는 관재(貫齋)·면소(丏巢)·벽허자(碧虛子). 이
　　름·도영(鞱穎)으로 쓰기도 했다.

횡보   나는 다른 부면(部面)은 모르니간 문학에 한해서 말씀할 수밖에 없지
만, 그 당시의 문학은 동경유학생이 중심이었지. 동경유학생이라고
하면 그 당시 청소년들의 동경(憧憬)의 목표였습니다. 그때 우리들 청
년층에는 두 가지 길이 있었다고 보는데, 그 하나는 정치·경제·법
률을 공부하는 학생이고, 다른 하나는 문학을 지원하는 학생층이었
었다고 생각합니다. 이들은 모두가 겉은 다르지만 목적은 동일하다
고 볼 수 있습니다. 동경에 있어서는 비교적 언론집회 등의 자유가 있
었습니다. 그러므로 민족적으로 박해를 받고 사상·언론·행동에
있어서 자유를 상실한 젊은이들이 생(生)의 충동에서 끓어오르는 속
을 표현·배설하려는 문학도들이었고, 정치·경제·법률의 학도들
은 앞으로의 독립을 위해서 결연한 태도를 가졌던 것입니다.

그런데 문학에 민족의식이 더 강렬했던 것만은 사실이야. 그러나 문
학원리로 보아서 춘원이나 육당 시대의 의식적 의도의 문학이 다음
세대에 와서 개인의 사상이나 정신, 의지의 본격적 순수문학으로 심
화해간 것도 사실입니다.

월탄   옳은 말씀이오. 3·1 후의 우리 문학은 육당, 춘원 식의 북을 치고 간
판을 내어 거는 그러한 문학이 아니었어. 민족적 의식에서 문학을 해
오다가 차츰 문학의 길로 깊이 들어가, 그 결과, 필연적으로 문학의
본도(本道)를 깨닫게 된 것이지. 즉, 육당이나 춘원 식의 문학에서 더
본격적인 문학으로 들어가야만 그 문학이 생명이 오래가고 힘이 있
다는 것을 깨달은 것이지.

횡보   그래요. 3·1을 계기로 해서 우리의 문학이 본령으로 들어갔지.

공초   그때부터를 진정한 본격문학이라고 붙일 수 있겠지.

사회   그때 외국의 문예사조와의 관계나 소화(消化) 면은 어떠했습니까?

횡보 　그때의 우리 문학의 '무슨 주의, 무슨 주의' 하는 것은 그대로 직수입
　　　된 모방 같으면서 순전한 모방이 아니고, 우리 민족의 체질과 처지가
　　　본격적 문학에 눈을 뜬 증좌(證左)로서 자기 체질에 맞는 대로 '낭만'
　　　이니, '현실'이니, '상징'이니, '허무'니 제각기 택한 것입니다.

월탄 　공초는 허무주의고, 수주도 허무주의고, 횡보는 자연주의고.

공초 　나의 허무야 말하자면 이상(理想)을 빼앗긴 데서 오는 허무지.

횡보 　공초는 옛날 그때나 지금이나 같애.

공초 　육십이 되어도 철이 안 나니 참. (일동 소(笑)) 수주는 자꾸 철이 나라고
　　　성화지만 횡보가 오십이 넘어서 비로소 겨우 문학을 알겠다는 말은
　　　좋은 말이 아닌가?

월탄 　이건 횡보를 어린애로 아나? (일동 소(笑))

수주 　그런 이야기는 술 얻어먹는 값이 못돼. (일동 소(笑))

사회 　3·1 후 34회째를 맞이하여 회고담을 하시는 여러 선생님들의 지금
　　　의 감상은 어떠하십니까?

공초 　그저 감개무량합니다. (일동 소(笑))

수주 　나는 무감(無感)이오. (일동 소(笑))

월탄 　감개무량이라? 참 공초다운 말이로군.

공초 　이거 웃지 말어. 이런 경우 별 소리 있는 것인가?

횡보 　이제부터 나는 대작(大作)을 써볼 문학적 야망뿐이오.

월탄 　좋은 말이오.

횡보 　생활과 세태에 쫓기어 뜻대로 되지 않지만, 요즘 젊은이들의 문학은
　　　너무 생각이 협소한 것 같애. 우리는 새로운 문학을 하려고 너무 악착
　　　하지 말고, 그저 건실하게 문학을 해 나아가기만 하면 돼.

사회 　오늘이 마침 안석영(安夕影) 선생의 4주년 기일이라고 들었습니다만,

그 분과 친분이 계신 여러 선생님들 감상은?

공초　좋은 친구였어. 석영은 순경(順境)에 있어서나 역경(逆境)에 있거나 그 표정, 행동, 태도가 변하지 않는 점이 참 탄복할 만하지.

수주　나는 석영 장인과 친구니까. (일동 소(笑))

월탄　석영은 '진지한 사람'이라는 이 다섯 자로 다 표현할 수 있어. 나와는 『백조』 동인이고.

횡보　수주는 지금까지 살아있지만 내가 전에 제일 기대한 사람이 수주인 만큼 지금 내 실망은 여간이 아니야. 수주는 결국 술에다 그 정열을 다 쏟아버렸어.

수주　그럼 횡보는 술을 안 했단 말이야? (일동 소(笑))

사회　좋은 말씀 많이 들려주셔서 감사합니다. 그럼 이 정도로 그치겠습니다.

1953년 2월 24일

— 부산, 우풍(雨風)

'원로' 사퇴의 변(辯)[129]

해방 후에 서울 와서 머리가 부쩍 세더니 6·25 후에는 제법 반백이 틀이 잡힌 것은 좋으나, 제일 질색이 술집에 들어서면 젊은 주모가 이 할아버지, 저 할아버지 하는 것이요, 어느덧 동리 아이들이 할아버지라고 부르는 것이 귀에 익지 않아서 며칠에 한 번씩 생각나면 들여다보는 거울에 대고 말없는 하소연을 하기 시작한 것도 벌써 군복을 몸에 걸치기 전 일이었다. 같은 나쎄에 같이 세어가는 사람이 머리에 거멍칠을 한 것을 보면 그다지 부러울 것은 없으나, 나도 그래 보았으면 하는 욕기(慾氣)가 없지 않아서 거울을 보던 끝에 유난히 뻗친 살쩍[130]의 흰털을 뽑아내며 아내더러 실없이 "물을 좀 들여볼까?" 하고 의논(?)을 하면 구차에 찌든 내자(內子)는 "왜, 머리가 뭐래요?" 하고 핀잔을 주는 것이었다. 머리까지 이발료 이외에 돈을 달래서야 큰일이라는 말인지, 허연 머리라도 눈 서투르지 않다는 말인지, 좀 더 심각하게 생각하면 자기는 '파마도 못하는데 …….' 하는 생각인지도 모를 것이다. 그러나 설혹 은 늙은이가 늙은이 떠세를 하는 것도 밉살맞지마는 늙은이가 늙은이 행세를 안 하려는 것도 밉살맞아서 그러는 것인지도 모를 일이다.

---

129 염상섭(廉尙燮), 「'원로' 사퇴의 변(辯)」, 『서울신문』, 1953.3.29.
130 살쩍 : 관자놀이와 귀 사이에 난 머리털.

그래! 늙으면 늙는 대로, 제대로 사는 데에 맛이 있는 것이다. 그래도 면도를 하고 난 뒤에 아이들이, 이걸 좀 바르라고 크림 병을 내놓으면 아니다, 아니다 하면서도 손길이 저절로 가고, 바르고 나서는 피부가 조금은 좋아졌는가 하여 명경(明鏡)을 또 들여다보는 것이다. 이것도 결국은 욕기이겠지마는, '되는 대로 살아가자!' 하는 자포자기가 아닌 생활태도의 적극성이나 취할 점이 있다 할까.

그러나 늙는 것처럼 설은 것은 없다는 말을 차차 이해할 수 있는 것을 보면 늙은 것은 사실이다. 무식하다거나 구차하다는 것은 그래도 아직 앞길이 있으니 속아 사는 줄 알면서도 희망이 남아있다. 하지만 한번 늙은 거야 무를 수 없으니 절망은 아닐지 몰라도 설을 것이다. 나는 아직 설은 고비에는 닥쳐보지 못했으니 그러리라는 추측의 정도요, 추측의 정도이니만치 아직 기분만이라도 젊은 것은 분명하다. 또 그러나 근년(近年)에 들어서 지나는 말끝에서나, 신문잡지에서 노대가(老大家)니, 원로(元老)니 하는 존대(尊待) 같지 않은 존대를 받는 것은 딱 질색이다. 그야 처음 한두 번은 그럴싸하게 들려서 그리 싫을 것까지는 없었으나, 세 번 듣고, 네 번 들어 정말 노인으로 올려 앉히는 기미(氣味)를 채니, 주모나 동리 아이들이 할아버지라고 부르는 것만치나 짜증이 나는 것이다. '얘, 이놈들이 인제는 나를 아주 늙은이로 돌리려나 보다.' 하는 반발심이 끓어오르는 것이다. 이런 생각이 드는 것이 벌써 늙은 징조요, 늙은 사람의 자곡지심(自曲之心)인지도 모르겠으나 …….

에서 한술 더 떠서 원로, 노대가는 고사하고 골동품 취급을 하는 데는 여간 거울과 의논 여부가 아니라 장태식(長太息)이 아니 나올 수 없다. '노(老)' 자(字)는 알고 보니 '골동(骨董)'과 통하는 '골동품' 자(字)인 모양이다. 월전(月前)에 어느 문인과 대작(對酌) 중에 "문단의 골동품"이란 사담(辭談)이 나오기에 "나두 거기 한몫 끼겠군?" 하고 슬쩍 떠보니까 서슴지 않고 "반(半) 골동은 되겠죠." 하는 매우 호의(好意)에 찬 대답이었다. 면(面)에 못 이겨 '반' 자(字)를 붙인 것일 것이다. 즉석에서 노발대발 완력다짐이라도 하여 아직 젊었다는 실증(實證)을 보이고 싶었더니, 그 문우(文友), 그 후에 어느 강단에서 학생들에게 훈론(訓論)인지 술회인지 하시는 말씀이 "서양은 말할 것 없고, 일본만 해도 칠십 당년에 대작을 턱턱 내놓는 문인이 수두룩한데 우리나라에서는 오십만 넘어도 '원로'라 하고 노대가연(老大家然)하니 딱한 노릇이라."고 하더라는 말을 듣고, 조금은 마음이 후련하여 '너도 아는 수작이로구나.' 하고 웃은 일이 있다.

두옹(杜翁)이나 괴테나 위고 같은 위재거남(偉才巨男)은 천에 하나, 만에 하나 볼 수 있는 일이니 문제 외(外)로 하고, 사실 일본에서만 보더라도 나가이 가후(永井荷風) 같은 노작가가 그 심한 연기에 서재를 태우고 칠십 객(客)으로서 셋방살이에 자취생활을 하여가면서도 철야(徹夜)를 하여 집필하고 그 연기 하(下)에 차곡차곡 써 모아두었던 장·단편 작품을 종결 후에 차례차례 발표하였다는 말을 들으면 오십에 노인 행세요, 육십에 골동이래서야 말이 아니 된다.

일전에 3·1운동 당시의 회고담이나 하자고 모인 회합의 좌담기록[131]을 보니 거기에도 '원로'와 '골동'이 튀어나왔지마는 원로회의거나 골동품 전시회는 아니었을 것이다.

딴은 노인은 과거에 산다 하여 늙은 궁조대(窮措大)[132]들이 모여 앉아 추억담(追憶談)이나 늘어놓은 것이나마 속기록이 아니어서 남의 오해를 사기 쉬운 까칫까칫한 구절도 눈에 띄었지마는, 그것은 하여간에 거기 모인 중 최연장자(最年長者)가 공초(空超)인 모양인데 노당익장(老當益壯)[133]한 공초에게서

---

131 「3·1운동과 신문학」(『서울신문』, 1953.3.1)이라는 좌담회 기사를 가리킨다.
132 궁조대(窮措大) : 곤궁한 선비.

금후에 주옥같은 시편을 얼마나 기대할 수 있을지 누가 알 일이냐. 혹은 대들기 좋아하는 축이 있어, "그러니 늙었단 말이냐? 젊었단 말이냐?"고 덤벼들지 모르나, 소원을 말하자면 원로도 싫고, 골동도 싫고, 늙도 말고, 젊도 말고 그저 그런대로 살 때까지 살다가 하직하면 상팔자일까 할 따름이다.

---

133 노당익장(老當益壯) : 늙었어도 기운이 더욱 씩씩함.

40년 문단 회고 좌담회[134]

말하는 분

공초(空超) 오상순(吳相淳)

횡보(橫步) 염상섭(廉尙燮)

수주(樹州) 변영로(卞榮魯)

월탄(月灘) 박종화(朴鐘和)

사회 유(俞) 월간부장

사회   바쁘신 중 이렇게 참석을 해주셔서 대단히 감사합니다. 오늘 좌담회
　　　는 문단 40년의 회고담을 통해서 그때의 문학적 분위기를 선생님들
　　　가운데에서 느껴보고 알아볼까 합니다.
　　　특히 월탄(月灘) 선생님은 사(社)의 지위를 떠나셔서 이 자리에서는 작
　　　가의 처지에서 말씀해주십시오.

월탄   그러고 보니 이건 모두 골동품들만 모였는데 그래. (일동 소(笑))

---

134 염상섭(廉尙燮) 외, 「40년 문단 회고 좌담회」, 『신천지』, 1953.4. 이 글은 표제와 부제를 첨가한
　　점만 다를 뿐, 거의 동일한 형태로 『서울신문』 1953년 3월 1일 자에 실려 있다.

사회 그 당시 여러 선생님들 연세는 얼마나 되셨지요? 우선 염 선생님 연세는?

횡보 네. 내가 그때 스물셋인가 봅니다.

월탄 공초(空超)가 아마 여기서는 제일 연장(年長)으로 그때 스물여섯이고, 수주(樹州)는 스물둘, 내가 열아홉, 그러나 나이로는 내가 제일 젊었지만 그래도 활약이야 남보다 적었을라구 ……. 하하하. (일동 소(笑))

사회 그 당시 문학에 반영된 새로운 기운이 어떠한 형태로 나타났는지 그 예를 들어 말씀해주십시오.

월탄 그때는 싹이 보였다는 정도지, 새로운 의미를 가진 잡지로 『태서문예신보』라는 것이 있었다고 기억됩니다.

수주 그렇지. 장두철(張斗徹)이가 한 것이지.

월탄 정열은 대단한 것이어서 학생이면서도 우리는 『피는 꽃』이라는 동인 잡지를 지금은 행방불명된 정백(鄭栢) 또한 지하에 돌아간 홍사용(洪思容)과 함께 프린트로 회람하고 있었습니다.

수주 홍사용도 참 재자(才子)였는데.

월탄 그러게 노작(露雀)이 아니요.

사회 제가 알기로는 그때 『창조』·『폐허』·『백조』가 있었는데 어느 것이 먼저 나타났나요?

월탄 『창조』는 동경에서, 『폐허』는 서울서, 『백조』도 서울에서 그렇게 연달아 나왔지요.

횡보 그렇지요. 『창조』는 아마 3·1운동 3개월 전에 나온 게 아닐까? 햇수로는 그 전 해 같은데 …….

사회 수주 선생님, 그때는 미국 갔다 오셨다는 소리를 들었는데 국내에 계셨던가요?

수주 아냐, 내가 미국유학 간 것은 훨씬 그 후지.

공초 이야기를 하라고 술을 자주 주는데 입심이 있어야지

사회 결국 3·1운동이란 1차대전 후 윌슨 대통령의 민족지상주의 주창에 자극된 점이 많다고 볼 수 있습니다만, 그보다도 우리의 피압박민족의 반항정신이 억눌려서 필연적으로 폭발한 것이라고 볼 수 있는 게 아닙니까.

공초 사회 말씀대로 확실히 그러했지. '타임'의 조건이 우연히 맞아들었단 말이야.

월탄 말하자면 '민심이 곧 천심'이라는 말이 있지 않나. 우리는 그들의 하는 짓을 모두 보아 왔지만 저희들이 암만 압박을 해도 우리는 우리대로 살아왔지요. 윌슨의 민족지상주의는 우리들의 사상 면에나 행동 면에 모든 준비를 다 한데다가 도화선이 되었다는 것을 증명하는 것이지. 문학의 역할은 민족주의 고취에 큰 선동을 하려고 노력하였었고.

횡보 나는 그때 일본유학을 하고 있었기 때문에 국내사정은 잘 모릅니다. 그러나 신문학운동상으로 보면 육당(六堂) 최남선(崔南善)이 주재한 『소년』 또는 『청춘』이 지금 와서 보면 문학적 수준으로는 아무것도 아니지만 당시로 보면 그것이 유일한 문화운동의 존재여서 민족정신의 고취나 혹은 계몽문화의 창달 의의가 자못 컸습니다. 말하자면 내가 못하는 일을 후손에게라도 부탁해보자는 그러한 생각으로 젊은이에게 하소연해 온 것입니다. 또 춘원(春園)이 학생시절이었지만 소설에 있어서는 독단장(獨壇場)이었다고 할 수 있을 만치 많이 일을 했습니다.

공초 우리들의 신문학운동이 발아동기(發芽動機)한데다가, 또 다시 목적을 말하면 그것은 일제 탄압하에 모든 발언이 봉쇄되어 있는 질식 상태

속에서 우리가 엄연히 살 길을 찾았는 데 있었다고 봅니다. 우리는 정
신적으로 예술을 통해서 우리의 감정, 의욕을 왜놈에게 카무플라주
하는 방편, 수단을 썼던 것입니다.

월탄 모든 것이 우리는 우리였습니다. 그때 수주의 『조선의 마음』이라는
시집도 역시 우리 민족의 노래였습니다.

수주 월탄, 과찬 마시오. 이건 직접 문학 이야기와는 거리가 좀 먼 것입니
다만, 우리의 3·1 독립선언서를 영문으로 번역한 것은 나와 지금 유
엔총회에 가 있는 우리 일석(一石)[135] 형님과 둘이서 했습니다. 청년
회관에서 밤늦도록 타이프라이터를 찍는데, 그 타이프 소리가 어찌
나 요란스럽게 들리던지 밖에는 기마순사(騎馬巡查)들이 오고가는데
참 땀을 함빡 흘린 일이 있습니다. 그때 그것이 외국인 또는 외국기관
을 통해서 해외로 나갔는데 …….

월탄 그건 수주의 숨은 자랑의 하나이지.

수주 이건 자꾸 나의 자랑 같지만 그때 나는 반(半) 공부, 반 자위(自慰)로 영
시를 공부했는데 아마 영시를 쓴 사람은 내가 처음일 것입니다. 16세
때 쓴 「코스모스」라는 시가 있습니다. 그리고 백낙천(白樂天)[136]의 「비
파행(琵琶行)」을 번역해보기도 했습니다.

공초 백낙천의 「비파행」 번역은 대담무쌍한 일이지. 그때 우리의 문학이
란 잔뜩 눌렸던 감정을 감출 길이 노출되어 나오는 그러한 것이었지.

월탄 문학사상적(文學史上的)으로 보면 3·1운동 이전의 육당의 경문(硬文),
춘원의 연문(軟文)이 출발점이 되어 내려오다가 3·1을 계기로 그것

---

135 일석(一石) : 한글학자 '이희승'의 호.
136 백거이(白居易, 772~846) : 자(字)는 낙천(樂天)이고, 호는 취음선생(醉吟先生), 향산거사(香山
居士) 등으로 불렸다. 당나라 시대의 가장 뛰어난 시인 중의 한 사람이다.

이 더 내용적으로 질을 촉진시켰다고 볼 수 있습니다.

수주 　오늘은 회고담이라니깐 내 또 하나 회고담을 하지. 그 당시 관재(貫齋) 이도영(李道榮)[137] 씨의 만화가 지금도 기억되는데, 『매일신보』 지상에 이런 만화가 있었습니다. 쭈그리고 앉은 병구(病狗)를 백정이 타살(打殺)하는 그림을 그려놓고, 거기 쓴 글이 걸작이란 말이야. 즉, '병준(病準)'(송병준(宋秉畯)), '용구(庸狗)'(이용구(李容九)) 타살지도(打殺之圖)라 해놓고, 반역자 송병준과 이용구를 때려죽이는 그림을 그렸다는 말이지. 그리고 『금수회의록』이란 것도 재미있는 그 시절의 대표적 풍자라고 할 수 있어.

공초 　『금수회의록』은 문학사(文學史)상으로 보아 우리 문학의 상징주의의 기원이라 할 수 있겠지. 하하하. (일동 소(笑))

월탄 　그건 너무 과장인데, 지금도 내 기억에 뚜렷한걸. 『금수회의록』의 표지는 프록코트 입은 호랑이 대의원 양(羊) 대가리의 의장(議長)으로 하는 풍자의 그림이 표지였어. 반역자들을 비웃고 놀려댔던 그 당시의 신문인(新聞人)의 기백인 것이지……

사회 　중복이 될지 모르지만 3·1운동이 끼친 영향이라고 할까, 작품을 쓰는 작가에게 그것이 어떻게 반영되었는가 그런 것을 더 구체적으로 말씀해주십시오.

횡보 　나는 다른 부면(部面)은 모르니깐 문학에 한해서 말씀할 수밖에 없지만, 그 당시의 문학은 동경유학생이 중심이었지. 동경유학생이라고 하면 그 당시 청소년들의 동경(憧憬)의 목표였습니다. 그때 우리들 청년층에는 두 가지 길이 있었다고 보는데, 그 하나는 정치·경제·법

---

137 이도영(李道榮, 1884~1933) : 조선의 화가. 서울 태생. 호는 관재(貫齋)·면소(芇巢)·벽허자(碧虛子). 이름은 도영(韜穎)으로 쓰기도 했다.

률을 공부하는 학생이고, 다른 하나는 문학을 지원하는 학생층이었었다고 생각합니다. 이들은 모두가 겉은 다르지만 목적은 동일하다고 볼 수 있습니다. 동경에 있어서는 비교적 언론집회 등의 자유가 있었습니다. 그러므로 민족적으로 박해를 받고 사상·언론·행동에 있어서 자유를 상실한 젊은이들이 생(生)의 충동에서 끓어오르는 속을 표현·배설하려는 문학도들이었고, 정치·경제·법률의 학도들은 앞으로의 독립을 위해서 결연한 태도를 가졌던 것입니다.

그런데 문학에 민족의식이 더 강렬했던 것만은 사실이야. 그러나 문학원리로 보아서 춘원이나 육당 시대의 의식적 의도의 문학이 다음 세대에 와서 개인의 사상이나 정신, 의지의 본격적 순수문학으로 심화(深化)해 간 것도 사실입니다.

월탄 옳은 말씀이오. 3·1 후의 우리 문학은 육당, 춘원 식의 북을 치고 간판을 내어 거는 그러한 문학이 아니었어. 민족적 의식에서 문학을 해오다가 차츰 문학의 길로 깊이 들어가, 그 결과, 필연적으로 문학의 본도(本道)를 깨닫게 된 것이지. 즉, 육당이나 춘원 식의 문학에서 더 본격적인 문학으로 들어가야만 그 문학이 생명이 오래가고 힘이 있다는 것을 깨달은 것이지.

횡보 그래요. 3·1을 계기로 해서 우리의 문학이 본령으로 들어갔지.

공초 그때부터를 진정한 본격문학이라고 붙일 수 있겠지.

사회 그때 외국의 문예사조와의 관계나 소화(消化) 면은 어떠했습니까?

횡보 그때의 우리 문학의 '무슨 주의, 무슨 주의' 하는 것은 그대로 직수입된 모방 같으면서 순전한 모방이 아니고, 우리 민족의 체질과 처지가 본격적 문학에 눈을 뜬 증좌(證左)로서 자기 체질에 맞는 대로 '낭만'이니, '현실'이니, '상징'이니, '허무'니 제각기 택한 것입니다.

월탄　공초는 허무주의고, 수주도 허무주의고, 횡보는 자연주의고.

공초　나의 허무야 말하자면 이상(理想)을 빼앗긴 데서 오는 허무지.

횡보　공초는 옛날 그때나 지금이나 같애.

공초　육십이 되어도 철이 안 나니 참. (일동 소(笑)) 수주는 자꾸 철이 나라고 성화지만 횡보가 오십이 넘어서 비로소 겨우 문학을 알겠다는 말은 좋은 말이 아닌가?

월탄　이건 횡보를 어린애로 아나? (일동 소(笑))

수주　그런 이야기는 술 얻어먹는 값이 못돼. (일동 소(笑))

사회　3·1 후 34회째를 맞이하여 회고담을 하시는 여러 선생님들의 지금의 감상은 어떠하십니까?

공초　그저 감개무량합니다. (일동 소(笑))

수주　나는 무감(無感)이오. (일동 소(笑))

월탄　감개무량이라? 참 공초다운 말이로군.

공초　이거 웃지 말어. 이런 경우 별 소리 있는 것인가?

횡보　이제부터 나는 대작(大作)을 써볼 문학적 야망뿐이오.

월탄　좋은 말이오.

횡보　생활과 세태에 쫓기어 뜻대로 되지 않지만, 요즘 젊은이들의 문학은 너무 생각이 협소한 것 같애. 우리는 새로운 문학을 하려고 너무 악착하지 말고, 그저 건실하게 문학을 해 나아가기만 하면 돼.

사회　오늘이 마침 안석영(安夕影) 선생의 4주년 기일이라고 들었습니다만, 그 분과 친분이 계신 여러 선생님들 감상은?

공초　좋은 친구였어. 석영은 순경(順境)에 있어서나 역경(逆境)에 있거나 그 표정, 행동, 태도가 변하지 않는 점이 참 탄복할 만하지.

수주　나는 석영 장인과 친구니까. (일동 소(笑))

월탄　석영은 '진지한 사람'이라는 이 다섯 자로 다 표현할 수 있어. 나와는
　　　『백조』 동인이고.

횡보　수주는 지금까지 살아있지만 내가 전에 제일 기대한 사람이 수주인
　　　만큼 지금 내 실망은 여간이 아니야. 수주는 결국 술에다 그 정열을
　　　다 쏟아버렸어.

수주　그럼 횡보는 술을 안 했단 말이야? (일동 소(笑))

사회　좋은 말씀 많이 들려주셔서 감사합니다. 그럼 이 정도로 그치겠습니다.

1953년 2월 24일

― 부산, 우풍(雨風)

신진에게 바람

『조선일보』의 현상懸賞 단편 모집에 기寄한다[138]

　작품의 현상모집을 발표하여놓고 그 선전·격려의 글을 씌우는 것도 신문기자다운 새로운 착상이요, 한 선전술도 되겠지마는 나로서는 처음 당하는 일이다. 그러나 내 자신이 신문기자로서 문예작품의 현상모집도 많이 하여보았고 그 고심(考審)을 담당하여왔던 경험으로 또는 신인을 구하고 좋은 작품을 발견할 때 마치 바라던 아들이나 낳은 것처럼 무릎을 치며 혼자 좋아하는 그런 기분을 상상할 때 이런 글을 쓰는 것이 조금도 불유쾌할 것 없을 뿐 아니라 우리의 문학 재건을 위하여 다소라도 도움이 될까 싶어 도리어 기꺼이 생각하는 바이다.

　내가 지금의 문단 중의 한 사람이라도 내 손으로 길러낸 사람이 있다고 생각지도 않거니와 그런 사제의 의(誼)를 맺은 사람도 없고 또 사실 제각기 뿔뿔이 헤어져서 성장하고 노숙하여졌으며 자기의 분야를 개척하였으며 자기의 영역을 저절로 지니게 된 것이다. 한국문단 3, 40년이란 역사가 누구 하나 다잡아주고 보살펴주는 사람 없이 구차한 집 자식들처럼 저 타고난 재질대로 제 힘으로 자라왔기 때문이다 이것은 자유교육, 자유화를 연상하면 짐작

---

138 염상섭(廉想涉), 「신진에게 바람－『조선일보』 현상(懸賞) 단편 모집에 기(寄)한다」(전2회), 『조선일보』, 1953.11.24~11.26.

할 수 있음과 같이 한편으로는 도리어 좋은 일이기도 한 것이었다. 그러나 아무리 발표욕이나 야심이 만만하고 충분한 자신을 가졌더라도 그 자긍을 자제하고 적당한 선배의 지도와 비판을 받는 것은 아는 길도 물어가라는 의미로 좋은 일이요, 일일이 그러할 수도 없는 경우면 이러한 현상에 응모하여 스스로 실력 시험을 하여보는 것은 체면 깎이는 일도 아니려니와 문학수업에 없지 못할 과정이라 하겠고 이런 기회를 제공하여 주는 것을 고맙게 여기고 여기에 자극을 받아 호기를 놓치지 않겠다고 머리를 싸매고 덤비는 그만한 성력(誠力)은 있어야 할 것이다.

무슨 등용문이요, 기성작가라야 하상 무어냐. 운이 좋아서 신문잡지에 작품이 발표되고 자비출판할 능력이라도 있으면 문단 진출쯤 여반장인데 시시한 당선작가로 나서기란 격이 떨어지는 듯이 생각하기도 쉬운 일이나 신인이 솟은 듯이 나타나서 낙양의 지가를 올리고 일약 인기작가가 되고 대가가 된다면 거기서 더 반가운 일이 있으랴마는 문학은 어디까지나 개인적·독자적 사업이요, 자기의 내부생활에서 우러나오는 것이면서도 문학이 지닌 그 보편성으로나 사회성으로나 작품의 가치 판단이나 작가의 지위는 독자와 한층 더 올라가서는 전문적 구안자(具眼者)의 비판과 평가에 기다리지 않을 수 없는 것이다. 이런 점으로 보아 서로 권위 있는 언론기관을 통하여 독자의 추허(推許)와 문단 전문가의 인정을 받는다는 것은 사실상의 등용문인 것이다.

미국의 어느 문학청년이 대신문의 편집장을 찾아보고 자기 작품의 발표를 애원하니까, "당신이 이 작품을 품고 철도자살을 하면 발표할 수 있을지 모른다."고 야유하였다는 말을 어디서 본 기억이 있거니와 소위 신문소설이라는 것과 순수문학과는 동일 수준에서 논할 바는 아니라 하여도 그만치나 언론기관을 통하여 자기의 작품을 발표한다는 것은 더구나 처녀작에 있어 가장 갈망하는 바요, 또 성과를 거둘 수 있는 것이다. 또한 한편 모집주체 측으로 보면 그것은 신문의 운영정책인 동시에 문화 향상, 문학 발전에 기여하는 한 봉사이기도 한 것이다. (1953.11.24)

그러나 언론기관이나 유수한 문예지의 권위를 무시하여서인지 겸허하여야 할 문학의 도(徒)로서 지나친 만심(慢心)에서인지 또는 현상에 응모하는 그런 수단으로써는 도저히 문단에 등장할 수 없다는 자기 실력의 과소평가에서 오는 한 술책으로인지 일약 대가연(大家然)하려는 청년이 간혹은 없지 않다. 연전(年前)에 어떤 대학생이 아무 소개도 없이 불쑥 찾아와서 단편 서너 편을 던지고 가면서 어느 출판사에서 출판키로 되었는데 일독(一讀) 후에 서문을 써달라는 요청이었다. 일자(日字)까지 지정하여 시급히 강요하는 그 언사와 태도가 너무 당돌하여 좀 못마땅하기는 하나 재기가 있고 발자한 청년에는 흔히 있는 일이요, 더구나 출판사가 출판요청하게끔 된 작품이라면 사람은 어쨌든지 작품이 아까워서 보아주마고 말았다. 그러나 모두고 미완성이요, 작품 이전의 소재다. 이것을 출판하겠다는 출판사가 있을 리도 없거니와 한참 용지난에 법석인 때에 이런 습작을 활자화한다는 것은 첫째 종이의 낭비인 것이 아깝다고 생각하였다. 그리하여 박절한 말이나 더 공부할 것과 3, 40년 신문학운동이라든지 그 수준이 그리 대견할 것은 없으나마 또한 그리 얕잡아보지 말 것을 일러 보냈더니 수 삼삭(三朔) 후에 점두(店頭)에 딴은 그 얇다란 단편집이 나타나 있는 것이 눈에 띄었다. 문학인은 아니나 모 씨의 서문이 실리어 있었다. 직접 관계나 책임이 있는 것이 아니니 서문은 써주었겠지마는 나로서는 서문을 쓸 수도 없고 출판하지 말기를 권하고 싶었다. 또 그리하는 것이 내 책임도피가 급한 것이 아니라 그 작가 지망자로 하여금 후일에 대성케 하는 도리라고 생각하였던 것이다. 발표욕이 앞서고 수업을 게을리 하는 탓인지 쓸데없는 허영 앞에 기성문단의 존재가 우스꽝스럽고 언론기관을 제쳐놓고 앞질러 나가려는 자기선전에 급급한 소치인지 하여간 그만한 열의와 역량에 좀 더 신중과 겸허와 수련을 가하여 이와 같은 현상모집의 기회를 탔으면 자기에게도 좋고 문학 향상을 위하여도 도움이 되련마는 그렇지 못한 이유가 어디 있는지 알 수 없다.

지방에 가면 각기 자기 지방의 지반도 있고 체면도 있을 것이며 지방·중앙을 가리자는 것은 아니지마는 중앙문단의 기성작가로 끼어버리는 편이 안이하지 현상 당선작가로서 나서는 번폐스런 절차를 밟기가 귀찮다는 생각인지도 모르나 옛날로 말하면 과거에 장원급제하는 셈이요, 지금으로 말하면 문관 패스하는 셈치고 문과대학 졸업논문이 아니라 작가로서의 시험을 치르는 것은 당연하고 떳떳한 일이며 여기에 당선된다는 것은 문학적 양심으로나 사회적 지위를 확보하는 의미로나 가장 명예스러운 일이거니 하는 생각으로 반드시 이 관문을 패스하여야만 희망과 열의와 노력이 있어주었으면 금후의 문학발전에 큰 도움이 될 것이다.

예전 내가 신문잡지의 문예면을 담당하여 산적한 투고를 밤을 새워가며 고사(考査)하던 그 시절에 비하면 이러한 현상모집이란 근자에 매우 드물어졌다. 해방 이후 더구나 피난 삼 년 간에는 거의 보지 못하던 일이었었다.

그러나 최근에 모지(某誌)에서 이러한 계획을 세워 현재 고선(考選) 중에 있는데 겨우 30여 편의 투고가 있었고 그중에 우수한 것은 단 1편 정도라는 말도 들었거니와 이 역시 전술한 바와 같은 원인과 이유인지를 모르겠으나 도시(都是) 전시(戰時)에 산만하여진 머리와 기분과 풍(風)□가 아직 정리되고 원상회복의 시간적 여유가 없는 때문이 아닌가도 싶다.

그러나 이러한 □□하고 또 다사다단한 때일수록에 침착히 냉정히 조위(周圍)와 국민생활과 국가의 운명을 관찰하고 좋은 작품, 얻기 어려운 작가가 혜성과 같이 뚜렷이 나타나야겠다. 그러함으로써 국민정신과 국민의 귀취(歸趣)할 바를 은연중에 지시하고 리드하여야 할 것이다. 이러한 자부를 가지고 민족운동에 35년간 고투하여 온 『조선일보』의 이 계획에 협조하여 사의를 표하는 동시에 환도(還都) 문학의 첫 발을 갑오(甲午) 필두에 높이 밝혀 들어주기 바란다. (끝) (1953.11.26)

해제[139]

　『그리운 사랑』은 그 원작이 알퐁스 도데의 『사포』이나, 출판사의 형편으로 개제(改題)된 것이다. 도데의 근대 프랑스문학에 있어서의 지위라든지, 또는 그의 대표작의 하나인 『사포』의 문학적 가치로 보든지, 이것을 대중문학이라 하기에는, 너무나 예술적 조건을 갖추어 있어 아까운 생각도 들지마는, 그러나 소위 대중적이라는 말이 흥미 중심이라는 뜻과 통한다면, 이 작품처럼 진정히 대중에게 문학적 흥미를 주면서 문학을 맛보고 터득하게 하는 외국소설은 드물 것이라고 믿는다. 더욱이 문학사조로 보면 그는 자연주의가 전성하던 초기의 작자인데, 혹은 현란하고, 혹은 비속하며, 혹은 애절한 연애 일색에 시종하면서도, 작자의 로맨틱한 기질과 함께 여러 가지 각도로 교훈적 암시를 은연히 준 점으로도 널리 독서계에 소개하기를 주저하지 않는 바이다. 다만 불문학의 전공자가 아닌 나로서는 객외의 짓이기는 하나, 원작의 본의를 살리면서 조선문학으로 소화하려고 애쓴 점만은 알아줄까 한다.

　사포(Sappho)는, 약 2천 5백여 년 전 희랍(希臘)의, 재색이 겸비하고 열정적

---

139 염상섭(廉尙燮), 「해제」, 알퐁스 도데, 염상섭 역(譯), 『그리운 사랑』, 문성당, 1953. 『그리운 사랑』은 알퐁스 도데의 『사포(Sappho)』를 번역한 것이다. 글 말미에는 '역자(譯者)'라고 명기되어 있다.

인 여시인(女詩人)으로서, '파온'이라는 항해가와의 실연 끝에 충암절벽에서 투강자살하였다는 전설의 주인공이다. 이 소설은 '카우달'이라는 조각가가 '파니'라는 아름다운 처녀를 모델로 하여, 사포의 초상을 만들어서 세상에 유명하여졌던 관계로, '사포'라는 이름이 미희(美姬) 파니의 별명이 된 것이었었는데, 파니는 그 후 20년이 지나도록 꽃다운 미모를 잃지 않고 '장 고셍'이라는 열여섯 살이나 손아래인 미소년과 만나서 타는 듯한 열정을 퍼붓는 사랑의 기록이다.

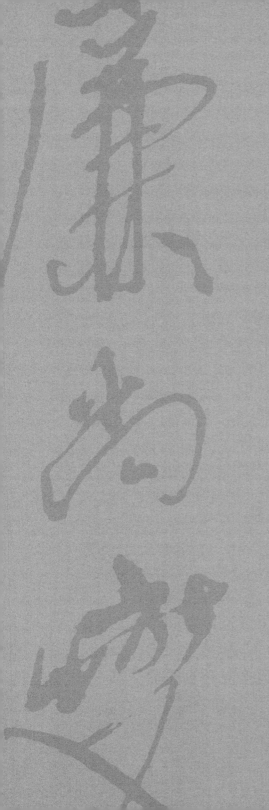

염상섭 문장 전집
1954

나와 『폐허』 시대[140]

1

보통 『폐허』 시대라고 부르지마는 '시대'라고 하기는 좀 과중한 느낌이 있어 그 창간 전후의 시대상을 중심으로 회고하여볼까 한다.

그렇다 하여 『폐허』나 『폐허』 동인을 중심으로 한 문학운동이 차지하는 우리의 근대문학상 의의를 과소평가하는 뜻은 아닐 것이다.

소위 '『폐허』 시대'라는 것은 3·1운동 익년(1920)으로부터 수년간을 지칭하는 것인데, 우선 3·1운동 직후의 정세와 민족해방이 실현된 8·15 당시와를 비교하여보면 그 울연한 신흥 기분에 있어서는 유사한 점이 있으되, 전자는 외세에 대한 경제투쟁이었고 후자는 외세를 빌은 정치투쟁이었던 데에 시대상이 현수(懸殊)한 것을 발견할 수 있다.

3·1운동 그 자체는 물론 정치투쟁이었지마는 민족자결주의란 허울 좋은 세계개조의 금간판(金看板)이 공염불이 되고 보니 실망도 컸거니와 국내의

---

140 염상섭(廉想涉), 「나와 『폐허』 시대」, 『신천지』, 1954.2. 이 글은 '신문화의 남상기(濫觴記) 회고특집'이라는 기획의 일환으로 작성되었다. 염상섭의 글과 함께 박종화(朴鍾和), 마해송(馬海松), 주요한(朱耀翰), 김팔봉(金八峯), 고희동(高義東), 안종화(安鍾和), 이하윤(異河潤), 이상협(李相協) 등의 기고문이 실려 있다.

일제탄압이 문화정치란 새 금간판 밑에 합법적·과학적 수단으로 일층 가혹하여지니 민생을 경제적 파멸에서나 구하여 타일(他日)을 위한 실력배양에나 전력하자고 하여 울연히 일어난 신흥기력(新興氣力)이 실업계로써 대표되었던 것이다.

그리하여 각종 기업체의 출(出)로 '주식회사 창립사무소'라는 문패가 8·15 직후의 정당문패만치나 경향 도처에 나붙었으나, 민족자본이 빈약하고 경험과 수완이 도저히 일본의 자본주의세력과 항쟁할 수 없고 또한 정치적 해방 없이 경제적 해방이 있을 수 없으니 우후죽순 같던 회사문패도 8·15 당시의 정당 문패처럼 추풍낙엽으로 1년이 못가서 다 날아가 버렸던 것이다.

그러나 그 당시의 경제투쟁이 8·15 후의 정치투쟁과 다른 점은 후자는 외세에 업혀서 허망한 개인적 영달이나 정치적 야욕은 이데올로기 맹신자의 도량(跳梁)에 헛춤을 추었는데 비하여, 전자는 8·15해방과 같은 감격과 활기와 자신과 희망은 가져오지 못하였을망정 단결과 항쟁에 있어 거족적이었고 정신적 잠세력(潛勢力)이 컸으며 점진주의였으나마 침착하고 내성적이었던 데 있었다 하겠다.

그러므로 두 개의 민족적 대 전환기를 비교하여보면, 침착과 부허(浮虛), 내성과 뇌동, 거족적 항쟁과 외세영합, 단취(團聚)와 분열 등 전혀 대척적 양상을 정(呈)하여 오늘날의 혼란과 타락과 상잔과 살육의 비참하고 무질서를 가져왔음에 비하여 전(前) 시대 — 즉 3·1운동 직후에는 침체와 퇴영과 우울과 조탄(造歎)과 침묵 혹은 공권(空拳)을 휘두르며 질호(疾呼)하는 헛된 발악만이 남은 소극적 생활태도에 돌아가 오직 비분·신음으로 날을 보내던 시대였던 것이다.

그러나 이것은 다만 정치적·경제적 현상에 국한한 것이 아니요, 사회문화 모든 면에 있어 각기 똑같은 시대상을 반영하는 것이요, 또 같은 쳇바퀴에 걸리어 휘둘리는 것이라 하겠거니와 이 글의 목적은 두 시대상을 대조·연구하는 데 있지 않으므로 이 문제는 후일에 더 캐어 보기로 하고 신문학이 틀이 잡히려던 그 초기의 시대상이 이러하였다는 것을 염두에 두고 이 글을 보아달라는 것이다.

2

3·1운동 후 일본은 국면을 수습하려고 10년간 무단정치·헌병정치에 대(代)하여 문화정치라는 슬로건을 내세우고 해군대장 사이토 마코토(齊藤實)가 신총독으로 건너오는 길로 남대문 역두에서 강우규(姜宇奎) 의사(義士)의 폭탄에 혼비백산하여 헌병이 복장만 갈아입은 철통같은 경찰진으로 둘러싼 왜성대(倭城臺)에 들어앉아서 겨우 '문화시정(文化施政)'이라고 한 것이 『동아』·『조선』의 양지(兩紙)와 천도교에 『개벽』지의 간행을 허가하였던 것이다.

그나마 전기(前記) 양지에는 재래의 어용지 『매신(每申)』과 신규로 허가한 민원식의 『시사시보(時事時報)』로 대치케 하고 『개벽』지에는 『신민(新民)』지로 대항케 하였던 것이다.

하여간 민의창달(民意暢達)이니 하의상달(下意上達)이니 하여 10년 동안 꿀 먹은 벙어리처럼 봉해두었던 입에서 어디 무슨 소리가 나오는가 들어보자는 것이었고, 수틀리면 소리가 나오면 틀어막을 신문지법이라는 철퇴와 실형의 수갑(쇠고랑)은 언제든지 준비되어 있다는 것이다.

문화정책이라기보다도 코웃음을 치며 이편의 거동을 보자는 것이었다.

그래도 자유에 주렸던 문화민족인 우리는 '문화' 2자(字)를 얻은 것만 고마워서 그 실질은 어떠한 것이든지 간에 활기를 띠고 무어든지 해보려는 발흥 기분에 잠겼던 것이 위에서 말한 경제부흥운동이었고 정신적·사상적 새로운 움직임의 하나로는 신문학운동이 본격적으로 앞잡이가 되어 나섰던 것이다.

따라서 우리들은 문학사조상 유파나 주의색채를 말하고 뚜렷한 주장을 내세우기에는 아직 연륜이 차지 못하고 원숙치 못한 점도 없지 않았지마는, 그보다도 먼저 민족주의에 성실한 말 없는 투사로 자처하였고 이 신념과 분위기를 조성하기 위하여 문학적으로 대표하고 표현하려 하였던 것이다.

이때(1920년 1월) 나는 동경에서 『동아일보』 정치부 기자로 와달라는 초전(招電)을 받고 동지(同紙) 창간에 필요한 활동과 기사 수집을 끝마치고 귀국하였는데, 기자생활이 민족운동에 의의 깊은 봉사라는 것을 자각하지 못한 바는 아니나 당면문제로는 기자라는 직업에 생계를 맡겨 놓고 개인적 사업, 또는 정신적 내부생활로는 문예에 정진하고 문학운동을 전개하려는 결심으로 돌아왔던 것이다.

34, 5년 전 일이라 문우들과의 교유, 특히 『폐허』 동인들과 어디서 어떻게 만났는지 기억이 알삽하거니와 동인의 한 사람이던 ― 지금은 이미(己) 작고인이지마는 ― 김만수(金萬洙) 군을 만난 것은 귀국한지 얼마 안 되어 종교예배당에 무슨 강연회던가 있던 날 밤이었었다.

누구의 소개이었던지? 또 그 후 어떠한 경로를 밟아 몇 번이나 회합이 있은 후 동인 조직이 결성되었던지 그 역시 기억에 남지 않았거니와 어쨌든 이해 봄에 『동아일보』 창간 후 적선동(積善洞) 김 군 집에 폐허사 문패를 붙이고 매일같이 모이게 되었다.

동인 중 생존한 사람으로는 공초(空超) 오상순(吳相淳) 군, 수주(樹州) 변영로(卞榮魯) 군, 안서 김억 군, 상아탑 황석우 군과 필자들이요, 문단은 떠난 사람으로 문박(文博) 이병도(李丙燾) 군이 일시 참가하였었고 고인이 된 사람으로 남궁벽 군, 김만수 군 등 외에 화가 김찬영(金瓚泳) 군 여류시인 김명순(金

明淳) 군의 소식은 묘연하다.

이 중에 사학가 이 군과 철학을 연구하던 김만수 군과 나를 빼놓고는 거의 전부가 시인들이었고 창작 방면은 일반적으로 아직 소조(蕭條)하였었다.

이해 초하에 내놓은 『폐허』 창간호에는 창작이 없이 시, 수필 등을 중심으로 하고 나는 권두언을 썼었다.

창간호 천 부를 찍어서 매진은 되었으나 채산(採算)을 무시한 문청(文靑)들의 놀음이라 수지가 맞을 리 없었다.

고(高) 모(某)라는, 지금은 없어진 서사(書肆)의 원조[141]로 출발하였던 것인데 3호를 내놓을 길이 당장에 막혀버렸다.

이때부터 폐허사 문패를 붙인 적선동 회합장소는 한 문학동호자들의 사랑이요, 합숙소쯤 되었다.

김 군은 단 모자(母子) 두 분이 사는 중요한 집이라 여름이면 안 대청에 모여 앉아 고담준론으로 세월 가는 줄을 모르고 밤낮 가리지 않고 드나들며 술집·기생집을 찾아다니기도 하였었다.

이때 풍속에 여성과의 접촉이란 기생뿐이요, 기생집 순례가 청장년 간에 한 소견(消遣)거리요, 상식화하니 만치 예사이었었다.

이 풍속은 오랜 봉건적 유습으로서 지금 생각하면 얼굴이 뜨뜻한 일이지마는, 희망과 광명과 갈 길을 잃고 몰락하는 생활에 헤매는 망국민으로서 유일한 위안이랄까 자기기만의 찰나주의적 퇴패적(頹敗的) 풍조가 그렇게 만든 것이라고도 하겠지마는 또 하나의 근인(近因)은 3·1운동 이후 경제산업의 부흥열에 떠서 남은 땅마지기라도 팔아 올려다가는 회사를 조직하네 어쩌네 하는 동안에 실속 없는 헛경기를 조장하여 요릿집이며 기생집 출입이 청년

---

141 『폐허』의 편집·발행인이었던 고경상(高敬相)을 가리킨다.

들의 다반사가 되었던 것이라고도 하겠다.

이러한 것이 후일에 폐허사 혹은 『폐허』 시대를 세기말적 퇴폐경향을 대표하는 듯이 지목되는 모양이나 반드시 그런 것도 아니었다.

개중에는 의복이라든지 언동이 현기(衒氣)에 흘러 좁은 사회의 이목을 끌게 되고, 문학적으로도 이미 2, 30년 뒤진 프랑스의 이러한 문예사조가 제1차 대전 후로 3·1운동이란 쓰린 경난(經難) 후의 실정에 부합되는 바 있고 우리의 심금을 울리는 바 있어 이것이 동인의 손으로 소개된 것이 그 주요한 원인이었다고 보겠거니와, 그보다도 근본적 문제는 당시의 시대상이 사연(使然)케 한 것이라면 구차스러운 변명이라 하겠는가?

3·1운동 후에 전취(戰取)한 성과가 무어냐? 일선(一線)의 희망을 문화활동과 경제발전에 두었건마는 정치·경제 양면의 탄압의 마수는 웃고 죽이듯이 마지막 남은 도심지의 상권까지 농락하게 되어 생활의 파멸과 몰락상은 대전(大戰) 후에 급습한 세계적 공황에 부채질되어 극도에 달하고 보니 일세(一世)를 들어 허무감, 염세, 부정 일색으로 물들었다 하여도 과언이 아니니, 감수성이 날카로운 문학청소년으로서 세기말적 퇴폐경향에 흐를 것은 용이히 추측할 수 있는 일이 아닐까 한다.

3

이 시기의 진정한 문학적 경향으로 말하면 휴머니즘과 니힐리즘의 교차점 위에 자연주의가 등장하였다 함이 타당치나 않을까 생각한다.

이것은 『폐허』 동인들을 이렇게 구분하여볼 수도 있는 것이지마는 신흥문단 전체의 동향이기도 하였다. 이것을 다시 구분하여보면 시단에 있어 휴머니즘과 니힐리즘이 채를 잡고 창작에 있어 자연주의가 뿌리를 박게 되었던 시기이었다. 춘원의 이상주의문학, 소위 설교문학에 반기를 들고 나선 김동인 군 등의 『창조』파도 창작의 작풍은 자파(自派)에 있어 자연주의를 들고 나선 것은 필자 자신이었던 것을 나도 자인하는 바이다.

자연주의는 근대문학의 분수령으로서, 우리가 근대문학을 수립함에 있어 자연주의를 그 새 출발점으로 하고 기반으로 하여야 할 것은 당연한 귀추이기도하고 필요한 과정이기도 한 것이었다.

내가 『개벽』지에 처녀작 「표본실의 청개구리」를 발표한 것은 그 이듬해 (1921년) 봄 일이거니와 우리 문단에 자연주의문학이 수립된 것도 결코 의식적으로 조작한 것도 아니요, 수입한 것도 아닌 것이다.

물론 우리가 구미문학이나 일본문단의 영향을 받은 것을 부인하는 배 아니요, 당시의 일본문단이 자연주의의 난숙기이었던 것도 사실이지마는 작품이 모방으로 되는 것이 아닌 이상 수입이나 작위로서 한 경향이 형성되고 등장하는 것은 아니다.

작가의 질과 시대상이 서로 어울려서 한 경향이 나타나고 이것이 주류화하는 것이다. 위에서 한때의 세기말적 퇴폐현상을 설명한 데 언급한 바와 같이 사회상이라든지 주위환경이라든지 시대적 성격에서 저절로 빚어낸 조선문학 독자의 자연주의이었다 할 것이다.

여하간 이와 같이 하여 『폐허』 시대란 것이 있다 하면 그리고 이 시대의 공적이 있었다 하면 시문학이나 창작에 있어서나 본격적 순수문학을 수립하면서 그 보급에 노력하는 일방(一方) 인도주의적, 허무주의적인 양 경향을 좌우의 안벽(岸壁)으로 삼으면서 자연주의문학을 수립한 데에 중점이 놓여 있었다 할 것이다.

이 저간에 『폐허』는 2호로 끝마치고 창간되던 해 10월경이던가 『폐허 이

후』로 개제하여 제3호 대신 내놓고 종간이 되었거니와 『폐허 이후』라는 제호가 우연히도 바통을 그다음에 오는 『백조』파에게 전한다는 의미도 되어 흥미 있는 일이기도 하다.

3·1운동 당시의 회고[142]

동경으로 달리며

2월 11일 동경유학생들의 독립선언이 있을 당시에 나는 동경을 떠나 있었다. 학적은 게이오(慶應) 문과(文科)에 두었으나 학자(學資)에 군졸(窘拙)하니 동기(冬期) 방학에 궁여(窮餘)의 책(策)으로 4년이나 정들었던 교토에 내려와서 신문기자로 자립해보겠다고 길을 뚫으려고 게이한(京阪) 지방을 분주히 돌아다니다가 겨우 걸린 것이 교토에서 그리 머지않은 쓰루가 항(敦賀港)에서 새로 발간되는 당시 헌정회(憲政會) 계의 소신문(小新聞)의 기자자리였다.

지방의 소신문이기는 하나 정우회(政友會)와 헌정회의 대립반목이 극심하던 때라 양계의 정당 신문경쟁도 바닥이 좁으니만치 단병접전(短兵接戰)이었다. 입사(入社)의 사(辭)를 씌이고 해삼위(海蔘威)·청진(淸津)·원산(元山)을 거쳐 매일 한 번씩 들어오는 정기항로의 배를 출영(出迎)하여 취재하고 경찰서 출입을 하고 하는 동안에 누구보다도 사장의 신임을 얻어 봄이 되거든 함께 선편으로 원산에 상륙하여 조선을 관찰하자는 약속까지 하였었다. 하여

---

142 염상섭(廉想涉), 「3·1운동 당시의 회고」, 『신태양』, 1954. 3. 필자명 옆에 '작가'라고 명기되어 있다.

간 이렇게 하여 나의 신문기자 생활은 무난히 개척되었던 것이다.

그러나 사장이란 위인이 좀 야비한 데에 염증도 나는 판인데 사원끼리는 다소 시기도 섞어서 그랬겠지마는 내가 너무나 값싼 보수에 만족이면서 사장이 등을 두드리는 데 넘어가서 활약(?)을 하는 꼴이 보기 싫고 기자의 위신을 깎인다 하여 배척의 기미를 보이는 것이었다. 노동쟁의가 각처에 유행되고 노동조건을 구문(口吻)에 올리며 경영주와 대립의 태세를 취하는 것이 진보적 경향이라고 인정받던 때라 무리치 않은 일이었고 또 나 역시 몇 십 원 요행으로 호구나 하여서 시골구석에 있댔자 별로 발전성이 없으니 겨우 두어 달 지난 뒤에 인제는 대기자(大記者)가 되었거니 하는 만심(慢心)도 없지 않아 집어치우고 나고야(名古屋)로 나와서 『신아이치(新愛知)』라는 유수한 신문에 길을 뚫으려고 얼러보았으나 무명의 일 문학청년쯤 가외 조선사람으로서는 분외(分外)의 수작이라 여기서 실패하고 다시 오사카로 나려섰다.

2월 10일 동경의 독립선언은 오사카에 와서야 소식을 알게 되었고 뒤미처 3월 1일을 맞이하였다.

잡답(雜踏)한 어슴한 큰 거리에서 "유우깐 잇센(석간 1전)"이라고 외치는 가두판매의 신문을 사들고 정신이 번쩍 들며 가만있을 때가 아니라는 생각이 들었다. 그 길로 오사카재유학생(大阪在留學生)의 중심인물들을 찾아 다녔다. 일행이 하나둘씩 늘어 사방으로 연락을 하여 밤중으로 K씨의 살림하는 집에서 회의가 열렸다. 대체로 본국에 호응하여 3천인가 3만인가 되는 재판노동자동포(在阪勞動者同胞) 동원하여 일대 시위운동을 전개하자는 데에 의견이 일치하였고 자금의 판출방법(判出方法)도 토의되었으며 서울과 동경에 연락원을 내일 등정(登程)시키기로 결정하였다.

그러나 문간에는 벌써 형사가 나타났다. 아직 무슨 행동은 없으니 저의도 손을 대는 수는 없으나 학생들의 동정을 살피려고 여기 저기 찾아다니다가 예서 걸린 것이다. 좌중은 낯빛들이 변하지 않을 수 없었다. 이때까지 의논한 것이 한 개의 음모요, 지하공작이라는 것을 새삼스럽게 깨달은 듯싶었다. 늦기 전에 헤어지라는 권고도 하는 것이나 이것은 명목을 가진 정식회합이 아니니까 계출(屆出)을 한다든지 해야 할 비합법적 회합은 아닌 것이었다.

그러나 그것은 고사하고 이튿날 넌짓넌짓이 모여서 다시 의논을 해보니 모두 꽁무니를 빼는 것이었다. 인문계통이라든지 법정(法政) 방면의 학생이 아니요, 과학방면 사람들이니 정치운동에 간여하기보담은 연구에 전념하겠다는 말도 무리치 않았다. 그러고 보니 열의를 잃은 그들에게 선동적 태도로 강력히 나설 수도 없어 그 길로 나는 동경으로 뛰어 올라갔다.

『옥중기』를 사들고

동경의 잔류파도 내가 오사카에서 거사를 하려다가 고군(孤軍)으로 어찌하는 도리가 없어 정세를 살피려 왔다는 말에 반색들을 하여 되집어 내려가라고 종용하는 것이었다. 비록 학생층이 움직이지 않는다 하더라도 3천인가 3만인가 되는 동포가 집결하여 있으면서 숨을 죽이고 멀거니 앉았다는 것은 조국에 대한 불충이요, 무성의일 뿐 아니라 일(日) 당국이나 민중 앞에 창피스런 노릇이니 기어이 한 소리 치고 말아야 할 것인데 자네가 사정에 밝고 지리에 익으니 자네 밖에 갈 사람이 누구냐는 것이다. 나는 쾌락(快諾)하고 약간의 노자를 받아 넣고 되집어 나섰다. 쓰루가의 신문기자 생활 이래 화복(和服)을 입었는데 이번에는 하카마(袴)[143]까지 벗어버리고 소위 기나가시(着

---

143 はかま(袴) : 일본옷의 겉에 입는 주름 잡힌 하의.

流)[144]로 기모노에 하오리[145]만 걸치고 중절모를 썼다. 학생 티를 안 보이자는 것이다. 오사카에 가서도 공장지대를 찾아갈 때마다 변장을 하였고 한 번 간 데는 두 번 발을 들여놓지 않았다. 그 덕에 3, 4일을 각지로 출몰하면서도 들키지도 잡히지도 않았다. 여관을 날마다 이동하면서 새벽녘과 오밤중에는 공장지대에 출동하고 낮에는 격문(檄文)을 골필(骨筆)[146]로 쓰기에 바빴다. 알기 쉽게 쓴 격문을 합숙소나 밀집부락에 뿌리고 빨강 헝겊을 나누어주어서 그것을 팔목에 매고 3월 6일이던가? 오후 6시에 덴노지공원(天王寺公園) 음악당 앞으로 모이라는 것이었다. 여기에서 간단히 지은 선언서를 낭독하고 독립만세 삼창을 한 뒤에 대오를 지어 시가행진을 하자는 것이다. 공원문만 나서면 사통오달(四通五達)한 번화가이니 일이 제대로만 되면 얼마를 못가서 제지를 당하더라도 시위의 목적은 달할 것이요, 현장에서 내가 체포된다 하여도 다만 몇 백 명만 모였으면 흥분 끝에 격투라도 하여 신문에 보도만 되면 그만큼 효과는 나려니 하는 예상이다. 그러나 몇 줄 안 되는 격문이건만 일일이 골필로 복사하는 데 여간 시간이 들지 않고 뼈골이 빠졌다. 이것은 동경의 예로 보아 등사판질을 하면 심지어 먹칠한 사람까지 검거가 되어 희생자가 많이 나고 또 그 제구(諸具)를 사다가 들킨다든지 여관에서 벌여 놓으면 위험하니 골필로 틈틈이 숨어 있다가 이동할 때는 책보에 싸가지고 다니라는 주의를 받았기에 그대로 시작한 노릇이다. 이것을 안 친구들이 사자(寫字)의 필역(筆役)을 얼마쯤 도와주어서 아무튼지 기일 전까지 골고루 뿌리고 신신당부를 하여놓고 당일이 되어서는 시간만 기다리며 시내를 대회(待徊)하였다. 덴노지공원에 들어가서 통로를 눈여겨 놓고 안팎 정황을 엿보기도 하였다.

---

144 きながし(着流し) : 남자의 일본 옷차림에서 하카마(はかま)를 입지 않은 평소의 약식 복장.
145 はおり(羽織) : 일본옷의 위에 입는 짧은 겉옷.
146 골필 : 먹지를 대고 복사할 때에 쓰는 필기도구. 촉을 뼈, 쇠, 유리 따위로 만든다.

저녁 때 또 한 번 정찰을 하러 저편 호젓한 거리로 돌아서 공원에 들어가 연못가를 지날 때는 형사 비슷한 자와 지나치며 얼떨결 공동변소로 피하여 눈치를 보고 반대편으로 빠졌다.

공원 근처에서 저녁밥을 먹고 나와서 보니 거리는 불야성을 이루었는데 공원정문 전에 사복형사들이 빙빙 돌고 흐릿한 불빛에 비친 공원 속에도 이 추위에 산보하는 사람은 아닐 거요, 사람의 그림자가 오락가락하는 품이 경계가 삼엄한 것 같다. 3, 4일 동안 누설이 안 되었을 리 만무하니 공원 안에 한 발자국 들여만 놓으면 당장 잡힐 것이 뻔하다. 그러나 잠깐이라도 집합할 시간의 희망을 버리지 않고 반원을 그리며 공원 밖을 돌면서 곁눈질로 좀 허술한 입구를 발견하자 그리로 들어섰다. 노동자가 아니요, 일인(日人)의 행색이니 주목은 하고 미행도 하였겠지마는 그래도 음악당 앞을 지나칠 때까지 아직은 붙들리지 않았다. 휘휘 둘러보니 딴은 손목에 빨간 헝겊을 맨 노동자가 삼삼오오 예서제서 모여든다. 이것을 본 나는 눈이 번쩍하며 딴 기운이 솟는 듯싶었다. 이 사람들이 안 잡히는 것을 보면 아직은 안전하다는 자신도 생겼다. 조금만 참아서 단 백 명이라도 모이거든 등장을 하리라 하고 음악당을 등지고 언덕길을 내려오려니까 마주 오던 4, 5명의 노동자가 확 퍼지며 길을 막는다. 순간 변장한 놈들이구나! 하고 딱 섰다. 한가운데 섰던 뚱뚱한 퍼런 직공복을 입은 자가 대들며 잡아먹을 듯이 눈을 부릅뜨고 옆의 놈에게 "이거냐?"고 고갯짓으로 묻는다. 그 자는 고개를 끄덕끄덕하였다. 공장지대로 돌아다니는 동안에 나를 보았던 끄나풀일 것이다. 당장 좌우 겨드랑이를 바짝 추켜 끼고 걷기 시작했다. 걸으며 음악당을 돌려다 보니 숲속에서 거미 떼같이 몰려나온 형사대에게 기웃기웃 몰려섰던 청년들이 일당타진을 당하는 것이었다. 나를 선두로 뒤에서 열을 지어 끌려오는 것이었다. 주동자를 붙들 때까지 복병(伏兵)들은 손을 대지 않고 관망·감시만 하였던 모양이다. 번화한 거리를 뚫고 나오는 동안에도 손목에 빨간 헝겊이 얼씬만 해도 모조리 고 작을 낚아 앞세웠다. 전차에서 내리는 길로 잡히는 청년도 눈에 띄었다.

파출소 안 됫박만한 방 속에는 책상을 서넛 연달아 놓고 금동다리가 뺑 둘 러앉아서 하회(下回)를 기다리고 있었던 모양이다.

문 안에 들어 세워놓고 오비(띠)를 풀라기에 푸니 가슴속에 넣어두었던 선 언서며 책이며 지갑이 마룻바닥에 우루룩 쏟아졌다. 책은 아까 시내를 빙빙 돌 제, 헌책 사(肆)에서 눈에 띄기에 사 넣은 오스카 와일드의 『옥중기』였다. 와일드는 정치범으로 투옥된 것은 아니나 어차피 감옥살이를 할 것이니 옥 중에서 좀 읽어보자는 것이었다.

차라리 고문이라도

본서 취조실 한 구석에서 "흉한 어쩌고 ……." 하는 전문(電文)을 부르는 소리를 듣고 나는 코웃음을 쳤다. 아까 파출소에서 금테 둘이 들이잡고 보니 나이 어린 백면서생인 데에 실망한 듯이 "아직 애송이로군!" 하던 때는 언제 요, '흉한'이란 뭐냐고 내가 흉한인가를 생각해보았다. 취조 중에도 신문기자 들이 드나들고 넓은 형사실 안은 사람으로 테를 멜 지경으로 법석들이다. 코 트를 입은 장대한(壯大漢)은 이 흉한을 보려 연회석이고 어데서 뛰어온 경찰 부장이든지 수석검사든지 그런 위인인 모양이다.

대충 취조가 끝나니까 유치장으로 집어넣었다. 나라 없는 청년으로 유치 장 구경을 인제 하는 것이 뒤늦었다 하겠지만 제일 고통이 악취였다. 내 앞에 누웠던 불량소년인 듯한 일본아이의 학생복에서 맡히는 향수내로 코를 막고 잠깐 눈을 붙이고 나서 컴컴한 미명에 끌려 나가니 젊은 검사가 출장을 나와서 이층에 조실(調室)을 꾸미고 앉았다. 낮에는 검사, 밤이 이슥해서는 사법주임 — 이렇게 일주일을 두고 성화를 받았다. 사건은 간단하나 배후관계를 추궁하기에 시간이 걸렸고 필역(筆役)을 도와준 백봉제(白鳳濟)(납치된 백인제(白麟濟) 박사의 백씨(佰氏)), 이경근(李敬根) 두 동지가 방조(幇助)하였느냐 안 하였느냐에 대하여 내가 요새말로 묵부(默否)를 하니 필적감정 등으로 또 말썽이었었다.

"도대체 그날 밤 우리가 얼마나 동원을 했는 줄 알기나 아우? 사태가 커졌더라면 음악당 옆의 연못에 빠져죽었을 청년도 많았을 것이오."

사법주임은 취조를 하면서 이런 소리도 하였다. 그 연못 편에 경관대(警官隊)로 담을 쌓고 검거할 차비를 차렸더라는 것이다. 검사도 위헌죄냐, 출판법 위반이냐는 죄명을 결정하고 나서

"Y군 수가 좋아서 사태가 이만 정도로 끝난 것이지 만일 당국의 허를 뚫고 정말 시가행진을 하여 경찰과 정면충돌을 하고 일반 민중과 대치하는 험악한 상태에 빠졌더라면 내란죄에 걸렸을 거니 생각해봐요, 큰일 날 뻔하지 않았나 ……."

하며 위협도 하고 달래기도 하는 것이었다.

출판법 위반으로 기소되어, 10개월 금고, 두 동지도 각각 언도를 받았으나 재심에서 유능한 변호사를 만나서 불란서의 판결예로 필사한 것은 아무리 소위 불온문서라도 출판물로 인정하지 않는다 하여 무죄가 되고 3심에까지 걸렸으나 결국 3, 4개월 미결수로 들어앉았다가 나왔을 뿐이다. 그 덕에 문학공부도 좀 하였고 나와서 보니 일본의 대신문(大新聞)들이 대대적으로 사건을 취급하여 선전도 되어 재일한교(在日韓僑)의 기백도 보이고 면목도 다소 선 것은 실패한 중에도 소득이었다 하겠으나 국내에 있어서 학살, 방화, 가지가지의 참혹한 정경과 고귀한 희생을 혹은 전해 듣고 혹은 귀국하여 목

도하고는 차라리 고문을 당하고 학대를 받고 나왔더니만 못하고 면목 없는 생각도 드는 것이었다.

3·1절을 당하여 회고담을 말하라 하나 그때의 일반정세를 붙들어 쓸 수도 없고 문견(聞見)한 바도 기억에 흐려졌기로 결코 자랑이 아니라 당시의 소경사(所經事)를 적어 색책(塞責)을 할 따름이다.

만세萬歲 전후의 우리 문단[147]

　소위 세계개조의 한 슬로건으로서 내걸은 민족자결주의란 것이 우리에게는 허울 좋은 헛구호에 불외하였지마는 이것으로써 기미운동이 유발될 도화선을 만든 점으로는 우리가 그 기회를 잘 포착하였었고 그 헛구호나마 잘 이용하였던 것이다. 다시 말하면 정치운동으로 만세운동은 실패요, 뒤미처 온 경제부흥운동도 남은 땅마지기나마 팔아 없애면서 한때의 헛경기나 조장하였을 뿐 소득이라고는 소위 '문화정치'라는 공수표밖에 신신(新新)한 것이 하나도 없었으나마 그래도 우리가 민족적으로 살아있다는 것을 중외(中外)에 선포하였고, 아니 그보다도 민족적 자의식에 눈을 다시 한 번 뜰 수 있었고 피차에 아직은 죽지 않았다는 입증을 하는 데서 마음 든든한 정신적 결속을 얻은 것만은 후일에 자유를 전취하고 민족의 해방을 가져오게 한 큰 원동력이 된 것이라 하겠다.

　그뿐 아니라 생명의 흐름도 냇물과 같아서 깊으면 깊을수록 잔잔하다가도 어느 모서리에 부딪히어 격하면 그 부딪힌 자리에서 한 번 더 깊이 파묻어갔다가 다시 용솟음쳐 올라오나니 여기에 생명의 새 울부짖음과 새 생활력의 약동을 볼 수 있다 하겠다. 3·1운동은 민족혼, 민족적 양심에서 저절로 우

---

147 염상섭(廉想涉), 「만세(萬歲) 전후의 우리 문단」, 『조선일보』, 1954.3.1.

러난 일대 충격이었으니 여기에 따라서 오는 깊은 성찰과 용솟음쳐 오르는 생명의 새로운 울부짖음과 생활력의 새로운 약동이 그 표현의 길을 다른 데서 찾을 수 없을 때—즉 정치·경제·사회 모든 방면에서 기를 펴고 훨훨 내달은 길이 막혔을 때 저절로 뚫고 새어나간 길이 문화방면이요, 그중에서도 문학적 표현이었던 것이라고 생각한다.

그러므로 3·1운동은 우리의 민족생활과 정신생활의 전후기를 가르는 한 분수령이라 하겠거니와 신문학 수립에 있어서도 그러하였다. 이때의 우리의 신문화 활동은 무단정치하에서 신음하면서 극히 미미한 절보적(切步的) 준비기이었고 문학방면에서도 육당과 춘원으로서 대표되는 만세 전의 신문학은 겨우 신소설시대와 앞으로 올 만세 후의 신문학 수립기를 이어주는 중간적 사명을 맡아주었다 하겠으나 이 기간에 그 두 분이 남겨놓은 계몽적 혹은 기초적 소임은 실로 컸던 것이요, 신문장의 틀을 잡아놓은 그 한 가지도 그 공로를 높이 평가하여야 할 것이다. 다만 이 시대는 순수한 문학적 관점으로는 아직 계몽기이었고 과도기이었으며 문학의 독자적 존재가치를 의식적으로 무시하려는 것은 아니겠으나 민족관념이나 독립사상을 고취하고 청소년의 애국심을 북돋는 데 힘을 쓰거나 새 시대 청년의 할 바와 갈 바를 지도하려는 이상과 이데올로기로 제작된 작품들이기 때문에 그러한 것이 가치가 없고 무용의 것이라는 것은 아니로되 문학을 독립운동·정치운동 또 신시대 이념이나 자유주의사상을 주입하는 한 수단·방편으로 이용한 점에 있어서 아직 온전한 문학은 못 되었다고 할 따름이다. 문학에 그 자체의 목적을 주지 않고 어떤 목적을 위하여 쓰는 제구로 생각하는 것은 틀린 것이다. 예술이나 문학이 어떤 한 부문에 종속한 것은 아닌 것이다.

여기에서 순수한 신문학이며 진정한 민족문학을 세워야 하겠다는 자각이 문학을 연구한 청년들 사이에 머리를 돌게 되자 마침 3·1운동을 치르고 난 뒤에 기예발랄(氣銳潑剌)한 진취적 기상과 기분이 일세(一世)에 팽배하였던 그 시기를 타서 본격적 신문예운동이 태동되었던 것이라고 보겠다. 물론 당시에 있어 총독정치는 소위 문화정치를 표방하면서도 언론의 자유가 극히 교묘하게 합법적으로 제한되어 있으니 문학의 도(徒)에게도 사상의 자유, 표현의 자유가 확보될 리는 없으나마 정치나 사회문제를 끌고 정면충돌을 하는 것이 아니요, 경제적 항쟁을 하자는 것도 아니고 보니 문화정치라는 구호의 체면상으로라도 아무 실제적 세력을 가지지 못한 문학청년의 붓대까지 꺾으라고 강압할 수는 없어서 비교적 간섭을 덜 하고 방임하여두었던 모양이었다. 그렇다고 기죽을 펴고 활발한 움직임을 보여주지는 못하였었다. 가혹한 원고검열과 용어의 지엽(枝葉)에까지 간섭을 받고 비식(鼻息)을 엿보아가며 글을 써야 하는 그 고충은 말할 것도 없었고 그리고 보니 한 큰 격동기를 치르고 나서 생명의 새 움틈이니 새 생활력의 발로니 하는 것도 어느 정도의 문제였던 것이 사실이었다.

더구나 3·1운동 이후의 경제적 몰락상은 대전(大戰) 이후에 세계적으로 습래(襲來)한 불경기에 휩쓸려 일층 심혹한 바 있었으니 따라서 문화활동이 정상적으로 전개되려야 될 수도 없거니와 문화인의 생활이란 점점 더 비참하여갈 뿐이었었다.

다만 이러한 객관적 조건의 불리에 비하여 문학내용에 있어 인생생활의 근본을 건드리어 사실주의적 본무대로 들어갔고 문학사조에 있어서도 소설에 있어 자연주의의 기치를 뚜렷이 내세웠으며 시에 있어 인도주의, 허무주의, 낭만주의적 등 근대사조를 일시에 받아들여 도리어 식상에 빠질 지경이었으나 3·1운동 직후에 조직된 폐허사 동인들의 당시의 경향을 본다면 문예사상의 혼돈기에 있어서도 뚜렷하였던 것은 휴머니즘과 니힐리즘의 교차점 위에 자연주의가 섰던 것이었다고 볼 수 있다.

나의 창작생활
가끔 공허를 느낄 때가 있다[148]

냉수를 마시면서라도 문학을 떠나서는 살 수 없다는 청소년기의 그 열정, 그 동경, 그 의기가 줄어진 지는 벌써 오래다. 직업을 바꾸거나 그렇지 않으면 4, 5년 공부를 착실히 하고 나서 다시 창작의 붓을 들고 싶다는 것도 수십 년 내(來)의 소원이었지마는 공부하라고 누가 밥 먹여줄 사람이 있을 리 없으니 될 법한 일도 아니었었다. 육십을 바라보는 지금도 이 헛공상을 버리지 못하고 있으나 정력으로나 금력으로나 한가로이 □□와 연구에 몰두할 기회는 끝끝내 오지 못하고 말 것이다.

9·28 직후에 북상(北上)하는 아군의 뒤를 바짝 따라 올라가면서 조직적 문화공작을 하는 것이 긴요하다는 생각으로 군문(軍門)에 들어갔던 것이 반대로 남하를 하여 2년을 무위(無爲)히 지내고 말았지마는 군에 복무하게 되면 창작의 붓은 던져야 하겠거니 하는 결심이었던 것이 3년 동안 역시 붓으로 살아왔다. 한 직무에 충실하기보다는 붓이 더 소중하다는 것도 아니요, 붓으로 살아가는 데에 자신이 있어 그러한 것이 아니라 자본주의적 발달이 없는 나라의 문필인은 두 직업을 갖지 않고는 호구(糊口)가 안 되는 때문이니 비단 나만 그러한 것은 아니지마는 기실은 그처럼 붓을 던지고 싶고 구복(口腹)을

---

148 염상섭(廉想涉), 「나의 창작생활―가끔 공허를 느낄 때가 있다」, 『서울신문』, 1954.5.23.

채우기 위하여서는 창작생활을 떠나야 하겠다는 것은 아니다.

한 직무에도 전심(專心)치 못하고 창작에도 정진치 못한 비승비속(非僧非俗)의 거지중간(居之中間)한 생활에 지친 것도 한 원인이거니와 작가적 입장에서 볼 때 생활의 불안정보다도 독서에 게을러서 붓끝이 시대에 뒤따라가지 못하고 사상적으로나 역량으로나 정체하여버리어 비약은커녕 일보도 전진이 없다는 것처럼 불안한 것은 없기 때문이다.

이것은 구미문학이나 사조에 대한 의존성을 시인하고 하는 말도 아니요, 제1차 대전 이후에 동·서 문학사조의 주류에 그닥한 변천이 있다는 것도 아니며 제2차 대전 이후에는 더욱이 그리하거니와 하여튼 소위 만주사변으로부터 오늘날까지 근 20년간 문화적으로 대외교섭이 끊어져 있었다 하여도 과언이 아니다.

일제 밑에서는 고의로 격리를 당하였고 전시(戰時)와 전후수습기에는 문화면의 유통은 해가(奚暇)에 돌아볼 수 없었으며 뒤이어 6·25전쟁을 당하였으니 근 20년간 우리는 더욱이 문학에 있어 세계에서 거의 고립되어왔다 할 것이다. 고립은 의존에서 벗어난 학문의 독립을 의미할 수 있으므로 그러한 의미로는 도리어 좋은 현상이었었고 좋은 결과를 가져왔다고 할 수 있을지 모르겠으나 그렇게 장담할 사람은 없었을 것이다.

그러나 우리의 문학이 고립상태에 있다고 느끼는 것은 내가 □학력이 없는 탓이요, 나만 시대에 뒤떨어졌지나 않은가 하는 불안에서 오는 기우인지는 모르겠으나 하여간 그 20년간의 외국문학과 조류가 계통적으로 정직히 우리에게 소개되어야 할 것이다. 그리하여 우리에게 새로운 자극과 힌트를 줄 수 있을 것이요, 또 비록 그 신지식(新知識)이 우리의 현실에는 맞지 않고 실제에 있어 각자의 작풍에 별로 영향을 끼치지는 않더라도 그것은 절대로 필요한 것이다.

생활이나 문화나 수준은 세계적 척도로 재어야 하겠기 때문에 반드시 선진국에 추종하자는 것이 아니라 나를 알려면 저를 알아야 하겠고 거기에서 자신을 잃지 않고 새로운 의지가 개척되겠기 때문이라 하겠다.

신지식을 세계에 구하는 것만이 아니라 때때로 일찍이 읽은 태서(泰西) 명작 같은 것을 다시 읽어보면, 자기의 창작욕에 새로운 자극을 주는 것은 좋은 일이나 한편으로는 자기 역량에 비하여 자신을 잃고 30년간의 창작생활에 공허를 느끼는 때가 많다.

근자(近者) 집에 들어 앉았는 사이에 소일삼아 일본 메이지(明治) 문단의 자연주의 대표작품집을 읽고 그 당시의 성가(聲價)에 비하여 대단치 않은 것을 생각하여볼 때 자기의 작품도 10년, 20년 후에는 이만 정도로나마 생명을 유지할 것인가 하는 공허를 느끼는 동시에 없는 것을 쥐어짜듯이 하여 창작에 노심(勞心)하는 것보다는 차라리 애서삼매(愛書三昧)로 여생을 보내는 것이 얼마나 낫겠는가 싶은 생각이 절실하다. 술 마시기에 책 볼 시간이 웬 있겠고 술 한 병 사기는 쉬워도 책 한 권 사기는 어렵기도 하지마는 먹기를 위하여 작품을 쓰는 것보다는 좋은 작품을 읽는 것이 얼마나 감흥이 깊은가는 더 말할 것도 없거니와 이것이 문학하는 정도(正道)요, 여기에서 창작욕이 유연(油然)히 샘솟아 좋은 작품이 나오는 것도 물론이다.

그러나 지금 문인 처놓고 서재에서 유유자적하여볼 만한 장서(藏書)를 가지고 독서할 만한 환경에 처한 사람이 몇이나 될지? 그것을 생각하면 도서관은 별문제로 하고 문인의 공동서재가 될 만한 문학관 같은 것이나 하나 있으면 문필인이 원고지를 끼고 다방에 꼬이지 않는 것만으로도 얼마나 도움이 될까 싶다. 군정시대에 당시 군정관(軍政官)이 각 신문의 편집담임자를 만나자 하여 일당(一堂)에 모인 자리에서 어떤 분이 문화인에 대한 시설과 처우에 있어 이북과 비교하여 발언이 있었을 때 그 장군은 이북의 예를 들어 질문함이 못마땅한 눈치이기도 하였으나 당장이라도 건물만 얻어놓으면 일절 □용(用)을 □□하여 훌륭한 문화회관을 꾸며서 시공하겠노라고 서둘러댄 일이 있었다. 결국에 실현되지 못하고 유야무야로 돌아갔지마는 반드시 국가의 힘을 빌자는 것이 아니라 그와 같은 전문적 도서관 혹은 공동도서실이나 연구실이 있다면 실질적으로 다대한 성과를 거둘 것이다.

여기에서 생각나는 것은 □□한 고전은 각기 소장(所藏)이 있을 것인즉 논외로 하고 전시(戰時)에 혹은 □□되고 혹은 절판된 국문학의 근대작품이나 제반 문헌만 하더라도 이것을 □□하자면 여간 힘 드는 일이 아니요, 철저히 개인의 노력과 금력으로는 어려운 일이다.

어떤 문우가 나더러 생전에 모든 작품을 통찰하고 여기에 대한 비판을 하는 것도 적지 않은 한 사업이리라고 권하기도 하였거니와 간혹 학교 방면에서 작가론 같은 강의를 청하여오는 일이 있으나 능히 □□할 자신이 없는 것은 첫째 재료수집난이기 때문이다.

창작 전반에 대한 비판을 하거나 작품론을 강의하는 일이 나에게 있어 적(適)·부적(不適)은 차치하고 다음날에 누가 담당을 하든지 간에 재료는 수집되어 있어야 할 것이다. 나부터도 간혹 읽고 싶은 것이 있어 광고라도 내면 입수되리라는 생각은 있으면서도 미처 성의가 거기까지는 가지 않고 있지마는 국문학의 발달과 장래의 독학자(篤學者)를 위하여서는 비록 대수롭지 않은 것이라도 소중히 수집·정리하여 장비(藏備)하여놓아야 할 것이다. 이런 점으로도 문인의 공동도서실은 필요하지마는 국립도서관 같은 데서도 유념하여주었으면 고마울 것이다.

나의 초기 작품시대[149]

나의 처녀작을 발표하던 시대는 우리나라가 근대문학으로서도 처녀지·불모지였었다. 그때의 정치·경제·사회를 이러한 방면으로 보면 마치 십년 금고수(禁錮囚)가 겨우 잡역부로 풀려나온 것쯤 되는 그러한 신세이였었다. 감옥에서 잡역부라는 것은 형기가 차서 미구에 출옥하게 될 죄인에게 하루 세 끼 감식(監食)을 나르는 일을 시키는 것이다. 합방 후 십 년 동안 금고형을 받던 민족이 기미운동으로 하여 헌병의 말발굽에서 간신히 벗어나 소위 '문화정치'를 받게 된 것은 십 년 징역살이를 마치고 잡역부로 출세할 세음쯤 되는 것이다. 그래도 그 후 해방에 되기까지는 이십여 년이란 세월이 걸렸던 것을 생각하면 저 기미 당시의 다소 느꾸워졌다는 피압박민족의 설움이란 어떠한 것이었던지를 상상하고도 남음이었을 것이다.

나의 처녀작 「표본실의 청개구리」는 이러한 시대상을 상징적으로 그린 것이요, 이와 같은 시대의 청년의 고난상을 표현한 것이었다.

한 신경쇠약증에 걸린 청년이 눈만 감으면 머리에 떠오르는 환상은 중학생 시절 생리학 선생이 해부하여 보이던 개구리의 죽어가는 형상이었다. 오장육부를 다 끌어내고 나서도 핀셋으로 콕콕 찌르며 사지(四肢)를 못 박혀서

---

149 염상섭(廉想涉), 「나의 초기 작품시대」, 『평화신문』, 1954.5.24.

발딱 자빠져 있는 개구리는 눈을 반짝 뜨고 정신을 바르르 바르르 떠는 그 단말마의 악착할 모양이 머리에서 떠나지를 않다가는 책상 서랍에 넣어둔 면도칼이 생각나서 거기에 유혹을 느끼는 때가 많다. 하룻밤은 자살이라도 할지 모르는 자기 마음을 믿을 수 없고 위험성을 느껴서 면도칼을 꺼내서 마당에 내던지기까지 하였다. 그러다가 행기(行氣) 삼아 친구에게 끌려서 평양에를 갔다. 가면서도 공연히 나섰다고 후회도 하고 자기의 행동을 자탄(自歎)하는 것이었다. 그런데 평양 갔던 길에 진남포에 들러서 어떤 미친 사람을 만났다. 기미운동에 붙들려 들어가서 매를 몹시 맞고 징역살이를 하고 나가보니 아내 바람이 났다. 여기에서 정신이 뒤집힌 것인데 집을 뛰어나와서 교외에 원두막 같은 것을 지어놓고 세계평화운동을 한다는 것이었다. 엄연히 설교를 하는 것을 들으면 민족주의에 코즈모폴리터니즘 비슷한 이상향을 가미한 것이었다. 이 광인을 일부러 방문한 병적 청년은 매우 공명하는 동시에 자기도 저렇게 미치지나 않을까 하는 공포와 함께 두려운 생각도 드는 것이었다.

이것이 나의 처녀작 「표본실의 청개구리」의 줄거리거니와 그것은 곧 그 시대상, 그 시대청년의 고뇌상을 그대로 그린 것이다.

제1차 대전 후 '민족자결주의'·'세계개조'라는 슬로건에 휩쓸려 입으로 독립만세는 불렀으나 손에 잡힌 것은 종래의 무단정책에 대한 문화정책이란 허수아비만이 있었으니 당시의 자유주의사상과 구미풍조(歐美風潮)에 눈을 뜬 청년으로서는 지난 십 년 동안의 질곡보다도 정신적으로 더 못 견딜 지경이요, 실망도 더 컸던 것이었다.

거기에 경제적으로는 농촌은 동척(東拓)을 중심으로 잠식되어가듯이 서울만 해도 바로 조선사람이 마지막 지키던 종로바닥의 상권까지 일본인에게 농락되리만큼 극도로 피폐하여가니 대중의 실생활의 궁핍상은 이루 말할 수가 없게 되었다. 이러한 물심양면의 절박한 시대상은 지금도 염세적이요, 현실적 부정인 문학적 표현으로 나타나게 된 것이요, 그것이 조선에 자연주의 문학을 태동케 할 주인(主因)이었으며 또한 한편으로는 나를 자연주의문학의 경향을 띠었다고 일컫게 된 소이라 하겠다.

소설과 현실
『미망인』을 쓰면서[150]

소설은 첫째 자미 있어야 할 것이기는 하다. 그러나 일반 독자는 너무나 흥미만을 추구한다. 더욱이 신문인·잡지인까지 하나에서 열까지 흥미·인기만을 노리는 것은 독자에 영합하려는 판매정책을 주안으로 하는 것뿐이지 진정히 문학에 이해가 있고 문학과 독자층의 수준을 높인다는 본래의 사명의 일단에는 등한한 때문인가 한다.

이 소설은 제목부터 독자의 흥미를 끌 수 있으리라고 장 사장[151] 자신이 붙여준 것이거니와, 나 역(亦) 제목을 고르기에 고심하던 말이라 아무 이의는 없었으나 선전전단에는 '가정연애소설'이라고 주(注)까지 내었기에 천속한 감이 없지 않아서 싫다한즉 그래야 인기를 끌 것이라 한다. 그만큼 문학에 대한 이해가 있는 신문인이면서 역시 인기를 더 염두에 두는 것이다. 결국 독자와 신문사에 타협하고 말았지마는, 과연 얼마나 자미 있는 소설을 쓰게 될지? 그러나 흥미에 편한 소설, 독자의 비위부터 맞추려는 작품만 쓴다면 문학은 체면을 잃고 타락할 것이다.

---

150 염상섭(廉想涉), 「소설과 현실―『미망인』을 쓰면서」, 『한국일보』, 1954.6.14. 염상섭의 장편 『미망인』은 1954년 6월 9일에 창간호를 낸 『한국일보』의 첫 연재소설로, 6월 16일부터 12월 6일까지 연재됐다.
151 한국일보사의 창업주인 백상(百想) 장기영(張基榮, 1916~1977)을 가리킨다.

진실로 예술적인 표현을 갖춘 작품이면 저절로 독자의 감흥을 일으키고 자미 있는 것이 되지 말래도 자미 있는 것이 되겠지마는, 작가로서 제작하고 노심하고 작품에 추구하는 것은 흥미보다 먼저 진실한 생활상과 시대상을 붙들어 여실히 독자의 눈앞에 내밀어놓는 데 있는 것이다. 흥미 또는 예술미라는 것은 그 이야기에 줄거리가 가진 부분도 있겠지마는 작자의 수련이나 재능에서 오는 표현과정에서 좌우되는 부분이 더 많을 것이라고 믿는다. 아무리 아름다운 표현으로 연애를 그려서 흥미를 끈다 할지라도 그것이 핍진한 실감을 주지 못하는 것이라면 무지개의 아름다운 색채를 본떠 놓은 것 같아서 그것은 실생활과 거리가 먼 가공적 가상적의 환영에 그치고 말 것이다. 요컨대 흥미 또는 예술미는 진과 서로 표리하여 진에서 미를 찾고 미에서 진을 발견하여야 참다운 소설도 되고 따라서 참다운 인생을 발견하고 거기에 진진(津津)한 인생과 인정의 묘미를 맛볼 수 있을 것이다. 그러므로 나는 언제나 독자의 섭탁[152]이나 비위를 맞추어서 여러분이 손뼉을 치며 깔깔대는 그런 재롱감의 소설을 쓰려는 생각은 없다. 한때 깔깔대고 "아, 자미 있어!" 하고 돌아서는 순간 벌써 아무것도 남는 것이 없고 마음속에 처지는 것이 없다면 인생생활에 별 도움이 될 것이 없겠기 때문이다. 참된 것은 아름다운 동시에 저절로 도덕적 가치를 가진 것이 될 것이다.

이 『미망인』은 종래의 미망인 형의 심리작용이나 생리현상을 붙들어 쓰자는 흥미에 그 주제를 둔 것은 아니다. 이번에 겪은 전란은 여러 각도로 보아야 하겠지마는 그 부작용의 하나로서 나타난 전쟁미망인의 생활과 그 사회적 위치라든지 의의를 무시할 수는 없다. 전몰장병은 대개가 삼십 전후의

---

152 섭탁 : 굳게 믿어 지키고 있는 생각. 곽원섭, 『염상섭 소설어사전』 참조.

아까운 청년들이니 그 미망인도 젊은 청상들이다. 그 청춘과 닥쳐오는 생활고를 어떻게 처리하고 취급할 것인가? 거기에 어린 자녀를 품에 안고 헤매는 경우, 그 가엾고 딱한 사정은 과연 어떠한 것인가? 또 하나 이와 동병상련의 처지에 놓인 납치인사의 가정이 있다. 그 주부는 물론 미망인은 아니나 경우에 따라서는 미망인 이상으로 정신적 타격과 생활고에 시달릴 것이다.

일편, 고개를 돌려보면 시대와 연치(年齒)의 차가 있고 사상·관념의 대립은 있을지 모르지마는 구습·구도덕의 질곡에 짓눌리면서라도 20년, 30년의 수절로 깨끗하고 굳센 신념과 실생활을 쌓아 자녀의 교육과 '성취'에 행복을 누리는 과수댁이 있는가 하면, 그와는 대차적으로 방종과 윤락의 구렁을 헤매는 늙고 젊은 '전전(戰前) 미망인'도 얼마든지 거리에 볼 수 있다. 이러한 각양각색의 미망인 혹은 준미망인의 생활양상과 생활태도와 그들이 걷는 길과 생각하는 바를 비교하여 관찰하고 그려보고자 이 붓을 든 것이다.

물론 모델이 있는 것도 아니요, 그네들의 실생활에 접촉이 있는 것도 아니니 얼마나 그 진상을 포착할 수 있을지? 또는 얼마나 그네들의 호소와 희망과 신념을 대변할 수 있겠는지 의문이다. 그러나 문학이 설교가 아니요, 작품이 지침서가 아닌 이상 그네들의 갈 길은 어디며 그네들의 생활은 반드시 이러저러하여야 할 것이라는 것을 가르치려거나 어떠한 규정을 내리려는 것은 작자의 할 바 임무가 아니로되, 작가가 한 대변자일 수도 있고 또한 그들의 걷는 길과 생각하는바가 자기 자신의 새로운 운명을 개척하고 사회의 새 질서와 새 윤리를 세우는 데 도움이 되도록 어떠한 희망을 가지고 암시를 주는 것은 긴요한 일이요, 작가의 한 임무일 수 있다고 믿는다.

남궁벽南宮璧 군[153]

조세(早世)한 문우로서 잊지 못할 사람을 따지자면 그 문학적 업적이나 성가(聲價)로 보아서 먼저 손꼽아야 할 분이 있겠으나 연대(年代)로 또는 나 개인의 교유관계로 먼저 『폐허』 동인 남궁벽(南宮璧) 군을 생각 않을 수 없다.

남궁벽 군은 삼십 전에 요서(夭逝)하여, 기미운동 후 시작한 신문학운동 초기에 불과 2, 3년 문학활동을 하였을 뿐이요, 더구나 과작(寡作)이기 때문에 유고도 별로 없었기 때문에 오늘에 와서는 그리 알려지지 못한 불과(不過)한 청년시인이었다.

그는 독신이었고 따라서 무후(無後)하여 유작이 얼마나 있었더라도 우리에게 끼쳐주기 어려웠겠지마는 당시에 나부터라도 그러한 것을 수집하여 둘 염두도 내지 못할 25, 6세의 청년 시기이었고 수집하여 두었대야 자기의 저작과 원고도 흘리고 다니는 형편에 보존되어 있었을 리 없다. 다만 백철 형의 『문학사조사』[154]에 수록된 바를 보면 "인도주의적인 경향을 가진 관념적 시인이었다."고 한 다음에, "1922년 7월 『신생활』지상에 남 씨(남궁 씨의 오기(誤記))의 유작을 발표하는 전기(前記)에서 변영로, 염상섭은 남 씨의 작품에 대하여 다음과 같이 쓰고 있다. ─"군은 휴머니즘과 센티멘털리즘의 역연함을

---

153 염상섭(廉想涉), 「남궁벽(南宮璧) 군」, 『신천지』, 1954.9. 이 글은 1954년 6월부터 10월까지 게재된 『신천지』의 연속특집 '잊혀지지 않는 사람들'이라는 기획의 일환으로 작성되었다.
154 백철의 『조선신문학사조사』(백양당, 1948)를 가리킨다.

볼 수 있지마는 그것은 군의 전 인격에 허식과 과장이 없는 것과 같이 가장 순실하고 솔직한 내적 표현이라 생각한다."고."

소개한 뒤에 그때 발표된 시작(詩作) 중 「별의 아픔」과 「마(馬)」의 양개(兩個) 작품이 수록되어 있어서 그것이 지금 이 글을 쓰는 데 유일한 문학적 참고가 되었다.

남궁 군이 관념적 시인이라는 데는, 그가 명상적이었고 철학적 기분을 띠었던 점으로 수긍하면서도, 그것은 하나는 연치(年齒) 관계요, 하나는 피압박민족으로서 표현의 자유가 박탈된 데에서 온 것이라 본다.

　　별의 아픔

　　　님이시여 나의 님이시여 당신은
　　　어린애가 뒹구를 때에
　　　감응적(感應的)으로 깜짝 놀라신 일이 없으십니까
　　　님이시여 나의 님이시여 당신은
　　　세상사람들이
　　　지상의 꽃을 비틀어 꺾을 때에
　　　천하의 별들이 아파한다고는 생각지 않으십니까

이 짧은 시 일 편만으로도 관념적이라고는 하겠으나 피압박민족의 설움을 아무 수식 없이 직절하게 호소한 소박·핍진한 심정을 엿볼 수 있는 동시에 과장과 허식이 없이 순실하고 솔직한 인격을 짐작할 수 있을 것이다.

내가 남궁 군을 일본 동경에서 처음 만났을 때는 일본사람의 어떤 상류가

정에 일시 기우(寄寓)하고 있을 때이었다. 미목(眉目)이 청수(淸秀)하고 의표(儀表)가 단정한 데다가 일어·문(文)과 문학의 조예가 깊으니 가정교사 겸 또는 당시 조선청년을 회유하는 수단으로 데려다둔 것인지 모르겠고, 군으로서는 학자가 군졸(窘拙)하니 그랬는지 모르겠으나, 자기로서는 일본의 가정생활과 풍습을 연구할 겸 잠깐 기숙하고 있노라는 것이었다.

그것은 군의 성격의 일면인 귀족적 또는 고답파적 취미가 일맥상통하는 데가 있어 그런지 모르겠으나, 나는 나 자신의 자존심이나 꺾이거나 하는 것 같아서 덜 좋았다. 그래도 피차의 발랄한 문학열에서 지기(志氣) 상통하는 점이 있음을 깨달았었다.

3, 4세 연장(年長)이요, 문학연구에 있어도 일일지장(一日之長)이 있는 그는, 처음에 나에게 선배연하는 점도 없지 않았으나 미기(未幾)에 기미운동을 치르고 나서 동경에서 재회하였을 때는 그런 점은 미진(微塵)도 보이지 않았다. 원래가 과묵한 말하자면 새침한 성격에 더욱 겸허한 태도이었었다.

쌀쌀하고 괴벽하고 여간한 것은 안중에 없고 좋게 말하면 청초하고 견개(狷介)한 편이요, 결벽이 심한 사람이었으나, 성격이 맞지 않을 듯한 나를 만나면 벌써 표정만으로도 심허(心許)하고 좋아하는 눈치였었다.

그러한 성질이면서도 웅변이나 정치연설에도 취미를 가져서 둘이서 열심히 쫓아다니던 생각이 난다. 당시 일본에서 소위 '헌정(憲政)의 신'이라고 떠들던 오자키 유키오(尾崎行雄)[155]가 지멘스(Siemens) 사건[156]이라는 해군의 대수회(大收賄) 사건으로 정부를 탄핵하는 연설회에는 점심을 싸가지고 개회 3시간 전부터 가 앉아서 기다려 들은 일도 있었다.

---

155 오자키 유키오(尾崎行雄, 1858~1954) : 일본의 정치인.
156 지멘스 사건 : 1914년 독일의 군함회사 지멘스사에 발주명목으로 일본 해군장교가 뇌물을 받은 사실이 알려지면서 일어난 사건이다. 이 사건을 계기로 내각탄핵운동이 벌어졌다.

이런 것도 그의 성격의 일단을 엿보이는 것이지마는 나로서는 잊을 수 없는 추억의 하나이다.

그것은 여하간 기미(己未) 익년(翌年) 경신(庚申) 조춘(早春)에 동경에서 다시 만나자, 군은 나에게 영문학자요, 미술평론가인 야나기 무네요시(柳宗悅) 교수와 당시 일본악단에 쟁쟁한 명성을 가진 그의 부인 가네코(兼子) 여사를 소개하였다. 그것은 만세운동 이후 일본 조야(朝野)의 조선에 대한 인식이 달라지고 새로워진 한 현상으로서 이 야나기 씨 부처(夫妻)로 말하면 문화방면으로서 조선과 연계를 맺고 조선을 다시 보아야 하겠다는 의도에서 부인은 음악을 가지고 또 야나기 교수는 예술비판의 처지(處地)로서 조선을 시찰하자는 계획을 세우자, 마침 내가 창간되는 『동아일보』 기자로 부임한다는 말을 듣고 음악회 주최 기타의 알선을 나에게 부탁하여온 것이었었다.

그것은 나를 이용한 것이라고도 하겠지마는 우리로서는 정치와 군벌을 떠나서 문화면 · 예술면으로 일본의 문화인을 초치(招致)하여 조선의 진상 · 진가를 소개하는 것이 필요한 일이니만치 우리로서도 환영할 일이기 때문에 나는 극력 주선할 것을 약속하고 남궁 군과 전후하여 귀국하였었다.

『동아일보』가 창간된 직후 우리는 야나기 씨 부처를 맞아 동사(同社) 주최로 성대한 음악회를 개최하여 생색을 내어주었다. 기미운동 후 배일사상은 지하로 들어가 가일층 심각한 바도 있었으나 소조(蕭條)하던 우리 악단에는 처음 되는 일이었고, 근세 이래로 한 · 일 간에 정치, 경제, 군사 이외에는 일찍이 없던 순수한 의미로서의 문화교류가 비로소 대중적으로 실현된 것이라는 데에 의의가 있었다.

또한 이것을 계기로 하여 야나기 교수가 수년간 왕래하며 우리나라의 도자기에 대하여 연구한 성과는 우리에게 끼친 귀중한 문헌이요, 우리가 받아들여서 장래 새로운 연구의 토대가 될 만한 호한(浩瀚)한 저술이었던 것이다.

그것은 도자기에 관한 세밀한 연구와 그 미술적 가치를 평가함에 그치는 것이 아니라 도자기 공예를 통하여 본 조선의 예술, 조선 특유의 예술미, 민족문화의 특성을 연구·소개한 데에 더 한층 가치가 있는 것이었다.

내가 여기에서 특히 이 말을 강조하는 소이는 야나기 씨의 이 사업에 대하여 남궁 군은 간접적으로나마 많은 협조를 하였다는 것을 말하자는 것이요, 또 그것은 개인적 우의(友誼)로라기보다 우리 편을 대표하여서이었었다.

남궁 군의 문학에 대한 열정은 자기의 전 생명을 바쳐도 아깝지 않다는 가슴속에서 모락모락 타는 것이었다.

연애를 안 하는 대신 그 열정을 예술에 기울여 바치려 한 것인지 몰랐다.

실상은 연애를 못하였던 것인지도 모른다. 군과 같이 맑고 겉으로 보기에는 차(寒)고 범하기 어려운 인상을 주고 눈이 높은 남자에게는 대개의 여자가 경원하였을 것이기 때문이다.

더구나 세속적 생활수단에 뒤지고 간구(艱苟)한 생활로서는 희떱지 못한 연애를 구하려 들지도 않았던 것인 모양이다.

그리하여, 굶으면서라도 자기의 예술만은 살려나가야 하겠다는 신념과 고민과 열정 속에서 귀국 후, 즉『폐허』를 시작한 후 2, 3년 동안 물심양면으로 허덕이다가 지쳐서 세상을 떠난 것이었다.

그의 옴쑥 들어간 눈은 명상적이었고, 입을 꼭 다물고 말수 없는 것은 내성적이요, 소극적인 표정이어서 그것이 시작에 있어서도 과작이었으며 문단적으로도 활발한 족적을 남기지 못하고 말은 원인이었겠지마는, 그의 입버릇처럼 "굶어도 문학은 한다."는 그 정열과 신념을 지금 와서 생각할 제 그 정신이 우리 문단에 끼친바 적지 않은 것을 깨닫는 동시에 앞으로 오는 사람에게도 본받아야 할 점이라고 생각한다.

그는 유난히 의관·음식·거처에 결벽이 심하였던 것과 같이 정신생활에도 세속적인 모든 것을 천시하고 청고(淸高)한 지조를 지키기에 애를 썼다.

그러기 때문에 본심은 그렇지 않으면서도 남에게 교오(驕傲)하여 보이고 현기적(衒奇的)인 인상을 주는 점도 있어서 간혹은 오해를 사는 수가 많았으나 기실은 그러한 것이 아니었다.

그때는 지금보다도 자유사상이라든지 신문학에 대한 이해가 없는 가정이나 사회환경이었기 때문에 신구대립에서 오는 무언의 갈등이요, 피차의 백안시이었던 것이었다.

가정생활에 있어서도 엄친(嚴親) 시하(侍下)에 독자(獨子)로서 그리 행복할 것도 없이 쓸쓸하고 외로운 편이었으나 그렇다고 비관론자거나 현실을 부인하는 그런 태도는 없었다.

외모가 쌀쌀한 듯하면서도 속에는 따뜻한 마음을 지녔고 친구와 만나면 말보다는 미소가 많은 사람이었다.

술은 일적(一滴) 불음(不飮)이면서도 우리 같은 모주패가 선술집에 들어서면 한 번도 마다않고 으레 따라 들어서는 것이었다. 그 기분이 좋다는 것이었다.

언젠가는 몇몇 동인이 술이 취하여 육조(六曹) 앞 큰 길을 광화문을 바라보며 의기 헌앙(軒昻)하여 휩쓸고 올라가다가 하도 땀이 차서 이슬 맞은 모시 두루마기와 적삼을 껴 벗어들고 등거리 바람으로 지척거리니까 말쑥한 양복신사인 남궁 군이 두루마기를 뺏어서 자기가 팔에 걸고 따라오는 것이었다.

주정꾼이기 옷을 수세미를 만들까보아 그런다는 것이었다. 마치 술 취한 영감을 끌고 가는 마누라의 형상이다.

남궁 군을 생각하면 언제나 그 양복쟁이가 흰 두루마기를 곱게 모시듯이 팔에 걸고 걷던 그때 그 모양이 인상적으로 머리에 떠오르는 것이다.

남궁 군은 그러한 사람이었었다.

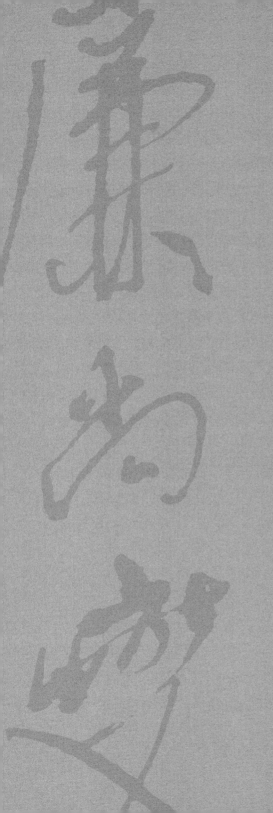

염상섭 문장 전집

1955

연재소설의 금석(今昔)[157]

『조선일보』 창간 당시에는 무슨 소설을 실었던지? 지금 상고(詳考)하여 보면 흥미 있는 화제도 되겠지마는 때를 같이하여 발간된 『동아일보』에 기자로 있었으면서도 나는 그때 『동아』지에 무슨 소설이 연재되었던지 기억에 남지 않았으니 더구나 모를 일이다. 그때 나는 소위 정치부 기자로서 돌아다녔기 때문에 문화부면에는 관여하지 않은 탓도 있겠으나 그래도 신문학운동을 지향하던 나로서 자기 신문의 연재소설에 무관심이었을 리는 없을 터인데, 조금도 기억에 남지 않은 것을 보면 주의를 끌 만한 작품이 실리지 않았거나 소설 같은 것은 전연 도외시하고 마치 부산에서 나오던 타블로이드판처럼 맹숭맹숭한 정경 중심이나 사회면 지방면에 주력하는 신문이었던지 모르겠다. 독립운동 끝이라 지도층은 물론이요, 일반 민중도 관심이 정치경제에 있고 더욱이 총독정치의 일빈일소(一嚬一笑)가 큰 걱정거리요 지대한 관심사이었더니 만치 신문경영에 있어서도 문화면이나 소설쯤은 도외시할 수도 있었을 것이다. 원체 정경방면이나 사회운동의 지도자로 자임하는 사람은 문학을 무시하고 40년 전쯤 되면 멸시도 하였던 것이다. 거기다가 대중은 더

---

157 염상섭(廉尙涉), 「연재소설의 금석(今昔)」, 『조선일보』, 1955.3.23. 이 글은 『조선일보』의 지령 10,000호를 기념하여 꾸려진 문화면 특집 '조선일보와 나'라는 기획의 일환으로 작성되었다. 글 말미에 '소설가・예술원 회원'이라고 명기되어 있다.

욱 무관심하고 문학이나 예술을 즐길 수 있는 생활수준과 지식 정도에 이르지 못한 형편이니 신문이 소설정책에 그다지 고심하지 않아도 좋았을 것이다.

이것은 수요 면에서 본 말이나 공급 면에 있어서도 큰 소리는 못 칠 시대이었다. 작가로서 첫 출발을 한 춘원이 국외에 망명하여 있고 국내의 문학청년들은 아직 장편에 손을 대게까지는 역량이 미치지 못하니 문학적으로는 그렇지도 않았지마는 신문소설이란 점으로는 얼마 동안 진공상태가 아니었었던가 싶다. 물론 이것은 근 사십 년을 지낸 오늘의 수준으로 하는 말이니 그 시절에는 번역물·번안 혹은 모작(模作)의 저급한 연애소설들이 진공상태를 메꾸어갔던 것이라 하겠다.

지금도 신문소설의 수준이 결코 높아졌다고 하기는 어렵지마는 소설이라면 □□한 연애장면이나 그래서 여학생의 인기를 끄는 것쯤으로 알던 시대이었으니 정말 문학하려는 사람은 아직 역량은 부족하되 이 풍조에 외면을 하였던 것이다. 지금도 문학을 유희하고, 장난감인 듯이 희롱하는 자들이 있지마는 문학은 결코 그런 것이 아니다.

나의 처음 장편 『만세전』을 『시대일보』에 실은 것이 1922년경쯤 되고 뒤를 이어 『동아일보』에 『사랑과 죄』를 내었다. 이런 것이 아마 춘원이 환국하여 『동아』지에 거의 전속작가로 등장하기 전의 일이었다.

뒤를 이어 단편작가인 동인(東仁)·빙허(憑虛)들이 신문소설을 쓰게 되어 쓸쓸하던 문단이 차차 활기를 띠게 되었던 것이다. 그러나 연재소설 1회의 보수가 1원 50전 내지 2원으로 자기 사(社)의 사원 급료와 비등하게 지불하였고 내가 도일(渡日)하기 전에 우대하여 받은 것이 1회 3원 1개월 100원 미만이었으니 이것으로 생계가 설 리 없었다. 따라서 상당한 역량을 보인 작가도 기자생활 기타의 정업(正業)을 가지고 창작은 부업이나 여기로 삼았던 것이다. 이러한 실정은 30여 년 후 지금도 다름없지마는 문학이나 작가에 대한 사회의 관심은 문학 □□에 큰 영향을 미치는 것이었다. 요컨대 우리의 신문학이나 작가나 오늘날까지 그만치 푸대접을 받아왔다는 말인데 앞으로는 언론기관에서 여기에 주력하고 육성하는 데 힘을 써야 할 것이다. 『조선일보』만 호 기념으로 문예면에 있어서도 신인을 골라내서 대성시켜주기를 바란다.

소설 천후평薦後評 [158]

　　불시에 14편의 응모작을 드밀며 추천작을 뽑으라니 큰 짐이었다. 내가 언제 고선(考選) 책임을 맡았던가? 하면서도 도움이 될 일이라면 해도 좋겠거니 하고 보았다. 그리 신통한 것은 없었으나 서윤성(徐允成) 군의 「사형수」가 제일 마음에 들었다. 내 마음에 들었다기로 그것은 소위 인상비평으로서 문단의 공인을 받을지는 모른다. 그러나 성의를 가진 장래의 작가후보자에 틀림없다. 이 외에 「표리」라는 이북에 취재한 작품이 또 하나 있는데 그보다는 「사형수」가 낫다. 다만 사형수로서의 심각미가 부족하고 이북의 감방에서 일어난 일이면 이북 사투리가 나와서 지방색을 내어야 실감이 있겠는데, 간수마저 경어(京語)를 쓰니 맛이 빠지는 데에 혐이 있다. 결심(決審)이 되기 전이기 때문인지, 사형수면 독방에 두어야 할 텐데 다른 미결수와 함께 있는 것도 의아하고 '이짜밥'을 가지고 옆의 사람이 애걸하는 것을 모른 척하고 먹는다는 것도 생각하여볼 일이기는 하다. 사형언도를 받고서 그 많은 분량의 보리밥이나 콩밥이 먹혀질까? 도리어 목이 메어서 옆 사람에게 주어버릴 경우도 있을 것을 생각하여야 하겠다.

　　그러나 순탄히 그려나간 무난한 작품이다. 구상에 있어 너무 기교를 부려

---

158 염상섭(廉想涉), 「소설 천후평(薦後評)」, 『현대문학』, 1955.7.

서 조작(造作)의 혐(嫌)이 없기를 바란다.

다음에 민벽풍(閔碧楓) 군의 「출세」와 「절유(竊惟)」, 김삼수(金杉洙) 군의 「실용기(實用記)」, 이병구(李丙求) 군의 「산」들이 좋은 점이 있으면서 모자라는 데가 있어 천(薦)에 오르지는 못하였으나 앞으로 촉망하는 바이다.

해방 10년의 걸음[159]

　광복 후에 민족적으로 또는 문학적으로 첫째 찾은 것이 말과 글이었던 것은 다시 말할 것도 없고 과장도 아니다. 그러나 그 새로 찾은 말과 글이 얼마나 정화되고 쓸 제 자국에 쓰이는지 알 수 없다. 이것은 교육문제이기도 하지마는 문학의 영역에서 깊이 생각하여야 할 일이 아닌가 한다. 10년 동안 한글맞춤법은 꽤 보급되었고 거기 대한 논의도 퍽 활발하였으며 심지어는 근자에 와서 철자법폐지령까지 나와서 법석이지마는, 그것과는 별문제로 우선 말과 글을 깨끗이 정확하게 쓰도록 끌어나가는 데는 문학의 힘을 빌어야 하고 문학하는 사람의 책임인데, 이론을 떠나서 그 실천에 있어 문학하는 사람은 그 소임을 다 하였던가 의문이다.

　한 작품을 들고서 말과 글이 제 자국에 들어서지 않으면 그만 집어치우게 되는 경우도 없지 않겠지마는, 이러한 점으로 볼 제 광복 십 년간에 문학적으로 얼마나 진보되었는지 나는 큰소리칠 수가 없다. 간혹 현상작품을 고선할 제 더욱 그러한 것이다. 말하자면 세련이 안 되었다는 것이다. 해방 후에 틈

159　염상섭(廉尙燮), 「해방 10년의 걸음」, 『동아일보』, 1955.8.15. 이 글은 ‘해방 10년의 걸음’이란 기획의 일환으로 ‘문학’ 면에 관한 글로서 작성되었다. 기획의 표제는 “좌익 암약과 피난문학의 저조”, “말과 글에 등한, 사조와 내용에만 주력”이며, 최현배는 ‘한글’과 관련해 「『큰사전』 원고 도로 찾던 감격 – 군정 때 한글전용과 교과서 가로쓰기 결의」를 썼다.

틈이 일본의 작품을 보아도 문학적 내용을 말할 것도 없고, 그 문장과 표현력이 한 신진작가의 작품이나 신문의 통속소설에서 보아도 고르게 놀랄 만한 수준에 오른 것을 볼 제, 인제야 제 문학을 가지게 된 우리도 다시 생각하여야 할 때인가 한다.

물론 신문학이 나타나서 일 세대 남짓하고 광복 후 활개를 치고 제소리를 하게 되었대야 10년밖에 아니 되니, 문학이 자라가는 세월로는 결코 긴 세월이 못되어서 큰 기대를 가지기는 어려운 일이기는 하나, 문학에 지향하는 사람이 사조나 내용에 주력은 하면서 말과 글과 표현력에 등한한 결과가 수준의 향상을 막는가 싶다. 앞으로 갈 길의 첫 발씨는 여기에서부터 떼어놓아야 민족문학으로서 또는 자기문학으로서 완성의 길에 들어서게 될 것이 아닌가 한다.

해방 후에 처음에는 누구나 어리둥절했었다. 나는 만주 국경지대에 있었으나 친구들이 중앙에 가서 무엇을 하겠느냐는 질문에 나는 서슴지 않고 소설다운 소설이나 써보겠다고 대답하였더니 그 친구들은 이상한 낯빛이었었다. 어째서 정치적 야욕이 없느냐는 뜻이겠지마는, 새 세상이 되었으니 문학이나 제대로 해보겠다는 큰 희망을 가졌었던 것이다. 그러나 십 년이란 세월은 적어도 나 개인에 있어서는 무위(無爲)히 흘러갔다. 그 첫째 원인이 자기의 무재(無才)와 무성력(無誠力)에 있겠으나 한편으로 보면 문학이란 10년, 20년 가지고 되는 것이 아니라는 것을 알겠다.

그중에도 사회적 · 정치적 정세라는 것이 문운(文運)을 좌우하는 점도 적지 않은 것을 무시할 수는 없다. 해방이라는 통에 문학하는 사람들도 두서를 차리기 어려웠겠지마는 미군정이 들어와 앉아서 서투른 솜씨로 정치 · 경제를 주무르는 한편 적색분자를 해방하여놓았으니, 문화방면에 있어서도 난맥이었던 것이며 정치·경제의 혼란상에 따른 문화면의 혼란 내지 무위는 말할 것도 없는데 좌익의 정치적 모략과 암약으로 인한 문학활동의 조지(阻止)와 피해가 적지 않았고 제대로 두면 월북까지는 않고 민족진영에서 활동하였을 분자까지 꼬여갔는 듯하니 이런 점은 인적으로도 손실이었다고 할 것이다.

이와 같은 군정기가 지나서 건국이 되자 적색분자의 청소와 함께 문학가협회의 발족을 계기로 문학이념으로나 작품활동에 있어서나 본궤도에 다시 오르게 되었던 것이다. 이 사이에 있어 『문예』지의 공헌은 큰 바 있었다.

그러나 이제 바야흐로 자리를 잡고 머리를 정리하고 앞으로의 계획을 세우려 할 때, 동란과 함께 우리의 문학은 또 수난기에 걸려들고 말았다. 다행히 전쟁문학의 작품의 대량생산과 소위 피난문학이라 하여 여전히 작품활동은 계속되었으나 그 양에 비하여 질에 있어서는 과연 어떻다 할지 단언키 어렵다. 금후 다시 한 번 추려서 우리의 문화재로 아끼고 길이 보존하도록 되어야 할 것이라고 생각한다.

그러고 보니 해방 후 혼란과 적구(赤狗) 등쌀에 어수선히 세월을 보내고 나서 정신을 좀 차리자 동란과 피난으로 또 3년여를 보냈으니 우리의 문학으로 보면 광복 후 10년이 자리가 녹을 새 없는 창황다난(倉皇多難)한 세월이었던 것이다. 안정이 없는 곳에 좋은 작품을 바랄 수는 없는 것이다. 이런 속에서 일수록 침통하고 심각한 작품이 나와서 문학의 신기축을 세워야 할 것이 아니냐고도 하겠으나 그것은 일방적 요구다. 더구나 이 수난기를 지나서 마음의 여유와 정신적 승화가 있어야 이 가혹한 현실이 작품으로서 뻐젓이 그리고 큼직하게 재현되는 것인지 모른다. 앞으로 또 다시 시간적 유예를 요구할 것이다. 지금의 기성작가들이 노경(老境)에 들어갈 때쯤은 우리 문학의 황금

시대가 오리라고 장담도 못하는 대신에 그러한 친절한 촉망을 가지고 좋은 환경과 분위기를 만들어주기에 힘써야 할 것이며, 또 하나는 신인의 출현에 대망이 큰 것이다.

환도 후에 각 신문의 지면 확대와 함께 문예방면의 주력도 커졌거니와 언론기관과 기타의 문예 현상모집이 성행하여 매우 자극도 주고 기대도 적지 않았으나 필자도 고선(考選)에 간여하여본 결과 그리 호성적은 아니었다. 그러나 여기에는 이유가 있다. 광복 즉후(即後)나 전란 중에 학도들이 제대로 주공(做工)을 못하였다는 사실을 보면 추일사가지(推一事可知)[160]가 아닌가 하는 것이다. 생활이 안정되고 수준이 높아지고 주위환경이 좋아지면 훌륭한 신인도 나올 것이다.

끝으로 앞으로 문학을 추장(推獎)하는 길로서는 일반적 평론은 물론이요, 작품에 대한 친절하고 공정한 월평 혹은 합평과 같은 것이 활발하여져서 권위 있는 평단이 서야 할 것이다. 이것도 환경과 분위기를 좋게 만들어 신인이 나오게 하는 방도의 하나이기도 한 것이다. 문학하려는 사람이 자저하는[161] 첫째 원인이 물질생활의 혜택이나 보장이 너무 박약하다는 데 있을 것을 생각할 제 이것도 한 큰 고려점이 된다 하겠다.

---

160 추일사가지(推一事可知) : 한 가지 일로 미루어 모든 일을 알 수 있음.
161 자저하다 : 얼른 결행치 못하고 머뭇거리며 망설이다. 곽원섭, 『염상섭 소설어사전』 참조.

작자의 말

『젊은 세대』[162]

　　칠팔십 된 노인으로 보면 환갑노인이 젊은 세대요, 사오십의 중년층의 눈에는 이삼십의 청년이 젊은 세대이다. 젊은 것 같이 좋은 것이 없고 젊은 것 같이 희망에 찬 시절은 없다. 그러기에 젊은 세대가 늙은 세대에 바라기보다는 늙은 세대가 젊은 세대에 바라는 것이 크고 축원도 간절한 것이다. 그러나 축원과 촉망을 앞세우기 전에 우리보다 젊은 세대는 무엇을 생각하고 어떤 생활을 하는가를 보고 싶다. 시대의 격동에 따라 한 세대에서 한 세대로 옮아가는 과도기는 어떠한 것인가를 바라보고도 싶다. 무어, 이렇게 말하면 일반 독자는 듣기에 어려운 것 같을지 모르나, 결국은 늙은 세대와 젊은 세대가 사는 어디서나 보는 가정생활을 그려보는 것이다.

162　염상섭(廉想涉), 「작자의 말―『젊은 세대』」, 『서울신문』, 1955.6.11. 이 글은 '근일 연재'라는 제목하에 『젊은 세대』의 예고와 함께 게재된 것이다. 이 글과 함께 부기된 '편집자의 말'과 '화가의 말'은 다음과 같으며, 동일한 글이 6월 14일 자에도 실린다. 한편, 6월 17일 자에는 '편집자의 말'만 따로 실리며, 『젊은 세대』가 "6월 21일 부(付)부터 연재"된다고 명기되어 있다.
　　"전번 소설이 끊어지고 나서부터 건전하고 재미있는 소설을 물색해오던 본지는 문단의 거장 염(염상섭) 선생의 장편소설 『젊은 세대』를 근일 중으로 연재하게 되었습니다. 그리고 삽화에는 동양화단의 이채(異彩)인 김기창(金基昶) 화백이 담당하여주십니다."
　　"화가의 말
　　나는 삽화전문가는 아니다. 그러나 삽화에 관심은 가지고 있었다. 매일 나오는 조그마한 난면(欄面) 그것도 한 개의 '그림'임엔 틀림없다. 소설의 내용을 살피면서도 독자적인 특성의 예술품이 되도록 노력해보고 싶었다. 여기에는 인쇄기술과 지질(紙質)의 관계도 많은 것 같다. 다행히 『서울신문』은 모든 우수한 기술이 구비되어 있으므로 노력해보련다."

나와 자연주의[163]

　태서(泰西)와 일본에 있어, 근대문학의 분수령은 자연주의·사실주의에 있었던 것이다. 그러한 의미로서 우리의 신문학의 출발점을 자연주의·사실주의에 두었던 것은 가장 온당한 일이었고 우리 문학의 기초가 바로 잡히느라고 그렇게 된 것이었다. 우리의 자연주의문학은 구미에 비하여 반세기 이상이나 뒤늦었고 우리가 자연주의문학, 사실주의문학에 착수할 때는 같이 뒤늦은 일본만 하여도 그 난숙기에 처하였던 것이다.

　태서와 일본에 뒤떨어지기로 말하면 하필 문학뿐이리요마는 신문학을 수립하자면 아무리 늦었어도 자연주의나 사실주의에서 출발하지 않으면 진정한 현대문학의 발판이 서지 않았을 것이다.

　시문학과의 관련성은 별개 문제이거니와 산문문학에 있어 문학사상으로서 사실주의라는 관문을 통과하지 않고는 진정한 문학은 수립되지 않는다. 그러나 이 말은 자연주의문학이 아니면 문학이 아니라는 뜻은 아니다.

　작가의 소질에 달린 것이지마는 어떠한 문학사상을 가졌거나 우선은 자연주의를 거쳐나가야 할 것이요, 창작에 있어 표현수법으로는 사실주의를 근간으로 하지 않고는 모든 것이 붓장난이요, 헛소리밖에 아니 되는 것이란 말

---

163 염상섭(廉尙燮), 「나와 자연주의」, 『서울신문』, 1955.9.30.

이다. 그러므로 자연주의 작품이 사실적으로 나가는 것은 의당 그러려니와 자연주의 이후, 자연주의에서 벗어난 모든 현대의 작품도 사실정신적(寫實精神的)이 아니라면 그것은 작품으로 서지 않는다.

우리 문학계에서는 최근에 와서 순수문학이라는 것이 있을 수 없다는, 순수문학을 거부·부인하는 논자까지 있어서 문학을 그야말로 소위 문단정치라든가 하는 손장난의 제구(諸具)로 삼는 모양이나 그러다가는 우리의 문학이 제 길을 걷지 못하고 말 것이다. 자연주의를 거치어 사실주의로 굼튼튼히 걸어 나가는 동안에 순수문학이 서고 민족문학이 뚜렷이 나타나는 것이다. 민족문학의 틀을 잡기 위하여 순수문학을 세우자는 것이다. 이것은 대단히 어려운 일이다. 한 작가를 놓고 보더라도 일생을 희생하여서도 용이히 성취될 일이 아니다.

나를 가리켜 자연주의 작가 혹은 사실주의 작가라 한다. 하등의 이의도 불만도 없다. 그것은 내가 신문학운동에 있어 시종일관하게 본궤도를 걸어왔다는 의미이기 때문이다. 그러나 혹자의 설(說)과 같이 의식적으로 자연주의 작품을 가지고 문단에 등장한 것은 아니었다.

기미운동 후 그 익년에 생긴 문학단체 폐허사의 한 동인으로 출발은 하였으나 동인지 창간호에 창간사를 썼을 뿐이요, 창작에 붓을 든 것은 그 이듬해부터이었거니와 처녀작 「표본실의 청개구리」를 발표할 제 의식적으로 자연주의를 표방하고 나선 것은 아니었었다. 거기에 나오는 인물이나 사건이 모두 실재의 인물이요, 작자의 체험한 사실이었다는 점만으로도 수긍될 것이다.

이 말은 왜 하느냐 하면 우리의 자연주의문학이나 사실주의문학이 모방이라거나 수입이 아니요, 제 바탕대로 자연생성한 것이라는 뜻이며 또 하나는 창작(소설)은 다른 예술보다도 시대상과 사회환경을 더욱 반영하는 것이기 때문에 그 시대와 생활환경이 자연주의적 경향을 가진 작가들과 작품을 낳게 한 것이라는 뜻이다.

만세운동 직후에는 얼마쯤 희망과 광명을 찾은 것 같았고 물심양면으로 활기를 띠었었으나 이것도 잠시 한때요, 독립운동을 해외로, 지하로 숨고, 민족경제·민족산업의 진흥기세도 꺾여버리고 다만 하나 문화면에 있어 민족 진영에 허가된 두 신문도 삭제·압수·정간에 제 소리를 제대로 하여보지 못하기는 무단정치 10년간과 별 차이가 없던 그러한 속에서 살던 기예한 청년들은 사면팔방 꼭 갇혀 있는 것 같고 질식할 지경이니 그와 같은 환경에서 나오는 문예작품에 명랑하고 경쾌하고 흥에 겨운 것을 바란다는 것은 무리한 노릇이었다.

이러한 사정은 신문학의 주류를 자연주의에로 끌고 간 큰 원인이었다 할 것이다. 그러나 『폐허』가 자연주의 일색이 아니었던 것은 물론이다. 차라리 『폐허』는 오상순, 변영로, 김억, 황석우, 고(故) 남궁벽 등 여러 시인의 표현기관이었고 그 경향이 각이(各異)한 것은 이미 정평이 있으니 여기에 번설코자 않는다.

현재의 내 위치를 말하라 하나 내 입으로 말하기는 거북하다. 그러나 한마디 할 수는 있다. 사실주의에서 한 걸음도 물러나지는 않았고 문예사조에 있어 자연주의에서 한 걸음 앞선 것은 벌써 오랜 일이었다는 것이다. 문학작품에 있어 무해결·무결론이 반드시 결식(缺食)이라고는 생각지 않으나 해결이나 결론을 준다는 것은 생활태도에 있어 적극적 단정을 내린다는 의미로서 필요하다고 생각하는 것이다.

그렇다고 해서 이상주의로 가는 것은 아니다. 이상은 좋으나 작품으로서의 효과로는 택하고 싶지 않은 것이다. 우리는 무엇을 하여야 하겠는가? 어떻게 살겠는가? — 하는 힌트를 주는 정도에 그치는 것이 작자의 할 일이요, 그다음 일은 독자의 판단에 맡겨버리는 것이다. 작품을 지도자로서 작가가 지도자로서 자처하였다가는 독자는 수신교과서나 읽히는 듯이 눈살을 찌푸릴 것이다.

끝으로 후진(後進)에 부칠 말이 있느냐는 것이나, 우선 두 가지를 적는다. 첫째, 말과 글을 배울 것이요, 둘째, 소설을 지향하거든 사실주의를 연구하고 여기에 철저하라고 권고하고 싶다.

안경[164]

어려서 양지에 나서면 눈이 부시어서 눈살을 찌푸리고 다니고 머리가 아파서 먹기 싫은 쇠골도 많이 먹었었다. 그러다가 동경에 가서 누가 일러 주었던지 안과의의 진찰을 받고 보니 상당한 근시안이었었다. 그때 풍습에 어른 앞에서는 안경을 못 썼으니 우리나라에서는 엄두도 못 냈겠지마는 젖은 관습에 안경을 버티어 쓰기가 퍽 어색하고 부끄러웠다. 그래도 안경을 쓰고 나니 그렇게 시원할 수가 없고 세상이 다시 돋보이는 것 같았다. 지금도 생각나는 것은 의사가 웃음의 소리로 "이 안경 만들어 쓰고 활동사진 가보라구." 하고 일러주는 대로 그 길로 활동사진관에를 들어가 보니 이때까지는 헛보았던 듯이 이렇게도 또렷하고 환할 수야 있는가 싶어 신기하였던 것이다. 눈이 부시고 머리가 지끈거리던 것도 씻은 듯 부신 듯하여졌었다.

늙어가니까 책 한 자를 보고 원고 한 줄을 쓰려도 일일이 안경을 벗어놓아야 하는 것이 여간 번폐롭지 않으나 그래도 아직은 노경의 필요를 느끼지 않는다. 안력이 좋다고 인사를 받기도 하지마는 이왕이면 어서 노경(老鏡)을 장만해 쓰고 어렸을 때 근시경을 썼을 때 같이 돋보이는 세상을 또 한 번 또렷이 보는 경이와 환희를 맛보고 싶다.

---

164 염상섭(廉想涉), 「안경」, 『동아일보』, 1955.11.25. 이 글은 ·근안원시(近眼遠視)·란에 수록되었다.

문학소년시대의 회상[165]

1

할아버지 앞에서 『천자문』, 『동몽선습』 따위를 배울 제, 매일 강(講)(외우는 것)을 하자면 낑낑 매다가 "이 자식은 왜 이리 둔하냐."고 언제나 꾸중만 맞았다. 게다가 늘 머리가 아프고, 기분이 무겁고, 눈살이 찌붓하니, 매우 명랑치 못한 소년이었었다. 고집불통의 어린 마음에도 우둔한 것을 어쩌나 하는 정도로 별로 비관도 경쟁심도 없이 멍하니 아무 자극도 변화도 없는 침체하고 고루하고 우울한 환경 속에서 지냈다. 을사조약, 광무제(光武帝)의 선위(禪位), 군대 해산, 각지의 의병봉기 등 — 세상은 소란하고 국내가 뒤끓는 속에서 말수 없고 별로 동무라곤 없는 열 살 전후의 뚱딴지소년은 어른들의 눈치만 보며 멀거니 그날그날을 보냈다. 군대 해산이 되던 날, 소격동(昭格洞) 종친부(宗親府) 앞 개천가의 고목나무 그늘 밑에 혼자 나가 서서, 전동(典洞) 영문(營門)에서 들려오는 흐두닥흐두닥 하는 총소리에 눈을 껌벅거리며 멀뚱히 귀를 기울이고 있던 때의 자기 모양이 가끔 머리에 떠오른다.

이런 환경 속에서 자라노라고 그런지, 열서너 살 적에는 금강산에 들어가

---

165 염상섭(廉想涉), 「문학소년시대의 회상」, 양주동 편, 『민족문화독본』 상(개정판), 문연사, 1955.

서 중이나 될까 하는 밑도 끝도 없는 막연한 소년다운 감상에 젖었던 한때도 있었다. 머리가 늘 쑤시고 깨끗지 못한 때가 많은데다가 집안에서는 교육에 비교적 방임주의이고 보니, 주위의 자극도 없고, 요새 아이들처럼 볼 만한 책이 있는 것도 아니어서, 문학에 눈을 뜰 그런 분위기의 혜택은 없었으나, 다만 이러한 소년다운 감상이 부지중에 이 방면으로 끈 것인지도 모른다.

머리가 아픈 데는 쇠골(牛腦)이 좋다 하여 비위에 맞지 않는 것을 얼마를 먹고 먹었던지? 그러기에 내 머리는 쇠머리처럼 더 둔해지고 굳어버렸는지도 모르겠으나, 열다섯에 일본에 건너가서 안경을 쓰게 된 뒤부터는 머리도 상쾌하여지고 눈 찌푸리는 버릇도 나은 것을 보면 원인은 근시(近視)에 있었던 모양이다. 그 시절에는 안경이 사치품이요, 어른 앞에서는 쓰지 못하던 것이니, 노경(老鏡)은 몰라도, 근시안(近視眼)쯤은 당자도 몰랐고 문제도 아니었다. 그러나 머리와 눈이 환해졌다고 생래(生來)의 둔물(鈍物)이 별안간 영리해질 리 없지마는, 일본으로 건너간 뒤로는 건강도 좋아지고 환경이 일변한 바람에 꼬마의 염세적 감상이나 우울이 씻겨나가고, 일어를 급히 공부하는 동안 문학적 정조에 닫히었던 마음이 차츰 열려나가는 통에, 어느덧 문학이라는 새로운 세계에 눈을 번쩍 뜨게 되었던 것이다. 개인적 이유가 아니라, 망국백성이 되었다는 점에서 잃었던 광명과 희망을 다시 찾아 생기를 얻고 열의가 솟아났던 모양이다. 일람첩기(一覽輒記)하는 총명은 없으나마, 이지와 정서를 떠나서 기억력만을 어린 머리에 강요하는 한문자(漢文字)의 무리한 주입과 강송(講誦)에 시달리던 머리와, 우울하고 침체하고 신산한 환경에 잠겼던 마음이 정서의 세계, 상상의 날개를 자유롭게 펼 수 있는 미지의 세계로 훨훨 해방된 기쁨과 새로운 지식의 감미(甘味)에 심신이 한가지로 소생된 모양이었던 듯싶다.

그러나 아무리 구미(歐美)의 신풍조·신사조에의 호흡이나 신문학의 감흥이 일찍이 접촉하여보지 못한 새 세계의 발견이었다 하더라도, 고국에 있어서 자기 나라의 문학에 다소 소질을 가질 수 있었다든지 신사조나 신문학에 대한 예비지식이라도 있었더라면, 이처럼 새 세계나 발견한 듯이 탐혹(耽惑)하고 경이의 눈으로 그처럼 신기해하지는 않았을 것이다. 또 하나는, 당시의 우리나라 사정이 청소년으로 하여금 소위 청운(靑雲)의 지(志)를 펼 만한 야심과 희망을 갖게 할 여지가 있었더라면, 아마 십중팔구는 문학으로 달려들지 않고, 이것은 한 취미로, 여기로 여겼을지 모른다. 그러나 문학적 분위기와는 담을 싼 소조(蕭條)·삭막하고 살벌한 사회환경이나 국내정세와 쇄국적·봉건적 유풍(遺風)에서 자라난 소년이, 문학의 인간적인 따뜻한 맛과 넓은 세계를 바라볼 제 조국의 현실상이 암담할수록 여기에서밖에 광명과 희망을 찾을 데가 없었던 것이다. 아직 중학 2, 3년의 어린 생각에 한편으로는 민족의 운명, 조국의 광복은 물론이요, 개인적으로 정치적 관심이란다든지, 장래에 입신할 방도와 생계를 생각지 않을 수 없으니, 다른 실학(實學)을 선택하려는 교계(較計)가 없지는 않았고, 또 처음으로 근대문명에 놀란 눈은, 한국사람의 살 길은 첫째가 과학의 연구와 기술의 습득에 있다고 주장하면서도, 동양류(東洋流)의 개결(介潔)하겠다는 일면을 택하여서인지, 즉 문학을 하면야 일본놈과 아랑곳이 무어랴 하는 생각으로, 제 딴에는 초연(超然)·염연(恬然)한 생각으로, 다소의 촉망(囑望)을 가지고 주위에서 말리는 것도 물리치고, 급기야는 문학에 끌리고 만 것이다. 그러기 때문에 문학을 하면서도 여기에만 전심(專心)하고 정진하지 못한 것은 그때나 이때나 한가지인 것이다.

2

신문학에 있어서는 이 시대 사람들이 개척자의 소임을 맡는 수밖에 없으니까 불가피한 일이라고 하겠지마는 자국의 고유한 문학 속에서 자라나지 못하고 전연 문화적 혹은 문학적 이민(移民)으로 나가서 외국문화·타방문학(他邦文學) 속에서 성장하여가지고 돌아와서 자기 문학을 세운다는 것은 불행한 일이요, 불명예하기도 한 일이다. 다만 그것이 외국문화나 타방문학의 단순한 이식이 아니라는 점, 다시 말하면 문화나 문학으로는 식민지가 아니었었다는 점에서 간신히 그 불행과 불명예에서 벗어날 수 있을 따름이다. 문화와 문학은 일면에 국경과 민족권(民族圈)을 초탈한 세계적 의의와 양상과 가치를 가진 것이기 때문에 그처럼 편협한 생각을 가질 것은 아니라 할지 모르나, 제 조상 버리고 남의 조상 위하랴 하는 속된 비유는 그만두고라도, 문학은 어디까지나 자기표현에서 출발하는 것이니만큼, 자기·자민족·자국을 떠나서 있을 수 없는 것을 생각할 제 우리는 정신적·문학적·문화적으로 이민(移民)이거나 이방인이거나 식민지로 자기의 국토를 내맡길 수는 없는 것이다. 또 그런 일도 없었다. 신문학의 영롱하고 난숙한 분위기란다든지 확고한 기반이라고 자랑할 만한 업적 내지 전통을 세워놓지도 못하고, 뒤에 오는 문학소년이나 청년더러 외국문학의 모방이나 맹설(盲說)을 경계한들, 그것은 마치 일향 영험 없는 부처님께 잿밥이나 올리라는 듯이, 국수적 편견이라 할지 모르나, 문학은 모방이나 이식이나 유행이 아닌 것은 더 말할 것 없다.

이야기가 기로(岐路)로 샌 것 같지마는 나의 문학소년 시절이란 이와 같은 여러 가지 불리한 조건과 환경으로 말미암아 신신한 것은 못된다.

이 시절의 우리가 받은 교육이 일어를 통하여 일본문화의 주입을 생(生)으로 받은 것임은 합병 후의 고통한 운명이었지마는, 나는 소년기의 후반을 좀 더 한국적인 것에서 떨어져 지냈다는 것이 더욱 불리하였다. 가령『춘향전』을 문학적으로 음미하기 전에 도쿠토미 로카(德富蘆花)의『불여귀(不如歸)』를 읽었고, 이인직(李人稙)의『치악산』은 어머님이 읽으실 때 옆에서 몰래 눈물을 감추며 들었을 뿐인데 오자키 고요(尾崎紅葉)의『금색야차(金色野次)』를 하숙의 모녀에게 읽어 들려주었다든지 하는 것은, 문학적 출발에 있어 한국사람으로서, 나 개인으로서 불명예요, 불행이라 할 것이다. 일본작품으로서는 나쓰메 소세키(夏目漱石)의 것, 다카야마 조규(高山樗牛)의 것을 좋아하여, 이 두 사람의 작품은 거지반 다 읽었다. 자연주의 전성시대라, 그들 대표작가들의 작품에서, 사조상으로나, 수법으로나, 영향을 적지 않게 받았을 것도 부인할 수 없다. 시조는 이때껏 한 수도 지어본 일이 없으면서, 소년시절에 일본의 와카(和歌)는 지은 일이 있었다. 이것이 결코 자랑은 아니다. 일본에 있는 동안 대학시절이 겨우 2년쯤 되고 3·1운동을 치른 뒤에 귀국하였으니, 나의 문학수업이란 중학시절 5년간 문학소년으로서 닥치는 대로 체계 없이 읽은 것뿐이었지마는, 초기의 문학지식의 계몽은 주로『와세다(早稻田) 문학』(월간지)에서 얻은 것이라 하겠다. 작품을 읽고 나서는 월평이나 합평을 쫓아다니며 구독(求讀)하는 데서 문학지식이나 감상안(鑑賞眼)이 높아갔다고 하겠지마는,『중앙공론(中央公論)』,『개조(改造)』 기타 문학지 중에서도 태서작품의 번역·소개와 비판 및 문학이론 전개에 있어『와세다문학』은 나에게 있어 독학자의 강의록이었다.

대학에 가서도 사학과를 지향하였기 때문에 영문학 강의를 듣거나 한 일이 없고 어학력도 소설을 원서도 볼 만한 정도가 못 되어 태서작품도 일역으로 읽었지마는, 마쓰이 스마코(松井須磨子)를 주역으로 한 시마무라 호게쓰(島村抱月)의 예술좌(藝術座) 신극운동이 왕성한 때라, 거기서들 상연하는 태서극(泰西劇)의 번역물을 읽기 시작한 것이 그 초보이었다.『살로메』·『몬나반나』[166]니『햄릿』·『베니스의 상인』들로부터 시작하여 관극(觀劇)의 필요 외에 회화(會話)의 묘미에 끌려서 부지런히 읽었었다. 그 고비를 넘어서 소설의 대작들에 손을 대었으나, 대개가 영(英)·불(佛)의 것보다는 러시아작품들이었고, 톨스토이나 투르게네프의 것보다는 도스토옙스키의 것과 고리키의 것들이 마음에 들었었다. 『신곡』이나 『파우스트』 같은 것도 읽은 기억만 남아 있을 뿐이지, 내용은 몽롱하다. 도대체 기억력이 부실하여 그러한지, 삼십 후에 쓴 자기 작품의 줄거리나마 잊은 것이 태반이니, 작품이 오죽해야 그렇겠느냐고 웃음거리가 될 말이지마는 이십 전후에 읽은 외국작품에 이르러서는 더욱 말이 아니다. 욕심으로 말하자면 이들 고전에 속하는 명작·대작들을 모조리 다시 한 번 읽고 싶고, 사실 이십 전후에 읽는 것과 나이 먹어서 읽는 것과는 글맛이나 작품의 감상·비판에 있어서나 운니(雲泥)의 차(差)[167]가 있는 것이다. 요새도 책만 손에 잡히고, 틈만 있으면 전에 읽은 것을 다시 떠들쳐보지마는, 읽을수록 역시 새맛이 나고 새것을 발견하는 것이 많다. 더구나 학생 상대로 강의나 하자면, 내외의 신작은 물론이요, 국내작가 대표작쯤은 다시 한 번 읽어보고 비판을 해야 할 텐데, 그런 시간과 정력이 없어서 어름어름하여버리는 경우에 양심의 가책을 느껴서, 강의 같은 것은 일체 맡지 않기로 하였지마는 그래도 아쉬운 대로 국내작가의 작품만은 모조리 읽어보고 의견도 발표하려는 생각이다.

또 역시 말이 헛갈린 듯하나, 내 경험으로 보면, 문학적 소양을 외국에서 받았고 신문학의 토대가 없이 개척자적 소임에 놓였었다 하더라도, 또는 우리의 문학수준이 낮은 것이 불가피한 사실이라 하더라도, 너무나 제 나라 것을 경시·

---

166 몬나반나(Monna Vanna) : 벨기에의 작가 M. 마테를링크가 쓴 희곡으로, 1902년 뤼녜포에 의해 초연됐다.
167 운니(雲泥)의 차(差) : '구름과 진흙'이라는 뜻으로, '차이가 매우 심함'을 이르는 말이다.

멸시하여왔고 더구나 고전을 돌보지 않았다는 것은 나의 문학수업에 큰 결함이었고, 뒤에 오는 사람이 자계(自戒)하여야 할 일이라고 믿는다. 우리의 고전문학이 아무리 화려치 못하고 현대 안목에는 하잘 것 없고 신통치 않은 것이라도, 이것을 존중하고 연구한 토대 위에서야 제 전통을 바르게 찾을 것이기 때문이다.

또 하나는 문학을 지향하는 바에는, 비록 작가가 되는 경우라도 어떠한 한 체계와 부문에 연구의 목표를 세워야 할 것이라고 믿는다. 평론가가 아니라 하여 산만(散漫)에 흘러서는 아니 될 것이니, 작가에 있어 인생관이나 사조 변천이나 세계의 움직임에 자기 유(流)로나마 체계가 선 철학이 있어야 할 것이기 때문이다.

다음에 또 부기할 말은 어학 — 적어도 영어만은 원서소설 하나를 번역할 수 있는 정도로 습득하여두어야 할 것이라는 것이다. 문학하는 사람, 더욱이 작가를 지향하는 사람이 여기에 등한하지마는, 문화의 권위는 말에 제약을 주는 것이기 때문에, 남의 문학을 받아들이는 경우는 물론이요, 자국문학을 외국에 소개하려도, 말부터 필요한 것이다. 이때까지는 일본을 통하여 간접으로 교섭이 있었지마는, 이제부터 직수입·직수출이요, 결코 일역에 의뢰하여서는 아니 될 것이요, 다른 것과 달라서 시나 소설을 외국에 소개하자면 문학하는 사람 자신의 손을 빌지 않고 타 부문의 사람이나 통역 정도의 어학력으로는 도저히 감당해낼 일이 아닌 것이다. 구미인(歐美人)이 한국말을 배워가지고 올 리 없고, 문화는 물과 같아서 위에서는 아랫물을 받아 올리려 하지 않느니만큼, 우리 자신의 힘으로 우리를 소개하고 우리를 문학·문화권에 끌어들여 여기에 오열(伍列)[168]하게 하여야 할 것이니 어학력은 절대 필요한 것이다. 앞으로 오는 사람들은 문학소년시대부터 이 점에 착안하여 노력하여야 할 것이다.

---

168 오열(伍列) : 오(伍)와 열(列)에 맞추어 짜인 대열(隊列). 또는 그 오와 열.

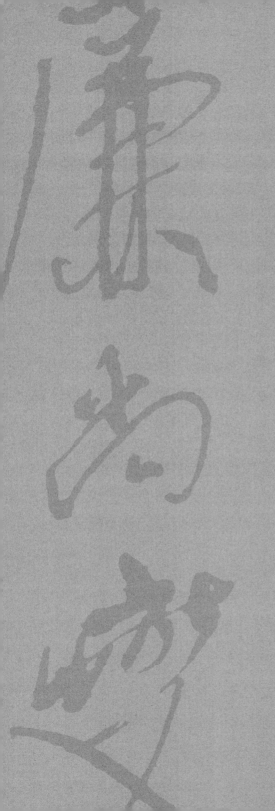

염상섭 문장 전집
1956

미흡한 작품
자유문학상 수상작가의 소감[169]

　현대문학의 중심이 소설 중에 단편에 있으므로 문학상의 대상이 자연 단편소설에로 옮겨간 모양이다 헤밍웨이가 받은 노벨상의 대상도 「바다와 노인」이란 단편이었던 것으로만 보아도 그렇지마는 우리나라에서는 더욱이 수상대상이 될 만한 장편을 얻기 어렵고 또 출판 사정 기타 심사에 어려운 점도 많기 때문인 것 같다. 그러나 아무리 짧은 한 이야기에 지나지 않는 단편이라도 거기에 진실로 문학적 가치가 있다면 거기에는 그 작가의 일생을 기울여 바친 역량이 깃들어 있을 것이니 수상대상이 되어서 틀림없을 것이다.

　그러나 이번 자유문학상에 입선된 나의 두 작품은 심사하신 여러분에게는 미안한 말이나 그리 자평하는 작품은 아니 된다. 내 자신이 좀 더 고답적인 것을 회구하듯이 여러분도 미흡한 생각이었을 것이다. 그러하니 없는 가운데 추리자니 이것뿐이었다는 것이라면 내가 당선되었다는 기쁨보다도 더 한층 섭섭한 생각이 없지 않다.

　나는 이 영예를 잠자코 받는다. 그 뜻은 원래 수상의 의의가 그렇듯이 나

---

169 염상섭(廉想涉), 「미흡한 작품-자유문학상 수상작가의 소감」, 『조선일보』, 1956.2.26. '자유문학상'은 미국의 아시아재단의 지원하에 1953년 전국문화단체총연합회와 공동으로 설정한 문학상이다. 염상섭은 김동리, 서정주, 박목월 등과 함께 3회 수상작가가 되었으며, 심사위원으로는 오상순, 박종화, 김동명, 유치진, 박영준, 안수길, 구상, 곽종원, 조연현이 참여했다.

같은 사람도 상을 받는 것을 보면 후진이 더욱 분발하겠기 때문이다

　작품의 내용으로 보면 「부부」는 피난 중의 경험을 적은 것이요, 「짖지 않는 개」는 해방 직후 국경지대에서 겪은 일을 그대로 적어서 당시의 한(韓)·일인(日人) 생활과 소련 진주군의 편모를 그린 것이다. 실상은 3년 전에 부산에서 써서 서울로 보냈던 것인데 작년에야 발표된 것이었다.

병중수상록 病中受賞錄 [170]

작년 여름에던가 어느 신문에서 만화까지 넣어서 약 대신에 술병을 놓고 원고를 쓴다고 동정인지 야유인지 알 수 없는 기사가 난 것을 보고 미고소(微苦笑)를 금치 못하였지마는, 서울에 돌아온 뒤에 차츰차츰 깊어간 위장병과 신경계통의 제 증세를 완치할 명약이 있는지는 모르겠으나, 그렇게 한가로이 요양에 전심할 형편도 못 되고 그날 벌어서 그날 호구하는 신세이고 보니, 돈과 시일과 내구력을 요하는 근치책(根治策)보다는 당장 술 몇 잔에 즉효가 나서 붓을 들 수 있는 고식지계로 그날그날의 원고를 써온 것이 근 2년이나 된 것이다.

전에 윤백남(尹白南)은 나의 기주벽(嗜酒癖)을 보고 연속적인 자살행위라고 충고한 일도 있고, 소싯적에 동료들도 몸을 너무 마구 군다 하여 늦게 고생하리라고 충고를 하던 일도 있지마는 귓가로 들었더니 이제 와서야 모든 것을 알겠다.

일본에 있을 제, 한 역단(易斷)을 하는 복자(卜者)가 "술이 과하여 술로 죽을 것이요, 위장병이 평생 고질이리라."고 하던 말도 예사로 들어 두었는데 한참

---

170 염상섭(廉想涉), 「병중수상록(病中受賞錄)」, 『새벽』, 1956.5. 글의 말미에 ·작가, 1955년도 자유 문학상 수상'이라고 명기되어 있다.

신고(辛苦)를 하게 되니 그것도 생각이 나서 작년 한때는 아마 이 병으로 죽으려니 하고 때만 기다리고 있었더니, 일기일복(一起一伏) 그럭저럭 오늘까지 끌고 와서, 전의 반만도 능력을 내지는 못하나, 자유문학상까지 받게 되었다.

나부터도 폐병이라면 난치의 고질이거니 하지마는, 위장병쯤은 그까짓 것하고 소홀히 여겨왔다. 그러나 앓아보니 이런 고약한 병은 없다. 어떤 한의(韓醫)가 가미해성탕(加味解醒湯)이란 화제(和劑)를 보내서 좀 써보기도 하였지마는 이것으로 보면 주체(酒滯)가 미류미류(彌留彌留)[171]하여 속이 헐은 모양이다. 그러기에 단주(斷酒)만 하면 나을 것 같고, 그와 반대로 주기(酒氣)가 들어가야 그 급한 고비고비를 넘기는 것인데 단주를 하고는 그날의 생도(生途)가 막연케 되니 이렇게 되면 음주도 생계의 한 방편이 되고 만 셈이다.

하여간 이 병은 무럭무럭 앓는 것도 아니요, 질질 끌면서 시들어 말려 죽이는 병인 것 같다.

자유문학상의 수상식이 있던 날도 한 시간이면 끝이 나리라 하여 그 한 시간을 견디어낼 자신이 있을까 없을까, 그날의 컨디션이 어떨까 매우 망성거린 끝에 나가서 큰 실수는 없어 다행이었으나, 한편으로는 지우와 여러 회합에 이때까지 무신(無信)히 지내지 않을 수 없었던 것을 괴한(愧汗)히 여겨마지 않는 바이다.

그러나 그보다도 자유문학상을 받은 나로서 먼저 생각할 것은 우방의 재단을 비롯하여 우리 문단의 기대에 금후 얼마나 작품제작을 지속함으로써 응대할 수 있을지가 걱정이다. 상이란 것이 물질로 논지(論之)가 아니요, 그 으뜸은 명예에 있는 것이지마는 자기 주머니의 돈이나 내어주는 듯이 말이 많을 지경이면 명예고 돈이고 내던지고 싶었다. 더구나 늙고 병들어 앞날의

---

171 미류(彌留) : 병이 오래 낫지 않음. 원래 '오래된 체증'이라는 뜻의 '미류체(彌留滯)'에서 온 말이다.

기대가 적은 놈이 받는 것보다는 전도가 양양한 신진에게 양보하고도 싶었다. 그러나 빚에 얽매인 내 실생활을 돌려볼 제 욕기(慾氣)를 억누를 수는 없어서 받은 것이다. 상금으로 빚을 가리고 나니 구급도 되어 재단에 대하여 다시금 고맙기도 하거니와, 원체가 가난뱅이 나라의 문화를 돕는다는 것이 본의로 소위 문화인의 구궁(求窮) 사업이라면 그 본의에 부(副)하여 생광(生光)스럽게 잘 썼다고도 하겠다.

여기에서 한마디 부언하고 싶은 것은, 아시아재단의 성격과 사업내용은 자세히 모르나, 여기에서 한 걸음 더 나가서 한국을 통하여 동양문화를 알고 소화하며, 아시아재단을 통하여 구미문화의 진수를 흡수하도록 쌍방에서 더 적극 노력하여야 할 것이라는 것이다.

10년이라는 세월[172]

"너, 올에 몇 학년이냐?"

"부산 가서 이태를 놀았죠. 헤헤헤 ……."

벌써 대학에 가야할 나이에 아직 고등학교를 면치 못하고 있는 것이 겸연쩍은 듯이 변명이 앞서는 대답이었다. 이태씩이나 놀려고 부산 가서 있었으랴. 피난통에 공부를 밀렸다는 이야기다.

"인생이 짧다 해도 긴 일생이다. 이태쯤 늦었기로 어떠랴! 난 부산 가서 3년 놀고 왔다. 허허허."

이태 논 것보다 삼 년 논 것이 자랑이나 되는 듯이 껄껄 웃고 말았다.

"세월은 비끄러매나요! 이태 늦었다고 누가 이태 동안 수명을 늘려준답니까!"

"얘! 너 무서운 놈이로구나! 넌 벌써부터 일생의 스케줄을 짜놓고 사는구나! 허허허 ……. 그만하면 됐다. 염려 없어!"

하고 또 한 번 유쾌한 웃음을 터뜨렸다.

말은 평범하지마는 언외(言外)에 넘치는 소년의 의기에 그 무슨 흡족한 것을 느끼는 것이었다.

10년 전 해방 후에 삼팔선을 넘을 때이었다. 신계(新溪) 근처쯤에서던가?

---

172 염상섭(廉想涉), 「10년이라는 세월」, 『동아일보』, 1956.8.15.

해질 머리에 산간의 촌길을 땅바닥에 붙어서 기어가듯이 걸어가는 한 어린 초동이 빈 지게를 등에 지고 손에는 책을 펴들고서 가는 것을 달리는 트럭 위에서 멀리 바라보며 '해방의 모습'을 여기에서 비로소 보는구나! 하고 홀로 속으로 차탄함을 마지아니한 일이 있었다. 그 소년의 손에 쥐어진 1권 서(書)는 정녕 해방이 갖다가 준 그림도 없이 등사판 칠을 한 한글책일 거라. 세상이 아무리 뒤떠들고 들끓어야 이 소년에게는 귓가로나 들릴 거냐. 신기하고 고맙고 소중한 이 책 한 권을 손에서 떼지 않고, 지게를 지고 산길을 걸으면서 읽고 외우고 하는 그 동심에는 남북도 없고 좌우도 없고 정쟁이 무엇인지 권력이 무엇인지 알 리도 없고 아랑곳도 없을 것이다.

이거야말로 해방의 상징이로구나 하고 대견히 느꼈던 것이다.

지금 내 앞에 앉은 이 씩씩한 학생아이도 해방의 첫 선물로 한글책 한 권을 받아가지고, 10년을 자라서 이만큼 컸다. 이 아이가 이만큼 커가는 동안에 우리가 살아온 자취를 돌려다본다면 감회도 한두 가지가 아니요, 3년 동안 치러낸 전쟁이야기만 하자도 날이 가는 줄을 모를 텐데, 이날 아침에 하필 이 아이에게서 10년이라는 세월을 단축해서 찾아보자는 본의는 다른 것이 아니다. 10년 전에 지게 지고 책 펴들고 길 가던 산간 초동에게서 해방의 기쁨과 감격을 맛보고 느꼈다면 지금 이 아이에게서는 '건설조(建設調)'라고도 할 진취의 기상을 찾아볼 수 있는 것이 또한 미덥고 대견하기 때문이다. 전란으로 하여 학교에서 밀진 이태를 곱으로 찾겠다고 기를 쓰고, 2년을 허송한 대신에 목숨을 이태쯤 늘려야 하지 않겠냐고 따지는 이런 아이면야 앞일을 맡길 만하고 맡을 만하지 않은가, 10년 길러놓은 보람이 있지 않은가.

10년이란 세월은 이 학생아이에게만 필요하고 값있는 시간이 아니었다. 건국 8년간에 3년 동안이나 전쟁을 치러내고도 오히려 피폐한 빛이 없다면 그것만으로도 무던치 않겠는가마는, 그 힘은 어느 새에 길렀던 것이냐? 밖으로의 원조의 힘이 적지 않았다 하여도 그 힘만으로 되는 것은 아니다. 근본이 되고 마지막에 가서 힘이 되는 것은 정신골이요, 의지의 힘이다. 이렇게 보면 해방이란 새 생활을 세우고 이끌어가는 정신력과 의지력의 회복이라고도 하겠다.

3년 전쟁을 겪고도 피폐한 빛이 아니 보인다는 말에 큰소리 한참 치는구나? 하고 웃을 사람도 있겠고, 헛소리 그만두라고 핀잔을 줄 사람도 있을지 모르지마는 정신력·의지력이 고난의 초극력이 됨은 물론이다. 웬만한 고생은 고생으로 알지 않고 질깃질깃하게 견디어내는 참을성이 많은 것 ― 이러한 것이 큰 싸움을 치르고 나서도 지친 빛을 보이지 않게 하는 것이라고 하겠다.

그러나 이것만으로는 아직 생활력이 충분하다고는 못할 것이다. 적어도 2년을 밑졌으니 3년은 더 살아야 하겠다고 버둥기는 이 학생만한 배짱이라도 있어야 할 것이다. '건설조'이니 좋다는 뜻도 여기에 있는 것이다. 전쟁으로 잃어버린 3년을 모든 면에서 찾아내야 할 우리다. 파괴된 면을 따지면 3년을 곱으로 찾아야 할 것이다. '건설조'를 더욱이 귀히 여기는 소이가 여기에 있다 하겠다.

이 학생의 이태 동안 밑진 학과는 후딱 제 자국에 들어설지 모른다. 그러나 국민 전체가 입은 3년의 손실은 언제나 원상회복이 되려는지? 이것은 물심양면에 걸친 문제이지마는 대관절 전후의 건설면은 얼마큼이나 진척이 되었는지? 내남없이 3년을 밑졌으니 3년은 더 살아야 하겠고 3년간의 손실을 곱으로 찾겠다 할 지경이면 국민의 전관심이 여기에 모일 것인데 신문을 보아야 그다지 소식은 눈에 띄는 것이 없다.

정쟁에 골몰하면 그러한 방면은 등한하여지는 것인지는 모르겠으나 정치를 모르는 우리 같은 사람도 적지 아니 흥미(?)를 느끼는 정계 소식밖에는, 이

건설면의 소식이라고 알려준다는 것이 고작해야 빗물이 새는 중고품의 차량을 들여왔느니 광부보다 갑절이 되는 사무원을 가진 탄광에서 편지까지 전하여주느라고 애를 써 출장을 하여오는 한가롭고 친절한 직장도 있느니 하는 따위의 듣고 싶지 않은 소문만은 들린다. 원체 잘하는 일이란 용이히 겉에 나타나지 않고 칭양(稱揚)하기를 아끼는 법이요, 흠절을 잡으려들기 쉬우니 이러한 것을 결코 곧이듣고자 하지는 않거니와 우리는 이 거룩한 날에 앉아 무엇보다도 전후 건설이 어떻게 되어가는가를 반성하고 국민의 총력을 여기에 집중하여야 할 것을 다시 생각하여봄이 이날을 의의 있이 맞는 것이라 할까 한다.

그러나 무어니 무어니 하여도 눈물과 함께 맞던 10년 전 이날의 감격을 오늘도 그대로 느낄 수 있는 사람이 몇이나 될꼬? 사람은 추억에 사는 것도 아니요, 정(情)이나 열(熱)이나 때와 함께 식는 것이니 그날의 감격을 오늘도 그대로 지니고 느낄 수는 없는 것이지마는 일생에 한 번 있지 두 번도 있기 드문 그 감격을 해마다 새로이 하고 길이길이 잊지나 말았으면 좋을 것이다.

염상섭 문장 전집
1957

불사춘 不似春¹⁷³

어제가 경칩이라는데 아침결의 음산하고 쌀쌀한 품이, 또 눈이라도 뿌릴 것 같아서 여전히 따뜻한 아랫목만 파고든다. 동지에 일양내복(一陽來復)¹⁷⁴이거든, 아무리 30년 내(來)의 혹한에 괴후(乖候)¹⁷⁵가 연달았기로 이래서야 땅속의 벌레들도 뜨려던 눈이 다시 감겨질 것이다. 봄이 왔다 하니, 어디 좀 보자 하고 머리맡 영창을 열어젖힌다면, 시적이기도 하고 중병인 같기도 하거니와, 그 봄을 찾고자(尋春) 창틀로 가던 손이 지르르 저리며 움츠려진다. 삼동에 고뿔 들린 어린아이 다루듯, 그저 외기(外氣)를 기(忌)하여 따뜻한 데만 골라서, 누가 다칠세라고 싸고 싸두었던 한 팔의 신경통이 아직도 안 풀린 것을 보아도 경칩은 말뿐이요, 수채의 얼음은 언제나 풀리려는지? 마음조차 봄 같지 않은 봄이다.

장거리의 점두에는, 산뜻한 모시조개가 나오고, 파릇파릇한 냉이(薺菜)가 눈을 반갑게 하니 봄소식은 벌써 어디선지 전해왔는가 싶다. 그러나 저 냉이,

---

173 염상섭(廉想涉), 「불사춘(不似春)」, 『동아일보』, 1957.3.10. 이 글은 '신춘유감(新春有感)'란에 수록되었다.
174 일양내복(一陽來復) : '동지(冬至)를 고비로 음기(陰氣)가 사라지고, 양기(陽氣)가 다시 온다는 뜻으로, ① 나쁜 일이나 괴로운 일이 계속되다가 간신히 행운이 옴을 이르는 말. ② 동짓달이나 동지(冬至)를 이르는 말. ③ 겨울이 가고 봄이 돌아옴.
175 괴후(乖候) : 괴상하고 변덕스러운 날씨.

저 조개가 이만 때면 한참 시끄러운 춘궁, 절량(絶糧)에 영양 부조(不調)한 앙상한 손으로 캐어진 것이려니 생각하면 구미가 돌지를 않는다. 춘궁이나 절량은 비단 농어촌에만 말이랴. 도회 사람도 냉잇국으로 봄을 맛볼 겨를이나마 없다마는, 이 봄 선물들이 절량농촌에서, 숨이 턱에 닿아 기어든 것이려니 생각하면, 봄을 묻혀가지고 온 것 같지도 않기에 반갑지가 않다.

담 넘어 양지바른 길가에서, 동리의 어린 계집아이들이 고무줄넘기를 하며, "버들피리 피리 피리소리, 종달새는 노래 부르고, 작년에 갔던 제비, 또 다시 돌아왔구나 ……." 하며, 길게 짧게 억양도 귀엽게 노래하는 소리가 들려온다.

완연히 봄 소리다. 그 지루하던 겨울이 인제는 갔구나 싶다. 화창한 봄바람이 소르르 뺨을 스쳐가는 듯하다. 그러나 침침한 방 한구석에서 자식은 입학시험 공부에 몸이 닳아 웅얼거리고 등을 지고 누운 실직한 아비의 머릿속에는, 길가에 줄을 지어 섰는 봉함복권인가 애국복권의 환영(幻影)으로 가득 차 있을 것을 생각해보면 답답하다.

봄은 내 집 문전에서만 모른척하고 지나가는 줄 알았더니, 여기에도 등진 것 같다. 자식이 학교에를 못 들어가도 걱정이요, 들어가도 걱정이다. 자식이 진학을 하면, 수 좋아 횡재라도 하여 요행히 이 고비를 넘겨볼까 하는 딱한 사정이지마는 또 한구석에서는 대학을 간신히 졸업시켜놓고도 취직난에 백(back)을 붙들겠다고 터덜거리고 다니는 오라비와, 여학교는 마쳤어도 대학에를 못 가서 애절하는 누이, 대학 못 가는 '부끄럼'을 참고 구직이나 해보려야 시험은 둘째요, 여기에 백 없는 설움에 신세타령으로 눈살만 찌푸리고 앉았는 정경.

봄은 그들의 것이려니 하였더니, 까실까실 메마른 그들의 마음에도 봄을 맞아들일 여유라고는 없는 모양이다.

대체 대학은 누구나 가야만 되는 것인지? 대학 졸업장은 옛날의 첩지[176]나 되는 것인지? 자식을 둔 부모는 섣달 대목이나 넘기듯 어려운 고비가 이 한 철, 입학기인 초봄이다. 입학시험에 낙제를 하였다고 키니네(kinine)를 먹고 진학을 못한다고 잠자는 약을 먹는 이 시절, 이 봄이다. 시집을 가려는데 양단치맛감을 마련 못해 자살하는 것만이 허영이 아닐 거라.

그러나 봄나물을 캐고 도라지를 캐던 봄 동산의 옛 풍취는 간 데 없고, 어린 학생을 산골로 유괴하여 옷을 벗겨가는 중학생이 출몰하는 무서운 세상이 되었으니 또 이것은 어찌된 셈판이요, 어떻게 되려는 싹수냐?

봄의 발자취는 예나 다름없이 고요히 향기롭게 차츰차츰 귀밑에, 콧가에 다가오고 풍겨오건마는, 봄을 맞을 이 마음은 외면을 하며 너무나 거친 데 놀란다. 봄은 어데 숨었는지 간 곳이 따로 있을 텐데, 내 집에 찾아와 문을 두드리며 봄소식을 묻는 것은 길을 잘못 든 것인가 싶다.

---

176 첩지(牒紙) : 대한제국기 판임관의 임명서.

횡보横步의 변辯 [177]

 나는 호(號)라는 것이 없다. 글줄이나 쓴다면서 호가 없다면 우습게 생각할지 모르나, 나는 그러한 데에 관심이 없고, 소위 아취(雅趣)라는 것을 좋아하는 하면서도, 그렇게 꾸며서까지 그 속에 잠겨보려 하지 않는 야인(野人)이기 때문인지도 모르겠다. 돌아간 곡명(穀明) 변영만(卞榮晚)이 호를 지어주마고 농담처럼 몇 번이나 자청한 일이 있으나, 내 그리 채근한 일도 없었고 흐지부지하였다. 지금도 곡명이 호를 하나 지어주었었더면 하는 생각은 없지 않다. 횡보라는 호는 30여 년 전 『시대일보』 시절에 편집국에서 그 누군가가 지어서 부르던, 말하자면 복장을 안긴 호이다. 그때 노심선(盧心汕)이던지, 이청전(李靑田)이던지 기억이 어렴풋하지마는, 그때가 여름철이라 일제(日製) 부채를 가졌었는데, 게(蟹)를 그리고, 또한 친구가 '횡행천하(橫行天下)'라고 제(題)를 한 일이 있었다. 이것을 본, 그때의 좌익계열인 논설반의 주(朱) 모(某) 군이 내 호를 짓겠다고 발론을 하여 편집국에 달아놓은 칠판에 '횡보(橫步)'라고 커닿게 써놓은 일이 있었으니 그 후부터 자연 '횡보' 하고 부르면 대답 아니 하는 수가 없게 되었었다. 지금 그 부채가 있었으면, 하는 생각이 간

---

177 염상섭(廉想涉), 「횡보(橫步)의 변(辯)」, 『동아일보』, 1957.3.21. 이 글은 '아호(雅號) 풀이'란에 수록되었으며, 글 말미에 '작가'라고 명기되어 있다.

절할 때가 간혹 없지 않다.

가전지보(家傳之寶)[178]가 될지도 모른다. 요컨대 군, 형, 씨, 선생 등 경칭(敬稱)을 붙여 부르기도 거북하고 척호(斥呼)할 경우도 안 되니, 호가 필요하여 자기네끼리 지어준 것이었다. 그때 내가 일본집에 가서 드난살이를 하였더라면, '타로(太郎)'·'지로(次郎)' 하고 불렀을 것과 다름없으니 그저 그러한 것쯤 되는 것이다. 그 시절은 한참 다방골 민순자(閔淳子) 집 술맛에 빠져 다닐 때라, 갈지자 걸음만 걸었으니, 횡보가 똑 알맞았을지도 모르겠다. 혹은 나갈 길은 따로 있었는데 외도로 문학을 하였기 때문에 실상은 횡보인지도 모르겠다. 남이 부르니까, 그저 그러려니 할 뿐이지, 나는 듣기 싫어한다.

---

178 가전지보(家傳之寶) : 집안에 대대로 전하여 내려오는 보물.

문인의 한국언론관
비약을 약속하는 현상[179]

1

'문인의 한국언론관'을 말하라 하나 별로 문인의 언론관이라는 것이 있을 것 같지 않다. 특히 한국언론관이라 하여 '한국' 2자(字)를 관(冠)한 지의(旨意)로 말하더라도 언론의 자유에 협위(脅威)를 느끼게 하는 여러 가지 난제가 첩출(疊出)하는 현상인 까닭인가 싶거니와 그 어떠한 경우이거나 문인이라고 하여 특수한 사정에 놓인 것도 아닐 것이요, 설혹 폐기된 광무연간(光武年間)의 신문지법의 재판(再版)이 나온다기로 언론의 위기가 그렇게 용이히 오리라는 기우에 사로잡힐 것도 없다고 믿는다. 그러나 언론이 사실상 부당한 간섭이나 억압에 질식할 경우라면 문인이거나 누구이거나 길치로 물러 않아서 수수방관만 하여서는 아니 될 것이니 문인도 정치인 · 사회인 · 언론인 · 시정인(市井人)과 함께한 시민으로서 언론의 자유를 옹호하고 그 창달과 정상 공명(正常公明)한 여론의 환기 · 육성을 위하여 협력투쟁하여야 할 연대책임이 있음은 다시 말할 것 없다.

---

179 염상섭(廉想涉), 「문인의 한국언론관－비약을 약속하는 현상」, (전2회), 『경향신문』, 1957.4.9～4.10. 이 글은 '문인의 한국언론관'이라는 기획의 일환으로 작성되었다. 이 기획은 1957년에 『독립신문』 창간 61주년을 기해 제정된 '신문의 날(4월 7일) 및 신문주간(週間)을 기념한 것이다.

그러나 우선 문인이라는 국한된 처지로서만 볼지라도 표현의 자유와 관련하여 그 소위 자유 분위기가 얼마나 확보되었는가 의문이 없지 않을 것이다. 한 작가의 작품의 제작에 있어 아무도 용훼할 수는 없는 일이요, 표현의 자유를 좌우할 사람도 없을 것은 사실이다. 그러나 시대의 분위기가 불투명하다거나 어떠한 음영이 깃들었다거나 사회환경이 무엇인지 모를 저기압에 잠겨있다면 그 작가의 심경은 저절로 흐려질 것이요, 그 영향은 크고 작고 간에 당장 그 작품에 나타날 것인데 그러면 그 불투명, 그 암영, 그 저기압이 그 유래하는바 원인과 사상(事象)을 아울러 얼마만큼 솔직하고 대담하게, 있는 그대로 작자의 심안(心眼)에 비친 그대로를 표현케 할 수 있겠는가? 아무런 위압이나 불안을 느끼지 않고 주저함 없이 자유로이 필봉이 나가는 대로 맡겨둘 수 있을까? ─ 문제는 여기에 있는 것이다

이것은 물론 일제시대와 같은 원고검열이라든지 기타 가혹한 탄압에 젖었던 자겁(自怯)의 관성이 남아서 그러한 것도 아니요, 실제로 외부에서 가하는 유형무형의 철주(掣肘)가 있어서 그러한 것은 아니다. 권력에 대한 아부도 아니다. 그러면서도 말썽스러운 제재거나 좌고우면하면서 붓을 달려야 할 작품이라면 아무리 좋은 제재라도 아예 붓을 대지 않고 포기하는 것이 무난하다고 생각하는 경우가 많은 것은 무엇 때문인가? 결국은 작가 자신의 심경이나 기분 내지 기질문제로 돌릴 것인가?

가장 현저한 예로 정치소설을 쓰는 경우를 생각하여보자. 디즈레일리(Disraeli)[180] 같은 사람이 자기의 정치경력을 소설화하는 경우라면 모르겠지마는 지금 같은 시대에 처하여 정치판국을 묘파하고 시폐(時弊)를 척결한다

---

180 벤저민 디즈레일리(Benjamin Disraeli, 1804~1881) : 영국의 정치가이자 소설가. 소설 『비비안 그레이(Vivian Grey)』(1826)로 문명을 떨쳤다. 보수당의 당수를 지냈으며 수에즈운하를 매수해 대영제국정책을 전개하여 인도를 직할하고 선거법을 개정했다.

면 어떠할꼬? 인물의 모델이라는 것은 도의문제에 긍(亘)하는 것이니 논외로 하거니와 시폐를 직설법으로 비판하고 규탄하는 것이 아니라 어디까지나 허심탄회한 객관적 입장에서 예술적 표현에 시종하였다손 치더라도 그것이 그대로 당시의 위정자나 그 지지자에게 허술히 용납되겠는가 하면 결코 그러한 것이 아니다. 만일 그것이 용이히 그네들에게 수긍되고 영합되려면 작자는 수동적으로든지 자발적으로든지 어떠한 제약된 자유 밑에 표현되었거나, 그 사회 자체의 분위기가 고도의 자유를 보유할 경우에 한하여서일 것이다.

2

언론 및 언론기관도 자유 분위기 속에서 표현의 자유를 최대한 향유함으로써만 그 본래의 사명을 다할 수 있음은 문학작품의 제작에서와 동일한 것이요, 언론인의 태도가 주관에 편의(偏倚)하지 않고 객관적으로 냉정하여야 하며 중정무사(中正無私)하여야 할 것도 문학에서의 작품에 대한 작가의 태도와 상통하는바 있다 하겠다. 그러나 특히 언론인에 있어서는 이미 마련된 자유 분위기 속에서 편안히 앉아서 그 업무를 수행하는 것이 아니라 언론 자체의 힘으로써 고전(苦戰)·역투(力鬪)하여 자유를 쟁취하고 명랑한 사회분위기를 만들어가면서 그 본래의 사명을 달성하여야 하는 데에 한층 더한 고충이 있다 하겠다.

소위 자유 분위기 없이 공정한 선거가 없고, 공정한 선거 없이 민주국가 설 발판이 없는 것은 구태여 필자의 구차한 설명을 기다릴 바 없거니와 그러므로 자유 분위기의 효모인 언론은 민의진작과 여론창달의 혈관이요, 민주국가의 바로 피(血) 그것이라 할까? 혈관에 강인한 탄력이 있고 피의 순환이 활발하여야 생성발육을 온전히 하는 것은 더 말할 것 없다. 언론이 드세서 그 등쌀에 못살겠다고 비명을 올리고 남이 식민정책의 첫 포석으로 만들어 복장을 안겼던 60년 전 신문지법과 비슷한 것이라도 다시 마련하여보았으면 하는 생각만이라도 한다면 이것은 타산지석이 아니라 바로 비석(砒石)을 찾는 민주주의의 자살행위라 할 것이다. 그러나 그렇다 하여 족히 걱정할 바는 없거니와 여기에서 무엇보다도 먼저 생각하여야 할 것은 언론의 자유와 공정을 위하여는 언론기관 자체부터가 파당적 종속성을 버리고 독자적 입장에 서야 할 것이요, 그리하고서야 언론의 권위가 설 것이며 따라서 그 사명을 다할 수가 있다는 점이다. 언론의 생명이 불편부당성에 있는 것이라면 어디까지나 그 독자적 입장을 제1조건으로 하는 소이이다. (1957.4.9)

매사에 중지(中止)이니 중립이불의(中立而不倚)니 하는 것이 말같이 쉬운 일이 아니요, 더욱이 언론으로서 여론을 리드하여가는 데에 있어 그러한 것뿐만 아니라 혼란한 사회에서일수록 언론기관이나 언론 자체의 중립태도라는 것이 자칫하면 의외의 방면에 이용되고 중상과 모함에 빠지기 쉬운 약점을 가지기도 하였나니 과거에 있어서 좌익에게 이용되는 경우가 비일비재였고 지금은 그러한 일이 없으나 간혹 심사에 틀리면 빨갱이 수작이라고 몰아붙이는 수가 없지 않았으니 그러나 진정히 언론의 공정을 기하고 건실한 여론을 환기·지도하자면 편당적 정신에서 초월하여 중립불의(中立不倚)의 태도로써만 가능한 것이요, 그럼으로써 비로소 대중의 신뢰를 받게 될 것은 물론이다. 그렇다고 한 정당의 기관지라든지, 기관지는 아니로되 이에 동조하고 지지하는 언론에는 권위와 신뢰성이 결여하다는 말은 결코 아니다. 설혹 사시(社是)나 주의주장으로가 아니요, 단순한 정실관계나 호오의 이유로 지지·동조하는 경우일지라도 그 태도만 진지하다면 언론의 자유는 발휘되고 여론을 환기함에 적지 않은 도움이 되는 것은 췌언할 바 아니다. 다만 일당

(一黨)의 기관지나 여기에 동조하는 언론이 자칫하면 빠지기 쉬운 약점은 반대편과의 대립이 노골화하는 경우에 정쟁을 도리어 자극하여 첨예케 할 염려가 불무함과 또 하나는 당시(黨是)의 선전과 자기변호에 열중하는 경우에 대중이 핸디캡을 가지고 대하게 됨으로써 도리어 선전효과가 감쇄(減殺)되는 수도 없지 않을 것이라는 점 등이겠다. 이러한 점으로 보면 공정한 중립지가 있어서 시시비비를 가려주는 편이 민중도 좋아할 것이요, 민주발전에 큰 도움이 될 것은 물론 정당으로서도 기관지를 통하여서보다 사반공배(事半功倍)[181]일 것이다. 현하 우리 한국에는 이러한 사명을 띤 권위 있는 중립지(紙)·지(誌)가 얼마나 되는지 모르겠다.

3

한국언론계의 현상은 탄압되고 위축되어 있는가? 명일의 언론은 크게 신전(伸展)[182]되고 자유무애(無礙)의 확고한 지보(地步)를 점하겠는가? 근래의 지상(紙上)을 통하여 보는 바로서는 언론단속에 대한 일부의 획책이 없지 않은 눈치이기는 하지마는 그리 깊은 근거와 확호(確乎)한 방안을 가진 것도 아닌 모양이어서 차라리 다행한 일이라 하겠거니와 표면에 나타난 국부적 사실로만 보건대 신경질적 감정의 충돌에서 오는 잣단 여론에 지나지 않는가 싶다. 쇄세(瑣細)한 흔단(釁端)[183]이 대세를 제(制)하는 수가 없으란 법도 없지마는 사진반 사건이라든지 야당지의 구독자 조사 따위의 말초적 현상은 물

---

181 사반공배(事半功倍) : 힘을 덜 들였는데도 그 효과가 매우 큼.
182 신전(伸展) : 늘이어 펼침.
183 흔단(釁端) : ① 서로 사이가 벌어져서 틈이 생기는 실마리. ② 서로 다르게 되는 시초.

론 없느니만 같지 못하고 한국에서나 볼 수 있는 일이겠지마는 이것을 가지고 깊이 우려할 바는 없을까 한다. 무관의 제왕이니 사회의 목탁이니 하는 말이 지금 세상에서도 통하는지 어쩐지는 모르겠으나 대체로 언론인·신문기자라면 경이원지(敬而遠之)하고 성이 가시어 하는 편인데 접촉이 잦으면 자연 감정의 대립을 피키 어려운 경우도 없지 않겠거니와 더구나 정쟁이 첨예화한 시기가 오면 일시적 흥분에 지나지 않은 것일지는 모르나 자질구레한 충돌도 면치 못하는 것일 것이다. 이러한 점에 대하여 일선에선 관인이나 언론인이나 자제와 반성이 있다면 각자의 소임을 원활히 수행하여갈 수도 있고 필요에 응하여서는 협조하여갈 수 있는 것이니 구태여 억압이니 위축이니 하여 크게 문제 삼지 않음이 도리어 좋으리라고 믿는다.

또 하나 시비의 시단(始端)이 되는 것은 오보(誤報)에 있는 모양인데 이것은 일견 지엽의 문제 같으되 피아(彼我)의 위신상 중대한 과오를 범하는 경우도 없지 않아서 구미의 예는 알 수 없거니와 일본의 유수한 신문에서도 고급간부로서 심사위원회를 두고 오보가 있는 경우에는 엄밀한 심사를 거치어 발표하는데 1년에 1, 2건 있을까 없을까 한 정도이다. 이만큼 오보가 중대시되는 것은 당연한 일이거니와 상대자로 보면 오보가, 즉 허위보도로 되어 명예훼손의 시빗거리가 되는 것은 차치하고 언론 억제의 구실을 제공하는 결과에 미치는 것인즉 경경(輕輕)히 볼 일이 아니다.

요컨대 각급 선거와 근년 계기(繼起)하는 중대사건이 있을 때마다 언론진에 이와 같은 트러블이 빈발하는 경향이나, 그리 우려할 것이 아니라 도리어 언론계의 활약과 일반의 관심이 그만큼 커졌다는 증좌인 동시에 언론자유의 신장을 위하여는 거쳐야만 할 고비를 넘기는 과도적 현상으로서 의의가 있는 것이며 또한 언론자유의 전취에 있어 그만큼 승리를 박(博)하여간다는 것을 의미하는 것이라고 볼 수 있다. 그러나 일면에 있어 언론인은 그 권위를 견지하면서도 항상 자숙하는 겸허의 태도가 엿보이는 데에 아름다움이 있을 것이요, 정권에 담백하고 금력에 타협하지 않는 긍지와 자강정신에 일관하면 사변 후 오늘의 이수(異數)[184]의 발전에서 재전(再轉)하여 한층 더 괄목할 만한 대비약(大飛躍)이 장래에 약속되어 있다고 믿는 바이다.

4월 6일 신문주간 전야(前夜)에 (1957.4.10)

---

[184] 이수(異數) : 특별한 예우. 또는 보통과 구별되는 특별한 것.

문학의 생명[185]

「문학의 생명」이라고 한 출제자의 의사가 혹은 문학의 수명을 의미하는 데에 있지 않은가도 싶으나, 문학의 수명으로 논지할지라도, 문학의 생명과 무관한 것은 아닌 것이다. 문학의 생명이라는 말이 좀 생소한 듯이도 들리기는 하지마는, 생명 있는 문학 — '산 문학'이라는 뜻이라면 진실로 산 문학은 일생일대에 수명이 그칠 리 없으며, 하물며 하필 지기(知己)를 백 년 후에 기다리리요, 인류의 보패(寶貝)로 천추만대의 유구한 수명을 누릴 것이 아닌가 한다.

그러나 '무엇으로 문학은 사는 것이냐? 어디에 문학의 생명이 있는 것이냐?'는 뜻으로 해석할 수도 있고, 또 이것이 출제의 진의인지도 모르겠다. 그렇다면 이것은 짧은 지면으로 다할 수 없는 간단한 강의 비슷한 것이 되겠지마는, 하여간 약간의 해명을 가하여보려 한다.

문학이 생산되는 모체는 사람이요, 사람의 생활이라는 것을 생각할 제, 첫째 손꼽아야 할 것은 혼, 즉 정신이니, 따라서 문학에도 혼이 있다. 문학의 생명은 문학정신에서 시발(始發)하는 것이라 하겠다. 다음에 문학은 문장으로써 형성되는 것이요, 문장은 사상의 문자적 표현이고 본즉, 사상은 문학에 있

---

185 염상섭(廉想涉), 「문학의 생명」, 『동아일보』, 1957.8.7.

어 뼈대가 되는 것이다. 말하자면 중축 이것으로 서는 것이요, 한 작가의 태도와 경향이라든지 그 질이 여기에 달린 것이다.

그러므로 한 작가의 사상은 문학정신과 아울러 문학의 생명을 이어나가는 유대인 것이다. 여기에서 작가적 태도라든가 경향이라는 것은 물론 그 작가의 세계관, 인생관, 문학관 등을 가리킴이요, 사실주의나 주정주의나 등의 여러 가지 문학상 주류의 갈래를 이름이다.

또한 문학정신과 한 작가가 가진 사상이라는 것은 작품 생산에 있어 기본 조건이 되는 테마(주제—작품 제작의 의도)를 선택하는 지침이 되는 것이다. 이 주제라는 것은 문학이라는 한 생명체가 생성하는 태반이요, 앞으로 살아나가는 지향을 밝히는 것이다.

그러나 사람이 머리와 등골로만 살 수 없는 것처럼 문학은 그 정신과 사상으로만 생명이 품겨지는(賦與) 것은 아니다. 숨을 쉬고, 피가 돌고, 살이 올라야 생명은 유지되는 것과 마찬가지로, 문학도 호흡을 하여야 하고, 청신한 혈액의 순환이 있어야 하고, 한 외모를 갖춘 형상이 있어야 할 것이다.

문학작품은 문화적 생명을 가지고 있으나 생리적 생산이 아니므로 이것을 건축에 견주어보자.

건축계획의 목표(주제)를 세운 기술자는 그 목표에 따라 설계도를 그린 것이다. 문학적으로 말하면 작품의 플롯(plot—구상)이다.

다음에는 구상을 따라가면서 주제에 알맞은 제재를 선택할 것이다. 주제와 제재는 물론 다르다. 주제는 준적(準的)[186]이라든지 목표라 할 것이요, 플롯(구상)은 방침과 공정을 말함이며 제재는 건축의 재료인 것이다. 주제에 알맞은 사건과 인물과 시간·장소를 선택하여 주위환경과의 관련을 고구하여

---

186 준적(準的) : 활쏘기에서, 표적을 겨냥함.

가면서 주밀한 설계로 안배하여 한 개의 작품이 머릿속에 태생하게 되는 것이다. 임부(姙婦)는 있는 것을 낳지마는 작가는 무에서 유를 낳는다는 말도 있거니와 어떠한 것이 되어 나올까는 아무리 경험 많은 산모라도 낳아놓고 보아야 아는 것과 마찬가지로, 아무리 유능한 작가에게도 전연 미지수인 것이다. 또한 주도면밀한 플롯을 세워가지고 출발하였어도 중간에 계획이 바뀌는 수도 있고 처음에는 플롯에 없던 것이 감흥에 쏠려 들어서 덧붙이로 의외의 생색을 내는 수도 있는 것이다.

하여간 구상이 푹 익어 말(언어)이 흘러나와서 글(문장)이 통하게 되면 여기에 비로소 '표현'이라는 한 생명체가 나타나기 시작하는 것이다. 말(언어)이란 피(血)요, 글(문장)이란 혈맥이라 할까. 그리고 '표현'이란 예술의 형식과 내용을 아울러 지닌 형상, 쉽게 말하여 작품 그것이다.

그러면 이 작품(문학)의 생명은 어디 있는 것인가?

제재는 객체다. 그러나 이 제재를 제외한 정신과 사상·주제와 구상, 말과 글 그리고 표현된 형상과 그 솜씨(탤런트)는 작가 자신의 것이다. 여기에 와서 한 작품은 그 작가의 '자기표현'에 다름없음을 알 수 있다. 제재라는 객체에 가탁하여서 표현된 자기다. 그 속에는 자기의 생명이 이입·배태되고 약동하는 것이다. 이것이 곧 문학의 생명이라 하겠다.

자기는 독이한 개체인 동시에 인류의 공동체의 일부요, 자기의 생명은 자기 독자(獨自)의 소유면서 우주에 찬 생명체의 한 토막이다. 문학 및 그 생명이 지극히 개성적인 반면에, 만인이 공감할 수 있는 보편성을 가진 소이도 같은 이치인 것이다. 써놓고 보니 서투른 문학강의 같이 되고 말았다.

횡보 염상섭 씨의 종횡담縱橫談 [187]

　1. 초창기에는 추천제나 현상제도 같은 것이 없었다. 말하자면 아무 구속 없이 자수성가한 셈이다.

　그 후 신문・잡지에서 일반투고를 정리하고 전형해서 채택・발표하게 되었었다. 그것은 현상도 아니고 그저 신문과 독자가 제한 없는 자유와 밀접한 관계를 가지고 교류되었던 것이다.

　이러한 책임을 가진 문화부가 결국 바빴고 투고자로서는 많이 발표되는 사람이 마침내는 두각을 나타내게 되었던 것이다.

　2. 오늘날은 현상과 추천의 두 제도가 병행하고 있다. 그러면 예전보다 세

187　염상섭(廉想涉), 「횡보 염상섭 씨의 종횡담(縱橫談)」, 『동아일보』, 1957.8.22. 이 글은 '문단 관문(關門)의 예와 오늘—어떠하여왔고 어떠한가'라는 설문에 답한 것이다. 이 기획에 대한 편집자의 말과 질문의 내용은 다음과 같다.
　"배경과 시운(時運)과 사교(社交) — 이러한 것이 내적 충실에 선행하여 저마다의 지보(地步)를 마련한다는 정치・사회의 현실 속에서, 학문・예술의 고을에서는 그래도 실력만이 자랑스러운 위력일 수 있노라 하여왔고 또 그러하기 원해지고 있다. 그 가운데 문학의 부문을 살펴볼 때, 하지 않고는 못 배길 정열로부터 소위 문단의 일원이 되기에 이르는 관문이라는 것은 어떠하여왔고 또 오늘날 어떠한가. 거기에는 약간의 시시비비가 없을 수 없겠다. 여기 우리 문단의 원로인 횡보 염상섭 씨는 다음과 같이 소회를 피력한다."
　"1. 해방 전의 관문(關文)은? / 2. 오늘날의 질서는? / 3. 추천현상제의 넓이 / 4. 예와 오늘의 권위는? / 5. 문단에의 정도(正道)는?"

상에 나오기가 어려워야 할 텐데 어떤 때 그렇지 못한 경우가 있다. 이를테면 수양기에 있는 사람으로서 자비출판이라 하여 자꾸 책을 낸다는 등은 좋지 않은 것이다.

언젠가 어느 대학생이 자작소설을 가지고 와서 읽어달라 하면서 서문을 써달라는 것이었다. 그런데 읽어본즉 작품이 익지 않았기에 출판을 만류했더니 나중에 다른 분의 서문을 얻어서 출판을 하고야 만 것이었다. 그러나 얼마나 팔렸을지, 결국 자연도태되고 말았을 것이다.

요는 나올 것은 나오고 도태될 것은 도태될 것이니 걱정할 바는 아니라고 생각한다.

3. 현상제가 추천제보다 좋은 점이 있기는 하다. 여러 심사원을 거치기 때문에. 그러나 추천제도 있어 좋을 일이다.

오늘날 이러한 제도를 통해서 신인이 다량으로 배출된다는 것은 좋은 현상이다. 어디까지나 엄격하기를 바라기는 하되, 등용문을 좁힐 필요는 없는 것이다.

한 가지 주의하자면 발표욕이나 명예욕은 누구나 다소간 가진 것이지만 활자화를 조급하게 서두르지 말고 꾸준히 공부해야 된다는 것이다.

4. 예전이라고 특별히 권위가 있었던 것은 아니다. 오히려 지금 지보를 굳건히 하고 있는 중견의 권위를 산다. 다만 신진들이 중견의 권위를 인정하지 않는 경향이 있다.

그러나 신인들이 한두 작품을 가지고 기성을 무시하며 대가연하는 것은 그 사람 개개의 성격 나름이지 추천제가 나쁜 것은 아니다. 그리고 이러한 기풍은 좀 지나면 식는 것이니까 걱정할 필요까지는 없으리라. 결국은 오래지 않아 깨닫게 되는 것이다.

5. 사제관계를 맺고 공부한다는 것은 문학수련에 필요한 일인데 그런 기풍이 별로 없다. 관문(關文)도 빠르고 정도(正道)를 걷게 된다는 의미에서도 이것은 소홀히 할 수 없는 문제이다.

그리고 권위 있는 단체가 중심이 되어서 신인이 데뷔 이후 몇 해 지나서 정회원이 되고 중견팀에 참여한다든지 이러한 규범을 만들어 엄정하게 시행하면 적지 않은 자극을 받아 공부하게 되리라고 생각한다.

상을 베푸는 데 있어서도 1, 2개 작품으로 작정할 것이 아니라, 2, 3년 보아서 장래가 보장된다고 인정될 때 비로소 시상하도록 하면 안팎으로 훨씬 충실해질 것이다.

우리 문학의 당면과제[188]

1. 오랫동안 무엇인지는 모르되 모색하여온 것은 사실이다. 6·25의 그 엄청난 고역을 치르고 나서는 더더구나 초조히 모색의 손을 쉬지 않고 오늘에 이르렀다. 혹은 지금쯤 어디서 무엇이 태동하고 있을지도 모른다. 만일 그러한 싹수(조짐)가 보인다면 아마 우리 문학이 직면하고 있는 가장 중요한 과제를 찾아내고 해결할 길이 곧 설 듯하다. 직면한 과제가 무엇이냐고 묻는 데 대하여 이것이라고 핵심을 지적하여 대답할 수는 없다. 다시 말하면 모색의 대상이 무엇인지, 무엇이 될 것인지는 모른다. 그러나 '현장 타개', '새로운 방향, 새로운 에포크'를 지을 만한 무엇이든가를 찾아내야 되겠다는 것이 매우 막연하나마 직면한 과제라고 본다.

그러나 말이 탐색이지 우리가 찾는 것은 기성한 것, 어딘지 감추어져 있는 것을 더듬어 찾아내는 것이 아니라, 무에서 유를 만들어내는 것이다. 우리도 모방은 하고 싶지 않다. 문학은 재단사가 누구에게나 맞을 기성복을 만들거나, 주문을 맡아서 옷을 지어주는 재봉사의 일은 물론 아니다. 말하자면 우

---

188 염상섭(廉想涉), 「우리 문단의 당면과제」, 『현대문학』, 1957.9. 이 글은 '우리 문단의 당면과제'라는 설문에 대한 답변이다. 질문의 내용은 다음과 같다.
"1. 현재 우리 문학이 직면하고 있는 가장 중요한 과제는 무엇이라고 생각하는가. / 2. 현재 다량으로 진출되고 있는 신인들의 문학적 경향 및 그 태도에 대하여 귀하는 어떤 의견을 가지고 있는가. / 3. 우리 문단에 대한 귀하의 긴급동의는 무엇인가."

리가 모색하고 있는 것은 제 치수(寸數)에 맞는 제 옷을 만들듯이 제 속에서 우러나오는 제 소리, 제 이념, 제 신조 ─ 제 철학을 만들어내는 데서 나올 것이기 때문에 거리를 헤매어본댔자 떨어져 있는 것도 아니요, 세계를 일주하여보기로 주워올 게 못될 것이다. 여기에 초조와 난점이 있고, 이때도록 시간이 걸리는 것이 아닌가 한다. 물론 우리도 세계와 함께 호흡하고 우리 문학도 세계에 한 자리를 차지하여야 할 것이니 세계의 추향(趨向)이나 사조를 무시한다는 뜻은 아니다. 다만 우리의 길은 우리에게 맞는 것을 우리의 손으로 뚫어야 하고 뚫리면 닦아야 하겠다는 말이다.

2. 신인들의 작품을 골고루 읽지 못하여 근자에 틈틈이 읽고 있는 중이지마는 경향과 태도가 어떠하든 간에 좀 더 두고 보아야 할 것이 아닌가 한다. 어떠한 범주에 이끌어 넣으려 할 필요도 없고, 지나친 조언도 할 것 없이 자유롭게 자기의 소질대로 뻗어나가게 하면서, 충분히 존중하여 공정한 비판을 가하여줌이 좋을 것이다. '태도'라는 데는 문학적 태도 외에 종래의 경험으로 보면 신인의 기성에 대한 태도라는 것도 간혹 화두에 오르는 일이 있었는데, 그러한 것은 문제도 삼을 것이 안 된다. 시간이 저절로 대답할 것이다. 선후가 바뀌었거니와, 경향에 대하여 한마디 할 것은 소위 리얼리즘이라는 것을 진부하다고 무조건 배척할 것도 아닌 대신에 시대유행의 사조에 추종하거나 모방할 것도 없으리라는 점이다.

3. 문단은 의정단상이나 회의장같이 생각이 안 되어, 긴급동의란 말이 격에 어울리지 않는 것 같으나, 최근 노산(鷺山)[189]의 문화단체통합론 같은 것이

---

189 노산(鷺山) : 이은상의 호.

긴급동의라면 나는 거기에 재청(再請)이라도 할까 하는 정도요, 그 외에는 별로 생각나는 것이 없다.

김 의관議官 숙질叔侄[190]

1

하필 동대문 밖 동적전(東籍田)에서 고종황제의 친경(親耕)이 설행(設行)되는 날과 일본의 소위 원훈(元勳)[191]이라는 늙은 이리 같은 통감 이토 히로부미(伊藤博文)가 서울에 도착하는 날과 겹질러서 마주쳤다. 하필이라면 우연히 그렇게 된 것 같지마는 아무리 국운은 이미 기울었다 하여도 엄연한 일국의 지존인데 국본인 농업을 장려하려고 군왕이 친히 쟁기를 잡고 농사를 짓는 국가적 성의(盛儀)를 거행하는 날짜를 어제오늘에 불시로 정하였을 리 없고 또 한편 이토 히로부미의 내조(來朝)로 말할지면 호시탐탐, 이웃나라를 집어 삼키려는 저의 나라의 국책을 띠고 움직이는 국가의 대표이거늘, 이 역시 그 오고가는 것을 하루이틀에 정하였을 리 없으니, 반드시 미리 양국 간에 연락

---

190 염상섭(廉想涉), 「김 의관(議官) 숙질(叔侄)」, 『야담』, 1957.10. 이 글은 이른바 '야담 유(流)'에 속하는 것으로, 기존 연구사에서 '소설'로 분류되지 않는 경우가 많기에 이 책에 수록한다. 『결작야담선집』 상(희망사, 1960)을 저본으로 입력한 것이며, '한말일화(韓末逸話)'라는 표제하에 게재되었다. 제목 옆에 다음과 같이 부기되어 있다.
　　"필자소개 / 소설가, 1897년 서울 출생, 본명 상섭(尙燮), 호 횡보(橫步), 『폐허』지의 동인으로 출발, 「표본실의 청개구리」, 「제야」, 『미망인』 등의 작품이 있고 1954년 서울시 문화상 수상 초대 예술원 회원."
191 원훈(元勳) : 나라를 위해 훌륭한 일을 하여 임금이 아끼고 믿어 가까이 하는 늙은 신하.

이 있었을 터이다. 그런데 무엇 때문에 꼭 이날을 택하여 황제의 친경과 2천만 국민의 뼈에 맺힌 원한을 품고 적시(敵視)하는 일사(일본사신)를 한날에 맞아들이도록 일을 꾸몄는가 말이다. 여기에는 필연코 곡절이 있어, 일부러 꾸민 노릇일 것이다.

아니나 다를까! 동적전은 장소가 비좁아서 많은 인원을 수용할 수 없으니, 각 학교의 각 반에서 반장·부반장, 둘씩만 내보내라는 지시요, 이토가 들어오는 정거장에는 동적전에 보내는 몇 십 명 학생 외의 전교생이 다 나가서 출영을 하라는 것이었다. 지금 같은 시절이 아니라, 서울 안의 학교가 그리 많지 않다 하더라도, 소학교·중학교·전문학교까지 전교생이 동원된다면 지금의 서울역 ─ 그때의 남대문역에서부터 이토가 들어갈 왜성대(倭城臺)의 사처까지 좌우도열로 사람의 성을 쌓게 될 것이니 굉장한 위의(威儀)를 보이자는 것이다. 임금의 거동이나 국가적 의례는 아주 초라하게 해서 집어치우고, 나라를 뺏으려고 토끼눈을 뜨고 손톱 날을 날카롭게 하여가지고 오는 외국사신을 환영하는 데에는 거국적인 성의를 보이려는 데에는 세계의 이목을 속이려는 얕은 계책도 있겠지마는, 첫째는 민심이 웅하나 아니하나 어디 보자는 것이요, 둘째는 민중을 위압하는 틀을 세우자는 정책이었던 것은 다시 말할 것 없다. 이때의 한국정부라는 것은 허울만 남아 있었지, 샅샅이 파고들어서 실권을 쥐고 있던 일본놈에게 좌지우지되고 있었던 것이다.

"너 왜 오늘 집에만 들어앉았었구, 동적전에두, 남대문역에두 안 나갔니?"

금방 정거장에서 들어온 김 의관(議官)은, 저녁밥 되기를 기다리면서, 땅거미가 짙어가는 사랑마당을 빙빙 돌고 있던 조카 진하더러 못마땅한 눈치로 말을 걸었다.

"동적전에두 못나갔는데, 무슨 정성에 그깐 놈을 맞으러 나가겠어요? 작은아버지께서 우리 집 대표로 나가셨다 오셨으면 고만이죠. 김 씨 집 살 일

났습니까?'

진하는 잘못하면 코웃음을 칠 뻔하였다.

인제야 소학교 4년인 열네 살짜리로서는 엄청나게 숙성한 소리요, 어른으로서 들을 수 없는 괘씸한 말버릇이었다.

김 의관은 하도 기가 막혀서 당돌히 눈을 말뚱말뚱히 뜨고 마주 섰는 어린 조카자식을 눈길로 나무라며 한참 바라보다가

"대가리의 피도 안 마른 놈이 무엇을 안다고 ……. 썩썩 나가거라."
라고 호통을 치려다가, 마음을 쑥 눌러서,

"그런 거 아냐. 네깐 놈이 뭘 안다구 중뿔나게 그러는 거냐? 남 하는 대루 따라가야지."

이렇게 한마디만, 거칠어 나오려던 숨소리를 죽이며, 타일러놓고 홱! 돌쳐 마루로 올라갔다.

진하도 분통이 터지는 것을 참고 대문 밖으로 휙 나와서 어두워가는 먼 산만 바라보고 섰다.

진하는 지금 어린 마음에 난생 처음으로 커다란 일을 하나 해내었거니 하는 으쓱한 마음에 잠겨 호기를 뽐내고 싶었던 것이다. 정거장에 아니 나갔다는 것은 조그만 일이지마는, 이토 히로부미를 무시하였다는 일이, 즉 일본에 대항하였다는 것이 무시무시하게 커다란 일이라고 믿는 것이다.

'흥! 작은아버지두 한때는 지사였지마는 …….'

'을사조약이 체결되고, 민(閔) 충정공(忠正公)이 순절(殉節)하였을 때는 하룻밤을 통곡으로 새우던 그 작은아버지는 간 데 없고, 그것두 말씀이라고 하시는 거야?'
하며 진하는 어린 가슴을 바르르 떨며 분개하는 것이었다.

하기는, 지금도 김 의관은 고성낙일(孤城落日)에 마지막 판인 정우회(政友

會)를 사수하고 있는 것은 자기뿐이라고 큰소리를 치고 있다. 정우회는 적어도 전날의 대한자강회(大韓自强會)의 정신과 투지를, 대한협회보다도 정통적으로 계승한 것으로서, 일진회(一進會)와 싸우는 군은 결의와 지조는 결코 누구에게도 지지 않는다는 것을 언제나 내세우는 김 의관이었다. 이런 것이 진하에게도 은근히 자랑이었던 것은 물론이다.

그러던 작은아버지가, 통감 이토 히로부미를 마중 나갔다는 것도 놀라운 일이지마는, 그것은 회를 대표해서 마지못해 그랬다 치더라도 진하가 정거장에 안 나갔다고 해서 그렇게 얼굴빛까지 달라지며 무엇이 잘났다고 쥐뿔같게, 남 하는 대로 따라가지 않았느냐고 나무란 것은 기막히고 분한 일이다.

항일투쟁은 어른에게 맡기고 너는 공부나 잘 해라. 어린 것이 지금부터 그러한 데 머리를 쓰고 속을 썩이게 되면, 공부도 제대로 하기 어렵고 일생을 두고 고생일 것이라고, 여기지름[192]으로 그렇게 눌러버리는 것이라면, 또 다시 생각할 점도 있기는 한 일이다. 그러나 삼촌이 그렇게까지 조카자식의 장래를 염려하고 아껴준다고 할 수 있을까? 김 의관은 자식도 없지마는, 아들이 없어 하는 사람도 아니요, 조카자식을 맡았다 해도 그저 와 있나 할뿐이지, 원체 가사에도 그렇지만 아랑곳을 하는 삼촌도 아니었다.

'에이, 시끄러운 세상! 이런 꼴 안 보구, 시골에 틀어박혀 있었더라면 도리어 좋았는걸!'

숙성한 진하는, 어른처럼 시국을 비분강개하고 삼촌에게도 반항하는 분심만이 치밀어 올랐다.

---

192 여기(瞿氣)지름 : 굳세고 억척스러운 기운을 꺾는 일.

2

"이제야 말이지, 월전에 송병준이가 나를 좀 만나자기에 가보았더니, 그, 그러지 말구, 이용구(李容九)를 한번 찾아가 보라더라구면. 온 말이 되는 말이어야지."

저녁때면 사랑에 모여드는 축들을 앞에 놓고, 김 의관은 의기양양해서 자랑삼아 하는 말이었다.

"추파송정(秋波送情)[193]도 있을 법한 일이지만, 그래 조건은 뭐랍디까?"

그 누군가가 말을 받는다.

"조건이 무어거나 도대체 말 같아야 말이 되지."

하며 주인은 코웃음을 친다.

"하지만, 영감의 개결(介潔)한 성품으론 그럴지 몰라도, 외곬으로만 생각할 게 아닐 듯한 것 같은데 ……. 아무래도 점점 대세는 기울어져가는 이 판국에, 누울 자리를 보구 다리를 뻗으랬다구, 미구에 닥쳐올 사태를 고려해봐야지 않겠소. 한 사람의 손으로 막아낼 대세가 아니고 보니, 고집만 부릴 게 아니라, 앞날의 보신지책이라는 것도 ……."

옆에 앉았는 김 의관과 연상약한 중늙은이가 천천히 말을 하다가 뒤를 흐려버리고 만다. 좌중은 침통한 낯빛으로 모두 덤덤히 앉았다. 그 침통한 빛이라는 것은 시국을 비분해서라느니 보다는,

'무어 뻔한 일인데 …….'

하고 더 앙버티어보았댔자 별 수 없지 않으냐는 절망적이요, 타산적이면서도, 체면상 그런 말을 꺼내기가 어려워서 그런 낯빛들을 지어 보이는 것이었다.

---

193 추파송정(秋波送情) : 고운 눈치로 은근한 정을 나타냄.

"그야 내 자리는 벌써 마련되어 있으니, 염려 말고, 이용구만 만나보라는 거지마는 ……."

김 의관의 안색에는 그리 침울한 빛도 없고, 걱정이 된다는 검은 그림자도 없이, 가볍게 도리어 자랑삼아 하는 말이었다. 그 눈치로 보아서는, 아까, "말이 안 되니까 거론할 것도 없다."고 쾌쾌히 큰소리를 치던 것과는 다르다. 송병준이가 일진회에 포섭하겠다는 것을 거절한다는 말이 아니라, 오라는 대로 가도 좋지마는 어떻게 혼자만 가겠느냐? 몇 안 되는 식구지마는, 부하와 동료들을 적당한 자리에 앉히게 될 수 있는 유리한 조건이라면 생각해볼 여지도 있다는 말 같다.

"하여간 무슨 말이 나오나 만나나 보시구려."

또 누구의 입에선지 이렇게 권고하는 소리가 창밖으로 새어나왔다.

사랑이래야 일자로 2간방 하나와, 장지를 격해서 달린 뒷박 같은 이편 끝 방에는, 진하가 상노 겸으로 대령하고 앉아서 공부를 하고 있는 것이다. 어른들의 숙설거리거나 떠들어대는 소리가, 늘 그게 그 소리 같아서 별로 신통한 것도 없고 들어야 잘 터득이 되는 것도 아니니, 귀담아 듣지는 것도 아니나, 송병준이니, 이용구니 하는 이름이 귀에 스치니 자연 그리로 정신이 쏠리는 것이었다.

자강회를 당시의 내무대신 송병준이가 해산시킬 때 펄펄 뛰던 작은아버지다.

그것은 고사하고 송병준이나, 이용구라면 삼척동자라도 모르는 애가 없다. 그 송병준이가 만나자는데 쭐레쭐레 가는 삼촌이 알 수가 없는 양반이요, 게다가 만나보고 온 이야기를 자랑삼아 하다니? 아니, 그것 때문에 저렇게 모여앉아서 숙덕공론을 하는 것인 모양이지마는, 이용구도 만나보라고 권고하는 데에 작은아버지가 무어라고 대답을 하나 하고, 귀를 바짝 기울이고 있었으나 작은아버지는 거기에는 아무 대꾸가 없다. 으레 허세로라도 펄쩍 뛸 줄 알았더니, 대답이 없는 것을 보면, 솔깃해 하는 모양이다.

진하는 입을 비쭉하였다.

"송과 만나게 된 것은, 누가 중간에 나선 건 아니요?"

"아니!"

하고 보면 송병준이와 어느 새에 친해졌는지는 모르지만, 송에게 진정해서 그런 운동을 하고 다녔던 것은 아닌가 하는 의혹들도 없지 않았다.

"그런데, 이번에 이토가 동경에 다녀온 뒤로는 좀 눈치가 다르대."

또 누구의 목소린지 한마디 화두를 돌렸다.

"왜?"

좌중은 눈들이 커다래졌다.

"이젠, 저는 차차 물러서려는 준비를 하는 눈치 같더래."

이러한 중대한 정보를 알아내서 제공한다는 데에 큰 자랑을 느끼는 말소리였다.

"그럴지도 모르지. 성공자거(成功者去)니까."

시국에 무슨 중대한 사태가 또 벌어지지나 않을까 해서 긴장하였던 좌중은 차라리 잘 되었다는 생각에 이런 소리를 하는 사람도 있었다. 나날이 긴박해가는 시국을 들여다보면 기막힌 일이지마는, 저희로서는, 더구나 이토로서는 성공자인 것이다. 하여간 이토 히로부미 같은 거물이 이 강산에서 자취가 사라진다는 것은, 그 뒤에 누가 오나 마찬가지라 하여도 다행한 일이었다.

"후임에는 누가 올 텐구?"

"그야, 증니(曾禰)가 올라앉겠지."

부통감(副統監) 소네 아라스케(曾禰荒助)[194] 말이다.

---

194 소네 아라스케(曾禰荒助, 1849~1901) : 한말 통감부의 제2대 통감.

과연 이 정보는 적중해서, 그해 6월에 이토 히로부미는 갈리고 소네가 통감이 되었다. 소네야 이토보다 인물이 수층 떨어지지마는 다 파먹고 빈 껍질만 남은 ― 네 기둥만 남은 집 한 채 쓰러뜨리기에 소네 아니라 소네의 손자인들 못하겠는가.

그것은 고사하고, 정작 송병준이가, 이용구를 시켜서 한일합방을 부르짖게 하고, 저도 이토한테 긴하게 보이려고 앞질러 서두르다가 도리어 이토의 눈밖에 나서 내무대신을 내놓고 동경으로 가버렸으니, 김 의관이 송병준이를 만난 것은 물론 그 전의 일이겠지마는, 끈 떨어진 망석중이가 되어버렸다. 그러니 요지막은 이용구를 만나고 어쩌고 하는 문제도 식어버리고, 누구 하나 그 문제를 다시 꺼내는 사람도 없이 잠잠하여졌다.

그러는 동안에 일제는 한국의 경제권·사법권까지를 마지막으로 뺏어갔지마는, 한편으로는 다행히도 이 해(융희 3년, 서기 1909년) 10월 26일에 동청철도(東淸鐵道) 하얼빈(哈爾賓) 역두에서, 이토 히로부미가 우리의 안중근(安重根) 의사에게 쓰러지고 말았다. 여기에서 다행이란 말은, 우리의 적년(積年)의 원수를 갚았으니 말이요, 그보다도 또 하나의 큰 도둑구멍을 찾아서 장차 그 소위 대륙정책이라는 만주침략을 그 첫걸음에서 막아서 동양평화를 위하여 그 공헌을 우리의 민족의 손으로 성취하였으니 말이다. 쉽게 해서 동양을 뒤흔들고 세계의 평화를 깨뜨리려는 강도의 우두머리를 잡은 셈이었다. 다시 말하면 우리는 이미 때를 놓쳐서 뺏길 대로 다 뺏겼지마는, 문전에서 기웃거리는 그 강도를 뒤쫓아 간 우리의 안 의사의 손으로 넘어뜨려서, 우선은 4억만 중국백성이 베개를 높이 베고 편히 잘 수 있게 되었으니 다른 어느 동양사람보다 먼저 중국사람들이 고마워해야 할 것이다.

하여간에 이토가 죽자, 학교에서 이 소식을 들은 진하는, 입가에 웃음이 피어오르는 것을 감추기에 애를 쓰면서도 속으로는

'그거 봐라!'

하고 곧 입에서 만세라도 터져 나올 것 같았다. 그러나 비틀어진 정우회의 문패를 문전에 붙이고, 그 조고만 사랑방 속에 들어앉았던 김 의관은, 이 소식에, 처음에는 당황하다가 차츰차츰 얼굴빛이 반 죽게 되었다. 이토가 죽었다고 무슨 뼈저릴 일이야 없겠지마는, 일진회에 들어가려다 만 것이 뉘우쳐지면서, 통감부의 벼락같은 탄압이 자기에게도 휩쓸려올까 보아서 지레 겁을 집어먹었던 것이었다.

3

그 후 반년 남짓 넘어 이듬해(경술(庚戌) ― 1910년) 초여름 어느 날이었다. 그동안에 진하는 소학교를 졸업하고 중학교 1년생이 되었을 때다. 학교에서 파해 나와서, 삼촌 집에를 마악 들어서려니까, 새파랗게 얼굴이 죽은 작은어머니가 문간으로 마주나오며, 오들오들 떠는 목소리로

"얘, 작은아버지 못 봤니? 지금 금방 나가셨는데 ……."

하고 말도 잘 어무르지 못한다.

"아뇨. 왜 그러세요?"

진하는 심상치 않은 기색에 눈이 둥그레졌다.

소싯적부터 아이가 없다는 것이 핑계로 싸움도 잦고, 첩을 몇씩이나 갈아 들어가며, 근년에는 영 본집은 모른척하다가, 남은 땅뙈기나마 다 없애고야, 인제는 할 수 없어 작은어머니한테로 기어들어서 고개를 못 들고 사는 처지라, 또 늙은이 내외의 싸움이 벌어졌구나고, 진하는 예사로이 생각하면서도 하도 서두는 품에 놀랐다. 그러나 작은어머니의 울음 섞인 목 메인 소리로

"얘, 헌병대(憲兵隊)에서 모서 갔단다."

하는 한마디에 진하는 눈이 번쩍 띈 듯이, 손에 들었던 검정 책보를 작은어머니한테 내던지듯이 주고 곤두박질을 해서 문밖으로 나섰다. 진하의 머리에 떠오르는 것은 다만 한 가지, 작은아버지가 헌병대에 잡혀갔다니 친일파(親日派)는 아니로구나! 하는 생각이었다.

"얘, 너 헌병대 아니? 바루, 요리 나가셨단다. 남산 밑이란다."

삼촌댁은 허겁지겁 따라 나오면서 전찻길로 빠지는 길을 가리켜주었다.

진하는 듣는 둥 마는 둥 뒤도 안 돌아다보고 달음질을 쳤다.

아무리 삼촌이라도 육친의 애정이나 정리로 문제가 아니다. 이 시절에 헌병대라면 목숨을 내걸고 끌려가는 생지옥이다. 한번 끌려가면 다시 살아나올 가망은 없는 데다. 거기를 오십이 넘은 중늙은이가 끌려갔다면 생주검이 되어 나올 것이다. 그러나 그것이 무서운 것이 아니라, 이러한 데로 잡혀가니 작은아버지는 진짜 항일파·배일파였던, 역시 애국지사이었구나! 하는 생각에, 진하는 감격하였다. 그런 것은 모르고 이때껏 오해를 하고 미워하였던 것이 뉘우치고 죄송스러웠다.

헐레벌떡 전찻길로 빠져나가서 큰길을 건너 사람이 복작대는 틈을 비집고 거슬러 올라가며 남산 쪽으로 가는 길을, 좌우로 눈을 휘휘 돌려 찾으며 뜀박질을 하였다. 회색 학생복을 입은 조고만 소년은, 얼굴이 새빨개지고 모자 차양 밑에서는 땀방울이 비 오듯 하였다. 숨이 턱에 닿고 다리의 힘이 차차 풀리었다.

그러다가 어전등 왜성대(남산) 쪽으로 휘는 길모퉁에서 작은아버지의 뒷모양을 눈길 끝으로 붙들었다. 진하는 마음이 덜컥 하고 급작시리 가라앉으며 기운이 확 풀려서 뛰어가던 발길을 느꾸기 시작하였다. 그래도 이만한 거리면, 원광으로 놓치지 않고 뒤를 딸키에 알맞았다. 무엇보다도 작은아버지가 수갑을 차지 않은 것이 다행하고, 데리고 가는 사람도 군모(軍帽)에 검정 테를 두르고 육중한 환도를 차고 붉은 장화를 신은 정복한 헌병이 아니라, 평복을 입은 것이 좋았다.

호젓한 관청거리인지, 사택거리인지 일본사람의 거류지를 휘돌아서 두 사람의 그림자가 사라진 데는 보초가 섰는데 일본제국 육군 헌병사령부이었다. 두 그림자를 놓친 소년은 그 보초가 무서워서 문전까지 가지도 못하고, 멀거니 바라만 보다가 그대로 돌쳐서고 말았다. 그때의 진하의 꼴은, 지나가는 인적 하나 없는 헤넓은 거리를 혼자 어깨를 쳐뜨리고 비쓸비쓸거리는 초상집 개나 다름없었다.

그래도 집에서는 김 의관의 갇혀 있는 데를 안 것만 다행해서 이튿날부터 하루 세 끼 밥을 해 가기에 없는 하인을 불시로 얻어 들이고 돈 구처를 하러 다니고 하기에 작은어머니는 밤잠도 못 자고 얼굴이 반쪽 만해졌다. 그러나 대관절 무엇 때문에 붙들려 들어갔는지, 언제나 끝이 날 일인지 알아야 말이지, 간신간신히 조석을 이어나가는 집안에서 초조하기란 짝이 없고 기가 막혔다.

그렇던 김 의관이 1주일쯤 되더니 풀려나왔다. 집안에서는 반가우면서도 도리어 깜짝 놀랐다. 진하도 어리둥절하였다. 진하로서는 반갑다기보다도 잔뜩 삼촌을 존경하는 새로운 감정이 있었기 때문에 이렇게 쉽사리 풀려나온 것이 이상하게도 큰 기대에 어그러진 듯이 서운한 것이었다.

"얼마나 고생하셨어요?"

하고 물으면 김 의관은 그저 가벼이 웃으면서

"응, 아무 일 없었어. 저희가 설마 날 어쩔라구."

하며 흔연히 대꾸하는 것이었다. "저희가 설마 나를 어쩔라구." 하는 말은, 자기의 지체, 위신, 배경 등을 자랑하는 말이기도 하였다. 그러나 듣는 사람들은 곧이들리지 않았다. 그저 의아하면서도 '헌병대'라는 데가 어떤 덴데! 하고 가만히 눈치들만 보았다.

그러는 동안에 차츰차츰 생활이 늘어가는 것이 눈에 띄기 시작하였다. 처음에는 어디서 돈이 새어나오나 이상하게들 생각하였다.

소위 정우회라는 간판을 문전에 붙여놓고도, 겨울이면 화롯불 하나 없이 입을 혹혹 불고앉아서 그럴듯한 고담준론만 서로 경쟁적으로 터뜨리고 있었고, 여름이면 부채 한 자루 없이 땀을 질질 흘려가며 바둑·장기로 배를 골려가며 세월을 보내던 그들인데 김 의관이 그 무서운 헌병대를 다녀 나오더니, 살림이 늘어간다는 말에 누구나 눈을 다시 한 번 떴다. 진하는 힘이 빠진다기보다도 풀이 없어졌다.

그런지 한 달이 못 되어서 김 의관은 수표교다리 집을 내놓고 와룡동(臥龍洞)으로 새 집을 사서 옮아앉았다. 와룡동 집으로 떠나왔을 때는 세간 속에 정우회라고 큼직이 쓴 현판이 끼워왔기는 왔으나 광 속에서 뒹굴 뿐이요, 다시는 대문간에 내어 붙이지는 않았다. 아무도 거들떠보지도 않았고 그러한 문패가 있었던가를 생각하여보려는 사람도 없었다.

그러나 영리한 진하만은,

'흠, 이건, 정우회 문패를 팔아가지고 이 집 사왔나?'

하고 속으로 코웃음을 치며 눈치만 보아왔다.

그동안에 김 의관은 별로 출입하는 일도 없이 한가로운 그날그날을 보내고, 예전같이 찾아오는 사람도 없었다. 집도 전보다는 여간 커진 것이 아니고, 사랑채가 웬만한 살림살이를 할 만큼 방이 셋이나 되건마는 아무도 찾아오는 사람이 없이 쓸쓸하였다. 그러자 김 의관과 마지막으로 헤어진 집 개성집이 스르르 달려들더니, 사랑에서 몇 밤 지낸 뒤에 이내 세간까지 옮겨 들이고 딴 살림을 차리기 시작하게 되었다.

하기방학이 되어 저의 집 양주(楊洲)에를 나려갔다가 다니러 잠깐 올라온 진하는, 점점 눈이 휘둥그레졌다. 전보다 살림이 늘어서 안채에도 늙은 식모를 하나를 두었기 때문에 삼촌 식모는 그래도 의지가 되겠거니 싶었지마는, 작은아버지가 헌병대에 붙들려갈 때 얼굴이 파랗게 죽어서 혀끝이 얼어붙어 가는 듯하던 그 기막히던 형편을 생각하면, 집만 덩그러니 컸을 뿐이지, 우중충한 그 안채에 혼자 내버려둔 작은어머니가 가엾기 짝이 없고, 작은아버지가 또 다시 미워지기 시작했다.

도대체 그 돈이 어디서 나왔나? 남의 셋집을 내놓고, 이 와룡동 집을 사오고, 개성집을 다시 불러들이고 한 그 돈이 어디서 나왔는지 알 수가 없다. 양주집에 가서 어머니한테 이야기를 해도

"그 누가 아니, 둘째집이 잘 됐다니 좋지 않으냐."
하시며 웃으실 뿐이요, 아버지는 그대로 눈만 껌벅껌벅 하시고 앉으셨을 뿐이었다.

4

개학 밑이 되어 진하가 다시 서울로 올라온 바로 그 이튿날 아침이었다. 늦은 아침에 동무 집에 놀러가려고 동구 안(돈화문 앞) 큰길거리로 나서보니, 어쩐지 다른 때보다 길이 쓸쓸하면서도 어수선한 공기였다. 어린애의 육감으로 이상하다 생각하였다. 조금 나서 걷자니 벽에 붙은 무슨 커다란 종잇조각 앞에 허연 사람 그림자가 웅게중게 몰켜 서서 무언지 열심히 읽고 있다.

마치 언제 난리가 날지 모른다는 듯한 어수선한 세상인 것은 벌써부터 짐작하던 진하인지라, 깜짝 놀라서 쫓아가보았다.

대문짝 반 만한 커다란 양지장(洋紙張, 종이)이 나란히 붙어 있는 앞에 사람이 삼지위겹을 해 섰으니 글자는 커닿건마는 자세 알아볼 수가 없었다. 그래도 그중에 더 큼직한 제목인 조서(詔書)니 칙유(勅諭)니 하는 두 가지 광고문 같은 것이 나란히 벽에 붙어 있었다. 하나는 가엾게도 여기에 따라가는 한국 융희황제의 눈물어린 포고문이었다.

어른들이 웅성거리는 틈을 비집고 나간 진하는 어려운 한문자로 씌었으나 글방 공부를 한 만큼 그것쯤을 끝까지 알아볼 수가 있었다. 진하는 일변 읽으면서 일변 울분에 터져 눈물이 터질 것 같았다.

한숨 쭉 읽고 난 진하는 비집고 들어갈 때와 같이 급급히 빠져나오는 길로 미아리 쪽을 향하여 달려가듯이 발길을 옮겨놓았다. 삼촌 집에 들릴 새도 없었다. 집에서 눈만 끔벅거리며 세상이 어떻게 되나? 하고 반가운 소식도 아닌 무슨 소식을 조마조마 기다리며 앉았는 늙은 아버지에게부터 알려드리고 싶었다. 아버지가 듣는댔자 백발노인이 목청을 놓고 통곡을 할 것밖에 없는 것은 뻔한 노릇이다. 그러나 그것이 어린 가슴에서 시원할 것만 같았다. 아버지를 맞붙들고 한번 시원히 울고나 싶었다.

그 바로 직후이었다. 세상이 한참 수선거리는 판인데, 작은아버지 집은 소리 없이 양주 큰형님 집 곁으로 떠나 내려왔다. 새 집을 사들였건마는 어쩐지 세상이 뒤숭숭하니 농촌으로 돌아온다는 것이었다. 남들은 만주니 해삼위니 상해 방면으로 망명을 하고 법석인데 '일대의 정치가'가 아니라도 '당대의 지사'로 자처하던 김 의관이 여전히 소리 없이 귀농생활을 한다는 것도 쓸쓸하기만 하였다.

그러나 세상은 — 세상이래야 고작 양주 일경이나 읍내 바닥에 지나지 않지마는 — 김 씨 집 중시조(重始祖)가 났다고 떠들던 김 의관이 합병이 되자 다 없었던 땅뙈기를 다시 마련해놓고 처첩을 데리고 내려온 것을 보고 속으로는 코웃음을 쳤다. 물론 겉으로야 우리 골에 큰손님을 새로 맞아들이는 것 같다고서 서로 칭하하였다.

그러나 여기서도, 김 의관이 금시발복[195]한 것도 아니겠고 어디서 돈이 나와서 벼락부자가, 되었는가고 장거리나 주막에 모여앉아서 김 의관 이야기가 나오면 수군거리는 것이었다.

그러나 그것은 그 길을 아는 사람만 알 노릇이었다. 어쩌면 김 의관이 헌병대에 붙들려갔다가 1주일이 못 되어서 무사히 풀려나와서는 "아무 일 없었어." 하고 싱글벙글 하다가는 차차 돈을 풀어쓰기 시작하던 그 앞뒤 경위를 잘 아는 진하가 더 잘 짐작할지 모르겠다.

김 의관과 주축이 잦던 사람들은, 사촌이 땅을 산 것보다도 더 배가 아픈 듯이

"대관절 얼마씩이나 먹었을꾸?"

하고 말을 꺼낼라치면

"고작 해야 몇 천 원씩으루 입을 씻겼겠지, 일본놈의 그 바튼 솜씨에!"

하고 이 사람들도 많이 따져보려 들기에는 인색하였다.

"그래도 설마. 몇 만 원씩야 차례가 갔겠지. 사람대접을 하기루."

"이 사람아, 사람대접두 사람 나름이요, 저희(일인(日人))들 눈에는 다 등급이 있거든. 하여간 헌병대 구치감 구경을 한 덕택에 집간이라도 지니게 되고, 땅마지기를 장만해놓고 배를 문지르고 살게 됐다면 상팔자 아니고 뭔가! 허허허."

대개 이런 따위 수작이었다. 김 의관은 그 상팔자에 한몫 드는 사람이었다. 하지만 한편에서는 '그놈 합방 덕 본 놈!' 하고 으르렁대는 데는 딱 질색이

---

195 금시발복(今時發福) : 어떤 일을 한 뒤에 이내 좋은 보람으로서 복을 누리게 됨.

었다. 고향에서 세교(世交)가 있던 집안에서들도 그러한 비난을 하고 덤비니 마음이 편할 수는 없었다. 실상은 합방 덕을 본 김 의관이기도 하였다. 애초에 일진회와 반대파인 정우회를 끌고 나갔기 때문에 합방을 단행하는 직전에, 요샛말로 하면 예비금속(豫備禁束) 같이 불평분자를 붙들어 들여다 놓고 일편 위협을 하고 일편 회유를 하는 판에 견디다 못해서가 아니라, 첫마디에 '네네' 하고 손을 들었는지 손도장을 찍었는지, 그런 소식까지는 알려지지 않았지마는, 하여간 그 바람에 집이 나오고 개성집이 다시 현신을 하게 되고 땅뙈기라도 장만하게 된 것은 사실이었다.

그러나 그 김 의관이 자기의 고향에서도 이태를 부지를 못하였다. 시골에 들어앉아서 할 일은 없고 그래도 활동력과 명예욕은 남아 있어서 하기 쉬운 노릇으로 교육사업에나 전력을 하여볼까 하였었다. 또 사실 그때 시절에는 3면1교제로 세 면에 보통학교를 하나밖에 세우지 못하도록 왜놈의 총독부가 교육과 지식까지를 극도로 제한하던 때이고 본즉 민간의 힘을 동원하여 보통학교 ― 즉 지금의 초등학교를 사립으로 세워보려고 무한 애를 썼어야 촌민들이 들어먹지를 않았다.

다른 이유도 많지마는, 첫째 이유가 김 의관더러 솔선해서 기부금을 많이 내라는 것이었다.

"당신은 거저 앉아서 나라가 망하는 덕택으로 누거만(累巨萬)의 졸부가 된 거 아니요. 아니 당신 단독으론들 학교 하나쯤 못 세우겠소. 그래야 그 죄뗌도 될 것이 아니겠소."

하고 노골적으로 덤비는 것이었다. 그러나 실상은 김 의관에게 그런 돈이 있는 것은 물론 아니었다. 만일 학교가 된다면 김 의관의 여생을 학교에서 돌보아주어야 할 형편이었을지 모른다. 일본천황의 사금(賜金)[196]이랍시고 입 틀어막기 위하여 준 돈이라야 고작 5천원인데 이것으로 빚 갚고 서울서 집 장만하고 개성집 데려오는 데 빚 갚아주고 어쩌고 하여 흐지부지 쓰다가 시알 다곱쯤 남은 것으로 땅마지기나 사두었던 것인데, 딱 합방이 되고 나니 서울에 처져 있기도 창피스러워서 집마저 팔아가지고 고향이랍시고 굴러 떨어졌던 것이다.

그러니 처첩과 거기에 딸린 식구들을 데리고 내려와서 예전에 쓰던 솜씨로 씀씀이는 과하고, 촌민이나 군청이며 일본경찰들에게 잘 보이자니 교제비가 들고, 또 더구나 학교설립운동 한다고 운동비를 들여가며, 한 이태 동안 한 푼 버는 것은 없이 곶감 꼬치에서 곶감 빼먹듯이 쓰고 나니, 더 어떻게 지탱을 해나갈 수 없는 곤경에 빠지고 말았던 것이다.

생각다 못하여, 자 인제는 서울로 다시 올라가서 중추원참의(中樞院參議)나 운동해보자 하고 집과 남은 논마지기를 팔아 들고, 큰마누라는 형님 집에 떨어뜨려 두고 개성집과 서울로 다시 기어들었던 것이었다.

이때부터는 염체불고하고 매일같이 송병준이 집 사랑에 댁대령을 하여 살다시피 하였다. 그러나 송병준인들 한일합방을 하기 위하여 한때 이용하고 부려먹기에 알맞은 인물이지, 꾀 있는 토끼가 죽은 다음에야 사냥개가 소용이 무엇이랴. 총독부인들 이제 와서야 송병준이의 말쯤 무어 그리 대수롭다고 일일이 들어줄 리 만무하려니와 애당초에 송 가부터 김 의관 따위의 청을 들어서 어수룩하게 총독부에 운동을 하여줄 까닭이 없는 노릇이다.

그래도 김 의관은

"내가 중추원참의만 되는 날이면 ……."

하고 중추원참의만 되는 날이면 하늘의 별이라도 따올 것 같고 돈벼락이라도 맞을 것 같이 큰소리만 땅땅 치면서 근 1년 무사분주히 돌아다니고 나니, 전셋

---

196 사금(賜金) : 나라에서 군경(軍警) 유가족 등에게 지급하는 금품.

집 한 채나마 올라가고, 남의 집 협포의 셋방구석으로 기어드는 신세가 되고 말았다. 셋방으로 옮아 들던 날 개성집은 하도 기가 막히고 울화가 터져서

"여보, 영감! 날 같은 주변성 없는 년이나 그래두 의관 영감으루 모시지, 누가 이 세상에 일본말 한마디 할 줄 모르는 당신을 중추원참의를 모셔간답디까? 아직두 정신 덜 차리셨구려. 어서 보따리 싸요. 시골서 마나님 기다리지 않소."

하고 풍풍 쏘아대었다.

진하는 그동안에 아주 몰라보게 자라서 제법 어른골이 배겨갔다. 삼촌 집에는 한 달에 한 번 들릴까 말까? 개성집은 귀여워하는 편이었으나 삼촌 밑에 있기가 싫어서 여전히 하숙생활을 하여가면서, 발길이 점점 멀어져갔다.

학교는 원체 재동이라, 2학년에서 월반(越班)을 하여 4학년이 되어가지고, 이 봄에 벌써 졸업을 하게 되었다. 졸업을 하면 동경유학을 갈지, 미국유학을 떠나게 될지 지금 망설이고 있는 판이다. (끝)

도悼 인간 최남선[197]
그는 이 겨레와 함께 길이 숨 쉬고 있다

　　누구나 칠순은 넉넉히 넘기려니 믿었던 육당(六堂)이 돌아갔다는 비보를 겨우 지상(紙上)으로 알게 되었을 제 먼저 앞서는 것은 미안하다는 생각뿐이었다. 놀랍기도 하고 슬프다기보다는 섭섭하다는 생각도 있었겠지마는 미안한 생각이 더 간절하였다. □공민(公民)을 전차에서 만나서 육당이 한때는 위험하였으나 작금(昨今)은 틀렸다는 첫 소식을 들었을 때 그 길로 병석(病席)을 찾았었던들 이다지 미안할 것은 없었으련마는 '내일 가지' 하고 집에 돌아와서 그 내일부터 기동(起動)을 못하게 되어 나마저 몸소 눕게 된 것이 못내 위문 한번 못하게 되었던 것이요, 요사이 소복(蘇復)이 되기에 차차 가서 만나게 되려니 육당도 매우 도(徒)□이 동(同)□된 모양이니 이제는 급히 서두를 것도 없다고 확 믿었던 것이 끝끝내 한 번 대면치도 못하고 일생의 유감이 되고 말았다.

　　육당은 나의 선배로서 외우(畏友)보다 30여 년, 때로는 과분한 지도(知道)도 받아왔고 아량과 격려를 늘 잊지 않던 그였지마는 그만치 육당을 잘 알 것 같으면서 육당을 가장 모르는 사람이 나인 것 같고 또 나만치 육당을 경애하

---

197 염상섭(廉想涉), 「도(悼) 인간 최남선 ─ 그는 이 겨레와 함께 길이 숨 쉬고 있다」, 『평화신문』, 1957.10.14. 육당 최남선은 1957년 10월 10일에 68세의 나이로 별세했다. 글의 말미에 '소설가'라고 명기되어 있다.

는 사람이 없을 것 같으면서 한편으로는 은근히 그를 미워한 사람도 없지 않는 것 같다. 그 경애는 육당의 그른 데에 있었고 그 솔직하고 성실한 인격에 있었으며, 그 미움은 혹여 자중하지 않는가 싶어 아끼고 염려하는 데서 오는 지정(至情)이었던 것이다.

늙고 마음이 어려서 그러한지 내 어제 하루를 육당을 생각하며 눈물로 보냈다. 그러나 이것은 나 혼자의 사정(私情)일 따름이요, 결국 나는 육당을 모르고 만 것이 사실이요, 육당을 말할 사람이 따로 있다 함이 옳을 것이다.

그것은 나의 오직 지[198] 않은 우정이 모자라는 탓일 뿐 아니라 그는 나에게 있어서 사귀기에 너무나 큰 존재이었었고 얕은 소견으로는 알기에 힘 드는 깊은 심혼(心魂)으로 일관한 생애를 가졌던 거인이었기 때문이다.

나는 그의 크기와 깊이를 그가 천추에 남기고 간 독립선언서의 구구절절에서 찾아볼 따름이요, 그 이상 더 깊이 파고 들어가 그의 전 인격, 전 심혼에 부딪쳐볼 수 없었던 자기의 졸렬(拙劣)을 한탄할 따름이다.

아아! 육당은 갔다. 그러나 그가 남긴 독립선언서엔 사무친 그의 갸륵한 정신과, 눈을 감으면서도 잊지 못하였을 이 겨레를 위하는 단성(丹誠)은 그 영원히 빛날 독립선언서와 함께 자자손손히 이 겨레와 함께 숨 쉬고 있을 것이다.

정유(丁酉) 10월 13일

---

198 앞의 몇 글자가 누락된 것 같으나 원문 그대로이다.

무제록無題錄 [199]

1

'나일론'이라는 것이 인조(人造) 직조물(織造物)이라는 것은 알지마는 그 품질이나 실용가치를 떠나서 거기서 받는 어감의 경조(輕佻)라든가 부박(浮薄)이라든가 하는 뜻이 대용품 아닌 한 표상어(表象語)처럼 들리기도 하는 것은 나만의 무슨 선입견에서 오는 것인지? 실제에 간혹은 그렇게 쓰이는 경우도 있었는지? 하여간 제 내력, 제 바탕을 지닌 듬직한 그 무엇이 없는 것 같은, 업신여기는 생각을 가지고 대하는 것 같다.

요새 같은 늦가을에는 정겨운 이야기거니와 생초(生綃) 모기장보다도 더 설피고 가벼운 나일론 치마저고리를 떨치고 나서는 아낙네들을 보면 불면 날 듯한 우의선녀(羽衣仙女)라기보다도 어쩐지 발바닥이 땅에 붙지 않아 허정거리는 것 같고 예전 말로 잠자리 나래 같다는 한산저(韓山苧)[200]의 우아하고 경묘(輕妙)한 옷맵시에 향욕(鄉慾) 비슷한 것을 느낀다면 그것은 늙은이의 회고(懷古)의 환상이라 할 것인가.

---

199 염상섭(廉想涉), 「무제록(無題錄)」(전3회), 『평화신문』, 1957.11.2~11.5. 글 말미에 '작가'라고 명기되어 있다.
200 한산저(韓山苧): 한산 모시(충청남도 서천군 한산 지방에서 나는 모시).

도대체 늙으면 보수적이요, 시속(時俗) 것은 야비한 것으로만 금을 치려 들며 까닭 없이 빙퉁그러져서 새 것이라면 공연히 반발하거나 유행에 외면하고 돌아서는 것이기도 하지마는 왜 그리 나일론이라는 것이 천해 보이고 몸에 대기가 싫던지……. 아이들이 없는 돈에 사다가 주는 양화(洋靴)짝도 아예 신지 않겠다고 유난을 떨던 것이 엊그제 같은데 어느덧 낯간지럽게 벌써 두 켤레째나 나일론 양직(洋織)을 해뜨려놓고 보니 유행이란 무섭고 유행 앞에는 제 아무런 완고(頑固)라도 버티어내는 수가 없는 것 같다.

이 '나일론문화'라는 것이 그 소위 '깡통문화'처럼 얼마 동안이나 기세를 부릴지는 모르겠지마는 구차(苟且)살이에 실용가치가 있고 본즉 아마 인조견(나일론 인조물의 사촌뻘은 되는 것이지마는)쯤이나 질깃질깃 대를 물릴지도 모를 것이다.

예민하고 감각적이요, 전염률(傳染率)이 강하기는 옷 유행처럼 무서운 것이 없을 것 같다.

혹시 거리에 나가보면 산뜻한 청년신사의 양복저고리 뒤가, 라이트 스커트의 치맛단이 좌우로 한두 치쯤 째어져 있는 것이 눈여겨보인다. 등줄기 끝이 째어져 있는 것이 이상타는 말이 아니라 전(前)의 반쯤으로 쫄아든 것이 눈 서투르단 말이요, 한동안 구제물자(救濟物資)를 줄여서 입은 것이 그런 모양이었는데 구제품(救濟品)을 줄여서 입고 다니는 사람이 무안해 할까 보아 살찐 놈 따라붙는 격으로 그것도 신유행이라고 생생한 신작(新作)마저 병신을 만들어 입는 것인지? 미제(美製) 아니고는 행세를 못하는 시절이라 구제물자나마 못 걸린 것이 설워서 줄여 입은 그 본세라도 따서 입자는 생각인지? 하지만 유행이란 배부른 사람의 장난이기도 하고 한가로운 사람의 미의식에서 나오는 욕구로 창작된 기교이기도 한 것이고 보면 출처는 필시 물 건너일 것이요, 적어도 홍콩 근처에서 수입된 것인지도 모르겠다.

이런 소리를 하면 우리는 입내(모방)만 낼 줄 알고 창작적 노력은 없단 말이냐고 말할 사람도 있겠지마는 우리의 창작력이 여기에까지 미칠 만큼 생활의 여유가 있고 한가로운지 물어봐야 알겠다.

유행은 미의식에서 나오는 기교로 창작인 반면에 병적 현상이기도 하다. 인플루엔자 모양으로 아무 예고도 없이 휘 왔다가는 또 아무 인사도 없이 슬며시 꼬리를 감추어버리는 것이 유행이다. 허구한 날 신문의 광고란을 휩쓸던 영화의 키스장면에 멀미를 안 낸 사람이 없을 것이지마는 병도 한때다. (1957.11.2)

2

앓을 만큼 앓고, 낫게 내버려두지 하고 바라보고 있는 동안에, 요새는 어쩐둥 열이 내린 모양 같고 퇴조(退潮)가 된 기세다. 그러기에 유행도 한때라고 하지 않더냐고 하겠지마는 한참 만연하고 범람한 때는 그 기세를 꺾을 도리가 없을 것 같다가도 뒤가 묽기가 한이 없는 것도 유행이다. 다만 이러한 유행의 병적 현상에 면역성이 있는 것인지? 한 바퀴 휘돌아서는 다시 고차적(高次的)인 자극성(刺戟性)의 것을 요구하는 것인지는 보증할 수 없는 일이지마는.

일전에 어느 신문에서 요사이 일부 월간물 중에는 난잡한 것도 있다고 몹시 비난한 것을 보았지마는 이 역시 그 소위 전후파적(戰後派的) 현상으로 한 고비 실컷 앓고 나기를 기다려야 할 유행병임에는 틀림없다. 전패국(戰敗國)인 일본에서 한동안 풍미하던 이 유행병이 전염이 되어 온 것이라고도 볼 수 있지마는 저희들은 패전국이지, 우리는 신흥독립국가로서 왜 이 지경이냐고 똑똑히 꾸지람도 들어 싸다.

　그러나 일본서는 그 극성을 떨던 스트립쇼까지 꼬리를 감춘지가 벌써 오래고 요새는 잡지계·출판계가 매우 정화되었다니 이런 때라고 일본을 안 뜨란 법도 없을 게라, 차차 무슨 도리가 생길 것이라고 낙관하여도 좋을 듯하다. 첫째 그러한 제 내력도, 제 본바탕도 지니지 못한 부박한 '나일론소설' 같은 것에 독자층도 웬만큼 싫증이 났을 것이요, 원래 자극물(刺戟物)이란 신경의 마취제·마비제이고 보니 시들해지고 멀미가 날 때도 되었을 것인즉 그러한 저속성을 그대로 지니고 뻗댈 수도 없을 터이니 저절로 방면(方面)이고 방침이고 전환되어야 할 시기는 왔다 하여 무방한 것이다.

　요사이 듣기에 반가운 소식은 그러지 않아도 초급중학생 아이들까지도 고급잡지나 문예지를 가방 속에 넣어가지고 다니고 또 그것을 한 자랑으로 여기는 경향이 훨씬 짙어간다는 것이다. 그만큼 독서력이 늘고 취미와 견식(見識)이 고상하여졌다는 실정(實情)을 무시하고까지 답보(踏步)만 하고 있을 잡지계나 출판계는 아닐 것이다.

　유행은 위에서 아래로 흐르는 것이고 보면 세속에 영합한다고 하겠지마는, 아래서 위를 치어다보고 따라가는 것이라고 보면 사대적 경향이라고도 하겠다. 사대주의니 사대사상이니 하기는 너무 유치한 말이지마는 무엇이 유행한다, 무슨 유행에 따른다 하는 그 조그만 대수롭지 않은 현상에 숨은 심리작용이나 감정의 움직임이란 것을 분석하여보면, 부지불식간에 행하여지는 부족(不足)과 욕망의 대결이라 할까? 유행을 따르는 것은 외관으로는 허영이라고 한마디로 집어치울 것 같으되, 내면의 요구로는 자기만족에 불외(不外)한 것이라고 간단히 해명할 수도 있기는 하다. 그러나 부족감은 자비(自卑)를 지나쳐 열등감에까지 통할 수 있고, 욕망은 이유 없는 숭앙(崇仰)의 정(情)을 일으키지 않는가? 자비(自卑)로써 이편을 제풀에 뚝 떨어뜨려놓고 저편은 숭앙의 정까지 치켜 올려놓는다면 가뜩이나 한 양자(兩者)의 거리가 곱은 멀어져서 사대의 잠재의식이 은연중 뿌리를 깊고 넓게 퍼뜨리게 될 것도 사실이다. 사대의식 — 그것은 자기상실이다. 누가 훔쳐간 것도 아니요, 어느 새에 새어나갔는지도 모르게 자기를 잃어버리고 만 허탈상태다.

유행과 사대가 이렇게도 자취 없이 욕묘(欲妙)한 마춰성을 가졌는지? 좀 호들갑을 떠는 것은 아니냐고 반문할지도 모르지마는 나는 여기에서 돌돌 말아 쥐어야 한줌도 안 되는 나일론이 또 머리에 떠오른다. 위에서 '나일론문화'라는 실없는 말도 해보았지마는 정말 문화면에 있어 이러한 나일론현상이 나타났다가는 큰일이다. 문화라고 유행이 없고 사대가 없으리라는 것은 아니지마는 이것 같은 비정상은 없을 것이요, 잘못하다가는 뿌리째의 자기상실을 의미하는 것임은 하필 누구의 긴고(緊告)를 기다려서 비로소 깨달을 바 아닐 것이다.

그중에도 문학부문에 있어 유행을 쫓고 사대를 위주(爲主)한다면 어찌될 것인가? 문학의 미래가 자기표현에 있고 자기 생명의 발로인 데에는 아무도 이의 없을 것이다. (1957.11.3)

완(完)

그 근저를 이룬 것은 개성이다. 자기의 자민족(自民族)의 개성, 독이성(獨異性)에서부터 출발하는 것이다. 여기에 유행을 따를 여지가 있고 사대를 용허할 수 있겠는가 없겠는가는 이미 상식문제이다. 유행은 타율(他律)이다. 사대는 위타(爲他)다. 자기를 빼놓고서의 문제다. 자기부정, 자기상실 위에 문학은 있을 수 없다. 아무리 일세(一世)를 풍미하는 위대한 사상이 유행하기로 여기에 추종하고 모방하는 것이 능사가 아니라 자기 속에서 그 사상과의 공명점을 찾아낼 수 있고 그 사상 속에서 자기를 발견함으로써 그 사상이 완전히 자기화하지 않는 한 그것은 단순한 유행이요, 어아(於我)에 무관한 남이다. 하물며 사대랴. 아무리 작은 자기라도 자기를 알고 자민족의 민족적 개성부터를 파악하고야 문학도 문화도 독자(獨自)의 것을 세울 수 있는 것이니 사대가 아니라 '사기(事己)'가 첫 과제인 것이다.

유행사상에 현혹하여 이 범주에 맞추어 작품화한다면 그것은 한 디자이너가 손님의 주문대로 뉴 패션의 재단을 하여준다는 기계적 기술에 그치고 마는 것이다. 그 의상의 생명은 옷 임자가 몸에 걸치고 나야 그 생명과 함께 비로소 사는 것이다.

무엇보다도 먼저 자기를 알고 자기 민족과 민족문화의 전통을 알아야 할 것이다. 그렇다고 하여 쇼비니스트 되는 오인을 받지는 않을 것이다.

우리는 오랫동안 자기몰각의 사대사상에 젖어왔고 반세기 가까이 외세에 눌려 있던 과거를 돌이켜볼 때 우리의 새로운 문화, 새로운 문학도 또다시 형태를 바꾼 사대에 사로잡혀가지나 않을까를 두려워하는 것이요, 그것이 사상적 혹은 민속적 유행의 추종·영합에서부터 시작되어감을 잘 알기 때문에 제2의 수난이 전도(前途)에 기다리고 있지나 않을까를 염려하는 나머지에 이러한 고언도 널리 제정(提呈)하는 바이거니와 기우(杞憂)에 그친다면 이에 더한 요행은 없을 것이다. (1957.11.5)

육당六堂과 나
현대사의 비극을 몸소 기술한 육당의 편모片貌[201]

벼슬에 연이 먼 선비

'육당과 나'를 말하기보다는, 육당을 추억하는 이모저모를 생각나는 대로 적어 보려 한다.

고인에 보내는 어느 분의 만사(輓詞)에서 "일영일사고상리(一榮一謝固常理)"라는 구(句)를 보고, 과연 그럴까 싶었다. 모지(某紙)의 단평란에 고인을 말한 끝 구절에 가서,

"사학가 육당은 그 파란에 찬 육십팔 년의 생애로써 한국 현대사의 비극을 몸소 생생하게 기술하였다고 말할 수도 있는 것 같다."

고도 하였다. 만일 이 말에 수긍이 간다면 그의 일생에 일영(一榮)이 있었을까 의문이다. 일영(一榮)이 없었다면, 일사(一謝)도 있었던지 없었던지 기억에 의희(依希)하다. 인생일대에 훼예포폄(毀譽褒貶)이 어쩔 수 없이 저절로 따르는 것이라면, 육당에게 일영일사가 없었다고 구태여 우기고자 하는 것은 아니로되, 차라리 그의 일 생애가 한국현대사의 비극을 몸소 생생히 기술하였

---

201 염상섭(廉想涉), 「육당(六堂)과 나―현대사의 비극을 몸소 기술한 육당의 편모(片貌)」, 『신태양』, 1957.12. 글 말미에 '소설가'라고 명기되어 있다.

던 것이라는 말이, 도리어 고인에 대한 위로가 될까 싶어 하는 말이다.

그는 초매(超邁)한 자품(資稟)에 특출한 정력과 넘치는 열정을 아울러 지녔었고, 남달리 조숙하여 13세에 벌써 신문에 투고를 하였으며, 당시 성행하던 창가 작사에 붓을 대어 「한양가」 일편을 지은 것이 광무(光武) 9년, 16세 때의 일이라 한다. 유복한 가정에 태어나 자애 깊은 양친의 이해와 신뢰에 따르는 아낌없는 물질적 원호며, 주위의 격려와 촉망이 여간 두텁고 지성스러운 것이 아니었던 모양이었기에, 독학으로 사학과 문학을 수업·정진하는 몸이면서, 불과 이십 내외의 약관으로 신문관이라는 인쇄소를 설치하고 출판업을 단독으로 경영하였던 것이다. 이것은 물론 영리를 도외시한, 당시에 있어 상하노소 없이 기갈이 난 신지식·신문화의 수입과 보급 및 그 수입에 선구적 역할을 담당한 것이었고, 그와 동시에 고문헌의 간행도 병행하였거니와, 이로써 보면 육당은 오직 서재(書齋)의 인(人)일 뿐 아니라, 일찍부터 실무의 인으로서 기업적 두뇌와 수완을 종횡으로 발휘하였던 또 다른 일면이 있었던 모양이다.

하여간 이와 같은, 후일 학자로서 자립하고 여명기에 있어 허다한 문화적 공헌을 세울 토대를 닦은 중요한 시기가 15, 6세로부터 기미운동의 독립선언서를 기초하던 30세까지 15, 6년이라는 세월이 흘러갔었는데, 이 반 세대 동안만이 육당의 일생에 있어서 가장 안온하고 비교적 순탄하던 시절이 아니었던가 생각된다. 그 안온과 순탄이라는 말은, 하나는 가정적으로나, 사회적 지반을 닦는 데에 있어 주위환경이 그러하였고, 물질적 조건이 그리하였으리라는 추측이요, 또 하나는 육당의 존재가 그때까지는 아직 그다지 뚜렷하지 않았었고, 정치적 색채를 드러내지 않았었기 때문에 당시 총독부의 가열 엄혹(苛烈嚴酷)한 무단정치로서도 일개 서생의 독서나 신문화 흡수의 미미한 활동쯤 등한시하여 그 간섭과 위협·탄압의 마수가 조수족(措手足)[202]을 못하게 할 정도에까지 이르지 않았던 모양이었음을 가리킴이다.

그러나 기미운동의 독립선언서의 제작자로서 33인과 함께 3년 유여의 오랜 옥고를 겪고 영어(囹圄)에서 풀려나오자, 그는 일제의 정치·문화 양면에 걸쳐 불시의 커다란 존재로 클로즈업하여왔고, 대내적으로는 지도자적 지위와 명성이 날로 융융(隆隆)한 바 있었던 것이다. 더욱이 과거의 경험과 자기 소유의 신문관(新文館)을 이용하여 출옥하는 길로 주간종합지『동명』을 창간하여 문화활동을 다시 계속하였고, 미기(未幾)에 일간지『시대일보』로 확장·발전함에 이르러 일반사회의 신망과 기대는 한층 커졌던 것이다. 벼슬과 돈에 연이 먼 선비로서 일세의 지도자적 신망과 영명(令名)을 누릴 수 있었다면, 이야말로 때를 만난 한 고비요, '일영(一榮)'이 여기에 있었다 하겠거니와, 필자가 육당을 처음으로 만난 것이 바로『동명』지의 창간을 계획할 때이었었다.

오해도 사고 미움도 받고

7년이 손위요, 조숙한 육당이 신문관을 개설하고『소년』·『청춘』지를 주재·발간하기 시작하였을 때, 나는 13세의 소학생이었고, 2, 3년 후 내가 일본으로 건너간 때는 육당은 벌써 일본유학을 중단하고 귀국한 지 6, 7년이나 된 후이니, 서로 만날 기회를 잃고 말았던 것이다. 그 문화사적 가치로 유명한『소년』지나『청춘』지를 동경에서 문학소년으로 반지빠른 체를 하였을 때, 혹은 보았을 법하건마는 지금은 기억에 없고, 교토(京都)로 옮아간 뒤로

---

202 조수족(措手足) : '손발을 움직인다'는 뜻. 자기 힘으로 겨우 살아갈 만함.

는 더구나 고국의 신문잡지를 입수할 길이 없어서 소위 '육당·춘원, 2인 문단시대'에는 나는 몰교섭으로 외롭게 지냈었다. 그래도 후일, 귀국하여 어느 풍편에 들은즉, 옥중에서 내 말이 나왔을 제, 육당은 언하(言下)에 '우리 동지'라고 답하더란 말을 듣고, 반갑기도 하고 고마운 생각까지 없지 않았었다. 그래서 그러한지, 진순성(秦瞬星)을 개(介)하여 처음 만났을 때 나는 심허(心許)하는 지기(知己) 같았었고, 권고(眷顧)[203]를 받던 선배 같은 감이 있었다. 이것은 그 후 『동명』 주보(週報)가 『시대일보』로 개제·개편되어 내가 사회부장으로 있을 때의 일이지마는, 사운(社運)이 제대로 발전되었더라면 나를 다시 일본으로 유학시키려던 복안도 가졌었다는 말을 들었는데 진부는 모르거니와, 육당도 나에게 그만큼 기대를 가졌었던 모양이었다.

　"꿋꿋한 대문장을 늘 주고 가시는가. 기걸찬 현하대변(懸河大辯) 귓가에 쟁쟁하다."

　이것은 월탄(月灘)의 만사(輓詞)의 일절(一節)이다. 그의 꿋꿋한 대문장은 그 후 비로소 그 독특한 작풍과 맛을 알게 되었고, 그 『백팔번뇌』 기타 시조에 있어 더욱이 그러하였지마는, 초대면한 자리에서 그야말로 기걸찬 현하대변에는 어심(於心)에 쾌재를 부르기도 하였었고, 눌변인 편인 나에게는 기가 눌리는 것 같기도 하였었다. 그 후 간혹 강연도 들어보았지마는 웅변이라기보다는, 또는 해학이 섞인 쾌변이라기보다는 좌담이거나 강연이거나 한결같이 정력적인 현하대변이 기걸차게 쏟아지는 것이었다. 그의 문장은 그 언변처럼 일기가성(一氣呵成)[204]하는 것은 아닐지 모르되 역시 씩씩하고 기걸차고 뻑뻑한 데가 있어, 그의 성격의 일면을 엿보이게 하지 않는가 한다.

　그날 밤 성찬을 베풀어 3인이 만찬을 같이 하는데, 일적불음(一適不飮)인

---

203 권고(眷顧) : 관심을 가지고 보살핌.
204 일기가성(一氣呵成) : 일을 단숨에 몰아쳐 해냄.

1957　　　　　　　　　　375

육당도 반 배의 술을 입에 대어만 보고도 과맥전대취(過麥田大醉)[205] 그대로 괴로워하는 것이었다. 담배는 20전에 한때 곰방대를 피워본 일이 있었다고 들은 법도 하거니와 평생에 주연(酒煙)을 모르던 그의 정력이 우연치 않음을 알겠었다. 문득 생각하는 것은, 그 시절에도 그 유명한 미투리(麻鞋)를 그대로 신고 다녔는지, 지금 같은 고무신이 있었던지 알삽하거니와,[206] 급한 볼일이 있으면 그 유착한[207] 몸집으로 자전거를 비호같이 타고 다니던 양이, 평생에 자전거도 탈 줄 모르고 어릴 때를 지낸 나에게는 퍽 인상적이었고 그만큼 활동가로 보였던 것이다.

흥미도 있을 듯싶지 않은 그의 첫인상을 두서없이 횡수설하였거니와,『동명』지가 창간된 후 편집의 실무는 주로 빙허와 내가 맡아보았었다. 타블로이드 형으로 내자면, 아무리 전속인쇄소를 옆에 끼고 앉았어서도 수월치 않은 일이요, 손이 모자라서 그날그날을 안비막개(鞍鼻莫開)로 지내고 툭하면 철야도 하는 것이었었다. 틀이 잡히니까, 모든 것을 휩쓸어 맡겨놓고 육당은 주말에나 휘 들여다보곤 하였다. 서재의 인이라기보다도, 월간지 전환공작으로 바삐 돌아다니던 때라, 내일 내보낼 지면을 인쇄에 걸어놓고 조급히 기다리노라면 밤중에 들어와서 표지에 넣을 사설을 한 장 한 장씩 써서 공장에 날라 내가는 때도 한두 번이 아니었었다.

그 어름에 우리나라가 처음 낳은 조인(鳥人) 안창남(安昌男)이 개선장군같이 환국하여, 여의도비행장에서 고국에서의 처녀비행인지 기념비행인지를 하던 날 아침이었다. 쌀쌀한 초동이었으나 청쾌한 날씨였다. 서울 안의 각층 각계 명사란 명사는 다 운집하였고, 총독부에서는 사이토 마코토(齊藤實) 총

---

205 과맥전대취(過麥田大醉) : '밀밭만 지나가도 크게 취한다는 뜻으로, 술을 못 마시는 사람을 조롱하는 말.
206 알삽하다 : 정신이 아리송하다.
207 유착하다 : 몹시 투박하고 크다.

독 이하가 열석하였으며, 비행장 언저리에는 인산인해를 이루어, 지금 생각하면 실로 격세지감이 없지 않으나, 한 장관이기도 하였었다. 아직 비행기가 뜨기 전인데, 육당 자리에 가까이 앉았던 지명(知名)의 일 노일인(老日人) 명사가 닦아오더니 사이토 총독에게 소개를 하겠은즉 함께 가자고 끄는 모양인데, 육당은 질색을 하며 손짓을 하고 의자에서 일어나 저쪽으로 피해버렸다. 요량컨대 『동명』을 일간지로 게재허가를 신청하여놓은 터이니, 이러한 기회에 총독과 인사를 하여두는 것이 자연스럽고 좋으리라는 것이 저편의 호의적 알선인 듯싶었고, 나 역시 그럴 듯싶다고 생각하였었다. 그러나 쾌쾌히 거절하는 그때의 육당의 거동이 너무 고집불통이요, 사교성 없는 심술패기 떼쟁이 같이 보이기도 하여 속으로 고소를 금치 못하였었다. 또 그러나 다시 가만히 돌려 생각하니, 중목환시(衆目環視)[208] 중에서 사이토 총독과 악수나 하고 인사를 교환한다면, 아무래도 연치(年齒)나 지체(地體)나 계제(階梯)로 보아서 이편이 저두반신(低頭半身)하는 것같이 보일 것이니, 차라리 피하여버리는 것이 신문의 허가를 못 받을망정 당연한 거조(擧措)[209]라고 그 뜻을 알아차리기도 하였던 것이다. 그처럼 허장(虛張)과 가식이 없는 곧이곧솔 대로의 그이기도 하였던 것이요, 그러기 때문에 남에게 오해도 사고 미움도 받았던 것이다. 나도 그중의 한 사람이었을 것이다.

---

208 중목환시(衆目環視) : 여러 사람이 둘러싸고 지켜봄.
209 거조(擧措) : ① 말이나 행동 따위를 하는 태도 ② 어떤 일을 꾸미거나 처리하기 위한 조치. ③ 큰일을 저지름.

보천교(普天敎)와 육당과 나

익년 봄에 『시대일보』는 창간되었다. 나는 D일보가 창간될 당시에 본 경험도 다소 있었지마는, 그때에 못지않은 인기였고 진용도 그만하면 어디에 내놓아도 손색이 없을 것 같았다. 도리어 D일보의 창간 당시로 말하면, 대중은 비판적 여유를 가질 사이 없이 우선 감격적 환호로 맞아주었었지마는, 『시대일보』의 경우는 상당한 비판적 인식으로 맞으면서도 호평인 데에 든든한 믿음성이 있었고, 여기에는 역시 육당의 성망(聲望)이라는 것이 얼마쯤 뒤받친 때문인 듯도 싶었었다. 다만 인사(人事)에 있어 안민세(安民世)가 논설반으로서 정치부장을 겸한 것이 좀 소홀히 대접한 듯이 생각되어 나는 은근히 염려를 하였었는데, 과연 반년이 못가서 보천교의 출자문제로 분규가 일어났을 때, 선봉으로 반기를 들고 나선 사람이 민세(民世)와 좌익출신의 주모(朱某) 군이었었다. 물론 감정적으로 나온 것은 아니겠지마는……

나 역시 보천교와 같은 종교단체의 출자를 받아들여서, 기관지로 전락하게 되었다가는 큰일이라는 생각으로 반대이었지마는, 그 진상을 파악치 못하고는 그네들과 전적으로 합류하기도 싫어서 관망만 하고 있었으나 그렇다고 육당 편 사람으로 지목되는 자기가 육당 집에 드나들면서 사우회의 동정을 일일이 보고한다든지 하는 것도 점잖지 않은 일 같아서 중립적 태도를 취하는 수밖에 없었는데, 그때부터 육당은 내심 나를 미타(未妥)하게[210] 생각하고 오해도 하였던 모양 같았다. 그러나 그때의 진상을 이제껏 알고 싶은 것도 아니요, 알기로 지금 와서 공개해야 할 흥미 있는 일도 못되거니와 요컨대 신문관과 같은 개인의 경영체와 달라서 기업화할 충분한 준비가 없이 착수한

---

210 미타하다 : ① 온당치 않다. ② 든든하지 못하고 미심쩍은 데가 있다.

것이 육당의 잘못일지 모르되, 또 한편으로 본다면 육당의 성망(聲望)에 쏠리고, 일거리가 없던 판에 무슨 이권이나 잡게 될 듯싶은 착각도 없지 않아서, 나도 나도 하고 와짝 몰려들어 허턱대고 출자를 약속은 하여놓았으나, 제각기 감투 다툼이나 하고 헤게모니를 잡으려고 암투로 세월이나 허송하지 않았었던지? 또 혹은 알고 보니 별로 신통할 것이 없다고 뒷발길질을 하고 나가자빠지고 말았던 것이나 아니었던지 모를 일인즉, 육당을 변호하자는 것이 아니라, 육당만을 나무랄 일은 아닌가도 싶었던 것이었었다.

한 사람을 북돋아 그 명성을 온전케 하고, 일을 엉구어 진실로 국가와 사회발전에 유익이 되게 하겠다는 성의를 가졌었다면, 일은 벌려놓게 하고 임시 낭패케 하여 육당으로 하여금 그와 같은 궁여(窮餘)의 책(策)을 취하게 하지 않았을 것이 아닌가? 하는 생각을 지금도 가졌거니와, 어쨌든 그때의 일은 우리의 언론계의 발전과 문화향상을 위하여는 물론이요, 육당 개인을 위하여서도 큰 유한사가 되고 말았던 것이다.

그러나 이때 육당은 사업에는 차질을 당하였을망정, 그 성가(聲價)를 떨어뜨렸다고 할 수 없었고, 도리어 이것을 계기로 다시 그 본령에 돌아가 서재의 인(人)이 되게 한 것이 차라리 잘된 셈이라 할 수도 있었다. 또 『시대일보』는 우리 몇몇 유지사우(有志社友)들이 신경영주가 나타날 때까지 취소를 당하지 않도록 명맥을 이어놓고 물러났었는데, 그때 나는 동경에 재유(再遊)하였다가 약 2년 후에 환국하여본즉, 육당은 계명구락부(啓明俱樂部)를 중심으로 다시 문화활동을 전개하고 있었다. 그 외 사학에 관한 여러 저서도 내었고, 뒤를 이어 조선역사사전 편찬이라는 거창한 사업에 단독으로 착수하고도 있었으나, 다만 딱한 사정은 총독부로부터 혹은 회유 혹은 위협의 손을 뻗쳐와 매우 곤경에 빠졌던 모양인 것이었다. 지도자적 거물이면 으레 면할 수 없는 수난이요 함정이고 보니, 그 고충도 짐작할 수 있었으나, 나는 캐어묻고 싶지도 않은 일이었었다. 예전에, 나의 어떤 노선배에 대하여, 호랑이인 줄 알고 잡아놓고 보니 무엇밖에 안 되더라고, 총독부의 일 고관이 적이 실망하였다는 듯이 술회하더라는 말이 생각나서 괘씸하고 화도 났었다. 갖은 수단과 권모로 명성을 실격시켜 대중과 떼어놓고, 대중에게서 빼앗아가고도 유부족(猶不足)하여 깎고 저미고 하여, 대중으로 하여금 그 빼앗긴 것을 그리 실망하고 원통해 하지 말라는 덧붙이기의 술책을 쓰는 것이 그들의 상투수단이었던 것이다. 만일 그 수단에 수단으로 대한다면 그 함정에 한 발을 걸어놓고 떨어질 듯 떨어질 듯이만 보이면서 꿋꿋이 버티어보는 것이, 떨어지지 않는 방위책일지도 모를 것 같아 보이기도 하였었다. 하여간 어떠한 유혹이나 위압 앞에서라도 마지막에 가서는 그의 심두(心頭)에 불길처럼 타는 투지를 아무도 끌 수 없을 것이며 그의 시종이 일관한 애국애족의 열성을 꺾지 못하리라는 것을 의심하여본 일은 없었다. 도회(韜晦)[211]는 본질적 문제가 아니라, 그에게 있어 수단이요, 방편이라고 나는 믿어왔다. 그 이상 더 말하고 싶지 않고 더 할 말도 없다.

속세를 등진 만년

해방이 된 후도 육당은 서재에서 나오지 않았다. 그것은 차라리 다행한 일이라고 누구나 생각하였을 것이다. 거리에 나서지 않으면 밥을 굶을 처지인 그도 아니거니와, 그에게 정치적 야심이나 세속적 영예욕이 혹은 남아 있었을지 모르되, 그를 정치인으로 볼 수도 없었고, 정치인이 되기를 바라지도 않

---

211 도회(韜晦) : ① 재능이나 학식을 숨겨 감춤. ② 종적을 감춤.

았었다. 그가 의정단상에 나서게 되었더라도 말릴 사람은 나뿐이 아니었을 것이다. 그의 안주할 곳은 역시 서재이었고, 그에게 바란 것은 불후의 저술이었으며, 좋은 시조를 읊어주는 문학의 애호자임에 있었다 하여 결코 그를 푸대접하는 것이 아니라고 믿어왔다. 하물며 그가 어떤 기회를 타서 장관의 감투를 쓰고 한 기업체의 어른이 될 수 있었던들, 도리어 우리는 놀라고 실망하였을지 모른다.

그의 만년이 세속에서 깨끗이 떠나 자기의 본령을 굳이 지켰으므로 그가 남기고 간 가지가지의 업적이 한층 더 빛날 것이요, 심혼(心魂)으로 일관한 생애를 가졌던 거인이었었음을 칭송할 수 있으며, 그가 간 뒤에 '빈 자리'를 메울 수 없어 누구나 허전해 하리라.

해방 후 얼마 동안 찾을 겨를이 없다가 수삼우(數三友)로 더불어 우이동 그의 신거(新居)로 오랜만에 심방하였을 때, 역사사전 편찬의 카드를 매만지고 앉았던 전날과 다름없이, 사서(史書) 사료 속에 파묻혀 있는 그의 건강한 모습을 대하고 기꺼이 서회(敍懷)[212]한 일이 어제 같다. 그러나 동란 중 듣느니 놀라운 소식[213]에 아연 경탄할 따름이다가 부산에서 만나자, 나는 위로할 말을 찾지 못하여, 나의 인사를 받지 말아주기를 도리어 이편에서 청한 일이 있었다. 그의 쓰린 가슴을 부질없이 터뜨리기를 삼가서 그러함이었었다.

육당은 한말 이래 우리의 현대사의 비극을 몸소 겪고, 몸소 엮었다 할지라도, 범속한 의미로는 우리와 같은 궁조대(窮措大)[214]에 비하면 불우한 가운데에서도 팔자 좋았었다고 하겠는데, 저 몹쓸 동란이 가슴에 쓰라린 못을 박아주었는가 하면 가엾기 짝이 없다. 그러나 이제 그는 모든 시름을 잊고 고요히

---

212 서회(敍懷) : 회포를 풀어 말함.
213 8·15광복과 6·25전쟁을 거치는 동안, 큰딸 '한옥(漢玉)'이 공산당에 의해 피살되고, 막내 '한검(漢儉)'이 행방불명되며, 큰아들 '한인(漢因)' 또한 피난 중에 사망한 일을 가리킨다.
214 궁조대(窮措大) : 곤궁한 선비.

잠들었다.

　관을 덮음에 임하여, 대통령께서 간곡한 조의를 표하여주셨음은, 더욱이 고인으로 하여금 시름 놓고 명목(瞑目)케 하였을 것이요, 유족과 친지들의 감패불이(感佩不已)하는 바일 것이며, 또한 그의 지어 남긴 독립선언서는 후세 자손이 길이 명기하여야 할 것을 거듭 일깨주셨음을 삼가 감사히 생각하는 바이다.

제야만언除夜漫言[215]

올해에는 동기 친척 지구(知舊) 간에 갑자기 세상을 떠난 분이 많았고, 몸을 제대로 추스르기 어려운 탓으로 변변히 인사도 치르지 못한 경우가 있어 죄만하고[216] 마음에 늘 걸리는 터이지마는, 이렇게 옆에서 차례로 홀홀히 떠나는 양을 보니, 금시로 주위가 쓸쓸하여진 것 같고, 차차 나도 갈 때가 되어 오나 보다 하는 생각이 절실하여진다. 몸이 성치 않으니까 자연 죽음이라는 것을 생각하는 때가 잦아져서 그러한지, 그리 겁을 집어먹게도 아니 되고, 갈 때가 되면 어련히 가게 되려니, 가자면 앉았다가도 금방 따라 일어설 것 같은 가벼운 생각도 드는지라, 무슨 차비가 필요할까마는 그래도 언제 그때가 오건, 마음의 준비는 있어야 하겠거니, 실상은 지금도 시시각각으로 그때가 차츰차츰 다가오거니 하는 생각을 하면, 인생의 황혼은커녕 인생의 제야(除夜)에 시름없이 앉았는 자기를 깨닫게도 되는 것이다.

종명누진(鐘鳴漏盡)[217]이란 말은 하필 제야에 한한 것도 아니며 인생의 사양(斜陽)을 비웃거나 괴탄하는 말이기도 하겠지마는 제야에 그윽이 들려오는

---

215 염상섭(廉想涉),「제야만언(除夜漫言)」,『동아일보』, 1957.12.31.
216 죄만하다 : 죄송만만하다. 더할 수 없이 죄송하다.
217 종명누진(鐘鳴漏盡) : '때를 알리는 종이 울리고 물시계의 물이 다한다'는 뜻으로, '깊은 밤이나 늙고 병든 늙바탕'을 비유적으로 이르는 말.

인경(人定)[218] 소리를, 새해의 축복과 희망을 담뿍 싣고 울리는 종소리라 할지면 밝은녘 파루(罷漏)[219]의 바라[220] 소리는 또 무슨 축원과 덕담을 아뢰는 것인지? '인생의 제야'에 코를 맞대고 앉았는 사람의 귀에는 아마도 연년익수(延年益壽)의 축원으로 들릴 것이요, 떡국 한 그릇이나마 찾아먹을 도리 없는 사람에게는 지난 일 년을 어쩐둥 넘긴 것만 신통해서 지친 얼굴에 헛웃음을 치며 외상 나이만 한 살 더 먹은 것을 원통해 하겠지마는, 또 한 번 속아보자꾸나 하고 동이 트는 새해만은 반가이 맞으리라.

뉘 입에서나 해마다 듣는 평범한 하소연이지마는 사람은 속아 사는 거야! 하면서 속아서라도 사는 맛에 그다지 불평도 군소리도 없이 새 배포, 새 경륜을 세우기에 골몰하는 것이 숨김없는 제야의 소리요, 또 그 모습이랄까?

그 밖에 더 신통한 도리도 없을 것 같다. 역시 쉬운 말로 힘을 다하여 해볼 만큼 해보고 나서 천명을 기다리는 것이 살아가는 순리이겠거니와 해마다 속고 평생을 두고 속는 그 속임수는, 따져보면 자기에게 있고 너무 많이를 바랐던 탓이 아니었을까? 과욕(寡慾)에는 실망도 적으리라.

딴은 과욕(寡慾)에도 한도가 있는 것이요, 겸허할 데에 겸허하고, 양보할 데에 양보하는 것이겠지, 덮어놓고 자제의 미덕만을 일컫는 것은 아니다. 그렇다고 남은 어쨌든지 나부터, 나만은 살고 봐야 하겠다고 미리 악을 쓰고 덤비거나, 다른 것은 그만두고 올해 일 년 동안 기록적인 그 엄청나고 끔찍한 의옥(疑獄)[221] 사건·살인·강도와 교통사고는 무엇 때문에 어디서 쏟아져 나왔던가? 생각하여보고 말고가 없을 것이다.

---

218 인정(人定) : 조선시대 때, 밤에 통행을 금지하기 위해 종을 치던 일.
219 파루(罷漏) : 조선시대에, 서울에서 통행금지를 해제하기 위하여 종각의 종을 서른세 번 치던 일. 5경(更) 3점(點)에 쳤다.
220 바라 : '파루'의 변한 말.
221 의옥(疑獄) : 죄상(罪狀)이 뚜렷하지 않아 죄의 유무를 판명하기 어려운 범죄사건.

그러나 나부터 살고 보아야지, 죽으란 말인가? 먹으려 들지 말고 다투지 말고, 앞서지 말라면 낙후하란 말인가? 승기자기(勝己者忌)[222]는 인지상정이 아니더란 말인가? 양상군자(梁上君子)[223]도 군자요, 은군자(隱君子)도 군자다. 제법 군자연(君子然)한 싱거운 소리 그만두라고 코웃음을 칠 거라.

하지만 사람 사는 거란 마라톤 같은 거나 아닌가 싶다. 너무 서두르고 앞지르면 먼저 기진할까 두렵다. 중도에 기권하면 낙오자가 된다. 일기일복(一起一伏)이 있고, 일장일이(一張一弛)[224]가 없을 수 없으되 천천히 꾸준히 달리는 놈이 앞서거나 뒤졌거나 골인하지 않던가. 기진하면 낙오하기 제격이다. 인생의 기권은 자살이다. 사는 데도 페어플레이이어야 한다는 말은 하나마나 군소리다. 볼이 터지게 먹으면 창자가 꿰진다.

섣달 대목에 앉아 지난 한 해 동안 또 속았구나! 하고 입맛을 다시면서도, 더 나을 것도 없고 못할 것도 없이, 그저 그런대로 얼떨결에 지나온 것만 무던하거니 생각할 것이다. 그저 그날그날을 억지로 모면해온 것만 요행이라고 여길 것이다.

그러자니 한세상 사는 것 그 자체가 자기 자신에게까지 무거운 짐이요, 면치 못할 의무 같아서 그 짐만 벗어나는 것이 수요, 의무를 마지못해 때워버리면 그만이라고 생각 들게쯤 되었다. 혹은 '인생이란 대관절 무엇이관대, 무엇 때문에 사는 것이기에 의무라는가?'고 대들지도 모른다. 그러나 인생의 황혼이든 제야든 간에, 제아무리 살아볼 만큼 살아보았대도 여기에는 제법 똑똑한 대답 한마디 나올 것 같지 않다.

심각하게 생각하여보고, 분명히 살겠다고 애는 써야 하겠지마는, 결국은

---

222 승기자기(勝己者忌) : 재주가 자신보다 나은 사람을 시기함.
223 양상군자(梁上君子) : '들보 위의 군자'라는 의미로, '도둑'을 완곡하게 이르는 말.
224 일장일이(一張一弛) : 한 번 팽팽히 당기고 한 번 느슨하게 한다는 뜻으로, 한때 일을 시키면 한때 쉬게 해야 한다는 말.

'불구심해(不求甚解)'[225]라는 넉 자에 타협하고 마는 것이, 범인(凡人)의 범인다운 생활이 아닌가도 싶다. 글을 읽되 그 난해한 점을 억지로 풀기에 노심하지 말고, 읽고 또 읽고, 궁글려 궁리하고 또 궁리하는 동안에는 저절로 문리가 나고 터득이 되듯이, 인생도 정의부터 내세우느니보다는 살 만큼 살아가자면, 저절로 저마다의 인생의 의의도, 맛도 알게 되고, 사는 방도도 터득이 나서는 것이려니, 따라서 문학하는 사람은 남의 인생철학을 빌려 쓰지 않고, 자기의 체험과 지식을 소중히 가꾸고 살려서 인생을 탐구하는 소이도 여기에 있는가 한다.

그러나 인생을 어떻게 정의하고, 어떠한 정리(定理)로 다루든 간에, 무거운 짐으로 안다거나, 의무적으로만 사는 수밖에 없는 환경과 조건에서 벗어나게 하여야 할 것이 중요한 일이다.

정유(丁酉) 세모(歲暮)

---

[225] 불구심해(不求甚解) : 독서를 할 때, '요지를 이해할 뿐 자구(字句)를 지나치게 따지지 아니함을 이르는 말.

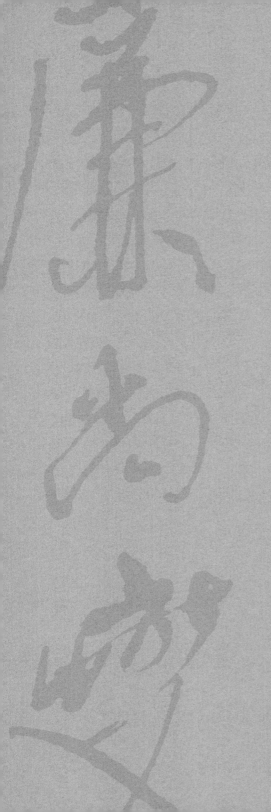

염상섭 문장 전집

1958

새해 문화계에 대한 요망要望
원자력, 한자, 외서번역 문제 등[226]

　세수의 요망이 덕망일 리 없으나 축원 삼아 '무술년 문화계에 대한 요망'으로 당면한 문제 서너 가지를 들기로 한다.

　작년도 노벨상 물리학상을 젊은 중국과학자인 이(李), 양(陽) 양 씨가 받은 것[227]은 내가 문학의 도이면서도 카뮈 씨의 문학상 수상보다도 더 선망한다. 그 상이 부러운 것이 아니라 미국에서 연구한 원자과학자이지마는 자유중국이 이러한 큰 과학자를 가졌다는 것이 부럽고 든든해서다. 과학지식이 뒤진 탓으로 후진성을 면치 못하는 우리이기 때문에 부러운 것이요, 그 든든함은 동양사람도 과학적 두뇌가 이만하니 우리 과학자 중에서도 조만간 세계적 성가를 박할 분이나 우리라는 기대를 가질 수 있는 까닭이다. 일본에서도 저 나가사키(長崎) 원폭으로 더 유명하여진 유가와 히데키(湯川秀樹)[228] 박사가 노벨물리상을 받지 않았던가? 우리는 도든신 과학지식을 상식으로라도 알

226 염상섭(廉想涉), 「새해 문화계에 대한 요망(要望)─원자력, 한자, 외서번역 문제 등」, 『경향신문』, 1958.1.1. 글 말미에 '필자＝예술원 회원'이라고 명기되어 있다.
227 1957년 노벨물리학상을 수상한 리정다오(李政道, 1926~)와 양전닝(楊振寧, 1922~)을 가리킨다. 양전닝은 중국계 미국인으로 알려져 있다.
228 유가와 히데키(湯川秀樹, 1907~1981) : 일본의 이론물리학자로, 1947년에 노벨물리학상을 수상했다.

려 애를 써야 하겠고 과학을 사랑하고 과학자를 아끼고 존경할 줄 알아야 하겠거니와 나는 젊은 학도들에게 문학을 이야기하면서도 과학공부하기를 권하여왔다. 미국유학을 지향하는 청년이라면 더욱이 이공계통으로 진학하기를 붙들고 권하고 싶다. 원자로 관계로 미·영에 유학생을 파견한 것은 구급책일 것으로되 기대가 크거니와 기술도 배워야 하고 큰 학자도 속히 나와야 할 것은 더 말할 것 없다. 일제 밑에서는 초급기술이나 배웠지 고등기술이나 학리는 가르쳐주지 않았던 것이기 때문에 후진에 후진을 거듭하였던 것이다. 1, 2년쯤씩이나마 전미유학을 시켜놓으면 환국하기가 싫어서 어름어름하고 영주권인지 시민권인지나 얻으려 드는 축들이 많다니 당장은 아쉽더라도 10명 보낼 것이면 반감하여 남는 5명 몫으로 한 사람의 원자과학자를 유학시키는 것이 더 긴급한 일이요, 우리의 희망일 것이다. 어련히 당국이 벌써 알아 하였으랴마는 말이 났기로 말이다.

다음에는 한자전폐문제거니와 요사이 시험공부하는 아이가 프린트한 순국문 역사교과서를 놓고 "관수관, 급제"란 무엇이냐고 묻는다. 국사지식이 넉넉지 못한 나 역시 한참 어리둥절하다가 간신히 "관수, 관급제"라고 읽을 수 있었고 '관수관급제(官收官給制)'임을 알았다. "눈에서, 피가 나고"를 "눈에, 섶(薪)이 나고"라는 셈이다. 그렇다고 한자전폐 불가론이나 불가능론을 아무 근거 없이 덮어놓고 주장하려는 것은 아니요, 또 무슨 근거가 내게 있다는 것도 아니다. 다만 그 프린트한 교과서가 당국의 시책에 순응하여서 새로 인행한 것이겠지마는 인명·지명·구관제의 직명 등 아이들에게는 들어보지도 못하던 것이라든지 구송(口誦)만으로는 이해도, 기억도 하기 어려운 명사와 용어가 순국문으로 되어 있어서 오직 기계적으로 옆에 익혀만 두려 하니 이러한 주입식 교육도 없겠고 공부하는 아이도 고통이거니와 옆에서 보기에

딱하고 큰 걱정이다. 한자를 전연 모른다면서 양인명처럼 음으로만 암송할 수도 있겠지마는 어중되게 다소 한자를 학습하였으니 더 깝깝한 노릇이다. 타일(他日) 한자로 동일한 인명·지명을 보는 경우에 역사는 알면서도 눈 뜬 장님일 것이다. 이러한 점으로는 전폐가 도리어 좋을 것이다. 그러나 기어코 그 인명·지명을 한자로 알려면 옥편을 찾아가면서라도 다시 공부를 해야 될 것이니 두 번 일이요, 이중부담이 될 것이다.

월전에 모지에서 멕시코 생장인 한 교수의 기고를 본즉 재묵(在墨) 당시의 경력담 중에 이런 이야기가 있었다. ── 개발회사 때 건너간 사람의 자손으로서 2세인지 3세인 유(柳), 유(俞)의 각 성을 가진 두 청년이 초대면에 피차 '유' 씨라 하여 이향(異鄕)에서 만나는 친척이라고 서로 얼싸안고 키스를 하며 반가워하고 법석이더라 한다. 물론 무식하고 외국에서 자랐으니 한자로 기성명(記姓名)도 못하던 터이었던 모양이다. 그러나 학문이 있는 한(韓) 교수로 보면 딱하기도 하고 가르쳐주고 싶었으나 모처럼 반겨들 하는 것을 파흥시키기도 안 되어서 내버려두려다가 그래도 모른 척할 수가 없어서 유(柳), 유(俞)는 동성동본이 아니라는 것을 밝혀주었더니 멀쑥해 하더라는 것이다. 진담이라고 웃어넘길 일이 아니라 이러다가는 역사를 배우는 아이가 유성룡(柳成龍)은 유응부(俞應孚)의 후손이라고 착각하게 될지도 모를 것이다. 그러므로 이러한 맹절이라도 우선 조정하여가면서 한자제한으로부터 전폐에까지 끌고나가도록 전문가로 하여금 연구케 하고 방침을 확립치 않고는 여간 혼란을 일으키지 않을 것 같다.

더구나 일상용어화한 한자숙어란 우리의 생활을 지배하는 여러 관념을 표시하는 것이요, 그렇지 않은 것도 그 자의를 모르고는 뜻도, 맛도, 쓰는 경우도 모를 것이 수두룩하다. 또 문학적 표현에 이르러서는 취음(取音)만으로도 이것을 전연 버리고는 그 생채를 잃을 것이요, 공문서 같은 간소한 문장일수록 더욱 의미가 통치 않는다.

한편 신문 기타 간행물에 있어서는 전폐 5년계획에 협조를 요청하였는데 그 요청에 응치 않는 경우면 5년 후의 중·고등학생들은 갈팡질팡만 하다가 신문 한 장 변변히 못 읽고 남의 성명도 못 알아볼까봐 걱정이다. 요컨대 주도하고 확고부동한 계획하에 입안된 전폐책으로 임하여 시기는 다소 천연되더라도 혼란 없이 정리적으로 점진하여가기를 바란다.

끝으로 외서번역과 문화교류 상태를 일별하면, 올해에는 좀 더 진전이 있을 것으로 믿는다. 작년부터 을유문화사에서 번역서에 대하여 수상제를 시행한 것은 매우 시의에 맞은 일이거니와 시살 간혹 잡지에서 번역작품을 보면 (이것은 영문인 경우는 아니다) 원문이 원체 그러한지는 몰라도 난삽하여 행문이 잘 통치 않는가 하면 나의 오독이겠지마는 의미가 전도되지 않았는가 의심이 들 경우도 없지 않았다. 이와 반대로 연전 재부(在釜) 시의 어떤 기관에서 나의 단편 하나를 번역시켜보려니까 도저히 제 맛이 안 나서 붓을 던져버렸다는 말도 들었다. 그만큼 번역이 어려운 것을 알겠고 따라서 번역상이 설정된 의취도 짐작되거니와 번역물이 우리의 출판정세로 보아서는 도리어 요사이 볼 시에 범람상태는 아닌가도 싶어 보인다. 그야 독자가 요구하고 채산이 맞으니까 그러할 것이요, 채산만 맞으면야 얼마든지 출판·소개되어 좋을 일이니 기우는 부질없을지나 여기에서 생각할 바는 그 배외적(拜外的) 위세가 압도하면 국산이 멸시되어 주객전도의 기현상을 정하지나 않을까 하는 점이다. 물론 일본 치하에서 신음할 제 일서가 한서를 구축하고 그 위압으로 우리의 저작욕이 위축·둔마하고 출판계가 부진하던 최악의 경우와는 전연 의미가 다른 것이니 외서의 도입이나 번역·간행이 성행하는 것을 환영치 않는 바는 아니지마는 다만 그 선택이 유행성에 기울지 말고 조절이 득당

(得當)하여야 할 것 같다.

또 한편 국내저서의 해외소개도 비용 기타 여러 난관이야 있겠지마는 외국에서 요청이 있는 것조차 수응치 못함에 이르러서는 국가적 체면도 있고 국가적 손실이며 문화교류의 파행이고 본즉 백난을 무릅쓰고 금년에는 얼마만큼이라도 성과를 거두어야 될 노릇이다.

복조리[229]

　　요즈음에도 정월 초하룻날 새벽이면 복조리장수가 나오는지, 나온대도 구력(舊曆)[230] 정초의 이야기다. 복조리도 구력이라야 맛이 날 것이겠고, 이래저래 기분이 안 난다고 양력설은 설같이 여기지 않는지 모르겠지마는 나는 연래로 설이랍시고 양력으로 쇠기는 하여도 올해는 음력설에 꼭 복조리만은 살 작정이다. 살 날이 얄팍얄팍하여가니까 허욕이 부쩍 늘어서 올해는 남의 집에 갈 복까지 겹쳐 덜퍽지게 한몫 단단히 보겠다는 요량인지는 모르겠으나 가두에서 파는 토정비결 한 장을 50원 주고 사는 것보다는 당장에 복이 조리에 걸려 들어오니 확실성이 점(占)에 비할 게 아니라 그 아니 좋으냐.

　　복조리장수는 원채 섣달 그믐날 자정이 넘어서 나와 가지고 밝을 녘까지 팔고 들어가는 것인데 이것은 까치가 짖는 소리를 먼저 듣는 사람이라야 그날 일수(日數)가 좋다는 것처럼 "복조리 드렁서어" 소리를 먼저 듣고 재빨리 나가서 사야만 그해 복을 남보다 많이 받는다는 것이다. 그래서 그러한지 근년에는 초저녁부터 복조리장수 소리가 들리거니와 섣달 그믐날 초저녁부터 당나귀 귀를 해가지고 잔뜩 벼르고 앉았다가 뛰어나가서 옆집 아낙네의 발

---

229 염상섭(廉想涉),「복조리」,『평화신문』, 1958.1.1. '신년수필' 난에 수록된 것이다. 글 말미에 '소설가'라고 명기되어 있다.
230 구력(舊曆) : 태음력.

등을 딛고라도 앞질러 사려 덤빌지 모를 자기의 수선떠는 꼴을 머리에 그려보고는 고소(苦笑)가 떠오르기도 한다. 하지만 질족자선득(疾足者先得)[231]으로 그만치나 잽싸지 않고야 오던 복도 달아나지 않을까. 옆집 아낙네의 발등쯤 좀 밟기로 대수랴.

복도 복 나름이라 마수걸이[232]를 잘해주면 좋은 놈을 골라서 덤(더음)까지 얹어줄지 모르겠고 사는 나도 남의 발등을 딛고까지 살 바에야 극상품(極上品) 묵직하고 걸직한 좋은 놈이 걸려야만 하겠다. 사는 사람에게도 마수걸이라는 것은 있는 모양이다. 그렇다고 한국의 산타클로스는 복을 한 짐 잔뜩 지고 밤을 도와 나누어주러 다니기도 하는데 옆집에 가는 복도 가로채어보겠다고 남의 발등까지 디디는 것은 좀 다시 생각해보아야 하기는 하겠다. 그 따위 청처짐한 수작이니 오는 복도 놓치는지 모르겠지마는.

그러나 가만히 지내보자니 내 평생에 이렇다 할 복은 없어도 술복만은 그중에선 있는 모양이다. 어느 술집에를 들어서나 그리 푸대접을 받아본 일은 없다. 일전에도 동리술집에를 가니 주모가 "할아버지가 다녀가신 날이면 웬일인지 술이 잘 팔려요." 하는 칭찬을 받고 "내가 복이 많아 그런거이." 하고 큰소리를 친 일도 있다. 마수걸이를 잘해준다는 것이다. 예전에 한참 술집에를 골라 다닐 때도 붐비는 데가 싫어서 조용한 데를 찾아 들어서면 연달아 주객이 꼬여들어서 삑삑하니 하도 정신살이 없으면 이편에서 먼저 빠져나오곤 하였지마는 그만하면 나도 마수걸이의 명인 소리쯤은 들을지 모르겠다.

어디 올해는 복조리장수의 마수걸이도 잘해주고 내 마수걸이도 그럴 듯이 하여 늦복이 터져볼 작정으로 장수 소리가 날 때까지 기다리고 있어보자.

---

231 질족자선득(疾足者先得) : '날랜 사람이 목적물을 먼저 차지한다는 뜻으로, '어떤 일을 먼저 성취하는 사람'을 비유해 이르는 말.
232 마수걸이 : ① 맨 처음으로 물건을 파는 일. 또는 거기서 얻은 소득. ② 맨 처음으로 부딪는 일.

신인다운 야심이 부족[233]

초심에는 29편, 재심에서 10편을 추렸다 하여 나에게로 돌려온 것을 읽어 보고 다음의 6편을 골라냈다.

① 「정례와 소」(천승세(千勝世)) ② 「질투」(이정봉(李貞鳳)) ③ 「목숨」(이봉승(李鳳承)) ④ 「타오르는 가시」(박상식(朴尙植)) ⑤ 「면경(面鏡)」(이종병(李淙柄)) ⑥ 「행복이 있는 곳」(장종석(張終石))

이상의 6편이 모두 그만그만하고 특출한 것을 고르기가 힘들었으나 여상(如上)한 차서(次序)를 정하고 그중에서 「정례와 소」, 「질투」 2편을 입선작으로 정한 것이다. 재심에서는 「타오르는 가시」와 「질투」가 유력시되었는데 거기에도 일리가 없지는 않으나 전자(前者)는 표현력과 결구에 있어, 후자(後者)는 그 취재에 있어 순문예지가 아닌 신문의 신춘현상작품으로서는 가합치 않겠기로 혹은 입선 또는 수위에 내세우기 어려워서 전기(前記)한 가작 2편을 뽑은 것이다. 창작은 산문문학이면서도 여러 가지 조건과 요소를 가진

---

233 염상섭(廉想涉), 「신인다운 야심이 부족」, 『동아일보』, 1958.1.7. 이 글은 1957년의 『동아일보』 신춘문예 소설 부문 총평으로 작성되었다.

것이므로 우선 여기에 표준을 둔 것이요, 더욱이 현상작품에 있어 그러하여야 하겠기 때문이다.

아무리 주제가 번듯하고 취재가 신기하더라도 여기에 치우쳐서 소설의 기본조건을 구비하지 못하면 문학적 효과를 얻기 어려운 것이다. 첫째 말과 글에 숙달하여야 하고 따라서 표현력이 어느 정도의 수준에 이르러야 하겠으며, 다음에는 표현방식에 있어 묘사의 묘(妙)를 충분히 발휘하여야 하겠고 또 그다음에는 전체의 결구가 째어 있어야 할 것이다. 아무리 좋은 사상이나 주제의 정신이라도 관념에 흘러 실감을 주지 못하거나 신기하고 엽기적 흥미를 가진 제재라도 그 표현이 불충분하여 주제의 핵심을 잃어버리면 뼈대 없는 허수아비가 되고 말기 때문이다.

이 두 편 중 한 편이라도 당선작으로 택하고 싶었으나 모두 일장일단이 있고 서로 백중(伯仲)하여 동격(同格)의 가작으로 결정되었으며, 또 「정례와 소」를 제1위로 놓은 것은 그 표현력과 명랑성을 취함에 연유함이다.

어머님 회상[234]

1

얼마나 변변한 자식이라고 저 잘난 듯이 자기 자친의 사적을 드러내겠으며, 더욱이 내 부모거나 남의 부모거나 어떠한 기록에 붓을 대기란 거북한 일이지마는, 모처럼 어머니의 추억담을 하라는 부탁이기로 기억을 더듬어 대강 적어볼까 한다.

칠순을 채우시지 못하고 돌아가신 어머님이 지금 사셨으면 아흔이 되실 것이니, 어머님을 여읜 것이 21년 전 내가 사십을 막 넘어서의 일이었고, 그 이듬해 가친께서 일흔에 세상을 떠나셨는데 두 분이 동갑으로 기사생(己巳生)이시라, 인생 칠십 고래희(古来稀)란 말로 보면, 지금 세상처럼 의약이 발달되고 보건사상이 보급된 시대와 달라서, 어머니께서는 손티[235]는 별로 없으시나 마마(천연두)를 하셨던 그 시절이니 사실 만큼 사신 편이요, 우리 문중에도 위아래 대에 이만치 장수하신 분이 없었다. 가계(家系)까지 들추어낼 것은 없을지 모르지마는, 이십 전에 홀로 되신 고조모님의 유복자 한 분(증조)을, 그

---

234 염상섭(廉想涉), 「어머님 회상」, 『여원』, 1958.2.
235 손티 : 약간 곱게 얽은 얼굴의 마맛자국.

나마 큰댁에 바쳐 계사(繼嗣)[236]케 하여 우리 일문이 퍼진 것만 보아도 손이 얼마나 놀았던지 알겠고, 우리 대에 와서도 사십 전후 아니면 고작해야 육십을 넘기지 못하고 단명들 하였던 것인데, 별 호강은 못하셨을망정 그만큼 사신 것만도 무던한 일이었다. 이것은 어려서 들은 말씀이거니와, 우리 둘째 이모님이 일점혈육도 없이 청상과부가 되신 데에, 친정 부모님은 얼마나 애절하시고 그 정상이 측은하고 가련해 하시던지, 셋째 따님, 즉 우리 어머님을 시집보내실 때는 외조부께서 몸소 관상쟁이를 데리고 다니시면서 간선을 하셨더라 하니, 두 분의 칠십 향수(享壽)도 그럴 법하거니와, 자친도 그 아버님의 뜻을 받아 그러하셨던지, 과부 소리는 안 듣겠다는 것이 평생 소원이셨다.

그러나 우리 자식들의 생각에는 소시(少時)부터 포류의질(蒲柳之質)이시어서 의사의 권고로 이십 전부터 반주(飯酒)를 잡수셨다 하고, 평생을 주기로 버티어 사시다가 만년에는 아주 몸져누우신 지도 오랜 아버님보다는 더 사시려니 하였었다. 그러던 것이 뜻밖에 한 해를 앞서신 것은 그해 봄에 내 집에 산고가 있어 한 이레에 아이를 보러 오셨다가 가시는 길인데, 아이놈을 하나 데리시기는 하였으나 초저녁의 침침한 거리라, 마주 오는 자전거에 치여 그 빌미로 이내 못 일어나시고 만 것이었었다. 자식의 집에 다녀가시다가 그렇게 되셨으니 나로서는 더욱 한이 되었다.

2

우리 어머니는 세상에 드러난 효부·열녀도 아니시고 평범한 구식 가정

---

236 계사(繼嗣) : '조상의 제사 내지 종통(宗統)의 계승'을 뜻하는 말.

부인이시다. 그러나 누구에게나 그렇듯이 늙어 죽을 때까지 그립고 존경하는 세상에 둘도 없는 어머니시다. 열다섯에 외며누님으로 시집오셔서, 조만차리고 만만치 않은 시집살이에, 외롭고 고달프게 50여 년 동안 드난살이보다 나을까 말까 한 일생을 아무 불평 없이 바치시고 곱게 가신 분이기에 더욱 가엾으신 것이요, 늙게까지도 간절히 추억에 잠기곤 하는 것이다. 체수[237]가 자그마하시고 강강하시며 기력도 좋으신 편이나, 넉넉지 않은 집안에서 8남매를 기르시고, 더욱이 중년부터는 가세가 기울어져 간구한 살림에 시달리시면서 외며누님으로서 연로하신 홀시아버니 봉양과 약주가 과하신 가장 밑에서 뼛골이 빠지게 늙도록 시집살이가 호되셨던 것이니, 지칠 대로 지치셨을 것이요, 일가친척이 모이면 저 여덟을 키우기에 무에 변변히 입에 들어갔으랴고 동정의 인사를 하는 것도 어렸을 적부터 늘 듣던 말이지마는, 원체 화사한 몸치장을 모르시듯이 음식을 가리시는 일이 없이 도리어 그것이 건강을 도왔던지, 내가 어렸을 때 큰 병환을 한 번 치르신 것밖에는 몸져누워 앓으시는 것을 뵌 일이 없었다. 그만큼 강력이 있으시기 때문에 차차 가세가 다시 되어가서 사람을 부리게 되고, 차례로 며느리들을 앞에 데리고 지내시게 되어서도, 가친의 약주 시중이나 부엌일을 아주 내어 맡기시는 일이 없이, 진일이고 마른 일이고 간에 당신의 손이 가야 할 일은 찌개 하나, 마름질 하나라도 모른척하고 내버려두시는 일이 없었다. 더구나 가친의 노환으로 뒤를 받아내게 되고, 더럽힌 옷을 빨게 되면 남에게 맡길 수 없는 일이고 보니, 같이 늙어가시는 칠십 줄의 노인이시건마는 눈살 한번 찌푸리고 군소리 한마디 하시는 법 없이 자기의 맡은 직책이거나 혹은 자기의 피치 못할 팔자거니 하는 생각이신 듯이 혼자 맡아 하시곤 하였다.

---

237 체수: 몸의 크기.

대체 무엇을 재미로, 낙으로 살아가셨는지? 자식을 기르는 것도 낙으로거나 장래의 뉘를 보고 덕을 보려니 하는 생각보다도, 자기의 짊어진 책임이요 의무거니 여기시는 눈치요, 세 끼 진지를 자시는 것도 맛을 취하거나 재미라기보다는 역시 안 먹으면 죽는 거니 의무적으로 잡숫는 양 싶었다. 잘 사나 못 사나 50여 년 동안에 매일같이 술상을 보셔야, 약주 한 모금 마시는 일이 없고, 안주 한 점 입에 집어넣으시는 것을 본 일이 없다 하여도 과언이 아닐 것이다. 부인네끼리 모여 앉으면 노인네가 너무 심심하시겠다고 아주머니, 할머니 담배라도 좀 피우시라고 하여 쫄리다 못하여, 한두 모금 빨아보시고는 쓰고 어지럽다고 꺼버리시는 것이었다. 이런 성미시고 기품이시라, 몰취미하고 인정머리 없고 쌀쌀하거나 무되실[238] 것 같은데, 자식들에게나 일가 친척에게나 대범하고, 경우와 조리에 닿지 않는 말이나 일은 아니 하시면서도 인사성 있고 자상한 일면을 잃지 않으셨고, 육십이 훨씬 넘으신 뒤에는 차차 마음이 약하여지고 신경과 감정이 날카로워져서 그러한지, 며누님이나 손주들에게 다소 칭하는 눈치가 보이기 시작하였지마는, 자손에게 대하여서도 공평하고 원만하게 하려 하셨다.

철없는 손주새끼들이 에미나 애비에게 버르장머리 없이 구는 꼴을 보시면 대기를 하고 호되게 나무라시며 난 자식을 몇몇씩 길러야 엉덩이 하나 두덕거려주고 엉생받이를 해준 일이 없다 하시며, 자식을 어―하게 기르지 말라고 이르시는 것이었지마는, 그 대신에 우리가 자랄 때 대강팽이[239]를 쥐어박거나 손찌검 하나 하시는 것을 본 기억이 없다. 내가 평생에 한 번 아버님께 종아리를 맞은 일이 있는데 그것은 보통학교(지금의 국민학교)에 갓 들어가

---

238 무되다 : 무디다. 날카롭지 못하다. 둔하다. 느끼고 깨닫는 힘이 모자라다. 곽원석, 『염상섭 소설어사전』 참조.
239 대강팽이 : '머리(頭)'를 낮추어 이르는 말. 곽원석, 『염상섭 소설어사전』 참조.

서, 동무의 누이요, 아버님 친구의 딸이 남의 첩으로 들어간 집에 끌려가서 놀다가 밤늦게 돌아왔기 때문이었다. 그러한 때, 어머니께서는 말리거나 역성을 드시는 일은 없었다. 어렸을 때는 잠자리에 오줌을 잘 싸고, 똥질이 심하고, 고집불통이고 하기 때문에 귀염은 못 받았으나, 그렇다고 미워서 매를 맞게 내버려두시는 것은 아니었었다. 그보다도 어머니께서 내게 눈물을 꼭 두 번 보여주신 것을 일생에 잊지 않는다. 열세 살 때에 집안이 낙향하여 경상도 지방에 내려가 살게 되었었는데, 학교 관계로 서울에 처져 있던 내가, 여름방학에 집에 가 있다가 개학 때 새벽길을 떠나 올라오는데 섭섭해 우시는 것을 뵈었고, 또 한 번은, 일본에 가서 있다가 4년 만엔가? 열아홉 살이 되어 방학 때 돌아왔을 때 커다랗게 자란 모습을 보시고 반갑고 고생시킨 것이 불쌍하다는 뜻인지 자꾸만 우시는 것이었었다.

3

조부가 돌아가시던 해가 병오년(丙午年), 내 나이 아홉 살 때이었다. 을사보호조약이 체결된 이듬해라 국내는 어수선하고, 가친은 집에 들어앉아 계셔서 집안은 한참 간구한 판이었다. 구차하면 강근지친(強近之親)[240]도 발길이 멀어지는지라, 동기도 없으신 단 두 내외분이 밤잠을 번갈아 쉬시며 시탕(侍湯＝간병)에 지치신 것을 조부께서 보시고 유언 대신에 "너희들이 내게 이렇게까지 극진히 할 줄은 몰랐구나." 하는 한마디를 남기시고 돌아가셨다. 친아드님에게도 그러시겠지만, 남의 자식을 데려다가 고생시키는 것이 가엾

---

[240] 강근지친(強近之親) : 도움을 줄 만한 아주 가까운 친척.

고 고마워서 하신 말씀이었던지도 모를 일이었다. 그래서 그러한지, 나는 종형제가 없어, 제삿날 재종형제들이 모여 앉으면 "자네 어머니께서야 여중군자(女中君子)시지." 하거나, "아주머니 말씀이시라면……." 하고 청송하고 열복(悅服)하는 양을 보면, 큰 뒤에도 기쁘고 자랑을 느끼던 것이었다. 이것은 반드시 인심이 후하다거나 인복이 좋아서가 아니라, 우리 문중에 유공하셨다는 뜻일 것이다.

이것도 어렸을 제의 이야기지마는, 가친께서 지방수령으로 돌아다니실 때, "이번 등내(等內)²⁴¹는 반은 내아(內衙)²⁴²에서 원님을 사셨지." 하는 뒷공론들이 있었다는 것은, 내조가 그만큼 컸더라는 말이요, 바깥일에 참섭을 하였다거나 드세다는 비꼬는 말은 아니었을 것이다. 원체 부전부전하거나 수선스럽거나 내 주장을 하려 드는 그런 거벽스러운 데가 없으셨던 천품으로 미루어 짐작할 수 있는 일이다.

그 누가 자식 된 정리나 도리로서 부모를 헐어 말하려 들거나, 자랑을 자랑삼아 말하고 싶지 않으랴마는, 이런 이야기 자랑으로 하는 것이 아니다. 어려운 집 가정의 주부로서 상봉하솔(上奉下率)하고 꾸려나갈 때까지 꾸려나간다든지, 병든 시부모의 시탕에 정성을 다한다든지 하는 일이 의당 할 일이요, 남 못하는 일을 치러냈다는 것은 아니로되, 오십 평생을 기울여 지성껏 섬기고 기르셨다는 그 희생적 정신과 한결같이 꿋꿋이 굽히지 않으신 그 심지에 경복하는 바이며, 또 한말(韓末) 당시에 있어 신통할 것 없는 관리생활이 무슨 명정(銘旌)감이나 되는 명예인 것이 아니라, 가족을 굶기지나 않으려고 생도를 구하여 본의 아닌 그러한 길을 더듬어 지방으로 전전하시던 부모의 고충에 차라리 동정도 가는 바이지마는, 그래도 어머님의 생애에서 평온하

---

241 등내(等內) : 벼슬아치가 벼슬을 살고 있는 동안.
242 내아(內衙) : 조선시대에 수령의 가족이 거처하던 안채.

고 안락하신 때가 첫 시집살이를 하시던 색싯적 시절이었고, 중년에 가까워 오시면서 가친을 따라 지방으로 다니시던 때가 무난하였던가 싶다. 그 후 우리가 성인이 되기를 기다리시는 동안, 가친께서 다시 칩거하시어 겪으신 고초는, 전에 비할 바 아니었었음을 짐작하고도 남음이 있거니와, 비록 형제들이 성인이 되었다 할지라도 누구 하나 똑똑히 출세한 것 아니요, 시원한 꼴을 보여드리거나 남의 부모처럼 호강 한 번 시켜드리지 못한 것은, 자식으로서 면목 없고 죄송하기 짝이 없는 원통한 일이 되고 만 것이다.

4. "너도 내 팔자 같으리라."

이것은 시어머니께서 셋째며느리인 내 내자에게 무슨 말씀 끝에 지나는 말로 술회하시던 말씀이란다. 늦게 처자를 거느리고도 술을 정침 못하는 것을 근심하시어 하신 말씀일 것이다. 그러나 술이 과한 것을 보실 때마다 내력 술이라고 역정을 내시면서도 자식들의 촐촐한 눈치를 보시면, 없는 안주라도 마련해서 한 잔 먹여 보내려고 애를 쓰시는 어머니시요, 왜 애를 써 술을 먹이시느냐고 좌우에서 오금을 박아드리면, "그럼 어쩌니, 좋아하는 걸. 과히만 먹지 말라는 거지." 하시고, 술 비위를 알아차려주시는 어머니시기도 하였다. 말이 가로새어 술 이야기가 나왔거니와, 내력 술이라 하여도 가친의 약주는 그야말로 약주로서 건강을 위한 것이었고, 도가 과하신 때가 없지 않아도 애주(愛酒)요, 세상이 뜻과 같지 않아 심화로 잡숫던 것이나, 나는 폭음으로 건강을 잃고, 불고가사인 정도는 아니로되, 지금 이 나이에도 머리를 쓰고 운동이 부족한 때나 울적하면 역시 술잔을 들게 되고, 인음증(引飮症)은 술이 술을 먹게 하여 실수가 종종 있으며 가족을 고생시키기 예사 다름없으니,

가족에게나 어머님 고혼에나 미안하고 죄송한 생각이 없을 수 없기는 하다. 그러나 단주(斷酒)할 결심까지에는 아직 거리가 머니, 미안이니 죄송이니 하는 것도 결국 입에 붙은 말이요, 생리적으로 술이 받지 않게 될 때까지 기다리는 수밖에 없을까 싶다.

그것은 하여간에 그때 불의의 자전거 사고로 누워 계실 때, 그래도 웬만큼 차도가 계신 것을 뵙고 나는 솔가하여 만주로 가게 되었는데, 병환도 그만하시고 내가 국외로 나가면 고생을 떨고 생활이 좀 나아지리라는 생각으로 그러하셨던지 매우 신기가 좋으셔서 떠나보내주셨던 것이다. 그러나 그것이 마지막이 될 줄이야 뉘 알았으랴.

만주로 가서 또 새판으로 차리는 신접살이가 자리도 잡히기 전에, 어린 가권²⁴³을 데리고 돌아와 초종²⁴⁴을 마치고 또 다시 임지로 갈 제, 그때 비로소 내 평생에 처음으로 울음을 울어보았다. 모든 것이 허무하고 세상에 믿을 것이 없어진 것 같고, 가정의 중심이 무너져 동기도 이제는 뿔뿔이 헤어지는 것만 같았다. 사실 또 그 후의 소경사(所經事)를 생각하면 그렇지 않은 것도 아니었다.

지금도 생각하면 '좀 더 사셨을 것인데 ……. 좀 더 사셨더라면 3, 4남매가 차례로 어머니 뒤를 따르는 불행은 없었지 않았을까?' 하는 한탄이 없지 않으나, 또 다시 생각하면 좀 더 사셔서 조국광복의 기쁨은 보셨을지 모르지마는, 차례차례로 가는 자녀를 앞세우지 않으시고 먼저 가셨음이 도리어 다행하지나 않았을까? 오래 사셨다고 자식들이 별로 잘되는 신통한 꼴도 못 보시고 속만 썩이시다가, 저 몹쓸 동란까지 겪다 못해 돌아가셨던들 어찌했을까 하

---

243 가권(家眷) : ① 호주나 가구주에게 딸린 식구. ② 남에게 자기의 아내를 낮추어 이르는 말.
244 초종(初終) : 상례의 한 절차. 사람이 병이 위독하여 숨을 거두기 직전부터 죽은 뒤 부고를 내기까지의 절차.

고 생각이 여기에 미치면, 차라리 더 고생 안 하시고 가셨음이 편하셨던 것이 아니었던가 싶기도 한 것이다.

어쩌다 좌우를 살펴보니, 어느덧 내가 문장(門長)이 되어버렸다. 쓸쓸하기 이를 데 없고, 차차 나도 가야 할 준비를 하여야 하겠다.

기미운동과 문학정신[245]

'3·1운동과 문학정신'을 말하자면 넉넉히 한 논문이 될 것이니 아마 3·1운동의 회고담이나 하라는 것이 본의일 것이다. 기억이 생생하고 그 감회가 새롭기에 말이다.

1

그러나 3·1운동의 정신이 문학정신에 통한다 하여 우리에게는 조금도 서투르지 않은 것을 알아야 하겠다. 이것은 3·1정신이 정치적·사회적 모든 방면으로 발현기회를 잃었을 그때에 있어서 오직 문학적 표현이나 그 노력에 의하여 함양되었던 것이기 때문이다. 3·1운동 전의 문학이 현대적 의의로 따지면 아무리 초기적이요, 문학적 궤도에 오른 것이 아니었다 하더라도 우리의 민족운동이나 민족해방을 위하여는 큰 소임(역할)을 하였던 것이요, 그 이전, 즉 합방 전의 신문화운동의 일익(一翼)이었던 소위 신소설시대

---

245 염상섭(廉想涉), 「기미운동과 문학정신」, 『평화신문』, 1958.3.1. 글 말미에 '소설가'라고 명기되어 있다.

만 하더라도 문학이 대중에게 신사조와 신지식을 알리고 장경(將傾)하는 조국의 운명을 알리려는 경종이었던 것을 우리는 회상하여야 할 것이다.

이것만으로도 선진의 업적이 문학의 본질에 들어가서는 뚜렷이 드러낼 바가 부족할지 모르되 3·1운동까지에 걸어온 그 정신과 성과를 높이 평가하고 존경하여야 하겠으며 또 깊이 생각(성찰)하여야 할 것이라고 믿는다. 이것을 쉽게 말하면 그분네들은 자기의 재질(才質)도 그러하였거니와 정치적 압박을 도피하는 수단으로서의 문필의 힘을 빌고 소설이나 시가(詩歌)의 틀을 빌려서 애국애족의 열정과 광복의 지성(至誠)을 토로하고 대중에게 호소한 것이며, 또한 대중으로 하여금 암묵의 맹약을 마음깊이 맺게 한 결과가 우선은 3·1운동으로서 터져 나왔던 것이었다. 그러므로 우리는 여기에서 3·1운동과 문학정신의 융합점을 첫째로 발견할 수 있을 것이라고 믿는 바이거니와 저 독립선언서와 같음은 문학적 가치로도 높이 평가하여야 하겠으며 또한 한 큰 결실이었다고 할 것이다.

2

다음에 우리가 생각하여야 할 것은 문학은 무엇이냐는 것이다. 문학정신은 어디에 있느냐는 것이다.

문학을 흔히 인생의 탐구라고 한다. 그러면 무엇을 위한 탐구인가? 결론적으로 한마디로 말하여 인생고(人生苦)에서의 해방을 위한 탐구라 하겠다. 인생을 오뇌(懊惱)의 도가니라거나 고해(苦海)라고 하는 것이 좀 과장한 표현인 경우도 없지는 않겠지마는 인생행로가 순풍에 돛단 것이 아닌 게 사실이요, 자칫하면 향방을 잃기 쉽고 불안에 싸인 나그네의 길이라면 첫째 사는 향방을 찾고 제 길을 들어서게 하여 고통과 불안에서 벗어나게 하여야 할 것이니 그것이 곧 문학일진대 이 종착점에 가서 문학정신도 3·1운동 정신에 합치한다고 하겠다. 3·1정신은 말할 것도 없이 민족적 조국애의 발로이지마는 그 시발과 종착은 정의(正義)·인도(人道)의 선양이요, 자유평등의 전취(戰取)인 것이다. 민족자결주의란 약소민족의 정치적 해방이자, 그 의지·의사의 자유해방인 점에 있어 민주주의의 시발이기도 한 것이다.

고해를 헤치고 인간고·생활고를 이겨나가면서 자기의 생애를 세워나가고 이끌어나가기에 얼마나 용감히 또는 얼마나 참담하게 싸우는가? 그 고투(苦鬪)하는 자태의 아름다움을 그리는 그것이 문학이요, 그 고투의 정신과 고투의 미(美)를 통하여 인생의 보람을 깨닫고 사는 행복을 느끼고 갈 바를 찾는다는 것 ― 도틀어[246] 말하여 선(善)을 파악하는 것이 문학이요, 궁극에 가서 인생의 진(眞)에 득달하는 묘체(妙諦)가 문학에 있는 것이라면 이것은 생활고로부터의 해방만이 아니라 자기해방의 길이요, 해탈의 길이기도 한 것이다.

3

이것은 문학정신과는 별개의 문제일지도 모르거니와 우리의 신문학운동의 일대전환을 가져온 것도 3·1운동이었다.

이 3·1운동을 계기로 하여 신문화운동이 활발한 중에서도 신문학운동이 집단적으로 대중에 향하여 진출하고 침투하였다는 사실은 문학이 민족운동·독립운동의 일익을 담당함에 있어 진일보하였음을 말함이라고도 할 수

---

246 도틀어 : 이러니저러니 여러 말할 것 없이 죄다 몰아서.

있는 고마운 현상이었었다. 차라리 정치적 항쟁세력은 국외로 분산되고 국내에서는 지하로 잠영(潛影)한 관(觀)이 있었으며 언론전·사상전에 있어서도 소위 문화정책이라는 구두선(口頭禪)에 카무플라주(camouflage)된 총독정치 밑에 여천(餘喘)[247]을 근보(僅保)하였던 그 당시의 형편으로 볼 때 문학만은 상당한 활기를 띠었던 것이 사실이요, 여러 가지로 서구의 문학사조를 수입하니 유행하였다 하더라도 3·1정신 ― 자주독립의 기백은 문학의 저류에 총총히 꿋꿋이 숨어 흘렀던 것이다. 다만 그것이 분명히 표면화하지 못하고 표상화·상징화하였다든지 적극적 공세를 취할 수 없었다는 것은 안타까운 일이었으나 세야(勢也)라 내하(奈何)[248]히 못하였을 따름이다. 더욱이 제2차 대전 말기에 와서 가독(苛毒)한 탄압에 못 견디어 문학과 문단이 일시 도피행(逃避行)을 아니치 못하였던 것은 유감이었다 할지라도 그 도피행도 문학정신이나 3·1정신의 분산이나 상실이 아니라 오히려 그 문학정신을 가꾸고 3·1정신에 일이관지(一以貫之)하여 이것을 더욱 살리느라고 깊이 감추었다는 일시적 방책이었음은 더 말할 것 없다.

이날을 맞이하여 추억의 한 귀퉁이를 차지하고 있는 것은 40년 전 그 당시 일본 오사카(大阪)에 표랑(漂浪)하던 문학청년인 자기의 행색이다. 명일의 거사 피체(被逮) 투옥을 앞에 놓고 헌 책 서사(書肆)에 들려 서가에서 우연히 눈에 띄던 오스카 와일드의『옥중기(獄中記)』를 사서 품에 지니고 거리를 헤매었던 것이다. 옥수(獄囚)의 몸이 되거든 한가히 파적(破寂) 삼아 읽어보리라는 생각에서이었다. 물론 그 내용과 자기의 피수(被囚)와는 공명될 아무것도 없었지마는 남의『옥중기』를 품에 품고 옥문(獄門)에 들어선다는 것이 어린 문청(文靑)다운 로맨이었었는지 모른다. 지금 그 책은 오사카지방재판소 창고 속에서 썩을 것이다.

---

247 여천(餘喘) : 임종에 가까운 사람의 끊길 듯한 숨소리. 또는 죽음에 임박한 목숨.
248 내하(奈何) : '어찌함' 또는 '어떠함'의 뜻하는 말.

머리를 깎고 기르고[249]

   교실 안에는 화기애애한 웃음기가 돌기를 바란다. 아이들을 학교에 보내 놓고도 애가 타고, 제때에 돌아오지 않으면 길 잃은 자식이나 찾아 나서듯이 찾아다녀야 할 험상스러운 세대이니 더욱이 학원 안에서부터 그러해야 하겠고 정서교육이라는 점에 유의해야 할 것이다. 그러나 공부하기 싫은 아이들이 "선생님, 이야기나 해주세요." 하고 조른다고 쓸데없는 객설이나 들려준다면 이것은 소위 정서교육이니 명랑화니 하는 데서 도가 넘쳐서 아이들의 비위나 맞추어주는 쪽밖에 아닐 될 것이다.

   마침 이 글을 쓰다가 오늘 아침신문을 보니 강경의 어느 고교생들이 버릇 없는 술을 먹고 행세를 제지하려던 선생을 모해하려다가 요사이 너무 흔해 빠진 말이 돼서 그랬던지 '사모님'을 살상하였다니 다시 말할 것 없이 선생노릇도 수월치 않다. 이 책임은 뉘게 지워야 할 것인지? 가정교육에 있는가? 학교교육에 있는가? 사회교육에 미룰 것인가? 전후의 혹은 전후파적 유폐·어폐가 아직도 가시지 않은 탓이라는 것인가?

   이번에 '고1'이 된 아이가 입학날 '중3' 때부터 학교에서 기르라 해서 길러

---

249 염상섭(廉想涉), 「머리를 깎고 기르고」, 『연합신문』, 1958.4.18. 글 말미에 '필자는 소설가'라고 명기되어 있다.

오던 그 말썽 많고 정성껏 가꾸던 머리(두발)를 **빡빡** 깎고 들어오는 것을 보고 온 집안이 환호하여 반가워하였다.

"응, 인제야 어린 제비가 다시 나왔구나." 하고 애비도 웃었지마는 도리어 신수가 환해졌다고 칭찬들을 하였고 첫째 시원스러워서 좋았다. 사춘기 전후의 아이들이라 그렇지 않아도 거울을 자주 들여다보려는 때에 하필 머리를 기르라고 했으니 공부를 하다가도 거울을 들여다보며 빗질을 하는 것이 눈에 거슬리기도 하였던 것이다. 입학식에 학교를 갔다 오더니 제 동무들 집에서도 모두 시원해 좋다고 하더라는 것이다. 학교당국의 방침이 어째서 바뀌었든지 간에 별안간 기르게 하던 머리를 다시 깎이게 된 것만은 천만다행한 일이다.

중학생이 프록코트에 실크해트를 쓰는지도 그 나라의 풍습의, 그 학교의 전통에서 오는 것이라면 우리나라 중등학생은 머리를 아니 기른다는 풍습·전통으로만 알아두었으면 그만 아니겠는가. 다른 것은 획일적이면서 유독 중학생의 머리만은 통제에서 벗어난 이유가 어데 있는지? 교장의 재량에 맡기는 것이 틀리다는 말이 아니라 교장이 바뀔 때마다 머리의 치수가 길었다 짧았다 해서야 머리를 기르고 싶어 하는 아이들의 감질만 내게 되리라는 것은 실없는 말이지마는 하여간 아이들에게 미치는 정신적 영향을 생각하여서라도 통일되어야 할 것이다.

이것은 '공연히 미국물이 들어서 ……' 하고 비꼬는 수작으로 반대만 하자는 것은 아니다. 미국물이 들기로 말하면 이보다 더한 것도 있고 미국물도 미국물 나름으로 좋은 것도 있으며 들어서 안 될 것도 있겠지마는 첫째가 생활수준과 의논하고 나서 이야기가 될 듯싶다.

생활수준이라는 점으로 볼 때 중등교육에 왜 3·3제 분할제를 채택하였었던지? 왕사[250]는 어쨌든 간에 중·고등교의 통합이 왜 그리 용이치 못한지? 그 내용이야 알 바 아니요, 알자는 것도 아니지만 한두 아이도 아니요, 3년만 둘씩에 입학비(입학금이 아니라) 6, 7만 환이라는 것이 우리 민도로 보아 큰 부담인 것은 모르는 바 아닐 것이다. 나도 자식들 학비 손에 들고 앉았다가 내주어본 일이 없는 처지지마는 17살밖에 안 되는 어린 것들이 마감날까지 소위 등록금을 구하지 못해서 오죽해서 저의 급우를 찾아와서 쑥덕대며 의논을 하는 꼴을 보고 어찌 기가 막히지 않겠는가. 머리를 기르고 깎고가 문제가 아니다.

중·고등학교의 통합뿐만 아니라 우리 형편으로 보아서는 1년 단축을 하여 5년제를 하면 어떨까 하는 생각도 해본다. 미국식은 미국식이요, 우리식은 우리식일 뿐더러 우리의 후진성을 메우기 위해서도, 우리의 교육비 부담을 경감하기 위하여서도 의무교육의 완성을 위하여서도 고려되어야 할 문제인가 싶다. 후진성을 운운하려면 6년을 7년으로 연장하여야 할 것이 아니냐고도 하겠지마는 뒤떨어졌으니 만큼 우리의 갈 길은 바쁘다. 시간을 쪼개 써야 하겠구만 사람이 한 몫 반, 두 몫이라도 해야 하겠으며 돈도 절약해야 할 것이 아니겠는가? 교과서 개정으로 정도를 낮춘다는 말이 있는가 본데, 옳은 말이다. 그렇게 되면 학과 부담이 적어질 것이요, 방학이 늘고 동기휴업이 오랜 모양인데, 동기는 연료관계가 없지 않다 하더라도 이 방학일수를 단축하고 수업기간을 늘리는 등 기술적으로 조성하면 1년을 얻게 될 것이 아닌가 한다. 그 1년을 어떻게 쓰느냐는 것은 또 다른 문제다.

---

250 왕사(往事) : 지나간 일.

짓밟힌 저작권
단체적인 권익옹호를 먼저[251]

　　신문학운동 초기의 작품들을 모아서 단편집 3편을 낸다고 서문을 청하여 왔기에 써준 일이 있지마는 그 후에 4월호에던가 모지(某誌)에서는 신작(新作) 대신에 역시 묵은 초기작품들을 모아서 전(全) 면수(面數)의 반 너머나 제공하였고 또 어떤 잡지사에서도 이와 같은 단편집의 간행을 계획하는 모양이다.

　　산질(散帙)되고 얻어보기 어려운 작품들이니 좋은 일이다. 그러나 잡지인 경우에 태반은 고인이 된 작가들의 것이라 원고료나 전재(轉載) 사례를 아니 내도 좋고 요새 사람들이 보고 싶어 하는 것이니 돈벌이가 될 상 싶어서 이러한 데에 착안을 한 것이라면 신통치 않다는 생각도 든다.

　　출판업이란 우리 생각과 달라서 첫째 수지만 맞추는 것이 아니라 떨어지는 것(이익)부터 생각하겠지마는 모지(某誌)의 경우만 하더라도 그 제가(諸家)의 구작집 속에 내 초기작도 끼어 있었는데 나는 그 유명한 잡지에 내 하잘것 없는 구작이 실려 있는 줄은 꿈에도 몰랐었다.

　　잡지가 나온 지 얼마 만에야 헤헤 웃으면서 잡지 한 권을 갖다가 주니 누구를 놀리는 수작이냐고 노하지 않을 수가 없었다. 작년엔가 국회에서 통과

251　염상섭(廉想涉), 「짓밟힌 저작권 – 단체적인 권익옹호를 먼저」, 『서울신문』, 1958.6.1. 글 말미에 '글쓴이 – 소설가'라고 명기되어 있다.

된 저작권법이란 것이 지금 내 수중에도 있으나 그 조항을 뒤져보고 일일이 따지기가 구살머리적어서 그대로 내버려두거니와 저작권 침해라는 것은 고사하고 인사가 그럴 법이 없는 노릇이다.

눈이 시꺼멓게 살아있는데도 일언반사(一言半辭) 선통(先通)이나 양해 없이 남의 저작을 자기네 공동소유물이나 되는 듯이 이리 굴리고 저리 굴리며 이용한대서야 될 일인지? 역지사지하여보면 내 말이 심하다고는 못할 것이다.

그러나 이러한 것은 또 오히려 경미한 피해다. 해방 후에 길이 막혀서 조금 늦게 만주에서 돌아와 보니 전부터 6, 7판 나가던 내 작품을 새로 찍어 팔았는데 6백부인지 9백부인지만 발행하였은즉 그 인세만 주마는 것이었다. 해방 직후에는 1판에 5천부씩 찍는 것이 보통이니 전쟁 중에 우리 책은 싹 쓸어버렸던 반동으로 으레 그럴 수밖에 없었던 것이다.

나는 코웃음을 치며 그대로 받았고 그 말을 듣는 친구마다 분개하였지마는 그 젊은 주인이 졸사(猝死)하였고 내 역시 구구히 따지러 다니기가 싫어서 그런대로 내버려두었지마는 간혹 헌책사에 들려서 보면 내 저서에 그 졸사한 서점주인의 도장이 찍힌 것을 산견(散見)한 일도 한두 번이 아니었었다.

그 후 부산에 피난 가서 김해(金海)로 놀러갔다가 어느 서점에를 들려서 그 말썽 많던 내 작품이 또 새로 나온 것을 발견하고 요 조그만 촌거리에까지 퍼진 것이 반가우면서도 또 이번에도 저자인 나에게는 아무 연락 없이 발행한 데에 분개하였다.

부산에 돌아와 숨어사는 듯한 그 출판사를 찾아가서 항의를 한즉 사장이란 사람의 말이 서울에서 인쇄소를 옮겨오는 짐 속에 휴지 같은 것이 끼어왔기에 몇 백 부 제책(製冊)해서 팔았다는 것이다. 휴지 같은 것이거나 몇 백 부거나 내가 어디 있는 것을 알면서 어째 시치미를 떼느냐니까 설마 내가 인세를 속여 먹겠느냐고 적반하장으로 덤비는 것이었다.

휴지를 피난짐에 왜 끌고 다녔는지 몇 백 부 팔아먹자고 표지를 다시 그리고 옵셋판에 걸어 몇 백 장 찍고 해서 수지가 맞았는지 알 수가 없는 노릇이지마는 그 주마는 인세도 먹는 김에 다 먹어두라고 받지도 않고 말았는데 그 후에 서울에 돌아와 그 작품(『이심(二心)』)을 출판해보겠다는 사람이 있어 지형(紙型)을 교섭하러 가니까 그 판권은 자기의 소유라고 하더란다. 무서운 세상이다.

살아 있어서도 이러하니 죽은 뒤에야 말할 것도 없을 것이다. 아마 쉬 죽으려니 해서 그러는지도 모르겠다. 내 저작 중에 판권을 넘긴 것이라고는 한도(漢圖)에 판 『모란꽃 필 때』한 권뿐인데 그것도 저작권법 부칙에 의하여 내 손에 돌아와 있거니와 요컨대 사람이 어수룩하고 만만한 데다가 그런 것을 싸움해가며 따지고 하는 것이 구살머리쩍어서 내버려두는 성미인 데다가 소송을 제기하고 싶기로 비용부터 없을 터이니 아무렇게 하기로 별일 있겠느냐고 넘보고서 그러는 것이다.

이러한 것은 극단의 악질적 일례거니와 이와는 다른 의미로 섭섭한 것은 문인끼리 작품을 빌려서 자기의 편찬한 책에 쓰고도 책 한 권 보내주지 않는 경우다. 월전에도 자기의 작품이 실린 그 책이 긴급히 필요하여 사람을 보내니까 '수중에는 한 권도 없으니 사서라도 보내야만 인사가 되기는 하겠는데…….' 하고 우물쭈물하는 것을 보고 심부름 갔던 아이가 화가 나서 제 돈으로 8백 환을 주고 헌 책을 한 권 사가지고 온 일이 있었다.

모든 형편이 이렇다. 그러나 각 대학에서 쓰는 교과서는 또 어떤가 하면 내 작품이 한둘씩 섞였다는데 몇몇 해를 두고 몇 만 부가 학생 손에 들어갔는지는 모르되 이때까지 책 한 권 내 손에 들어와본 일도 없거니와 그 수업에서 저자에 대한 인세라든지 사례금이라든지 한 푼 가져오는 것을 받아본 일이 없다.

그러한 것은 으레 그대로 이용되어버리는 것인지는 모르지마는 인사가 그렇지 않을 것 같다. 저작권이라는 것이 제정되었으니 앞으로는 어떻게 될 셈인지는 모르나 자기 글을 실어주는 것만 명예로 알고 돈 안 들이고 선전하여 주는 것만 고마운 줄로 알라는 말인지 모르겠다.

중학교과서에도 친지의 글이면 한 권 속에도 세넷씩 넣는 것을 보았지마는 나는 교과서로 이용된다고 결코 명예로 여기지는 않는다. 공부하는 학도가 필요하면 구해볼 것이요, 보아야 할 때가 되면 저절로 볼 것이지 명예고 고맙고가 없는 일이거니와 법이 있으면 법도 지켜야 하고 예의도 지켜야 할 것이 아닌가 한다.

저작권 침해라는 거북상스러운 자는 쓰고 싶지 않지마는 요컨대 글 그 자체나 글 쓰는 사람을 소홀히 여기고 푸대접해서 그러한 것이 아닌가 한다. 만만해서 그렇고 그저 그런 데 이용이나 당하라는 것이라면 문필인도 무골호인(無骨好人)만은 아닐 것이요, 여러 단체들이 있으니 피차의 권익을 옹호하는 수단도 가져야 하겠고 또 강구하여야 할 것이 아닌가 싶다.

문학도 함께 늙는가?[252]

"문학도 함께 늙는가?" 하고 물으니, 자연 무엇과 함께냐고 반문(反問)도 나오겠지마는, 필시 늙은 작가인 경우를 말하는 것이리라. 그러나 한 작가의 문학이, '몸과 함께 늙느냐?', '마음과 함께 늙느냐?'는 것도 생각해볼 만한 문제일지도 모른다. 나의 경우로 말하면 신로(身老)라고 하여 늙은이 대접을 받아보고 싶다거나, 엄살을 하고 싶지도 않고, 심불로(心不老)라고 바당겨[253]보려거나, 빨간 넥타이를 매고 젊은이 틈에 끼어서, 청춘의 향기로운 냄새라도 늙은 몸과 마음에 스며들기를 바라지도 않는다. 머리에 백발을 이었으면 아무리 원통해도 늙었고, 마음마저 늙은 것이 분명하며, 내년이 올보다 더 다를 것이다.

그러나 문학은 늙지 않는다. 늙는 것과 병(病)과는 다르지마는, 문학이 함께 늙었다가는 문학이 안 된다. '노쇠문학(老衰文學)'이란 들어본 일이 없다. '심불로'니까 문학이 늘 젊을 수 있는 것인지? 문학이 늙지를 않으니까 마음도 젊어지는지? 저변(這邊)의 소식은 자세치 않으나 하여간 문학이 함께 늙었다가는 탈이다.

---

252 염상섭(廉想涉), 「문학도 함께 늙는가?」(전2회), 『동아일보』, 1958.6.11~6.12.
253 바당기다 : 버티다. 맞서서 대항하다. 어려운 일을 끝까지 참고 배기다. 쓰러지려는 것을 다른 것으로 괴어 세우다. 곽원석, 『염상섭 소설어사전』참조.

아무리 마음만은 안 늙었다고 바둥기어본댔자, 늙은 사람의 생각이 젊은 사람의 생각과 같을까? 세대다툼이 한동안 있었지마는, 사고방식이, 보는 눈이, 센스가 젊은 세대, 젊은 사람을 따를 수 있을까? 따르고 말고 뿐이 아니라, 방향이 전연 다른 경우도 있을 것이다. 그러나 어쨌든 문학은 함께 늙지 않는다. 늘 젊어야 하고, 또 늘 젊을 수 있다.

혹은 아동문학과 같이, 노인을 읽힐 문학이라거나 노인이 좋아할 작품이라는 것을 생각도 하여보고, 또 그러한 것을 쓸 수도 있다. 이 경우에 늙음을 모르고 늙은이를 이해하지 못하는 젊은 작가보다는, 늙는 생리(生理)나 심경의 절실한 체험이 있고, 늙은이의 세계, 늙은이의 심리를 아는 노경(老境)의 작가가 보다 더 적임자일지 모른다.

그러나 늙은이를 위하여 늙은이가 쓴 작품이라 하여 그 문학이 늙은 것은 아니다. 늙어서도 아니 된다. 그 작품을 형성하는 데에, 필요한 사고방식, 관찰, 관조, 감수성, 표현력 ……. 이러한 모든 것이 신선하고, 선명하고, 정확하고, 건실하고, 생동하여야 할 것이다. 이 모든 조건은 그 작품이 늙지 않았다는 것, 생동생동 젊었다는 표징이 될 것이다.

동요·동화의 작가가 오순(五旬), 육순(六旬)이 되어서 그의 문학이 늙었대서야 어찌될꼬? 머리가 허얘가지고도 손주새끼를 안고 허허거리며 진실로 동심에 돌아가고, 동심을 알아서 어린이세계에 자기의 마음이 융해되고, 완전히 동화되어버리는 순간이 있다면, 감흥만이 아니라 감격이 넘치고 늘 생신(生新)한 작품을 어린이를 위하여 제작하고 제공할 수 있을 것이다. 그는 문학과 함께 늙었지마는 그의 문학은 그와 함께 늙지는 않은 것이리라. 그의 50년, 60년 살아온 인생체험과 깊어가는 인생관·사회관·세계관에서 우러나오는 지도이념이라든지, 오래오래 연마된 그의 탤런트는 원숙경(圓熟境)에 이르러, 주옥같은 동시·동요와 동화를 써줌으로써 아름다운 어린 꿈을 깨뜨리지 않으면서, 현실에 씩씩히 자라가고, 앞날에 설 토대를 정조(情操) 교육과 아울러 세워줄 것이라고 믿는다.

또 소위 연륜이라는 말이 있다. 그러나 문학적 연륜을 거듭하였다는 말은 노후(老朽)를 의미하는 것은 아닐 것이다. 만일 문학적 연륜이 노후를 의미하고 무능에 빠진다면 자연도태를 면하지 못할 것이다. 연치(年齒)와 함께 늙는 문학은 용허(容許)될 수 없기 때문이다. 연천(年淺)한 작가가 기교(奇矯)한 작품으로 한때 현세(衒世)하는 수도 있고, 세상에 드문 기재(奇才)를 가지고 혜성과 같이 나타났다가 요절하는 젊은 작가도 보았다.

젊고 아름다움에는 틀림없다. 그러나 개인적 업적으로나 그 나라 문학의 초석을 뿌리 깊게 튼튼히 세우고 길이 빛나게 함에 있어, 본질적으로 얼마나 기여할 수 있는가는 의문이다. 문학은 역시 연륜을 거듭하고 오랜 세월에 걸려서 경험과 수련을 쌓을수록 좋은 모양이니, 소위 원숙의 경지라는 것은 대개가 오십을 넘어서가 아닐까? 깊이와 넓이와 무게라는 것이 문학에 있어서는 더욱이 소중한 질적 요건이 되는데 어느 정도의 깊이와 넓이와 무게를 지니자면, 반생(半生)을 넘어 거의 일생이 걸릴지 모른다. 그러나 반생을 넘어 거의 일생을 바치어 원숙의 경지에까지 다다를수록, 그의 문학은 차츰 정채(精彩)를 더하여올 것이다. 정채를 띤다는 것은, 늘 젊을 수 있다는 말이기도 하다.

위의 이 말들은, 자기를 두고 한 말은 아니다. 아무려니, 자화자찬을 하도록 얼뜰 리 없고, 늙었다기로 아직 그렇게 노망하지는 않았을 것이다. (1958.6.11)

연전(年前)에 어떤 친구가 늙어가니 젊은 색시를 보면 연애만 하고 싶다고 실없는 소리를 하는 것을 듣고 이것이야말로 심불로의 구체적 심중이로구나 생각하였지마는 문학이니 소설이니 하면 으레 달짝지근한 연애에 시종(始終)하는 것으로만 아는 사람은 도대체 이 늙은이가 연애를 얼마나 해보았기에 소설을 쓰느냐는 둥, 지금도 연애기분이냐고 청춘남녀의 러브신을 그릴 흥미가 나느냐는 둥 실없이 묻는 사람도 간혹은 있다. '문학' 하면 연애독본인 줄로만 알고 소설이라면 체면 없는 에로만 찾는 시대는 벌써 지났어야 하겠지마는 늙고 안 늙은 척도로 손쉽게 내세우는 것이 연애요, 혹은 늙은이 정력의 바로미터가 애욕 따위일지도 모른다.

나는 원체 연애소설을 쓴 것이 드물고 장편인 경우에는 주제를 연애에 두지 않더라도 사람이 사는 데는 남녀의 애정관계가 큰 폭을 차지하는 것이요, 대중성이라든지 흥미를 고려하여 아무래도 연애가 나오는 것이지마는 순문예적 단편에서는 연애 아니라도 주제와 소재가 얼마든지 있다. 또 연애소설을 쓰는 경우라도 원체 생활이란 순경(順境)에서보다는 역경(逆境)에서 문제가 야기되는 것이요, 인생미를 더 맛볼 수 있는 것이며 인생의 자태가 그러할 뿐만 아니라 인생행로가 그러한 것이기 때문에 아기자기한 애욕역정(愛慾歷程)이라든지 황홀한 연애장면을 그리고 해피엔드로 대단원을 짓고 하기에는 너무나 어수룩치가 않다.

그러한 것도 내 소설에는 대중성이 없다고들 하는데 이유의 하나인지 모르겠지마는, 그렇다고 나에게는 연애소설을 쓸 소질이 없다고 단언은 못할 것이요, 더구나 인제는 늙어서 정서가 고갈하여 그러한 젊은이세계는 들여다볼 기력도 없고, 붓이 잘 돌지도 못하려니 하고, 지레짐작을 하여서는 억울한 노릇이다. 만일 문학도 생리적 연령과 함께 늙는다고 우기고 나서거나 코웃음을 치는 사람이 있다면, 문학이 늙지 않는 실증으로 연애소설을 죽기 전에 한 편 쓰고야 말지도 모를 일이다.

웃음의 소리가 아니라 작하(昨夏)에던가? 대중지(大衆誌)에 어린 기녀(妓女)의 애련을 주제로 한 단편(「그 그룹과 기녀」)을 쓴 일이 있다. 이 작품은 대중지에는 물론이요, 문예지에 실어도 좋았으리라고 지금도 생각하는 회심(會心)

의 작(作)이었음을 혼자 자랑하는 터이지마는, 그 자랑이라는 것이 실상은 자찬(自贊)이 아니라, 곧 그 작품에 나타난 '젊음'을 말하는 것이다. 그 '젊음'은 무론(毋論) 작품에 나오는 젊은 남녀의 젊음이요, 삼각관계의 애욕에서 풍기는 젊음임에 틀림없지마는, 또한 그것은 그 작품 자체가 가진 젊음이기도 한 것이다. 동시에 그것은 작자의 마음의 젊음, 기분의 젊음일 수도 있을 것이다. 연애를 실행에 옮기라고 하면 그것은 안 될 일이겠지마는, 경험에 의하여, 상상에 의하여 사랑하는 젊은이의 정취·정조·정열은 십분 이해할 수 있고 표현할 수가 있는 것이다.

아니, 연애하는 젊은 남녀의 심정과 작자의 정념이나 기분이 혼융일체가 되어, 작중에서 활약하는 것인지도 모를 일이다. 이렇게 말하면 언뜻 듣기에는 리얼리즘의 객관성을 무시하거나 부인하고서 하는 말 같을지 모르지마는 작중인물의 심리라든지 그 절절한 연정을 그대로 체득하고 이입하여 이것을 다시 객관화하여 표현한 것이라고도 볼 수 있는 것이다. 이렇거나 저렇거나 작자의 늙은 마음은 작품과 작품 속의 인물의 젊음에 감염되어 기분적으로나 감정적으로 갱소년(更少年)하는 한때가 있다면, 이것도 또한 문학의 공덕이라 할까. 아니, 문학하는 사람의 마음이나 감정·기분이 언제나 젊을 수 있고, 또 언제나 젊어야 '함께 늙지 않는 문학'이 배태되는 것이라고 하겠다.

끝으로 한마디 덧붙여두려는 것은, 실존주의가 들어오고, 불안이니 부조리니 하는 유행어가 범람하게 된 뒤로는 리얼리즘이라는 것에 곰팡이 슨 것처럼 일부에서는 생각하는 모양인데, 그렇다면 리얼리즘으로 일관한 나 같은 사람의 문학은 그야말로 늙었다고 할지도 모르겠다. 그러나 실존주의철학이나 그 문학이라는 것을 좀 더 — 좀 더라기보다도 본격적으로 연구라도 해보고 싶지마는 불안과 부조리 속에서 살아오기로 말하면야 어제오늘 일도 아니겠으니, 차라리 불안과 부조리에 휘둘리기 전에, 표현형식·표현방법으로만도 우선은 리얼리즘에서부터 출발하여 이것을 졸업하고 나서, 갱진일보(更進一步)하는 새 길을 모색하는 것이 옳지 않을까 생각한다. 그렇다면 자기의 문학이 아직은 흰머리터럭과 얼굴의 주름살과 함께 늙지는 않았다는 자신이 생겨서 안심이 된다.

그뿐만이 아니라, 불란서의 국민성이나 실정은 잘 모르되, 표면상으로만 보아도 혹독한 서리를 두 번이나 맞고 난 그네와 건국 초에 앉은 우리와는 보는 바와 생각하는 바가 저절로 현수(懸殊)할 것이요, 또 달라야 할 것이다. 우리는 일체의 부정적 사념(思念)이나 태도를 물리치고 건실하고 건설적인 인생관과 문학이념을 세워가면서, 민주국가의 완성과 국토통일에 매진하여야 할 것이요, 여기에 문필봉사를 하는 한편, 민족문화와 국민문학의 터를 굳게 또 훤히 닦아놓는 데에 전력을 기울여야 할 것은 새삼스레 노노(呶呶)할 바도 아닐 것이다. (1958.6.12)

씨족의식과 감투욕²⁵⁴

　　어제 시골 보소(譜所)²⁵⁵에서 수단(收單)²⁵⁶을 독촉하러온 길에 여말(麗末)이씨왕조가 화가위국(化家爲國)²⁵⁷할 때 참화를 당하셨던 조상 4부자 분을 중심으로 새로이 사우(祠宇)²⁵⁸를 조영(造營)²⁵⁹ 봉안(奉安)하기로 종중(宗中) 결의가 되었다는 소식을 전하여왔다.

　　마침 내가 모지(某誌)에 「우주시대 전후의 아들 딸」²⁶⁰이라는 소설을 써 발표된 뒤라 혼자 마음에라도 무슨 그리 아이러니를 느끼는 것도 아니요, 족보에 이때까지 자식들을 올리지 못하고 있었는데 수보(修譜)한다 하여 벌써 전부터 수단(收單)의 재촉을 받으면서도 우금 이행하지 못하고 게으른 것은 족보를 무시하여서도 아니었던 것이지마는 우주시대가 정말 와서 오십 년 후, 백 년 후의 세태가 바뀌어 혈족관념이나 씨족의식이 달라진다면 달라졌지 그것은 그때 일이요, 우리가 어렸을 때 같이 족보를 모신다고까지 하여 유난을 떨던 시대는 지나갔으되 제 바탕, 제 집 내력을 알고 제 조상을 찾아 숭경

254　염상섭(廉想涉), 「씨족의식과 감투욕」(전2회), 『경향신문』, 1958.6.27 ~ 6.28.
255　보소(譜所) : 족보를 만드는 사무소.
256　수단(收單) : 여러 사람의 이름을 쓴 단자(單子)를 거두어들임. 또는 그 단자.
257　화가위국(化家爲國) : 집안이 변하여 나라가 됨.
258　사우(祠宇) : 사당(祠堂). 조상의 신주(神主)를 모셔 놓은 집.
259　조영(造營) : 집 따위를 지음.
260　1958년 7월, 『신태양』에 발표한 「우주시대 전후의 아들딸」을 가리킨다.

(崇敬)하려는 마음은 예나 이제나 다름이 없을 것이다.

젊은 세대의 사람들에게 씨족관념이 두텁기를 바랄 수 없고 그러한 것은 전 세대 사람, 전전 세대의 늙은이에게나 맡겨두라고 할 것이요, 견해를 들어 본대야 그저 그럴 것이겠지마는 춘추(春秋)로 신문의 광고란을 장식하는 화수회[261] 총회라든지 원유회 같은 것이 한 유행이 된 것을 볼 때 무슨 폐단이 있고 성이 가실 일은 조금도 없건마는 우리가 어렸을 때도 이다지 씨족관념이 왕성하였던지? 도리어 의아해 할 때도 없지는 않다. 그야 예전에는 이러한 사상이 한층 더 뿌리 깊고 철저하였었거니와 근년에 와서 이렇게 표면화하고 사회화하여 서로 이끌고 자손에게 고취하게 된 원인을 따져본다면 현대인은 혈통이니 문벌이니 조상숭배니 하는 생각이 얇아져가는 반동으로 한층 더 주력(注力)하는 것일 것이요, 또 하나는 8·15광복 후의 현상으로서 제 것을 찾았다는 기쁨과 이왕이면 좀 더 분명히 찾고 알겠다는 왕일한 생활의욕의 한 표현인가 생각되는데 그렇다면 두 가지 경우가 다 좋은 현상이라고 본다.

언뜻 보기에는 모순된 말 같기도 하다. 그러나 씨족의식이라든지 반상(班常)을 가리는 계급의식이 감퇴하여간다는 현대적 현상은 물론 민주주의이념이나 자유주의사상에서 오는 것이요, 조상숭배의 성의가 얇어지는 것도 대가족제도가 붕괴되었다든지 봉건사상에서 벗어 나아감을 따라서 또는 당장 살기가 어려우니 서민층으로 말하여도 3대 봉사(奉祀)[262]까지는 할 수 없게 되었다든지 하는 이유로서 이 역시 피치 못할 현상이라 하겠다.

그런데 해방 후로 말하면 우선 자기를 찾았다, 자기를 다시 세운다는 울연(蔚然)한 발흥 기분과 그 떨치고 나선 기세로써 상고적(尙古的) 정신과 아울러 씨족끼리 단취(團聚)[263]하고 조상숭배를 하여야 하겠다는 새 정신이 부쩍 일

---

261 화수회 : 친목 따위를 위하여 일가끼리 모이는 모임이나 잔치를 의미한다.
262 봉사(奉祀) : 조상의 제사를 받들어 모심.

어난 것 같이 보인다. 그 소위 창씨라는 일제의 발악으로 잃었던 성(姓)을 찾고 보니 동성동본이 새삼스레 가까워진 것 같고 조상을 섬겨보고 싶은 정성도 날 것이며 연구와 교육의 자유를 빼앗겼던 제 나라 역사(국사)를 찾는 길에 제 집 내력도 알고 싶어 하는 것이 인지상정이라 족보를 다시 닦(修)고 캐려 드는 것일 것이요, 이조(李朝) 오백 년 동안 눌려 지내던 사람은 이 김에 자기 문벌자랑도 하여보고 기죽을 펴보려 들기도 할 것이다. 다만 여기에 주의하여야 할 것은 같은 향당(鄕黨)에 있어서 다른 씨족끼리 또는 신흥 씨족과의 사이에 세력 확장까지는 아니로되 서로 뽐내보겠다는 조그마한 허영심 때문에 대립이 된다든지 벌써 전부터 나타난 사태이지마는 각급 선거전(選擧戰)을 중심으로 하여서나 또 혹은 하잘것없는 자판 감투의 쟁탈전 때문에 반목을 할 지경에까지 이른다면 이것은 일문의 번영과 자손을 위하여 좋은 일을 하여놓겠다던 본 의취에 틀려서 서로가 모르는 사이에 자손들에게 좋지 못한 조그마한 감정의 씨를 뿌려주어서 후일 거두기 어려운 열매를 맺게 하는 수도 있을 것인즉 일은 극히 작은 것 같되 나중에 큰일이 될 수도 있는 것이니 이 점을 특히 주의하여 지도해 나아가야 할 것이라고 생각된다. 차라리 이러한 경향을 잘 이용하여 씨족적 또 혹은 지방적 색채를 띤 섹셔널리즘이나 그 외의 어떠한 섹트적 요소·요인이라든가를 막론(莫論)하고 결을 삭히고 뿌리를 뽑아버리는 계기가 되게 하여야 할 것이 아닌가 한다.

가령 지방과 지방 사이에 이해가 다르다든지 파당적 경향이 있다든지 한 경우에 각지에 퍼져 있는 종족(宗族) 간의 화친으로 말미암아 대동단결하는 밑받침이 될 수도 있다는 점을 유념하면서 씨족관념을 조장하는 것이 또한 한 사업이 되리라고 본다는 말이다.

263 단취(團聚) : 집안식구나 친한 사람들끼리 화목하게 한자리에 모임.

신변잡사(身邊雜事)나 문학 이야기를 하라는 것인데 이런 신통치 않은 잔소리가 되어버렸거니와 이러한 말들은 내가 족보노래를 꺼냈다고 해서 조상을 내세워서 가문자랑을 해보려는 생각은 아니다. 우로(雨露)에 젖었다는 그 시대의 관념이라든지 국가관념이 없었더라면 이씨왕조에 들어서 오백 년 동안 어쩌다 테 밖에서 길치로 살아온 것 같은 우리 집안에 자랑할 무엇이 있을 리 없다. 문벌자랑이라면 으레 감투자랑이어야 할 텐데 감투와는 연이 먼 평민의 집안이었기 때문이다. 허두에 조상 합사(合祀)에 대한 사실을 든 것도 조상숭배에 새 정신들이 난 요새 풍조의 한 토막을 끌어낸 것일 뿐이지 자랑될 일은 하나도 없다. (1958.6.27)

족보 이야기가 났기에 말이지마는, 보학(譜學)에 어둔 탓으로 그리 큰 실수는 아니라도 가끔 얼뜬 수작도 해보는 나요, 작품을 다루는 데도 모델을 쓴 것이 아니건마는, 무심히 지어 붙인 성씨 때문에 공연한 오해를 사는 수도 있으며, 인물의 작명 역시 비록 소설에 설망정 항렬을 따져서 지어야 할 경우에 아무렇게나 이름을 붙여서 무식이 드러나고 하는 것을 보면, 보학도 어느 정도로는 해두어야 면무식이 되고 행세도 하는 것이겠지마는, 원체 그런 것을 따지고 기억하기에는 자연 연이 멀 수밖에 없고, 관심이 적으니 그 방면에는 신경이 둔하다.

지금 이 글을 쓰면서 문득 생각나는 것은 3·1운동 당시 일본 오사카(大阪)에서 재판을 받을 때의 일이다. 판사가 족적(族籍)을 묻는데, 일본식으로 말하자면 평민(平民)이라거나 사족(士族)쯤으로 대답하여서 좋았을지 모르는데, 언하(言下)에 서슴지 않고 "상민(常民)이요."라고 대답하여두었던 것이다. 그런데 그 후 얼마 만에 석방이 되어 나와서, 친구가 모아두었다가 보여주는 『대판조일신문』(그때는 '대판' 2자가 붙어 있었다)을 보니간, 목침덩이 같은 활자로 내 이름을 넣어 붙인 제목 옆에 "나는 상민이요."라고 서브타이틀을 커닿게 붙여놓은 것을 보고, 혼자 미고소(微苦笑)도 하고 통쾌한 생각도 들었었다. 혹은 종족 간에는, 반드시 양반행세가 하고 싶어서가 아니더라도, 왜 하필이면 "상민이요." 하고 나설 것이 무어냐고 싫어할 사람도 있겠지마는, 전해 내려오는 말에, 3대 불사(不仕＝벼슬 안 하는 것)면 상놈이라던가? 3대 현관이 없으면(無顯官) 상놈이라던가? 하는데, 오백 년 동안 현관은커녕 벼슬아치도 있었던지 없었던지 모를 형편이니, 상인이라고 대답하였던들 잘못이라고는 못 하리라 그처럼 자랑할 족보가 안 될지는 모르겠고, 감투와는 연이 멀다.

하여간 나는 자아시(自兒時)로 감투라는 것은 꿈에도 생각하여본 일이 없다. 준다면야 두 손을 내밀고 덤비고 싶은 허영심이거나 공명심이거나 없으랴마는, 조상 적부터 전해 내려온 경험이나 기습(氣習)으로, 그러한 것은 아주 체념하고, 습여성성(習與成性)[264]으로 고고(孤高)하려 해서 고고한 체를 하는 것이 아니라, 감투는 누가 줄 리도 없고 걸릴 리도 없으니, 아주 깨끗이 잊어버리고만 것인지도 모른다. 그러자니 ─ 칩칩하지 않게 살자니, 자연 청빈(淸貧)할 수밖에 없지 않을까? 어느 누가 자랑으로 자청하여 소위 안빈낙도(安貧樂道)를 하자고 높이 앉았겠다는 것은 아닐 것이다. 감투를 못 쓰니 권세가 없고, 권력을 부려보지 못하니 돈이 따를 리가 없다. 돈이 따르지 않으니, 마음이 깨끗하기보다도 손잡손[265]을 부려볼 기회가 없어 자동적으로 청렴하여진다 할까? 무능할 수밖에 없는지도 모른다.

하여간 감투와 돈에서 멀리 떨어져 산 지가 오백 년이나 되었으니 아첨이란 것을 모르고, 또 그까짓 수단은 소용이 없이 되어버렸던 것이다. 아유구용(阿諛苟容)[266]을 하고 싶은들 누가 받아줄까! 이러한 생활태도는 필연적으

---

264 습여성성(習與成性) : '습관이 쌓이면 마침내 그 사람의 성질이 된다'는 뜻.
265 손잡손 : 손잡손. 좀스럽고 얄망궂은 손장난.
266 아유구용(阿諛苟容) : 남에게 아첨하며 구차하게 행동함.

로 공세(攻勢)보다는 수세(守勢)로 나올 것이요, 꼬부장한 성미만 늘어서 달팽이 제 껍질 속에 오그리고 앉아 있는 형상이라, 너름새 있어 둥글둥글 돌아가는 대로 살 줄을 모르니, 비사교적(非社交的)이요, 네냐 내냐 하며 해학(諧謔)을 즐기며 농 한 마디 멋지게 붙일 줄 모르고 **빡빡**하니 거북상스러운 성격을 이루기가 책격[267]일 것이다. 사실 나도 해학을 모르고, 농을 싫어하는 성미이기도 하다.

그러면서도 오랫동안 테 밖의 생활, 길치의 생활만 하였다는 자의식이 앞을 서서, 그런대로 주위에 순응하여야만 살 수 있다는 것은 알기 때문에, 고집이나 악지는 세면서도 의외로 타협성은 일면에 엿볼 수도 있다. 그러나 그것은 물론 아유도 아니요, 패배의식도 아니며, 열등감에서 오는 것일 수는 없다. 여전히 우월감도 없는 대신에 허세도 싫다는, 소위 중도적인 이념에서이겠지마는, 그것은 또 다시 감투쯤은 시들하다는 소극적이면서도 안고수비(眼高手卑)한 만심만이 아직도 살아 있어서 그러한지도 모를 일이다.

족보를 생각하면서 씨족의식이 일러주는 대로, 자기의 그림자를 족보 속에서 찾아보면서 혼자 점두(點頭)도 하고 스스로 고소(苦笑)도 하는 것이다. 이제 와서 가만히 생각하여보니, 열세 살 어렸을 적에, 막연한 소년다운 감상으로 산에 들어가 중이라도 되어볼까 하는 공상을 하던 한때가 있었는데 그후 남이 굳이 말리는 것도 뿌리치고 철이 들락 말락 할 때부터 기어코 이 길(문학)로 들어서서 일생을 흐지부지 마치고 말게 된 것을 생각하면 족보에 서리고 핏줄에 스몄던 도회의식(韜晦意識)[268]이랄까? 그러한 것이 잠자고 있던 까닭인지도 모르겠다. (1958.6.28)

---

267 책격 : 걸핏하면, 조금이라도 일이 있기만 하면 곧. 곽원석, 『염상섭 소설어사전』 참조.
268 도회(韜晦) : ① 자기의 재능·지위 같은 것을 숨기어 감춤. ② 종적을 감춤.

소설과 인생
문학은 언제나 아름답고 젊어야 한다[269]

어떤 외국작가의 수기(手記)에서 이러한 이야기를 본 기억이 있다. 자기가 신문에 연재소설을 쓰고 있을 때, 애독자인 한 여성이 편지를 하기를, 그 소설에 나오는 여주인공의 뒤를 따라가며 그대로 본을 떠서 그날그날의 생활을 하고 있는데, 대관절 그 히로인은 마지막에 어떻게 될 것이냐고, 끝장을 기다리기가 조급해서 물어왔더라는 것이다.

이것은 한 유행작가에 심취한 젊은 여성의 심리경향을 단적으로 엿보인 일례이지마는 어쨌든 소설의 대중에 미치는 영향이 이렇게 큰 것이다. 그러므로 작가의 문화적 신념이나 태도와는 아랑곳없이 단순히 교화(敎化)라는 입장에서 소설을 이용하려 들고 또 의식적으로 이용하지는 않되 저절로 교화에 미치는 힘이 그만큼 큰 것이다. 물론 이것은 소설을 순수문화의 입장에서 볼 때는 문제 밖이다.

그러나 소설가도 소위 탐미주의나 예술지상주의로 나가지 않는 한 일반에 미치는 교화적 영향이라는 것을 염두에 두지 않고 작품을 다루는 사람은 없

---

269 염상섭(廉想涉), 「소설과 인생 ─ 문학은 언제나 아름답고 젊어야 한다」, 『서울신문』, 1958.7.14. 글 말미에 '글쓴이 ─ 소설가'라고 명기되어 있다.

을 것이다.

이렇게 말하면 혹은 일부의 문학가 중에는 반대할 사람도 있을지 모르지마는, 문학도 인생이 있고서 이야기요, 예술은 인생을 초월한 지고(至高) 절대의 존재가 아니라 인생을 위하여, 인생을 높이 이끌어 올려서 헛되이 살리지 않기 위하여 인생을 보다 더 아름답고 깨끗하고 참되게 살리기 위하여 노력하여온 결정이요, 또 노력하여나가는 과정이기 때문이다.

하여간 여기서 우리가 생각하여보아야 할 것은 소설의 한 독자가 무엇 때문에 그 작중인물의 생활형식이나 생활태도를 모방하고 그 귀결을 어서 알고 싶어 애를 쓰느냐는 문제이다. 전기(前記)한 예와 같이 작품의 내용 그대로를 자기생활의 준승(準繩)²⁷⁰을 삼도록 거기에 홀딱 반하여 동화하여버리는 것은 극단이라 하겠지마는 첫째는 문학이 지닌 표현미, 즉 예술미에 끌리는 것이요, 다음에는 호기벽(好奇僻)에서 오는 것이라 하겠다. 호기심이란 것은 평범한 것 같으되 인생만사를 이끌어나가고 지배하는 시발점이기도 한 것이다. 한 작품의 내용을 자기의 생활에 끌어들여서 실연(實演)을 하거나 자기의 생활을 한 작품 속에 쓸어 넣어버리거나 하여간 그것은 사려 없는 철없는 짓이라고 웃을 일이 아니라 그 소설에서 무엇이든지 새로운 것, 신기한 것을 발견하였기 때문이라는 것을 소홀히 볼 일은 아니다.

한 편의 소설 속에서 자기를 발견하고 자기가 평소에 소원하던 그 무엇이든지를 발견할 제 우선 신기한 생각이 들 것이다.

그리고 다음에는 자기의 일은 경험과 좁은 문견(聞見)으로는 상상도 못하던 복잡한 인생의 한 형태를 발견할 제, '이런 일도 있나?' 하고 놀라며 기대하던 호기심의 만족을 얻게 되는 것이다.

---

270 준승(準繩) : 일정한 법식.

근대 이후 문예사조로 말하면 자연주의 이후의 소설은 그 취재(取材)의 대상을 시정(市井)의 서민층에 구하여 극히 평범한 생활상을 그리어 보여주기 때문에 호기심을 자극하여 새로운 것을 발견할 만한 특이한 인물이 등장하거나 진기한 사건이 전재되는 것은 아니건마는 사람은 누구나 남의 살림, 남의 이야기라면 대수롭지 않은 일에도 귀를 기울이고 넘겨다보려는 버릇이 있어서 아무리 평범한 사실 속에서라도 역시 호기심을 느끼고 신기한 맛을 찾아내는 것이거니와 무엇보다도 중요한 것은 작가의 탐구욕과 창조충동에 달린 것이다.

문학이란 한마디로 말하면 인생의 탐구(인생탐구)요, 인생의 창조(인생창조)다. 음풍농월의 시 한 귀라도 인생과 지밀(至密)한 관련이 없는 게 없지마는 직접 인생생활에 파고들어가는 소설에 있어서 더욱이 그러하다.

소설가의 눈이란 망망한 대해를 향하여 장치된 레이더(진파(振波) 탐지기)다. 인생의 고해를 끊임없이 노려보면서 무엇인가를 찾아내는 것이 소설가의 임무다. 그 발견된 새로운 사실만으로도 인생에 대하여 또 하나의 의의를 더하는 것이지마는 작가의 인생탐구·인생관조의 눈을 거쳐서 발견된 새 사실을 중심으로 하여 작가 자신의 견해와 체험과 경험으로 분석하고 다시 종합한 다음에 문학적 제약(制約)과 표현의 솜씨(표현수법)로서 전개시킨 하나의 새로운 인간형, 새로운 생활형태의 창조, 그것이 곧 소설이요, 문학이다. 그것은 유형적이면서도 독창적 개성을 가진 것이다.

또 그리고 그 작품의 문학적 가치가 높을수록 언제나 누구에게나 새롭고 아름다운 것일 것이며 늘 새롭고 아름다움을 지님으로써 '젊음'을 자랑하는 것이니 문학은 사람과 함께 늙는 것이 아니요, 언제나 젊을 수 있고 또 젊어야 한다는 까닭도 여기에 있다. 젊어야 오래오래 살 것이라, 문학이 하루살이가 되어서 쓰겠는가! 또한 문학이 늘 젊고 아름답다는 것은 인생을 늘 젊고 아름답게 하는 것이다.

그러나 젊고 아름다움만이 인생의 전부는 아니다. 위에서 문학은 인생의 탐구라고 하였거니와 인생이란 무엇이냐는, 다시 말하면 인생의 참된 형자(形姿)를 찾자는 노력이요, 참되게 살겠다는 발버둥질이다. 그리고 미(美)를 지니고 진(眞)을 찾는 데에 저절로 선(善)이 따라 올 것이다. 물론 작가 자신도 탐구의 진(眞)과 표현의 미(美)에만 편의(偏倚)하는 것이 아니라 모랄이라는 것을 도외시하는 것도 아니요, 또 그래서는 아니 될 것이다. 이리하여 인생의 앞길은 활달히 틔어지게 되는 것이요, 그 작품의 창조적 의기(意氣)는 인생의 향상과 약진에 큰 도움이 될 것이다.

새삼스러이 소설론을 쓰자는 것이 아니나 물어왔기에 그 일단을 대강 초한 것이며 제한된 지면이기로 이에 그친다.

자기완성 위해 새출발하자
건국 10주년 광복절 이날 아침에[271]

　　□□□□□□□□□□□□□□□□□[272] 십년지계(十年之計)를 세운다면 국가백년대계만큼이나 구원(久遠)한 세월일 수도 있으니 10년이 그다지 짧은 세월도 아니다. 연면히 이어나가는 겨레의 장래와 국운의 유원(悠遠)·무궁함으로 따진다면 10년이라는 세월은 눈 깜짝할 사이지마는 건국 10년을 살아온 자취를 돌이켜보면 한 20년 혹은 세 갑절로 한 30년이나 살아온 것 같기도 하다. 난리를 치르고 죽을 고비를 넘기고 나서는 10년 감수는 하였다고들 하거니와 우리는 그동안에 건국의 새살림[273]을 배포하느라고 눈코 뜰 새가 없이 바쁜 한편에 엎친 데 덮치기로 그 무서운 난리를 겪었으니 10년 감수가 아니라 10년은 더 포개서 산 것만 같다. 그만큼 곡절도 많았고 몹시 시달리기도 하였으며 또 그만큼 내용이 풍부한 생활을 하였다. 얻기가 쉽지 않은 경험도 쌓아왔기에 말이다. 속담에 초년 고생은 금(金)을 주어도 못 산다고 하거니와 그 고초와 풍파는 나라의 기초(國基)를 튼튼히 닦는 데 큰 도움이 되었을 것이니 이것으로나 스스로 위로를 삼아볼까 한다.

---

271 염상섭(廉想涉), 「자기완성 위해 새출발하자—건국 10주년 광복절 이날 아침에」, 『경향신문』, 1958.8.15. 글 말미에 '필자—작가·예술원 임명회원'이라고 명기되어 있다.
272 인쇄과정에서의 오류로 글의 시작 부분이 10자 이상 결락되어 있다.
273 인쇄과정에서의 오류로 정확히 식별할 수 없으나 '새살림'으로 추정된다.

하여간 우리의 건국이 동서고금의 저 역사에서 보는 바와 같이 울안의 싸움(蕭牆之變)[274]으로 한 구석에서 호비작거리며 치고 뺏고 하여 때를 만난 한 풍운아가 공을 세워 이루어진 패업(霸業)[275]이 아님은 새삼스러이 더 말할 것도 없는 바이요, 비록 판도(版圖)는 반에 잘리고 동포의 3분지 1은 함께 이끌지 못한 유감이 남았을망정 3천만의 숙원이 맺히고 2천만의 마음과 힘이 엉키어서 우리의 역사가 있은 뒤로 처음 되는 대업이었음은 우리의 첫손꼽는 자랑이 아닐 수 없다. 이처럼 모든 국민이 건국의 일꾼이었고 그 낱낱의 의사(意思)가 뭉치어서 한 덩이가 됨으로써 이루어졌다는 점에 있어서 국가생활은 곧 우리의 생활이요, 누구나가 건국 10년 동안에 바빴고 그 풍부하고 절실한 생활내용을 골고루 나누어 가지게 되었던 것이다.

그러기 때문에 우리나 또 후세자손이나 우리 밖의 누구의 힘으로 혹은 누구의 덕으로 이 나라가 설 수 있게 되었다는 생각을 가져서는 아니 될 것이다. 우리는 고생할 만큼 고생하고 희생할 대로 희생을 바쳐서 우리의 손으로 우리 자신과 후세자손을 위하여 대한민국을 세운 것이다. 더구나 두 세계의 지도자라는 사람들이 기막힌 오산(誤算)을 거듭하고 큰 과오를 거듭함으로 말미암아 저 6·25사변의 모진 고초를 겪었고 엄청난 희생을 바쳤던 우리가 아닌가! 힘이 모자라서 받는 남의 원조야 고맙기 짝이 없으나 하는 수 없는 일이요, 자유세계가 온통 들고 일어나서 뒷받침을 하여주는 것도 으레 받을 것이려니 하고 배를 튀긴대서야 경우에 틀렸지마는 공존공영을 위하여 당연한 일이며 그 대신 우리에게 지워지는 책무가 있는 것이요, 또 그 책무를 우리는 이행하고 있는 것이다.

---

274 소장지변(蕭牆之變) : '병풍(屛風) 사이의 변'이라는 뜻으로, ① 내부에서 일어난 변란. ② 형제 간의 싸움.
275 패업(霸業) : ① 인의를 가볍게 여기고 무력이나 권모술수로써 천하를 다스리는 사업. ② 제후 의 으뜸이 되는 사업.

하여간에 그리하여 우리는 이 자유세계의 테두리 안에 버젓이 서게 된 것이요, 이 건국의 대업에 참여할 수 있었던 행복과 명예를 누리게 된 것이다. 광복(光復)이 불시에 찾아와서 사슬이 풀리던 날 도리어 하도 어이가 없어 허탈에 빠진 긴 울음이 북받쳐 걷잡을 수 없던 그때를 회상하는 것은 이 경사스러운 날에 사위스럽다 하겠는가? 세상을 먼저 떠난 사람들과 그 날 그 기쁨을 함께 나누지 못하였음을 원통해 하던 그 마음을 그저 그대로 지니고 있다면 건국대업에 2천만분지 1이라도 거들고 참여할 수 있었다는 명예와 행복을 마음껏 느낄 것이요, 이날 아침에 먼저 할 일은 이 명예와 행복을 길이 누리도록 하늘에 비는 것이어야 할 것이다. 그다음에는 독립이 어떻게 어렵고 귀하며 건국이 얼마나 소중하고 기쁜가를 알리기 위해서라도 사슬이 풀리던 날까지 우리는 어찌나 비참하였으며 서러웠던가를 사라져가는 기억에서 일깨워주고 몸소 겪어보지 못한 행복한 앞 세대의 어린이들에게도 소상히 들려주는 것도 경축하는 이날이라 해서 불길한 일은 아닐 것이다.

그러나 이제 허탈 속에서 스미는 기쁜 눈물을 회상하니 또 하나 잊히지 않는 것이 있다 —9·28! — 이것은 유독 서울시민만의 감회가 더 깊은 것은 아니리라도 대체 6·25전란을 피치 못할 숙명적(宿命的)의 것이라고 생각한다거나 멀리 근세사(近世史)에까지 더듬어 올라가서 씨는 이미 뿌려져 있었더니라고 보는 것은 망상에 가까운 편견이라 하겠고 또 그러한 주장에 공명하는 사람이 있어서도 아니 되겠지마는 결코 숙명적의 것이거나 전대부터 뿌렸던 씨를 거둔 것은 아니라. 요는 사람의 지혜와 통찰력이 필요한 때에 생색을 내려주고 못준 데에 달린 것이라 하겠거니와 또 한편으로 보면 건국 도상에 한때에 차질이기는 하였으되 전화위복으로 오늘의 국방태세를 갖추게 되었고 부흥재건의 실적을 나타내는 한 계기가 된 것은 불행 중 다행인 결과를 가져왔다 하겠다. 또한 정신면으로 볼지라도 원체 이해관계라든지 파벌

의식 혹은 어떤 선입견 같은 것이 민족의식을 분산시킨다든가 저하시킨다든가 하는 일은 있을 수 없는 일이지마는 건국정신이나 건국이념이 이 전란으로 말미암아 환기된 적개심에 업혀서 한층 더 앙양된 것이 사실이요, 또 그러했어야 할 것은 더 말할 것도 없다. 그러므로 건국과 함께 유연(油然)히 발흥한 애국심에 불을 지른 것이 이 사변이었던 것은 여러 가지 사례를 들 겨를이 없거니와 민족의식으로 말할지라도 괴뢰치하에 신음하는 이북동포까지 눈에 보이지 않는 유대를 타고 흡연(翕然)히 남류(南流)하여 서로 엉클어진 자취를 우리는 저 9·28 후에 북진할 때의 상황과 후퇴 당시에 실지로 남하한 동포에게서 역력히 찾아볼 수 있는 것이다.

이날 아침에 이북동포도 소리 없는 만세를 가슴속에 부르며 경축할 것을 우리는 믿는다. 또 동시에 그 애처로운 심정을 우리는 잘 짐작하면서 우리의 오늘 이 기쁨을 후일 같이 다시 나눌 날이 있을 것을 기약하는 바이다.

건국 10주년이 길거나 짧거나 우리의 할 일을 다 하였는지? 못 하였는지? 그것은 오늘, 이 반가운 자리에서 물을 일이 아니다. 국방·경제·산업의 부흥, 전후의 재건교육과 문화의 활발한 움직임 ……. 이외의 모든 것이 진행되고 진척하는 동안에 어떠한 트러블이 있고 어떠한 애로가 있는지? 그 구체적 세세한 문제는 알 수도 없거니와 건드리기도 싫다. 그러나 이러한 실지 문제 외에 좀 더 기본적 과제의 하나로서 우선 민주과업은 어찌되었는가? 어떻게 육성되어가는가? 이것만은 검토하여보아야 하겠다. 손쉽게 민주과업이라고 불렀으나 민주주의의 국민적 연성(練成)을 가리킴(指)이다. 이것은 우리가 자유세계의 테두리 속에서 살자면 기본적 조건이 되는 것인데 우리는 너무나 문맹상태에 방치되어 있기에 말이다. 정부는 이 중요한 과업을 국민에게 문맹타파와 같이 교육시킬 방도는 차릴 수 없겠는가? 정당과 국회는 그 모범을 보이기 위하여 진실로 민주적인 모든 체재와 운영방도를 취할 수 없겠는가? 민(民)은 이식위천(以食爲天)[276]으로 자고새면 먹어야 하는 듯이 정치도 날과 함께 새고 그 마련과 함께 저물기 때문이다. 민중은 정치를 하지는 않지마는 정치를 알아야는 하겠고 또 알려야 하겠기 때문이기도 하다.

오늘이 지나면 내일부터는 건국의 새 단계의 첫 걸음을 내어디딘다. 새 출발의 모든 계획과 준비가 든든히 되어 있으리라고 태산같이 믿는 마음도 든든하다.

---

276 이식위천(以食爲天) : '사람이 살아가는 데 먹는 것이 가장 중요함'을 이르는 말.

독나방 제1호[277]

7월 ×일

며칠 전의 신문에 예고가 나서, 아이들끼리 한동안 화제에 오르내리던 귀중결혼식(貴中結婚式)이 어제 거행되었다는 보도다. 첫째는 못가도, 세계에서 두 번째 되는 최첨단적 기록이라니 행세거리도 될 만하다. 신혼여행부터 떠나놓고 식을 올리는 셈이나, 아이부터 낳아놓고 예식장에 들어가는 것보다야 훨씬 낫다. 게다가 혼례비용 단 2만 5천 원이라니, 누가 머리를 짜냈는지, 한참 동안 유행할지 모른다.

예전에 자동차가 귀하던 시절에 풋내기 오입쟁이가, 요정에서 기생을 달고 나오다가 자동차 한턱내마고 그 비싼 택시를 불러서 기생들을 태워가지고는, 소풍이랍시고 기껏 간다는 데가 청량리로 달려 나가서, 춘향이고개라나 하는 언덕을 덜렁하고 홀격 넘는 그 맛이 신통하여 멋없이 정처 없는 길을 한 바퀴 휙 돌아오는 것이 그때 오입쟁이의 멋이기도 하였었는데, 이즈막에는 결혼식장에서 나온 자동차 행렬이 옛날 과거(科擧)의 '유가(遊街)'[278]나 하

---

277 염상섭(廉想涉), 「독나방 제1호」, 『자유문학』, 1958.9. 이 글은 '작가의 일기'라는 기획의 일환으로 작성되었다. 글 말미에 '소설가'라고 명기되어 있다.
278 유가(遊街) : 과거급제자가 약 사흘에 걸쳐, 광대를 데리고 풍악을 울리면서 시가행진을 벌이고 시험관, 선배 급제자, 친척 등을 찾아보던 일.

는 듯이, 청량리거나 남산공원이거나 누가 기다리는 것도 아닌데 질풍같이 훨훨 달리는 것을 보면, 웃기지 않는 희극을 보여주는 것 같아서, 딱하기도 하고 싱겁기 짝이 없거니와 거기에다 비하면 이것은 한결 더 뛰어서 로켓시대답기도 하고 예식장과 온천장과를 직결(直結)한 데에 또다시 신시대다운 풍류·풍미가 있는가 보다.

다만 기상(機上)의 신부(新婦)기로 면사포도 없이, 활옷은 아닐망정 원피스를 입었더라기에, 나는 역시 고루한 생각으로, 아무려니 그것은 좀 너무 소략하구나 하고 한마디 불만을 토하였더니, 신문을 읽어가며 들려주던 아이가 어디에서 들은 말인지

"아버진 두루마기만 입구 결혼식을 하셨다면서요?" 하고 난데없는 항의를 하는 것이다.

애, 이놈 맹랑한 소리를 어디서 들었느냐고 껄껄 웃으려니까

"애, 두루마기가 뭐냐? 난 눈을 감고 활옷을 입고 장독교를 타고 ……. 참 구식으로 땀을 뺐단다." 하고 아내가 펄쩍 뛴다. 신랑인 나는 사모관대가 싫어서 모닝코트를 입었었지마는 그때만 해도 결혼식이라면 으레 예배당에를 가야 하고, 주례는 목사밖에는 못하는 것으로 여겨서, 일반사람에게 부탁하는 일이 없었으니 교인(敎人) 아닌 나에게는 어울리지 않은 일이요, 소위 신식으로 하자면 피로연이 따르는데, 내 형세에 부치고 누군 부르고 누군 안 부를 달 수도 없다. 이래저래 노인들이나 하루 즐겁게 해드리자고 일가친척만 모여서 구식으로 지냈던 것이다. 그래도 어떻게 알아냈던지 빙허(憑虛), 금계(錦溪) 박찬희(朴瓚熙) 양군(兩君)을 비롯해서 여러 친구가 신부집에까지 용하게 찾아와서, 초례(醮禮)를 막 지내고 난 신랑을 놀려대고 하다가, 나의 오막살이집에까지 와서 국수대접을 받고 갔던지 하였었다. 아이들이 두루마기를 입고 운운한 것은 춘해(春海)가 그런 말을 잡지에 쓴 것을 보았다는 것인데,

그것은 성례 후 며칠 만에 『조선문단(朝鮮文壇)』에 소개한다 하여 사진사를 데리고 처가에까지 함께 가서 찍었던 것이다. 월전(月前)에 모지(某誌)의 인생 문답(人生問答)에서도 한 말이지마는, 없으면 작수성례(酌水成禮)[279]도 좋으니 예식은 차리되, 간소하고 가정적으로 그치게 해야 할 것이다. 신랑이 두루마기를 입기로 대수랴.

그래도 자식들이 이후에라도 저의 부모는 아무렇게나 거리에서 만나서, 예절이고 범절이고 없이 되는대로 살았거니 하는 오해로, 내심(內心)의 프라이드를 상하여서는 안 되겠기에 기록하여둔다.

7월 ×일

빈대약을 두 번인가 뿌렸기에 며칠 동안 안심을 하고 잤다. 집안에서 나같이 물것[280]을 타는 사람이 없고, 거게다 잠이 없어 더하다. 어젯밤에는 자리에 들어가 눕는 길로 무엇이 무는지 오른팔이 따끔거리더니 허리께로, 가슴패기로, 아랫배로 삽시간에 퍼져나간다. 무슨 벌레가 들어왔거니만 싶어 일어나서 옷을 벗어보고 자리를 뒤져보아야 아무것도 없다. 하지만 몸에 걸친 모포를 오늘 볕을 보였다니 그 길에 눈에 안 띄는 유충이다. 세균 같은 것이 묻어 들어온 듯싶기에, 이불을 바꾸고 옷을 갈아입고 하였건마는, 밤새껏 마음에 께름하고 몸이 근질거렸다.

그러던 것이 오늘 새벽이 되니까, 손이 닿기가 무섭게 가려움증이 퍼져나갔다. 아침 후에는 오른편 반신(半身)에 마마나 홍역처럼 빨긋빨긋 좁쌀알 같은 것이 수없이 돋아나기에 반주(飯酒) 때문에 물것에 쏘인 것이 더 성해지나

---

279 작수성례(酌水成禮) : 물만 떠놓고 혼례를 지낸다는 말로, 가난한 집안의 혼인예식을 일컫는 말.
280 물것 : 사람이나 동물의 살을 잘 물어 피를 빨아 먹는 이, 모기, 빈대, 벼룩, 따위의 벌레를 통틀어 이르는 말.

보다 하면서,

"다 늙게 마마를 하려나 보다!"

하고 웃음의 소리를 할 때까지는 그래도 아직 여유가 있었지마는, 무더운 대낮이 되니까, 전신이 가려워서 펄펄 뛸 지경이다. 소양증[281]이 간혹은 있었지마는, 그거야 노구(老軀)에 따르는 예증(例症)으로만 여겨왔는데, 이거야 못 견딜 지경이다. 약국에 가서 사온 국산 물약은 미제(美製)보다도 속히 듣는다 하여 값을 갑절이나 주고 사온 것이라는데, 병마개가 녹이 쓸어서 좀체 빠지지 않는 것을 보면 햇수가 묵은 모양이다. 이것을 온종일, 밤새도록 발라야 2, 30분쯤 너누룩하다[282]가는 또 제턱이다. 이튿날 딴 약방에를 보내보니까 역시 미제가 좋으리라고 기름약을 주더라면서 어제 사온 것보다는 반값에 한 병을 가져왔다. 그러나 이것도 모기·빈대 같은 데는 즉효라는데 여간해서 듣지를 않는다. 병원에를 가자니 덥기는 하고 옷을 입을 수가 없어 나서지를 못하고 의사를 청하여왔다.

의사는 음식의 중독이니 외치(外治)로 안 될 것이라 하며 주사를 놓겠다기에 원체 주사를 싫어하는 나는 성이 가신 정맥주사는 싫다 하고 피하주사만 두 대 맞기로 하였다. 그러나 그나마 한 대를 맞고 나니까, 자기 눈에도 수족의 핏기가 걷히며 금시로 창백하여지는 것을 보니, 얼굴도 그럴 것이다. 베개를 가져다가 눕고 다리를 뻗었으나 무릎이 사시나무(白楊) 떨듯 떨리고 가슴이 답답하게 메어 오른다. 둘러선 가족들은 정녕 쇼크가 왔나 보다 하고 겁을 집어먹은 안색이면서도 누워 있는 사람을 놀래지 않게 하고 의외의 일에 이마에 땀방울이 솟아나는 의사를 안위시키려는지, 이틀이나 잠을 못 주무

---

281 소양증(少陽症) : 소양병(가려움증). 몸이 오싹오싹 추운 증상과 열이 나는 증상이 엇바뀌며, 입 안이 쓰고 목이 마르며 가슴과 옆구리가 답답하고 결리는 병.

282 너누룩하다 : 요란하고 사납던 날씨나 떠들썩하던 상황이 좀 수그러져 잠잠하다.

서서 그러시지, 하고 억지로 웃음을 지어보이고 나의 증세를 바라보고 있는 것이었다. 그러나 몸은 떨리고 가슴은 답답하면서도 나는 이즈막에 신문에서 흔히 보는 주사약의 쇼크로 죽을 것 같지는 않다고 생각하였다. 하여간 어떻게 되어가나 가만히 두고 보자는 생각이었다. 의사는 준비한 염증(炎症)을 식히는 주사기를 옆에 놓고 강심제(强心劑)를 놓아도 좋겠느냐고 묻는 것은 내가 주사를 싫어하고 까다로운 성미인 듯싶어서, 또 혹은 나중에 칭원(稱怨)이 없도록 다지는 것 같았다. 하여간 강심제를 맞고 나니 갑갑하던 가슴이 차차 풀려서 시원해지며 떨리던 무릎이 제대로 안정을 하기 시작하였다. 생각하여보니 주사를 놓기 전에 진찰을 하고 보고 천촉증(喘促症)[283]이 있으니 거기에 대한 주사도 함께 놓겠다고 하였는데 계(計)의 수선을 맡은 수리사가 돈푼 벌려다가 덤터기를 쓸까보아 겁을 벌벌 내는 것 같아서 미안도 하였다.

그러나 강심제로 가슴이 시원해진 대신에 이번에는 무엇에 막 질린 것 같이 두통이 심하다. 우선 의사를 안심시키기 위하여 일어나 앉아서 술을 한 잔 가져오라 하여 의사는 시원한 것을 대접하여 솟아난 진땀을 들이게 하면서 서로 마시었다. 역시 술이 들어가니까 머리가 금시로 거뜬하여졌다. 술을 먹어서는 주사의 약효가 없다고 말리던 의사도 껄껄 웃으며 또 한 대 주사를 놓고 갔다.

7월 ××일

음식중독이란 아무리 생각해 봐도 의아하다. 일본 있을 때 소위 돈가스란 것을 먹고 어지럼증이 난 일이 있고 그다음에는 고등어 때문에 두드러기가 나는 일이 있어 아무쪼록 입에 대지 않지만, 올여름 들어서도 웬일인지 정수(井水)에 채웠던 날외(瓜)가 선뜻선뜻하니 술안주에 좋아서 거의 날마다 하루

---

[283] 천촉증(喘促症) : 숨이 몹시 차서 가쁘고 헐떡거리며 힘없는 기침을 잇달아 하는 병.

세 때를 먹어왔다. 전에 없던 식성이다. 하기야 삼동(三冬)에도 날오이를 소금을 찍어서 세 끼니 반찬으로 하는 어떤 일녀(日女)도 보았지마는 식성이란 나이에 따라 꽤도 변하는 모양이다. 어쨌든 식중독이라면 첫째 날외 때문일 것 같다. 무엇보다도 집안 식구가 경미는 하나마 모조리 조금씩은 빨긋빨긋 돋고 가려워서 긁으면 두드러기가 되고 하는 것을 보면 날외는 아니 먹었더라도 외김치를 먹기 때문이라고 판정을 내렸다. 원체 날오이는 소금으로 북북 문질러서 먹는 것인데 그것을 무심하였었다고 오늘부터 식염소독을 하여 상에 놓게 되었다. 그러나 주사 덕에 조금은 너누룩하여져서 급한 고비만 넘겼을 뿐이지, 무시로 여기저기 아무렇지도 않던 생 데에 콩짝만큼씩 한 것 볼룩볼룩 솟아서는 손이 닿기가 무섭게 전신(全身)에 전파가 돌듯이 가려움중이 찌르르하고 뼛속까지 스며드는 듯싶다. 독이 이리저리 몰리는 모양이다. 그러나 이날 저녁신문에서 이 3, 4일을 두고 들볶던 독소의 정체를 붙들게 되자, 서대문 갑구(甲區) '나방(독나비)' 환자 제1호가 바로 자기였던 것도 비로소 발견하게 되었다. 서대문구도 '나방' 둔취지(屯聚地)[284]의 하나라 이번에 밤만 이슥하면 이놈의 노랑나비의 야습(夜襲)에 전전긍긍하는 것은 고사하고 실험 공부를 하는 아이는 창문을 첩첩히 닫고 한증(汗蒸)을 하여야 하고, 요새 며칠 간신히 정신을 차리고 새벽에 집필을 하다가도 독종의 미물이 등불을 향하여 돌격을 하여오면 질겁을 하여 붓을 던지고 불을 꺼야 한다. 도둑이 드는 것보다 무섭고 일이 손에 안 잡힌다.

7월 ××일

불을 끄고 앉아서 글도 못쓰고 어서 동만 트기를 기다리고 앉았자니 무료

---

284 둔취(屯聚) : 여러 사람이 한 곳에 모여 있음.

하기 짝이 없다. 우연히 어제 저녁에 본 '학문의 젊음'이랄까 '학자의 젊음'이랄까 하는 문제가 머리에 떠오른다. 내가 월전에 쓴 '문학의 젊음'[285]인가 하는 글과 무슨 관련이나 있는 듯싶어, 일부러 거리에서 사왔다는 것인데 밤눈에 대충 읽었지마는 수긍이 가는 점도 있고, 그럴까? 싶은 점도 있다. 나는 학계의 일은 모르니 아랑곳도 없거니와, 예술·문학의 한계에 있어서는 그리 연치(年齒)에 구니(拘泥)하지 않을 것이요, 나아가 좌우(左右)하거나, 선후배 관계라든지 늙은이 고집이 후진(後進)을 막을 리 없다. 16세의 천재가 어제도 피아노를 쳤고, 팔순의 첼리스트가 오늘 아침에도 첼로를 켜(奏)리라. 이것이 예술의 세계다. 법관의 정년제 같은 것이 예술의 세계에는 있을 수 없고 허용되지 않는 이유는, 예술이나 문학이란 것은, 학술의 분야에서 아무리 공동·공통한 연구과제일지라도 거기에 독자적 창견(創見)이 있듯이, 혹은 그보다도 더 가장 창조적인 점에 그 개성적·개인적 생명의 섬광이 번뜩이는 것이며, 그 자기만이 향유한 생명을 연소시키면서 발로시키는 자기생명의 숨 가쁜 외침이기 때문에, 정년제가 아니라 종년제(終年制)라 할까, 숨이 질 때까지의 사는 모습이요, 그칠 리 없는 크고 작은 맥박이다.

새사람, 젊은 사람으로서 늙은 사람이 길을 막고 어치정거리거나 쌩이질을 한다고 새 길을 뚫고 나가면서 새것을 내세우지 못한대서야, 아직 새사람, 젊은 사람의 힘이 모자라서 그렇지나 않은 것인지 반성하여보아야 할 것이요, 늙은이는 늙은이대로, 자기 일에만 몰두하여야 할 것이며, 또 젊은이는 늙은이가 하는 일에 아랑곳없이 자기의 일에 매진하면 다 같이 순편(順便)이 나갈 수 있을 것이며, 조금이라도 보탬이 될 것인데, 어째서 말을 만들고 말썽이 되는 것인지 그 점도 좀 생각하여보아야 할 일이다.

---

285 염상섭이 쓴 「문학도 함께 늙는가?」(『동아일보』, 1958.6.11～6.12)를 가리킨다.

동틀머리면 깨어서 보채는 젖먹이가 등에 업혀 나와서, 울음을 그치고 눈을 부비며 잠을 청하다가, 어스름한 속에서도 늙은 할애비를 보고 하던 버릇으로 하얀 고사리 같은 손을 선뜻 내밀며 악수를 하여달라는 바람에, 이어나가던 생각은 끊어졌으나, 나는 어린아이의 손길을 붙들며 웃음이 저절로 터져 나오지 않을 수 없었다. 첫째가 엄마인 것은 말할 것도 없지마는, 둘째로 따르는 것이 할머니요, 셋째가 할아버지 차례다. 아줌마들이 "이리 온!" 하고 손을 내밀어도 저 좋은 할아버지한테 안겼을 제는 생긋 웃기만 하고 머리를 햇죽 돌린다.

"온, 아이를 어린것들이 퍽도 귀해 한다."고 나무라는 것도 아닌 웃음의 소리를 하다가도 아이가 이렇게 따르니 귀엽지 않을 수가 없다.

이 어린것들이 노랑나비의 독가루를 뒤집어쓰지 않기가 망정이지, 그 몹쓸 것에 걸렸더라면 이 더위에 어른·아이가 죽을 고생이었을 것이다.

오늘이 그 독에 물린 지 벌써 열흘인가 열하루가 된다. 출입을 안 하니 아무래도 좋지마는, 매일 직장에 나가는 사람이라면 보건문제도 보건문제거니와 능률저하가 얼마나 국가적 손해를 끼쳤을까, 시내에도 벌써 몇 천 명의 이환자(罹患者)²⁸⁶가 있다지마는 지방으로 만연되어가는 모양이니 당국에는 무슨 대책이 있는지?

부기 ― 젊었을 제, 생각나면 쓰다가도 게을러 중단되면 내버려두고 하던 일기다. 근년에는 써본 일도 없었으나, 『자유문학』의 특집을 위하여, 또는 약간의 흥미도 느껴, 좀 우습기도 하나 시작한 것이다.

---

286 이환자(罹患者) : 병에 걸린 사람.

별을 그리던 시절[287]

　꿈은 얼마든지 아름다울 수 있었건마는, 현실은 꿈마저 시새도록[288] 거칠고 짓궂었다. 공상의 날개는 창궁에 날을 대로 날련마는 발목은 땅 위에 묶여 있었다. 로망의 연삽삽히 향기롭고 감미로움이여! 그러나 현실은 왜 그리 끈적끈적하고, 쓰고 매웠던고?

　꿈이 없음이 아니겠고, 꿈을 잊지도 잃지도 아니하였으련마는, 꿈을 지닌 '낭만'이 시(詩)로 옮아앉으려는 순간, 악착한 현실은 질풍같이 달려들어 모든 것을 앗아갔다. 깊은 밤 별하늘을 넋 놓고 치어다볼 양이면 그윽한 명상에 잠겨 대오철저(大悟澈底),[289] 삶의 진체(眞諦)도 깨달았으련마는, 이런 것이 진세속물(塵世俗物)에게 허락될 리도 없었다.

　이것은 적어도 내 경우에 그러하였던 것이다. 나의 일생이 그러하였고 나의 문학이란 것이 따라서 그렇지 않을 수 없었던가 생각한다.

　열 살 전후, 나의 어린 첫 꿈은 총소리와 함께 깨었는지 깨어졌는지 하

287　염상섭(廉相涉), 「별을 그리던 시절」, 『지성』, 1958.9. 글 말미에 '소설가, 서라벌예대 학장이라고 명기되어 있다.
288　시새다 : '시새우다(자기보다 잘되거나 나은 사람을 공연히 미워하고 싫어하다)'의 준말.
289　대오철저(大悟徹底) : 크게 깨달아 번뇌과 의혹이 모두 없어지는 일.

여간 요란한 세상에 두 눈을 크게 뜨게 되었었다. 고종황제의 양위조서가 발포되던 그날(광무 11년 = 융희 원년 7월 19일) 낮에, 전조(典調)(견지동)의 시위대에서 호두닥거리며[290] 터져 나온 총소리를, 나는 소격동 종친부(宗親府)(지금의 수도육군병원) 앞 개천가의 우거진 고목 밑에 혼자 우두커니 서서, 나무 위에서 선들히 울어제끼는 매미소리와 함께, 선잠에서 깨인 아이처럼 멀거니 듣고 있었다. 어린 가슴에는 무슨 생각을 품었었던지? 제법 비분강개할 만큼 철이 들었던지는 몰라도, 그 총소리가 조금도 무섭지 않던 것은 지금도 기억에 남아 있다. 뒤미처 군대가 해산되던 날, 진일(盡日)토록 서울 장안은 총성에 싸였으나, 누구나 초상집의 곡성을 듣는 것쯤으로 알았으리라. 나도 놀랄 것이 없었고 걱정이 되지는 않았었다. 초상집에서 울음소리가 안 나면야 도리어 이상하고 욕을 먹을지도 모를 일이다.

나라의 꼬락서니가 아주 틀려간다는 눈치는, 벌써 전전 해에 을사조약이 체결되고 민충정공(閔忠正公)이 돌아감에 여기저기서 비분한 울음이 터져 나오고, 민충정공이 사재(私財)로 세운 흥화학교(興化學校)에 다니던 가형(家兄)이, "피가 흘러 대가 되고 ……." 하는 추도가인지를 구음(口吟)하고 다니고 할 때부터 알아차렸던 것이다. "피가 흘러 대(竹)가 되고"란 말은, 민충정공이 자결한 빈소 옆의 마루청 사이로 하룻밤 사이에 산 대가 뻗쳐 나왔다는 데서 온 말이다. 나는 어려서 못 가보았지마는, 형님은 보고 와서 이야기를 들려주었었다.

하여간 내 생애는 이때부터 시작되었던 것이나 아닌가 싶다. 세상은 위룽뒤룽하니, 단꿈을 맺을 겨를이 없었다. 그해 가을에, 비로소 관립 사범보통학교에 취학을 하였다. 그때는 일반으로 취학이 늦었지마는 서당에 다닌답

---

290 호두닥거리다 : 여러 개의 총포나, 딱총 따위가 몰방질로 터지며 소리가 나다. 곽원석, 『염상섭 소설어사전』 참조.

시고 하다가 흐지부지하고 세상이 어수선하니 때를 놓쳤던 것이었었다. 이 학교에서 3학년까지 올라간 해(歲) 겨울, 서대문 밑턱에 있는 보성소학교로 옮겨가서, 몰래몰래 숨어 다니며 여기에서 졸업을 하였다, 지금은 동명(洞名)이 무엇으로 변하였는지? 수중박골(수진동(壽進洞)), 나중에 수송동(壽松洞)이 된 사복사(司僕寺) 맞은편에 있던 신축 이층양옥의 사범부속학교에 비하면 보성소학교는 오막살이였지마는, 그때는 왜 그리도 관립이 싫고 사립이 좋아 동경하였던지? 그러나 관립에서는 담임선생이 역사책을 배에 차고 들어와서 몰래몰래 가르치는데, 사립에서는 일인(日人) 훈도의 그러한 감시를 받지 않고, 일어도 아니 가르치는 것이 좋아서이었다. 지금 말로 하면, 관립학교에 다니는 것이 마치 부일반반(附日反叛) 같은 생각이 들었던 것인지 모르겠다. 아무튼 이때의 나의 그리는 별은 원대하고 엉뚱한 것이 아니라 ── (일생을 통하여 원대하다거나 엉뚱한 꿈을 가져본 일이 없지마는) ── 오직 배일(排日)을 행동에 옮긴다는 것이었다. 그러나 그것은 폭력을 의미하는 것이 아니었고, 어려서는 물론이요, 자라서도 배일운동이나 독립운동의 일선에 나설 기회가 있었더라도 자기의 성격상 무저항주의쯤에 낙착이 되었을 것이다. 일전에 어느 잡지에 문인들을 만화로 소개한 가운데 나도 한몫 끼어서, 어렸을 때 배일운동한 이야기가 있는 것을 보았는데, 그것은 보성학교 시절이 아니라, 전학하기 전 사범부속보통학교 3학년 때의 일이다. 그해 초여름쯤 되어서던가? 동적전(東籍田)의 친경(親耕)과 이토 히로부미(伊藤博文)의 입성이 한날인데, 아이들을 친경에는 참열(參列)시키지 않고 이토(伊藤)가 오는 데는 마중 나가라니까, 몇몇 급우가 입을 모으고 보이콧하였던 것이다. 요행히 담임선생이 싸주어서 일이 표면화하지 않고 무사하였지마는, 이래저래 그 학교가 싫어서 전학한 것인데, 옮아간 뒤에도 한참 동안 도망꾼처럼 숨어 다닌 것은, 담임선생이 한사코 놓아주지 않으려는 것을 이 핑계 저 핑계로 빠져 나오게는 되었으나, 그때는 교과서가 관급(官給)이라 퇴학할 때는 책을 반납하는 규정인데, 그것이 또한 걱정이 되어서 어린이 동지끼리 서로 밀다가 내가 대표로 가서, 교단에 불려나가 인사를 하고 아이들끼리 울기까지 하며 헤어졌으니, 정리(情理)를 생각하거나 선생님께 미안해서라도 변죽 좋게 내놓고 학교에 다닐 수가 없었기 때문이었다. 그때 보성학교는 소·중학·전문의 삼교(三校)를 천도교에서 막 인계하여 경영하기 시작한 뒤인데 교사(校舍)는 큰 기와집(瓦家)을 뜯어고친 것이요, 운동장은 여염집 큰마당밖에 안 되니 협착하기 말이 아니요, 먼지구덩이에서 복작대는 터이었다. 부속학교에서 5학급이라는 특별반을 설치하고 2학년 24명, 3학년 12명을 뽑아서 36명의 소수로, 깨끗한 교실에 정연히 앉아 공부하던 데에 댈 것이 아니건마는, 부잣집 덤받이보다는 구차해도 제 집에 돌아온 것 같아서 마음이 턱 놓이고, 교감이나 젊은 선생님들이 보성전문의 야학을 다니느라고, 밤이면 사각모를 쓰고 나서는 것도 신기하고 씩씩한 새 시대의 기분이 도는 것 같아 좋았다. 그중에도 백발노인인 한문선생님이 손주처럼 귀여워하는 데는 오히려 부끄러움을 탈 지경이었다. 여기서 졸업하던 날 손의암(孫義庵) 선생께 가 뵌 일도 있었다.

보성중학 2년에서 일본으로 뛰었다. 지금 같은 밀항은 아니지마는, 무슨 큰 꿈을 품은 것도 아니요, 가정형편을 헤아릴 새도 없이, 학우(學友)가 끄는 대로 좋다구나 하고 따라 나섰던 것이었다. 다만 마음의 의지(依支)는 먼저가 있던 두 형님이었다. 그러나 지금 와서 생각하면 중학까지는 제 나라에서 제 나라의 문물에 대한 기초지식을 단단히 닦아야 할 것이라고 믿는다. 다만 신문학이라는 미지의 세계가 기다려주었다는 것만은, 향학열에 뜬 소년에게 큰 기쁨이었고 한 경이이기도 하였었다. 만일 학비에 군색이 없었더라면 신지식을 구하러 백난(百難)을 무릅쓰고 일본까지 간 본의가 문학에 있던 것이 아니니, 다른 과학방면으로 길을 잡고, 문학은 여기(餘技)로, 취미로 들여다보았겠지마는 그렇더라도 정경과(政經科)나 법과(法科)는 택하지 않았을 것이다.

　본국에 있을 때는, 일제의 무단정치 헌병정치 밑에서 꼼짝 못하였기도 하였거니와, 아직 나이 어려서 파쟁(派爭)이나 지방별 대립 같은 것은 모르고 지냈는데, 동경(東京)에 가서 보니, 유학생회 외에 웬 회(會)가 그다지 많고, 싸울 건덕지는 조금도 없을 텐데, 웬 싸움이 그렇게 심한지 놀랐다. 결국은 알맹이는 조금도 없는 것으로, 겉치레로 유학생회의 헤게모니나 잡아보겠다는 쟁탈전이었던 모양이다. 잡을 세력이라곤 없고, 요샛말로 쓴다는 감투라야 회장쯤인데, 그것을 에워싸고 싸웠던지? 한번은 총회에 갔다가 불관(不關)한 일에 으르렁대고 입에 게거품을 뿜는 것이 보기 안돼서, 꼬맹이 나까지 뛰어들어 한바탕 해냈다. 단상에 올라가 남의 앞에서 말을 하여보기란 소학교 때 한 번, 이번이 두 번째이었다. '세상모르는 어린애가 무얼 안다고 …….' 하며 재롱삼아 듣고 코웃음이나 쳤겠지마는, 정말 알짜세력을 잡고 감투를 쓰게 된다면 어찌할꼬? 정치란 이런 것인가 싶어 머리를 내어두르고 다시는 회라는 데에 나가지를 않았지마는 회라는 것은 입심 부리고 시간만 보내는 데라는 선입관이 머리에 박혀 버렸다. 그러나 싸움질을 해서 탈이지, 그때 학생 적부터 회를 영도하고 좋은 의미로 투지와 야심이 만만하던 그분들이, 독립운동도 하고 사업도 하였으며 광복 후에는 정계의 중진이 된 것을 보면, 그것도 학생시대의 한 수련이었다고 하겠는데, 그럴 양이면 모의의회(模擬議會) 같은 것이 감정의 대립이 없어 좋을 것 같다.

　정치과를 택하지 않은 해명이 길었거니와, 그때 나는 반년쯤 일어 독습을 하여가지고 중학 2년에 편입을 하였으니 본국에 있었으면 4년제의 3학년이었을 것인데, 1년 낙제한 셈이요, 통틀어 2년 손(損)을 하게 되었다. 그것은 하여간 학비가 떨어져 등교도 못 하고 하숙에서 외상 밥만 먹고 앉아있는 판인데 엎질러 절 받기로 면식도 없는 대학생인 한 독지가가 찾아와서 학비를 대어줄 터이니 학업을 계속하라고 격려하는 것이었다. 천래(天來)의 복음이라더니 이런 고마울 데가 없고, 어린 마음에 남의 촉망을 이다지도 받을 수가 있나 싶어 감격하였다. 당장으로, 이때까지 다니던 M학교만은 못하지마는, 미션스쿨인 S학교 3년에 들어갔다. 이 학교를 택한 것은 신학부(神學部)에 있는 선배가 끌기도 하거니와 기숙사를 이용하는 편의가 있고, 우등생은 학비면제의 특전이 있기 때문에 그것을 노린 것이었다. 그러나 여전히 문학서(文學書)를 손에서 놓지 않고 점점 본격적으로 독학을 하게 되니, 자연 학교성적은 언제나 평균 90점이 될 듯 될 듯 하면서 3, 4등에서 어름거렸다. 여기에 있는 동안에 교장의 권고로 침례교(disciple church)의 세례를 받았다. 특대생(特待生)이나 되어보자고 염불에는 마음이 없어도 잿밥에만 마음이 가서가 아니라, 노교장(老校長)이 알아주고, 선교사가 호의를 표하여주는 것이 고맙고, 신학생인 선배의 권유도 마음을 움직이게 하였던 것이다. 일요예배에 오르간을 치는 미국 태생의 미소녀가 찬양대에 뽑혀 나간 첫날부터 내 목소리가 좋다고 칭찬을 하여주는 것도 좋았지마는 그렇다고 별다른 별을 그리던 것은 아니었다.

그러나 무엇보다도 학비를 대어주는 독지가가 경제적 타격도 있어서 그랬겠지마는, 나에게 대한 요구가 고등상업을 마치고 자기와 사업을 같이 하면서 가산정리를 맡아달라는 것인데, 고상(高商)에 들어간다는 것도 문제요, 고상을 나와서 주반(珠盤)질을 할 자신이 있을 것 같지 않고, 성격에 맞지 않는 일은 질색이기도 하였다. 별을 그릴 줄 모르는 위인이 어찌 홍지(鴻志)[291]가 있으랴. 감투야 그 시절에 총독부속관(總督府屬官) 아니면 지방으로 베도는[292]

---

291 홍지(鴻志) : 마음에 품은 큰 뜻.
292 베돌다 : 한데 어울리지 아니하고 동떨어져 행동하다.

과장급이 고작이었으니 단념하는 것도 그럴 일이로되, 무엇을 먹고 살겠기에 돈에 손길이 닿는 고상(高商)을 마다하고, 남의 호의를 차버리려 들었던지 알 수 없는 일이었다. 그러나 그저 제 분에 맞지 않는 일에는 손을 대려 들지 않고, 싫은 일은 역시 싫었을 따름이었던 것이다.

급(笈)[293]을 지고 다시 교토(京都)로 옮기어 사백(舍伯)에게 의탁하여 여기에서 비로소 중학을 마치었다. 간신히 중학 하나를 마치기에 이처럼 전전하며 힘이 들고 사서 하는 고생이니 누구를 원망할 일도 못되었다. 그래도 일본에서 굴지(屈指)하는 학교이었고 8백 명 학도 중 단 한 사람의 이민족(異民族)으로서는 유쾌히 지냈으며, 더욱이 문장력의 칭양(稱揚)을 받아 후일 문필생활에 들어가는 한 계기를 지어준 점으로 일생에 잊히지를 않는 시절이었다.

문학을 즐겨하니, 대학은 문과를 택하고 말았다. 그러나 이것도 고집으로서이었고, 고작 노린 것이 교원생활이었지, 반드시 문필로 몸을 세우려는 생각은 꿈에도 없었다. 역시 가슴에 큰 별을 그려본 일은 없었던 것이다. 후일 ─ 후일이라야 3·1운동 이듬해 귀국하여, 『폐허』 동인으로서 신문학운동에 간여한 후, 그 익년 25세에 처녀작을 발표한 이래 기자생활과 창작생활을 교호로 혹은 병행으로 계속하여왔지마는, 창작생활로 일생을 마치리라는 것도 생각지 않은 일이었다. 일생의 사업으로 하기에는 문학 자체에 대하여 늘 회의적이었고, 자신의 천분이나 역량에 자신이 없기 때문이기도 하였다. 그리고 문학을 하기 때문에 받아야 하는 끊임없는 고민·초조에서 해방되기 위하여 또는 실생활의 불안과 협위(脅威)에서 벗어나기 위하여 방향전환을 하려고 얼마나 노심하였는지 모른다. 일찍이 문학을 천직으로 알았다거나 영예로 하다못해 매명(賣名) 수단으로라도 착각하고 이용하려는 생각을 가져

---

293 급(笈) : 여러 권의 책과 종이를 꾸려 짊어지도록 만든 상자.

보지 못한 사람에게 별을 그리는 시절은 끝끝내 오지 못하고 말았다.

작가생활에 비하면, 똑같이 역경이었고 불우하였더라도, 차라리 기자생활에 자기(自期)하는 바도 있었고 장래를 꿈꾸던 시절도 없지 않았었다. 그것은 작가생활에서와 같이 천부니 역량이니 하는 것을 심각히 계교(計較)하지 않아도 좋고, 직업적 흥미에 언제나 끌리며 아울러 실생활의 보장을 어느 정도 얻는 점으로도 작가생활보다는 유리하다는 타산까지 하고서의 이야기다. 그러나 인생의 황혼에 다다라보니 그것마저 깨어진 꿈이 되고 말았다. 그러면 육십 평생에 무엇을 하였느냐고 야박히 묻지 말아주는 것도 한 공덕이 될 것이다.

끝으로 한마디 덧붙여두어야 할 것은, 나에게도 명모호치(明眸皓齒)[294]가 무엇을 청춘에 호소하는가를 알아차릴 만한 시절이 없지는 않았다는 것이다. 그러나 박행(薄倖)한 사람에게 염복(艷福)이 있을 리 없으니, 여기에도 그리려는 별은 놓치고 말았지마는, 그야말로 하늘의 별 따기보다 어려운 아름다운 신비로 멀찌거니 모셔두는 수밖에 없었던 것이다. 현실은 꿈보다 냉엄하거니와 회의적이요, 분석과 비판이 앞을 서는 성격으로는, 어리어리 맺어지려는 꿈에서도 가위가 눌린 듯이 소스라쳐 깨어나서 눈만 말똥거리니, 춤을 추려던 낭만도 무색해서 숨어버리고, 가슴에 서리고 고이려던 시정(詩情)도 사라지고 마는 모양 같다. 그러나 기실은 성격 나름만이 아니라, 핍박한 현실생활이 혹은 그러한 정취를 가로막고 감흥의 여유를 빼앗아갔던 것인지도 모르겠다.

---

294 명모호치(明眸皓齒) : '밝은 눈동자와 흰 이'라는 뜻으로, '빼어난 미인'을 가리키는 말.

비타협과 대중성

문학은 대중을 따라 내려가는 것이 아니다[295]

일정시대의 총독부 기관지인 『매일신보』에 글을 쓰지 않는 축들이 있었다. 무슨 특별히 지조를 내세워서라든지 입을 모으고 집단적으로 보이콧을 한 것은 아니겠지마는 잠재의식 정도를 지나서 깊이 뿌리박힌 배일사상에서 그러하였던 것이다. "굶어 죽어도 ……."

그야 담배비용에서 좀 더 할까 말까 한 원고료에 얻어 걸리지 못하기로 굶어죽기야 하랴마는 실직이 오래 가고 룸펜생활이 장기화하면 장편 하나라도 써볼까 하는 유혹이 간혹은 없지 않았었는데 그것을 꾹 참아 넘기곤 하였던 것이다. 그때로 말하면 작가나 발표기관이나 손꼽을 지경으로 영성하건마는 그래도 수요보다는 공급이 넘치고 끼리끼리가 있어 몇 안 되는 신문에 장편 하나 쓸 기회를 얻기가 그리 쉽지는 않았던 것이었다.

그러던 것이 두 번째 일본에 갔다가 와서 견디다 못해 『매신』에 장편을 쓰기 시작했다. 졸려서 견디다 못한 게 아니라 궁(窮)에 견디다 못해서 말이다. 일본에를 또 다시 가서 이태나 굴다가 왔기로 별안간 친일·용일(容日)이 된

---

295 염상섭(廉想涉), 「비타협과 대중성 – 문학은 대중을 따라 내려가는 것이 아니다」, 『서울신문』, 1958.9.18. 글 말미에 '글쓴이 – 소설가'라고 명기되어 있다.

것도 아니요, 무슨 대수로운 존재라고 변절을 하였다고 시비할 사람은 없었지마는 친구의 권을 물리치기도 거북하고 당장 먹기에 아쉬우니 붓을 들기는 들면서도 과부 시집가듯이 마음 한 구석이 서운하기도 하였던 것이다.

결국 나이 이십이 넘으니 연소기예(年少氣銳)한 때와 달라 한풀 꺾여서 모진 데, 날카로운 데가 차차 스러지고 타협성이 늘어갔던 모양이라. 이런 때는 나잇값을 더리게[296] 하는 셈이었다. 사람이 모가 떨어지고 둥글둥글 타협적인 것도 좋은 일면이 있을 때가 없는 것은 아니지마는……

위에서 말한 경우는 다분히 정치적 의미가 포함되어 있는 것이지마는 단순히 문학하는 태도나 예술가의 경우에도 "밥을 굶는 한이 있기로……." 하고 자기의 신념에 충실하고 예술에 정진하는 비타협적 강직한 태도를 간간히는 볼 수 있다. 순조롭지 못한 사회환경과 물질적 혜택이 불리한 생활조건을 참고 이겨가면서 일생의 고난을 각오하고 나서야 문학이고 예술이고 이야기가 되지나 않을까?

밥벌이가 아닌 생업으로 밥을 먹자니 부유자제 아니고는 입에 거미줄을 치는 한이 있더라도 — 라는 비장한 결심이나 큰소리쯤 쳐놓고서 달려들어야 하기로 말이면 저널리즘의 발전 초기인 반세기 전이나 지금이나 매일반일 것이다. 그러자니 여기서 또 한 번 타협이 필요하여지는 것이다. 실절이라면 과대평가요, 전락이라면 너무 심한 패배의식이랄까?

문학이 저널리즘에 업혀가야만 생산되고 수명을 이어나간다는 말은 결코 아나나, 문학적으로 비타협을 고집하고 저널리즘의 요구대로 듣지 않는 비협동적 태도라면 고립화를 면할 수 없고, 그의 작품은 팔다가 남은 어물전의 북어 신세밖에 될 게 없으니 말이다.

---

296 더리다 : 격에 맞지 않아 마음에 달갑지 않다.

이것은 저널리즘이 고비에 차갈수록 더하겠는데 후진성 과도현상으로 진맥이나 하고 차도를 기다리고 있으면 조금은 위로가 되겠는지? 대관절 타협이란 무어요, 협동이란 무어냐? 아마 '문학' 위에 '순수(純粹)' 2자를 관(冠)하는 것은 비대중적이요, 시대착오라 하여 떼어버리는 것이 타협일 것이요, 달리는 저널리즘에 벗겨진 갓을 내동이친 채 맨대가리로 날쌔게 뛰어 올라서 편승의 신세를 짓는 것이 협동적이라 할 수 있을 것인즉 일이야 지극히 간단하고 사반공배(事半功倍)이기는 하다.

그러나 일이 거기에 그치지는 않는 것 같아서 요사이 읽은 단편적인 '작가일기' 중에도 간간이 이 '타협'과 '편승'에 대한 숨은 항의를 토로한 구절들이 보이기도 한 것은 반갑다 할지 믿음직스럽다 할지 하여간 이러한 시대풍조일수록 공통된 고민이 있는 것 같다. 실토로 말하면 가다가는 이지 고잉(easy going)을 한다고 책망을 들어 싸고 듣는 것이 조금은 약이 될지 모른다.

과부의 실절 같은 먹기 위한 타협은 하였을망정 그래도 '문학적 타협'은 거부할 수 있거니, 또 되나 안 되나 외곬으로 한길만 걸어왔거니 하는 자시(自恃)가 있는 동안에는 마음에 굽힐 것이 없었다. 그러나 단순히 먹어야 산다는 이유로 점점 제2의 타협에까지 의식적으로 끌려가는 자기를 바라볼 때 최후의 보루에서 물러서는 것 같은 불만과 불안을 느낀다.

'나는 문학까지를 잃는 것이 아닌가?' 하고 앞뒤를 휘둘러보지 않을 수 없다.

문학을 얼마나 하였느냐고 묻는 사람이 있으면 나는 큰소리를 치고 나서지는 않을 것이다. 그러나 문학은 대중을 끌어올리는 것이요, 대중이 문학을 따라 올라와야지 문학이 대중을 따라 내려가는 것이 아니라는 자기의 주장에는 변함이 없다.

이것은 문학의 본질 문제이지마는 특히 이 나라의 문학을 위하여, 대중을 위하여, 그리고 자기의 문학을 위하여 쉬지 않는 노력이 있어야 할 것이다.

하물며 대중을 위한다는 구실로 먹기를 위한 작품을 씀에랴.

보유하기로 유명한 어떤 외국작가가 과작(寡作)으로 유명한 것을 보면 부럽기도 하거니와 1년에 단편 4, 5편, 장편이면 2, 3년 혹은 4, 5년 힘들여 쓸 만한 생활여유도 가져야 하겠고 그러는 동안에는 대중에의 영합을 염두에 두고서 작품을 다루는 타협적 비굴에서 벗어날 수도 있을 것이 아닌가 한다.

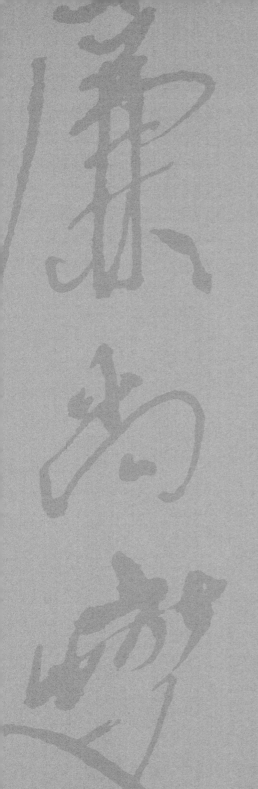

염상섭 문장 전집
1959

전기적(轉機的) 정리와 새 약동

눈살을 펴고 반가운 인사부터 나눌 수는 없는가? 새날 아침에……[297]

새날 아침에

집 속에 들어앉았기만 하면서 무슨 주제에 세(世)□를 안다고 앞날의 전망을 횡설수설하겠으며 하고 싶은 말이 있기로 귀담아 들어줄 사람이 있을까마는 우선 저, 대목 미처에 전 국민이 잔뜩 찌푸렸던 눈살이나 환히 펴고 반가운 인사부터 주고받고 하여보자.

대립·항쟁이 성이 가시면서도 또한 좋은 일면이 없지 않되, 반목에까지 이르게 되면 그야말로 눈살이 찌푸려지고 외면을 할 터인데, 혈투의 처참한 고비에 다닥뜨려서는 더 한 번 심각히 생각케 하고 반성할 기회도 준다. 정치야 내 알랴 하고 돌아앉는 것은, 민주주의시대에 살 자격이 없는 도피인지 자기(自棄)인지 그 역(亦) 알 수 없는 일이로되, 모르는 정치를 안다고 나설 묘리도 없는 일이요, 그보다는 신년벽두에 보여주는 어느 잡지에, '문화단체의 반목을 해소'할 수 있다는 중의(衆意)의 대변(代辯)이 대서(大書)되어 있으니, 우선은 문화계에서부터라도 기해년(己亥年)을 맞는 반가운 조짐이 비쳐왔는가

---

297 염상섭(廉想涉), 「전기적(轉機的) 정리와 새 약동—눈살을 펴고 반가운 인사부터 나눌 수는 없는가? 새날 아침에 ……」, 『경향신문』, 1959.1.1. 글 말미에 '필자—예술원 임명회원'이라고 명기되어 있다.

보다. 매사가 마음먹을 탓으로, 언제 무슨 결원(結怨)이 있는 거 아니니, 생각하면 우스운 일이요, 어려운 일도 아니다.

세수(歲首)에 앉아 지난해의 무위도일(無爲度日)하여 하다가 남은 일들을 꼽아보면, 자기 걱정도 수두룩할 텐데 해가(奚暇)에 군걱정하랴마는, 이것은 협의의 문화계 이야기는 아닐지 모르나, 머릿속에 처져 남은 것 중에, 문교당국에서던가 중등교육 5년제를 연구·심의하리라는 소식이다. 교육제도 개혁에 무슨 의견이 있고 관심이 있을까마는, 국회사무처에서 이에 대한 세론(世論)을 물었을 때 비견(鄙見)[298]을 녹송(錄送)한 중에, 중·고등학교 병합과 중학 5년제를 주장하였고, 또 실제 내 앞에서 공부하는 아이들의 학습상황이나 교과서의 내용을 간혹 들춰보면, 정도를 낮추고, 범위를 줄여서 수업의 부담을 경감할 필요도 있겠고, 그리함으로써 일 년을 단축시키는 것이 막대한 시간경제가 되겠으며, 또 그 절약하여 얻는 세월로 우리의 후진성을 만회하는 데 돌려 쓸 수는 없지 않을까 하는 생각에서다.

실제에 우원(迂遠)한[299] 사람의 부전부전한 아랑곳 같고, 미국의 예를 들어 반대하는 의견도 있는 모양이나, 미국은 미국이요, 인문계 5년, 실업교육 4년쯤이 우리 민도(民度)에 알맞지나 않을지? 중학 3년을 마치고 진학 못하는 경우나, 고등까지 6년을 공들여놓고도 편둥편둥 놀리게 되어서, 사람이 반편이 되어버리는 경우가 얼마나 많을까를 생각하면, 도리어 이것이 그 구제책도 될 것이요, 더구나 대학 도중에 병역(兵役)을 치르게 되느니보다는, 학창생활을 마치고 나서 입대할 수 있게 하는 데에도 유조(有助)할 것이라고 믿는다. 금년부터는 중·고등학교의 교과서가 개편찬(改編纂)되어간다 하거니와, 6년제를 표준으로 개수(改修)하였다가, 5년제로 되는 날에 또 다시 뜯어 고치게 되거나

---

298 비견(鄙見) : '자신의 의견'을 겸손하게 이르는 말.
299 우원(迂遠)하다 : 방법, 태도, 생활 따위가 현실과 거리가 멀다.

할 경우를 생각하여서도, 기위(既爲) 발론(發論)이 되었다면 하루바삐 서둘러서 양자가 보조를 같이하여 나가게 되느니만 같지 않겠기에 말이다.

내가 등 너머로 넘겨다보고 말 않기로, 당국은 모르고 대책이 없으랴마는, 시간과 정력의 낭비가 있을까? 또는 국비(國費)와 우리의 직접부담에는 교육비가 태과(太過)함을 생각하여서도 자연 췌언을 가(加)하게 되었다.

일반 문화계를 돌이켜보면, 문단만 하더라도 등하불명으로 아무것도 모르는 것이 사실이지마는, 대체로 받은 인상만으로써는 지난 1년간 매우 활발하였고 올 들어서는 새로운 정돈기(整頓期)가 오는 것이 아닌가 싶다. 이것은 비단 문단에 한한 것이 아니요, 모든 분야에서 볼 수 있는 현상이라 하겠다. 그러나 정돈이라는 말은 과거의 혼돈을 의미하는 것이 아니라, 앞으로의 안정과 성숙하고 완비된 태세를 가리킴이다. 신인의 배출에 뒤이은 당연히 와야할 시기이기도 하거니와, 안정이 고정이나 정체는 아니다. 안정 속에 끊임없는 움직임과 앞길의 개척과 비약이 있어야 할 것은 물론이다. 앞길의 개척이란 문학의 신경지(新境地)를 말함이요, 또 거기에는 새로운 비약이 가장 중요하기에 말이다. 그러나 여기에는 뒷받침이 있어야 하겠는데, 과연 뉘게 그 힘이 있고, 물질적으로만도 어디에서 그 기회를 얻겠느냐는 점에 가서는 즉답할 말이 없다. 뒷받침에는 정신적으로, 사상으로, 또 하나는 생활안정을 주는 물질로 공급원이 필요하건마는 그러한 혜택은 바라기 아직 어려운 형편이다. 그러므로 끊임없는 개척과 약동이란 말과 같이 쉬운 일은 아니나, 조급히 서두르지 말고 마음의 여유와 평정을 스스로 누긋이 지니면서, 시간을 아끼고 내빈(耐貧)에 자적(自適)하여 꾸준히 노력하여가는 수밖에, 우선은 기댈 데가 없고 별 도리가 없을 것 같다.

그러나 또 30년 전, 40년 전, 그 소삭(蕭索)하던 시절을 회고하면 그야말로 폐허가 꽃동산이 된 것만 같기도 하여 감회가 없을 수도 없다.

작년 중의 출판·잡지계의 동향을 보건대, 그 현저한 현상으로서는 저속 간행물의 잠영(潛影)에 따르는, 사이비문학의 선정적이요, 야비한 오락물이 훨씬 줄어든 반면에, 중간적 대중소설이 대폭으로 진출한 것이요, 또 하나는 외국작품의 번역, 그리고 여러 가지 전집과 백과사전 유의 출간인데 이것도 획기적이라고 하겠다.

그중에서 저널리즘과 작품의 관련성으로 본다면, 모지(某誌)의 폐간처분 은 그 이유가 작품의 저속성이나 비(卑) 외에 있지 않은 터인즉 여기에는 논 외이겠지마는, 아무리 저속한 월간지라 하여도 그와 같은 돌발적 강경책을 취할 바에는, 어찌하여 우금(于今)껏 방임하여두었었던지 그 책임도 생각하 여볼 여지가 있는 것이요, 또한 최후수단을 취하기까지에는 경고·삭제· 발매금지 등의 몇 단계를 거쳤어야 할 것이 아니었던가도 생각한다. 그러나 1년 전 어느 신문에던가, '유행성'을 말한 끝에 범람하는 저속물의 자연도태 가 미구(未久)에 필지(必至)할 것을 관망하여두었었는데,[300] 그것이 적중하였 다느니 보다도 모든 것은 때가 오면 제 곬을 찾아드는 모양이다.

그러나 이것은 저널리즘의 향상이기는 하지마는, 저속물이 퇴조하고 중간 적 대중물이 채를 잡는다 하기로, 문학 자체로서는 전진이 아니라 후퇴의 위 험성을 다분히 가지고 있는 것이다. 이 점도 새로운 전기적(轉機的) 정리의 한 현상으로서, 경계와 반성을 게을리 하여서는 아니 될 일의 하나이다.

전집류의 간행은 고전적 가치를 가진 문화유산으로, 또 외서번역과, 바야 흐로 취서(就緒)[301]한 국내작품 기타의 영문(英文) 소개가 다함께 차츰 궤도에

---

300 염상섭의 「무제록(無題錄)」(전3회)(『평화신문』, 1957.11.2~11.5)를 가리킨다.
301 취서(就緒) : 일의 첫발을 내디딤. 일이 잘되어 감.

올라서 본격적 활동기에 들어간다는 데도 기대가 크다. 이와 같은 사업은 개인의 영리에 맡기더라도 문화적 의의로서 적극 성원하여야 하겠지마는, 기위 외국의 원조를 받는 바에 이 방면에서도 개별적으로가 아니라, 총체적으로 원조를 얻어서 사영(私營)도 좋고 반국영(半國營)으로도 좋고, 하여간 공공한 조직적 운영체가 나올 수는 없을까 하는 생각도 하여본다. 새해의 제언으로서는 좀 군돈스러운[302] 말이기는 하지마는.

---

[302] 군돈스럽다 : 하는 행동이나 모양이 어수룩하여 군색해 보이고 둔하다. 곽원석, 『염상섭 소설어사전』 참조.

새해의 첫인사[303]

아아, 목소리만 들어도 반갑소이다그려.

세배를 오시겠다구? 핫하하 …….

어쨌든 오늘은 눈살을 펴고 웃음소리라도 듣게 되니 고맙군요. 그래 과세 (過歲) 안녕히 하셨나요?

세배상이나 잘 차려놓으라고요? 그야 어려울 것 없지만 길은 질척거리는데 ……. 아, 참. 막혔던 길이 터졌다니 돌아오실 것 없이 곧장 오시죠. 그리고 오 시는 길에 병원에 들러서 × 군 기동(起動)을 할 수 있다거든 데리고 오셨으면 …….

뭐? 낮이 뜨뜻하다구? 싫을 게 다 있지! 그래, 요샛말로 소위 동지애는 없을 망정 우리 다아 한 솥의 밥을 먹지 않았나! 쌈은 쌈이요 ……. 그저 함께 놀던 주붕(酒朋)이나 바둑친구로만 생각하기로서니 ……. 무어? 무어? …… 그럼 '대장부'답게 싸운 게 아니란 말야? 하지만 불구대천지수(不俱戴天之讐)가 아니 고 언제 만나나 아주 안 볼 사람은 아니겠지? 그러지 말고 같이 오시구려.

그래그래, 술상이야 둘이고 셋이고 차려놓겠지만 따로 차릴 것까지야

---

303 염상섭(廉想涉), 「새해의 첫인사」, 『연합신문』, 1959.1.1. 이 글은 '영춘시(迎春詩)'란에 수록된 것이다.

⋯⋯. 하하하. 고개를 외로 꼬고 술잔을 드는 한이 있더라도 같이 한 잔 합시다. 그럼 곧 오슈.

이것은 정월 초하룻날에 전화로 주고받은 회담(戲談)이 아니라, 평생에 쓰지 않던 ― 실상은 쓰지 못하던 알기 쉬운 산문시를, 올부터는 가끔 읊어보기로 결심하고 쓴 시작(試作)이 이 꼴입니다. 가가(呵呵).

작가생활 40년에 잊히지 않는 일 세 가지[304]

　'나의 작가생활 40년에 잊히지 않는 일'을 하필이면 세 가지만 들라는지 추려내기가 힘들다.

　하여간에, 우선 가다가다 생각나는 것은, 문학생활을 사회적으로 시작하던 '폐허사(廢墟社)' 시대요, 그때의 교우관계이다. 작년에던가 『신태양』지(誌)에서 생존한 『폐허』 동인의 좌담회를 연다는데, 마침 병고(病故)로 참석치 못한 것도 옛 동인들과 수고한 분들에게 미안하였고, 그 역시 잊을 수 없는 유감사(遺憾事)의 한 가지가 되었다.

　그러나 그 바로 전에 어떤 고등학교용 『국문학사』라는 책을 우연히 떠들쳐보니, 『창조』가 『폐허』보다는 근 10년 앞섰고, 『폐허』・『백조』가 동시대라는 것은 그럴듯하되, 『장미촌』을 함께 쓸어넣은 것은 모를 일이고, 동경유학시절에 후일 작곡가로 요절한 홍난파(洪蘭坡) 외 몇 우인(友人)이 발간한 『삼광』이라는 예술잡지에 나도 합류한 것이 내가 21, 2세 때의 일인데, 나보다 한두 살 아래인 동인(東仁)이 주재한 『창조』가 근 10년 앞섰다는 것은 오산이거니와, 『장미촌』은 『폐허』・『백조』보다 훨씬 뒤의 이야기다.

　그것은 고사하고, "『백조』파를 전후하여 망국적 기풍과 낭만적 퇴폐적인

304 염상섭(廉想涉), 「작가생활 40년에 잊히지 않는 일 세 가지」, 『동아일보』, 1959.1.3.

절망된 공기 속에 헤매이던 ……." 운운한 구절을 보고는 놀랐다. 3·1운동 직후인 그때 절망적 공기 속에 헤매었을지는 모르되, 망국의 백성이기는 하나 '망국적'은 아니요, 낭만주의가 망국적이라는 뜻인지? 비록 데카당스의 풍조가 시(詩)의 번역소개나 『폐허』 동인의 일부분을 거쳐서 그런 기분이 일시 엿보였다 하더라도, 『폐허』 자체는 이와는 대척적인, 인도주의와 자연주의가 혼효한 가운데 섰었고, 또 일면으로는 도리어 애국적인 열정에 타는 문학청년과 동호자들이 모였던 그룹이었었다.

그 상세한 점은 여기에 장제(長堤)할 수 없으나 이것이 교과서이니만치 가장 책임 있고 정확하고 공정하여야 할 터인데, 모르는 탓의 오류라면 수정되어야 하겠고, 알고도 고집하는 편견이라면 버려야 할 것이다. 이것도 잊히지 않는 일의 하나다.

둘째로는 모델 화(禍)다. 한참 좌익분자들이 언론기관에 테러를 가하고 다닐 때, 나는 조선일보사에 있었는데, 내 작품이 저의 친척을 모델하였다고 성이 가시게 쫓아다니며 생트집을 부리고 하마터면 테러까지 당할 뻔하였지마는, 이번에는 어느 문우를 그의 양해를 얻어서 모델로 쓴 것이 화근이 되어 의협적 보복으로던지 나 자신이 모델대에 올라앉게 된 것이다.

모델한 것이 아니라는 바에야 한사코 자기가 모델이 되었다고 우기고 나설 도리도 없어 그런대로 내버려 두었었지마는 그 모델대로 말한다면 나는 생산불능의 병신이어야 하였을 것이다.[305] 이것도 웃지 못할 일의 하나요, 잊히지 않는 일이다. 없애고 병중에 의사의 권고로 유산시키고 한 것을 따지면 한 7, 8남매는 두었을지 모르나 술과 글에 정력을 기울였기에 망정이지 편

---

305 김동인의 소설 「발가락이 닮았다」(『동광』, 1932.1)가 화근이 되어 벌어진 염상섭과 김동인의 '모델 논쟁'을 가리킨다. 염상섭의 「소위 '모델' 문제」(전5회)(『조선일보』, 1932.2.21~2.26)와 김동인의 「나의 변명―「발가락이 닮았다」에 대하여」(전5회)(『조선일보』, 1932.2.6~2.13)를 참조.

등펀둥 놀고먹고 지낼 수 있는 호팔자(好八字)이었더라면 한 다스쯤 주레주레 낳아놓고 남 못할 노릇을 시켰을지도 모른다. 가가(呵呵). 그러나 4남매쯤으로 낙착을 짓고 아들 둘을 두리라는 사주쟁이 말이 여기만에도 맞았으니 그런가 한다.

다음에 잊히지 않은 것은 문학상을 받을 때의 일들이다. 제1회 자유문학상 심사 때, 내가 각종의 그런 모임에 위원이면서도 출석하는 일 없다가, 여기에 두어 번 나갔던 것은 그 심사실이 바로 내 사무실 근처인데 모른척하기가 거북해서이었는데, 내 작품 『취우』도 최종 투표선에 오르락내리락하는 광경이 성이 가셨다. 그 바로 며칠 전에, 서울특별시 문화상 중 문학 수상작품으로 당선된 뒤이고 보니, 병문(屛門) 친구의 말투로 하면, 외잔(盞) 값 내고 곱빼기를 먹겠다는 셈쯤 되는데, 그랬다가는 예쁘달 사람이 없으리라는 걱정을 한 것은 아니로되, 상은 되도록 골고루 받는 것이 좋겠다는 생각에서, 지금도 낙선된 것이 도리어 유쾌한 기억으로 남아 있다. 그러나 제3회의 같은 문학상을 받을 때의 시끄럽던 데에 비하여, 서울시에서 받은 것과 예술원에서 준 공로상이 아무 군소리가 없어 좋았었고, 더구나 예술원에서는 심사결과가 만장일치로 가결되었다는 신문보도를 보고 마음이 갸운하던 것이 또한 잊히지는 않는다.

여론의 단일화냐[306]

　언론계가 여야(與野)로 대립하는 것을 우리는 바라지 않는다. 또 그것이 정상상태는 아니다. 그러나 그것이 부득이한 경우라도 힘써 공정히 민의(民意)를 대변창달(代辯暢達)하여주고 여론을 건전히 이끌어가면서 언론의 자유를 보장하여줄 것을 바랄 따름이지, 어느 한편을 들어야(원호)할 의무는 없다고 생각한다. 이것은 이번 『경향신문』의 폐간의 경우로만 보더라도 그 상대가 특히 『경향신문』이라 하여서든지 또는 유력한 일 야당지(野黨紙)라 하여서 그 존폐에 편파(偏頗)하게 우리의 관심이 더 집중되거나 하는 것은 아니라는 말이다. 그러나 필자와 같음은 고의로는 아니나 연래(年來)로 동지(同紙)의 독자도 아니요, 정치적 의미로서도 전연 무관심한 바이지마는, 따지고 보면 나 역시 명색이 언론인으로서, 기자퇴물인지라, 어느 신문이거나 폐간이 된다면 놀랍기로는 그네 독자에 지지 않는 것이다. 누구나 남의 불행을 보고 '그거 잘 됐군.' 할 사람이 없듯이 의외의 일에 놀라지 않을 수 없다. 더욱이 내 경우로서는 동지(同紙)의 창간 당시에 참획(參劃)하여 1년 미만이나마 편집주재에 자임하여 있었던 과거사를 회상하면, 30년 후이지마는 오늘날 폐간된

---

306 염상섭(廉想涉), 「여론의 단일화냐」, 『동아일보』, 1959.5.9. 글 말미에 '필자―소설가'라고 명기되어 있다.

다는 말을 듣고 감회가 다소 없지 않은 터인데 소감을 말하라니 몇 마디 적고 자 한다.

　신문보도를 통하여 본 동지(同紙) 폐간 이유 5개 조항의 진상은 앞으로 법의 심리판정과 그 규명으로 자명하여질 것인즉 여기에서 우리가 왈가왈부를 논의할 바 아니거니와 당국으로서 이러한 최후극단의 수단을 취하기까지에는 우선 저간에 필요한 몇몇 단계의 경과과정이 있어서야 할 것이다. 현행 법규는 어떤지 모르지마는 과거의 경험으로 보자면 그 가혹하던 일제시대에도 언론취체에 게재금지로부터 여러 가지 단계가 있고 폐간은 아마 전쟁 말기에 있었던 외에는 없었던 것 같이 기억된다. 일정(日政)도 패전의 단말마적 발악으로나 그런 폭거에 나왔지, 평화 시에는 비교적 신중하였던 모양이다. 그러면 하물며 국권을 찾고 허울로만이라도 민주주의를 걸고나가는 오늘에 신문정책이 얼마나 졸렬하였기에 사실 여하는 차치하고 유력지(有力紙)거나 무력지(無力紙)거나 폐간을 이이(易易)히 단행하는 데까지 이른 것은 상식으로는 판단할 수 없는 일이다. 허가제란다든지 취체의 단계를 설정한다는 것은 비민주적이라 하여 이때껏 방임하였던지 모르지마는 비민주적이라 말하기로면야 여러 단계를 빼어놓고 돌발적 폐간의 강력한 최후수단을 취하는 것이 더 비민주주의적임은 더 말할 것도 없다.

　비위(非違)[307]가 있을 때에 일이 여기에까지 이르지 않도록 그 첫 계단에서부터 손을 대어서 잘 조종하여가면서 그 과오를 시정하도록 시간적 여유를 주어 실질적 효과를 거두도록 하는 친절이 있었다면 하는 생각이다.

　하여간 우리가 지금 민주주의의 몇 학년생이나 되었는지는 선진국이 평가해주어야 할 노릇이지마는 두말할 것도 없이 우리 국민이 원하고 또 정상적

---

307 비위(非違) : 법에 어긋남. 또는 그런 일.

민주정치의 제1보(步)가 양편 소사(訴事)를 듣자는 것이지 외짝 송사(訟事)만 듣자는 것이 아닌 바에야 한쪽 입을 틀어막는다는 것은 강압적 함구령으로 밖에 보이지 않는다. 벌할 것은 얼마든지 벌하고 제약할 것은 제약하더라도 말문만은 터놓아야 민주국가의 형면(形面)만이라도 설 것이 아닌가 한다.

또 만일 이것이 전례가 되어서 언제나 여야가 자리를 바꾸는 때면 보복적으로 언론기관의 존폐가 엎치락뒤치락하게 되는 날이면 언론의 자유란 공염불이나마 멀미가 나게 될 것이요, 민주주의의 장미가 쓰레기통에서커녕 시비(施肥)가 과(過)하고 손독이 들어서 움도 못 틀 것이다.

비상시(非常時)란다든지 대외관계에 있어 국론의 통일이 필요한 때 이외에, 우리는 결코 여론의 단일화를 원치는 않거니와, 오늘만 사는 것은 아니니 내일을 위하여서라도 반드시 좋은 해결책이 나타나기를 바라는 바이며 또한 사필귀정으로 원만히 해결될 줄로 믿는다.

민족정신의 통일이 급하다[308]

한세상을 둥글게 살아야 하는 것이 원칙이요, 누구나 그러자 하면서도 저 편이 므가지게 하니 이편도 맞서게 되는 것이지마는 민생과 아직도 벗어나지 못한 국난에는 눈을 감고 싸움·질만 하고 있는 연래(年來)의 정계에 어지간히 현기증이 난 우리 앞에 또 다시 머릿살 아픈 화제를 던져주어서 아주 머릿살이 아프다. 도대체는 얼굴을 붉히고 서로 대들어야만 될 까닭이 어디에서 원인된 것인가를 우리는 이 기회에 거족적으로 반성하여야 할 것이라고 본다. 『야화(夜話)』라는 잡지를 본 일이 없으니 그 문제의 기사의 내용도 신문의 단편적 보도로만 추측하는 데 지나지 않지마는 이것은 수상(壽常)치 않게 생각이 든다.[309]

전(全) 공보실장(公報室長)[310]은 역시 군정법령(軍政法令) 제88호인가를 방패로 내어들고 『경향신문』의 전례도 이용하는 모양이나 『경향신문』의 경우

---

308 염상섭(廉想涉), 「민족정신의 통일이 급하다」, 『조선일보』, 1959.6.15. 글 말미에 '소설가·라고 명기되어 있다.
309 이른바 '『야화』 필화사건'을 가리킨다. 이 사건은 조영암(趙靈岩)이 '전창건(全昌健)'이라는 가명으로 잡지 『야화』(1959.7)에 「소위 하와이근성 시비」라는 글을 게재한 것에 연유한다. 이 글은 전라도를 '하와이'로 지칭하는 등의 특정 지역을 비하하는 내용을 담고 있는데, 그 때문에 집 필자 조영암과 책임편집자 이종렬(李鍾烈)에게는 명예훼손죄로 각각 징역 6개월이 언도되었고, 발행인 최상덕(崔象德)은 '자진폐간'의 뜻을 밝혔다.
310 '전성천(全聖天, 1913~2007)'을 가리킨다. 일제강점기의 목회자로, 1959년부터 1960년까지 제3대 공보실장을 역임하며 『경향신문』 폐간을 주도했다.

와는 성질이 다르거니와 법의 적용이나 법이론으로 따질 문제가 아니라 여기에는 우리가 다 같이 겸허하게 생각하여볼 일이 있지 않은가 한다. 이 문제의 낙착이 어떻게 되든지 간에 여기에서는 반성하고 각자의 생각을 바로잡아놓아야 할 큰 대목이 있다고 생각한다.

약소민족이요, 남북이 분열된 오늘의 우리이기 때문에 더욱이 구순하게 살고 둥글게 살아가야만 되겠기에 말이다. 사람이란 누구나 제각기 제 타고난 천품(天稟)이 있는 것인데 그 장단(長短)을 헤아리지 않고 그 개성의 단점만을 끄집어내면야 이것은 인신공격에 지나지 않는 것이다. 가만히 보면 국회 같은 데에서도 말이 막히고 경우에 떨어지면 일쑤 인신공격의 발언도 나오기는 하지마는 생각 있는 사람은 □□하지 않을 수 없는 일이다. 그런데 하물며 한 지방을 지목하여 그 도민(道民)의 성격상 약점이라 할까. 자기 눈에 비치는 불만을 터놓고 공언한다는 것은 개인에 대한 인신공격 이상으로 민족정신의 통일에 끼치는 영향이 적지 않다 할 것이다. 이러한 점으로 보면 우리는 무력으로거나 평화수단으로거나 남북통일을 꾀하기 이전에 우리의 정신무장이 긴급하고 정신무장의 첫 단계로서 이러한 쓸데없는 민족정신의 분열부터 막아놓아야 하겠고 우리의 화애(和哀)와 생활질서를 하루바삐 바로잡아놓아야 하겠다는 생각이 든다. 노골적으로 말하면 우리의 머릿속에 도별적(道別的) 지방관념이 있느냐 없느냐는 정도를 지나서 가장 단결하여야만 될 이 간절한 때이건마는 국권을 회복하고 얼마쯤은 자유를 찾았고 산업경제의 발전을 보아서 좀 기를 펴고 살게 되었다 하여서 그 묵은 관념이나 습성을 기를 쓰고 발휘하여 지방색이 나날이 두터워지고 서로 반목질시하는 것이나 아닌가? 제각기 생각하여보아야 할 때가 어지간히 온 것 같이도 생각된다.

나는 이조(李朝) 5백 년 동안의 일이나, 더 소급하여 올라가서 삼국시대의 이야기는 모른 체하고 또 따지지도 말자는 것이다. 다만 우리의 자손이나 그 후대까지 이러한 기풍이나 이러한 편협한 사고방식을 물려줄까보아 걱정인 것이다. 손바닥만 한 반도의 그 반만을 차지하고 앉아서도 그 속에서 서로 꼬집고 으르렁대서 소득이 무어냐는 말이다. 남들 꼴사납고 웃음거리나 될 일이다. 애초에 '하와이안'이라는 말을 누가 주책없이 지어냈는지 다시는 입초에 올려서는 안 될 것이다. 남의 도움을 받아서 겨우 살아가는 우리니만치 겸손히 서로 돕고 구순히 살아갈 생각을 하여야 할 것이다. 그야 한 지방 사람 끼리면 더 사정이 통하고 친근하겠지마는 그렇다고 배타적이어서는 몰상식 정도가 아니라 반민족적이다. 반민족적인 데는 용서가 어렵다. 그러나 이 문제는 결코『경향신문』폐간과 동일시할 수 없는 반면에 필자와 동지(同誌)의 게재 책임과는 따로 고려되어야 할 것이요, 또 그리 심오히 추궁하려는 감정을 누그리고 관대하여야 민족단합의 대의를 세우는 뜻이 될 것이다. 지금은 신문을 보니 동지(同紙)는 자진폐간으로 사과의 뜻을 보인 모양이니 더욱 관용하여야 하겠거니와『야화』지가 우리에게 유익한 간행물인지 그 여부는 알 수 없으되 폐간을 시켜야 될 법적 근거로 또 한 번 군정령 제88호를 들고 나서야만 경우가 닿는지는 알 수 없는 일이다. 거듭 말하거니와 거족적 반성의 기회를 줌으로써 전화위복이 된 듯싶기도 하다.

등골이 서늘한 이야기
혼란기에 있던 일[311]

아마 피서가 될 만한 서늘한 소하만담(銷夏漫談)이 필요하다는가 본데 나는 원체 자소시(自少時)로 삼십 전까지 일본에서 지냈던 관계로 그 땅의 시원한 여름 풍치를 이야기한대야 지금의 우리에게는 별로 실감이 없을 듯싶고 우리나라의 여름의 산수야 이미 널리 알려진 바이니 역시 신통치가 않겠기로 그 대신 하도 놀라서 등골이 서늘하였던 이야기나 하여볼까 한다.

나는 8·15해방을 만주 땅 안동(安東)에서 맞았었다. 양력으로 8월 보름께라면 말복 전후라 아직도 무더운 때였다. 땀을 질질 흘리며 라디오로 일황(日皇)의 항복선언을 들으면서 '인제는 우리도 풀려났구나!' 하고 나는 꿈밖인 듯이 께께 울기만 하였었다. 그 옆에는 뒷골로 몇 집 걸러서 살던 한 늙은 일본인이 자기 집의 라디오는 병이 났다던가 하여 내 집으로 뛰어와서 나란히 앉아 듣다가 훌쩍훌쩍 눈물을 흘리면서 가버렸다. 그 울음과 내 울음과는 대척적이요, 절대적인 감정과 흥분과 갈등이 무언중에 반발하고 있었다. 그때 나는 신시가(新市街)의 일본인 틈에 끼어 살았기 때문에 전쟁 말기에 일인들의 자위책으로 야경(夜警)을 도는데 나에게도 한 달에 한 번씩은 차례가 돌아와

311 염상섭(廉想涉), 「등골이 서늘한 이야기 — 혼란기에 있던 일」, 『조선일보』, 1959.7.30. 글 말미에 '소설가'라고 명기되어 있다.

서 하는 수없이 딱딱이 노릇을 하였던 것이다.

그런데 8 · 15가 터진 다음 날에 공교로이도 내 차례가 되었다는 통고를 받고 일언지하에 거절하여버렸었다. 아직 이웃끼리로 살기는 하지마는 해방이 되던 날 즉시로 조직된 자치단체인 조선인회의 명색이 회장으로 당선된 내가 체면이 있지 어떻게 그런 데에 나갈 수도 없었고 사실 밤낮 없이 바빴었다.

그런데 한 가지 괴상한 일은 그 날 내 대신으로 나간 일인이 야경을 돌다가 바로 내 집 옆 골목 그 라디오를 들으러 내 집에 왔다가 명인(鳴咽)에 시름없이 가던 늙은 일인의 집 앞에서 자살(刺殺)을 당한 것이었다. 익조(翌朝)에 그 소식을 듣고 나는 모골이 송연하였었다. 등에 찬물을 끼얹는 것 같았다. 그 피해자가 평소에 누구와 결원(結怨)할 사람도 아닌 온순한 소학교 교원이었고 나역시 누구와 함혐(含嫌)이 있을 리 없고 보니 그 노왜(老倭)의 위인이 표독(慓毒)하던 점으로 미루어 결국은 나를 노리고 한 짓이 아니었던지 모를 일이었었다. 그들 사이에는 평소에 "조선인 주제에." 하고 나를 넘보며 시기도 하여왔던 모양인데 민족적 감정의 첨예화로 공기가 몹시 험악한 때라 차제에 조선사람 하나쯤 없애버리고 책임은 중국인 측에 전가함으로써 조중인(朝中人)을 이간하는 틈바구니에서 일본인의 안전을 도모하자는 얕은 수작은 아니었던가 하는 짐작도 드는 것이었었다. 하여간에 사태가 수상(壽常)치 않은 눈치를 보자 나는 부랴부랴 가장집물(家藏什物)을 되는대로 다 팔고 내일은 서울로 떠날 작정으로 차표를 사오라고 회(會)의 젊은 사람에게 부탁하였더니 태만하여서인지, 별안간 떠난다는 나를 붙들어 앉히려고 저희끼리 뒷공론이 있어 그랬던지 "사옵니다, 사옵니다." 하고 하루, 이틀 밀어나가는 동안에 만철선(滿鐵線)과의 연결은 끊어지고 말았다. 신의주로 건너가자니 간들 승차가 지난하다는데 건너서기도 용이치가 않다. 부득이 중국인의 구시가(舊市街)와 접경한 동포의 집결부락에서 사는 우인(友人)의 집 2층으로 우선 옮겼다. 그러나 나날이

치안이 소란하여지니 중국인 측에서 어느 때 폭동을 일으켜 습격해올지 조마조마하며 하루하루를 보내는 판이었다. 그러는 동안에 하루는 아들아이의 생일이라 하여 주인식구들과 점심을 먹고 있었는데 문전에서 왁자지껄하고 만인(滿人)들이 몰려든 모양이었다. 좌중(座中)도 눈이 둥그레졌지마는 나는 그래도 이 방의 주인인 책임상 먼저 층단(層段) 쪽으로 내달았다. 그러나 구배(句配)³¹²가 급한 층계의 우중충한 저 아래에서 얼굴이 시뻘건 괴한이 제 키보다도 큰 장대를 들고 올라오지 않는가! 마음을 졸이던 중국인 폭도의 내습이 기어코 닥쳐왔구나 하는 다급한 생각에 뒤 식탁에다 대고 어서 피하라고 손짓을 하니까 어른·아이들이 후다닥 일어나기가 무섭게 2층에서 뒤뜰로 훌훌 뛰어 내렸다. 뛰어 내려갈 재주가 없는 나는 잠깐 멈칫거리다가 그래도 나서면서 돌려다 보니 네 살짜리 어린것이 내 뒤에 혼자 떨어져 있다.

'이거야 아무리 황급하기로 …….' 하는 부끄러운 생각이 들면서 아이를 날름 들어 아래에서 두 팔을 벌리고 서 있는 아내에게 가만히 내려뜨려주었다.

아래에서 아이를 무사히 받은 것을 보고 나도 툭 뛰어 내렸다. 아이나 내나 몸에 상처 하나 입지 않았다. 기적이라는 고마운 생각이 들었다. 씨근벌떡하는 일동은 피난 간 옆집 뒤꼍으로 숨었다. 그러자 아무도 없는 위층에서 "작은 아버지, 나예요." 하는 장조카의 술 취한 목소리가 들려나왔다. 2층 난간에서 여전히 제 키 만한 저울대를 들고 빙그레 웃으며 내려다보고 서 있는 것이었다. 술에 취해서 중국인과 말다툼을 하다가 쫓겨서 삼촌의 집으로 들어오자 아래층에 놓여있는 영업용 큰 저울대를 들고 밖에서 아우성치는 중국인 아이들을 막아내려다가 기운이 지쳐서 그 저울대를 든 채 뛰어 올라오던 판에 내 눈에 띄었던 것이다.

---

312 구배(句配) : 비탈, 오르막.

공부를 해야겠어![313]

　한낮의 폭양이 찌는 듯이 덥다. 여유 있는 사람들은 벌써 산으로 바다로! 그러나 소설가 염상섭은 먼지 낀 서울의 하늘 밑 상도동 자택에서 일보(一步)도 내딛지 않고 더위와 싸우신다. 그리 넓지도 않은 뜰에는 일년초가 몇 푸를 뿐 초라한 세간살이가 뚜렷이 눈에 띤다.

　"왜 왔어? 지금 막 한숨 자려고 하던 참인데!"

　"바로 그 주무시는 취미를 알고 싶어서 왔어요 …….”

　"술만 먹으면 낮에도 곧잘 잘 수 있어!”

　작품 「표본실의 청개구리」 이후 한국 처음으로 자연주의 문예운동을 일으켜 우리 문단에 커다란 보람을 남겨놓은 선생은 지금은 환갑이 넘는 노작가로서 24시간 대음대취(大飮大醉) 하신다. 선생은 대개의 예술가들처럼 산수를 찾아 벗과 더불어 인생을 논하는 그런 신선풍(神仙風)이 아니다. 협소한 자택 안방에서 혼자 술만 마시며 즐기는 독존풍(獨尊風)이라 할까!

　"하루 몇 잔쯤 잡수시나요?”

　"몇 잔? 하루에 두 되는 문제없어! 적어도 됫술을 먹어야 그제야 속이 풀리

---

313 C기자 · 염상섭(廉想涉), 「공부를 해야겠어!」, 『세계일보』, 1959.8.2. 이 인터뷰에 대한 염상섭
　의 반박글이 『조선일보』 1959년 8월 18일 자에 「술은 어디서 먹든지」라는 제목으로 실린다.

거든!"

"말 마세요. 그 풀린다는 게 탈이죠. 우리 집 선생님은 술만 잡수시면 괜한 트집을 잡구 사람 못살게 구는 취미가 있답니다."

옆에 앉은 사모님은 기자에게 항의 아닌 호소(?)를 하신다.

"그런 얘긴 우리 공개하지 말기로 합시다."

선생의 말은 부인께 차라리 애원(?)인 듯

"부부싸움엔 군사들의 협조가 크겠어요. 대개 어느 편을 많이 도와 드리나요?"

"물론 내 편이지."

"거짓말이랍니다. 애들은 저희 아버지라면 고개를 저어요."

"그런데 당신만은 날 죽도록 좋아한단 말이지!"

"어유, 나 참!"

사모님은 기겁을 하신다.

"실례입니다만, 술값이 어디서 나오나요?"

"아니지, 난 부자거든. 글만 쓰면 되지! 내 머리는 얼마든지 쓸 수 있도록 무진장이란 말야."

"요즈음 몇 달 동안은 통 작품을 볼 수가 없던데요?"

"거탄(巨彈)을 던지기 위해서 참고 있는 거야! 정력을 모으는 거야! 상이란 상은 모조리 다 타버리게 될 테니 보아!"

"노벨상두요?"

"물론!"

그러나 갑자기 선생은 얼굴 표정이 심각해진다.

"공부를 해야겠어! 늙을수록 공부를 해야 해. 머리가 빈 소설가는 일찌감치 죽어야 해. 나도 인젠 술 취미에 공부하는 취미를 플러스 해서 ……."

"앞으로 좋은 작품 많이 쓰시기 빕니다."

"앞으로가 아니라 과거에도 많이 썼거든! 하하."

선생은 또 술 생각이 나시는지 몸을 벌떡 일으키신다.

술은 어디서 먹든지[314]

이즈막의 아이들의 유행어로 '까라, 까라' 하여 까려 하였으나 섣불리 설까서 그러한지? 남이야 술을 '초라한 집' 안방에 들어앉아서 먹건 오막살이 부엌을 들여다보고 선술집 친구의 버릇으로 '여보, 한 잔 주우.' 하여 마시건 그것이 무슨 아랑곳이요, 신기하다고 이 염천에 머나먼 상도동까지 기자가 둘씩이나 짝을 지어 다니면서 그 알뜰한 인터뷰를 하여 보도를 하여야 되는지? 이쯤 되면 나도 그야말로 노벨상도 받겠다고 공포(空砲)를 쏘아도 무색치 않을 만치 유명하여진 것 같다. 행보조차 여의치 않은 반병신이 제 집구석에서 제 술 먹는데 누가 술을 사달랬으니 걱정인가? 무엇 때문에 시빗거리가 되느냐 말이다. 약병과 술병을 좌우 겨드랑이에 끼고 그날그날을 요행히 넘기는 작금의 나이지마는 모지(某紙)의 그 성이 가신 인터뷰기사를 보면 "24시간 대음대취(大飮大醉)"를 하는데 하루에 겨우 두 되(二升) 술이라 하니 술도 술 나름이겠지마는 24시간의 분량으로는 매우 적은 셈이요, 늙은 병인의 주량으로는 어랑 없이 많다. 원체 코를 골고 먹는 술에는 이주철야(以晝徹夜)라는 말이 있지마는 24시간을 장취(長醉)로 술 먹자면 날마다 밤잠도 못 잘 것이리

---

314 염상섭(廉想涉), 「술은 어디서 먹든지」, 『조선일보』, 1959.8.18. 이 글은 「공부를 해야겠어!」 (『세계일보』, 1959.8.2)에 대한 반박글이다.

라. 이러한 인사불성의 취한(醉漢)이 작품에는 "거탄(巨彈)"을 내어놓겠다고 호어(豪語)를 한다니 이야깃거리도 됨직 싶다. 젊은 기자의 주책없는 소리를 꼬치꼬치 들어 따지자는 것은 아니나 나는 공포를 탕탕 쏘면서 허세를 부리고 자기선전을 일삼는 사람은 아니다. 허세와 자가선전으로 문학이 되는 것도 아니요, 또 그것으로 자기의 성가(聲價)를 유지하거나 올리는 것도 아니다. 다음에 인터뷰에서 화두에도 오르지 않은 문학상 문제를 기자의 자문자답으로 끌어내어가지고 상은 모조리 타느니 노벨상도 타겠다느니 하는 따위의 천착스러운 소리를 늘어놨으니 이것은 또 무슨 까닭인고? 듣건대 그만한 말은 나의 허세로서는 족히 할 만하기에 기자가 자의로 썼다 하거니와 자의로거나 무슨 저의가 있거나 악의로서 되도록이면 폄하하고 망신을 시켜보려고 그러는 것인지 좀 밝혀볼 수는 없을까? 성이 가신 노릇이다. 그러기에 도시(都是) 접촉이 싫다. 말은 상스러우나 노다지(노터치)로 지내자는 것이다.

또 그리고서는 역시 기자의 자문자답으로 24시간 대음대취하는 이 "노병(老兵)"더러 앞으로도 좋은 작품을 많이 쓰라고 격려(?)하여놓고 왜 좋은 작품을 기왕에 많이 쓰지 않았느냐고 '이경(裏警)'까지 하여놓았다. 이 무슨 우롱이냐? 이러한 우롱이 무엇 때문에 필요하냐? 또 하나 중대한 허위보도가 있다. 기자들이 찾아왔던 날 마침 내 내자(內子)는 집에 없었다. 그런데 그 기사에는 내자까지 등장시켜서 기자와 은문은답(隱問隱答)을 하고 부부끼리의 대화도 섞여 있다. 이 무슨 허위보도냐? 나도 30년 기자생활을 해본 찌꺼기이지마는 가장 정확하고 신빙성이 있어야 할 인터뷰기사조차 이 지경이면 신문도의는 땅에 떨어진 것이 아닌가! 해사(該社) 간부와 언론계 및 편집인협회에 그 곡직(曲直)을 감히 묻고자 하는 바이다. 신문과 기자란 얼마만한 위세를 가졌는지 요새 세상일은 모르되 그럴 양이면 인터뷰 여부 없이 마음대로 써넣었으면 그만 아니냐는 말이다.

신문기자의 위세가 어떻게 좋던지 기자가 나에게서 사진을 한 장 빌려갔는데 그 기자 자신이 말한 듯이 귀한 사진이기에 잃지 말고 돌려보내주기를 신신당부하여놓고 아이를 시켜 찾으려 보냈더니 약속한 날에 오지 않아서 분실되었다면서 전갈하여 보내는 말이 "신문이란 그저 그러한 것이니 그쯤 아시고 과히 노하시지는 말라"는 것이었다. 사진도 그렇거니와 "신문이란 그저 그런 것"이라니? 신문은 몇 해나 하여보았기에 그런 소리가 나오는지 기가 막힐 노릇이다. 또는 과히 노하지 말라니 처음부터 나를 숙호(宿虎)? 충비(衝鼻)로 노하게 할 작정으로 이 머나먼 상도동에를 차를 태워 기자를 둘씩이나 보내왔더란 말인가. 사람을 이렇게 농락하는 법이 없다. 그 기사의 말미에 가서는 또 술 생각이 나는지 벌떡 일어나더라고 끝을 맺었으니 내가 손님들을 놔두고 술을 마시러 벌떡 일어서도록 아직은 미치지는 않았지마는 기왕이면 내 아내가 옆에 앉았더라니 술상을 차려오라 하여 대백(大白)으로 한 잔 죽 마시더라고나 하였다면 그래도 운치도 있고 근사하지 않았을까. 가가(呵呵). 피차의 체면을 위하여 침묵을 지키려 하였으나 앞으로 문학계나 신문계나 이러한 일을 예사로 여기게끔 되면 그 혼란과 분규는 점점 커만 갈 것이요, 장래에 미치는바 영향을 생각하여 이 붓을 들고 만 것이다.

8월 14일

허장虛張과 자과자찬自誇自讚이 아닌 봉사의 문학
S지紙 인터뷰기사와도 관련하여서[315]

　문학에 뜻을 두는 젊은이들에게 주는 이 글, '문학하는 태도'를 쓰라 하지 마는 지금의 젊은이들이 내 말에 귀를 기울일지 모른다. 그러나 그보다도 붓을 들고 보니 먼저 머리에 떠오르는 것이 일전에 모 신문 문화면에 실린 나의 인터뷰기사다. 만일 나의 이 글을 읽는 독자가 가운데에 그 기사를 본 사람이 있다면 지금 내가 앞으로 하고자 하는 말은 헛소리로 들릴 것이다. 그러나 그 기사의 진위는 차치하고 문학하는 태도를 이야기하는 편의상 그 기사 중의 몇 가지를 여기에 인용하고자 한다.

　이것은 여기에는 필요 없는 여담이거니와 S신문의 기자들이 내방하던 날 출타하여 집에 없던 내 아내까지 그 인터뷰기사에 끌어내어 기자들과 대담하고 부부끼리도 수작을 한 듯이 조작된 것은 논의로 하고 정작 문학담(文學談)에 들어가서 요사이 나의 작품발표가 없는 것은 "거탄(巨彈)을 던지기 위하여 참는다."라든지 "상은 노벨상까지 모조리 타겠다."라든지, "좋은 작품은 과거에도 많이 썼다."든지 하는 따위의 빈축할 만한 말들을 나열하여놓았음은 내가 한 말이거나 기자의 말이거나 문학하는 사람의 말로는 귀에 거슬리

---

315 염상섭(廉想涉), 「허장과 자화자찬이 아닌 봉사의 문학─S지(紙) 인터뷰기사와도 관련하여서」, 『신문예』, 1959.10. 이 글은 '문학하는 태도'라는 특집의 일환으로 작성된 것이며, 부제의 'S지 (紙) 인터뷰기사는 「공부를 해야겠어!」(『세계일보』, 1959.8.2)를 가리킨다.

고 용납될 수 없는 말들이다. 그러나 문학하는 태도를 논하는 데에 있어 호개(好個)의 참고가 되겠기로 여기에 인용하겠다는 것이다.

나는 지금 나이로나, 건강으로나, 또 역량으로나 말로만이라도 거탄을 던지겠노라고 호어(豪語)할 때가 아니다. 거탄을 던질 기력은커녕 공포도 쏠 줄 모른다. 또 그러기를 싫어한다.

공포(헛소리)나 탕탕 놓고 허세를 부리며 자기선전이나 하면 문학이 되는 것이 아닌 것이다. 문학을 하려는 열의 앞에는 자기의 하잘 것 없는 이름쯤이 무어냐? 진실로 좋은 참되고 아름다운 문학만이 탄생하기를 바라는 것은 무자(無子)한 부부가 자기네의 존재는 잊은 듯이 전 생애를 바쳐서 자식이 점지되기만 비는 것과 같은 그러한 마음이라고나 할까? 적어도 이러한 성심으로 임하여야 될 것이다.

다음에 자기의 기작(旣作) —— 과거 작품에 만족을 느끼는 작가는 없을 것이다. 이것은 겸허의 미덕이라기보다도 또는 자기의 대성을 위하여서라기보다도 문학을 소중히 여기는 작가적 양심에서요, 자기의 사회적 성과보다도 문학 그 자체의 완성을 위하여서다. 자승어부라면 그 부가희지(子勝於父基父喜之)라는 말과 같이, 자식 잘 되기만 바라는 부모의 마음과 같은 것이 문학하는 사람의 작품에 대한 성심이라 할까?

끝으로 생각할 것은 지금 세상과 같이 문단의 등용문이라 할지 각 문예지의 추천제와 현상모집 등이 있는 것은 옛날과 같은 사제관계를 맺는 일이 드물어 추거(推擧)하는 길이 없고 또 젊은이들은 그러한 개인관계를 즐겨하지 아니하는 모양이니 당연한 현상이라 하겠거니와 일면 각종 문학상의 성관(盛觀)임에 틀림없다.

그러나 돌이켜 생각하면 오늘의 문학이라는 것은 그 본질·본령을 여기에 장제(長提)할 겨를은 없으나 어쨌든 옛날의 과거공부와는 다르다. 그러므로 이러한 제도와 권장이 필요 없다거나 무시해도 좋다는 말은 아니나, 이러한 것은 이차적으로 돌릴 것이요, 무엇보다도 먼저 필수조건이 되는 것은 문학적 충동이 추구하여 마지않는 지식욕과 창작욕을 만족케 함에 필요한 독서와 수련을 쌓기에 일로 직진할 따름이라는 말이다. 또한 발표욕은 창작욕과는 판이한 것으로서, 왕일(旺溢)한 창작욕에 앞서 잣단 경쟁심이라든지 자기의 글이 활자화한다든지 하는 조급한 영예욕에 사로잡혀서 정당한 절차를 밟지 않고 무리한 자비출판이나 기타 수단으로 미숙한 작품을 내어놓고 성공한 사람이라고는 한 사람도 본 일이 없는데, 이러한 점도 문학하는 태도로서 참고가 될지 모른다.

문학상으로만 말하여도 근자에는 무슨 선거운동 같으나 되어가지나 않는가 싶은 억측도 들지마는 가령 전기한 인터뷰의 기사에서만 보더라도 기자와의 대담에서 화두에 오르지는 않았고, 내 입에서는 일언반사(一言半辭)도 나오지 않은 문학상 문제를 들추어내가지고 천착(舛錯)한[316] 소리가 내 입에서 나온 듯이 기자 자신이 임의로 자문자답하여놓은 것을 보면 어째서 그렇게 하고 싶은지? 또 그렇게 해야만 되는지는 모르겠지만, 상이란 문학 그 자체보다는 매우 생색이 나고 좋은 모양이다. 염불에는 마음이 없이 잿밥에만 눈독을 들이는 그러한 문학은 있을 수 없다. 더욱이 수련기에 있는 문학의 도(徒)로서 소위 양명(揚名)이란 것부터 노리고 그 양명을 하기 쉬운 데가 문단이거니 생각하여서는 안 될 말이다. 이것은 문학하는 젊은이들의 귀에 거슬리겠지마는, 종래에 그러한 사례를 많이 보아왔기에 말이다. 다른 어느 분야에서보다도 가장 허명(虛名)을 꺼려하고 실질을 찾는 곳이 문학이기 때문에 또 다시 이 말을 강조하는 것이다.

서상(敍上)한 이 세 가지 인례(引例)는 우연히 어느 몰이해한 신문기자가 내 앞에 던져준 문제였고 또한 그것은 나의 문학하는 태도에 대한 반성을 추구하는 것이 되었는지 모르지마는, 실상 생각하면 문학하는 기본적 태도가 여기에 그친다

---

316 천착(舛錯)하다 : 심정이 뒤틀려서 난잡하다. 생김새나 행동이 상스럽고 더럽다.

하여도 무방할 것이다. 이를 요약하여 말하면 첫째는 허장(許張)과 자기선전이 아니요, 둘째는 자과자찬(自誇自讚)이 아니며, 셋째는 명리를 추구하지 않는 데에서, 비로소 문학은 크나 작으나 깨끗이 탄생되리라는 말이다. 문학은 태아와 마찬가지로 개골창[317]에서 나오는 것이 아니다. 개천에서 용(龍) 나오는 수도 없지는 않지마는.

위에서 한 말들은 불충분하나마 문학하는 기본자세를 말한 바이거니와 재전(再轉)하여 우리가 다시 생각할 것은, 그러면 문학 그 자체에 대하여 우리는 어떠한 태도를 하여야 하겠느냐는 문제일까 한다.

나는 십삼사 세 때 입산수도하였으면 하는 생각을 잠시 하여본 일이 있었다. 때는 한일합병의 직전이라 여간 절박하지 않고 뒤숭숭한 판국이었는데 민감한 소년으로서 애국심에 불타서 그랬던지 소년다운 감상으로였던지 모르겠다.

하여튼 지금 생각하면 그러한 조그마한 은둔적 기질이 나로 하여금 문학의 품속에 숨게 하지 않았던가 하는 회상을 하게도 한다. 그러나 이것은 소극적이요, 한 반면이다. 내가 그 후 이삼 년 만에 일본에 건너가서 서구의 근대문학이라는 것을 알게 되었을 때 신대륙이나 발견한 듯이 얼마나 놀랐고 얼마나 기뻐했으며, 또한 새로운 광명이나 찾은 듯이 어린 눈동자가 얼마나 커졌던가는 지금의 젊은 여러분이 상상조차 하기에 어려울 정도였다.

여기에서 나의 소년다운 우울은 무산되었었고, 커다란 희망과 감격과 동경을 문학에 바치게 되었던 것이다. 새로이 발견된 이 세계에 자기를 몰입하는 동시에 이 자기의 신세계의 주축인 문학, 그것에 봉사하려는 정신과 태세

317 개골창 : 수채 물이 흐르는 작은 도랑. '개울'의 방언.

를 취하게 되었던 것이었다. 이래 사십 년간 나는 문학에 경건한 마음으로 봉사의 성(誠)을 다하여왔는지 안 왔는지는 모르겠지마는, 그래도 지금까지 인생을 위한 문학이요, 인생이 있은 뒤에 문학이 있는 것이라고는 생각하고 또 그렇게 주장하면서도 자기의 문학을 자기 자신 같이 혹은 자기의 생명이나 생활 이상으로 존중하여왔고, 또 그 마음을 아직도 잃지 않고 있다. 그러나 그 성과가 내 문학생활에 있어 얼마나 거두어졌느냐는 것은 문제가 아니다. 그러나 다만 그러한 집념으로 오늘까지 문학을 하여왔다는 말이다. 성과야 각자의 천부(天賦)와 소질에 달린 것이다.

여기에는 또 내가 걸어온 자연주의 내지는 사실주의와도 일맥상통하는 점이 있다. 자연주의나 사실주의에 있어 객관적 태도라는 것은 한편으로는 작가 자신의 겸손한 태도인 것이다. 깊이를 헤아릴 수 없는 인생문제와 무변대(無邊大)한 현실세계를 다루는 데에 있어 겨우 본 대로 아는 대로나 이를 표현할 따름이지, 거기에 자기의 편협한 주관이나 의견을 곁들이는 것은 자기의 부족한 역량으로는 외람되다는 그러한 생각도 없지 않은 것이다. 동시에 자기의 주관을 섞지 않고 자기 자신을 작품 뒤에 숨긴다는 태도는 곧 제2자(第二者 = 독자)와 제3자(第三者 = 평론가)의 자유의사를 존중한다는 의미도 되는 것이다. 한 작가가 자기의 의사와 주장만을 굳게 내세워서 독자와 평론가로 하여금 자기 유(流)대로 따라오게 강요하는 것은 그들의 자유의사를 속박한다는 의미밖에 아니 되는 것이라고 나는 믿는다. 나는 이렇게 보았다. '거기에 대하여 당신네들은 동감이거나 아니거나 당신네들 마음대로 감수(感受)할 테면 하고 얼마든지 자유롭게 비판해보시오.' 하는 관대하고도 중립적 입장에 선 것이 객관적인 작가태도라 생각한다.

그러나 자연주의는 별문제로 하고, 사실주의에 있어서는 반드시 주관을 섞어서는 아니 된다고 생각지 않는다. 주관이 섞이기로 또는 주관주의 · 주정주의로 편기(偏奇)한다기로 사실주의문학이 성립되지 않는 것은 아니라고 믿기에 말이다. 하지마는 금후의 산문문학이 어느 방향으로 가든지 간에 사실주의에서 벗어나지는 못할 것이요, 벗어나도 안 되리라고 나는 본다.

염상섭 문장 전집
1960

『폐허(廢墟)』[318]

　연래(年來)로 단편적이나마 이모저모로 여러 차례를 쓴 문제이기에 도시 흥미가 없어 쓰지 않으려다가 편집상 낭패나 없지 않을까 염려되어 붓을 들었다.

　『폐허(廢墟)』지(誌)가 내 수중에 없고 그 내용도 잊어서 알 수 없거니와 1920년 어느 달에 내었던지도 기억에 없다. 그러나 그 서문을 내가 썼다는 사실과 그 서문 중에 "일우일아(一雨一芽)"라는 말을 쓴 것만은 기억하고 있다. 일우(一雨)에 일아(一芽)만 나오랴마는 폐허에서 움이 튼다. '신생과 장성은 폐허로부터'라는 의미에서 온 것이었다. 그렇다고 그것은 문화적 유산이요, 고전·구문학을 무시하고 자기들의 신발족만을 자랑하는 생각에서 온 것은 아니었다. 다만 당시의 기분들이 그러하였다. 폐허에 앉아서 솟아오르는 햇발을 바라보며 신문학을 위하여 신개척·신건설의 팽이질을 한다는 그러한 시적 공상으로만이 아니라 실제로 만세운동 직후의 현실감으로도 그러하였다. 3·1운동의 의의는 논외로 하고, 당장 잃은 것은 많고 얻은 것은 없다는 허탈감·공허감이 또한 이러한 기분을 자아내던 것이었다. 기껏 얻은 신(新) 총독의 '문화정치'라는 것의 정도로 몇 개 안 되는 신문잡지의 허가는 해놓고 갖은 수단으로 못살게만 구는 꼴로 족히 짐작할 수 있었고, 민족운동

---

318 염상섭(廉想涉), 「『폐허(廢墟)』」, 『사상계』, 1960.1.

도 길이 막혔고, 상권을 내어주거나 민족경제의 육성의 길을 터줄 리 없으니, '만세' 후에 우후죽순같이 거리거리에 나붙던 주식회사 간판도 삽시간에 추풍낙엽 같이 떨어져가는 등등 울분하고 신산한 환경 속에 앉아서는 폐허라는 기분이면서도 의지로서는 여기에서부터 새 출발을 한다는 희망만은 가졌던 것이었다. 근년에 와서 새삼스러이 '폐허' 2자에 대하여 논의 혹은 의문이 있는 듯이 들었기로 되풀이해서 한마디 하는 것이다.

『폐허』 동인으로서 지금 생존한 사람이 아마 공초(空超) 오상순(吳相淳), 수주(樹州) 변영로(卞榮魯), 두계(斗溪) 이병도(李丙燾) 그리고는 필자쯤 되는지? 근자로 기억이 흐려져서 구우(舊友)를 잊고 여기에 누락된 과거 동인이 계시다면 미안한 일이다. 생각해보니 딴은 생존 여부를 아직 모르는 시인 안서(岸曙, 김억)가 있다. 후일 사학자로 대성한 두계와 연전 작고한 양화가(洋畵家) 유방(惟邦, 金瓚永), 이 두 동인의 합류는 한 이채이기도 하였으나 신진기예한 같은 청년들로서 문학을 즐기고 의기가 서로 투합하는 점에서 그러함직도 한 일이었다고 생각한다. 그 외에 작고한 시인에 남궁벽(南宮璧), 황석우(黃錫禹) ─ 이 두 동인을 잊을 수 없고, 동인은 아니면서도 늘 함께 지내던 동조자 김만수(金萬洙) 군이 있었다. 이 분은 철학을 공부하는 청년이었는데, 우리에게 회합장소로 자택을 제공하였었고 교유를 한결같이 하여왔었다. 그 김 군의 자택이라는 것이 지금으로 말하면 중앙청 곁 적선동 정류장에서 조금 들어가는 한적한 골목 안, 구명으로 '삼군부 뒤'라는 시위대가 있던 병영 뒷골목이다. 이 집이 공교롭게도 내가 낳기 바로 전까지 가친이 사시던 집이다. 여기에다가 '폐허사' 간판을 붙이게 된 것도 한 기연이거니와, 예전에는 사랑이 있었다는데, 사랑도 없어지고 일식(日式) 문전으로 변작이 되었었지마는 옛날 말로 널따란 육간대청 아래 환한 앞뜰에는 철철이 화초밭이 우거지고 하여 시원하였다.

내가 그 집주인 김 군과 알게 된 것은 그해(1920년) 1월에 귀국하여 무슨 일로이었던지 그 근처 종교(宗橋) 예배당에 갔다가 누구의 소개이었던지도 잊었지마는 만나게 되었던 것인데 신인 문학단체가 성립된다니까 자진하여 자기 집을 개방하여주었던 것이다. 그리하여 이 그룹의 근거가 생기고 차차로 문학청년이 꼬여들어 말하자면 현실에 대한 불평불만이나 조국의 장래에 비분강개하는 문학청년들의 양산박(梁山泊)인 관(觀)을 이루었던 것이다. 아마 두어 해나 계속되었던지 여름 한철 넓은 마루에 모여앉아서 담론이 풍발(風發)하고 해학이 종횡하여 밤 가는 줄을 모르고 즐기던 그 한때를 잊을 수 없다. 첨언하거니와 그때 그 집은 김 군이 편모시하에 있어서 우리들의 출입을 환영도 하였고 또 자유로웠었으며, 교통의 편리도 그 그룹이 한 구락부처럼 되었던 것이다.

그러는 동안에 『폐허』 창간호가 나왔다. 고경상(高敬相)이라는 책사 하는 친구의 덕으로 매호 천 부씩 아마 2호까지 내었던가 보다. 별 손해는 끼치지 않았지마는, 그리 재미도 못 보았었던지 몇 달 쉰 뒤에 『폐허이후(廢墟以後)』라는 제호로 다시 한 번 속간하였다. 그만만 하여도 벌써 '폐허' 기분이 가시고 발아생성의 기쁨과 희망과 자신이 생겼다는 뜻으로 '이후' 2자를 붙였던지 모른다. 기실 생각하여보면 동인들의 자력(資力)이 없고 출판사정이 지금보다도 어림이 없는데다가, 젊은 아이들의 문학을 동경하고 발랄한 의기만은 대단하였다 할 뿐이지, 아직 실력이 부족하고 매월 글을 써 대일 사람이 없어서도 꾸준히 나가지 못하였던 것이나 아닌가도 싶다.

그것은 그렇다고 또 얼마 후이던지? 내 일일이 고증할 필요도 없거니와 역시 『폐허』 동인끼리 『뢰네쌍쓰』라는 팸플릿식의 월간지를 몇 회 내었다. 그 제호를 불어(佛語) 원음으로 쓰게 된 것은, 내가 그때 『동명주보(東明週報)』에 관계할 때인데 거기에서 만난 이능화(李能化) 옹이 불어를 알기로 의논하였더니 기왕이면 원음대로 제호를 붙이는 것이 좋겠다 하여서 그대로 따른 것이었다. 지금에는 내 수중에 이들 책 한 권이 없는 것을 누구를 탓하는 것이 아니나 답답하기도 하고 보고 싶다.

그것이 모두 약 1년 동안의 일인 듯이 기억되는데 그동안에 나는 작품을 쓰지는 못하였다. 문학을 한다는 의도와 열성만이요, 아직 작품활동에까지 발전은 못 되었던 모양이다. 다른 동인들도 미숙한 사상적 발의뿐이지 그것이 자기의 것이 되어 자기의 소리로서 작품화하기에까지는 힘이 들었던 모양이었었다. 그때 일본을 거쳐서 소개된 서구의 문학사조로서는 여러 가지가 『폐허』에 집중된 감이 있었다. 쉽게 말하면 불란서 시인 보들레르의 「악(惡)의 화(花)」란다든지 1차대전 이후에 허탈감에서 나왔으리라고 생각되는 정체불명의 다다이즘까지 무더기로 수입되었던 것이다. 이러한 것이 『폐허』의 의식적 사명은 아니었지마는, 신문학운동이라는 데에 유식무식을 막론하고 비예(睥睨)의 눈을 던지던 그 시절이었던지라, 후일 『폐허』에 대한 오해가 오늘날까지 일부에서 남아 있게 된 것이나 아닌가 한다. 그러나 『폐허』의 주류는 그 오해되어온 면에 있던 것은 아니다. 이것은 무슨 변명이 아니다. 그러면 그 주류란 것이 무엇이냐는 것을 귀찮게 세세히 설명하자는 것은 아니나 일언(一言)으로 폐(蔽)하면 자연주의·인도주의·자주주의·민족주의에 있었다 하겠다. 여기에서 그 외의 다른 어떤 문예사상보다는 좀 더 농후히 깃들었던 것이 허무주의적 경향이었다고 볼 수 있는데, 이 역시 그때 사회형편이나 세계정세로 보아서 하는 수 없는 일이었다고 생각한다. 그러나 그러한 니힐한 사념을 가졌다 하여도 일이 자칫 조국에 관한 것이라면 무한한 열정을 가지고 덤비는 기세이었었다.

더 적고 싶은 말이 많지마는 몸이 괴롭고 시간이 없어 이만 끊어둔다.

창간 당시 정치부 기자로[319]

　정치부 기자가 되어달라는 전보가 날아오자 뒤미처 동경에서 만나야 할 일류정객의 이름이 무슨 '발기'처럼 적힌 편지를 받고, 나는 두말없이 그날부터 미행형사를 달고 활동을 개시하였었다. '동아일보 기자'라는 명함을 박아 가지고 맨 처음에 찾아간 데가 당시 야당인 헌정회(憲政會)의 거두 시마다 사부로(島田三郞) 씨였다. 이 분의 소개로 헌정회 당수 가토 다카아키(加藤高明)[320] 백(伯)도 만나 약 50분간의 인터뷰를 하게 되었으나 정우회(政友會) 당수로 당로(當路)한 총리대신 하라 다카시(原敬)[321] 씨는 끝끝내 못 만나고 말았다. 소위 헌정(憲政)의 신(神)이라고 일반의 인기가 무던하고 시마다 씨와 쌍벽인 웅변가 오자키 유키오(尾岐行雄)[322] 씨를 붙들어본 것은 백설이 애

319　염상섭(廉想涉), 「창간 당시 정치부 기자로」, 『동아일보』, 1960.4.1. 이 글은 '나와 『동아일보』'
　　라는 기획의 일환으로 작성되었다. 염상섭의 글 외에도 이무영(李無影), 이서구(李瑞求), 이상
　　범(李象範), 이하윤(異河潤)의 글이 함께 실려 있다.
320　가토 다카아키(加藤高明, 1860~1926) : 일본의 정치가이자 외교관으로, 24대 내각총리대신을
　　지냈다.
321　하라 다카시(原敬, 1856~1921) : 일본의 정치가. 1914년에 정우회 총재에 취임했고, 1918년 쌀
　　소동으로 무너진 데라우치 마사타케(寺內正毅) 내각의 뒤를 이어 '평민 재상에 의한 최초의 정
　　당내각'을 조직했다.
322　오자키 유키오(尾岐行雄, 1858~1954) : 일본의 자유주의 정치인. 중의원 의원에 25번 당선되
　　어 63년간 국회의원으로 활약했으며, '헌정의 신(憲政の神様)', '의회정치의 아버지(議會政治の
　　父)'로 불렸다.

애(靄靄)한[323] 어느 날 낮 메이지(明治) 대학 현관에서였다. 강연이 끝나고 나오다가 학생간부들과 오자키 씨를 중심으로 기념사진을 찍은 일도 기억에 남아 있다.

대개의 화제가 3·1운동이 끼친 일본정계의 반향과 신(新) 총독이 내어 걸은 소위 문화정치의 폭과 신실성(信實性)을 타진하면서 당시의 우리 실정을 알리고 호소하는 데 있었으나 천편일률로 그저 듣기 좋은 소리로 어름어름해 넘기는 것이었는데 그중에 기독교인이요, 정객인 아베 이소오(安部磯雄)[324] 씨가 식민문제에 대하여

"우리 집 수채가 막혔다고 구정물을 옆집으로 나가게 해서야 되겠느냐."
고 한 말은 이때껏 잊혀지지가 않는데 본심에서 우러나온 말이었던지 ……?

사이토 마코토(齊藤實) 신총독은 요쓰야(四谷)의 그의 사저(私邸)에서 만났는데 부임 초에 남대문역(서울역)에서 폭탄세례를 받고 온 끝이라 두 무릎을 부들부들 떨고 있었다. 문화정치를 한다고 하여 허가한 신문의 기자를 안 만날 수도 없고 스물세 살쯤 된 새파란 젊은 애가 무슨 일을 저지를지 모르겠으니 그렇기도 하였을 것이다.

하여간 이렇게 해서 모은 짤막짤막한 기사가 예정보다 3개월이나 늦어진 창간호부터 2, 3일 실렸을 것이다.

그리고 한편으로 맡은 일은 경무국 출입이었다.

경무국장이라면 호랑이 같은 존재로만 여기고 경무국이 딴은 호혈(虎穴)이기도 한데 여기에를 드나들며 공기를 살피고 비위를 맞추어가며 교제를 하라는 것이었었다. 왜성대, 지금의 방송국 자리에 있던 총독부 출동에 지금

---

323 애애(靄靄)하다 : 서리나 눈 따위가 내려서 희디희다.
324 아베 이소오(安部磯雄, 1865~1949) : 일본의 사회주의운동가. 1899년에 사회민주당 창당에 참여했고, 러일전쟁을 반대하며 그리스도교 휴머니즘에 바탕을 둔 의회사회주의를 지지했다. 1921년에 일본 페이비언협회를 만들었으며, 2차대전 후에는 일본사회당의 고문을 맡았다.

으로 말하면 자가용 같은 인력거를 전용케 하여 우우(優遇)를 받던 것이 한 자랑이기도 하였었는데 벌써 40년 전 이야기가 되었다.

대도大道로 가는 길[325]

쌓이고 쌓인 비위(非違)와 민원(民怨)이 서로 엉기어 일이 여기에까지 이르 렀으니, 그 틀린 것을 어서 뜯어 고치고 바로잡기에 주저치 말고 대도(大道)로 나서는 그 길이 바로 수습하는 길이다. 하루라도 빠르면 수습이 빠를 것이지 그 외에 별 도리가 없을 것이다. 여기에는 구래(舊來)의 정치이념과 그 수단 과 수법을 가지고는 안 될 것이니, 성의껏 민주국가를 바로잡아서 다음 세대 에 물려주어야 하겠다는 열의 있는 사람 이외에는 이 일에 참섭(參涉)하지 못 할 것이요, 또 참섭시켜서는 안 될 것이다. 민주국가 수립을 다시 목표 삼고 나아가야겠다고 깨인 사람만이 앞으로의 일꾼이요, 또 그 사람만이 진정한 애국자일 수 있을 것이다.

다음에 계엄사령관의 포고대로 '고문과 보복 없이'가 사태수습의 큰 힘이 될 것이다. 이것이 성실히 실행되지 않을 때의 일을 생각하면 몸서리가 쳐진 다. 당면한 수습을 위하여서나 국가의 장래를 위하여서나 이 포고의 정신을 급히 또 끝까지 살려야겠다.

그리고 각급 학교의 문이 조속히 열리게 모든 마련이 되어야 하겠고, 학교

---

325 염상섭(廉想涉), 「대도(大道)로 가는 길」, 『동아일보』, 1960.4.25. 이 글은 '4·19사태에 대한 문 화인의 제언(提言)'이라는 기획의 일환으로 작성되었다. 이원경(李源庚), 최태응(崔泰應), 박목 월(朴木月), 윤영선(尹永善), 이혜구(李惠求), 오화섭(吳華燮)이 함께 글을 게재했다.

의 문이 열리면 학생들은 평정한 마음으로 학창에 돌아가는 것이 수습의 직면한 길이다.

학생이 잠잠히 또 점잖이 학업에 나아감으로써 우리 국민은 비로소 안도할 수 있다. 그러나 당국은 학도로 하여금 기꺼이 교문에 들어서도록 평온한 분위기를 만들어주어야 할 것이다. 이 일들은 어느 거나 시간을 다투어 신속히 처리되어야지, 재래의 관청식(官廳式)으로 질질 끌어서는 아니 될 일이다.

학생들의 공은 컸다
사회적 면에서 살핀 4·19 위업[326]

이 거창하고도 무시무시하고 복잡다단한 일을 방 안에 들어 앉아있는 내가 "사회적 면에서 살핀"다 하기로 별다른 것이 없겠지마는 하루에도 몇 번씩이나 눈물을 흘리며 지내온 열흘 동안이었다. 가엾어 울고 서러워 울고 기뻐서 울고 한 눈물이었다. 내 마음이 약하여지고 신경이 튼튼치 못하여 이렇게 눈물에 젖어 앉았는가 싶어 따라 우는 처가속들이 보기에도 겸연쩍은 때가 많았으나 일전에 어떤 민의원(民議院)의 일지(日誌)라는 것을 모지(某紙)에서 본즉 연일 밤을 새워가며 울었다 하니 내야 아무 정당이거나 아랑곳이 없는 사람이지마는 그래도 나는 아직 덜 운 것 같다. 그러나 이제는 당할 것 다 당하고 치를 것 다 치렀으니 눈물을 거두고 재출발·재건설에 할 일을 하여야 할 것이다.

뇌까리기도 싫은 말이지마는 마산사건을 보고 경찰관들에게 자기의 자녀가 그 틈에 끼어 있지나 않을까 하는 걱정만 있더라도, 그 지나친 '충성심'으로 총부리를 함부로 대었을까 하고 혼자 비탄하였던 것이다. 그러나 그 날 경무대 앞에 그 지경이 된 것을 듣고는 국립경찰이 당립속화(黨立屬化)하였던

---

326 염상섭(廉想涉), 「학생들의 공은 컸다―사회적 면에서 살핀 4·19 위업」, 『조선일보』, 1960.5.3.

것을 모르는 배 아니지마는 일이 이렇게까지 되니 이 겨레의 핏속에는 어찌해서 이러한 잔인성이 숨어 있었던가 하고 탄식하며 슬퍼하지 않을 수 없었다. 민족성을 개조하여야 되겠다고까지 생각하였었다.

4·19를 치르고 나서 그 간절한 심통은 누구나 마찬가지였었을 것이다. 그러나 우선 계엄사령관의 포고로 고문과 보복을 엄단한다는 데에 시민은 수미(愁眉)[327]를 폈을 것이요, 또 군은 일사불란히 일탄(一彈)도 불발(不發)한 데에 안도와 감사를 느꼈던 것이다.

뒤미처 국면이 일전(一轉)되어 경찰중립화·행정중립화의 소리가 들리자 이것이 얼마만한 성과를 거두겠느냐는 의심보다도 그 민주적인 지향과 발안(發案)에만이라도 기꺼웠다. 여기에 이르러 민족성의 개조를 운위할 필요까지는 없는 것을 깨달았다. 조직과 지도에 훈련에 따르고 살 만큼 하여주고 못하는 데 달렸는가 한다. 그것은 그렇다 하고 주체인 학생의 데모가 그 아깝고 참혹한 희생을 무릅쓰고 의연히 정연히 진행되고 이제 교문에 다시 들어가 내일을 위하여 학업에 정진함을 볼 제, 어찌 우리의 민족성을 의심하겠으며 세계 민주우방에 대하여도 우리는 이미 이렇게 민주훈련이 되었다고 자랑하여도 족할 것이 아닌가. 3·1운동에서 우리 민족의 기상을 충분히 떨쳤었고 광주학생사건에서 우리 학생의 기질을 나타내었거니와 여기에 이르러 학생의 열렬한 부르짖음과 순실한 태도로써 우리가 민주국가를 세울 만한 역량과 성실성이 있다는 것을 중외(中外)에 알리게 되었다. 그리고 국내적으로는 대중에게 '민주주의란 무엇인가' 하는 산교육을 준 데에 큰 공을 세웠다. 그 아까운 피를 생각하면 이것만으로는 족하지 못하다 할지 모르지마는 국초(國礎)가 다시 바로 잡혔다는 것을 생각하여야 할 것이다. 그러나 그럴 리는 없

---

327 수미(愁眉) : 근심에 잠겨 찌푸린 눈썹. 또는 그런 얼굴이나 기색.

겠지마는 이때 학생에게 만심(慢心)이나 객기는 가장 근신하여야 할 일이다. 이것은 자신을 위하여 그렇고 나라를 위하여도 그렇다. 지금 인물이 얼마나 귀한 것을 생각하여서라도 자중하여 정돈되고 성장하여가는 이 민주국가를 뒷받침하기 위한 모든 지식과 교양을 쌓아야 하겠고 그다음 세대에 부끄러움 없이 물려줄 수 있도록 하겠다는 평정한 심경에 돌아가기를 바란다.

무료한 실직자[328]

40년이나 붓으로 세월을 보냈으면야 붓끝에 정도 들었을 법한데 이제는 붓을 들기가 지긋지긋이 싫어졌고 또 그럴 용기도 없어졌다. 육십 평생을 먹어 온 밥도 구미(口味)가 젖혀지고, 그 좋아하는 술 역시 약 삼아 먹게 되었으니 세상이치가 모두 그런 거라, 어서 붓대를 아주 놓아야 할 때가 온 모양 같다.

작년 세모(歲暮)에 각지의 중·단편 청탁을 다른 해보다 많이 받고도 일일이 수응(酬應)하지 못한 것은 혹은 오해를 사지나 않을까 싶을 만치 미안스러웠으나 기실은 그 어름부터 기진하였던 모양이었다. 그래도 작가 명색이라, 두 문예지에만은 생색이 나든 말든 색책(塞責)으로 짤막한 것을 한 편씩 써 보냈는데, 그나마 『현대문학』에는 1월 중순에나 완결하여 보내었기 때문에 3월호에 실렸었다.[329] 하잘 것 없는 작품이지마는 내 생각에는 이것이 마지막이려니 싶었었다. 5, 60매쯤이면 고작 이틀이면 넉넉하던 것이 1주일이 넘어 근 10여 일이나 걸렸기에 말이다.

붓대를 놓고 나니, 이제는 누가 지라(擔)는 짐은 아니었지마는 40년 동안 짊어졌던 무거운 짐을 벗어놓은 듯이 시원하기도 하고 허전하다. 붓대를 놓

---

328 염상섭(廉想涉), 「무료한 실직자」, 『현대문학』, 1960.7.
329 「이십대에 들어서서」(『현대문학』, 1960.3)를 가리킨다.

고 나서 문필 40년이라는 생애를 돌아다보니 허무하고 그저 탈진상태다. 그날그날의 생활목표가 있어야 하겠는데, 할 일을 놓친 것만 같아서 무료하기 짝이 없다. 붓을 놓으면 없는 책이나마 뒤져가며 읽게 되려니, 쓰기에 얽매어서 못 읽은 남의 작품들도 읽으려니 하였는데, 지친 끝이라 그러한지 눈이 금시로 침침하여져서 신문 한 장도 변변히 못 읽는 때가 있다. 완전히 무용지물이 되었구나 하는 생각에, 살고 싶은 생각도 없어졌다. 그렇다고 체면이 죽을 수도 없는 난처한 지경에 빠졌다. 흔히 법관이나 교사들이 40년 봉직에 셋방 한 칸도 지니지 못하였다는 말을 들을 제 마음껏 동정은 하면서도 예술가·문학자의 경우에는 그러한 말도 못하는 것이 원칙이다. 예술에 봉사하고 문학을 대직(大職)으로 알았으면야 셋방 한 칸쯤이 문제가 아니다.

그러나 나는 요사이 실직자의식이 나날이 짙어간다. 할 일이 없고, 자고새면 술이나 마실 생각을 하니 늙은 실직자 신세밖에 될 것이 무엇이겠는가마는, 또 하나 우리 작은딸도 실직자가 되었다. 무슨 원고나 써 내던지면 꼼꼼히 수정하고 신문잡지사에 보내고 고료를 찾아 들여다가 살림을 보태고 하던 이 아이가 아버지가 글을 안 쓰니 실직하고 만 것이다. 하기야 딸자식을 내세워서 그런 잔심부름이나 시키던 것을 그만 부려먹고 인제는 들어앉게 되었으니 도리어 다행한 일이요, 구차한 집에서 실직자가 한꺼번에 둘씩이나 났으면서도 입에 풀칠은 하여가니 희한한 일이기도 하지마는, 그보다도 딸들을 출가시킬 걱정이 자다 깬 듯이 더 긴해진 것도 붓대를 놓고 좌우를 휘둘러볼 여유가 생긴 덕인지 모르겠다.

실직이라니, 올에는 실직복이 터졌는지 또 하나 실직을 하였다. 허명(虛名)에 끌린 것도 아니요, 무어 생계에 보탬이 될 듯싶어 그 욕기(慾氣)로 질질 끌려갔던 것도 아니었으나, 울며 겨자 먹기로 썼던 그 소위 학장(學長)이라는 감투도 벗게 되어서 대단히 시원하다. 싫다는 학장 감투를 도리질을 하는 이 머리에 씌워서 몇몇 해를 불쾌히 지낸 끝에 일언반사(一言半辭)의 통고도 없이 어느 틈에 당자(當者)도 모르게 그 학장 감투가 비거서향풍(飛去西向風)하고 혹 불어 세웠다. 당자도 모르게 소위 학장 감투를 씌우고 싶으면 씌우고 벗기고 싶으면 벗기는 학교의 경영체(經營體)가 얼마나 재주가 좋고 권력이 있기에 학장의 머리를 이어놓았다 잘라버렸다 마음대로 하느냐고 곧이들을 사람도 없겠고 오죽 알량한 학장 자리기에 그렇겠느냐고 코웃음칠 사람도 있겠지마는, 돌이켜 생각하면 오죽이나 변변치 못한 무룡태[330]기에 그 꼴이요, 창피한 줄도 모르고 그것도 자랑이냐고 빈정댈 사람도 없지 않을 것이다. 그러나 그 '비밀하야(秘密下野)'가 있은 뒤에 시국에 편승하여서인지는 모르겠으나 분규가 있는 모양인데 요행히 거기에는 아랑곳없는 것만 다행하다. 그러나 문교부에만은 아직도 내 이름이 걸려 있다니 학교당국의 고의거나 태만으로는 아닐지라도 이번에는 좀 똑똑한 체하고 알아볼 것도 알아보고 따질 것 따져야 할 것 같다. 똑똑하여야만 제대로 살 세상에 이러한 반편(半便) 구실만 하고 살아왔으니 자기보다도 거기에 달린 가속(家屬)들이 가엾은 생각도 든다.

실직타령을 하다가 생각하니 이만 나이에 당연한 노릇이요, 남의 오해나 살까 두렵거니와, 또 그러고 보니 문단과는 멀어져가는가 싶고 40년 근속하던 직장에서 물러서는 것 같아서 평소에 하고 싶던 인사말이라도 몇 마디 하고 싶다.

내 원체 사교성이 없는 데다가, 빈한하고 불우한 처지라, 그럴수록에 성미가 뒤틀려진 데도 있겠지마는 공연한 자존심만 있어서 교우관계도 원만치 못하였지마는, 무엇보다도 나는 작품출판기념회 같은 데에 출석치 못하였던

---

330 무룡태 : 능력은 없고 그저 착하기만 한 사람.

것을 늘 뉘우치며 또 그 여러분에게 미안히 생각하여왔던 것이다. 그것은 내 사정이 그러하였었고 또 그러한 좌석에 나가면 늙은이 접대, 선배대접을 받기가 싫었던 것이요, 또 하나는 기주(嗜酒)[331]한다고 하여 폭배(暴杯)를 하여 실수뿐만 아니라 남까지 괴롭히게 되므로 실상은 근신하는 의미로 그러한 자리를 피하게 되고 보니 어느 문우의 자리에는 나가고 어느 문우의 자리에는 피하는 듯이 오해를 살까 싶어서 일체 나가 다니기가 싫어진 데에 근년에는 더욱이 자기 건강에 자신이 없어 인사를 차리지 못하게 되었던 것이다. 이 점 문단 여러분의 양해가 있기를 바라는 동시에, 저서를 보내주신 제(諸) 문우께 사례의 글월 한 장도 못 보내고 지내온 것을 사과라기보다도 내 자신 언제나 빚을 진 듯이 섭섭히 생각하는 것이요, 그보다도 이때껏 일일이 정독하는 성의조차 표하지 못하고 있는 것을 죄만(罪萬)히 생각하고 있다. 앞으로 좀 기력이 나면 우선은 읽기라도 할 것이요, 문단이 요구한다면 가다가다 소감을 적어볼 생각이다.

---

331 기주(嗜酒) : 술 마시기를 좋아함.

답보와 진일보[332]

　나에게는 라디오가 그닥한 생활필수품도 아니었고, 두어 달 전만 해도 간혹 뉴스가 들어오면 끊어버리라고 듣기 싫어서 소리를 치곤하였던 것이, 이즈막에 와서는 뉴스가 들어오면 좀 크게 틀라고도 하고 라디오를 내 앞에 갖다가 놓아주기도 한다. 4·19 이후에 내 생활에 변화가 있었다면 이만 정도일 것이요, 근래로 휑하니 텅 비어진 자기 생활에 라디오도 한 귀퉁이 걸쳐 들어온 모양이다.

　시국이 안정되어가니까 그다지 조급히 굴 일은 없어도 조석간 신문만으로는 사이가 떠서, 5분간 뉴스에나마 반가이 귀를 기울이게 되었고 또 긴히 들을 말도 있다. 그만큼 뉴스가 신용을 회복하였다면 어폐가 있을지 모르나, 하여간에 소위 '어용'과 '당화(黨化)'에서 탈피되어 아나운서의 목소리부터가 활기를 띠고 명랑하여진 것 같다. 방송사업도 민영화하고 개편됨을 따라 중립성을 견지하여나가게 될지? 때가 가노라면 또 다시 편당화(偏黨化)하고 어용이라는 뒷공론이 나올지 모르겠지마는 그것은 그때에 가서 보아야 할 일이요, 우선은 내 마음까지 시원히 개인 것 같다.

　이것은 좁은 생각에서 하는 말인지 모르지마는 나도 그 방송의 '어용'과

---

332 염상섭(廉想涉), 「답보와 진일보」, 『현대문학』, 1960.8.

'당화'로 말미암아 한때 까닭 없이 꼴사나운 일을 당하였었고, 또 월전에 두어 차례나 어떤 방송국 직원이 나한테 혼이 난 일이 있었다고 술회하더란 말을 들었기에 자연 이런 말도 나오게 되는 것이다. 나 같은 사람에게 혼이 날 사람은 아직 세상에 나지도 않았겠거니와, 기실은 연전에 이런 일이 있었다.

수십 년래 연이 끊였던 방송국에서 불시에 와서 내 작품을 방송하겠다는 청탁이 있었다. 나는 흥미라는 점으로는 『모란꽃 필 때』가 좋으나, 무게로 보아서는 『취우』가 좋으리라고 두 편 중 택일할 것을 그 분들에게 맡겼었다. 『취우』는 서울특별시 문화상의 수상작일뿐 아니라 6·25를 취재한 것이니 좀 선전하여보고 싶다는 내심도 있었다. 결국 『취우』를 가져가더니, 그 후 며칠 만에 다시 와서 명랑한 것이 좋다는 중론이라고 『모란꽃 필 때』와 바꾸어 갔었다. 그러나 그런지 며칠 만에 그 방송시간에는 다른 분의 역사소설이 등장하고 내 작품은 우물쭈물 묵주머니[333]가 되고 말았다. 어떤 사정인지는 몰라도 무슨 기별이 있으려니 안 하면 안 한다는 인사라도 있으려니 하고 한두 달이 지나갔다. 그러나 감감무소식이기에 채근을 한즉 그제서야 제일선 책임자인 듯한 분이 소설책을 가지고 와서 미안하다는 사과(?)다. 완전히 무시를 당한 것이다. 말하기가 거북하니 그대로 방치하여두었는지는 모르지마는 그렇게 시급히 서두르던 것을 두어 달씩 모른 척해버리는 것은 고사하고, 내 작품 대신에 방송한 것이 역사소설이기에 그 시간에는 역사물로 특정이 되어 있느냐고 물은즉 그렇지도 않으나 상부의 지시로 어찌하는 수 없이 그렇게 되었다는 것이다. 그리고 보니 가만히 있는 사람을 끌어내서 창피를 당하게 했다는 것보다도, 가만히 있는 작품을 들쑤셔내 가지고 욕을 보이는 것이 더 불쾌하였었다. 나는 이상한 성미로 차라리 자기가 경모(輕侮)를 당할지

---

333 묵주머니 : 뭉개고 짓이기거나 하여 못 쓰게 된 물건을 비유적으로 이르는 말.

언정 작품이 이유 없이 모멸을 당하거나 하면 딸자식이 선만 보이고 퇴짜를 맞는 것처럼 분한 것이다. 그러나 호소무처(呼訴無處)로 그대로 내버려두었던 것인데, 4·19를 치르고 나서, 그때의 사연이 바로 그 당사자이었던 모(某) 씨의 말이라고 전하여지는 바로서 대강 짐작이 나서 나는 그제서야 '당화'가 어디까지 심각·철저하였던가에 새삼스러이 놀랐다. 방송소설 1편쯤에도 사색(四色)이 아니라 이색(二色)으로 따지고 들었었다면 그것은 앞으로 더욱 시정되어야 할 일이다. 간혹 야당지에 작품을 썼다기로 야당인으로 밀어붙 이는 것은, 나에게 있어서는 무슨 불명예는 아니나 문학을 모르는 속단이었 던 것이다.

문학이나 문인을 여야로 구분한다는 것은 색안경으로 보는 것이 아니면 북한에서나 통할 수 있는 말과도 같다. 문인도 사람이요, 정치에 무관심할 수 없으니, 혹은 보다 친여적(親與的)이거나 보다 친야적(親野的)인 경우가 없 지 않겠지마는 그것은 문학을 떠나서 시민으로서 말이겠고 정치이념으로 논 지(論之)할 것이 아닌가 한다. 정부나 정당의 눈치를 보아가면서 그 비위를 맞추어가며 작품을 쓰는 문인은 없을 것이니 말이다. 또 정치인이 문인을 이 용하는 수가 있다 하더라도, 그것은 일면으로 보면 문인과 그 작품을 소중하 게 여기고 그 힘에 매달리려는 것이나, 그리 즉효가 나는 것도 아니니 문인은 문인대로 자기의 갈 길을 가게 자유로운 분위기에 놓아두는 것이 문화정책 으로도 온당한 일일 것이다.

서울 속담에 '고양(高陽) 밥 먹고 양주(楊州) 구실한다.'[334]는 말이 있다. 나 는 대개는 신문기자 생활로 생활을 하여가며 문학을 해왔다. 그러나 기실은

---

334 고양(高楊) 밥 먹고 양주(楊州) 구실한다 : '제가 맡은 일은 하지 않고 남의 일만 하는 싱거운 짓' 을 이르는 말.

기자생활을 내어놓게 되어야 작품을 쓸 시간의 여유를 얻었던 것이니, 말하자면 보기 없는 '착취필경(搾取筆耕)'을 한 것이 소위 40년 작가생활이었던 것이다. 그리고 보니 물심양면으로 이렇다 할 작품을 내어놓을 조건이 못 되었었다는 것도 변명만이 아니라 부득이한 일이었었다. 하여간 지금에 와서 돌이켜 생각하면 무엇을 그렇게 기를 쓰고 썼던지? '어리석은 짓 했구나.' 하는 생각도 없지 않다. 그러나 내 평생에 고집과 무능이 나를 여기에까지 끌어오고 만 것이다. 쉽게 말하면 고집은 사실주의를 붙들고 늘어지게 하였고, 무능은 그 테 안에서 한 걸음 더 내어들게 하지 못하였던 것이었다고나 할까. 한 일을 붙들면 그 일이 끝날 때까지 좌우를 둘러볼 줄 모르는 융통성 없는 천성이라, 문예사조적으로도 옆에서 아무리 법석을 해야 귓가로 들어왔던 것이다. 다만 여기에서 한 걸음 더 나가야 하겠는데 이제는 지치고 말았다. 무능을 피로에 전가하자는 말은 아니지마는 사실이 그렇다. 하여간 근자에 문단에 '답보'라는 말이 나온 것을 보았는데, 일보전진에 나도 한몫 들어 돕지 못하고 주저앉아 있는 형편이니 괴난(愧赧)[335]치 않을 수 없다. 그러나 무엇이든지 나와야 할 것이요, 또 나올 것이다. 여기에 금물(禁物)은 신구노소(新舊老少)를 가리고 유파(流派)를 따지는 것이다. 우리의 후진성을 극복하고 신생면(新生面)을 타개하는 공동작업이 있을 따름이 아닌가 한다. 이런 의미에서 소위 문단정치를 한다는 진부한 결합형태를 해소하고, 진지(眞摯)히 무엇인가를 모색하고 파악하려는 동호자끼리의 그룹이 나타남도 유조(有助)한 일이니, 여기에서도 배타적 기세나 잣단 감정은 완전히 청산되고야 말이 될 듯하기도 하다.

그러나 나 개인으로 말하면 40년 동안이나 시종여일히 사실주의 한길로

---

335 괴난(愧赧) : 얼굴이 붉어지도록 부끄러움.

나갔다 하여도 그 속에서 졸고 있었거나 답보를 하였던 것은 아니라고 생각한다. 성과야 남이 알아줄 일이지 내가 말할 것은 못 되나, 하느라고는 애써왔고 문학을 몸과 함께 늙히지 않으려고 전력을 다하여왔었다. 근년에 와서는 객관적 형편도 그리하였고 건강문제도 있어 주로 단편만을 써왔지마는, 여러 평가(評家)의 불만은 '어째서 해결을 내리지 않느냐, 작가의 의사나 사상은 어째서 명시 안 되어 있느냐'는 데에 있었고, 끝으로는 진일보하는 신경지(新境地)를 보여주지 않는다고 하는 데에 있었던 듯이 생각된다. 모두 일리 있는 말이나, 첫째의 해결이 없다는 것은 내가 자연주의에서부터 출발하였다는 선입견에서 하는 말 같기도 하였다. 짤막짤막한 사건의 전개에서도 어느 정도의 귀결은 지었고, 독자에게 널리 인생문제나 모랄문제에 있어 작자의 의도나 사상이라기보다도 정상적으로 있어야 할 양상은 이러하여야 할 것이라는 힌트를 주기에 노력하여왔다. 이것은 객관적 태도이기는 하나, 작품이 강의가 아니요, 작자의 주관이나 사상을 노골로 표시하거나 나를 따라오라고 손짓을 하는, 그러한 자기본위에 기울여져서는 아니 된다는 신념에서이었다. 그렇다고 인생을 부인하는 냉혹한 객관적 묘사나 비판적 태도에만 타(墮)하였던 것은 아니다. 둘째로 작자의 사상이나 의사표시 문제인데 작가인다음에야 크거나 작거나 깊거나 얕거나 사상도 있겠고 작품을 쓰는 바에는 표시하려는 의사도 있겠지마는 표면에 뚜렷이 내세우거나 작자가 작품의 앞장을 서서 큰소리를 칠 것이 아니니, 인물과 사건을 통하여 수시수처(隨時隨處)에 가만히 숨어있는 모든 작자의 소리를 세밀히 분석하고 종합하여보면 어느 정도 짐작은 가지 않을 것인가 생각한다. 이것이 자연주의 내지는 사실주의의 구투(舊套)라고 생각할지 모르지마는, 설혹 어느 사상의 철학적 체계를 갖추었다기로 이것을 앞세우고 나서서 여기에 맞도록 작품을 다룬다는 것은 문학 자체의 위치를 물리치고 한 사상 ─ 자기의 철학의 선전도구화시키는 것이 아니겠는가? 문학은 문학으로서의 위신과 지위는 지켜야 할 것이라고 생각한다. 작가가 고의로 작품의 뒤에 숨으려는 것도 아니요, 그것이 또 무슨 작품 그것과 독자에 대한 겸허한 미덕이 될 것은 아니나 이러한 생활, 이러한 인생의 단편, 이러한 사회상도 있다고 힘써 발굴・발견한 바를 내보여주면서, '자, 여러분은 어떻게 생각하십니까?'고 묻는 데도 묘미가 있거니와, 나는 여기에 대하여 이러한 의견을 가졌고 이렇게 단안을 내린다고, 작가가 작품과 독자의 사상 및 의사에 앞질러 나서지 않고, 저절로 독자가 터득케 하는 데에도 묘미가 있지 않은가? 이것이 문학의 할 일이 아닌가 생각하는 바이다.

끝으로 갱진일보(更進一步)를 못 한 점에 대하여는 역량이 부족하고 시체(時體)를 따르거나 남의 모방을 싫어하는 성벽으로는 그러하였지마는, 살기에 바쁘고 얽매였던 나로서는 물심양면으로 그러한 여유가 없었던 것도 사실이었다. 독서와 사색의 여유 없이 비약과 대작(大作)을 바라는 것은 거의 연목구어(緣木求魚)이다. 또 그러나 신문학이 몸에 배인지 반세기도 못되고서 이 후진국에서 누구에게나 대작과 비약을 바랄 수 있을지 모른다. 그저 졸지 않고 답보는 하지 않았다는 것뿐인데, 그렇다고 앞으로의 신인의 비약과, 답보하는 현장을 타개하는 신기운이 반드시 연치(年齒)나 오랜 세월을 기다려야 하는 것이 아님은 물론이다. 공간적으로 놀랍게 압축된 시대일 뿐만 아니라, 시간적으로도 하루 혹은 한 시간이 10년, 100년 값을 하는 현대요, 또 다가오는 진보상이요, 변전이니 우리는 그저 거기에 뒤쳐지지 않게 발바투[336] 덤비면 그만이라고 하겠으나, 여기에서 '독창(獨創)'이라는 것을 놓치고 앞질러 쫓아만 가면 되는 것도 아니니 역시 어려운 일에는 틀림없다.

---

336 발바투 : ① 발 앞에 바짝 닥치는 모양. ② 때를 놓치지 않고 재빠르게.

일요방문

염상섭廉想涉[337]

총리인준을 둘러싸고 국회의사당을 중심으로 온 장안이 비상한 관심과 지지, 반대 양파(兩派)의 험악한 정치적 암운이 감도는 19일 정오. 기자는 이러한 정치적 혼돈의 세계와는 완전히 격리되어 오직 문학만을 위하여 칠십 여생을 바친 한국문단의 노대가(老大家) 횡보(橫步) 염상섭(廉想涉) 선생의 댁을 찾았다.

상도동 52번지 깊숙한 오르막길 한 중턱에 다다르자 대문 안 비스듬히 경사진 포장길 양 가장에는 따님들이 가꾼 것일까, 채송화가 울긋불긋 피어 있고 칸나의 붉게 타는 꽃잎이 뙤약볕에 아롱지는데 저택이 올려다 보인다. 방문한 뜻을 알리자 따님같이 보이는 아가씨가 방으로 안내한다. 다다미 3조 정도의 좁은 방이나, 시원스러이 뜰이 내다보여 좋다. 책상 위에 꽂혀 있는 책들로 보아 고교에 다니는 아드님 방인 모양이다. 크고 납작한 각양각색의 접시꽃, 종 모양 주렁지어 피어 있는 지기달리스, 주위에는 호박이 넝쿨지고 그 너머로 햇볕을 쨍하니 받고 있는 맞은편 집 지붕이 건너다보인다.

참 좋은 집을 가지고 계신다고 했더니 눈을 끔쩍이며 한국문학전집에서

---

337 「일요방문ー염상섭(廉想涉)」, 『조선일보』, 1960.8.21. 글 말미에 '1897년 서울에 나다'라고 명기되어 있다.

받은 인세로 겨우 1년 반 전에 방을 세 개 세낸 것이라 하며 덤덤히 웃어넘기신다. 그 순간 걸걸한 막걸리 냄새가 입가에서 풍겨오는 것을 기자는 직감할 수 있었다.

"그런데 요즘은 또 집값(집세?)이 올라서 딴 데로 옮겨야 할 텐데 옮기자니 돈은 없고 ……."

더듬듯 말을 천천히 하시고 나서 또 허허 웃으신다.

일생을 오직 문학에 바쳤으나 40여 년에 남은 것은 때 묻은 원고지 조각뿐, 원래 돈을 벌자고 문학을 한 것이 아니니 뭐 창피스러울 것도 없다는 담담한 표정이시다. 소화는 그럭저럭 되는 편이나 오랜 주체 때문에 건강이 쾌치 못한다고 하신다. 그리고 비위가 극도로 약해져서 속이 늘 메슥메슥하나 요즘은 막걸리도 센 것 같아 다시 잡수신다는 것이다.

요즘 통 선생님 작품을 볼 수가 없다고 하였더니

"글쎄, 이것 봐. 내 딸년들도 모두 나보고 케케낡았다고 하지 않겠어. 이젠 그런 낡은 것 그만 쓰라는 거야. 자기들이 창피하다는 걸 어떻게 해. 좀 아버지도 새로운 걸 써보라는 거지. 정말 이제는 내 나이처럼 낡았나?"

좋은 의미에서의 조크까지 기자에게 넌지시 던진다. 신진작가들에 대해 한마디를 묻자,

"신진작가들이 '너무도 신진'해서, 지나치게 '너무도 신진'한 것 같아."

하고 파안대소하신다. 역시 노대가로서의 여유와 품격이 늠름히 엿보인다. 칠십 여생을 붓대 하나로 밥을 먹고 살아왔다면 문학을 모독하는 것 같아 창피스럽지만 어쨌든 붓대 하나로 살아왔고 그렇다고 남에게 빚을 진 것은 없다는 것이다. 화제가 돌아 예전 모모(某某) 신문사의 편집국장을 지내던 시절에 미치자,

"문학이 목적인데 우선 밥은 먹어야지 않아? 그래, 밥은 신문사에서 먹고, 실제로 한 일은 문학이지. 고양(高陽) 밥 먹고 양주(楊州) 구실한다는 말 있잖나."

어디까지나 문학정신에 뿌리를 박고 살아온 것이 이 한마디로도 여실히 엿보인다. 그렇건만 오늘 그에게 남은 것은 빈곤, 그뿐이요, 이 나라에 사실주의문학을 대성해놓은 공이 크건만 셋방살이에 시달리는 오늘에 와서 그 집 문턱을 찾아주는 이 하나 없다.

혹간 있다면 원고를 독촉하러 오는 신문사나 잡지사의 똘마니기자, 나부랭이들뿐이다.

요즘은 건강이 더욱 쾌치 못하고 기억이 자꾸 흐려 글 한 줄 못 쓰신다고 하신다. 예전 같으면 몇 십 매씩 획획 갈겨내려갔으나 한 시간씩이나 붓을 붙들고 앉아서도 겨우 한두 장에 그치고 만다고 한다.

모(某) 잡지사에서 선생님의 창작집을 하나 내려고 계획 중이라는 말을 하였더니

"어디 우리나라에선 책이 팔려야지, 인세로 살 만한 때가 와야 할 텐데……. 날씨가 추워지기 전에 내줬으면 좋겠구면. 연탄도 좀 사놓고 하게 ……."
하고 껄껄껄껄 한바탕 웃으신다.

과거 문단이 두 갈래, 세 갈래로 갈라져 저마다 감투싸움을 해도 한 번도 그러한 곳에 발을 디딘 일이 없고 회합에도 나가본 일이 없음은 물론이요, 그러한 회합에 나가면 윗자리에 받들어 앉혀서 그것이 싫었다고 하신다.

공석(公席) 상에서는 그처럼 대가로서 받들어 앉히려 갖은 공손을 다 하면서 왜 이 나라의 문인들은 뒤돌아섰을 때 그 값싼 막걸리 한 병 사들고 이 노대가의 셋방 문턱이나마 한 번 밟아보려 하지 않는 것일까.

다시 작품 활약을 하시게끔 보약이라도 한 첩 지어다 줄 마음의 여유마저 갖지 못하고 있는 이 나라 문인들이 야속스럽기만 하다.

말을 끝내고 뙤약볕이 내리쬐는 속에 칸나와 채송화가 아기자기 피어 있는 정원을 나서는 기자의 마음은 서글프기 한량없었다.

서로 듣고 이해하고[338]

아들이 저녁에 들어오더니 빨리 문 안으로 이사해가야겠다고 어머니에게 넋두리를 늘어놓는다. 합승값도 딸릴 때가 있어 야반에 걸어 들어온 일도 있는 이 큰아들놈은 이어 동생들을 불러놓고 연방 혁명정신과 민주경찰론을 주입시키고 있기에 한담 듣는 셈치고 귀를 기울여보았다.

첫머리는 식모애를 먼저 내보내어 줄짓게 해놓고 겨우 합승을 탔는데 앞차와 경쟁이 붙어 그 '추월'인가 하는 걸 했더니 단박 교통순경에게 붙잡혔다는 이야기였다. 마침 운행중을 시발점에 놓고 왔다고 운전수가 증명제시에 응하지 않아 옥신각신 시간만 지나고 차 안의 승객들은 출근시간에 닿게 해달라고 야단이 일어났는데 교통순경은 굳이 차 넘버를 떼게 하고 가지고 갔다는 것이다.

아들놈은 이야기를 단박 '4·19정신' 쪽으로 몰고 갔다. "아, 그래 꼭 넘버를 가지고 가야만 직성이 풀린단 말야! 아 넘버만 적어놓고 왕복시간을 따져서 언제까지 운행중을 가지고 오라고 하면 될 거 아냐……. 손님들이 모두 욕하더군. 너희들은 어떻게 생각해? 되먹질 않았단 말이야……. 4·19정신

338 염상섭(廉尙燮), 「서로 듣고 이해하고」, 『동아일보』, 1960.9.4. 이 글은 '1인1언(一人一言)'란에 수록된 것으로, 글 말미에 '소설가'라고 명기되어 있다.

을 정치인들도 까맣게 잊어버렸지만 교통순경도 정신을 못 차렸어 ……. 시민이 출근시간이 바빠 야단인데 10여 분을 길가에서 허송하게 한다니 ……. 그게 순경의 완장번호를 시경 교통계장에게 알려서 혼 좀 내주려 했지만 그 아들딸이 불쌍해서 참았지.”

정당하다고 생각하여 공박(攻駁)에 기염을 토하던 아들놈은 아량으로서 끝맺고는 동생들 앞에서 자못 의젓이 뻐기고 앉아 있기에 입가에 웃음이 절로 났다. 사람은 제멋에 산다는 말이 생각났기에 말이다.

허나 일리 있는 말이긴 하다. 외부에서 겨우 잡아탄 합승이나 버스가 사고로 귀중한 시간을 보낼 때처럼 안타까운 일은 없을 것이고 보면 서로서로가 상대자의 입장에서 일을 따지고 잘못을 나무라야 이 험악한 세상에서 그래도 마음 놓고 서로 믿고 살 수 있지 않겠는가? 남을 생각해주는 마음씨가 간절히 바라지지 않을 수 없다.

남의 의견도 듣고 이해하고 나의 주장도 표시하면서 타협점을 얻기에 힘쓰는 곳엔 주먹다짐도 없고 난투도 없을 게다. 민주주의의 바탕이 이런 데 있지나 않을까? 민주주의란 말하기는 쉬우면서도 실행하기는 어려운 문제이다.

덜 삭은 민족감정

고사카小坂 일본 외무성이 한국을 다녀가고 나서[339]

고사카(小坂)[340] 일본 외무성이 다녀갔다.

무엇 때문에? 무엇을 시급히 보아두겠다고? 무슨 긴한 볼일이 있었기에? 남은 안비막개(眼鼻莫開)로 한참 분주하고 바쁜 통에 한사코 쏘옥 기어들어 와서 쌩이질만 벌이고는 꼴사납게 하둥하둥 꼬리를 감추고 뺑소니를 쳤던 것인지? 자다가 자리 속에서 생각하여보아도 실소를 금할 수 없고 석연치 않아서 두고두고 불쾌하다. 그렇게 간절히 경의인지 축의인지를 표하고 싶거든 좀 참았다가 10월 1일 성동원두(城東原頭)에서 열린 경축식에나 올 일이지, UN총회에를 가느라고 올 새가 없으면 딴 사람을 보낸들 어떠하리. 하여튼 국빈도 아니요 우리 국민이 보자는 얼굴도 아닌데, 손님 대접할 경황도 없이 남 성이 가시다는 것을 제쳐놓고 바닥바닥 기어들던 그 심보가 이상하다. 그 나라말로 '가지바도로보(かじばどろぼう)'[341]의 근성이 있어 그 모양이라고까지 외빈에게 인사성 없이 꼬집어 말하기에는 나도 체면이 있고 신사적 풍도 (風度)를 잃기 싫어서 더 말하려 하지는 않거니와 아무래도 '가지바도로보'의

---

339 염상섭(廉想涉), 「덜 삭은 민족감정 ─ 고사카(小坂) 일본 외무성이 한국을 다녀가고 나서」, 『조선일보』, 1960.10.8. 글 말미에 '필자─소설가'라고 명기되어 있다.
340 고사카 젠타로(小坂善太郎, 1912~2000) : 일본의 정치가. 1960년 9월에 방한했다.
341 かじばどろぼう : 화재의 혼잡을 틈탄 도둑. 혼잡한 틈에 부정한 이익을 얻는 자.

사촌쯤은 되는 근성이 있어서 그랬는지도 모른다. '가지바도로보'란 왜말은 불난 터의 북새통을 타서 뛰어들어 한몫 본다는 뜻이니 우리야 불난 터는커녕 새살림을 꾸미기에 한참 바빴던 때니 당치 않은 비유라. 그러한 비례(非禮)의 말은 집어치우기로 하지마는 아니 그 애국노인회에선가에서 데모를 하고 나중 판에는 국군묘지 참배도 제례(除禮)하고 허둥지둥 달아나버렸다니 원체 국군영령도 그따위 꽃다발을 받기에는 노염이 아직 덜 풀렸다고 지하에선들 손을 가로저었기에 일이 잘되느라고 그쯤 된 것이겠지마는 그 데모가 거기에서 더할 필요는 없고 그만쯤 해서 보낸 것은 아주 아무것도 없었더니보다는 나은 셈이었다.

그런데 문제는 여기에 그치는 게 아니다. 단 하룻밤을 반도호텔에서 재워 보냈다는데 무슨 씨를 뿌리고 갔을 리는 없지만 급작시리 예서제서 왜취(倭臭)가 '스시'를 '초밥'이라고 하여 먹는 이상으로 훅훅 끼치는 것이 걱정이다. 그 손(客)이 온다는 소문만 듣고도 환영포스터나 되는 듯이 부산에서는 일어강습소의 간판이 여기저기 나붙더라 하고, 다방에서는 일제 레코드 소리가 흘러나오는가 하면 여염집의 라디오에서도 30세 전후 이하의 청소년에게는 못 알아들을 소리에 신기한 듯이 귀를 기울이게 되었었다. 그뿐인가. 어느 틈에 밤을 새워 번역을 하였는지 일서의 번역물이 그 역(亦) 환영의 전주곡처럼 서사(書肆)의 점두(店頭)를 장식하였었다. 재빠른 영화계에서는 쟌바라(ちゃんばら) 극을 수입한다든가 하더니 어찌 되었는지? 어쨌든지 기분만으로라도 이 귀퉁이, 저 귀퉁이에서 일색(日色)으로 웅성웅성하여진 모양이다. 미제(美製) 아니면 일제(日製)만 찾는 아가씨네의 화장대 앞으로 일제로 좀 더 엄벙덤벙하여가는 것 같다.

자, 그것은 그렇다 하고 이번에는 그 손을 배송을 낸 뒤의 후주곡(後奏曲)인지 '후주국'인지의 뒷맛이 시큼털털하니 이상야릇하다는 말이다. 그야 『동아일보』 같은 배일지(排日紙)도 그 창간호에 사흘을 두고 일(日) 정객의 담화를 실었던 일이 있었다. 한 잡지가 한 호쯤 일본특집으로 제공하는 것도 일본을 알리고 일본문화를 평가하는 자료로서 의의 있는 일이기는 하다. 그러나 그것도 시기가 있고 명목이 서야 할 것이다. 그렇지 않으면 안으로는 덜 풀린 민족적 감정을 공연히 반발케 하고 밖으로는 국민적 긍지를 까닭 없이 손상하여놓는 것 같아서 싫다.

모지(某誌)가 별안간 일인(日人) 작가의 이름이 쭉 널린 광고를 낸 것을 보고 좀 놀랐다. '좀'만이 아니라 어안이 벙벙하였다. 돈벌이도 돈벌이겠지마는 원고의 공급원이 고갈하여서 이웃나라 사람을 동원시켰는지? 그래야 수지가 맞는다는 것인지? 삼십 전후 이하의 청소년의 비위를 맞추자는 것인지? 남의 내용이야 알 수 없어도 좀 신중히 검토하여볼 문제같이 보인다. 덜 삭아진 민족감정은 그만두고라도 겨우 갈라선 신흥국가의 신흥국민의 긍지에 제 손으로 손톱자국을 낸 것 같아서 불쾌하다. 간신히 그 지긋지긋한 기반(羈絆)[342]을 벗어난 지 겨우 15년이다. 무어 그리 기갈이 들린 듯이 허겁지겁 그네의 말과 그네들의 생활이며 풍속을 받아들이거나 시급히 알아야만 될 일은 없다.

이롱증(耳聾症)인지? 게다소리가 들리는 것만 같다. 국가가 열리어 그네가 와서 달가닥거리고 다닌대도 귀가 아플 터인데 베(布) 잠방이 가랑이 아래에서 달가닥거리는 게다소리를 다시 듣고 싶어 할 사람은 없을 게다. 국위선양이란 데까지 가고 못가는 것은 고사하고 이러한 때일수록 좀체 통사납지 않고 볼거리 있게 뽐내보지는 못할까. 허세도 좋고 진짜 덜 가진 민족적 감정으로도 으레 그래야 '흥정'도 유별하게 이끌어갈 것이 아닌가. 요컨대 대일관계

---

342 기반(羈絆) : 굴레. 굴레를 씌우듯 자유를 얽매는 일.

에 있어서는 멀찌감치 떨어져서 관망하고 자중하여야 할 것이다. 이야말로 소위 국민외교가 손쉽게 전개될 수 있는 여러 가지 인연과 조건이 있느니만 치 개인적 접촉에 있어서부터 전과는 달라야 하고 조금치도 넘보일 일은 하 여 안 될 것이 아닌가 한다.

외부내빈 外富內貧 [343]

나는 지금 들어 있는 이 집의 지리가 분명치 않다. 강남에 있는지 강북인지 가다가는 착각을 일으켜서 아이들의 웃음거리가 되기도 한다. 작년 봄에 이리로 떠나올 제 차를 태워서 끌어다 놓아준 뒤로 한 번도 '서울' 출입이라고는 없으니 그럴 수밖에 없다. 긴불긴(緊不緊) 간에 '문안' 출입을 하려면 무슨 큰 행차나 꾸미듯이 수선을 떨어야 하고, 동리(洞里) 산책이나마 엄두가 아니 날 때는 나서지를 않으니 집 근방의 지리조차 소상치가 않다. 그래도 어쩌다 문안친구가 찾아와서 땀을 뻘뻘 흘리며 집 찾느라고 애썼다는 말을 들을 때는 속으로는 미안하면서

"종점이 바로 여긴데 ……."

하고 차에서 내려 들어오는 길을 가르쳐주며 큰소리를 친다.

"그래도 시원하니 좋습니다."

손이 땀을 들이며 시원하다니 좋다. 이 집에 우물이 없어 선뜻 찬 냉수 한 그릇 내놓지 못하되, 솔솔 부는 강바람, 산바람이나마 여름 한 철, 생각나는 대접이 되는가 싶어 미안한 생각이 덜린다. 그러나 방 안이나 뜰을 휘이 둘러

---

343 염상섭(廉想涉), 「외부내빈(外富內貧)」, 『현대문학』, 1960.11. 글 말미에 '필자-작가, 예술원 종신회원'이라고 명기되어 있다.

보고는 헛인사로라도,

　"그, 집 좋습니다."

고 하는 데는 말이 안 나와 웃기만 한다. 어째 비웃는 것 같아서 열적은 생각이 앞을 서는 것이다. 실상은 나 역시 이사 오던 날, 문전(門前)을 치어다보고는 '말로 듣던 것보다는 과히 창피치 않은 집이로군.' 하였던 것이다. 문치레라야 눈가림으로 얼러맞추어 놓은 것이 어근버근하는 것이지마는, 그래도 성냥 1갑을 주워 모아서 맞붙여놓은 듯한 안채라는 것보다는 페인트칠로 하여 눈뷔임이 되는 듯싶기에 말이다.

　"웅 외부내빈(外富內貧)으로, 나 같은 놈이나 살 집이로군."

　처음 떠나오던 날 안팎을 휘돌아본 뒤에 이런 웃음의 소리도 하였었다. 그러던 것이 얼마 안 가서 내 집 대문 왼편 옆으로 터진, 훤한 언덕 턱에다가 또 하나, 이것은 잇단 채에서 사는 주인집 몫으로 새 대문이 큼직하게 서게 되었다. 그럴 듯이 버젓이 세우고 초인종까지 달은 품이 웬만한 저택의 문전만큼은 당당한 것이다.

　"집 팔아먹을 욕심이겠지만, 이건 문치레만 하나?"

　창문 하나 제대로 여닫혀지지를 않아서 짜증을 내던 내 입에서는 자연 비꼬는 소리밖에 아니 나왔다. 그러나 이 집을 정해오는 데 애를 썼던 어른·아이는 펄쩍 뛰며, 허전하던 데가 아늑해져서 좋고 밖에서 보아도 그럴듯하니 좋지 않으냐고 '집 역성'이 대단하다. 아무려나 내 집이니 걱정이냐, 더 군소리할 것도 없었다. 그래도 문에 마음이 쓰여서 언젠가,

　"문전만 보면 자가용이 들락날락할 것 같은데."

하고 문밖에 나섰다가 또 이런 비양대는 소리를 하니까 아내가 웃으며,

　"뭘, 당신 코 같군요."

한다. 요전에, 내가 집에 물리는 것을 보고, 그의 친구 마나님이, "그 코가 아

깝지, 코값만 해도 양옥 한 채는 지니고 사실 텐데 ……." 하더라는 것이었지마는 설마 내 콧구멍이 자동차라도 드나들 만큼 크다는 말은 아닐 게라. 나 역시 코 덕에 양옥집에서 살아보려니 하는 얼뜬 생각은 없었으나, 취중에라도 백화(白華)가 "내 코는 칠피 코야." 하듯이 "내 코는 양옥집 코야." 하고 자랑이나 아니 하였을지? 이제는 그나마 묻히면 썩어버릴 날이 며칠 아니 남았으니, 무어 그리 잘생긴 코라고 코가 아깝다는 것이 아니라, 코 덕을 못보고 말 것이 섭섭하달 뿐이다.

코뿐이 아니다. 간혹 이발소 같은 데 가서 자랄 대로 자란 그야말로 봉두난발(蓬頭亂髮)로 들어간 사람이 산뜻이 깎고 나올 제 기분이 좋은 바람에 연해 체경을 들여다보며,

"수고했소. 딴 사람이 된 것 같군."

하고 말을 붙이면

"원체 신수가 좋으시니까요."

하고 이발사는 장단을 맞춘다. 미리 노랭이인 줄 알아차리고 팁이라도 나오라고 듣기 좋은 소리를 한 것인지 이 나이에도 밥술이나 먹을 푼더분한[344] 상판이라고 칭찬을 하여주는 것만 같아서 어깨가 으쓱해진다. 그러나 양옥집이 나오는 기적을 보지 못한 채인 코에다가, 술비지나 나왔지 돈 나올 구멍이라고는 없는 알량한 신수가 좋으면 얼마나 좋다는 말인지? 우스꽝스런 얘기다. 요전부터 "생긴 건 그렇지 않은데 술 한 잔 낼 줄 모르고 아주 노랭이야 —" 하는 소리를 듣기가 일쑤였던 내다. 노랭이란 구두쇠 · 인색한(吝嗇漢)의 현대식 애칭이랄까? 하하하 ……. 생긴 것은 그렇지 않다는 말은 설마 미남이라는 뜻은 아닐 거요, 돈푼 있어 보인다는 말일 텐데, 그게 그렇지 않아서

---

344 푼더분하다 : ① 생김새가 두툼하고 탐스럽다. ② 여유가 있고 넉넉하다.

겉탈[345]뿐이지 일생을 문전만 반반히 하여놓고 산 셈이라, 애초부터 내게는 노랭이도 없고 파랭이도 없고, 외부(外富)고 내빈(內貧)이고 없었다. 젊어서나 늙어서나 돈과는 연이 없이 살아왔으니 빈손 들고 나왔다가 빈손 들고 가는 판이라, 결산이고 무어고 셈 따질 것도 없이 홀가분하여 그 편이 영 해롭지 않아 좋기는 하다. 다만 아이들을 실망시킨 것이 가엾다. 설마 코에서 집채가 나오고 술비지구멍에서 돈이 쏟아져 나오려니 하고 바라보고 살아온 애비의 얼굴은 아니겠지마는, 이때나 나올까 저때나 나올까 하고 기다려도, 기다려도 감감무소식인지라, 이즈막에 와서는 아주 단념하고 아이들 사이에까지도 아버지는 돈을 모른다는 것이 정평(定評)이 되어버렸다. 돈을 모른다는 말은 과욕(寡慾)이라는 뜻이거나 욕심이 없다는 뜻인지? 돈을 벌 줄도 쓸 줄도 모른다는 말인지는 모르겠으나 실상 말이지 벌 줄도 쓸 줄도 모르면서 돈에 욕기(慾氣)만 부렸더라면 평생에 고생이 더하였을 것이고 남볼썽만 사나웠을 거라.

어쨌든 아이들의 말이 옳기는 옳다. 돈이 싫기야 하랴마는 돈 그 물건을 만지기를 좋아하지 않는다. 잣단 돈이나마 헤일 줄도 모르고 또 그것이 귀찮다. 친구와 술잔이나 먹고 술값을 치르느라고 꾸물거리는 것이 갑갑해서 술대접 받은 친구가 가로맡아서 대신 헤어 셈을 닦거나, 대개는 회계에게 돈뭉치를 맡겨서 받을 것 제하고 남겨달라고 부탁을 해야 한다. 이런 때는 아주 부명(富名)이나 듣는 늙은이 같아 보일 거다. 그러나 어쩌다 때 묻은 지폐장이라도 만지고 나면 곧 손을 물에 씻고야 마니, 돈인들 따라올 리 없고 오다가도 돌쳐설 것이다.

요전에 무애(無涯) 형이 근저(近著) 『문주반생기(文酒半生記)』[346]를 보내면

---

345 겉탈 : 겉모양.
346 양주동의 『문주반생기』(신태양사, 1960)를 가리킨다.

서 첨서(添書)하여 일동(日東) 시절에 호음쾌유(豪飮快遊)하던 몇 절만은 꼭 읽으라 하였기에 그러지 않기로 읽지 않을까마는 책을 펴들고 보니 웃음이 저절로 나온다. 이미 잡지들에서 떼엄떼엄 산견(散見)한 바 있었지마는, 이렇게 모아놓은 것을 자세히 읽노라니 흥취가 나고 젊었을 적 회억(回憶)에 혼자 허허거리곤 하였다. 무애의 글은 얼마든지 읽었을 터인데, 지금은 기억에 남은 것이 별로 없고 새삼스러이 대한 듯이 새맛이 난다. 이렇게 말하면 무애는 노엽게 생각할지 모르지마는, 역시 그 발랄한 재기가 아롱진 문장에 끌려 들어가서 재미있고, 그때 이런 일도 있었던가, 저런 일도 있었던가 하며 남달리 흥에 겹고 잃을 뻔하였던 추억을 노경(老境)에 찾게 된 것을 고맙게 생각한다. 그 '걸작'의 '실연시(失戀詩)'의 강제낭독인가 하는 구절에 이르러서는, 그 첫 구의 취중발음으로 '파차욱을 폼니아' 하는 반벙어리 소리가 포복절도케도 한다. 원체 박람강기(博覽强記)의 무애이지마는, 강기의 점만으로도 어쩌면 그러한 세사(細事)까지 이제껏 기억하고 있었던가 하여 신기하고 탄복한다. 그러나 기억력이 부실한 나이건마는, 곰곰이 생각하여보니 언제가 그리 깊은 밤은 아니었는데 환한 불빛 밑에 만취한 두 젊은 문학도가 마주앉아 옥신각신 하다가 그 성화에 못 이겨, '파차욱을 폼니아'를 읊고야 만 듯한 기억이 알삽히 떠오른다. 그러나 생각하여보니, 상사병에 걸린 젊은 무애의 화풀이 분풀이만 잔상히 받았던 모양이다. 귀를 쥐어 당기고 코를 비틀리고 입을 어기어가면서, 보채고 조르는 통에 입에서 새어나온 것이 그 반벙어리 소리의 음영(吟詠)인지 낭영(朗詠)이었던 모양이다. 무서울손 실연이여, 상사병이여! 나는 다행히 그 무서운 뇌염인지 홍역인지 같은 것에 걸려보지 못하여 아직도 그 소식은 모르지마는, 무애! 어디 또 한 번 그 실연의 노래를 읊어볼까? 원체 무애는 실연의 상습자(?)라, 그 후 근 40년 동안 '실연의 시'도 좋이 모여 있을 것인즉, 그중에서 특출한 놈을 뽑아서 또 한 번 '파파 푸푸' 낭송을 하여볼까? 그러나 '실연시'가 그동안 — 근 40년 동안 그득히 모였다 하여도 결코 불명예는 아닐 거라. 불명예커녕 실연은 지극한 명예일 것이니, 사랑은 유희가 아니거든, 실연만이 승리이기 때문이다. 그러나 무애가 회상케 하여준 도향(稻香)의 실연은 승리라기보다도 애초부터 비참하여 민망하고 가여웠던 것이다. 오늘에 와서 그 후의 여러 사연으로 미루어보아 승리는 아니었더라도 그리 비참한 것은 아니었다고도 생각되지마는 그때 나도 그 그룹에 간혹은 끌려가서 동석회음(同席會飮)하던 생각을 하니 감개가 없을 수 없고 박행(薄倖)하였던 도향이 다시금 가엾다.

그때 내가 동경(東京)에 재유(再遊)하게 되었던 것은 3·1운동 후 귀국하여 3, 4년간 기자생활과 문학운동을 한 끝에, 다시 한 번 기분전환도 하고 새 공기를 쏘이면서 되도록 일본문단에 진출하여보겠다는 계획으로였었다. 그러나 일본문단 진출이라는 것이 용이치도 않거니와, 구구스럽고 그쪽 문인들과 버젓이 교제를 하자면 돈이 들어서 엄두도 못 내고 있었던 것이다. 고작 서울에서 부쳐오는 원고료 푼이나 생기면 술이나 마시며, 놀고 돌아다니던 시절이었다. 설사 그때 요행히 일(日) 문단에 발을 들여놓게 되었더라도 혹은 우리 문학은 못하고 말았을 것이니 잘된 셈이지마는 요사이 단편집에 나오는 나의 「조그만 일」 같은 작품은 그 시절에 동경에서 쓴 것의 하나이다.

그 외에 일문(日文)으로는 창작한 것이 없었고, 우선 실험삼아 나의 처녀작 「표본실의 청개구리」를 백수(白手)로 번역하여 어떤 길을 거쳐 『개조(改造)』 사장 야마모토(山本)[347] 씨에게까지 넘어는 갔었는데, 우리나라에 관한 특집을 내게 될 때나 실어주겠다는 것이니 부지하세월(不知何歲月)이다. 말이 고료이지 그때나 이때나 고료로 생활보장이 될 리 없고, 가위 동경생활을 유지

---

347 야마모토 사네히코(山本實彦, 1885~1952) : 일본 개조사(改造社) 창간자이자 사장.

할 수가 없으니 동경술도 그간 말리고 한 이태 후에 귀국하였지마는 일(日) 문단진출이란 것도 지금 생각하면 시들하다. 연전 부산에 있을 때 일본 일류 문학지라는 데서 어느 편으로 기고를 청하여온 일도 있으나 한두 편, 발표하여본대야 신통할 것도 없고 지금 와서는 국제적 체면이란 점도 생각하여야 하겠기에 그만두었지마는 지금이라도 만일 일(日) 측이 우리를 알려고 적극적으로 덤비고, 우리 편이 선전삼아 출판에 응하게 된다면, 내 작품으로서는 『삼대』 같은 것을 번역하여 보내보았으면 하는 생각은 가지고 있다.

술타령이 딴 길로 번졌거니와 무애의 '작전'에 속아 넘어가서 '일금대매(一金大枚) 30원야(也)'라는가를 일야(一夜)에 '탕진'하였다는 것도 아마 「조그만 일」 같은 것의 고료이었을 것이다. 무애의 술 토색작전에 있어서 무용담 아닌 '공명담'을 근 40년이나 지난 오늘에 듣는 것도 나에게는 흥미진진하다. 그러나 무애가 '신동'이요, '꾀동이'인 것은 잘 짐작하였던 바이지마는, 번번이 그 수에 속아 떨어졌던 것을 생각하면 분이 상투 끝까지 치미는 것을 깨닫는다. 다만 하나 '대금(大金)'을 일야의 호유(豪遊)에 탕진하고도 이튿날 태연 무심(泰然無心)하더라니, 그만하면 나도 아주 노랭이는 아니요, 제법 대인(大人)의 풍도(風度)가 있었던 것 같아서 적이 안위가 된다. 돈을 써도 그렇게 보람 있고 큼직하게 쓸 일이지, 무애처럼 '작전'에 백전백승을 한대도, 가사 내가 반(半) 노랭이라면 이것은 진(眞) 노랭이라는 말이다. 가가(呵呵). 헌데, 그때 돈 30원이라면 지금 돈 3, 4만 환은 될 거라, 조끼 속주머니에 감추어가지고 다닐 수는 없을 게니 하룻저녁 돈뭉치를 한 봇짐 싸들고 명동거리로나 원정을 나서볼까?

무애 형! 약하(若何)오.

머리말[348]

　오랜만에 작품집을 내게 되니 무슨 큰 출세나 한 듯싶다. 더구나 마침 제2공화국의 태동기와 때를 같이하여 상재되어 7·29선거를 치르는 등 어수선한 고비를 넘기고, 아마 신정부의 수립을 전후하여 풀려나오게 된 것도 시기의 우연한 일치이겠지마는, 무슨 기연(奇緣)이나 있는 듯이 저절로 기꺼운 미소를 떠오르게 한다. 건국 후 12년간의 독재로부터 해방된 기쁨을, 협저(篋底)에서 썩던 나의 작품들마저 함께 맞이하는 듯이 시원하기 짝이 없기에 말이다. 4·19와는 시간적으로 공교로운 일치이지마는, 건국기로부터 각지(各誌)에 써온 작품이 6, 70편 되는지 100편 가까이 되는지 하는 터인데, 사정이야 어쨌든지 간에 그대로 묵혀두다가 비로소 그 일부나마 세상구경을 시키게 되니 만득(晩得)의 생남(生男)이나 한 듯이 혼자 좋아할 수밖에 없다. 그리고 또 하나 반가운 것은, 이것도 4·19혁명이 출판계에 가져온 한 전기(轉機)인지는 모르거니와, 외국문학의 번역소개에 편중하던 감이 불무(不無)하던 종래의 출판계가 일전(一轉)하여 국내작품에로 시각을 돌리려는 신경향이다. 이 사품에 나의 이 변변치 않은 작품까지도 풀려나가게 되었는지 모르나, 어쨌든 출판계의 시야가 대외로부터 대내로 넓어진다는 것은 천만다행한 일이다.

---

348 염상섭(廉想涉), 「머리말」, 『일대의 유업』, 을유문화사, 1960.

여기에 실린 16편은 수중에 모아둔 작품 중에서, 연차순 없이 눈에 띄는 대로 대충 추려본 것인데, 그동안 각 대학의 교재로 썼다는 작품은 널리 읽혀졌겠기에 제외하기로 하였더니, 편자(編者)의 요청으로 추가한 것도 있고 하여 좀 분량이 는 모양이다. 그러나 하여간 십여 년이나 갇혀 있던 이 작품들을 이렇게 행세(行世)를 시켜놓고 보니, 어쩐지 발길이 멀어졌던 집에 찾아가게 하는 듯싶어서, 반가이 맞아줄지? 하도 오래간만이라 못 알아보겠다고 설면하게 굴지나 않을지? 좀 서먹하다.

　　편자로부터 서문 요청이 있었으나, 작품이란 그 자체가 모든 것을 말하여 줄 것이겠고, 또 별로 쓰고 싶은 흥미도 없기에 그만두고, 다만 자기의 본령이라고 하는 사실주의에 관하여 몇 마디 적고자 하였으나, 이것조차 이 더위에 산만한 머리에서 뭐 신통한 소리가 나올 것 같지도 않아 다른 기회에 미루어두기로 하였다.

1960년 8월

작자 씀

염상섭 문장 전집
1961

오자誤字 노이로제[349]

　새해부터는 술·담배에다가 글(집필)까지 겹쳐서 아주 끊어버릴까 하는
생각이 들기에 자신부터 자신이 없기는 하지마는 우선 '가족회의'의 발론(發
論)을 하여보니, 술은 끊지 말라는 것이 일치한 중론이었다. 단주(斷酒)를 하
였다가는 무엇보다도 어려운 것은 더 신경질이 되어서 잔말이 심해갈 것이
니 조금씩은 먹어달라는 부탁을 받았다. 그도 그렇기는 하다. 금시로 깜빡
취하였다가 깨고 하는 술이지마는 먹을 때 좋던 기분은 간 데 없이 머릿속이
고 몸이고 지저분하니 더 신산(辛酸)만 한 그 깬 뒤의 무거운 기분이 싫어서
아주 깨끗이 끊어버렸으면 좋겠다는 것인데 나 역시 끊고서 배겨낼 수가 있
을 것 같지 않으니 좀 더 두고 보기로 하였다. 담배는 손이나 대하면 공연한
버릇으로 피웠다 껐다 하고, 주기(酒氣)가 돈 뒤에 두서너 모금 빠는 것이니,
이거야 끊으려면 쉬운 일인데, 단주를 못할 바에야 무어 그렇게 끊네 마네 할
것 없이 이 역시 피우면 피우고 말면 마는 자유무애(自由無碍)로운 경지에 놓
아두면 어떠하냐고 고쳐 생각을 하였다. 그러니 어릴 때나 젊었을 때에 신년
을 맞으면 무어나 한 가지 새 결심을 하여 실행한 데다가 작심삼일에 그치던

---

349 염상섭(廉想涉), 「오자(誤字) 노이로제」, 『현대문학』, 1961.1. 글 말미에 '필자―작가, 예술원 종
　　신회원'이라고 명기되어 있다.

것처럼 새해에 심기일전을 위하여 한 가지 단행하여보자던 것이 처음부터 '차부(蹉跌)'되고 말았다.

그런데 글은 왜 또 끊겠다는 것이냐 하면, 사실 40년 문필생활에 아주 만성이 되어버린 '오자(誤字) 노이로제'에서 어떻게 벗어날 수 있을까 하고, '요양 삼아서'라고 하면 실없는 소리 말라고 하겠지마는, 대관절 '오자 노이로제'라는 병이나 증후가 있는 것인지 나도 실상은 잘은 모른다. 평생에 친구에게 술 한 잔 변변히 내보지 못한 것이 한이 되어서, '노랭이' 탓이 아니요, 없는 탓이라고 변명인지 해명인지 한다는 것이, 설궁(說窮)[350]이 지나쳤다는 아이들의 항의를 받고 보니 그럴싸도 하였지마는 이번에는, 핑계가, '오자 노이로제'에 걸렸다는 것이냐고 또 핀잔이나 맞을 듯싶다. 하지마는 글을 읽다가 오자에 탁 걸리면, 내 글이거나 남의 글이거나 심사가 나서 책을 턱 놓는 수가 있는 것은 사실이거니와, 대체 글은 쓰면 얼마나 쓰겠다고 오자가 무서워서 못 쓰겠다는지 내가 생각해도 생트집 같기는 하다.

글을 못 쓰겠거든 바른대로 '머리가 돌지 않아 휴업상태요.' 하고 바른대로 말을 할 일이지, 만만하니 말 못하는 오자 핑계나 대고 허물을 거기에 씌우다니, 점잖지 않은 수작이기도 하다.

그러나 바른대로 말이지 몇 장 안 되는 단문을 써서 보내놓고도 마음이 안놓이는 것이 이즈막의 '오자 노이로제' 증세다. 꼼꼼한 작가 중에는 손수 교정을 보러 다니는 분이 있다는데, 아마 그도 나와 똑같은 증세일 것이다. 아니, 남들은 그만큼 정성을 들여도 고놈의 오자라는 도깨비의 조화에 얼이 빠지는데, 나는 올여름에 창작집을 내면서도 칠십에 생남(生男)이나 한 듯하느니 하고 큰소리만 하였지[351] 일체를 출판사에 쓸어 맡겨놓고, 하다못해 짧

---

350 설궁(說窮) : 설빈(說貧). 살림의 구차한 형편을 남에게 말함.
351 「머리말」(염상섭, 『일대의 유업』, 을유문화사, 1960)을 가리킨다.

은 서문 한 장도 갖다 볼 생각을 왜 못했던지, 기어코 귀한 아기 코 아물 날 없다고 첫 상판에 마마딱지 같은 것을 둘씩 붙이고 나와서, '편편불변(篇編不辨)'의 무식을 탄로하고 말기도 하였으니 이런 때는 그 노이로제증의 발작이 없어 걱정이다. 그래도 '어로불변(魚魯不辨)'[352]보다는 좀 나을까? 그래놓고 나서야 노이로제증이 도져가지고 구구한 변명에 열심이라. 그건 그렇다 하고 말이 난 김에 정정(訂正) 삼아 전회(前回)에 이 난에 쓴 내 글 중에서 두엇 추려 보면 '발랄(潑剌)'의 '랄(剌)' 자가 목각(木刻)까지 새겨서 '자(渒)'로 되었고, '그룹'이 '크룹'으로 고쳐진 것 같은 것은 지나친 친절이 빚어놓은 일일 듯싶다. 한때는 '활자의 조화(造化)'라는 말이 비꼬는 말로 쓰인 일이 있거니와 결국은 눈과 활자의 씨름인데, 요놈의 활자가 귀신이라, 놓치고 보면 갖은 조화, 갖은 말썽을 부리는 것이다. 한 번은 장편을 내는데, 이때는 3교까지 보아갔건마는, 어디서 어떻게 된 일인지, 책 첫 장부터 역시 마마딱지를 붙이고 나왔다. 나도 병중이라 처음에는 무심하였지마는, 그 책을 사서 본 독자들은 무척 께름해하고 욕도 하였을 것이다. 그러니 일일이 독자를 찾아다니며 변명을 하나? 광고를 내나! 별 수 없이 내버려두었지마는 지금까지 두고두고 마음에 걸리어서 오죽해야 '오자 노이로제'에 걸렸을까마는, 이것은 또 약과다.

그리 오래지도 않은 일이지마는, 이번은 월간지에 청탁으로 마음먹고 알뜰히 써 보낸 글인데, 지면에 나타난 것을 보니, 필자 자신이나 자기가 썼으니 간신히 뜯어볼 수 있을 지경이다. 어째서 그렇게 되었던지는 우금(于今)껏 몰라도, 아마 내 평생에 내 글의 오자로는 최고기록일 것이다. 설사 앞으로 또 글을 써서 오자쯤 난다기로 이 기록을 깨뜨린다면, 제발 맙소사다. 그러한 경우에 외국 같으면 그 사내(社內)가 발짝 뒤집히고 독서계의 웃음거리가

---

352 '어(魚)' 자와 '노(魯)' 자를 구별하지 못한다는 뜻으로, '몹시 무식함'을 비유해 이르는 말.

되어 희생자도 날 것이겠지마는, 나는 그저 웃고 말았었다. 우리나라니까 으레 그러한 일쯤 있을 것이라는 것이요, '활자의 조화'야 인력으로 어쩌는 수 없지 않으냐고 또 한 번 껄껄 웃고 넘기었던 것이다. 그 후에도 해사(該社)의 기자가 원고청탁이나 독촉으로 가끔 들러서 만났지마는, 원체 건망증이 심한지라 한 번도 물어보지 못하였고 또 샅샅이 캐어 알아두어야 할 재미있는 일도 아니기는 하였었다. 그러나 내 글이 푸대접을 받았다는 고까운 생각은 없었기에 그 후에도 줄달아서 청하는 대로 — 사실은 졸려가면서라도 기고를 하였던 것이다. 이런 때는 또 어째서 '오자 노이로제'가 숨을 죽이고 있었던지 들쑥날쑥이다.

여기까지 쓰다가 문득 생각나는 것이, 이 잔귀신 퇴치의 명인(名人), 교정계의 선배 두 분이다. 신문화 발전을 위하여 일생과, 또 한 분은 목숨까지 바친 이름 없는 선배다. 한 분은 최육당(崔六堂)이 경영하던 신문관에서 교정으로 책을 잡고 있다가 만년에는 『동아일보』 기자로 돌아간 분이고, 또 한 분은 역시 육당이 창간하였던 시대일보사에서 교정부장으로 계시던 분이다. 이 두 분이 나와는 연치(年齒)로는 묵재(默齋) 최성우(崔誠愚)[353] 영감이 아마 거의 존장(尊長)[354]이나 되었었고, 또 한 분은 10년 장(長)쯤이었던가 한다. 그러나 그때 삼십 훨씬 전인 나이건마는, 그저 평교(平交)[355] 간처럼 자별히 지냈었다. 묵재는 술을 좋아하여 매일같이 함께 주석(酒席)에 어울려 다녔었고, 『시대일보』에서 같이 고생하던 효창(曉蒼) 한징(韓澄)[356] 씨는 담배는 즐

---

353 최성우(崔誠愚, 1882~1930) : 호는 묵재(默齋). 신문관을 거쳐 1925년부터 『시대일보』,『중외일보』,『동아일보』의 기자로 활동한 교정계의 원로.
354 존장(尊長) : 일가친척이 아닌 사람으로서 자기보다 나이가 많음. 또는 그런 사람.
355 평교(平交) : 나이가 서로 비슷한 사람끼리 사귐. 또는 그런 벗.
356 한징(韓澄, 1886~1944) : 한말의 한글학자. 호는 효창(曉蒼). 1920년대 『시대일보』,『중앙일보』 등의 기자로 일제의 강압정치를 비판했다. 조선어학회 사전편찬위원과 표준말 사정위원을 지냈으며, 1942년에 조선어학회사건으로 옥사했다

겨하여도 술은 못하던 꽁생원이었다. 하여간 이리저리 굴러다니던 나의 오랜 기자생활 가운데서 교정부(지금은 편집부라고 하는지?) 기자로서 이러한 존경할 만한 숨은 선비를 만나기란 드문 일이었고, 묵재는 주붕(酒朋)으로도 잊히지 않고, 효창은 비주당(非酒黨)이건마는 은연중 지기(志氣) 상통하는 데가 있었다. 그러던 중 묵재는 『동아』 기자로서 작고하였고, 효창은 조선어학회사건으로 함흥에서 옥사하였다. 그의 청고하고 강직한 성미에 얼마나 이를 악물고 옥고를 견디어냈을까를 생각하면 가엾기 짝이 없다. 하여튼 이 두 분은 근대문화를 이룩하는 데에 큰 도움이 된 숨은 일꾼이었지마는, 그 정의감과 책임감이 강하고 꼬장꼬장하고 문자에 대하여서만 아니라 상식이 풍부하고 부지런하고⋯⋯. 여러 가지 점으로 본받을 데가 많았다. 현시의 출판문화계나 신문잡지계의 교정면에 있어 이러한 분이 얼마나 계신가 생각하여본다.

오자 퇴치책으로는 — '누가 모를 소린가?' 하겠지마는 — 유능한 분을 우우(優遇)하고 일의 분량을 적정(適正)히 하여 항상 피로와 염증에 시달리지 않게 하고 급하다고 몰아치지 않을 만큼 시간의 여유를 주는 데에 달린 것이나, 또 하나 나의 경험으로서는 교정기자를 일선기자에 못지않게 존중하는 데에 있지 않은가 생각한다. 요사이 눈에 띄는 일지(日誌)와 신간인 일서(日書)를 손에 들고 그 장정(裝幀)의 아담함과 인쇄의 선명·미려함을 보고 부럽기도 하거니와 설마 이 속에 오자가 한 자인들 있으랴 하는 생각에 예의 '오자 노이로제'가 발작을 하여 이 글을 초(草)할 생각이 난 것이지마는, 자기 잡지나 신문 혹은 출판사에서 오자 한 자만 발견하면 십만금 내지 백만금이라도 상을 내겠노라는 현상모집을 하여볼 유지(有志)한 분은 없을지? 그랬다가 당선자가 없고 보면, 누이 좋고 매부 좋고 상금은 수고한 사원의 차지라, 일석이조 — 는커녕 집필자들이 춤을 추겠고, 독자가 시원해 할 것이요, 이 오자난(誤字難)으로만도 하필 일본에 비하여야 맛이랴마는 반세기 가까이 떨어진

면도 없지 않은가 한다. 그 열세의 회복만 해도 얼마나 큰 사업이랴.

한참 객설을 하고 나서 생각하니, 신년호에 싣기에는 너무 묵은 이야기만 늘어놓은 것 같다. 그러나 잡지가 한 달, 반 달 일찍 나오는 탓에 읽을 사람은 세모 전에 읽어치울 거라, 액막이 삼아 좋을지도 모른다. 어떻게 새해에는 오자퇴치운동을 전개하여 당년(當年) 내로 유종의 미를 거두게 된다면, 이것도 세수(歲首)에 한몫 가는 덕담이 될 거라, 역(亦) 해롭지는 않을 상 싶다.

자, 그런데 글 끊는다는 시초(始初)가 이렇게 장황하였을 뿐이지, 그러면 대관절 글은 끊을 결심이냐 안 끊는 거냐고 하회(下回)를 기다리고 있을 사람도 있을지 모르는데 이야말로 '오자노이로제'의 중세 따라 추후 결정하기로 하자.

빚은 성과 있이 쓰려나[357]

　'구국(救國)의 변(辯)'이거나 '살 수 있는 길'이거나 말할 사람이 따로 있지, 나 같은 세사(世事)에 어둔 서생은 용(容)닥하지 않아도 좋으련마는 문채(文債)의 독촉에 못 이겨 몇 마디 적는다. 불시(?)에 '구국' 2자(字)가 나온 것을 보니 좀 선뜻한 느낌도 없지 않다. 위기 당래(當來)라는 경고로도 보겠지마는 이(李) 정권이 흘리고 간 보따리 속에 가지가지 국난(國難)이 남아 있다 할지라도 '구국'은 그의 퇴진으로 말미암아 이미 급한 고비만은 넘겨놓지 않았는가? 이제는 한숨 돌리고 정신을 차려 바로잡아 나가노라면 금시로 큰 비약이야 바랄 수 없을지 몰라도 그런대로 앞을 꾸려갈 수는 있을 터이라고 믿었는데 국민이 여전히 불안해서 '구국' 2자를 입에 담는 것은 앞뒷문을 열자는 통에 한층 긴장하여 그렇다는 것이라면 수긍도 된다. 그러나 이러고저러고간에 요전 지방선거의 기록적인 기권율과 그 결과에 비친 민의(民意)의 소재(所在)를 생각하여서라도 그 골칫덩어리인 정쟁(政爭)을 우선은 걷어치우는 것이 더 급한 일이 아닐까 한다.

　사후수습이 제대로 되어놓고 나서야 구국의 방안이고 살 길이고 두서를

---

357 염상섭(廉想涉), 「빚은 성과 있이 쓰려나」, 『평화신문』, 1961.1.16. '우리의 살 길'이라는 난에 게재된 글로, 말미에 '소설가 = 예술원 회원'이라고 명기되어 있다.

차려 일이 본격적으로 손에 잡힌 뒤의 이야기가 아닌가. 말은 해야 맛이지마는 말이 많은 집에 장(醬)이 쓰다는 말도 들어둠직한 말인가 한다.

이번 세초(歲初)에 정부가 발표한 7개 조항의 시정방침이라는 것도 비판과 지지 여부는 논외로 하고 (논외로 한다고 무비판·무조건 승복을 의미하는 것은 물론 아니다) 다만 1년의 시간이나마 빌리라는 요구는 당연하다고 보이는데 얼마 동안이라도 시책의 기간을 용허(容許)하는 아량쯤은 있어야 할 것이요, 그것이 다음에 물려받을 사람과 그의 정책을 위한 앞잡이가 되고 밑바탕이 된다는 것은 두말할 것도 없다. 그렇다고 시험 삼아 시켜보잔다든지 하는 꼴이나 보잔다든지 하는 남의 일처럼 냉담한 감시도 아닐 것이요, 누가 맡든지 그게 그거라는 실망에서 나온 것도 아니겠으며 편당적(偏黨的) 무조건 지지가 아님도 물론이다.

그런데 여기에 구국이니 살 길이니 하는 말이 새삼스럽게 나오게 된 것은 정정(政情)의 불안정에서보다도 대남(對南)·북(北) 문제에 주(主) 되는 원인이 있는가 보이기도 하다. 근본문제인 통일방안에까지는 아니 가도 그리 아쉬울 일도 없고 우리 보기에는 급히 서두를 이유는 없을 성싶은데 무슨 교류니 하여 북문(北門)을 조금 터보자는 말이 나오자 남문(南門)을 개방하여 일본의 6억불 원조인지 차관인지를 받아들인다는 데서 이중삼중으로 불안을 느끼게 된 것이나 아닌가 한다.

북문을 방긋이나마 열어놓고 물자와 우편물을 교환한다든가 또는 사람이 오락가락 드나든다는 것은 물론 엄중한 감시하에 될 것이지마는 기술상으로만도 매우 주밀한 연구와 계획이 있은 뒤의 일일 것이요, 염려가 되는 일이 한두 가지가 아닐 것이다.

방침이 선다 하더라도 국내의 혼란이 가라앉고 우리가 내부적으로 든든하여갈 때까지 착수될 것 같지 않아 보여서 우선 이 문제는 보류하여두는 것이 좋을 성싶다. 섣불리 건드리기가 꺼림칙한 것이 사실이다. 그런데 대일(對日) 문제에 이르러서는 개인투자라도 끌어들일 무슨 구체적 복안까지 있는 것 같아서 우리의 신경을 매우 자극하는 점이 많다. 저네들은 원조인지 차관인지를 툭 던져놓고 일반 국민의 반향이나 반응이 어떤가부터 타진하려던 것 같기도 하지마는 양측 당로자(當路者)끼리의 언약 유무까지는 모를 일로되 6억불 설이 보도된 것을 보고 놀랍고 의외인 것은 문외한인 나 뿐만은 아니었을 것이다. 미국이 힘을 덜련다든지 또 우리 사정이 받아들여야만 할 형편이라 할지라도 큰 빚지는구나 하는 생각에 겁이 더럭 나는 것이요, 그러한 데서 '구국' 2자까지 나오게 되지나 않았는가 하는 짐작도 든다. 달라고 조르는 빚이 아니요, 줄 테니 쓰라고 도리어 조르는 빚인 모양이라 아쉬운 대로 덜컥 쓰고 나서 보니 올가미를 쓴 셈이 되지 않을까 하는 걱정도 하염직한 일이다. 그러나 아무려면 이조 말기에 소위 고문정치(顧問政治)가 벌어질 때 탁지부(度支部) 고문으로 메가타(目賀田)[358]가 와 앉을 때와 같으랴. 다만 만만치 않은 것이니 그 시집살이 호될 거라는 걱정이다.

그러나 빚 얻어서 벌어 갚고 밑천 뽑아내고 하면 그만 아니냐고 하면 그게 원체 순리요, 겁만 벌벌 내면서 이도저도 엄두를 못 내면 그야말로 속수무책이라 살 길인들 어디서 나오랴 하겠는데 밑천도 대어주리다, 기술도 제공하리다 하고 덤비니 이게 웬 떡이냐 하고 덜컥 덤벼들었다가 나중이 어찌 되려는지? 우리도 또 좀 생각하여볼 일이 아닌가 한다. 세상에 그렇게 어수룩한 일이 있기란 드문 일인데 그 드문 일이 우리 앞에 제 발로 걸어왔으니 복은 터졌으나 재검토하여보아야 할 일인가 한다. 대관절 곧 취임할 케네디 미(美)

---

358 메가타 다네타로(目賀田種太郎) : 일본의 재정가. 제1차 한일협약에 따른 일본의 고문정치가 실시되자, 탁지부 고문으로 내한하여 재정 및 경제적 합방에 착수했다. 화폐개혁을 단행하여 새 화폐를 발행했고, 금융조합을 설치했으며 통감부의 침략정책 수행에 앞장섰다.

신(新) 대통령의 의향은 어떤지 모르지만 빚은 한 군데 쓸 것이지 여기저기 졌다가는 파산의 장본이다. 어디 기위 신세진 큰살림에서 몰아 받아쓰기로 해볼 재주는 없을까? 자청하여 쓰라는 빚을 얻어 들이는 것이 수가 아니요, 외교가 아닐 거라 못 주겠다는 것을 끌어오는 솜씨도 보여야 국민의 신뢰를 받겠지마는 덮어놓고 구걸을 하여오라는 것이 아니라 일본에서 쓰라는 조건이라는 장기변(長期邊)으로 좀 더 내어놓으라는 것일 따름이다.

그러고서야 비로소 구국이니 무어니 할 것 없이 살 길이 나서지나 않을까 하는데 고루한 생각이라 어떨지?

이농_{離農}을 막아야 한다³⁵⁹

1. 도시의 실업사태와 농촌의 춘궁을 어느 정도만이라도 구하는 도리를 차려놓고 물러서는 것이 장 내각에 부과된 큰일의 하나일 것 같습니다. 농촌에서 견디다 못하여 '지게' 하나를 밑천으로 어린 가속(家屬)을 데리고 서울에 올라왔다가, 쓰레기통에서 복어알을 주워다 먹고 4, 5가구가 참사(慘事)한 것은 제 재주, 제 수단이 없어 그렇고, 제 연줄이 없어 그런 것은 아닙니다.

그런 것을 내버려두고서 투표율이 낮으니, 내 편이니 네 편이니 할 것이 아니라, 이농(離農)과 허덕대고 꼬여드는 도시집중을 막아서 제각기 제대로 정착하여 살 도리를 차려주어야, 상스럽고도 버릇없는 말이지마는 "그놈이 그놈이야." 소리까지 나오지 않을 것입니다.

또 빚을 여기저기서 끌어들이고, 우리나라 생산사업이나 업자에게는 위협이 되는 일본의 재벌과 거상들이 몰려온다는데, 그리하여 기계바퀴가 돌면 실업문제도 해결될 것이라 하겠지마는 국민의 민족자본층이 위축하고 나면

---

359 염상섭(廉想涉), 「이농(離農)을 막아야 한다」, 『동아일보』, 1961.1.20. 이 글은 '문인이 보는 우리의 현실'이라는 기획의 일환으로 구상(具常), 주요섭(朱耀燮), 황순원(黃順元), 정비석(鄭飛石) 등이 함께 설문에 답한 것이다. 1961년 1월 21일자 조간에도 동일한 글이 게재되었다. 설문의 내용은 다음과 같다.
　"설문 / 1. 장(張) 내각에 제의하고 싶은 말 / 2. 문학자로서 갖추어야 할 자세 / 3. 남북문화교류에 대한 문제를 어떻게 보는가?"

남는 것은 무엇일지가 또 걱정입니다. 이것도 무슨 준비와 대책이 있고서입니까? 혹이나 실수가 있을까 염려가 되니 대중의 여론도 듣고서 하여야 할 일입니다.

2. 근자의 문단사정에 어두워 무슨 뜻인지 모르겠습니다.

3. 남북교류는 원칙적으로, 또 부분적으로 필요를 느끼겠으나, 대관절 어떤 종류의 문화교류라는지 우편물 교환 같은 것은 엄밀한 감시에 될 수 있을 것이나, 그 외에는 하나도 아쉬울 것이 없다. 우리가 서두를 일은 아니다. 전력(電力)? 불필요하다. 또 속지는 않겠다.[360]

---

360 1948년, '5 · 14 단전(斷電)' 사건을 가리킨다.

세 부인이 다녀간 뒤[361]

'바깥양반'들의 담판이 동경(東京)에서 열리자마자, 이것은 내어놓고 한 일은 아니겠지마는, 서울에서는 '안양반'들의 '안방회담'인지 홍정 아닌 홍정이 벌어졌었던 모양이다. 다른 나라의 예는 모르지만, 하여간 있기 드문 일이요, 재미있는 일이기도 하였다. 나는 아무 영문도 모르고, 한 잡지의 광고목차만 보고 겉짐작으로 하는 말이나, 일단은 신묘하다.

미국의 여류작가 펄 벅 여사가 일본에 와서 3, 4삭(朔) 체류하던 중 우리나라의 한 여성지의 초청을 받아서 건너오는 길에, 어디 나도 가볼까 하고 따라나선 것이 한일회담의 일(日) 측 대표 사와다 렌조(澤田廉三)[362] 씨의 부인이었던 모양이다. 나의 본 바대로는, 그 분들은 매우 자별한 사이요, 장차 전개되려는 한미(韓美) 친선(그것은 '저작가 대 잡지사'를 중심으로 한 것이지마는)에 앞서, 미일(美日) 친선의 아기자기한 맛을 서울에까지 연장하여가지고 와서 보여준 것 같은데, 이렇게 말하면, 샘발이[363] 아녀자의 좁은 소견이라고 할까? 가가

---

361 염상섭(廉想涉), 「세 부인이 다녀간 뒤」, 『현대문학』, 1961.2. 글 말미에 '필자─작가, 예술원 종신회원'이라고 명기되어 있다. 이 글은 여원사가 창간 5주년을 기념하여 조선일보사와 공동으로 추진한 펄 벅의 내한(來韓)을 보고 작성한 것이다. 펄 벅은 1960년 11월 1일부터 9일까지 9일간 한국에 머물렀으며, 사와다 렌조의 부인인 사와다 미키(澤田美喜) 여사 및 일본의 여성소설가 가마다(鎌田)와 동반한 것으로 알려져 있다.

362 사와다 렌조(澤田廉三, 1888~1970) : 일본의 외교관.

363 샘발이 : '세암바리'의 준말. 샘이 많아서 몹시 안달하는 성질을 지닌 사람. 곽원석, 『염상섭 소

(呵呵). 아니, 이 사품에 한일(韓日) 친선을 좀 해두자고 따라나선 나들이라면 그 마음씨 고맙고 기특도 하다. 그야 '바깥양반'들의 회담에 무슨 관련을 가진 계획성이 있는 일은 만무할 것이니 아무래도 좋다. 다만 또 한 분, 이 분은 어느 편 수행원인지는 몰라도 한국에 오래 살던 분이라는데, 이 부인 역시 예전 살던 집에서 순산득남하였다니 나도 좀 가봐야지 하고 덧붙이로 따라왔었던지? 그 내용이야 어쨌든지 간에 펄 벅 여사가 내리는 비행기에서 이 두 여류 진객(珍客)이 따라 내리는 것을 본 시민들은, "웬 셈인구? 또 한 수(手) 넘어가는 켓속³⁶⁴인가?" 하고 지레 놀랐던 것만은 사실이다. 어느 모로 보나 체통 사납게 펄 벅 여사의 겨드랑이에 매어달려 다닐 분들도 아닌데, 시스러운³⁶⁵ 집에 불청객이 자래(自來)로 놀이삼아 올 리도 없을 것이니, 정식초대를 하였다면 '누가? 무엇 때문에 하필이면 요런 때 청하였을까?' 하고 의아해하였던 것이다.

하필 요런 때란 다름 아니라, 한일회담이 재개되던 바로 그날, 앞문으로는 우리 대표단을 맞아들이고 뒷문으로는 그 말썽 많은 재일교포 북송 1년 연장이라는 안팎 벽(壁) 치는 잔꾀를 부려서, 벌써 첫밧³⁶⁶에 또 한 수 넘어갔구나 하고 국민들이 분해 하는 판이요, 우리 대표단도 보지 않아도 어안이 벙벙하여 앉았을 터인데, 이러한 반가운 손님들이 위풍당당히 소문도 없이 들이닥쳤으니 말이다. 불청객이 자래거나 펄 벅 여사가 친절한 사이라 지팡이 삼아 데리고 왔거나, 우리에게는 귀한 손님이요, 소중히 대접하여야 하였겠지마는, 그저 동무 따라 강남 간다고, 구경삼아 동리(洞里) 집에나 오듯이 홀쩍 온

설어사전』 참조.
364 켓속 : 일의 갈피. 곽원석,『염상섭 소설어사전』 참조.
365 시스럽다 : 정분이 그리 두텁지 않아 조심하는 마음이 많다. 수줍고 부끄럽다. 곽원석,『염상섭 소설어사전』 참조.
366 첫밧 : 일이나 행동의 맨 처음 국면.

것이라면, 이편을 얼마나 만만히 보았기에 그러하였을까도 싶은 일이기는 하였다. 잘 살고 세도가 당당한 집이면야, 청자를 받고 문전까지 와서도 으리으리한 솟을대문의 위풍에 눌려서, 발을 냉큼 들여놓기가 서먹한 수가 있지마는, 그까짓 인사는 차려서 무엇 하랴는 넘보는 생각이면, 전부터 다니던 집같이 발씨가 익고 주인 없는 집처럼 서슴없이 휙 들어와서 휘휘 둘러보다가 가기가 일쑤이기에 말이다. 남의 속이야 뉘 알리오마는 그는 그렇다 하고 수행하여온 또 한 부인은 이 나라에서 오래 사셨다 하니 짐작컨대 총독부시절의 고관 아니면 거상의 실내마님일 것이다. 설령 기독교 관계거나 교육계에 종사하였던 분이라 하더라도, 수십 년간 식민정치·총독정치에 협력하였던 분일 것이다. 반갑지 않은 손이다. 오래 살았었다는 것이 우리에게는 반드시 친밀감을 주지 않는다. 다만 빈말로라도 한일친선을 돕기 위하여 왔노라 하니, 무슨 정성이 금시로 그리 뻗쳤수? 하면서도, 말이 고마워서 가만히 두고 보았었다.

　그러나 시효가 다 지났기에, (누가 입을 틀어막아서 시효가 지나기를 기다린 것은 결코 아니다.) 지금이야 솔직히 말이지만, 무슨 도깨비에 홀린 것 같았던 것은 나뿐만이 아니었을 거라. 아마 동경에 앉아 있는 유(兪) 대표[367]도 어쩐 영문인지 알고 모르고 간에 서울 자택 안방에서 열렸을 듯싶은 안 회담에 신경이 쓰여서, 자기 일에도 방해가 되지나 않았을지? 방해는커녕 오히려 도움이 되었다면 천만다행이고…….

　그런데 수일 전에 신문을 보니, 원정을 갔던 우리 축구단이 귀로에 동경에서 입국거절을 당하여 비행기 속에서 꽁꽁 얼어가며 하룻밤을 새웠다니, 국제관례를 무시하고까지 이런 푸대접을 받은 것을 보면, 혹시나 그 귀부인들

---

367 1960년 한일회담에 수석대표로 참가한 유진오(兪鎭午)를 가리킨다.

의 입국절차에 말썽이 있었다든지 십분 관대(款待)[368]를 못하여 그러한 보복적 조치를 한 것이나 아니었던가 하여 황송한 생각도 없지 않다.

이렇거나 저렇거나 그 두 부인이 펄 벅 여사를 자기 집에나 모셔다가 구경시키듯이 휘두르고 다니지 않은 것만 다행하고, 그때가 한참판인 데모계절이었던지라, 북송반대데모나 통겨져 나와서 원래(遠來)의 귀빈 — 더구나 부인네들의 가슴을 서늘케 하지나 않을까 하고 은근히 애도 쓰였던 것인데, 무사히 치르고 나니 나 역(亦) 가슴이 후련하다. 별 걱정을 다 하지, 방 속에 들어앉아 세상 돌아가는 줄도 모르면서 그런 쓸데없는 걱정을 하느라고 머리가 더 셀 것이라고 비웃을 사람도 있겠지마는, 어쨌든 레이디 퍼스트의 습속에서 자라지는 않았을망정 동방예의지국 백성이라 데모 하나면 만사형통, 만사해결로만 알고 덤비던 그 판에도, 외국부인 앞에서는 체모를 지킬 줄 알았으니 고마운 일이면서도 아슬아슬한 고비를 넘긴 것만 같다.

그러나 나 같은 늙은 겁쟁이나 방 안에 앉아서도 벌벌 떨었지, 오신 손님들이야 보고 싶은 것 다 보고, 듣고 싶은 것 다 듣고 갔을 것이니 게서 더 어떻게 대접을 하리. 그야 대접을 하고 안 하고 우리에게 아랑곳도 없는 일이기는 하지마는.

그런데 정작 주빈인 펄 벅 여사의 이야기는 까먹고, 듣자는 소리도 아닌 객담만 늘어놓고 말았다. 까먹지 않았기로 여사에 대한 지식이라야 그의 출세작 『대지』를 읽은 것밖에 없거니와, 이번의 인상으로 보아서는 한국에 그리 흥미를 가진 것 같지도 않지 않은가? 없는 흥미를 부득부득 가져달라고 조르는 것도 우스운 일이겠지마는, 흥미를 가졌기로 한두 번 주마간산으로 겉만 훑어보고 가서야 기행문의 자료인들 충분히 얻어가지고 갔을지 모른

---

368 관대(款待) : 친절히 대하거나 정성껏 대접함. 또는 그런 대접.

다. 『대지』는 어려서부터 그 땅에서 자라나, 몸에 배어 피가 되고 살이 된 그 무엇이 엉기어서 나온 작품이다. 잠깐 다녀갔다고 무엇을 그 분에게 바란다는 것은 무리요, 턱없는 욕심이다. 그러한 저명한 작가의 붓을 빌어 우리를 세계에 알리고 선전하였으면 좋겠다고도 한다. 그러나 남의 덕을 보자는 것도 분수가 있지, 우리를 소개하고 선전하여주기 위한 붓대를 들고 찾아다닐 사람은 없을 것이 아닌가.

목전에 어느 신문에서 '일본 붐'이라는 만화와 함께 제 것 잃고 남의 거 좋아한다든가 하는 제목을 보고 평범한 그 말에서 새로운 맛을 본 것 같았거니와, 더구나 문학은 수입하였다가 마냥 쓸 수 있는 사치품이 아니다. 또 남이 대변하여주는 제 문학이 있을 리도 없다. 나도 이런 어리석은 소리를 곧잘 되풀이하게 되었다. 그러나 '일본 붐' 만화에서 '내 것 싫고 남의 것 좋다'든가 하는 타이틀만한 평범한 진리(?)는 있을 거라. 내 문학은 시들하니 시시하여 싫고, 남의 문학은 신기하니 새 맛에 좋다는 거라.

그것은 그렇다 하고 '일본 붐'의 그 전초적 실험인지, 일본의 대중작품의 번역소개가 와짝 퍼지는가 하면, 한 편에서는 야단스러운 스케줄로 펄 벅 여사가 다녀가고 하여 한 귀퉁이의 작가진에서는 좌우협공이나 받은 듯이 이거 어떻게 되는 셈인가 하고 얼떨한 모양인 듯도 하다 하지만, 그래야 무에 어떻게 되지는 않았다. 아무리 법석을 해도 속담에 쌀 한 톨 보태준 것 없다는 셈으로, 뒤에 처진 것이나 보탬이 된 것이라고는 하나도 없다.

제트기가 머리 위를 날아가면 신경이 약한 사람은 귀라도 막아야 하겠지마는, 지나간 뒤에는 푸른 하늘뿐이다. 지나간 뒤에 무엇이 떨어지고 남을 것을 기다리고 살아온 우리가 아니라, 그 푸른 하늘을 치어다보면서 살아온 우리요, 거기에서 우리 문학도 나왔고 자라나간다. 옆에서야 무슨 수력을 하든지,[369] 나 할 것은 해야 하고 그것이 곧 나 사는 길이다. 나 사는 길, 나 사는 힘, 내 세찬 입김 ……. 거기에서 우리 문학은 나날이 새로 움트고 나날이 자라나는 것이다. 무어 부질없는 옆의 잡음에 귀를 기울일 것 없이, 나 사는 길, 나 갈 길만 꿋꿋이 밟아 나가노라면 우리 문학도 남을 치어다 볼 것 없이 대성하여갈 것이다. 실상은 나 살기에 바쁘고 내 문학하기에 눈코 뜰 새 없으니 이거고 저거고 아랑곳할 새조차 없지 않은가.

---

369 수럭을 하다 : 언행을 크게 하여 소란을 떨어대다. 곽원석, 『염상섭 소설어사전』 참조.

전업유래기 轉業由來記[370]

어디선가? 장(張) 내각(內閣)에 할 말이 있거든 하라기에 우선 급한 대로 농민의 이농과 도시에 헤갈[371]이 된 실업사태를 막는 것부터가 첫 일이 아니겠느냐고, 말만 팔리고 말 줄은 알면서도 섣부른 참견을 한마디 해둔 일이 있다.[372] 우리 같은 쫄딱보 맹문이의 눈으로 보아도, 한 편에서는 입씨름으로 세월을 보내는가 하면, 새 정부는 새 정부대로 첫솜씨라 그렇기도 하겠지마는 갈아대고 끌어들이고 하는 소위 정실인사(情實人事)라나 하는 것만 주무르고 있는 모양이니 아랑곳해 소용없을 말도 자연 나오게 되는 것이었다.

그러나 그렇다고 내가 실업자라 해서 나도 한몫 끼어볼까? '실업자 구제책'인가의 덕이나 좀 볼까 해서 꺼냈던 말은 아니다. 언제나 구체화하고, 또 얼마나 실적을 내려는지 몰라도 툭하면 내세우는 '실업자 구제'의 그 '구제'라는 말부터가 싫어서 내가 실업자라는 전언(前言)을 깨끗이 취소하기로 하였다.

'이것은 무슨 소린구?' 하겠지마는 다른 사연이 아니라, 어려서부터 몸을 아끼지 않던 성미에, 근년(近年)에 와서 몇 해 동안은 죽을 날이 가까웠다는

---

370 염상섭(廉想涉), 「전업유래기(轉業由來記)」, 『사상계』, 1961.3. 필자명 옆에 '작가'라고 명기되어 있다.
371 헤갈 : ① 흩뜨려 어지럽힘. 또는 그런 상태. ② 허둥지둥 헤맴. 또는 그런 일.
372 「이농(離農)을 막아야 한다」(염상섭, 『동아일보』, 1961.1.20)를 가리킨다.

생각에 소위 창작생활에 머리를 좀 혹사하였던 때문인지 심신이 갑자기 피로하여, 붓을 내던지고 나니, 시원스러우면서도 마음 한구석이 허전하고 쓸쓸하여 작년 여름이던가 『현대문학』지(誌)에 「무료한 실업자」[373]라는 글을 심심파적으로 농담 삼아 쓴 일이 있었다. 그러나 이것이 사고라, 세상에는 호사객(好事客)도 많아서, '자! 그러니 그 놈의 늙은 실업자가 대관절 무엇을 먹고 사는가.' 하고 궁금해 하는가 하면, 저서를 십수 권이나 가지고 있으면서 생활이 말이 아니라고 걱정삼아 광고를 쳐주는 축도 있었다. "무엇을 먹고 살다니, 구름 먹고 안개 마시고 살지!" 하고 껄껄 웃어버렸으면 그만일 텐데 ……. 여하튼 실상은 소설에서 수필로 슬며시 전업(轉業)을 하였으니 어디로 보나 나는 목하 실업자는 아니라는 말이다. '수필업(隨筆業)'이라는 것이 있는지는 모르나 이것도 업(業)이라면 놀고먹는다는 말을 듣지 않아 좋고, 업이면야 항산(恒産)인지라 항산이 없더라도 항심(恒心)은 있어야 할 것인데, 하물며 항산이 있는 바에는 더 말할 것 없지 않으냐는 수작이기도 하다.

그것은 그렇다 하고, 늙을수록 잔말이 많아져서 들어주는 사람이 없으면 혼자서라도 중얼거리는 터이니 '수필'이란 글을 쓰노라면 쓸쓸한 때 말벗이 되어 심심치 않아 십상이요, 화에 떠서 갑갑할 때는 호소라도 할 통기(通氣) 구멍으로 하나쯤은 뚫어놓아 두어야 하겠으니 그 역 해롭지 않다. 더구나 창작과는 달라서 힘이 덜리어 편하다. 창작을 쓸 때처럼 의욕에 서두르고 구상에 얽매고 하는 일이 없어서도 편하거니와 또 하나는 그리 싫증이 나지 않아 좋다. 일은 몰리고 붓은 들기가 싫고 한때는 원고지의 네모진 칸(間)에 글자를 메꾸어나가는 작업을 '앉은뱅이의 망건 뜨기'라고도 하고, '침모마님의 삯바느질'이라고 자기를 비웃어보기도 하여왔었는데 어쩌다가 '전업'을 하고

---

373 「무료한 실직자」(『현대문학』, 1960.7)를 가리킨다.

나니 배바쁘지[374] 않아서도 매우 자유롭다.

그러나 '쓰면 쓰고 말면 말지.' 하는 따위의 배때 벗은[375] 수작을 하였다가는, 그나마 고객이 떨어져서 다시 실업자군에 쓸려 들어갈 거라, 일거리를 날라다가 맡기는 소위 '청탁서'라는 것이 들어오면 바느질집 마나님이 콧등에 안경을 걸고 마지못해 홈질하는 손을 느럭느럭 놀리듯이 굼뜨진 붓끝이나마 가다가다는 또 들곤 한다. 말하자면 삯바느질에 지치고 넌더리가 난 일집 마누라가 제법 한 큰일은 못 맡고 아이 저고리 나부랭이나 맡아 꿰매주는 셈이라. 그래도 단골손님도 있고 뜨내기손님도 가다가는 일감을 디밀어서 생활이야 되든 말든 과히 심심치 않아 할 만하고 낡아빠진 간판이라도 아직은 붙어 있으니 그런대로 지내간다.

그런데 수필이라고 만만히 보아서 '아이 옷 짓기'라고 하여서는 아직 수필의 초학입문(初學入門)이라 멋을 모르고 하는 수작이다. 문장담화(文章談話)는 아니지마는 아이 옷이라고 넘볼 것이 아니라, 손 갈 것은 다 가니 어른 옷이나 다를 것이 없는 것과 마찬가지로 수필 하나 써내기도 수월한 노릇이 아니다. '아이 옷 짓기'라면 수필전문가가 노여워할까 보아 하는 말이 아니라, 정신력이 전만 못하여 그런지 단편 하나 쓰기보다도 더 힘이 들기도 한다. 잘못하다가는 여기서도 일솜씨가 전만 못하다고 퇴짜를 맞고 떨려날지 모르겠다. 이것이 실업의 위협이라는 것인가? 하하 ……. 그러나 이 실업후보자에게는 아직 웃음이 남아 있으니 그래도 여유가 있는 모양이다. 딴은 냉수를 마시고도 이를 쑤시며 유유자적하는 것을 보면 치통 때문은 아닐 텐데 이런 것이 원래 문필업자 퇴물의 특색인지도 모르겠다. '유유자적(悠悠自適)'이란 늙은 핑계로 놀며 먹자는 것이요, '여유작작(餘裕綽綽)'이란 외상술 먹고 흥타령

---

374 배바쁘다 : '분주하다'의 평북 방언.
375 배때 벗다 : 천한 사람이 말씨나 하는 짓이 거만하고 반지빠르다.

부른다는 말이다. 그렇게 곧이들을까 보아 걱정이지만, 또 그렇게 곧이들어 두어도 무방할 거다.

그런데 가만 있자. 나 같은 놈도 실업자라면 대기(大忌)요, 질색인데, 문인 쳐놓고 실업자 구제의 대상이 될 사람이 있을까? 또 대상이 되어달라 하기로 되겠다는 사람도 없을 거라. 있다면 두통거리다. "일자리를 마련하여놓았으니 나오쇼 ─" 하더라도 하다못해 부삽 하나라도 들고 나설 배짱과 기력이 있을까? 그렇다고 국가는 이네들에게 무슨 다른 특전이나 특혜 베풀 의무도 도리도 없다는 것이다. 그러니 '강희제(康熙帝) 같은 사람이나 만났더라면 자전(字典) 편찬의 수용소라도 있었는 걸 …….' 하고 그런 거나마 부러워할지 모르는데, 그러한 꿈같은 헛소리 그만하라고 핀잔이나 맞을 거다.

이러한 객담은 물론 신진기예(新進氣銳)하고 노련당천(老練當千) 하는 현역 진과는 아랑곳없는 말이기는 하다. 그러나 가만히 보니 우리 같은 붓대를 맨 잔병(殘兵)이 발길을 둘 데라고는 아무래도 저널리즘과 출판업계일 텐데, 그 문호가 활짝 열리지 못하였던데다가 이즈막에 와서는 반개(半開)는 아니라도 또다시 차츰 좁아가는 눈치기에 말이다. 언제 문학은 저널리스트의 품 안에서 자라나는 것이던가? 문인은 출판계의 비식(鼻息)을 엿보며 저두평신(低頭平身)하라던 것인가? 그러나 한 나라의 문화를 진흥하고, 문학을 ─ 더구나 우리와 같은 후진성을 면치 못한 신문학을 제대로 육성하려면 피차에 유기적 연계 밑에서 움직여야 하고 서로 이끌어가야 하겠는데 이즈막의 현상을 보면 그 연계성이 벗어스름하여가는 것 같기에 말이다.

쉽게 말하면 한 유위(有爲)한 신진작가가 있다면 이를 뒷받침하고 북돋아주는 데에 저널리스트나 출판계가 팔 걷고 나서야 할 것이요, 또 그것이 문화 향상에 진력하는 길이자, 자기의 사업이 늘어가는 길인데, 소위 대중잡지는 손쉽고 돈 안 먹혀서 그런다는 것인지, 케케묵은 일본작품까지 끌어내서 지면을 채우는 모양이니 어째서 내 식구는 밀어 젖혀놓고 남의 생색이나 내려 드는지 알 수 없다. 문필가의 신경이란 달팽이의 촉각 같아서 조그만 일에도 흥분하는가 하면 금시로 위축되고 조금만 기죽을 펴면 발분하여 크게 나설 수가 있는 것 같다. 남을 끌어들여서 앞장에 내세우는 듯싶으니 기가 줄지나 않을까 걱정이라는 말이다. 위에서 실업노래도 잔소리도 하였지만 실상은 실업문제로 그치는 것이 아니다.

일전에 어느 신문의 독자란에서 본 것인데 우리 주변에는 일본색이 너무 짙어간다고 개탄하면서 서점에는 보잘것없는 일본잡지요, 다방에는 일본노래판 천지라고 꾸지람을 한 것은 예서제서 여러 차례 들은 말이라 귀에 들어오지 않을지 모르지마는 대학 1학년생인 어린 투고자가 민족정기만은 살려야 하지 않느냐고 호통하고 외치는 데는 고마운 생각도 났다. 우리는 쇄국주의가 아니요, 배타적은 아니로되 일본과의 문화교류라는 것을 그러한 것으로 생각하였다가는 큰일이다. 생활이 풍요하여지고 인구가 우리의 4, 5배인 데다가 취미나 독서력이 우리와는 다른 것을 생각지 않고 그 나라에서 3, 40만부의 베스트셀러라 하여 덮어놓고 사들여다가, 책 한 권을 세 갈래, 네 갈래로 찢어서 분담시켜 후딱 번역을 하여, 그나마 옳게 되지도 않은 번역으로 돈벌이나 하자니 우리나라에서도 2, 30만부 팔릴 줄 알았더라는 말인지? 그야 유수한 출판사의 일도 아니요, 책임 있는 문인의 일은 아니겠지마는 하여간 어지중간에 부대끼는 우리의 작가진이 가엾고, 이것은 어떻게든지 시정되어야 우리 작가의 위치와 생활을 보장하게 되는 길이기도 한 것이다. 또 그것은 고사하고 우리의 문학을 육성하는 데 있어 한두 가지 방해가 되는 것이 아닌 것을 그네들도 생각하여주어야 할 일이다. 우리의 문학건설도 자손만대를 위한 사업이다. 한때의 기개인(幾個人)의 소리(小利)로 희생되어야 할 것이냐는 말이다.

그런데 일본음반은 일전에 다방에서 싹 쓸어갔다 하니 시원한 일이거니와, 그 투고에 일본노래를 좋아하는 군상을 그리어 "하는 일 없이 멀뚱멀뚱 앉아서 붕어처럼 물만 마시는 무리들의 썩어빠진 정신상태 ……."라고 당돌하게 나선 것을 보면 이것은 분명 실업군들일 터인데 "썩어빠진 정신"이라니 설사 우리 문인·문필인들이 실업자 측에 껴서 물만 켜고 산다손 치더라도 정신은 썩어빠지지 않았을 것이라. 그러면 그것은 어느 실업자군이던고? 어디 장(張) 내각이든지 어느 내각이든지 간에 이런 썩어빠진 실업자군을 구제할 수단과 친절은 없겠지마는 썩지 않은 실업자 사태나 깨끗이 씻어내어 줄 수는 없을까?

승부[376]

정이월(正二月)에 대독 깨진다고 했다. 해빙(解氷) 머리에도 졸한(猝寒)[377]이 와서 물독이 얼면 '쩡' 소리를 내며 금이 간다는 말일 거라. 또 하나, 정이월에 설늙은이 얼어 죽는다는 말은, 나 같이 단칸방에 스토브를 놓고도 등이 시려 하는 공한병자(恐寒病者)(?)나 두고 하는 말일 거라. 음력으로 정이월쯤 되면, 쌀쌀한 바람기에서도 봄기운은 몸에 스며들고 코끝에 스치는 듯한데, 우수(雨水)가 지났어도 또 또 한 차례 경칩(驚蟄) 추위가 올에도 거르지 않고 올 거니 말일 거라.

그래도 요새 날씨 같이, 지붕에 서리가 뽀얗게 앉은 추운 아침도 한나절쯤 되면 포근하니, '봄이다 봄이다 ⋯⋯.' 하는 노랫소리가 귓전에서 들리는 듯싶다. 원체 정월 보름쯤 되면 한 기죽 편다고 하지마는, 원광(遠光)으로 건너 동리의 지대가 높은 언덕집에서 울긋불긋한 어린 처녀아이들이 널을 뛰는 시늉이라도 하는 것이, 빤히 바라다 보이는 것도 봄다운 풍경인 듯싶다. 전파를 타고 오는 '슛, 로옹, 슛' 하는 소리에 일희일비(一喜一悲) 하는 이즈막의 농구광(籠球狂) 시대의 처녀들도 널을 뛸 줄 알고, 달밤에 널을 뛰며 재잘대고

---

376 염상섭(廉想涉), 「승부」, 『동아일보』, 1961.3.4. 이 글은 '조춘수상(早春隨想)'란에 수록되었다. 글 말미에 '작가'라고 명기되어 있다.
377 졸한(猝寒) : 갑자기 닥치는 추위.

노는 재미를 아는지? 그건 그렇다 하고 근년(近年)에 와서 한편에서는 총각들의 연날리기가 한참이다. 연이란 아이들 선 모습이 손을 훅훅 불면서 날리는 것이거니 하였더니 젊은 내외나 어린 아들을 데린 부자(父子)까지 나서서 내기를 하는가 하면, 비비(霏霏)한[378] 춘우(春雨)에 젖은 연이 대공(大空)에 휘둘려가며 끄떡없이 승부를 겨룬다 하니, 우주여행시대는 딴은 다르구나 싶다.

　그런데 소위 '대보름'도 지났으니 액막이연이 마지막 두둥실 떠나려는 것도 얼마나 볼만한 풍경일까! 올해 운수대통하소서.

---

378 비비(霏霏)하다 : 부슬부슬 내리는 비나 눈의 모양이 배고 가늘다.

수주樹州 먼저 가다[379]

문주(文酒) 사십 평생에, 내 글로나 술로나 수주(樹州)를 따르지 못하고 뒤지더니, 마지막 길을 떠나는 데도 앞장을 섰고나!

그러나 죽는다는 선통(先通)만 놓고 무엇이 못 잊어서인지 엉덩이가 질기게 뭉개고 뒤떨어져 앉아서, 정작 더 살아남아 있어야 할 아까운 친구가 먼저 홀홀히 가는 것을 바라보고 있으니, 섭섭하기 그지없고 설다. 아무 하는 일 없이 여생을 주체를 못할 지경이면서 더 사는 것도 고생이거니와 먼저 가는 사람에게 면목 없고 미안한 노릇이기도 하다.

수주보다 내가 한 해 위라 하기로 명지장단(命之長短)이야 그로 따질 것이 아니로되, 젊어서부터 그의 강강한 □력에는 놀라웠었고, 나보다도 훨씬 □하려니 믿어왔었던 것이다. 수월(數月) 전에 어느 친구가 전하는 말로 인후병(咽喉病)이 재발하였다는 소식을 듣고도 병이라니 걱정이기는 하나 이즈음의 의약의 힘으로써면 설마 금시로 어떠하리 싶었었는데 졸지의 비보(悲報)를 들으니 놀랍고 가여움이야 이루 헤아릴 수 없다.

내가 수주와 만난 것은 기미운동(己未運動) 이듬해에 일본에서 돌아오던 그

---

379 염상섭(廉想涉), 「수주(樹州) 먼저 가다」, 『민국일보』, 1961.3.17. 글 말미에 '작가'라고 명기되어 있다.

길로써였고, 장래 신문학운동에 손을 맞잡고 나서서 『폐허』 동인으로부터 출발하여 그는 시와 영문학이요, 나는 나대로의 방면이 좀 달랐을 뿐이지 40여 년 동안 한결같이 한길을 걸어왔던 것이다. 근년에 와서 내가 칩거한 관계로 오래 격조하였으나 우의에 변함이 없었음을 고맙게 여기는 바이요, 마지막 찾아가 만나지 못하고 헤어지고 만 것이 한이 된다. 그런데 나도 갈 사람이라 하여 그러함인지 '아아 슬프다!' 하는 따위의 말은 쓰지 않으련다.

그 대신에 (어찌 고인의 영전에 참답지 않은 말을 할까마는) '나도 뒤미처 갈 터이니 먼저 가서 내 자리도 한 자리 잡아주소.' 하고 염치없는 부탁이나 하여두었던들 한결 마음이 편하였을 것 같은데, 웬걸 내야 수주가 가는 자리에 따라가겠는가? 저승에 가서도 그 뒤를 따르지 못하고 뒤떨어져서 길이 헤어질까 두렵다.

그러고 보니 이야말로 영결(永訣)인가 싶어 또다시 사별(死別)의 슬픔을 생각케 한다.

나는 고인의 그 환발(煥發)한 재화(才華)와 발랄한 기품에 경복(敬服)하고 늘 자기(自己)를 한 수 접고 사귀어왔지마는 피차에 그 좋아하던 술에도 이루 당해내는 수가 없어 한 수만 떨어지는 것이 아니었었다. 그 유명한 『명정(酩酊) 40년』[380]에는 나도 가다가다는 말석(末席)에 한몫 끼어 등장하곤 하였지마는 고인의 넓은 교유(交遊)와 주붕(酒朋) 가운데서 나 같은 존재쯤은 미미한 부류에 속하였을 것이다. 그러나 젊었을 적 한때는 매일같이 잔을 나누고 수주댁 내실(內室)에까지 끌려들어가서 반야(半夜)가 기울도록 대취한 일이 한두 번이 아니었던 것도 기억에 새롭다. 넉넉지 않은 살림에 싫은 내색 한 번 보인 일 없이 두 젊은 주붕들의 술치닥거리를 하여주시던 무던한 그 부인도

---

380 변영로의 수필집 『명정(酩酊) 40년 – 무류실태기(無類失態記)』(서울신문사, 1953)를 가리킨다.

고마웠거니와 그 분이 돌아간 뒤에 또한 전(前) 부인에 못지않은 현부인(賢夫人)을 맞아 해방 후로는 유복한 가운데 만년(晩年)을 보낸 것도 고맙고 다행한 일이었다고 생각한다. 내가 이 말을 왜 하는고 하니 소시(少時)부터 피차의 사생활을 잘 알고 간구한 사정도 서로 터놓고 이야기하면서 살아왔기에 말이다.

허나, 또 하나 지금도 잊혀지지 않는 가슴이 쓰린 회억(回憶)이 남아 있다. 소위 대동아전쟁(大東亞戰爭)의 최말기(最末期), 아마 해방 바로 전이었던가 한다. 만주 안동에 있었을 때인데 무슨 가사(家事)로 잠깐 서울에 왔다가 가는 길에 남대문께 노상(路上)에서 우연히도 수주를 만났었다. 반갑기는 하나 그때가 소위 소개(疎開)가 끝나고 서울 시가는 싹 씻은 듯, 부신 듯한 끝이라 어디 들어가 앉아서 헐각(歇脚)³⁸¹이라도 하면서 구회(舊懷)를 풀고 싶건마는 아무리 돌아보아도 발 들여놓을 곳이 없었다. 그만 그대로 섭섭하게 쓸쓸히 헤어지고 말았던 그 섭섭하고 가슴이 쓰리던 생각은 지금도 문득문득 떠오른다.

지면이 모자라니 지난날의 일들은 두고두고 또 할 수 있으려니와 고혼(故魂)이 떠나는 자리에 나가지 못하고 모지라진 붓끝으로나 위로코자 함이 죄송스럽다.

---

381 헐각(歇脚): 잠시 다리를 쉼.

나의 창작 여담(餘談)
사실주의에 대한 일언—言[382]

　근 10년이나 되는 이야기지마는 당시 신문의 월평에서 나의 창작에 대하여 어떤 작품이었던지는 잊었으나 작품으로서는 빈틈없이 째었다 하더라도 '자, 그러니 어쨌다는 말이냐?'는 뜻의 불평을 말하여준 단평(短評)이 있었던 것을 기억하고 있다. 무어 귀에 거슬려서 잊지를 않고 두었다가 꺼내는 말이 아니라, 말인즉 솔직한 말이요, 작가로서도 언제나 제작에 앞서 생각하는 문제로 작품을 써나가면서도 늘 염두에 두는 주요한 뼈대가 '무엇을 쓰느냐? 무슨 말을 하려느냐?'는 데서 있기 때문이다. 또한 평자(評者)뿐만 아니라 깊이 파고들려는 독자라면 대개는 똑같은 의의(疑義)를 가질지도 모른다.

　저 위에서 말한 '작품으로서는 ……' 운운한 말은 그 평문(評文)의 대의(大意)를 기억에 남은대로 적은 것이거니와, 바꾸어 말하면 작품의 결구(結構)와 표현에는 허술한 데가 없어도, 정작 알맹이가 없다는 말인데, 알맹이와 씨와는 다를지 몰라도 빛 좋은 개살구도 씨는 있지 않은가? 알맹이고 씨고 통 없대서야 인형에 옷치장만 하여놓은 셈이라 얼이 빠졌다는 말이니 그게 될 말이냐고 작가로서는 되짚어 항의도 함직한 일이다.

382　염상섭(廉想涉), 「나의 창작 여담(餘談)―사실주의에 대한 일언(一言)」(전2회), 『동아일보』, 1961.4.26~27. 이 글은 '상편'과 '하편'으로 나뉘어 연재되었는데, '하편'의 부제는 '사실주의에 대한 해명'이라고 되어 있다. 글 말미에 '필자―소설가'라고 명기되어 있다.

그러나 작가로서 가져야 할 사상의 색깔—'색깔'이라는 말이 요샛말로는 오해받기 쉽다면, 그 뚜렷한 윤곽, 또 체계는 서지 못하였더라도 생활철학은 있을 것이니 그런 따위, 통틀어 주의·주장이 엿보여야 할 터인데, 작자는 막후(幕後)에 싹 숨어버리고 말았는지, 애초부터 할 말이 없어서 속빈 강정이 되었는지 작자의 말이 듣고 싶다는 뜻일 거라. 분명한 판가름을 하여주었으면 좋을 터인데, 작자로서의 의사표시가 없고, 비판이 없고, 해결을 짓지 않아서 무슨 말을 하고자 한 것인지 모호하고 어정쩡하다는 것이다. 그도 그럴 듯하다.

좀 더 문예사조론적으로 따진다면, 평가(評家)들은 자연주의 내지 사실주의의 작품들은 으레 이러한 특징이나 통폐(通弊)[383](?)에 빠지는 것이라고 밀어붙이기가 실수여서, '자, 그러고 보니 작품으로서는 되었다 하더라도, 작가로는 구태의연히 자연주의 내지 사실주의에서 한 걸음 더 나간 것이 무엇이냐? 그 테 안에서 뱅뱅 도는 것이 아니냐.'는 책망이기도 한 것일 거라. 이 역시 무엇인가를 모색하면서 일보전진에의 타개를 갈망하는 사람으로서 있을 수 있는 말이라 하겠다.

그러하니, 실상 문제는 간단하다. 나의 작품이 모두가 그렇다는 것은 아닌지 모르겠으나, 알맹이 없는 빈껍데기를 썼느냐는 것이 그 하나요, 자연주의나 사실주의에서 한 걸음 더 나아가주기를 기다렸는데, 그렇지 못해서 거기에 실망까지 한 것은 아니되, 그게 그거지 무어냐는 것이 또 그 하나이다. 그러면 그 알맹이 문제부터 따져보기로 하자.

새삼스러운 문학강의 비슷한 말 같으나 원체 자연주의문학은 객관적 태도를 취하는 것이요, 거기에는 여러 가지 필연적인 이유가 있는 것이지마는 어

---

383 통폐(通弊) : 일반에 두루 있는 폐단.

쨌든 그렇기 때문에 작품의 표면이나 정면에 작자는 나서지 않기로 마련인 것이다.

즉, 작자는 막후에 숨어 있어서 자기를 쑥 빼어놓고, 따라서 주관(主觀)을 섞지 않음과 동시에 비판적 태도를 버리고 있는 그대로, 본 그대로를 사생화(寫生畫)나 그리듯이 그려 인생보고서로 내놓으면 작가의 임무는 끝나는 것이요, 변별과 비판은 독자에게 맡기기로 된 것이다. 그러기 때문에 여기에 불만인 사람은 '자, 그러니 어쨌다는 것이냐?'라고 책망을 하게 되는 것인데, 실상은 자연주의문학이라는 선입견을 뚝 떠나서 본다면 자연주의의 경향을 띤 작품도 결코 독자가 요구하고 알고자 하는 내면적 요소가 빠져 있거나 작자의 바탕이 드러나지 않는 것이 없다. 자연주의 작가인 경우에 아무리 의식적으로 그 틀에 맞추어 순객관성(純客觀性)을 내려 하여도 그 작품이 진실한 문학적 가치를 가질 수록에 어느 구석을 들추어보나 세밀히 분석·검토하면 그 필수조건인 내면적 구성요소를 갖추고 있는 것을 발견할 것이다. 알맹이가 들어 있다는 말이다. 또 그것은 표현, 즉 내용이기 때문이다.

표현과 내용을 따로따로 구분하여 보려는 것은, 표현이 서툴러서 내용이 충분히 융해·화합되지 않은 현상으로서, 그러한 경우에는 일쑤 작자가 작품의 표면에 나서서 자기의 주장을 설명하려 들고, 또 이상주의적인 경향이 농후한 때에는 어색한 설교가 되기 쉬운데, 그렇게 되면 내용과 표현이 서로 어긋나고 떨어져서, 그 '내용'이란 것, 즉 알맹이만이 특별히 눈에 띄게 되고, 작품으로서의 성과를 거두지 못하는 것이다. 한 과실(果實)로 말하면, 그 진미(眞味)가 과육의 전체에 퍼져 있어서 어느 것이 진짜 알맹이인지를 몰라도 한 귀퉁이를 맛보고도 그 진미를 알 수 있어서 소위 일반(一斑)으로 전모를 짐작케 되는 것과 다름이 없다. 그러하므로 책임 있는 작가가 쓴 작품이라면, 대수롭지 않아 보이는 한마디의 대화일지라도 범연히 쓰지도 않았겠지마는,

독자로서도 무심히 읽어 넘겨서는 아니 되는 것이, 왜 그러냐 하면 그 한마디 말이 작품을 구성하여나가는 데에 저 맡은 소임을 할뿐 아니라, 그 속에도 독자가 알고자 하고 궁금해 하는 알맹이의 편린이 감추어져 있으며, 예서제서 작자의 모습이 엿보이기 때문이다. (1961.4.26)

결국에 작품 전체에 퍼져서 서로 관련을 맺고 있는 이 분산된 작자의 의도와 정신을 모아놓으면, 그것이 곧 알맹이요, 씨요, 또 동시에 작자 자신의 전모이기도 한 것이다.

그렇다면, 작자는 막후에 숨어 자취를 감춘다 하고, 주관은 버려야 하며, 판별과 판단과 비평—쉽게 말하면 시비선악(是非善惡)을 가리는 데는 손을 떼고 냉연히 관망만 한다는 소위 자연주의적 태도와는 큰 모순이 있지 않으냐고 할 터이데, 그러므로 나는 순객관주의(純客觀主義)라는 것은 있을 수 없다는 것이다.

'있는 대로, 본 대로'라고 하지마는, 아무래도 감정이 있고 시비를 가리는 이념이 있는, 산 사람의 주관이나 이념을 거치고 그 체(篩)에서 걸러 나오는 것이고 보니, 작자 자신도 모르는 사이에 카메라에 비친 듯이 자기의 영상이 나타나 있고, 또 작자의 이념은 뒤에서, 밑바탕에서 키질(篩打)을 하여주는 것이라고 보는 것이 온당할 것 같다. 이와 같이 주관을 걸러 나온 주관적인 제작태도는 비단 자연주의문학에서만 아니라, 일층 과학적이요, 현실적이기를 요구하는 금후의 문학에서 더욱 그러하겠거니와, 주관의 혼입(混入)을 용인하는 비순수(非純粹) 객관주의를 '인상자연주의(印象自然主義)'라고 구분하여 부르기도 하였던 모양인데, 따지고 보면 소위 '이즘'이라는 것은 우리에게는 아랑곳이 없는 것이다. 나의 경우로 보면 자존심으로써거나 고집으로써거나 자기 유(流)대로 써왔을 뿐이지, 자연주의니 인상자연주의니 하는 목표가 있었다든지 틀(形)이 있었던 것도 아니요, 그러한 틀에 맞추어서 작품을 써야 할 의무도 없으려니와, 그런 어리석은 짓은 생각하여본 일조차 없었다.

나 보기에는 '자연주의'라는 것은 문학이 근대에서 현대로 넘어오는 데에 겪어야 할 면역성 있는 홍역 같아서, 나도 그 영향을 받고 그 고비를 넘겼지마는 내가 생각하여도 실제의 작품에 나타난 것으로 '자연주의적'이라는 것은 우연한 일치일 것이다. 성격이란다든지, 사회환경이나 민족적 처지가 더욱이 자연주의문학의 색채를 띠게 하였는지도 모르겠다.

또 '무해결(無解決)'이라는 것, 즉 결론을 내리지 않거나 해결을 짓지 않는다는 것은, 과학적이요, 따라서 객관적이어야 할 자연주의문학의 태도로서는 당연한 것인데 나는 언제나 무해결을 노리기보다도, 좁은 주관으로라도 어디까지나 자기 유(流)의 해결을 짓고자 애를 써왔다. 기실은 해박한 지식과 풍부한 경험과 심각한 사색이나 각오도 없이 좁은 자기의 주관의 일단(一端)을 내세워서 선불리 어떤 결론을 짓는다는 것보다는, 차라리 자유롭게 독자의 판단에 맡긴다는 것이 옳고 너그러운 태도일지 모른다. 순수한 자연주의작가들도 독단에 흐를까 보아서 '무해결'에 그쳤으나, 그 '독단'이란 비과학적일 것을 두려워서 한 과학만능주의의 태도일 따름이요, 내가 '무해결도 무방하였다'는 말은 순전히 겸허한 도의적 견해이다. 그러나 누구나 좁고 작은 자기(自己)를 주장하고 나타내려는 본능이나 자긍(自矜)으로서인지는 몰라도 하여간 해결은 짓고자 하였었고, 독단을 두려워하면서도 결론의 힌트라도 주려고 애써왔던 것이다.

다음에 '진일보(進一步)'라는 점에 이르러서는 객관주의·사실주의에서 더 나간 자취는 나의 작품에서 찾아볼 수 없을 것이요, 자연주의를 떠나서 사실주의에 충실하여왔다 하더라도 그것이 뚜렷한 진일보는 못 되는 것을 자기도 잘 안다. 그러나 나는 자연주의적 제약을 무시하면서도 그 테 안에서 돌던 자기의 작품을 끌어내서 '사실주의'라는 자유로운 경지에 놓았다고 생각하는 것인데, 이것은 자연주의로부터의 해방이라고 할까? 대개는 '자연주의, 즉(卽) 사실주의'라고 혼동하거나 불심상원(不甚相遠)한 것으로 보아 넘기는 모양이지마는, 양자(兩者)는 동근이지(同根異枝)라 하더라도 분명히 구별되어야 할 것이다. 우리는 자연주의는 버려도 사실주의는 버려서는 안 되기 때문이다. 그렇다고 자연주의에서 한 걸음 나서면 반드시 사실주의에 봉착한다는 뜻은 아니다. 또 문예사상의 발전상 반드시 거쳐야 할 한 단계라고 주장하는 것도 아니다. '봉착'이고 '발전적 단계'이고를 따질 것 없이, 오직 지금 산문문학이 가진 가장 보편적 형태요, 자유로운 표현형식이라고 나는 본다.

현실적 · 과학적 · 객관적이어야 할 주요요건으로 보면 자연주의의 분신(分身)이라 하겠으나, 자연주의에서 그 단점이요, 병통인 과학만능의 기계주의를 비롯하여 극단의 객관태도, 무해결, 또는 지금 와서는 아주 예사가 되고 웃음거리나 되는 현실폭로라든지 성욕묘사 같은 진부한 것은 떼어놓고서, 쓸 만한 것을 추려가지고 나선 것이 사실주의라는 것이다.

그러므로 앞으로의 창작이 시문학에 접근하게 될 때가 온다든지, 상징이나 은어(隱語) 같은 수단으로 표현할 수 있고, 또 그것을 일반(一般)이 이해할 수 있는 아주 최고도(最高度)의 문화를 가진 그러한 시대가 온다손 치더라도 이 사실주의만은 내놓을(捨) 수 없고, 더욱더욱 세련되어서 신시대 · 신감각에 알맞아 나가야 할 것이라고 본다. 또한 앞으로 어떠한 새로운 문예사상을 지닌 새로운 수법일지라도 이 품 안에 들 것이다.

한 번은 이야기하여둘 필요가 있겠기로 초보적 창작론 같으나 쓴 것이다.

(1961.4.27)

고삽苦澁 · 난삽難澁 · 치밀緻密[384]

『현대문학』 2월호의 「문학적 산보」에서, 옛날이야기지마는 조용만(趙容萬) 씨가 나의 소설에 대하여 평론인지 권고인지 한 글이 전재(轉載) 소개된 것을 읽고 새로운 흥미를 느꼈다. 1934년에 공개문(公開文) 체(體)로 일간지에 발표되었던 것[385]이라 하니, 나는 이제야 눈에 띄었지마는 근 30년 전의 일이라, 지금의 신인에게는 케케묵은 아랑곳도 없는 이야기로 들릴 것이다. 그러나 나에게는 어제 쓴 작품에 오늘 월평이나 받는 듯이 새롭고 수긍되는 점도 없지 않다.

그 내용인즉 요컨대 그 시절에 나의 단편들에서 맛볼 수 있던 고삽미(苦澁味),[386] 좀 추켜세워서인 듯한 "고삽한 향기(?)"를 나의 장편들에서는 찾아볼 수가 없으니, 차라리 단편작가로 돌아가라는 권고문이다. 내가 만주로 가 있는 동안의 일이라, 이제 겨우 발견하고 그나마 몸이 괴로워서 띄엄띄엄 눈에 띄는 것만 읽어보았지마는, 나의 초기의 단편들에선들 웬걸 고삽미가 제대로 나왔을까? 그 고삽미가 향기(?)까지 풍겼다는 것은 과장이요, 한때의 인사일 거라.

---

384 염상섭(廉想涉), 「고삽(苦澁) · 난삽(難澁) · 치밀(緻密)」, 『현대문학』, 1961.5. 글 말미에 '필자―작가, 예술원 종신회원'이라고 명기되어 있다.
385 「흥금을 열어 선배에게 일탄(一彈)을 날림―염상섭(廉想涉) 씨에게」(조용만, 『조선중앙일보』, 1934.6.26~27)를 가리킨다.
386 고삽(苦澁)하다 : 맛이 씁쓸하고 떫다.

그러나 나의 장편들에서 그 고삽미라는 것을 찾아볼 수 없었다는 말에는 짐작이 간다. 물론, 한 작가의 특징은 반드시 단·장편을 가리어 나타날 리는 없다. 나의 소위 고삽미가 한 장점이라면 의당 장편에서도 발견되어야 할 것이다. 다만 그것이 장편에서는 단편에서와 같이 집약된 농도를 가지고 효과적으로 또렷이 나타나지 않을 뿐일 것이다. 가령 한 톨의 개자(芥子) 가루를 종지 물에 탄 것과 항아리 물에 탄 것이 냄새나 맛이 다른 것 같은 차이는 있을 것이다. 따라서 고삽미만을 노리는 사람에게는 같은 작가의 장편이건마는 단편에 비하여 무취(無臭)·무미(無味)할 수도 있을 것이다. 더구나 신문의 연재소설로서는, 되도록이면 저조(低調)하고 흥미 중심이기를 바라던 그 시절에야 독자에게 영합하려 든다는 제작태도에 비난도 받을 경우가 없지 않아서, 지금도 그렇지마는 순문학을 지향하는 단편에 비하여서 장편은 아무래도 저조하다고 하였을지 모른다. 그러나 돌이켜 생각하면 그때나 이때나 역불급(力不及)의 소치일 따름이지 장편에서이기로 그리 비양심적은 아니었던 듯이 생각한다.

새삼스럽게 무슨 변명을 하자는 것은 아니나, 가령 한국문학전집에 나온 나의 『삼대』가 1931년 작(作)으로서 만 30년 전에 『조선일보』에 썼던 것이요, 그 외의 중·장편들이 거지반 『삼대』 이전의 것으로서 소위 신문소설로 제작되었던 것인데, 오늘날에 들춰보더라도, 특히 저널리즘에 추종하려 들었다거나, 독자의 비위를 맞추어가며 쓴 것 같은 흔적은 별로 눈에 띄지 않을 것이다. 애초부터 통속작가로 나섰더라면 — 그나마 재조(才操)가 있고 인기가 있어야 되겠지마는 하여튼 고생도 좀 덜 하였을지 모르고, 지금쯤 그야말로 대가가 되었을지도 모르겠는데, 말하자면 비승비속(非僧非俗)으로 그저 그런대로, 문학을 내가 끌어온 것이 아니라 문학에 질질 끌려서 여기에까지 온 모양이다.

이렇거나 저렇거나, 그 당시에 내 작품에서 고삽미라도 발견하고, 나를 평하는 데 있어 이를 주제로 삼은 것은 대접하여서거나 인사로였을 것이다. 그때쯤의 문단여론(文壇輿論)이라 할까, 손쉽게들 말하기를 난삽(難澁)하다는 것이 내 작품에 대한 개평(槪評)이었었다. '고삽'이 아니라 '난삽'이다. 무엇인지 선뜻 이해할 수 없다는 것이요, 다만 어휘가 풍부한 것이 취할 점이라는 물론(物論)들이었었다. 그러나 어려서부터 일본에 가서 커졌고 문학수업도 거기에서 하였으니 나의 자국어의 어휘가 그리 풍부할 까닭이 없었다. 모자라는 것을 가지고 요리조리 벼려 쓰고 골라서 쓰기 때문에 많아 보이거나, 그렇지 않으면 어휘가 부족한 사람이 보니까 풍부하다는 것일 따름이다. 하여간에 내 작품은 문학으로 인정하여주기보다는, '어휘의 풍부'를 내세워서 문학하는 사람의 '말본'으로쯤 여겨주었던 것이다. 지금도 그렇게 생각하는 사람이 있을 것이겠고, 또 사실 그러한지도 모르겠다.

그러나 난삽하다거나 용만(冗漫)하다, 지루하다고들 하는 불평을 듣게 된 원인은, 직설법(直說法)으로, 한마디로 설명하여버렸으면 간명하고 시원할 것인데, 묘사의 묘미와 효과를 내느라고 애를 쓰기 때문이 아니었던가도 싶다. 허나 '묘사'라는 것은 사실주의문학에서만이 아니라, 창작의 생명이라고 하여도 가(可)할 만큼 중요한 것이요, 작품에 입김을 불어넣는 것이기도 한 것이니 이것을 몰라주면 이야기가 아니 된다. 그러나 솜씨 있는 떡장수도 가다가는 떡을 설리는 수가 있듯이, 내가 솜씨 있는 떡장수였다는 말이 아니라, 덜 익은 떡을 시루에서 떼어내면, 쫄기고 매끈하지 못한 떡 — 난삽하고 용만하고 지리한 작품도 내어놓았을 것이요, 한 작품 속에도 부분적으로 그러한 흠점(欠點)은 발견되었을지 모른다. 하지만 소설의 구성이나 묘사의 중요성을 모르고, 덮어놓고 난삽하다고 한마디로 밀어붙였다면 그 책임은 작자에게 돌아갈 것이 아니다. 더욱이 나는 생래(生來)의 기벽(奇癖)이라 할지, 매사에 무심히, 예사로이 보아 넘기지 않고 천착하는 버릇이 있어, 그것이 작품에 묘사로 나타날 때 독자를 머릿살 아프게 하는 모양이기도 하다. '대강대강'이라든지, '건정건정'이라든지 '띄엄띄엄'이라는 것이 싫으니, 애를 써 꼼꼼히, 치밀히 하자는 것이 아니건마는 자연 그렇게 되는 것이요, 자칫하면 잔소리가 많다는 타박을 받게 되었던 모양이다. 그러나 소설이 거짓말이라고 생각하는 사람처럼, 소설에 한가롭게 잔말을 늘어놓을 여유가 있는 것으로 생각하였다가는 탈이다. 소설작법을 이야기하는 것이 아니지마는, 치수가 들어맞고 빈틈없이 앞뒤가 꼭 째인 기구(機構)를, 크면 큰 대로, 작으면 작은 대로 가진 것이 소설인데, 거기에 군소리나 잔말이 넌출지게 끼일 여유를 허락할 리 없다. 그 허락지 않는 잔말이 채를 잡았으니 용만하다는 것이 아니냐고 할지도 모르기는 하지마는.

그런데 해방 후에, 발표한 지 15년 만이나 되어서 『삼대』가 출간되니까, 문인은 아닌 어떤 친구가 독후감으로 하는 말이 아직 살아 있는 작품이라 하였고, 전문적인 문우(文友)도 똑같은 평을 지상(紙上)에 쓴 일이 있는 것을 기억하고 있는데, 또 15년을 지내서 오랜 절판에서 헤어나게 되고 본즉, 전후 30년이 지난 오늘날의 젊고 어린 학생들은, 나에게도 장편이 있었던가 하고 희한히 여기며 학교도서실에서는 다투어 읽는다는 말을 들었다. 다만 30년 후인 지금까지 작품은 살아있는가 보다. 어떤 문학소녀 아닌 소녀는 『삼대』 전인지 직후인지에 쓴 『모란꽃 필 때』를 읽은 모양이라, 이 흔한 영화제작시대에 그 작품은 어째서 영화화가 되지 않느냐고 묻는 데에 나는 그저 실소(失笑)한 일도 있지마는, 요사이 소년소녀의 독서력도 그만치 늘었는지 난해하다고 하지 않는 것만도 다행하다. 그렇게 말하면 30년 전, 그 작품들을 쓸 때에 벌써 대중적·통속적인 것들이었던지? 지금의 어린 독자층까지 그만큼 수준이 높아졌다는 것인지는 모르겠으나, 그때나 이때나 나의 작품들은 그저 그런대로 있는 모양이니 그것도 고마운 일이다. 내 자신을 위하여서가 아니라, 이 나라의 신문학을 세워나가는 데에 무슨 보탬이 될까 싶어서 말이다.

또 다시 지루하게 난삽이라는 말을 꺼내기는 싫으나, 결국 난해하고 알삽(戞澁)[387]하다는 뜻일 테요, 이것은 위에서도 말한 것과 같이 묘사에 치중하고 치밀(緻密)에 주력한 때문일 듯싶은데, (근년(近年)에 와서는 이것은 주로 단편을 가지고 하는 말이지마는) 묘사의 소밀(疏密)과 결구와 표현의 치조(緻粗)가 나의 건강을 알아보는 척도같이 말하는 평자(評者)도 있는 것은 흥미 있는 일이기도 하다.

그야 건강이 부실하여 정신이 혼미하면 작품이 자연 소루(疏漏)하여지겠지마는, 치밀성(緻密性)을 회복한 것을 보면 건강이 좋아진 모양이라는 말도 들어왔는데, 사실 그렇기도 하였거니와, 이로써 보면 묘사의 정세(精細)나 표현의 치밀이 난삽의 원인은 아니 되는 모양이다.

회구담(懷舊談)인지 변해(辨解)인지, 따지고 보면 소위 고답적(高踏的)도 아니요, 통속도 아니며, 이해할 수는 있으나 심심 소일(消日)로 노닥거린 잔말도 아니었다는 말인데, 또 어떻게 보면 이때까지 한 말이 남이 알아주지를 않으니 자화자찬이나 하고 만 듯도 하다. 그러나 내 작품들이 근년에 와서 단편의 외곬으로 나갔고 장편에 손을 대지 못하였던 것은, 첫째는 신병(身病) 때문이었고, 초(超) 모던의 짙은 현대색(現代色)으로 파탈(罷脫)하고 나서야 하겠는데, 그게 세태에 어둡다는 것보다도, 어떻게 낯간지러워서 에로니, 쇼니 하는 데까지 늙은 놈이 엉금엉금 따라가랴 하고 못 썼던 것이 사실이요, 그 외에도 또 여러 가지 이유가 있었던지 알고도 싶지 않다. 그래도 창작의 붓은 던졌을망정 가다가는 연애소설의 본격적 장편을 써볼까 하는 공상을 하는 때도 없지는 않다.

---

387 알삽(戞澁) : ① 정신이 아리송하다. ② 문장의 조리가 잘 통하지 않아 알아보기 힘들다.

혁명과 문인³⁸⁸

　일전에 『한국일보』에서 김우종(金宇鐘) 씨의 "적극적으로 발언하자"는 제언(提言)을 읽다가, "칩거" 2자(字)를 보고 미고소(微苦笑)를 한 일이 있다. 자기가 근 10년을 칩거하였다 하여서도 그렇겠지마는, 딴은 문학하는 사람이 가다가는 좀 칩거하는 편이 해롭지는 않으리라 생각하여서인지 모르겠다. 자기같이 10년 칩거에 무슨 훌륭한 작품을 내어놓았다든지 별다른 수련을 쌓았던 것이 아닌 것을 보면 칩거가 반드시 문학에 유조(有助)하다고는 생각지 않으나, 요사이 문인들이 칩거하는 경향이라면 그것은 다방이 한산하여져가는 데에 흥을 잃어서인 듯도 싶고, 또는 커피의 다향(茶香)이 몸에 배인 문학이라야 가장 참신한 현대문학인 것은 아닐 것이니, 때로는 시정의 소음을 멀리하고, 변변한 서재가 있고 없고 간에, 집에 들어앉아서 고요한 사색과 구상(構想)에 잠기는 것이 다방의 다향과, 정다우(?)면서도 시끄러운 사교적 접촉에서 멀리 떨어져보는 것도 좋지나 않을까 하는 생각이 든다. 자기가 다방 출입이 없고, 커피가 구미(口味)에는 좋아도 생리에 맞지 않아서 하는 말이 아니요, 커피를 금수(禁輸)한 혁명정부의 시책을 무조건 구가(謳歌)하여서 하는 말도 아니다. 사실 다방은 시간이 넘쳐, 주체를 못하는 사람들이 생의 낭

---

388 염상섭(廉想涉), 「혁명과 문인」, 『현대문학』, 1961.9.

비를 하던 데가 아니었는가 싶고, 커피는 우리 주제에 사치품이 아니었던가 싶어 하는 말이다.

그는 그렇다 하고, 이 칩거가 문인 "자신들의 약점 ─ 필요 이상의 불안으로"라고 할 것인지는 좀 의문이다. '불안'이니 '부조리'니 하는 말이 그 개념이나 실질적 현상에서 유리(遊離)한 한 문학적 유행어처럼 된 듯이도 보여왔었고, 따라서 그야말로 "필요 이상의 불안"을 과대망상적으로 마음에 지니고 있는지는 모르겠으되, 우리 문학하는 사람으로서는 혁명정권이나 계엄하에 있다고 무슨 불안을 느낄 일은 조금도 없다. 다만 전폭적 지지를 하고 구가를 하고 안 하는 것은 각자의 보는 각도에 따라 다르겠지마는, 과거의 부패와 불평불만에서 좀체 헤어날 수가 없던 무슨 체증이 쑥 뚫려서 시원하다는 생각은 누구나 마찬가지일 것이다. 다만 단시일(短時日)에 너무 급속도로 쾌통(快通)하여서, 부분적으로는 혹시나 교각살우(矯角殺牛)의 결과를 남기지나 않을까 하는 염려가 없지도 않다. 그러나 이것도 두고 보아야 알 일이요, 후일의 사가(史家)의 평론에 맡길 일이지, 공연한 기우(杞憂)에 사로잡힐 일은 아니다. 그러면 우선 불안은 없는 것이요, 혁명정권의 그 정직과 열성에만에라도 신뢰할 수 있는 것은 더 말할 나위 없다.

그러므로 김우종 씨가 지적한 바와 같이 "5·16 이후에 심리적 변화"가 있는 것도 사실이요, 4·19 직후와 같은 신인과 대가층(大家層)의 자칭 혁명대열이 5·16 이후에는 쥐 죽은 듯이 고요하여졌다는 것도 보는 바와 같이 사실이기는 하지마는, 그렇다고 '불안 소치(所致)'라거나 기우에 사로잡혀서 의기(意氣)가 위축소심(萎縮銷沈)한 소이(所以)는 아닐 것이다. 또 "모두 무관심하게 내던져"두는 것도 아닐 것이다.

4·19 때는 그 주권체(主動體)가 아무 실력도 세력도 권위도 없는 학생들의 불시의 궐기이었었기 때문에 놀랐고, 자연 인심이 흡연(翕然)히 여기에 모

였던 것이다. 12년 독재의 금성탕지(金城湯池)[389]를 누가 감히 비예(睥睨)[390]할 수 있었으며, 더구나 이(李) 대통령의 하야나 자유당의 궤멸이야 언감생심이었을까마는, 이것이 몸에 촌철(寸鐵)을 지니지 않은 어린 학생들의 순진한 우국・애국의 지성(至誠)에서 우러져 나와, 돌발적으로 충화(衝火)시킨 원동력이 되었던 것이요, 민주국가를 재건하는 대의(大義)를 세웠으며, 또는 그 가련한 어린 희생을 수많이 바친 참상(慘狀)에 전 국민의 동정(同情)이 쏠리던 끝에, 급기야에는 그 난공불발(難攻不拔)로 알리었던 독재 아성이 하룻밤에 손쉽게 무너지는 것을 환호로 맞았던 것이다. 그리고 차대(次代)에 올 정권에 기대가 컸을수록에 한세상 만난 듯싶어 그 움직임이 활발하였던 것이다. 더욱이 이 성세(聲勢)에 편승하려는 무리들이 학생들의 비위를 맞추어가며 끼고 노느라고 한층 더 세상을 왁자하게 만들었던 것이라고 보아 틀림없을 것이다. 그런데 또 하나는, 나도 어느 기회에 미리 경계하여둔 바 있었던 것이거니와, 학생의 일부가 4・19를 앞세워서, 부려서는 안 된다는 '만심(漫心)'과 '객기(客氣)'를 거침없이 부리고, 데모 하나면 만사가 즉결(卽決)이요, 제각기 소원성취가 되는 줄만 알고 난동하였기 때문에 그 결과야 어찌되었든지 간에, 당시 한때 발언과 기세가 활발히 보였던 것이다. 그러나 지금은 그와 다르다. 지금은 침착하고 반성하고 실천적이어야 할 때다. 뜯어 고친다는 것은 수술이다. 대수술실에서는 아무리 수선꾸러기라도 마음을 가다듬어, 정신 반짝 차리고 침착하여질 것이다. 구악(舊惡)을 파헤치고 이것을 바로잡자는 자리에서는, 자기는 거기에 아랑곳없더라도 저절로 숙연하여지지 않을 수 없으리라. 인생생활에 대한 반성으로이다. 또한 혁명이요, 재출발이요, 재건

---

389 금성탕지(金城湯池) : '쇠로 만든 성과 끓는 물을 채운 못'이란 뜻으로, ① 매우 견고한 성과 해자(垓子) ② 전(傳)하여, 침해받기 어려운 장소.
390 비예(睥睨) : 눈을 흘겨 봄.

이라 하니, 이때까지 가던 길의 발뿌리를 돌려놓아야 할 것이다. 새로운 행동이 필요하다. 싫거나 좋거나 취하지 않을 수 없는 행동이다. 즉, 실천이다. 새로 마련되고 퍼져나가는 환경에 등지고 거역하는 마음의 고통에서 벗어나려면 다시 관찰하고 관조하고 사색하고 새로운 결의를 하여야 할 것이다. 즉, 마음의 혁명이요, 이 역시 실천이다.

4·19 이후에 날뛰던 사람들이 잠잠하여진 것은, 이 침착과 반성과 실천의 길을 찾아든 까닭일 것이리라. 문인들이 다방에서 서재로 발길을 돌려서 칩거한다는 것도 대중이 지금 가는 길과 똑같은 길을 걷는 것이나 아닌가 한다. 죄진 일이 없으니 불안을 느낄 일이야 없겠지마는, 주위환경이 그러하니 저절로 거기에 보조를 맞추어 잠잠히 집에 들어앉아서 관망하고, 속으로 비판하고, 내일 다시 나갈 길을 전망하고 있는 것이나 아닐까? 그러고 보면 목하(目下) 문인들의 침묵과 칩거는 불안에서 오는 도피나 은신이 아니라, 재출발을 위한 예비공작의 기간을 벌자는 것이리라고 보인다. 위에서 '관망'이라는 말을 하였지마는, 그 '관망'은 초연히 올라앉아서 현실을 냉안시(冷眼視)한다는 의미는 아니다. 그러므로 목하 문인들이 침묵을 지키고 칩거한다는 것은 혁명에 대하여 무언(無言)의 협조가 되는 것이요, 또 그렇게 보는 것이 옳을 것이다. 문인들이 플래카드를 들고 데모를 한다든지, 혁명을 지지·성원한다는 성명서를 신문에 내어볼까? 누가 보든지 시키지 않은 아유(阿諛)로 밖에 보이지 않고 웃지 않을 사람이 없을 것이다. 하여간 문인도 거리에서 헤매지 않고 집에 들어앉았게 되었으니 이것도 혁명의 덕이라면, 슬그머니 혁명정부에 대하여 첨(諂)을 한다고 하겠는가? 허나, 다방에서 해방(?)된 문인들이 칩거하는 동안에, 앞으로 나갈 새 길을 사색하고 또다시 뚫어나갈 거라. 이것이 곧 자기혁명이요, 군사혁명·정치혁명에 보조를 맞추어 나가는 길이다.

그런데, 하나 걱정이 있다. 문인이 새 길을 뚫어나간다는 의의는 문학적인 이외에 다른 것이 없다. 그렇기는 그렇지마는, 소위 문인의 특수한 생활고를 농어민의 빚까지 갚아주는 것같이 구원할 수도 없는 일이요, 4·19 이후, 또는 5·16 이후에 걸쳐 연달아서 '문단 불경기'라 할까, 문인들의 생활고에 못지않게 문학활동의 중심이 되는 순문예지를 비롯하여 주요 월간지가 허덕이고 있다는 이 사정을 어떻게 하였으면 좋으냐는 말이다. 원래 변동기(變動期)에는 이러한 문화활동이 두색(杜塞)되는 것으로 보아야 옳을 것이기는 하다. 언제나 출판계나 서사(書肆)에서 호경기(好景氣)라는 말을 들어본 일이 없기는 하지마는, 4·19 이후부터 서적소매상들은 거진 파리채를 날리는 듯한 눈치였다. 사회적 변동이 있으면 으레 그러한 영향이 있겠지마는, 처음에는 이것이 국가적인 대변혁기요, 더구나 그 주동(主動)이 학생층이었던지라, 독서계도 그렇거니 하였었는데, 뒤이어 온 정말 알짜인 군사혁명을 연거푸 치르게 되고 보니, 독서계도 어수선한 분위기에 휩쓸려서 그야말로 불안에 꿈쩍하였는지 책을 들 경황이 없어지고, 하다못해 잡지 한 권이라도 사고 싶은 마음이 내키지를 않게 되었는지도 모르겠다. 그리하여 모든 문화활동은 거진 마비상태에 빠진 듯이도 보인다. 그러면 이러한 문화면의 마비나 위축상태가 조속히 완화되고 못 되는 것은 혁명정부의 시정(施政) 여하에 달렸다 하겠으나, 그보다도 잡지 한 권이라도 사볼 사람의 마음먹기에 달렸다고 하겠다. 즉, 혁명정부에 신뢰를 가지고 국사(國事)는 그네들에 맡겨두어 안심하고 나 할 일은 나대로 하여야 한다는 평온한 생각만 있으면 문화면에 있어 별로 영향이 있을 리 없지 않은가. 그러나 이것도 결국은 정부의 시책에 그 책임을 미루게 되지나 않을지 모른다. 모든 문화활동이 안심하고 제대로 진척되어가도록 그 '안심'을 주고, 또 그 활동에 필수(必需)한 여건을 마련하여주는 것이 위정자의 할 일이기에 말이다. 구체적으로 말하면 독서의 의욕이 줄어들 만치 신경질적으로 불안을 가진 층(層)이 있다면 그 원인을 하루 속히 제거하여주어야 할 것이요, 정부가 솔선하여 용지난(用紙難)이나 융자를 원활하게 함으로써 출판서적이 염가판을 보급하여 구독자의 부담을 가볍게 하고 동시에 독서의욕을 자극·왕성케 하도록 함이, 이 출판계와 잡지경영 등의 당면한 난제(難題)를 해결지어 주는 길이 아닐까 한다. 또한 이것은 문필인들의 궁핍한 사정을 실업자 구궁책(救窮策)의 일환으로 빠짐없이 돌보아주는 첫 일이요, 문화사업에 큰 도움이 될 것이다.

"문단의 침체와 문예지의 위기 극복을 위하여 적극적으로 발언하자"는 김우종 씨의 제의에 찬동하여 우선 발언한 바이거니와, 실현성이 있는 타개책이 있으면 정부에 대하여 솔직히 의견을 개진하는 것이 좋을 것이다.

독자성 가지도록[391]

    그러니까 해방 이듬해 만주에서 귀국하자 『경향신문』 창간을 맡아달라는 청을 받아 일비의 힘을 기울였던 때가 엊그제 같은데 열다섯 돌이 되었다니 새삼스레 내 흰 머리카락에 손이 가면서도 무척 마음 흐뭇하다.

    문필생활을 하면서도 기자생활도 정업(正業)답게 일해 온 터였긴 하지만 해방 후의 여러모로 겹친 혼미기(昏迷期)에 새 출발을 하는 데에 있어서는 적지 않은 난제(難題)가 가로놓였었으나, 함께 뜻을 같이한 동지들의 열성과 협력으로써 순조로이 첫발을 내디디었던 일은 지금껏 고맙게 여기고 있다.

    창간 당시의 『경향신문』은 내 비위에 맞았었다. 종교적 배경을 가졌다 해도 신문은 신문으로서 독자성을 가져야 하는 때문에 정치적으로 좌우 어느 편도 들지 않았던 거와 같이 종교에 대해서도 어디까지나 엄정중립(嚴正中立)의 태도를 지켰었다

    당시의 혼란한 정치·사회 사정으로 봐서 『경향신문』이 걸었던 길은 대단히 험했다. 그 반면, 창간한 지 얼마 안 되었으면서도 유리한 점도 없지 않았다.

---

391 염상섭(廉想涉), 「독자성 가지도록」, 『경향신문』, 1961.10.6. 이 글은 '형극(荊棘)의 길! 본지(本紙) 창간 15주(周)'라는 기획의 일환으로 작성되었다.

내가 그때 초대 편집국장으로서 신문을 만들어가며 외람된 말이지만 사회 여론을 이끌어가려는 데 있어서는 공정과 중립을 그 다시없는 바탕으로 삼았었다. 『경향신문』이 그 뒤 어떤 발자취를 남기며 걸어왔는지는 사정이 어두워 나로서는 모르겠고 사회의 비평이 더 정확할 것이다.

이(李) 정권하에서 폐간되었던 달갑지 않은 기억을 되씹으면서 어언 창간 15주년을 맞는 『경향신문』의 앞날을 축배(祝杯)하고, 신문의 도(道)요, 신문인(新聞人)의 정신인 공정과 중립에 한 발도 뒷걸음질 침이 없는 기개로써 뻗어나가기를 바랄 뿐이다.

9월 29일 삼각산록(三角山麓)에서

염상섭 문장 전집
1962

만주에서
환희의 눈물 속에[392]

광복의 첫날을 맞이한 것은 압록강 대안(對岸), 만주땅 안동(安東)에서 있었다. 이날, 일본 동경으로부터 '중대방송'이 있다는 예고에 바로 옆의 집 일본 부인과, 뒷골목에 사는 노일인(老日人)이 방송을 들으러 내 집으로 왔었다. 이 노일인(老日人)은 안면은 있었으나 내 집에 발을 들여놓기는 처음이었었다. 방송은 목 메인 소리가 흘러나오는 일제의 침통한 항복선언이었었다. 실내는 냉수를 끼얹은 듯이 찬바람이 돌았다. 그러나 내 가슴은 뛰었다.

내 눈에도, 그 일(日) 노인의 눈에도 눈물이 글썽하였건마는, 제각기 그 뜻은 달랐었다. 하나는 뼈에 맺힌 원한이 갑자기 풀리는 환희의 열루(熱淚)이었고, 하나는 비분(悲憤)에 가슴 쓰린 통한의 눈물이었다.

방송이 끝나자 말 없이들 헤어졌다.

그런데, 내가 여기에 말하고자 하는 것은 바로 그날 저녁이 공교롭게도 내가 야경(夜警)을 도는 차례이었다는 것이다.

야경은 전시(戰時) 중 동내(洞內)에서 자치제(自治制)로 시행하여오던 터인데 나는 당일로 밤을 도와가며 조직하여야 할 우리 거류민회(居留民會)에 참

---

392 염상섭(廉想涉), 「만주에서-환희의 눈물 속에」, 『동아일보』, 1962.8.15. 이 글은 '내가 맞은 8·15'라는 특집의 일환으로 작성되었다. 글 말미에 '작가'라고 명기되어 있다.

석하기 위하여 순번을 바꾸어달라고 청하여 인근의 국민학교의 일본인선생이 대체하게 되었던 것이다. 그리하여 회(會)를 마치고, 야반(夜半)에 집에 돌아와 앉았자니, 마침 내 집의 옆골목에서 딱딱이 소리가 나자마자, 뒤미처 '켁' 하고 비명이 희미하게 들리고는 잠잠히 밤은 깊어갔다.

이튿날 회에 나가서, 간밤에 내 집 옆골목에서 D보통학교 일인(日人) 교원이 흉한(兇漢)의 백인(白刃) 아래 자살(刺殺)되었다는 소식을 듣고 나는 내심(內心)으로 '어크머니나!' 하고 몸서리가 쳐졌으나, 부회장인 나는 회장 L씨와 함께 지면(知面)이요, 횡사(橫射)한 그의 집에 조위(弔慰)를 갔었다.

해마다 광복절을 맞으면서 그때 이날을 일생에 한번밖에 또다시 없을 환희의 눈물로 맞이하고, 그날 밤의 전율을 되씹고 있다. 그러나 그 환희는 비록 환희라 하여도 되풀이하여서는 안 되고 길이길이 후일을 위하여 명기하여야 할 것이다. 또한 나 개인으로서는 그날의 횡액에서 벗어났음을 천주께 감사할 따름이다.

횡보문단회상기 橫步文壇回想記 393

1

한두 가지가 아닌 연래의 고질(痼疾)이 엎친 데 덮쳐서 붓을 던진 지 기구한 터에 문단회상기를 써보라 하니, 기억에 알삽(戛澁)하고 힘에 겨워 꼴 같지 않은 용두사미가 되지나 않을지 모르겠다. 그러나 일생의 회고담이란 늙게 좋은 소일거리요, 자위도 됨직한 일이라 이것저것 머리에 떠오르는 대로 주워섬기려 드는 것이 노물(老物)의 예증이기는 한 것이다. 하여간 케케묵은 기억을 더듬어가면서, 생각나는 대로 대충 추려 적어보기로 하자.

우리의 신문학에 발판이 된 서구의 근대문학과 그 문학사조가 흘러들어온다는 일이 당시의 형편, 즉 언어·교통·유학·문물교환 등의 문화교류 상태로 보든지, 더구나 일제(일본의 제국주의)가 가로막고 저해하던 식민정책으로 보아 직수입은 극히 어려웠고 드물었던 터라, 대개가 일본을 거쳐서 간접으로 구미의 신사상(新思想)·신풍조(新風潮)에 얼마쯤 접촉하고 섭정할 기

---

393 염상섭(廉想涉), 「횡보문단회상기(橫步文壇回想記)」(전2회), 『사상계』, 1962.11~12. 첫 연재분에 함께 실린 편집자의 말은 다음과 같다.
　"염상섭 선생의 「횡보문단회상기」를 이번부터 시작하여 다음 12월호 본지에 계속 연재된다. / 우리 문단 반세기를 회상하는 좋은 기회라 믿고 필자의 건필을 기대해둔다."

회를 얻기 시작하였던 것인데, 그나마 이조 말엽부터의 일이었었고, 그것이 문학인 경우는 거의가 신문소설류를 통하여 일부에 알려졌을 뿐이었다. 더욱이 기미(己未)의 3·1운동을 계기로 하여 갱생·신생의 울연(蔚然)한 발흥 기세가 심저(心底)로부터 터져 나오고 치밀어 오르던 그 한 고비의 심각하고도 처절하였던 오뇌와 분노와 절규가 거칠고 숨 가쁜 대로 토로될 창구멍은 오직 문화방면이었었고, 그중에서도 문학의 분야에서 그 배설구를 찾으려 할 수밖에 없었다. 그리고 이것은 불가항력의 가장 진지한 몸부림이기도 하였던 것이었다. 물론 여기(문학)에서도 검열의 눈은 날카로웠었고, 원고의 삭제와 몰수가 항다반사(恒茶飯事)였으나, 그래도 그런대로 다른 방면에서 위축되고 국준(跼蹐)하였던 울분이라든지, 설은 심회라든지, 호소무처(呼訴無處)인 기막힌 사정들을 다소라도 풀어버릴 숨구멍이 여기였었고, 또 문학적 내용으로 말하면 제각기의 사상과 경향을 따라 제 갈 길을 찾아들기에 분주하였던 것이었다. 그래야 뒤늦게나마 허둥지둥 걸어온 우리의 현대문학의 연륜은 고작 40여 년밖에 안 된다.

이처럼 기미년 3·1운동은 문화방면, 더욱이 신문학 수립에 큰 에포크를 지었거니와 나는 그때 일본에서 고학 중이었었다. 게이오대학(慶應大學)에 학적은 두었었으나 원체 귀족적이요, 부유층의 자질(子侄)이 모이는 그러한 하이칼라 학부에를 들어갔던 것이 오산이기도 하였지마는 당장 학자의 길이 막히고 보니, 아르바이트를 할 작정으로 정처 없이 유랑의 길을 떠나 중학시절에 정 들인 교토(京都)를 비롯하여 한신(阪神) 지방(오사카(大阪), 고베(神戶))을 헤맨 끝에, 동북지방의 소항(小港)이면서 유명하던 쓰루가(敦賀)에까지 흘러가서 한때는 우연히도 신문기자랍시고 궁둥이를 붙여본 일도 있었다. 그런데 그 코딱지만한 소항(小港) 구석에서 정우(政友)·헌정(憲政)(당시 일본정당) 양 파끼리 대립·질시하고 으르렁대는 틈바구에 끼어 있기도 귀찮고 꼴 같지 않아서, 사장이란 자는 조선에 한 다리 뻗는 데는 나를 이용할 생각으로 였는지 극구 만류하건마는 쾌쾌히 물리치고 다시 유랑의 길을 떠나서 오사카에를 들렀는데, 때마침 서울에서는 33인의 독립선언이 있었다. 파고다공원에서 올린 혈투의 봉화가 삽시간에 삼천리강산에 불똥이 튀고, 활활 불길이 날리는 소식을, 앞서 동경유학생들이 일본의 기원절인 2월 11일에 독립운동에 호응하여 오사카에서 가만히 있을 수 없다 하여 회합을 꾀하여 거기에 참석하러 가던 노상에서 석간신문을 사보고 알게 되었던 것이다. 공교롭게도 동경에 합세하려고 오사카유학생들을 설복하러 가던 길에서 이 눈에 불이 나는 빅뉴스에 접하자 나의 젊은 피는 혈관이 터질듯이 더 끓어올랐고, 몸에 촌철(寸鐵)을 지니지 못한 동포가 도살장에 끌려 들어가는 듯한 형상이 보이는 듯싶어 결심은 한층 더 굳어졌다. 그러나 이날의 회합에서 오사카유학생들끼리는 별로 결의한다든지, 무슨 방안을 얻지 못하고 헤어졌으나, 여기에 실망한 나는 그 길로 동경으로 직행하여 정세를 살핀 후, 새로운 방안과 결의를 가지고 오사카에 회환(回還)하여 단독으로 거사할 준비에 동분서주하였었다. 그리하여 재판(在阪) 동포들을 요소마다 비밀역방하여 설복하고 대거 궐기를 약속하였던 것인데, 결과에 있어 일은 수포로 돌아가고 기(幾) 개인이 피체되고 말았던 것이다. 경찰당국에 누설되지 않을 리 만무한 노릇이라 집회장소로 지정되었던 천왕사공원(天王寺公園)은 철옹성 같은 경찰진에 포위되었었고, 나는 식칼을 등에 메고 도마(俎) 위에 올라가듯, 섶(薪)을 지고 불구덩이에 뛰어들듯, 당장 닥쳐올 일이 무엇인 줄은 번연히 알면서도 예정한 집회장소, 오사카 시에서도 한복판인 천왕사공원에를 땅거미가 어둑어둑한 무렵에 기어들어가서 자기 딴에는 정세를 살피고 현장을 미리 검색하려다가 보기 좋게 형사대들에게 거사 직전 피체되었었고, 내회자(來會者) 2, 30명이 공원 입구에서 구속되었다가 익조(翌朝)에 즉결석방되었었다. 그리하여 그때 나를 도와서 골필로 선전문과 통고문을 복사하여주었던 2명의 재판 (在阪) 유학생도 나와 함께 피검·투옥되어 한때 끽고(喫苦)하였었다. 초심에 서 나는 금고 10개월, 두 학생은 무죄, 검사의 상고까지 가서 나 역시 프랑스 의 판결례에 준하여 골필을 사용한 복사는 등사와도 달라서 출판법 위반이 아니라고 하여 무죄석방이 되었었다. 그 덕에 나는 신문 관계로 빨갱이로 몰 려서 한때 고생도 또 한 번 치루어본 일이 있었지마는 아직은 내 호적에 주선 (朱線)을 치는 전과자를 면하고 있다.

그리하여 나는 다시 동경유학을 계속하려는 희망만 가지고 학자(學資)의 성산은 여전히 없는 채 막연히 동경으로 되돌아왔는데, 때마침 일본, 그중에 도 문화인이 모인 수도이니만치 동경에서 무산계급해방을 부르짖고 나서는 노동쟁의가 도처에서 치열히 벌어졌고, 또한 한때의 유행이기도 하였었다. 일인(日人)들의 성질이라, 지금은 퍽 달라졌으리라고 보거니와 하여간 그 유 행성이요, 말하자면 인플루엔자에 감염된 환자같이 날뛰던 무산자운동에 자 극도 되고, 일부 지도층과 접촉으로 받은 영향으로 말미암아 나 역시 그 노동 운동, 즉 그때의 술어로 제3계급 해방운동에 공명하였고, 또 그것을 실천하 려 하였었다. 적어도 그러한 이념을 가지게 되었었다. 민족해방운동은 노동 쟁의를 통한 무산자해방운동으로 우회하는 작전이라 할까, 그러한 수단을 택하느니만 같지 않다는 결론을 얻게 되었던 것이었다. 이와 같이 지향과 목 표가 서자, 당시 일본에서 유수한 법학자로 동제대(東帝大) 교수요, 우리 유학 생 간에서도 지한파(知韓派)라 할까, 이해와 동정을 가졌다는 요시노 사쿠조 (吉野作造) 박사가 회유수단으로이던지 학비를 제공한다는 것도 일언지하에 물리치고, 요코하마(橫濱) 항(港)에 있는 복음인쇄소(福音印刷所)의 직공으로 자칭하여 노동자로 나섰다. 노동자의 생활을 터득하고, 그 속에서 투쟁의식 을 키우고, 그 방법과 수단을 익혀가면서 학자(學資)와 생계의 자(資)를 벌겠다는 뱃속 편한 다짐에서 단연 결행하였던 것이다. 여기에서는 그때 우리 국내에 전포(傳布)되는 성경(聖經) 기타의 선교용 서책을 인쇄하는 관계로 한글을 기계적으로 채자하던 일인직공만 쓰던 터에 대환영을 받았고, 여직공들은 호기심으로 대하는 모양이었으나, 한 가지 흠은 미행형사가 붙어 다니면서 출퇴근 시에 송영하는 것이었던 듯하였었다.

　각설하고, 이때 본국에서도 독립운동의 여염(餘焰)이 아직 가시지 않아서 수선수선하였고, 일제가 과거의 무단통치를 소위 문화정책으로 대치한다고 신총독인 해군대장 사이토 마코토(齋藤實)를 부임시키는 첫날에 남대문 역두(지금의 서울역)에서 강우규(姜宇奎) 의사(義士)의 폭탄세례를 받고 찔끔하였음인지, 하여간 표방한 정책의 본보기로 3개의 일간지(『동아』·『조선』양 지(紙)와 이에 대치한 친일지로『시사시보(時事時報)』였던가?)를 허가하였었는데, 나는 그중의 하나인『동아일보』가 창간될 때에 정치부장으로 나섰던 C씨의 추천으로 당자도 모르는 정치부 기자가 되었었다. 전보와 서신으로 나의 낙부(諾否) 없이 일방적 의사로 기자를 임명, 임명이 아니라 떠맡겼다는 통지가 있었고, 뒤미처 돈(부임비)을 보내주었으니, 때마침 독감으로 일 주일이나 절식하고 사선을 넘나들다가 정신이 겨우 들었던 터라, 어리둥절하여 하녀더러 환전표(換錢表)(위참증(爲替證))를 찾아오라 하여 귤(橘)부터 사다가 구갈(口渴)을 면하던 생각이 난다. 어쨌든 그 바람에 주자(鑄字)를 고르던 문선공의 먹 묻은 손을 씻고, 여전히 청(請)치 않은 미행형사의 호위를 받으면서 동경으로 나와서는, 벼락당상이나 한 듯이 제 딴에는 일류기자가 되어 어깻바람을 휘날리면서 일본 정계, 실업계, 학자들 할 것 없이 명류들을 역방하여『동아』지 창간의 축사와 함께 총독정치 비판과 무단통치에서 문화정책으로의 전환기에서 보는 비판과 희망을 듣기로 하였었다. 기자생활의 경험은 전기와 같이 유랑 중에 쓰루가 항에서 쥐꼬리만큼 얻었었다 하겠지마는,『동아』지 기자로서 첫 출사(出

仕)가 당시의 총독부였었는데, 그중에서도 주력은 경무국에 경주하였던 것이다. '무단정치 = 헌병통치'가 '문화통치 = 경찰통치'로, 쉽게 말하자면 군복을 양복, 관복을 사복으로 변장하였다는 데 지나지 않았던 것인데, 주제넘게도 적수로 호자(虎子)를 잡겠다고 호혈(虎穴)에를 무시로 마구 드나들자는 살풍경한 소임을 맡게 된 것이었다. 그러나 실상인즉 하도 말썽이 많고 근력요목(勤力搖木) 격(格)으로 겉으로는 허번주그레하게 얼렁거리면서 뒷손질로 못살게 굴던 총독정치의 알맹이인 경무국의 비식(鼻息)을 엿보고 비위를 맞추어가며 얼렁대는 소일을 띤 것이라, 기자로도 서투른 얼치기인 데다가 문안을 드리려 다니는 셈이요, 서투른 염탐꾼 노릇을 한 것이었다.

외국의 예를 보면 부유한 집 자질이 아니고 작가로 자수성가한 사람은 대개 신문기자 출신이 아니던가도 싶은데, 나도 일가를 이룬 작가 행세가 하고 싶어 연해 기자생활을 내세운 듯싶어서 쑥스럽기도 하지마는, 그러한 기자생활도 반년쯤 하다가 집어치우고, 그동안에 동호자(同好者)끼리 모여 앉아서 쑥덕거리던 문예운동의 동인단체(同人團體) '폐허'의 일원으로서 순문예지 『폐허』를 발간하는 데에 주력을 기울였다. 동인으로 모인 우인들로는 이(已) 작고(作故)인 남궁벽(南宮璧), 변영로(卞榮魯), 황석우(黃錫禹), 6·25사변 때 피랍·실종된 안서(岸曙) 김억(金億) 등 제군이 있고, 지금 생존한 축으로는 이병도(李丙燾), 오상순(吳相淳), 그리고 나(필자)쯤 되는가 보다. 그런데 아무리 세상이 좁다고 휘젓고 다니던 불기분방(不羈分房)한 그들도 돈에는 오금을 못 쓰는 백면서생(白面書生)들이라, 물론 자력이 있을 리 없고 어쩌둥하여 종로의, 지금은 박문서관의 자리에 있었던 광익서포이던가 하는 서사(書肆)에서 손익(損益) 간에 도맡아주기로 되어 창간호 1,000부를 찍어내었고, 그래도 손은 안 보았기에 한동안 동이 떠서 내게 된 『폐허이후』도 거기에서 맡아주었었다. '3일 천하'라는 말이 있거니와 그 즈음에 '3호 잡지'라는 유행어가 있었다. 정권,

금권, 이권 할 것 없이 권익이란 권익은 모조리 빼앗기고 나서, 허드레로 해보자는 잡지 부스러기나마 허가제·원고검열제인 데다가, 자금은 없고, 집필진은 줍고, 영성(零星)하던 때라 3호를 넘기기가 어렵다는 말이다.『폐허』역시 간신히 돌이나 잡힌 어린것을 없애듯이 한 '2호 잡지'의 단명이었었다. 그래도 몇 안 되던 그 동인의 그룹이 후일 신문학을 수립하고, 문단을 세우는 데에 한 줌의 배토(培土)나마 뿌렸더니라 하여 별로 과칭이 될 것은 없으리라.

그런데 여기에 더욱이 나로서 잊혀지지 않는 일이 있으니, 그것은 무슨 기연이랄까, 그 폐허사의 문패를 붙였던 적선동 그 집이 바로 나의 조부 대(代)부터 중형(仲兄)이 출생한 후까지 살던 집이라는 것이다. 나는 그 근처 '고가나무굴'이라는 도깨비장난이 심하더라는 집으로 옮겨간 뒤에 낳았지마는 하여간 그 집주인 K군의 호의로 안방만 내놓고는 마음대로 쓰게 되었다. '고가나무굴'이라는 것도 필운대(弼雲臺)(필운동)와 야주개(야조현(夜照峴))의 중턱에 있으니, 예전에는 조고만 고개(소치(小峙))가 있었던 곳인지도 모르겠거니와 그것은 그렇다고 하고, 폐허사 현판을 붙였던 그 집을 제공한 K군을 만난 것은 어느 날 밤, 그 근방인 종교(宗橋) 예배당에서였었다. 나는 어릴 적, 일본 동경에 있을 때부터 교회 앞을 지나다가 주일(主日)이고 3일예배고 간에 설교가 있는 눈치면 들어가서 듣는 버릇이 있었는데, 언젠가 초저녁에 종교(宗橋) 예배당에를 들어갔다가 파(罷)해 나올 제, K군이 나를 어디에서 보았었던지 알은체를 하여주어서 그의 집에도 찾아가게 되었고, 그 집에 문단의 양산박(梁山泊) 셈측한 폐허사 간판도 붙이게까지 되었던 것이다. 그래서 밤낮을 가리지 않고 기예발랄(氣銳潑剌)한 문학청년들이 모여앉아서는 고담준론(高談峻論)에 불똥이 뛸 듯한 기염을 토하며 의기충천하던 한때가 있었다. 그러나 그 집주인 K군은 동인은 아니요, 철학서를 그득히 쌓아놓고 독학을 하였었다.

한화휴제(閑話休題)[394]하고『폐허』는 주로 고인이 된 남궁벽, 오상순, 필자

등이 꾸며 나갔었지마는, 그때까지도 나는 정작 창작에 붓을 들지는 못하였었고, 그 이듬해(1920년)이던가 「표본실의 청개구리」를 『개벽』에 몇 달 동안 분재한 것이 작가로서의 첫출발이었었다. 그다음에 최육당(崔六堂)이 창간한 『시대일보』의 사회부장으로 있으면서 동지(同紙)에 연재한 『만세전』(1923년)이 장편에 손을 대기 시작한 중편 정도의 것이었으며, 그 전에 쓴 『신혼기』(1923)는 여류화가요, 문우(文友)이기도 한 L여사의 승낙을 받고 모델로 한 작품이었다. 후일, L여사는 그것 때문에 히스테리에 걸릴 뻔하였다고 넌지시 나를 나무라는 말도 들었거니와 이 『신혼기』는 처음에는 『묘지』라고 하였고, 나중에 출판할 때에는 『해바라기』로 개제하여 L여사 자신이 견우화(牽牛花)를 그려 표지를 장식하여주기까지 하였었는데, 세 번째 개제한 것이다.

『사랑과 죄』를 『동아일보』에 연재하기 시작한 것이 1925년쯤인 듯하거니와, 그렇게 친하던 안서 김억 군도 어쩌다가 이 작품만은 가다가다라도 읽어보았던지, "여보게, 자네 그런 줄은 몰랐네 ……." 하고 사별삼일(士別三日)에 괄목상대(刮目相對)[395]라더니, 눈을 씻고 나를 다시 대하겠다는 듯이 처음으로 친구의 칭찬을 맞대해놓고 들은 일도 있었다.

미기(未幾)에 다시 일본유학의 뜻을 품고 동경에 재유(再遊)하는 동안에도 작품생활은 계속하였고, 또 그 고(稿)도 체일 중의 생활비인지, 학자(學資)인지를 자변(自辨)하였거니와 일 년쯤 일본문단에 접촉하여보고 귀국하던 해에 『매일신보』에 집필한 것이 『이심』이었었다. 그 시절에 총독부의 기관지인 『매일신보』에 글쓰기를 꺼려하였지마는, 1년이나 멀리 떨어져있던 빈서생(貧書生)이라, 아무리 고국인들 졸지에 적수공권으로 돌아와서 신수(薪水)의

---

394 한화휴제(閑話休題) : '쓸데없는 이야기는 그만 하고'라는 뜻으로, 글을 쓸 때, 한동안 본론에서 벗어난 이야기를 써내려가다가 다시 본론으로 돌아갈 때 쓰는 말이다.
395 사별삼일즉갱괄목상대(士別三日則更刮目相對) : 『삼국지』에 나오는 말로, '선비는 헤어져서 사흘 만에 만나게 되면 눈을 씻고 다시 보아야 한다는 뜻이다.

길조차 막연하던 판인데 간청을 받으니, 내심으로는 변절이나 하는 듯싶어 썩 내키지 않았으나, 진가위(眞可謂) 코 아래 진상(進上)이 지상명령인지라, 응낙하고 붓을 든 것이었다. 딴은 그러한 심경이라 하여 제(題)하여 왈(曰), 『이심(二心)』이라 하였던 것이나 아니었던지 모르겠다. 가가(呵呵).

그 후 1930년 가을에 조선일보사의 안민세(安民世) 사장과 한기악(韓基岳) 편집국장의 초청으로 안석주(安碩柱) 학예부장 밑에서 주로 독자투고와 무슨 때의 응모작품을 심사하는 기자 노릇을 하던 한때가 있었는데, 그 구차스러운 생활 속에서 쓴 것이 『삼대(三代)』였었다. 조부손(祖父孫) 3대의 가정생활, 즉 몰락과정을 밟아가는 봉건적 유물로서의 전통을 지닌 가풍과 각 대의 판이한 시대상과 그 변천상을 그린 것이었다. 이 두 작품은 타천(他薦)·자천(自薦)으로 기간(旣刊)·미간(未刊)의 양 문학전집에 수재(收載)케 되었거니와 통틀어 작품의 수명이란 두고두고 보아야 알 미지수에 속하는 일이다.

2

신문기자 생활이 천직이거니 하는 자부가 있었던 것도 아니요, 밥을 굶어도 평생에 남에게 머리를 굽혀가며 구직운동이라곤 하여본 일이 없었지마는, 어쩐둥하여 이리 구르고 저리 구르다가 보니 작가생활에 못지않게 신통치 않은, 그 알뜰한 '무관제왕'의 생화로 반평생 넘어 늙어왔던 것이다. 더구나 작가생활과 기자생활은 양립키 어려운 모양이다. 그러기에 일본 같은 데서도 한때, "신문은 번창해가고 문장은 졸렬해진다."는 문필계의 속언이 있었지마는, 작가가 되려거든 기자생활을 집어치우든지, 기자가 되려거든 작가는 아예 단념하여버려야 하겠거늘 붓 한 자루로 되는 일이라 해서 그런지

쌍수집병(雙手執餠)으로 두 갈래 물결에 쓸려 내려왔던 것이 나의 과거의 문필생활이었었다. 작가생활로 원고라고 새 발의 피 같은 푼돈쯤 가뭄에 콩 나기로 얻어걸린댔자 생계가 설 수 없고, 기자생활을 하면서 창작생활을 겸무 겸직으로 하자면 머리의 조직부터 달라야 하고, 체질과 건강이 쥔병아리[396]나 골생원[397](포류(蒲柳)의 질(質))으로 생겨서는 안 될 일이다.

여하간 이러한 틈바구니에 끼어서, 더구나 삼십 총각이 다 늦게 무슨 객기로이던지 장가랍시고 들고, 식구가 불어서 생활난에 쩔쩔매다가 어쩐둥 M신문사에서 쫓겨났던지, 자진사퇴를 하였던지 하여 다시 본령(本領)인 작가생활로 돌아가려는 판인데, 만주에서 ─ 그때는 일제의 관동군의 위압 밑에 봉천(奉天)의 장작림(張作霖)·장학량(張學良)은 쥐구멍을 찾고, 장춘(長春)이 신경(新京)이 된 첫 서슬인데, 우리말로 내던 일간지를 혁신하였다고 이 알량한 나를 불러갔다. 아무튼 나는 그 덕에 서울, 동경 밖에 모르던 우물 안 개구리(井中之蛙)인 문학청년이 만주 구경도 하고, 거센 대륙풍도 쏘이게 되었던 것인데, 그때 나를 천인(薦引)한 선배가 내어세운 조건이 가족을 동반할 것, 일체 창작생활을 단념할 것, 말하자면 문학적 거세(去勢), 즉 작가로서는 고자가 되라는 말이니 무후절대(無後絶代)하라는 말이기도 하였다. 어째서 첫 조건으로 금주령을 내리지 않았던지? 나를 위하여서는 천려(千慮)의 일실(一失)이었기도 하였었다.

그것이 25년 전 정축(丁丑), 사십 고개를 마악 넘어서의 일이었었다. 그때의 M지는 그야말로 100만 재만동포의 표현기관이요, 복지와 문화적 향상을 위하여서는 물론이요, 당장 아쉬운 고비에는 "여기 나 있노라."라고 외마디 소리라도 칠 수 있고, 떳떳이 할 말은 하여야 할 창구멍으로서라도 그 존재가

---

396 쥔병아리 : 남에게 항상 눌려 지내는 사람. 곽원석, 『염상섭 소설어사전』.
397 골생원(骨生員) : ① 옹졸하고 고루한 사람. ② 늘 잔병치레로 골골 앓는 사람.

치는 실로 중한 것이었었다. 여하간 그때의 감독기관인 관동군(關東軍) 보도부에서 보낸 일인주간의 날카로운 감시를 받아가면서 신문의 제호부터 고치고 인재들을 끌어들여 내 딴에는 지면을 쇄신하여 놓았었다.

쓰다가 보니 자화자찬이 되고 말았지마는 어쨌든 유공불급(唯恐不及)으로 정성을 다하였고, 소개한 선배와의 언약을 지켜 작품에는 붓을 들지 않았었다. 그러나 감독기관인 관동군 보도반에서는 운영의 배후조종을 하고 편집을 독감시(督監視)하는 일인(日人)을 보내어 와 있었는데, 나의 콧대가 그리 세인 편은 아니었으나, 사사(事事)히 대립이 되고 규각(圭角)³⁹⁸이 일심(日甚)하여진 끝에 동사(同社)를 사(辭)하고 압록강 대안(對岸)인 안동에 와서 우거하였었다. 이때에 동사의 잔류사원들의 간탁으로 장편을 쓴 일이 있었으나, 해방과 함께 귀국 도중 짐짝을 사리원에서 덜어 맡기고 온 일이 있었는데 그 짐을 이내 찾지 못하여 신문에서 오려둔 작품집을 함께 잃고 말았다.

관동군의 감시하에 있는 신문에, 더구나 전시 중에 쓴 것이니 별로 신통할 것도 없었고, 분실하여 아까울 것도 없거니와 안동·신의주에서 친지들이 작반하여 서울로 가자 하기도 하고, 삼팔선이 끊기어 어린것들을 데리고 노수(路需)도 마련 없이 나서기가 염려스러워 미루미루하다가 신의주에서 과동(過冬)을 하고, 이듬해 초하에야 서울에 득도(得到)하게 되었었다.

서울에 오자마자 마치 기다렸다는 듯이 불려나간 데가 『경향신문』이요, 맡은 일이 편집이었었다. 그러노라니 역시 작품생활과는 또 연(緣)이 멀어졌었고, 1년 남짓이나 지난 후 조고인(操觚人)으로서 아주 청산한 뒤에야 오랜만에 겨우 문단에 돌아오게 되었던 것이다. 쉽게 말하자면 바람이 났던지, 호된 시집살이를 하였던지 한 끝에 본가로 쫓겨 왔다거나, 남편의 품에

---

398 규각(圭角) : '말이나 행동이나 뜻이 모가 나서 남과 잘 화합하지 못함'을 이르는 말.

되돌아와서 안겼다거나 하여 여하간 오랜만에 기죽을 펴고 제살이를 하게 된 셈이요, 물에 퉁겨났던 우물 안 고기(魚)가 다시 물을 찾아든 셈으로 창작에 붓을 들었던 것이었다. 그중에서 장편으로만 대충 추려본다면, 1948년 봄부터 『자유신문』에 『효풍』을 연재하다가, 전자에 간여하였던 『신민일보』 사건으로 군정재판에 걸려 잠깐 동안 중단되었었고, 『조선일보』에 『난류』를 쓸 때에는 중도에 6·25사변을 만나자 한때 붓을 쉬었던 일이 있었으나 뒤를 이었었고, 다음에 역시 『조선일보』에 『취우』(1951년)를 집필하였었다. 조병옥(趙炳玉) 박사가 주재하던 『자유세계』지에 매월 연재하던 『홍염(紅焰)』[399]과, 부산으로부터 환도한 후의 일이지마는 부산의 『국제신문』에 연재하였던 『지평선』이 미완성교향악이 되고 말았던 것은 어쩐 까닭이었던지 어정쩡하거니와 『서울신문』에서 『젊은 세대』가 중단되었던 것은 그 부서의 일선 책임자가 고의, 혹은 자의(自意)로 단행하였던 것인지? 소위 어용지의 성격을 남용한다기보다도 그 나래 밑에 숨어서 한 일이었던 듯이도 볼 수 있었다. 또 혹은 십상팔구(十常八九), 작품이 꼴 같지 않아서 그러하였던지? 여하간 꼴사납게 되었었다. 나중에 알고 보니 전에도 몇 작가에게 그러한 창피를 주었다는데, 그것도 무슨 트릭이었던지 객기인지 상습화하였던 모양이었다. 여하간 난생 처음으로 큰 봉변을 당하였었다.

그런가 하면 『한국일보』에 『미망인』을 쓴 것은 그 창간과 동시였던 듯이 기억되는데, 장(張) 사장[400]이 출사하던 길에 내가 그 근방에 살기 때문에 직접 찾아와서 부탁을 하고 갔던가? 또 혹은 역시 근처에서 살던 사원 한 분이 해정(解酲)하러 목노집에 갔던 나를 뒤쫓아 와서까지 부탁을 하고 갔던지 한 일이 생각난다. 아무튼지 그만큼이나 일에 열심이요, 작가를 대접하여주는

---

399 원문에는 '『인염(仁焰)』'으로 되어 있으나, 오식이 분명하여 바로잡았다.
400 한국일보사의 창업주인 백상(百想) 장기영(張基榮, 1916~1977)을 가리킨다.

것이 유쾌하였었고, 작가로서도 또 그만치 성의를 보이는 것이 당연하다고 생각하였었다.

쓰다가 생각하니 이것은 무슨 묵은 작품들의 전시회나 객쩍은 푸념을 하는 것 같게 되었다. 그러나 과거의 문단이라는 사회상을 순객관으로만 소개, 혹은 논의한들 장한 일이 아니겠고, 문인끼리의 교유록만 써야 할 묘리나 의무가 있는 것은 아니니, 역시 자기의 문단적 존재나 그 위치를 중심으로 회상하는 것이 부득이한 일이요, 또 당연한 일일지도 모른다. 여하간에 기위 말이 난 길이니 남은 다른 작품마저 전시를 하기로 한다.

1957년에 『자유세계』에 『홍염』401의 속편으로 『사선(死線)』을 쓰다가 이역시 미완이 되었었는데 그것은 아마 동지가 휴간이나 정간된 때문일 것이다. 다음에 을유문화사에서 소년잡지를 발간하였었던지 하여 거기에 『채석장의 소년』(1949년)을 썼다. 소년소설은 나의 작품들 중에 드문 일이요, 처음이자 마지막이었던 듯하다. 1957년에 속간된 『삼천리』지에 장편 『화관』을 썼고, 1958년에서 익년에 걸쳐서 『자유공론』에 역시 장편 『대를 물려서』를 연재하였었다. 아마 장편으로서는 이것이 최근의 작일 것이다. 앞으로 또 쓸 기회가 있으려니 하는 희망 밑에서 선뜻 최종의 작이라고는 하지 않는다. 또 하고 싶지도 않다. 여하간 그 후로는 3년 넘어나 내리 장편만 써왔고, 단편도 금년 들어서면서부터 붓을 들지 못하고 있다. 집필을 못하는지? 않는 것인지? 또 그러면 그것은 무슨 이유인지? 병도 병이려니와 인제는 아주 지치고 멀미가 나서인지? 근력이 없는 것도 사실이지마는 테마의 고갈로 머리가 돌지 않고, 붓을 들 흥이 빠지고, 용기가 저상되었다는 말인지? 그렇다면 이제는 두 수(數) 없이 폐물이다. 자기가 생각하여도 딱한 일이요, 가엾은 일이다.

---

401 원문에는 '『인염』'으로 되어 있으나, 오식이 분명하여 바로잡았다.

그러나 두고 보자. 또 붓을 들 날이 있을지 뉘 알랴!

  그건 그렇다 하고 이상에 열거한 작품들은 노트에 메모하여둔 것만 가지고 추려낸 것이거니와 이때까지 써온 작품 수를 따져본다면, 소위 중편(중편이란 분량으로 측정하는 말인지 모호하거니와)이라고 할 듯한 것 2편을 제쳐놓으면, 장편이 18편이요, 그 나머지 95편이 단편인데, 그동안 오래오래 두고 분(紛) · 서실(閭失)[402]된 것도 있을 것이요, 미처 수집하여두지 못한 것, 생각나지 않고 아주 잊어버린 것들이 약간은 있으리라고 생각한다. 그러나 그것은 그렇다 하고, 작품들의 우열이란다든지, 앞으로 얼마간 여년이 있어 또 다시 붓을 든다손 치더라도 과연 어떤 것이 나올 수 있을지 그 역 미지수다. 여하간 이것이 나의 일생을 바쳐서 고작 하여놓은 일의 토탈이라기에는 부끄럽고 서운한 일이다. 좀 더 짜내야만 될 듯싶다. (1962.11)

3

  근자(近者)에 입수한 모 회사의 월간지를 들춰보니, 권두(卷頭)에 내어걸은 나의 소조(小照)를 설명한 월탄(月灘) 형의 '찬(讚)' 아닌 소개문 가운데, 나를 가리켜 "자연주의문학의 거목(巨木)"이라고 과찬한 일구(一句)가 있다. 송사리를 장상(掌上)에 놓고 고래라고 아니 한 것만 다행이거니와 웬 "거목"일꼬? 자기 스스로 섶단(薪束)에 쓸려 들어간 한 포기의 잡초라 하여 결코 겸사(謙辭)는 아니리라. 남이 나를 가리켜 자연주의문학을 하였느니라고 일컫고, 자기 역시 그런가 보다고 여겨오기는 하였지마는 무어 큰소리치고 나설 일은 못 된다.

---

402 서실(閭失) : 물건을 흐지부지 잃어버림.

그저 그 어름에 근사한 테두리를 끼고 돌았을 뿐이라고나 할까? 하기는 내가 15, 6세의 구상유취(口尙乳臭)로서 당시의 구학(求學)의 길이자 유행이기도 하였었고, 자랑거리나 되는 듯하던 일본유학을 한답시고 그 나라로 건너가던 맡에, 신대륙이나 발견한 듯이 눈에 번쩍 띄던 것이 태서문학(泰西文學)의 세계였었는데, 때마침 일본문단에서는 자연주의문학이 풍미하던 무렵이었었다. 정작 자연주의문학의 발상지인 구주문단(歐洲文壇)으로 말하면 이미 한풀 꺾인 때였지마는 일본에서는 한물 닿았던 시절이라, 문학에 맛을 들이기 시작하였던 내가 그 영향을 받은 것이 사실이기는 하였었다. 따라서 그 후의 나의 문학적 경향이란다든지, 변변치 못한 작품들이 동호자끼리나 평자(評者) 간에 자연주의적 색채를 띠었다 하고, 나 스스로도 그런 듯이 여겨왔던 터이기는 하지마는, 그럴 수밖에 없는 원인이나 이유를 따져본다면 그것은 수동적인 외래의 영향보다도, 내재(內在)하고 내발적(內發的)인 여러 가지 요소·요인에서 찾아봄이 옳을 것 같다. 또 그러자면 첫대에, 그 당시의 우리나라의 형편, 즉 시대상이라든지 사회상과 환경의 공기를 제쳐놓고는 말할 수 없게 된다.

그때의 형편으로 말할지면, 무엇보다도 3·1운동 직후라는 점을 들 것이니, 먼저 이것을 염두에 두고 고찰하여야 하겠다. 거족적으로 결사궐기하여 오직 만세일성(萬歲一聲)의 구호로써만 몸부림을 치면서 독립을 절규하던 그 처절한 모습에는 새로운 희망과 광명이 깃들고 비쳐오는 듯이 여겨졌었지마는, 그 결과로 나타난 것은 다만 숨이 지려던 자의 통기(通氣) 뿐이었던 것이요, 발랄한 생기가 도는 듯하였고 발흥(勃興)의 기개와 성세(聲勢)가 드높은 듯이 보이던 것도 한때뿐이었지, 실상은 베르사유평화회의가 놓아주었던 구급의 캄풀주사 정도와 질식상태에서 간신히 숨을 돌렸을 뿐이었던 것이다. 실질적 수확을 얻기에는 역부족임을 나하(奈何)하리오. 애초에 그러한 줄을 바이 몰랐던 것은 아니겠으나, 나오느니 탄성뿐이요, 기개(幾個) 언론기관의 허가와 유령회사의 간판쯤이 시정에 즐비하게 나붙다가 시내로 비거서향풍(飛去西向風)이던 터이라, 이를 문학적 표현에 빌자면 현실폭로요, 환멸의 비애라 하겠는데, 이것만으로도 자연주의적인 조후(兆候)가 농후하였다고 볼 수 있다. 이를테면 비교적 명랑한 성격의 소유자로서, 그의 작품에서도 로맨틱한 빛깔이 짙었던 빙허(憑虛) 현진건(玄鎭健)과 같은 분이 점차로 자연주의의 색채를 엷게나마 나타내기 시작하였었다고 생각되는데, 그것은 어찌할 수 없는 그 시대상의 발로였던 것이라고 나는 본다.

한 작품이 가진 특이점, 다시 말하면 같은 솜씨로되 그 작자가 아니고는 쓸 수도 없고, 기대할 수도 없는, 즉 타인의 모방이나 추종을 불허하는 그 작품의 특징은, 그 작가의 개성 나름인 동시에 보편적으로는 민족성의 표백이라고 볼 것이다. 그러하므로 동일한 제재를 가지고 열 사람이 쓴다 하기로 열 쌍둥이가 나오는 것이 아니라, 십인십색(十人十色)의 작품을 보여주는 것이니, 하물며 쌍둥이라도 오롱이조롱이라고 하지 않는가. 그러면서도 제각기 저 닮은 자식을 낳는 것이요, 제 민족성과 제 국민성을 지니고 있고, 제 기질을 풍긴다는 점으로 보면, 특히 국민문학이니 민족문학이니 하고 내세우려 들지 않아도 대개의 작품은 그 테두리 안에 저절로 든다고 하여 무방하다. 또 그러하므로 한 작품 안에 표현된 시대성(역사성으로 볼 수도 있다)이란다든지 지리적 조건, 전통(역사적, 지리적 조건이 아울러 함유한다고 보아 좋다) 또는 언어, 내지는 그 어감이 주는 독자적이요, 저만이 알 수 있는 맛(味) ……. 이러한 것들은 그 민족이 아니고는 뼈에 저리고 맺히게 아는 수가 없는 것이므로 모든 문학은 결국에 저절로 민족문학이라 할 수 있고, 또 비록 여러 갈래의 민족이 모여서 이루어진 복합체의 국가인 경우일지라도, 한 울 안에서 생성한 모든 문학은 상말로 각 어미 자식 같은 것일지는 몰라도 역시 국민문학에는 틀림없다고 하겠다. 그리고 그 문학은 그 민족의 표현일 뿐만 아니라, 그 민족의 장래를 점치는 한 예언도 되는 것이다.

지금 나는 작가생활의 회고담을 이야기하라 하여 말이 나왔기에 내 작품 자랑을 하자는 것은 아니나, 자연히 자기의 작품들도 화제에 올려서 일별하 게 되거니와, 유수십편(有數十篇) 되는 장·단편 중에서 특히 시대상을 나타 낸 것으로는 「표본실의 청개구리」와 『삼대』를 일례로 들고 싶다. 내외를 막 론하고 어느 시대, 어느 민족 또는 어느 나라의 문학이든지 문학뿐만 아니라 모든 예술, 문학, 예술은 말 말고라도 하다못해 신문기사 한 토막에서라도 시 대성, 지리성, 역사성 및 전통성을 지니지 않는 것이 없는 것이지마는 특히 전기(前記)한 두 작품을 본보기로 내세우는 소이(所以)는, 전자(前者) 「표본실 의 청개구리」는 3·1운동 직후에 잠시 한때라도 갈 바를 모르던 ― 즉, 추향 (趨向)할 바 길이 막혀 방황(민족이 갈 길을 잃은 것은 아니로되)하던 심적 허탈상 태와 정신적 혼미상태 ― 현기증 같은 것을 단적으로 표현한 것이요, 후자(後 者) 『삼대』는 신구시대를 조손(祖孫)으로, 그 중간의 신구완충지대적(新舊緩衝 地帶的)인 시대, 즉 흑백의 중간적이요, 흐릿한 회색적 존재로서 부친의 대를 개재(介在)시키어 세 시대상의 추이와 그 특징을 밝힌 작품이다. (위에서 말한 '회색적 존재'란 뜻은 좌익분자들이 항용하는 '회색분자'라는 의미가 아니다.)

이 조(祖)·부(父)·손(孫)의 3대를 다시 명확히 규정한다면, 조부는 '만세' 전 사람이요, 부친은 '만세' 후의 허탈상태에서 자타락(自墮落)한 생활에 헤매 던 무이상(無理想)·무해결(無解決)인 자연주의문학의 본질과 같이 현실폭로 를 상징한 '부정적'인 인물이며, 손자의 대에 와서 비로소 새 길을 찾아들려 고 허덕이다가 손에 잡힌 것이 그 소위 '심퍼사이저'라고 하는, 즉 좌익에의 동조자 혹은 동정자라는 것이었다. 작품을 떠나서 실제로 보더라도 이것이 3·1운동 후 한 귀퉁이에 나타난 시대상이자 동시에 인텔리층의 일부가 가 졌던 사상적 경향이었었으며, 어떠한 그룹에 있어서는 대중을 끌고 나가는

지도이념으로 생각하였던 것이다. 또 그것은, 내가 오사카감옥에서 나오자 요시노(吉野) 박사의 제자들이 권하기를, 독립운동을 정면으로 부닥뜨릴 것이 아니라 노동운동, 광의(廣義)로서는 무산자해방운동으로 방향과 수단을 돌려서 간접적인 방법과 행동을 취함이 양책(良策)이리라고 시사(示唆)하던 것과 부합되는 일이기도 하였었다. 그리하여 그때의 내가 이 시사나 종용에 붙쫓았던 것은 아니로되, 자기의 애국사상과 이에 따르는 모든 행동을 좌익에 동조하는 길로 돌리어, 독립운동을 잠행적으로 실천하는 길, 요샛말로 하자면 지하공작이라 할까? 하여간 속에서 치밀어 내어뿜는 열과 울분을 이 '심퍼사이즈(동조)' 하는 창구멍으로 내뿜으려 하였던 것이요, 또 이것이 실천의 수단방법이라고 믿었던 것이다.

그리하여 이러한 심퍼사이즈를 작품에 취급한 문학은 우연히도 뒤미처 온 프로문학의 전주적(前奏的) 역할을 한 셈쯤 되었던 것이기는 하나, 그것은 그 시대상을 반영한 것일 따름이다. 그리고 여기에서 말하는 서해(曙海) 최학송(崔鶴松)은 그 유형의 첫 손 꼽을 사람이다.

그의 처녀작이요, 뒤에까지 남은 작품으로 「탈출기」(1925년)가 있거니와, 작가생활도 길지 못하였고, 천수(天壽)도 길지 못하여 삼십 남짓에 요절하였다. 그 「탈출기」를 나에게 가지고 왔던 것을 기억하고 있는데, 아마 그때 춘해(春海)(방인근(方仁根))가 자비(自費)로 경영하던 『조선문단』에 소개하여, 여기에서부터 문단에 두각을 나타내게 되었었고, 아울러 『조선문단』의 편집을 돕다가 미기(未幾)에 『매일신보』 기자로 전직(轉職)하여 출세한 셈이었으나, 재직 중 폐환(肺患)으로던가 아깝게도 조세(早世)하였다. 어쨌든지 간에, 그 후 한때 이 나라에도 홍역처럼 유행하던 소위 프로문학운동에 있어 그는 우연히, 다시 말하면 투철한 계급의식을 가지고 투쟁하기 위하여 (그때의 좌익계의 용어로 소위 작품행동을 하려) 나왔던 것은 아니로되, 때마침 프로문학의 대두기였던 고로, 호의로 본 사람들은 덮어놓고 무산자 해방을 위하여 붓을 칼로 바꾸어 들고 나섰던 투사거니 여기게 되었던 것이다. 그러나 당자(當者)는 그렇지도 않았었고, 또 그러기에 『조선문단』과 『매일신보』 등에서 순실한 기자로 중용되었었고, 지우(知友) 간에서도 신망을 얻었던 것이었다.

4

어차피 말이 나왔을 뿐 아니라, 프로문학에 대하여 한마디 없이 그대로 지나칠 수는 없다. 무산문학·프로문학이란 분명히 말하자면 프롤레타리아문학, 무산계급문학, 또 혹은 제4계급문학이라 칭하겠고, 그 발아기쯤에 외면에 나타난 한 유행으로서는, 단추가 없이 뒤집어쓰는 운동셔츠 같기도 하고, 노타이 와이셔츠 같은 것을 입고, 흑사(黑絲)로 꼬은 허리띠 끝에 술(繐)이 달린 것을 질끈 동여서 늘어뜨리고 다니던 한 시절이 있었는데, 그 심악(甚惡)하던 일제·일경(日警)들도 어째서 가만 내버려두었던지? 적로(赤露)라기보다는 제정러시아 때부터의 풍속이라 하여 그런 것쯤이야 제멋대로 하라고 본체만체하였던지 모르거니와 그것은 또 마치 제1차 대전 후 이태리의 독재자 무솔리니가 영도하던 파시스트당원이 제복으로 흑색상의(와이셔츠)를 입던 것과 같다 하여 흑친당(黑襯黨)이라고 내가 어느 때 붓장난으로 야유한 일[403]도 있었다.

각설하고, 그때 프로문학의 선두에 나섰던 대변자들과도 나는 진두(陣頭)의 단병접전(短兵接戰)[404]으로, 몇몇 합(合)의 논봉(論鋒)을 겨누던 일들이 생각난다. 말하자면 무산자계급을 위한 투쟁을 위하여는 수단을 가리지 않는

403 「'백색(白色)' 10년 — '철옹성'의 세제언(歲除言)」(『중외일보』, 1928.1.1)을 가리킨다.
404 단병접전(短兵接戰) : 서로 칼을 가지고 맞붙어 싸움.

다, 문학도 여기에 이용되어야 할 도구(무기)에 불과하다고 주장하면서, 소위 '작품행동'이라 하여 작품답지도 않은 왜곡된 단편을 내어놓고 프로문학의 표본인 듯이 큰소리만 탕탕 치던 시절이었었는데, 이에 대항하여 문학의 본질을 따지면서, 그들의 예봉(銳鋒)을 물리치기에 고군역전(孤軍力戰)을 하던 일들이 기억에 새롭다. 그가 대다수의 문학청년들은 벽상(壁上)의 관초전(觀楚戰)이었었지마는 일부 소수의 문청들은 내심으로는 프로문학이라는 것을 비소(鼻笑)하고 대수롭지 않게 여기면서도, 원체 신문학이라는 그 자체를 한때의 매명(賣名)·득명(得名)의 수단쯤으로 알았던 소수의 부류도 없지는 않았던 모양이어서, 프로문학 군(群)이 공세요, 투쟁적인 데 비하여 이 편은 수세(守勢)였었고, 프로문학의 일군(一群)을 치지도외(置之度外)라는 듯이 그저 점잖은 체로 넘겨버리려는 기색이 보였었다. 이것은 우익 측이 좌익이론에 어두워 지피(知彼), 즉 적정(敵情)을 살피지 못함과 같으니, 그만치 투지와 전술전책(戰術戰策)이 소극적이었던 것이다. 그러나 오늘날에 와서 결과로 보면 불로이공(不勞而功)이었고, 부전승(不戰勝)의 덕을 본 셈이기는 하였지마는 좀 미온적이었었고, 김빠진 맥주 같았던 느낌도 없지는 않았었다.

그런가 하면, 시대는 뒤숭숭하여 좌익사상자들(행동자들은 아니었다)이 은신·암행하면서도 만연되어가고, 또 덮어놓고 새 것이라면 부쫓고 양장(洋裝)의 뉴 스타일이라면 허겁지겁을 하듯이, 새 것을 안다는 현기(衒奇)와 자랑과 아울러, 침울한 기분과 육중한 분위기에서 벗어나려는 갈구로서는, 일부 청년들은 프로문학이 지호(指呼)하는 대로 따라섰고, 그때의 유행어로 소위 '진보적(進步的)'이라는 시류에 영합하여 ─ 기실은 그만한 세력을 갖고 뒤흔들었던 것은 아니었지마는, 성세(聲勢)를 허장하고 능숙한 선전수단으로 남의 이목을 얼마쯤 끌기도 하였었다.

그러한 위에서 잠깐 언급한 바도 있거니와 피압박민족의 해방전을 계급투쟁에로 전환함이 첩경(捷徑)이라고 종용하던 논법과 같이, 이 경우에는 계급투쟁을 위하여 문학을 무기로 쓴다손 치더라도, 그보다도 먼저 화급한 것이 피압박상태에서 벗어나기 위한 민족의 대동단결이 있어야 할 것이요, 외침(外侵)의 수모나 압박이 없는 경우라도, 애국애족의 지성이 있었어야 할 것이니, 민족분열을 가져오기 쉬운 계급의식이나, 더구나 계급투쟁이란 용허될 수 없고, 또 논의할 여지도 없는 것이다. 하물며 국가와 민족의 내적 표현인 문학·예술에 계급성이 있을 리 있겠는가! 문학·예술은 한때의 방편이나 정책으로 좌우되는 것이 아니요, 제 피(혈통), 제 생명의 바탕(질), 제 전통들에서 저절로 우러져 나와 다채롭게 결정(結晶)된 것이며, 제 나라, 제 민족의 빛(光)이요, 값진 자랑이다. 그러하기에 예로부터 '생명은 짧고 예술은 길(久遠)다'고 하지 않는가! 대략 이러한 논지가 계급문학부존론(階級文學不存論)이라 할까, 계급문학무용론(階級文學無用論)의 골자였었다. 딴은 부모 없는 자식이 없듯이, 후일에 소비에트 러시아에서도 제정시대의 문호들과 그들의 유업에 대하여 혼이라도 추방하였다거나 불 질러(焚詩書)버렸다는 말은 듣지 못하였으니, 문화적으로도 제 조상, 제 혈통은 어찌하는 수 없는 모양이다. 어쩌면 소련이 제정시대가 남긴 문화재에 대하여 무슨 조처가 있었던 것을 내가 몰랐거나 망각하였는 듯도 싶다. 또 지금 생각하니 회월(懷月)이 전향하였었고, 그 당시 한 번 만난 듯도 한데 역시 기억에 흐리고, 6·25 이후에는 더구나 소식이 묘연하였으니 섭섭한 일이다. 지금 곁에서 가아(家兒)가 퉁기어주는 말을 들으매, 6·25 당시에 이북으로 납치되었던 모양이라 하니, 그것이 사실이었다면 전향 후의 일이고 본즉 사생(死生)을 미판(未判)일 거라 가엾은 일이다. (차호 계속)[405] (1962.12)

---

405 염상섭이 타계하여 미완으로 끝났다.

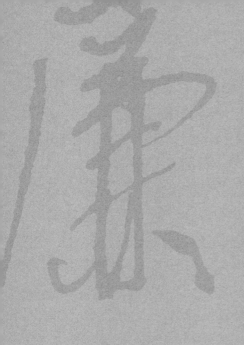

염상섭 문장 전집

부록

조선문단의 현재와 장래[406]

>

문학의 의의 ― 순간과 영원 ― 체험과 관조 ― '현(現) 문단' ― 부진(不振)의 제(諸) 원인 ― 문예비평의 신경향 ― 작품의 내용 ― 작가의 호의방황적(狐疑彷徨的) 태도 ― 프로수(水)·부르주아수(水) ― 「윤전기」 ― 제재와 선전 ― 프로문학의 폐단 ― '장래문학(將來文學)' ― 국민문학과 무산문학 ― 자연의 정복과 그 약속 ― 민족적 전통과 계급적 전통 ― 반발이냐? 합치냐? ― 농민문학에 자연예찬과 계급투쟁

조선문단의 현상(現狀)

엉뚱한 소리가 나오는 사람, 뱃속에서 뿜겨 나오는 올찬 수작을 하는 사람 ― 그런 사람이야말로, 인생에 세차게 부닥뜨려본 사람이요, 인생의 맛을 깊이 아는 사람이다. 인생을 생(生)으로 삼키지 않고 씹고 또 씹는 사람이요, 영혼의 멱살을 꼭 붙든 사람이다. 그런 사람에게는 무엇을 시키든가, 무엇을

---

406 염상섭(廉想涉), 「조선문단의 현재와 장래」, 『신민』, 1927.1. 글 서두의 한 단락은 편집자가 제시한 이 글의 주요내용이다.

맡기든가 또 아무리 실패를 하든가 믿음직한 사람이다. 그는 인생의 기미(機微)를 엿볼 줄 알고, 자연의 이법(理法)을 아는 사람이다. 현실에 힘 있게 버티고 섰으면서도 오히려 고대(高大)한 현실을 잃어버리지 않은 사람이기 때문이다. 그는 그의 자유를 어느 때든지 몸에 지니고 있기 때문에 아무것에든지 놀라지 않고, 언제든지 침착하고, 언제든지 정관(靜觀)의 여유를 준비하여가지고 다니며, 또 그의 몸은 아무리 굴려도 깨어질 염려가 없는 탄탄한 것이다. 그가 만일 자연과 인생에서 크나큰 경이를 발견하면, 그는 종용히 깊고 큰 호흡을 할 것이요, 그의 얼굴은 위대한 기쁨에 빛날 것이다. 그러나 그의 침정(沈靜)은 그의 열정을 식히기(冷却) 위하여 있는 것이 아닌 고로, 그의 마음은 언제든지 뜨거울 것이다. 나라 일이고, 사회 일이고, 문단 일이고 간에 이런 사람이 하나 있으면 하나 만큼, 둘이 있으면 둘 만큼 큰 부조(扶助)가 될 것이다.

사회에서는 사회가 침체하여간다고 떠들고, 문단에서는 문단이 냉락(冷落)하다고 한구석에서 속살거린다. 그러나 큰 호흡이 있는 사람에게서만 바랄 수 있는 엉뚱한 소리를, (지금의 처지로는 나오려야 나올 수도 없지만), 내뿜을 놈도 없고, 창자의 밑창에서 뭉싯뭉싯 비져나오는 올찬 제 소리를 제법 하는 자도 없이야 언제나 우발림 밖에 더 될 수 없는 것은 피차에 어찌하는 수 없는 일이 아니냐. 무엇보다도 깊은 뿌리를 박은 생활을 생활하여가지 않는 사람에게서 큰 문학이 생길 리가 없지 않은가. 윗목에서 벼룩의 새끼가 톡탁 튀어도 아랫목에 앉은 사람이 눈이 휘둥그레지는 지금 사람의 신경, 지금 사람의 생활에서 나오면 얼만한 것이 나오랴! 게다가 현실을 정관할 만한 눈도 없고 머리도 없으며, 생활의 목표도 어대다가 흘려버리고 다니는지 하기 쉬운 말로만 턱없는 이상을 찾고 앉았고, 혼백을 어디다가 두었던지 둔 곳조차 까먹고서, 다만 일본사람, 코 큰 사람이, 끼적거려놓은 헌책 속에서나 그 모든 것을 개념적으로 찾아내자니 원체 무리한 일이 아니냐. 나는 조선문단을 바라보거나, 일본문단을 구경하거나 이러한 생각을 하고 있다.

　문학이란 가로 보면 인간생활의 일부요, 세로 보면 인생의 조감도다. 다시 안으로 보면 문학가 자신의 혼백이 살아 있는 그림자 — 요샛말로 하자면, 영혼의 필름이 작품이란 스크린에 비친 것이다 — 요, 거죽으로 보면 사람의 행위를 약속한 어떠한 추상적 원칙을 발견할 수 있을 것이다. 이 점에 있어서, 문예는 개성과 보편성을 아울러 가지고 있는 것이다. 그리고 작품이 문학적 가치를 가지게 되는 것은 두 가지 방면으로이다. 즉, 작품의 내면에서 부절(不絕)히 활약하고 있는 작자 자신의 개성을 의미하는 영혼이 얼마나 크고 깊으며, 얼마나 맑고 또 굳센 힘으로 인생에 파고들어가서 비약을 시험하는지 그 정도에 따라서 결정되는 것이 하나요, 또 하나는 작품이 가지고 있는 보편성이, 실인생(實人生)에 접착한 밀도에 따라서 결정되는 것이다. 이를 다시 말하면, 문학의 가치는 작가 자신의 영혼의 질(質)과 그 영혼이 인생에게 대하여 활동을 미치는 정도에 따라서 결정되고, 또 일면으로는 작가의 인생관·사회관·세계관·우주관이라든지 또는 직접체험을 가지고 묘사한 바가 실인생과 틈이 벌었느냐, 안 벌었느냐는 정도로 결정된다는 말이다. 원래 예술이란 것은 '순간'을 '영원'에 확대한 데에서 생명이 움돋는 것이다. 영혼이 어떠한 순간에 붙든 진리나 감정을 지면에 옮겨놓으면 그것이 문학이요, 조형(造形)으로 표현하면 미술이 되고, 성대를 통하여 리듬을 가지고 흐르면 음악이요, 이상(以上)을 종합하여 동작에 의한 표정을 구현하면 무대예술이 되는 것이다. 즉 일(一) '순간적' 신비한 영감이 물적 수단에 의하여 '영원'과 합치하는 데에, 소위 예술의 영원성이 있는 것이다. 그러므로 예술이 예술 되는 제1조건은 작가 자신의 영혼의 질에 있다는 소이(所以)다. 그러나 어떤 순간에 붙든 영감이 그대로 직접 표현되는 것이 아니라, 물형(物形)을 빌어서 표현되므로 각각 일정한 공약(公約)에 의하여 어떠한 조직을 가진 표현방법과 수단이 필요한 고로, 그것들이 또한 불완전하면 모처럼 붙든 순간적 영감을 '영원'에 살리지 못하고 말 것이다. 그러므로 상술한바 작가의 인생관·사회관·세계관 또는 생활체험 내지 예술적 기교라는 것이 중요한 지위를 점령하게 되는 것이다.

그중에서도 체험이라는 것은, 더욱이 문예작가에 대하여 큰 무기요, 자본이다. 자연주의와 사실주의가 문학적으로 공헌한바 중에 제일 큰 것이 아마 이것이겠다. 그러나 체험에는 반드시 관조(觀照)가 따라와야 할 것이다. 칼 없는 칼집은 장난감도 아니 된다. 관조가 있고서야 체험이 보배가 되는 것이다. 세상 사람은 작가 이상으로 체험을 가진 경우가 물론 많다. 그러나 그들이 인생을 문학자만치 파악하지 못한 것은, 관조로 체험을 붙들어 매고 살리고 기르지 못하기 때문이다. 그들의 체험은 인생과 한가지 — 시간과 아울러 흘러나갈 따름이다. 진정한 문학가의 안목으로 보면, 그들은 헛 산(虛生) 사람이라고 할 수 있다. 큰 호흡을 하여야 한다 — 엉뚱한 소리를 하여라 — 뱃속에서 나오는 제 소리를 질러라 — 하는 것도, 근본토대는 체험과 관조, 이 두 가지에 있다고 하여도 과언이 아니다. 그러나 문학자는 시정의 모리지배(謀利之輩)는 아니다. 이 말은 즉, 체험에 의하여 세정(世情)과 인간 기미(機微)에 통효(通曉)[407]하였다고 속화(俗化)하여서는 아니 된다는 말이다. 허명을 탐하거든 소위 정상인(政商人)이 될 것이다. 재리(財利)를 원하거든 주식중개인이 될 것이다. 그러면 문학자는 초인간적 존재인가? 아니다! 다만 인간성을

---

407 통효(通曉) : 통달하여 환하게 함.

잃지 않은 인간생활의 비평자요, 가장 뚜렷이 살기를 노력함으로 말미암아 자기의 생을 현실(現實)하고 우주의 생명을 창달하는 데에 자랑과 직무가 있다. (뚜렷이 산다는 것은 사회적 명망 혹은 허명을 박(博)하라는 말이 아니다. 굳세게, 발자취가 뚜렷하게 산다는 말이다.)

조선 현(現) 문단이 많아야 7년의 역사밖에 못 가졌다고 하였지만, 7년이란 세월에서 무턱대고 바랄 수는 없어도 좀 털면 나올 것이 대상부동(大相不同)한 말이거니와, 너무나 현실에 악착(齷齪)하고 방황하는 까닭에 그러한 것이다. 그러면 무슨 이상을 파지(把持)하고, 또 그 이상에 보일보(步一步) 접근할 방도를 차렸다든지 노력이 있느냐 하면, 그런 것 같아 보이지도 않는다. 그러면 이것저것 다 집어치우고 회의적(懷疑的)·허명적(虛名的)으로 나가느냐 하면, 또 그런 것도 아니다. 눈을 부스스 비비며, '아니, 그래도 정녕 무슨 이상을 가졌었는데 …….' 하고 어대다가 놓쳐버렸는지를 생각하기에, 벌써 얼이 빠져버리는 모양이 조선의 현 문단이다. 정신적으로나 물질적으로 너무나 압박이 닥쳐오고 짓누르니까 그도 그럴 것이요, 오랜 영양부족이 그리 쉽게 소복(素服)될 수도 없겠지만, 내 청진기로는 얼른 집중(執症)키가, 도저히 어렵다. 계급문학 문제가 논의된 지가 만 2년이 되는 듯한데, 아직도 방향이 질정되지 못하고 헤매는 모양이다. 사회생활·개인생활이 그러하고, 새로운 번민기에 있는 세계상이 이미 그러하고 보니 그 여실한 현현(顯現)일 문학만이 명확한 추향(趨向)을 보여줄 수도 없지마는, 너무 오래 방황하다가는 길바닥에 쓰러져서 또 졸게 된다!

세모(歲暮)가 되었으니, 병인세(丙寅歲)의 문단이나 돌려다볼까. 그러나 또 별 수는 없다. 조금 활기를 정(呈)할 듯이 보이던 것은, 병인(丙寅) 연두(年頭)

에 나타난 나의 계급문학론[408]과 그에 대한 박영희 군의 「염(廉) 군(君) 무지론(無知論)」,[409]이던가로 비롯하여 무산문학론이 유행할 듯하다가 그거나마 움츠려져 들어가버린 뒤에는 또 꿩 구워먹은 수작이었다. 1년간 멀리 있어서 내부의 실정을 모르거니와, 그 외에는 (나는 소문에만 들었지만) 새삼스러이 문제도 아니 될 일개 인물에 대한 논전(?) 악희(惡戲)와, 소금쟁이 · 허수아비니[410] 하고 건망증 들인 사람 모양으로 한 소리를 또 하고 또 하고 하여가면서 조선인스러운 취모멱자(吹毛覓疵)[411]에 그 발발(潑潑)한 정의감을 만족시킨 데까지는 무사하였으나, 그 결과는 ─ 그 결과로인지는 모르겠으나, 하여간 그 후부터는 『동아』지상에서 문단시비가 꼬리를 감춘 것밖에 또 아무것도 없었다. 정말 시빗거리가 시비 안 되는 탓이요, 그것은 다시 우리 문단인 · 비문단인 (아직 신진도 아닌 분들) 할 것 없이 유치한 것을 반증한 것이었다는 점에 '문단시비'의 공헌이 있었다 할까? 요컨대 논단(論壇)으로 가장 중의(衆議)가 분분하여야 할 이 시기에 거익소조(去益蕭條)한 관(觀)이 있는 것은, 아직 준비시대이기 때문이라는 의미로 많은 장래에 촉망할 수 있겠거니와 이것은 다시 조선문단이 이때까지 문학적으로 한 문제도 해결한 것이 없다는 것을 반증함이요, 따라서 '문단'이라는 것이 질적으로 실재하였는가를 의심케 하는 사실이다.

작품에 대한 월평 같은 것으로 볼지라도, 논단이 이렇게도 빈약할 수야 있

---

408 염상섭의 「계급문학을 논하여 소위 신경향파에 여(與)함」(총8회)(『조선일보』, 1926.1.22~1.30)을 가리킨다.
409 박영희의 「신흥예술의 이론적 근거를 논하여 염상섭 군의 무지를 박(駁)함」(총14회)(『조선일보』, 1926.2.3~2.19)을 가리킨다.
410 1926년 『동아일보』 신춘문예 동요당선작인 한정동의 「소금쟁이」를 둘러싼 표절시비를 가리킨다.
411 취모멱자(吹毛覓疵) : '털 사이를 불어가면서 흠을 찾는다'는 뜻으로, 남의 결점을 억지로 낱낱이 찾아내는 것을 뜻한다.

겠느냐고 놀라지 않을 수 없다. 순문예지인 『조선문단』이 신년호부터 속간케 된다니까, 월평도 다시 보게 될지 모르겠거니와, 동지(同誌)가 정간되고 『개벽』이 절간(絕刊)된 후에는 월평이란 척영(隻影)[412]도 문단에서 찾을 수 없었다. 금후로는 순문예잡지는 물론이려니와, 문예란이 있는 간행물이면 신문까지라도 이런 방면에 노력하도록 괘념치 않아서는 현상(現狀)의 부진과 침체에서 벗어나기 어려울 것이다. 월평 같은 것은 작품이 있은 뒤에 나오는 것, 즉 개개의 작품에 한한 것이므로, 일반 문제에 논급할 기회는 적은 것이로되, 그래도 이러한 노력이 없이는 작품의 질을 향상시킬 수 없을 것은 물론이요, 또한 작가의 경향과 재능이 추이(推移)·발전하는 경로라든지, 일반사회의 생활 감정이나 사상이 유전(流轉)하는 동향을 수시로 지적·논평하여, 혹은 편달, 혹은 경고, 혹은 선도(先導), 혹은 전향케 하는 기회를 주는 데에서 월평의 가치를 찾을 것이다. 이러한 것은 무론(毋論) 문학상 일반 논의라든지, 또 비단 문학이 아니라, 사회 각 방면의 논단이 왕성할수록 서로 원만한 연결을 취하면서 생활과 추향을 지도하는 목적을 달하는 것이지만, 생활비판·문명비판을, 특히 문예작품을 통하여 시험함은, 문학 자체의 발달을 위하여 다대한 수확이 있을 뿐 아니라, 작품을 통하여 본 실인생의 핵심을 조상(俎上)에 올려놓고 논의되는 점으로 보아 좀 더 실감적이요, 심각·유력한 효과를 얻을 것이다. 원래에 작품이 앞서느냐, 평론이 앞서느냐는 문제도 생기지마는, 그것은 고사하고 (예술의 발생과정으로 보아서 처음에 이론과 규약이 있어서 예술이 나온 것은 아니다) 내가 여기에서 거듭 일언(一言)을 가하려는 것은, 월평도 월평이려니와 그보다도 작품 이전의 평론 ─ 다시 말하면, 작품에 선행하는 일반 평론이 문단의 중심이 되어서, 활발하고 가치 있는 토론의 유행시대가 어서 속히 왔다

---

412 척영(隻影) : 외따로 있는 물건의 그림자.

가, 좋은, 많은 결실을 남겨놓고, 속히 거쳐가고, 다른 신시대를 대표할 만한 또 새로운 논단이 순차로 교체·출현하기를 고대하는 바이다. 그러한 사상적 근저라든지 작품제작상 수련이라든지 실인생과 문학과 교섭을 가진 모든 문제를 토구하여, 각개 작가의 태도와 개성이 확립하지 않고는 좋은 작품을 제작할 수도 없고 감상할 수도 없기 때문이다. 나는 나의 처지로 가능한 소설작법 혹은 감상법 같은 것에 집필하려고까지 고려중이거니와, 그와 같은 근본문제에서부터 다시 출발하지 않고서는 작가로서도 지금의 습작시대를 속히 벗어나서 일단(一段)의 신진경(新進境)(제작상으로)을 보여줄 수 없겠고, 또한 일반 민중의 문예상식과 문예안(文藝眼)을 향상·보급시킬 수 없다고 생각한다. 하여간 논단의 진흥을 책(策)함은, 목하 급무의 급무이다.

그러나 다만 약간의 논평이 시험되는 데에 나타난 현상으로 보건대, 현저히 유물사관적 견지에 선 것은 그중에서라도 다소의 진경(進境)이라고 아니할 수 없다. 아직도 간단한 인상적 비평에 그치고, 그 역시 매우 표상적(表相的)임에 불과하거니와, 그래도 다소간 재래의 순예술적 비평 — 기실은 작법 혹은 기교비평에 흐른 것이었다 — 에서 벗어나서, 작품의 내재적 가치 비판이나, 사상의 개적(個的) 또는 내면적 비판에 그치는 것으로만은 만족하지 않고, 구곡(舊穀)에서 벗어나서, 현실의 사회생활에 입각하여 유물사관적 견해를 찾으려는 노력이 보이는 것은 사실인 듯하고, 또 이러한 경지로 심각화하여가는 것은 필요한 일이다. 그러나, 다만 예술적 감식(鑑識)과 비판을 등한히 하여서는 아니 된다. 양 방면으로 병진하여야 할 것이다. 요체는 오직 심화하고 질적으로 우량화하는 데에 있다.

그러면 실제의 작품은 어떠한가? 종래에도 별 수 없었지마는, 작년 1년에도 특히 지적할 만한 경향이 없었다. 다만 약간의 관조력(觀照力)이라 할까.

여하간 인생현실에 대한 관찰이 다소 예민하여지고 심각화하여가는 것은 엿볼 수 있다. 이것은 전술(前述)한 논단의 경향이 갱신한 일면을 보이는 것과 동일한 추향일 뿐 아니라, 동일한 원인을 가진 것이라고 볼 수 있다. 다시 말하면, 경제생활의 급격한 압박에서 온 것이요, 일세(一世)를 풍미하는 관(觀)이 있는 무산운동의 기운에 직접·간접으로 영향됨이 많다고 하겠다. 그러나 다만 유감되는 것은, 그 예민, 그 심각이 기분적 또는 직감적임에 그치고, 아직 체계 있는 사상화(思想化)가 되지 못한 것이다. 이 역시, 기분적·감정적으로만 프롤레타리아트문학을 제창·선전하는 일종의 문단적 유행기분에 어리둥절하고 끌려들어가는 탓이어니와, 여하간 그러한 것이 현재의 작가요, 그 작품이라는 말이다. 물론, 문학이 사회의 기운에 중대한 교섭을 가지고, 또 기분이라는 것도 일 요소를 이루는 것이지마는, 그렇다고 문학이 사회의 기류적 동향이나 환경에 맹목적으로 추종하거나 순연히 기분적으로 부유하는 것은 아니다. 사회의 현상이나 유행이 직접 작품으로 표현된다면, 간단한 설명서 한 장이면 넉넉할 것이다. 문학이 문학으로 성립되는 첫째의 이유는 어떠한 현상이나 사건이 작가의 깊은 내성 — 관조의 체(篩)를 거쳐 나오는 데 있는 것이다. 금년에는 붉은 목도리가 유행하고 내년에는 검은 모자가 객(客)을 끌리라고 하여 피동적·맹목적으로 유행에 추종할 지경이면 그는 속히 문단을 떠나 종로바닥에 나가서 치부를 할 것이다. 문인은 상인이 아니다. 상인이 상품을 무입(貿入)하듯이 사상이나 테마를 도매상이나 제조공장에서 받아다가 파는 것은 아니다. 지금의 작(作)이 이거나 저거나 사상으로든지, 기교로든지, 사건의 추이로든지 지리멸렬한 것은 유행에 영합하려고 잡화상을 벌이기 때문이다. 일 작가의 여러 작품에 일관한 통일이 없을 뿐 아니라, 일 작품 내에서도 어물전, 과물전(菓物廛), 양품점 겸업을 하는 것은, 작가가 본질과, 종래의 경향과 신유행 기분과의 칵테일을 뱃속에서 빚고 앉았기 때문이다. 종래의 경향이 그르다는 것도 아니요, 신유행 기분이 좋지 않다는 것도 아니다. 종래의 경향이면 그것, 신기분이면 그 기분, 어느 것이든지 하나를 붙들어야 할 것이요, 후자를 택하는 때에는, 생활이 기분에 서(立)지 않은 것과 같이 문학이 기분에 설 수 없는 것을 깨닫고, 조속히 사상적 통일을 얻도록 할 것이라는 말이다. 그러나 일 사상에서 사상에 — 경향에서 경향에 이동을 하려면 다소 시일을 요하는 고로, 완전히 태도를 결정하고, 또 자기 주관에 의한 철학적 의의를 새로 파악한 사상·경향을 먹출하여 충분히 소화하기까지는 제작을 일시 중지하는 것도 당연한 일이요, 예술적 양심이 있는 태도이다.

무슨 일이든지 그렇지만, 허둥허둥 서성서성 하여서는 될 일도 잡친다. 고객의 유행본능을 노리고 하는 장사치도 이 장사를 할까, 저 장사를 할까 하며 갈팡질팡하다가는 정월 초이튿날 새벽에 복조리장사밖에 못하고 말 것이다. 세상은 얼마나 달뜨라도 침착하자! 침착한 가운데에 정통을 쏘는 활이 날아 나오는 것이다. 과거의 1년 문단은 서성거리고 허둥거리는 동안에 훌쩍 새이지 않았는가! 이러한 말을 하면, 그럴 리는 업겠지만 조선사람의 근성으로 '그러면 너는 얼마나 ……?' 하고 '꽥' 하거나 발끈할지 모르겠으나, 내 말이 혹평이라고 생각하거든, 눈을 감고 가만히 자기의 심경을 살펴보면 알 일이다. 나도 창작에 집필하면서 평론을 하려니까, 이러한 하기 싫은 변명 — 뼈진 말까지 하는 것이다.

이러한 불안정상태는 프롤레타리아문학을 표방하는 사람이나, 이에 추종하는 일부 작가나 동일함을 볼 수 있다. 그도 그럴 것이 이 양자(兩者)의 차이점은 다만 표면상 표방하느냐, 안 하느냐는 데에 있고, 그 이상으로 내면적 상

위점(相違點)이 없기 때문이다. 계급문학 주장자는 어떤 윤곽만을 겨우 붙들었다는 점에 있어서 추종자들에 비하여 일보를 전진(?)하였다고 할까 하나, 방법론으로서 일정한 목표가 없고, 개인으로나, 그 주장 전체로나 하등의 통일이 없는 것은, 추종자들이 시정의 물정을 보아서는 확실히 유행성이 있기는 있는 듯한데 ……. 자 ―, 그리고 보면 대관절 품질이 어떻다는 말인고? 하고 호의준순(狐疑逡巡)[413]하며 일진일퇴하는 것과 조금도 다를 것이 없다. 이러한 것은 무에나 발달의 과정에서 면치 못할 것이지마는, 그러나 한 가지 제일 책잡을 것은, 그러면 계급문학자끼리라도 어찌하여 토구(討究)를 게을리 하느냐는 것이다. 향수병에는 '부르주아 장신수(裝身水)'라는 패(牌)를 붙이고, 냉수병에는 '프롤레타리아 해갈용(解渴用)'이라는 레테르를 붙여놓으면 누구나 수긍하겠지만, 같은 냉수병에다가 하나에는 '부르주아 수세수(嗽洗水)'라고 쓰고 또 하나에는 '프롤레타리아 음료수'라고 써놓으면, 곧이듣는 놈이 시러베아들놈이 아니냐. 부르주아도 그 물을 마실 때가 있고, 프롤레타리아도 그 물에 탁족(濯足)할 때도 있을 것이 아니냐고 물을 제, '아니, 우리는 이 물로 겨우 목이나 축이지마는, 그놈들은 이 물을 흥청망청 쓰니까 구별이 확실히 있다.'고 하면서 그 남용하는 사실을 공격하는 일편에, 군핍(窘乏)한 사태만을 묘사하는 것이 프로문학이라 하고 선전을 한댔자, 일반 문외한은 혹 그럴 듯, 혹 그렇지 않을 듯이 듣는 둥 마는 둥 하지만, 과학자의 안목으로 보라면, '부르주아 수세수'나 '프로 음료수'나, H$_2$O에 염분 기(幾) 퍼센트, 박테리아 기종(機種) 기타를 함유하였으므로 답은 '이퀄(equal)'이라고 할 것이다. 즉, 본질적으로는 동일하다고 입증할 것이다. 이 결함은, 동일한 물체(작품)를 가지고 본질적 상이(相異)를 증명하려거나, 논점의 상이를 아직 발견치 못한 데다가, 물체까지 본질

---

413 호의준순(狐疑逡巡) : 여우처럼 의심하고 주저하다. 어떤 일을 선뜻 결정하지 못하고 망설인다.

적으로 동일한 결과에 빠졌거나, 그 어느 점에든지 있는 것이다. 따라서 이러한 것을 추종하려니까, 만날까 하여 서성대고만 있을 것이 아니냐.

내가, 당시 '프로·부르주아' 설(說)이 분분할 작하(昨夏)에, 「윤전기」[414]라는 단편을 『조선문단』에 발표하였다. 이에 대하여 박월탄(朴月灘) 씨는 월평에 격찬하고, 홍벽초(洪碧初) 씨는 사석에서 센티멘털하다 하고 김파인(金巴人) 씨는 프로문예라고 하더라는 말을 듣고, 나는 속으로 혼자 웃은 일이 있다. 물론 나는 3자(者)의 언(言)이 모두 일리가 있다고 생각한다. 박 씨는 그 작(作)이 '사람 대 금전' 문제에 있어서, 해결은 주지 않았을망정, 심각·선명한 관찰이라든지 그 표현으로, 홍 씨는 최후에 A라는 기자가 분경(粉競)의 중심인물이던 덕삼이와 윤전기 앞에서 맞붙들고 울었다는 점으로, 김 씨는 그 제재가 (직접 듣지는 못하였으나 대개는 그러한 의사인 모양이다) 무산자생활에서 나온 것이라는 이유로, 각기의 견해를 가진 모양이었다. 박 씨의 평에 대하여는 별로 이의는 없으나, 좀 더 다른 방면에 관찰점을 두지 않은 데에 불만이 없지 않거니와, 후자의 양(兩) 씨(氏)의 견해에 대하여 일고(一考)를 여(與)함은, 이 경우에 무익한 일이 아닐 것이다.

이 작(作)에 대한 나의 착안점은 도리어 A가 덕삼이와 서로 우는 데에 있거니와, 홍벽초 씨의 센티멘털하다는 이유는 체읍(涕泣)한다는 감상적 기분, 그것이 작가의 소질이나 사상을 표백한 것이요, 또는 작(作) 전체를 통한 기맥(氣脈)이라고 하는 비난이거나, 그렇지 않으면 천박한 인도주의적 경향이라고 하는 의향일 듯하다. 그리고 파인 씨는 그 제재로만 보아서 한 말이더라도 프로문학의 작품으로 인정하였다는 것은 센티멘털리즘이나 인도주의적 작

---

414 「윤전기」(『조선문단』, 1925.10)를 가리킨다.

품이 아니라는 것을 암시하는 결론에 이를 것이다. 물론 나도 이것을 프롤레타리아문예로 인정하는 것이다. 그러나 나는 파인 씨와 같이 그것이 제재로 보아서 프로작품이라는 것은 아니다.

그 작(作)의 표면에 나타난 것으로만 보면, 첫째에 '금전'이라는 것 — 말을 바꾸어 하면 물질적 현실생활이라는 것이 모든 도의관념이나 진리를 어떻게 유인하는가를 발견할 것이다. 즉, A 등의 간부를 직공들이 선거함에 불구하고, (다시 말하면, 직공 자신이 그 일에 대하여 동등한 책임을 가지고 있는 것을 자인하면서도, 실생활의 압박 앞에서는 그러한 연대책임이라는 양심을 내심으로 스스로 쓸어 덮어두고) 그 간부들을 마치 자본가계급과 같이 인정하는 동시에 노자쟁의(勞資爭議)와 같은 태도를 취함으로 보아서 알 수 있는 일이다. 둘째는, 금일의 노동자계급 중에서 제일 유식계급에 있는 인쇄직공이 노동쟁의라는 것과 산업관리(신문사업은 생산기관은 아니지만 완전히 프롤레타리아트의 수중에 관리되어 있는 자치기관의 형식이었던 점으로 보아서)의 차이를 변별치 못하는 것을 보면, 이만밖에 아니 되는 정도로는 노동쟁의조차 합리적으로 실행할 지력(智力)과 자제력이 없다는 것을 암시한 점에 있고, 셋째는, A라는 인물이 처음에는 직공들의 위협을 염려하여 지배 혹은 지휘자로서의 위엄을 잃어가는 것을 울분(鬱憤)히 생각하면서도, 직공들의 폭행을 묵인하거나 모욕을 은인(隱忍)하는 것이 그 형세의 내하(奈何)할 수 없는 소이라 할지라도, 그것은 A로 하여금 지배욕의 회구를 내심으로는 일층 더 간절하게 하는 결과에 인도하였을 것을 추단할 수 있으니, 이것은 A가 혹은 노기를 띠었다가 혹은 회유적 언사를 농(弄)하였다가 하는 태도로 보아서 명백하다. 그다음 넷째로는 이 작(作)에서 제일 주안점이요, 결국적 의미를 가진 문제의 A와 덕삼이의 체읍(涕泣) 일조(一條)이다. 그런데 이상과 같은 외현(外現)한 관점으로만 보면, 센티멘털하다고 할 수 있을 것이요, 따라서 A는 단순한 감격주의가 아니면, 근저가 박약한 인도주의의 도(徒)라고 할 것이다. 그러나 이것을 내면적으로 볼 때에는, 전설(前說)을 번복할 만한 A의 심증(心證)을 얻을 수 있을 것이다.

상술한 4개 항목 중에서, 제1은 문제 외이거니와 제2에 있어서, A가 금일의 노동자에게 대하여 절망(絶望)하고 분개한 것은 사실이나, 제일 연장자요, '총통'이라는 별호(別號)(지금 수중에 그 작품이 없어서 불분명하거니와)를 가진 직공으로 하여금 항상 사리에 온당한 처사를 취하게 한 것은 A가 전연히 실망치 않았다는 반증인 동시에, 이후에 취할 A의 태도와 심리에 대한 복선이 되는 것이었다. 물론 '총통'이라는 직공은 연장자라 하니까 그만한 태도는 취할 수 있는 것이니, 결국은 연령의 소치요, 노동쟁의가 아닌 연대책임감을 자각하였는가 못하였는가는 의문이라고 하겠지마는, 그만한 자각이 없다 하더라도 A, 그 직공의 태도에서 능히 인간성에 대하여 낙관할 만한 이유는 얻었을 것이요, 또 연령이 그만큼 된 다음에는 노자쟁의와 연대책임의 관념이 없을 리는 만무한 것인즉, 그러면 그만한 자각이 있은 위에 물질적 고통을 연치에서 얻은 이념과 자제력으로 억압하고 도의관념에 순(殉)하는 태도라고 보더라도 결코 견인부회(牽引附會)함은 아닐 것이다. 하여간 '총통'으로 말미암아 노동계급이란 "하는 수 없다!"는 모욕에서 노동계급을 구원하고 변호하였으며, 동시에 A의 심경에도 호영향(好影響)으로 반응된 것은 인정할 수 있는 일이겠다. 제3에 지배자·지도자로서의 권위를 잃게 될 때에, 그 반동으로 도리어 지배욕의 울발(鬱勃)하는 심정은 물론 그러할 것이다. 그러나 지배자로서 취함직한 태도나 조치를 주저하고 온인묵과(穩忍黙過)한 주요한 원인은, A 자신도 말한바와 같이 "오냐, 3분 후다. 3분 후에 돈 10원쯤 주머니에 넣는다고 금시로 굽실거리는 꼴이야 어떻게 볼까. 하는 사람보다도 당하는 사람이 낮이 간지러워 못 견딜 것이다. 그러나 지금 윽박을 주었다가 3분 후에 돈이 아니 되면 한층 더 들싸리라." 운운한 뜻으로 보아도 분명히 그 폭행에 대한 경계로이었을 것이다. 그러나 A의 내심(內心)에 일어난 일종의 심리적 갈등이 있었던 것도 한 원인인 것을 간과할 수 없다. 즉, 직공 측이 금전 — 환언하면 물질적 생활에 대한 저항력이 박약하여 도의심이나 연대책임 관념을 반성치 못하는 것을, A는 미워하면서도 일면으로는 자기 가정에 시량(柴糧)[415]이 절핍한 것을 생각하고 직공 측에 동정심이 생긴 것이 심적 갈등의 하나요, 또 자기의 이러한 수난적 고투가 한 개의 신념에 의한 것이라 하여 '모든 것이 신념에 있다.'고 하는 뜻으로 혼자 부르짖은 것을 보면, A는 사회봉사의 관념과 계급의식을 가진 것이 입증될 것이다. 다시 말하면 그러한 신념은 반동적으로 일어나는 지배욕과 대기(對峙)하여 심리적 모순·갈등을 유치(誘致)한 것일 것이다. 그러므로 이 양개의 갈등이 A로 하여금 혹은 분격(憤激)에, 혹은 동정에, 또한 혹은 평등의식(온인(穩忍))에, 혹은 지배의식에 일왕일래(一往一來)하게 한 것이라고 볼 수 있다. 그 유력한 증좌는, 덕삼이가 일장(一場) 분규를 야기하여놓고 나가다가, "돈이 왔다, 돈이 왔다." 하고 직공들을 들몰아가지고 내려간 뒤에 A는 다소 호기로운 태도를 취하는 듯하다가, "무리한 일을 시킨다 하더라도 자기가 받은 모욕의 대상(代償)은 아니 된다."고 하며, 일의 형편을 보아서는 신문기사를 줄여버리려고 공장으로 나가는 그 심리로 추찰(推察)할 수 있다. 그러나 이것만으로도 A의 태도는 선명치 못하다. 즉, "모욕의 대상"이라 하였으니 그 모욕은 A라는 개인이 받은 모욕인가? 그렇지 않으면 지배자로서의 A가 받은 모욕인가? 또는 '지배의 권위'라는 일종의 추상적 존재가 받은 모욕인가? 이것이 의문이다. 만일 A가 자기

---

415 시량(柴糧) : 땔나무와 먹을 양식.

자신이나 혹은 자기의 신념에 대하여 모욕을 받았다고 인식하면 그는 훌륭한 프롤레타리아이나, 그렇지 않고 지배자인 A나, '지배의 엄위(嚴威)'라는 추상적 존재가 모욕을 당하였다고 인식하는 경우면, A는 실생활에 있어서는 프롤레타리아이지만, 감정과 관념으로는 훌륭한 부르주아다. 더욱이 그의 태도가 의식적이요, 반성적인 점으로 보아서, 그는 내생활(內生活)에 모순을 가지고 있는 자요, 위선자이다.

그러나 이 의념(疑念)은, A가 윤전기 앞에서 덕삼이와 맞붙들고 운 데에서 충분히 풀리었다. 누구나 상상할 수 있는 것과 같이, 만일 A가 지배자의 권위감(權威感)을 가졌을 지경이면 몇 시간 전에 권위감을 가졌던 것은 반동적·회의적, 또는 일시적이었다고 볼 수 있다) 이러한 경우에, 비록 어떠한 감격이 있었더라도 위엄을 잃지 않으려는 습관적 의식으로, 직공과 맞붙들고 울지도 않았을 것이다. 그러나 A는 소위 사회인의 세속적 태도는 다행히 아니 취하였다. 그는 덕삼이가 유쾌한 듯이 활기 있게 일을 하는 것을 볼 제, '이 사람이 몇 시간 전에는 그렇게 야료(惹鬧)를 하며 돌아다니던 사람이던가?' 하며 눈을 부비고 볼 제, 먼저 1,000원이라는 금전을 생각하였고, 신문사가 활기 있게 움직이는 듯한 윤전기 소리를 들을 제 캄풀주사에 비(比)가 아닌 돈 1,000원을 생각하였던 것이다. 모든 원망은 금전에게로 돌려갔던 것이다. 덕삼이가 미운 것이 아니라, 금전 — 금전이 폭위를 떨치는 현실사회가 미웠던 것이었다. 금전의 지배력 앞에는, 자기의 지배적 권위 같은 것쯤은 존재가 없었던 것이었다. 덕삼이가 천진한 어린아이 모양으로 유쾌히 노동하는 것을 보고는, "이 신문사를 위하는 사람은 나뿐이 아니었다." 하며, 그 천진함이 귀엽고, 그 천진함을 발휘하게 하지 못하는 이 사회사정이 안타까워서 흐른 감격과 분격의 눈물은, 덕삼이와 A의 소울(soul)과 소울, 하트(heart)와 하트를 한 끝에 비끄러매었던 것이다. 이 소울과 소울, 하트와 하트가 한 줄에 매어진다는 것처럼 프롤레타리아에게 끽긴(喫緊)한 일은 없는 것이다. 그러나 작가가 A로 하여금 이러한 심회를 직접 덕삼이에게 설화(說話)하게 하거나, 어떠한 기회를 주어서 연설케 하거나, 또는 독백의 형식으로 진술케 아니하고 눈물과 몇 마디의 암시로 그치게 한 것은 예술적 효과를 고려한 까닭이다. 이 점으로 보아도 프롤레타리아문학의 작품이 선전문에 그쳐서는 아니 된다는 이유를 알 것이다.

(「윤전기」는 필자의 단편집 『금반지』에 실리었다. 독후 참조를 바란다.)

김파인은, 나의 「윤전기」를 프롤레타리아문예라고 하였다. 그리고 전술한 바와 같이 나도 스스로 그것을 시인한다. 그러나 그 견지는 양자 간에 큰 차이가 있을 줄 믿는다. 즉, 김 씨는 그 제재 여하로 판정하려 하나, 나는 그 반대로 작가가 '어떻게 묘사하였는가'로 결정하기 때문이다. 무엇을 묘사하겠느냐는 것이 문제가 아니요, 어떻게 묘사하겠느냐는 것이 주요한 안목이 되는 까닭이다. 일전에 어떤 문학청년이 와서 말하기를 근자 모(某) 지(紙)에 게재된 문단평을 보건대, '최서해(崔曙海)의 작품에서 기생이 춤을 추는 것을 보면, 서해도 '프로'로부터 '부르주아화'하여간다.'고 하였더라고 한다. 서해 군도 별로 진경(進境)을 보여주지 못할 뿐 아니라, 근자는 남작(濫作)을 하지나 않는가 하는 생각도 가지고 있으며, 또한 그 작가가 '어떻게' 기생을 묘사하였는지, 혹은 그러한 작(作)을 쓴 일이 있는지 없는지 나의 알 바 아니나, 설혹, 기생 같은 것, 즉 부르주아적 유탕(遊蕩)의 완롱물이 그의 작품에서 발견된다 하더라도, 그것이 문제가 아니라, 작자가 그것을 어떻게 취급하였느냐는 것이 문제일 것이다. 그러므로 내가 「윤전기」를 쓸 때에, 스스로 프로작가로 자처한 일도 없고, 또한 그것이 프로작품이라고 선언한 일도 없으면서도, 타인의 안목에 프로작품으로 감식되고 인상되었을 뿐 아니라, 전술과 같이 프로문예로서 충분한 조건을 구비하였다는 것은, 즉 일 작가가 가진 생활 감정과 생활의식이 그 시대상, 그 사회상, 그 생활상의 본류에 돛대질하여가 기만 하면, 그 작품이 그 시대의 요구에 응하게 된다는 것을 입증하는 것이 다. 그리고 그 시대의 요구에 응한다는 것은, 종(縱)으로는 시대적 생명과, 횡 (橫)으로는 인간적 보편성을 가지는 동시에 예술적 가치를 많으면 많은대로, 적으면 적은대로 약속한다는 말이다.

프롤레타리아문학이 어떠한 이론에 서서 어떠한 방향으로 진전되든지 간 에 그것은 제재 여하로 결정되지도 못하고, 선전문도 아니라는 것은 누누이 말한바와 같다. 그러나 내가 이것을 특히 역설하는 본의(本意)는 두 가지 이 유로이다. 하나는 문인이 자기의 태도를 자기 스스로가 늘 의심하는 불안상 태에서 건지자는 것이요, 하나는 금일의 조선문학의 기반을 본류적으로 튼 튼히 발달케 하려는 것이다. 이것을 좀 더 분명히 말하자면, 프롤레타리아문 예는 어떻게 묘사되든지 간에 그 제재를 프롤레타리아의 생활에서만 취하여 오면, 그만이라고 오상(誤想)하기 때문에, 프로작가가 되려는 사람은 비상(非 常)한 구속을 스스로 받게 된다. 제재의 범위가 좁아져서 나중에는 재료가 결 핍하여질 날이 있을 뿐 아니라, 제재 선정에 무용한 노력을 희생하면서 방황 하게 될 지며, 그보다도 심한 악결과(惡結果)는 '어떻게' 묘사하겠다는 중요한 요목은 등한시하게 되고, '무엇을' 묘사하겠다는 데에만 전력을 경주하기 때 문에 알맹이 빼어먹은 껍질만에다가 '프롤레타리아문학'이라는 군더더기의 주석이나 설명을 붙여서 내놓는 고로 독자는 프로문학이라는 설명만을 듣게 될 뿐이요, 문예 그것 — 예술적 감명은 받지 못하고 말 것이다. 또 그보다도 우심(尤甚)한 것은 문예감상력이 고상한 구안자(具眼者)가 몹시 비난하는 반 동으로 선전문을 쓰기로 상련(相關)이 무어냐고 발악을 하고 덤비는 까닭에,

점점 더 품질이 저하하여갈 것이다. 그 결과로 민중이 일시 속아 넘어가는 것은 좋지마는, 영원한 대계(大計)를 생각할진대, 조선의 문예는 10년, 100년을 지나야 저급의 현상(現狀)에서 벗어나지를 못할 것이다. 비지나 조밥만 먹고 자라난 놈에게는, 산해의 진미를 갖다가 주어도 잘 먹기는 하지만, 원체 미각이 발달치 못하여 완전히 맛가리를 모를 것이다. 프롤레타리아문학의 기조와 목표에 관하여는 1년 전에 이미 주장·논술한 바가 있었고, 또 일간(日間), 『조선일보』에 게재하려는 「민중과 사회운동의 유심적 고찰」[416]이라는 소론(小論) 속에 좀 더 상설(詳說)하였으므로 본문 독자는 병독(幷讀)하여주기를 바라거니와, 현재 조선에서 프로문학이라는 것이 왕성하여가면 갈수록 상술한 바와 같은 폐단이 우심하여갈 것은 사실이요, 따라서 프로문학으로 하여금 이러한 폐단과 오류에서 벗어나게 하여, 문학의 본도(本道)를 밟게 하는 것은 목하의 중요한 책무다.

조선문단의 과거와 현재에 관하여는 이 이상으로 관찰할 여지도 없고 논평될 건덕지도 없거니와 각필(擱筆)을 재촉하는 본 논문에서는 최후로 금후에 당래할 조선문학의 윤곽만을 약설(略說)하고 그치려 한다.

조선문학의 장래

작년에 현저한 일 현상은 시조부흥운동이었다. 언론으로도 그러한 점이 약간 있거니와, 작가와 작품의 양으로도 그리하였고 또한 출판에서까지 미

---

416 염상섭의 「민족·사회운동의 유심적 고찰—반동·전통·문학의 관계」(전7회)(『조선일보』, 1927.1.1~1.15)를 가리킨다.

치었다. (최남선(崔南善) 씨의 『백팔번뇌』는 아직 보지 못하였거니와, 『가무선(歌舞選)』 이후의 시조집으로는 처음일 것이다) 또 조선어운동 같은 것은 보편적 의미를 가진 것이지마는, 이것이 급작시리 문제가 되고 실제 운동화(運動化)한 것은, 훈민정음 8회 갑(甲)이라는 데에 의의가 있거나 일 언론기관의 주재자의 두뇌가 시킨 일은 아니다. 한 기운이 내부적으로 온양(醞釀)[417]하여 사회의 표면에 나타나게까지 되는 것은, 반드시 시대민중의 요구가 그것이기 때문이다. 하여간에 이와 같은 현상은 민족문화, 혹은 국민문학이라는 것을 명확히 의식하였다는 증좌다. 민족문화·국민문학이 어느 세대라고 없던 것이 아니다. 다만 그것을 의식적으로, 소극(消極)에서 적극(積極)에 전개시킨 데에 있어서 병인년의 시간적 가치가 있는 것이다. 일 문화재가 생긴 뒤에 500년 가까운 세월을 열력(閱歷)[418]하고서야 겨우 진수(眞髓) ─ '말'의 정령 ─ 을 붙들게 된다는 사실을 볼 제, 문화건설사업이라는 것이 얼마나 용이치 않은 것을 다시금 깨닫는 바어니와, 하여간 이러한 사실은 국민문학의 새 출발점을 잡은 것이라고 보겠다. 이것이 요사이에 대두한 무산문학이라는 것의 반동이냐 ─ 적어도 그에 자극된 것이냐는 것은 그 질로써 판명될 것이니까 속단할 수도 없는 일이요, 또 금후의 국민문학의 질이 어떠하여야 할 것이라는 것은 얼마든지 논의할 가능성이 있지마는, 아직 내용을 선명히 가지지 않은 지금에 있어서는 그 질로써 '국민문학 대 프로문학'의 실제를 말할 수 없다. 그러나 다만 한 가지 명언할 수 있는 것은, 장래의 조선문학이 두 가지 형태로 발달되어나갈 것이요, 또 그리 되지 않으면 아니 되리라는 것과, 이 두 가지 형태는 다 같이 무산문학으로서의 내용을 가질 것이요, 또 그리되어야 할 것이라 함이다. 이것은 매우 모순된 입론같이 보일 것이다. 즉, 사회운동의 교

---

417 온양(醞釀) : 마음속에 어떠한 생각을 은근히 품고 있음.
418 열력(閱歷) : '경력'과 같은 말.

화적 사명을 가진 프로문학이 무산문학일 수는 있지마는, 민족운동의 정신 방면을 대표할 국민문학이 무산문학인 내용을 가질 수가 도저히 없으리라고 생각할 것이다. 그러나 나의 견지로 하면 결코 모순과 반발은 없으리라고 생각한다. 이부동복(異父同腹)의 자(子)는 각성(各姓)이라도, 동부이복(同父異腹)의 자(子)는 한 가지 족보를 제각기 제 족보라고 하기 때문이다.

사람은 자연을 정복하였다고 하지만, 사람의 생활은 본질적으로 자연의 약속을 무시하지는 못한다. 사람이 문명(文明)하였다는 것은, 결국에 자연현상을 알고 이용한다는 것에 불과한 것이요, 자연에서 독립하였다거나, 자연의 내부적 활동을 정복하였다거나, 또는 그 현현(顯現)인 자연의 법칙이나 사람의 약속을 파기하였다는 것은 아니다. 다시 말하면 사람의 생활은 사회적 환경에 지배되는 동시에, 비사회적·초사회적 환경에도 지배된다는 말이다. 초사회적 환경인 경우에는 지배될 뿐만 아니라, 사람의 생활이 그 위에 근저(根底)를 뿌리 깊게 박고 있는 것이다. 초사회적이라는 것은 물론 자연을 가리킴이다. 그러므로 여기에서 사람은 사회적 혹은 인위적 전통에 구속되는 동시에, 자연적·본연적 전통에 약속을 가지게 된다. 따라서 전자(前者)는 사회적이요, 인위적이니 만큼 그 전통을 파기할 수도 있고, 또 파기하는 것이 필요한 경우도 많지만, 후자(後者)는 그것이 사람이 정복할 수 없는 범위 내에 속한 자연의 법칙에서 오는 것인 고로, 그 전통을 파기할 수 없다. 파기한다 손 치더라도 극히 완만히 비상한 노력과 시일을 경(經)하여 겨우 일부분을 변이(變異)할 수 있는 것이다. 전자를 만일 관념적 또는 계급적 전통이라 하면, 후자는 정(正)히 본능적 또는 민족적 전통이다. 아메리카(亞米利加)의 일본 이민(移民) 배척의 일 원인이, 일본인은 애국심이 강한 데에 있다고 하지만, 그것은 표상적(表相的) 시찰이다. 사실상 일본인은 애국심이 강할지도 모른다.

미국의 시민권을 가지고서도 그 땅에서 번 돈은 본국으로 보낸다든지, 교육을 일본식으로 한다든지 또는 애국심을 표상하는 일본의 국가적 의식을 행한다든지 하는 경우가 없지 않을 것이다. 그러나 그러한 애국심을 가지거나 행위로 표시하지 않는 자라도 자기가 가지고 있는 풍습·개성이라는 것은 어찌할 수 없을 것이다. 그것은 일본 흙에서 얻어온 것이니까, 미국에 대한 충성을 하면서도 핏발이 키이는 것은 일본이기 때문이다. 미국인과 결혼을 한다든지 하여 오랫동안 자손을 거쳐가는 동안에는 본질적으로 미국화할 것이지만, 현전(現前)의 사실로는 어찌할 수 없는 일이다. 애국심이라는 것은 국가라는 정치관계로 나온 관념이니 만큼 있을 수도 있고 없을 수도 있지만, 민족적 전통은 그 민족의 계급적 지위와 및 그 의식을 초월하여 있는 것이다.

이러한 방면으로 국민문학과 계급문학의 발생하는 원리라든지 그 도정과 목표를 고찰하면, 가히 장래를 추단할 것이다. 국민문학은 민족적 전통 위에 서서 그것을 옹호·지지할 것이요, 계급문학은 사회적 전통 위에 서서 그것을 파양(破壤)하기에 노력할 것이다. 일(一)은 배양하려 하고, 일(一)은 파기하려 하므로 심정의 움직임부터가 상반(相反)한다. 그러나 양자가 목표 삼는 전통, 그것이 각이한 점에 있어서, 양자가 본질적으로 다르다고는 못할 것이다. 민족적 전통 속에도 전연히 자연에서 받은 전통뿐이 아니요, 사회적 혹은 계급적 전통을 받은 부분이 있으므로, 그 계급적 전통 파기에 대하여 국민문학에서 노력하여야 할 것을 자각하고 계급문학에서도 민족적 전통의 필연성과 필요성을 시인할 지경이면, 실제의 방법론에서는 상이점을 발견할지나 결코 반발성을 가진 것은 아닐 것이다. 피차에 많은 공통점을 찾을 수 있을 뿐 아니라, 협력하여나갈 것이요, 또 그리하는 것이 필요한 일이다.

그런데 그 하자(何者)든지 불원(不遠)한 장래에 각기의 경지를 도회에서보담은, 농촌에 들어가서 찾게 될 것이 자연의 이수(理數)일 뿐 아니라, 또 필요한 전개라고 생각한다. 농촌으로 들어간다는 것은 현대문명을 부인하고, 그 악증(惡症)의 의료(醫療)를 구한다는 데에 많은 의의를 찾는 것이 보통이겠지마는 조선의 사정은 그와는 딴판이다. 아무리 현대의 문명이 몰락의 운명을 가졌더라도, 우리는 도회와 농촌을 막론하고 문명의 수입이 절대로 필요하고, 또 초미의 급무다. 그러면서도, 국민문학이나 계급문학이 농촌으로 들어간다는 것은 무슨 이유이냐? 민족적 전통이 흙에서 나오고, 조선의 노동운동의 본 무대가 농촌의 소작운동에 있는 것을 보면, 이 양자가 따라서 농촌에서 본영(本營)을 건조(建造)하지 않으면 아니 될 것은 자명한 이(理)일 것이다. 더욱이 계급문학이 농촌문제로 전향되지 않고는, 금일의 조선과 같이 비상공업 시대에 있어서는, 발전될 미래가 극히 국한되어 있기 때문에 가지고 갈 데가 없게 될 것이다. 속히 농촌으로 들어가지 않고 도회에서 인력거 병문이나 연초공장으로 헤매다가는 문예다운 작품도 못 만들고 타락만 하기 쉽거니와, 계급문학의 이론이 확립치 않은 이때에 금시로 들어갈 수는 없을 것이요, 따라서 프로문단의 다사지추(多事之秋)는 박두하였다. 무산문학의 일반 이론만 그대로 가지고 농촌에 들어가기도 어려운 터이므로, 또 다시 농촌문학으로서의 근거를 세우려니까, 현하의 프로문학이 정당히 발달되려면 이중의 노력을 하여야 할 것이다. 그러나 위선(爲先) 끽긴한 것은 그 일반론에서부터 제1계급의 발달을 위하여 고생을 하여야 할 것이다.

그러면 만일 국민문학이나 계급문학이 농촌으로 들어간다 하면 화필(畵筆)을 가지고 가는가? 『유물사관』 한 권을 싸가지고 가는가? 그렇지 않으면 검은 금(琴)을 들고 가나? 호미를 들고 가나? 또 그렇지 않으면 백묵통을 들고 가는

가? 농촌으로 들어가는 다음에야 국민문학이든 계급문학이든 이 다섯 가지 길밖에 다시는 없을 것이다. 위선 개괄적으로 이러한 점에서 예상하여보는 것도 자미 있고 유익한 일이다. 그런데 백묵에 있어서는 농민의 무지(농민에게 대하여 미안한 말이거니와)가, 국민문학이고 계급문학이고를 물론(勿論)하고 다 같이 양자를 기다리고 있다. 화필은 양자가 다 같이 문학인 다음에야 물론 잊어버리고 가서는 아니 될 것이다. 말할 것도 없이 자연예찬이요, 자연송영(自然頌詠)이요, 농민생활의 묘사이다마는 문제는 여기에서 갈린다. 즉, 국민문학은 자연에 더 봉사하려 하고, 계급문학은 생활에 더 충실하려 할 것이며, 자연에 대하여 덮어놓고 예찬은 아니한다. 현재의 소작제도가 그렇게 시키지를 않기 때문이다. 그다음에 『유물사관』은 국민문학에서는 떠들어보려고도 아니하기 쉽고, 계급문학에서는 이것을 본루(本壘)로 삼고 소작문제에 향하여 홈런을 하려 할 것이다. 또 여기에서 반목이 생길 것은 당연한 노릇일 것이다. 그러나 아무리 국민문학이라 할지라도 현실생활에 입각한 것인 고로 결코 농민생활, 즉 무산생활의 실제에 대하여 눈을 감지는 않는다. 따라서 『유물사관』을 빌어서라도 읽을 것이다. 여기에서 협동이 생길지니, 국민문학도 필경에는 무산문학일 것이다. 동부이복(同父異腹)은 같은 족보를 외운다(음송)는 말이 이것이다. 마지막으로 호미를 들겠느냐, 논둑에 앉아서 검은 금(琴)을 타면서 김매는 일꾼을 위안하여주겠느냐는 문제는, 개인의 개성과 생활태도 문제에 맡겨둘 것이요, 따라서 국민문학자나 계급문학자나 다 같이 가능하기도 하고 불가능하기도 할 것이다. 다만 예술품 그것으로써 교화와 위안을 주는 것은 물론이다. 좀 더 깊은 관찰은 후일을 기약하려 한다. (완)

병인(丙寅) 12월 17일. 어동경(於東京)

혹은 맵실는지요[419]

    여자가 길거리에 나올 제 치마 위에 허리띠를 매기로서니 남자들이 그다지 떠들 문제도 되지 않고 사회의 이해관계에 그처럼 관계될 것은 없으니까 별로 쓸 말씀도 없습니다만 길거리에서 간혹 눈에 띌 제 유심히 본 일이 없는 것은 아니외다. 단속곳 비슷한 소위 지지미[420] 치마를 우글쭈글 입고 치마허리가 있는지 없는지 모르나 하여간 옆구리뼈에까지 내려오는 저고리 밑으로 손펵[421]만한 붉은 허리띠가 내다보이는 것은 그리 좋아 보이지 않습디다. 원래 허리띠라는 것은 긴 치마 늘이고 집에 있다가 타지를 않고 길거리로 나오게 되면 허리띠로 동이거나 하고 장옷을 입던 이전 세월의 유행이 아닌가 합니다. 그러나 지금은 아시다시피 치마가 정강이에까지 졸아붙었고 또 그렇지 않더라도 긴 치마를 휘휘칭칭 감고 허리를 질끈 동이면 소위 주릿대치마[422]라고 하여 천격으로 여기는 이 세태에 새삼스럽게 허리띠는 띠어 무엇

---

419 염상섭(廉想涉), 「혹은 맵실는지요」, 『신여성』, 1924. 11. 이 글은 '여학생 신유행 ― 혁대 시비(是非)'라는 기획의 일환으로 작성되었다. 기획에 대한 편집자의 말은 다음과 같다.
    "어디서 누가 먼저 시작하였는지 치마 위에 널따란 혁대를 띠기 시작하더니 그것이 유행이 되어 지금은 여학생들뿐 아니라 시골의 촌색시까지 다투어 띠게 되었습니다. 띠는 이는 어째서 띠는지 모르거니와 우선 겉으로 띠는 것이니 남이 보기에 어울리는가 아니 어울리는가 아래 몇 분의 의견을 모아보았습니다."
420 지지미 : 가스사로 짠 면직물의 하나. 신축성이 좋으며 여름옷의 속옷감으로 흔히 쓰는 일본산 베.
421 손펵 : '손뼉'의 함경도 방언.
422 주릿대치마 : 치마를 바로 여미고 그 오른쪽 자락을 앞쪽으로 돌려 가슴에 닿을 듯이 치켜올려

에 씁니까. 늘 하는 말이지만 옷에는 필요와 외화의 두 가지 요소가 있는 것이니까 필요치 않더라도 외화에 좋으면 허리띠 아니라 다님[423]을 매기로서니 무슨 관계야 있겠습니까마는 위에 말한 거와 같이 옥색치마, 흰치마 그렇지 않으면 검은치마에 무색저고리를 입고 그 분계선(分界線)으로 분홍빛이나 초록빛 같은 것으로 소위 '석대'[424]라는 것을 만들어 두르는 것은 족히 좋다는 것보다도 촌영감이 양복 한 것 같아 보입니다. 만일 맬 필요가 있다 하면 치마 밑으로 매는 것이 수수하겠지요.

그 외에 위생문제라든지 서양여자가 해산하기 편하게 허리를 졸라맨다는 이야기는 나는 모릅니다.

입고 허리띠를 매는 방법으로, 자연히 속곳이 노출되어 주모나 기생의 옷차림으로 여겨졌다.
423 다님 : '대님'의 옛말.
424 석대 : '혁대'의 사투리.

서序를 대신하여[425]

　내가 왜 이것을 썼느냐는 것은, 잘 되었든지 못 되었든지 이 작(作) 자신이 나를 대신하여 제군에게 말할 것이다.

　이 작에 얼마한 생명과 가치가 있겠느냐는 것은, 좋든 그르든 제군이 작(作)을 대신하여 말할 것이다.

　나는 이 두 가지를 믿으므로, 또다시 입을 벌리려고는 아니한다.

계해(癸亥) 9월 작자(作者)

---

425 염상섭(廉想涉), 「서(序)를 대신하여」, 『만세전』, 고려공사, 1924.

'백색白色' 10년
'철옹성'의 세제언歲除言[426]

어제까지가 적색 10년, 흑색 5년이었다. 오늘로서 '백색' 10년을 맞이한다. 무산독재 10년이란 말이요, 무솔리니 천하 5년이라는 말이요, 기미생(己未生)은 열 살이 되었다는 말이다.

모스크바의 기념제에는 애애(皚皚)한 백설(白雪) 속에서 물꽃(野花)이 피일 것이요, 다정한 남구(南歐) 반도에는 위풍당당한 흑친(黑襯)과 □봉(棒)이 떨어진다. 그러나 다정한 극동(極東)의 반도에는 예나 이제나 백설뿐이요, 백색뿐이다. 백색 10년이라는 소이(所以).

백색 10년! 열 살 설빔은 무엇으로 하려는가? 내년은 저용직성이다. 지금부터 조심하여야 할 일이다. 그러나 적색 10년에는 인류의 새 시험에 급제하였고, 흑색 5년에는 대장장이 아들로 하여금 양명(揚名)케 함에만 그치지는 않았다. 백색 10년은 '×××'을 쌓기에 골몰하였으니 설빔을 해가(奚暇)에 장만하였으랴! 그러기에 왜 아니 백(白)은 공(空)과 이웃이라 하더냐.

백(白)은 무(無)다. 적(赤)이고 흑(黑)이고 물들이기에 무(無)다. 여기에서 10년은 미래에 있는 것이다. 그러나 무(無)는 과거생활이 공허임을 의미함이다. 백색 10년은 사실 낭비였던 것이다. 적색은 임리(淋漓)[427]한 혈제(血祭)로

---

426 염상섭(廉想涉), 「'백색(白色)' 10년 − '철옹성'의 세제언(歲除言)」, 『중외일보』, 1928.1.1.

맑시즘을 장밋빛으로 물들였고, 흑색은 코뮤니즘에 대한 상복(喪服)이었다. 하여간 그에 그들은 만한[428] 희생이 있었고, 그만한 근기(根氣)가 있었고, 그 만한 고집, 그만한 뱃심이 있었던 것이다. 그러나 백색은 ××년에도 백색뿐 이었으니 무진년(戊辰年)에도 백색 그대로일 수밖에 없지 않으냐. (35자(字) 약 (畧)) 과거 10년에 대하여 의의 있는 찬사를 받을 만한 아무것도 없는 것은 당 연한 일이 아니냐.

우리는 지금 무엇을 가졌는가? 백색이 무(無)인 것과 같이 다만 '무(無)'를 가 졌다. 그러나 무(無)를 의의 있게 하는 것은 '유(有)'를 약속하는 점이다. 우리 는 무엇이든 가질 수 있고, 갖게 될 것이요, 또 가져야 할 것이다. 여기에 우리 의 희망이 겨우 달려 있는 것이다. 그러나 무(無)에서 유(有)가 나오는 것은 아 니다. 다만 노력이다. 노력은 정근(精勤)이다. 그러나 떠드는 사람에게 정근이 있을 리가 없다. 오포(午砲) 소리 듣고 하품하는 사람 쳐놓고 잔말꾼 아닌 법이 없느니라. 백색 10년은 잔말로 세월을 보냈던 것이다. 맹꽁이가 열 밤을 울면 올챙이새끼라도 낳는 것이다. 그러나 조선사람이 10년 동안 한 일을 모조리 생각하여보아라. 정치, 경제, 사회, 문화……. 무에나 단 하나라도 성공한 것 이 있거든 있다고 장담을 하여보라. 만 8세면 학령(學齡)이라 하여 재작년부터 아차차 하고 500년 묵은 '반절'[429]을 내놓고 '가갸'부터 배우기 시작한 것이 어 느 백성이던고? 그러나 이것 하나만이 유일한 조선사람의 일이었다.

그러나 아무리 한 일이 없다 하여도 사람이 살고 있으니 밥도 먹고 똥도 누었으며 밥 먹고 똥 누면 거기에 벌써 생활이 있고, 사회가 있고, 정치가 있 고, 사상이 있지 않으냐고 할 것이다. 그러나 나는 10년 동안에 (3행 약(畧)) 이

---

427 임리(淋漓) : 피, 땀, 물 따위의 액체가 흘러 홍건한 모양.
428 원문 그대로이다.
429 반절(半切) : '훈민정음'을 달리 이르는 말. 훈민정음이 초성·중성·종성을 합하여 한 글자를 이룬다는 사실에서 유래한다.

러한 문자를 보고 들은 것밖에 없다. 고국에 돌아오면 ××이요, 붓을 들면 ○○이요, 입을 벌리면 ◇◇이다. 잔말로 세월을 보냈다 하여도 잔말인들 웬 걸 하였으랴.

그러면 산미증산(産米增産)이라 하니 밥은 두둑이 먹었으리라. 그러나 □축(逐), 유랑, 쟁의, 차압, □사(死), 강도, 기아(棄兒), □태(胎), 자살, 사형(私刑)인들 왜 이다지도 심하냐. 맥수점점(麥秀漸漸)[430] 하고 화서유유(禾黍油油)[431]라는 말도 거짓말이던가? 문전(門前)에 밥 비는 소리 없기에 두실시(斗室柴)□ 하잘 것없는 소이인가 하였더니 풍세(豐歲)에 고복(鼓腹)[432] 왜 아니하랴 한다. 만복(滿腹)이면 소리 없나니, 북은 빔(중허(中虛))으로 귀(貴)타 하느니라.

세상은 태평(泰平)이라 한다. 강위(康衛)에 놀래었으니……. 아차, 잊어버렸다. 정치일랑은 녹록한 필부(匹夫)의 알 배 아니니 근정전(勤政殿) 옛터에 가서 물어보라. 얼굴에 기색(飢色) 있거든 '×××'으로 즉치(卽治)하고 혀끝에 원한(怨恨)이 맺혔거든 만리성(萬里城)의 고지(故智)[433] — 있으니 '×××'을 베풀지로다. 정치(錠治)도 정치(政治) 아님이 아니요, ×××도 법에 의유(依由)치 아님이 아니니, 법치(法治)는 문치(文治), 문치는 선왕(先王)의 도(道)니라. 기회(棄灰)의 위엄이라고 뉘라 하느냐?

암흑, 혼돈, 공포……. 이러한 문자를 어찌 즐겨 쓰리오마는, 백색 10년의 사필(史筆)을 드는 자 ―, 반드시 그 이상의 문자를 찾기에 곤란을 느끼리라. 누구의 붓으로 씌일까를 묻지 말고, 후세의 자손으로서 눈물 없이 읽거든 그 혈류(血流)부터 물어보라.

---

430 맥수점점(麥秀漸漸) : '맥수지탄(麥秀之嘆)'과 같은 뜻. 기자가 은나라가 망한 후에도 보리만은 잘 자람을 보고 한탄했다는 고사에서 나온 말로, '고국의 멸망을 한탄함'을 이름.
431 화서유유(禾黍油油) : 『사기(史記)』에서 나온 말로, '벼나 기장이 번드르르하게 잘 자라는 모양을 이르는 말.
432 고복(鼓腹) : 배를 두드린다는 뜻으로, '생활이 풍족하여 태평한 세월을 즐김'을 이르는 말.
433 고지(故智) : 옛사람들이 쓴 지략이나 지혜.

우리는 이제 희망의 1년을 맞기 전에 누구나 자기의 서있는 그 자리에서 가장 정숙히, 가장 근엄히 10년을 돌아본 뒤에 묵도(黙禱)하여야 할 일이다. 그리고서 할 말이 있거든 자기의 마음에 고하라.

해는 저물고 또 새인다. 가고 또 가고, 오고 또 오리라. '철옹성'의 아침 해도 동(東)에서 뜨던가? 사람은 서로 □복(福)하여 근하신원(謹賀新元)이라 한다. 내 무슨 기쁨 있어 이 밥을 입에 담을까보냐? '백색 20년', '백색 50년'을 맞는 사람을 위하여 남겨두리라. 그러나 그때는 이미…….

(이하 25자 약(畧))

정묘(丁卯) 세모(歲暮)

명가名家의 좌우명[434]

　'자기에게 충실하라'는 말은 이기주의자가 되라는 말이 아님을 먼저 말하여두어야 할 것이다. 내가 중학생 때에 어린아이들이 흔히 하듯이 과정표(科程表) 위에다가 이 말을 써서 놓았더니 어느 분이 보고 너는 어린것이 지금부터 이기적으로 제 몸 하나만 돌아볼 생각이니 그래서는 영 골부터 싹이 틀렸다고 하기에 왜 그러느냐 하니까 내 과정표에 쓰인 이 말을 보면 알 일이 아니냐고 매우 노하기에 그렇지 않은 연유를 말하여 오해를 푼 일이 있었다.

　'자기에게 충실하라'는 말은 동양식으로 쉽게 말하면 '수신(修身)'하라는 말이다. 제가(齊家)와 치국(治國)과 평천하(平天下)가 수신에서부터 토대가 잡히는 것은 물론이 아닌가. 한층 더 쉬운 예를 들면 남을 속이는 사람은 자기부

434　염상섭, 「명가(名家)의 좌우명」, 『신생』, 1929. 10. 이 글은 '명가(名家)의 좌우명'이라는 기획의 일환으로, 염상섭의 글은 이광수, 유억겸, 문일평, 장지영, 안재홍, 채필근, 김윤경, 최상현, 김지환, 전영택 등 다른 인사들의 글과 함께 제목 없이 수록되었다. 기획에 대한 편집자의 말은 다음과 같다.
　"세상에는 흔히 인생관이니 도덕관이니 우주관이니 하는 어려운 말이 사용됩니다. 그러나 실상 그 오묘한 뜻을 알아듣지 못하고 마는 것도 사실입니다. 우리가 여기에 현 조선사회 제명가(諸名家)의 좌우명을 발표하는 진의(眞意)는 그들이 한세상을 어떠한 태도로 살아가는가를 알고자 함보다도 더 한 걸음 나아가 우리는 우리의 한세상을 어떻게 살아가야 의의 있고 가치 있는 생이 될 것인가를 깨달아내고자 함, 그것입니다. / 이 좌우명이란 것은 알기 쉽게 조건적으로 만들어놓은 그들의 인생관, 처세관이라 하여도 그만입니다. 반드시 얻음이 있을 것을 생각하고 본지는 크게 기뻐합니다. 편집자 백(白)"

터를 속이는 사람이다. 그리고 자기를 속이는 사람은 자기에게 불충실한 사람이다. 자기의 인격을 자기 손으로 깎는 사람이다. 섭생을 잘못하여 건강을 잃은 자도 또한 자기에게 충실치 못한 자이다. 자기에게 충실하여 자기 일을 자기가 먼저 올곧게 처리하는 자라야 남을 사랑하고 남을 위하여 희생하려는 큰 정신과 거룩한 활동이 나오는 것이다. 보통 말하기를 소아(小我)를 버려야 대아(大我)를 붙든다 하지마는 다른 한편으로 보면 소아(小我)를 완성하여야 대아(大我)에 확대되고 대아(大我)를 실현하는 것이다.

다만 '자기에게 충실하라'는 말과 동양사상으로서의 '수신'이라는 말과에는 좀 차이가 있다 할 것이다. 전자(前者)는 말하자면 개인주의적이요, 후자(後者)는 동양윤리로서 가족주의의 효(孝)와 봉건사상의 충(忠)에 근저(根抵)를 가진 점이 다르다고 할 것이다. 알기 쉬운 예로 말하면 구도덕의 '수신'으로서는 신체발부(身體髮膚)는 수지부모(受之父母)이니까 불감훼상지(不敢毁傷之)라 하였지마는 금일(今日)의 우리가 조신(操身)과 섭생에 주의하는 것은 수지부모(受之父母)라는 정신보다 먼저 '자기의 건강'이라는 관념에서부터 출발하여 부모에, 가정에, 사회에, 동족(同族)에, 국가에 ……. 이와 같이 확대하고 추진하는 것이 당연하다고 생각하는 것이다. 그러나 이렇게 사유하는 것을 개인주의적이라고 하여 덮어놓고 배척할 것이 아니라 이와 같이 생각하는 것이 자기의 본연(本然)한 의욕을 속이지 않는 당연한 사상이라는 것을 이해하여야 할 것이라고 믿는다.

'자기에게 충실하라!' ── 자기에게 충실한 자라야 인인(隣人)에게 충실할 수 있느니라! 나는 이렇게 믿는다.

김기진金基鎭 인상[435]

(어떠한 일개 인물의 인상을 쓰는 태도로 별(別)로이 씨(氏)나 군(君)이라는 경어를 약(略)하였다)

나는 지금 동해 바닷가 조그만 어항(漁港)에서 단순하고 무지하면서도 뒤룽뒤룽하고 험상맞고 씩씩한 장부나 어부들 사이에 나타나는 그의 건강하고도 허름하고 깨끗한 형자(形姿)를 머리에 그려보면서 이 글을 쓴다.

그는 나를 어떻게 생각하는지 모르겠으나 나는 그를 좋아한다. 사람으로 좋고 친구로서 좋고 문학상 논적(論敵)으로도 좋다. 다시 말하면 그의 인상은 좋다는 일언(一言)에 그친다. 덮어놓고 좋다니까 혹은 그에게 호의를 표하려는 것 같이 오해할 사람이 있을지도 모르나 내가 그런 값싼 아첨·구용(苟容)[436]을 할 사람도 아니요, 그런 필요를 느끼는 바도 아니다. 그러나 덮어놓고 좋다느니 만치 그에 대한 인상은 나에게 그리 뚜렷치 못하다.

초대면(初對面)을 했었던지? 소위 퍼스트 임프레션이 어땠었던지 지금은

---

435 염상섭(廉想涉), 「김기진(金基鎭) 인상」, 『중외일보』, 1929.11.28. 이 글은 '문인의 인상'이라는 표제하에 게재되었다.
436 구용(苟容) : 비굴하게 남의 비위를 맞춤.

아무리 생각하라도 까먹었다. 그런 것을 생각하면 나는 그의 인상기를 쓰는 최부적임자(最不適任者)라고도 할 것이다.

그와는 대개 어느 회합이나 노상에서 잠깐잠깐 만나는 외는 그리 교류할 기회가 빈번치도 못하고 소위 의기투합하여 간담(肝膽)을 헤치고 이야기하여 본 일은 우금(于今)에 별로 없었다. 또 그의 사생활에 대하여 다만 한 가지의 에피소드는 그 현(現) 부인(夫人)을 위하여 댁에서 마루걸레질까지 친다는 이야기였다.

그러나 그따위 자질구레한 이야기를 제쳐놓으면 나는 그를 사내다운 사내라고 생각한다. 이런 말은 누구보다도 그의 부인이 듣기 좋아할 말이지만, 그에게는 요새 문단인이라는 사람처럼 자차분한 감정에 좌우되지 않고 논전을 하여도 무리(無理)·억설(抑說)·견강부회(牽强附會)가 없다. 나하고 논전을 하여야 인신공격을 받아본 일은 없다.

그가 프롤레타리아 문학운동의 리더 격까지 된 것은 그 이러한 성격에 연유함을 알 수 있을 것이다. 박영희 군과 나와 논쟁이 처음 일어날 때에도 가만히 방관하고 있던 그가 차츰차츰 나서면서 박 군의 무리와 흥분을 수정·대변하면서 자기 유(流)의 견지를 만든 것은 영리한 그의 두뇌의 관찰이라 하겠으나 박 군을 제지하고 그 자신이 전선, 혹은 첨단에 나서게 된 것은 그의 이론에 무리가 적고 비감정적이요, 또 포용력을 가진 때문이다. 그는 남에게 굴(屈)치 않으면서도 겸양의 덕을 가진 사람이다. 그러므로 논적에게 대하여서도 오히려 호감을 주는 것이다.

나는 그를 작가로보담은 평가(評家)로 보며 또 작가로서도 극좌(極左)가 아닌 것을 취하는 바이다. 극좌로 가서는 아무래도 이론의 파탄이 생기기 때문이다. 그가 일부의 좌익파에게 비난을 받는 것은 이 이론의 파탄을 얽어매고 때우고 깁고 하여오느라고 노력한 때문이라고 생각하거니와 또 그러므로 프로파의 선봉이라고 할 만한 박영희 군을 압도하고 선진(先陣)에 나서서 리드하는 관(觀)이었게 된 것이며 신임도 얻게 된 것이다. 그러나 그들의 이론의 모순을 증좌하고, 파탄을 땜질하면 할수록 우리의 입론과 견지에 자연히 접근하여오고 수렴하여오지 않을 수밖에 없는 고로 우경화하였다는 비난이 생기는 모양이다.

그는 자신(自信)과 자존심이 많아서 우좌스럽게[437] 보이기도 하지마는 순진과 솔직한 맛이 있고 어떤 때는 사기악도(邪氣惡道)가 없는 부숭부숭한 일면으로 말미암아 그 우좌스런 태도가 남성적 미덕이나 좋은 풍채로 화하는 것이라고 생각한다.

그는 목하 경성선(京成船) 군선(群仙)에서 어선(漁船)을 타고 어물상(魚物商)을 시작하였다 한다. 군선에 가볼 일은 없으나 풍경이 명(明)□극가(極佳)하다 하며 또 해양에 접촉하는 기회가 많으니만치 새로운 시경(詩境)과 풍부한 사색은 장차 조선문학상 특이한 열매를 맺어줄 줄로 믿으며 또 그 소(所)□강(江)□ 만장(萬丈) 속에 속무(俗務) 몰두하고 있는 나로서는 부러워하는 바이다. 그의 건투를 빌며 홀홀(忽忽)한 이 붓을 머무른다.

---

437 우좌스럽다 : 우자스럽다. 어리석어서 신분에 맞지 않는 태도가 있다. 곽원석, 『염상섭 소설어 사전』.

나는 이 꽃을 사랑합니다[438]

백국(白菊)을 사랑합니다. 그 청정아담(淸淨雅淡)함으로이외다.

---

438 염상섭(廉尙燮), 「나는 이 꽃을 사랑합니다」, 『신생』, 1930.5. 이 글은 '나는 이 꽃을 사랑합니다'
라는 기획하에 각계 명사에게 좋아하는 꽃을 묻는 설문에 답한 것이다. 염상섭 외에도 변영로,
김형원, 최여구, 양주동, 이병기, 주요한, 윤백남, 이하윤, 이광수, 윤성덕, 이윤재, 김억, 안재홍,
이상범, 이태준의 답이 함께 수록되어 있다.

효두(曉頭)의 사변정가(沙邊停駕)[439]

　어영대장 이귀(李貴)는 겨우 벽제관(碧蹄館)을 지나면서 송도가 함락되었다는 소문을 파주 등지에서 올라오는 역졸들이 주막거리에서 떠드는 소리로 알았다. 이귀의 안색은 천연하나 내심은 한층 더 초조하여졌다.

　이귀는 지금 연일 패보(敗報)가 주야로 조민하시는 상감께서 전황(戰況)을 살피고 제장(諸將)을 총독하라고 내리신 어명을 받들고 우선 파주로 내려가는 길이다.

　원체 이괄(李适)의 적세(賊勢)가 예료하였더니보다 강대하여 지난 달 이십삼일에 거병한 지 일 주일밖에 안 되는 이달 초하룻날에는 벌써 황주를 함락시켰고 황해 일경을 그야말로 파죽지세로 휩쓸어온 지 또 이레만인 오늘에는 경기 땅을 밟아 송도를 범하였다 하니 불과 이천쯤 되는 경군(京軍)을 끌고 청석동(靑石洞)을 지키는 이서(李曙)의 힘을 과신하는 바는 아니었으나 그래도 며칠은 끌려니 하였던 터인데 정말 벌써 송도가 적군의 수중에 빠졌다면 인제는 사체가 아주 절급하였구나 하며 이귀는 무거운 한숨을 후 ― 내뿜었으나 어쨌든 길을 재촉하는 수밖에 없다.

---

439 염상섭(廉尙燮), 「효두(曉頭)의 사변정가(沙邊停駕)」, 『월간매신』, 1935.1. 이 글은 이른바 ·야담유(流)에 속하는 것으로, 기존 연구사에서 '소설'로 분류되지 않는 경우가 많기에 이 책에 수록한다. '사담(史譚)'이라는 표지가 명기되어 있으며, 이승만(李承萬)이 삽화를 그렸다.

실상은 어영대장이라 하고 총독사(總督使)라 하지마는 이름 좋은 대장이요, 호위사졸 십여 명밖에는 수하에 군사라고는 없으니 지금 이 길을 간대야 별 도리가 있을 것은 아니로되 그래도 우선은 예정대로 파주까지 나가 앉아서 더 자세한 형세도 살피고 선후책을 세울 작정이다.

'대관절 송도 침입이 어젯밤 일인가, 오늘 아침 일인가?'

어젯밤 일이라면 적병은 벌써 임진강을 건너섰을지도 알 수 없는 일이기 때문이다. 그러나 그래도 최후로 믿는 것은 수원(水原) 군사 삼천 명을 거느리고 임진강 상류를 지키는 이흥립(李興立)이가 있음이다. 이것이나 동독[440] 하여 최후결전을 하게 하는 것이 유일한 활로요, 최후의 희망점이요, 또 자기가 지금 가는 길의 최대유일한 사명이기도 하다.

이월 초승의 짧은 해라 파주 읍내에 득도하니 날은 벌써 저물었다. 여기는 일층 인심이 흉흉하고 소란하여 적군이 오늘 낮에 장단[441]을 들이치고 부사를 죽였느니 임진강을 건넜느니 지금 십 리 밖에서 쳐들어오느니 제각기 저 멋대로 떠들어대는 것이었으나 그래도 어영대장 행차가 내려오셨다는 것을 눈으로 보고 소문으로 듣자 무슨 새 도리가 생기려니 하여 민심이 조금은 간정되는 눈치였다. 이것을 목도한 이귀는 아무 힘없고 도리 없는 자기를 태산같이 믿는 백성의 그 심정을 생각하고는 마음이 더 한층 쓸쓸하였다.

이귀는 우선 동헌에 좌정하고 각 반 정보를 들은 뒤에 일변 연로 각 역과 장단부사 등에게 사람을 내놓아 적확한 적의 형세를 정찰케 하는 것은 물론이요, 송도에 먼저 내려가 있는 총독부사(總督副使) 최명길(崔鳴吉)에게도 기별을 하였다. 최명길에게는 사람을 보내면서도 무군지장(無軍之將)이 값없는 죽음을 기다리고 앉아서 적군을 맞아들였을 리는 만무하고 그렇다고 이제껏

---

440 동독(董督)하다 : 감시하며 독촉하고 격려하다.
441 장단(長湍) : 경기도 장단군에 있는 한 읍.

피신하여오지 않은 것을 보면 송도 침입이란 허보요, 아직은 안전한 것이나 아닌가 하는 일루의 희망도 없지 않았다.

그러나 이날 삼경이 가까워 최명길이 파주로 창황망조히 달려드는 것을 보니 인제는 모든 것이 절망이었다.

"적군은 오늘 박모[442]에 송도를 점령하였을 것이외다. 대감도 짐작하시다시피 수하에 일병(一兵)이 없으니 송도를 적수로 사수할 길 없기로 이흥립의 군진으로 향하던 도중 대감이 여기까지 오셨다기에 이리로 온 것이외다."

이귀는 들을 뿐이요, 송도를 버리고 나왔다고 책할 말이라곤 없었다. 그러나 한 가지 분한 것은 이괄이 청석동에 이서의 군사가 굳게 지키고 있는 것을 알고 수백기로 하여금 거짓 싸우는 체하면서 본군은 사잇길로 피하여 송도를 직충[443]하였기 때문에 결국은 제일 믿던 이서의 군사는 싸워보지도 못하고 적군을 놓쳐버린 일이다.

"사체가 이미 이렇게 되었으니 대감은 어영대장으로 주상을 호위해드려야 할 중한 몸이시니 어서 이 길로라도 곧 회정하셔서 한시바삐 파천[444]하실 묘의(廟議)[445]를 결정하시는 수밖에 없을 것 같소이다."

최명길의 이 말을 듣지 않아도 이귀 역시 더 다른 묘책이 나서지를 않았다.

그러나 아직도 한 가지 믿는 것은 임진강 상류에서 적군을 기다리고 있는 훈련대장 이흥립의 삼천 군사다. 그리고 둘째로 믿는 것은 아직 군세가 꺾이지 않은 채 있는 이서가 으레 적군의 뒤를 쫓을 것이니 만일 적군이 되돌아서서 이서와 결전을 하게 된다면 십분 여망이 있는 것이요, 설혹 적군이 그대로 전진하여 임진강을 건넌다 하더라도 이편에서 이흥립이 막고 뒤에서 이

---

442 박모(薄暮) : 땅거미. 해가 진 뒤 어스레한 동안.
443 직충(直衝) : 곧바로 침. 곧바로 충돌함.
444 파천(播遷) : 임금이 도성을 떠나 다른 곳으로 피란하던 일.
445 묘의(廟議) : '묘당에서 열리는 회의'라는 뜻으로 조정의 회의를 이르는 말.

서가 찌를진대 강을 사이에 두고 전후로 협공을 받는 이괄의 군사는 아무리 정예한 만 여의 대군이라 할지라도 독 안에 든 쥐일 것이다. 거기다가 만일 도원수(都元帥) 장만(張晩)과 방어사(防禦使) 정충신(鄭忠信)이 ─ 지금 형편으로는 길이 막혀 생사조차 모르거니와 ─ 천행으로 이서와 같이 적군을 앞세우고 뒤를 쫓아온다면 이서의 군사와 합세하여 적의 뒤를 무찌르게 될 것이요, 또 이편에서는 근왕병(勤王兵)의 원군이 이홍립의 뒤를 받치게 된다면 대세는 크게 유리하게 만회될 가망이 있을 것이다. 어쨌든지 간에 이홍립을 동독하고 작전을 교묘히 하여 시일을 천연하고 적군의 전진을 견제하여야 황평량서의 관군의 추급(追及)과 삼남과 기내의 근왕군이 부원(赴援)할 시일의 여유가 생길 것이요, 적어도 숨을 돌려서 주상(主上)의 파천하실 틈이라도 타게 되겠다고 생각하였다. 이것은 확실히 믿는 곳이 있는 작전계획이 아니요, 탁상의 공론이거나 요행과 천명을 의지하는 공상에 불과하기는 하나 그래도 이 계제에 이 계획을 취하는 수밖에 없었다. 그리하여 이귀는 자기는 뒤처지기로 하고 천명을 기다려 우선 데리고 내려온 둘째아들 시방(時昉)을 경사(京師)[446]로 돌려보냈다. 물론 최후수단으로 파천하실 준비를 위하여서다.

날이 밝으니 2월 초파일이다. 이귀, 최명길 두 대장은 눈앞에 군사라곤 보이는 것이 없고 머릿속에는 육도삼략이 있기로 무슨 운주[447]할 터수[448]가 없으매 공연한 헛궁리와 노심초사로 날을 새고 나니 피차 육칠십 당년한 노인이라 하룻밤 사이에 더 늙은 것 같고 충혈한 눈만 옴폭 패어 깔딱하였다.

그래도 밤을 도와 적의 거동을 정찰해본 결과 간밤은 송도에 주둔하였으

---

446 경사(京師): 서울. 한 나라의 중앙 정부가 있는 곳.
447 운주(運籌): 주판을 놓듯이 이리저리 궁리하고 계획함.
448 터수: 살림살이의 형편이나 정도.

나 오늘 행군 기색은 보이지 않는다는 비보에 용기를 얻어 전초(前哨)를 연발하면서 임진강을 향하여 떠났다. 아무래도 강 저편에는 이서의 군사 이천이 있고 강 이편에는 이홍립의 군사 삼천이 있으니 비록 적봉(敵鋒)이 날카롭다 하기로 한 번도 싸워보지 못한 이 오천의 군사를 그대로 단념해버리고 발길이 돌아서지 않는 것이었다. 그러나 지금 새삼스러이 염려되는 것은 원래 이홍립이란 위인이 미덥지 못한 점이다. 홍립은 광해주의 신임이 두텁던 총신으로 훈련대장의 중직에 있으면서 작년 반정(反正) 당시에 내응하여준 공로로 일등정사공신(一等靖社功臣)에 책하여 □이 눌러 이 조정에서도 훈련대장이 된 사람이니 이편에는 충신일지 몰라도 저편 광해 폐주에게는 반역한 장수요, 누구보다도 더한 간신(奸臣)이다. 그러면 비록 전 계제와 이 계제가 다르다 할지라도 오늘날 같이 관군(官軍)의 기세가 떨치지 못하여 종사의 흥망조차 헤아리기 어려운 이때에 한 번 반신이 두 번 반신되지 말리라고 누가 보증할 것인가? 전일을 생각하면 공명으로써 달래고 부귀로써 꼬일지라도 대의와 명분을 세우고 국은과 왕총(王寵)을 먼저 생각할 사람이라고는 믿을 수 없다. 이귀는 새삼스럽게 그것이 애가 쓰이는 것이다.

'그러나 설마 그렇듯한 반복소인[449]일 수야 있을까……?'

이렇게도 돌려 생각하고 그런 의혹이 들수록에 어서 바삐 이홍립의 진영으로 가서 동독도 하고 두 마음을 품지 못하게 달래고 호군(犒軍)[450]을 하여야 하겠다고 생각하며 최명길과 함께 말을 채찍질하여 가는 길이었다.

그러나 반 길을 채 못 가서 선발한 전초의 일대가 적군이 벌써 임진강을 건너온다는 비보를 가지고 돌아왔다.

---

449 반복소인(反覆小人) : 줏대 없이 언행을 이랬다저랬다 하여 그 마음을 헤아릴 수 없는 옹졸한 사람.
450 호군(犒軍) : 호궤. 군사들에게 음식을 주어 위로함.

"그러면 이흥립의 군사는 어찌 되었단 말 못 들었는가?"

"관군은 그림자도 못 보았습니다."

이흥립이 항복하였는가? 내통하였던 것인가? 적군의 도강을 모르고 미처 결전치를 못하였는가? — 두 노장은 서로 돌아다보며 입맛을 다실 뿐이나 적병이 강을 넘어섰다면야 일각을 유예하고 있을 때가 아니다. 두 노장은 길게 의논할 것도 없이 남북으로 갈리고 말았다. 이귀는 후사를 최명길에게 맡기고 단기로 돌쳐서 서울로 달리는 것이었다.

아무리 생각하여도 적군이 도강하는데 관군의 그림자도 보이지 않더라는 바에야 이흥립이 싸우지 않고 투항하였을 것이요, 그렇다면 적군을 향도하여 앞서거니 뒤서거니 합세하여 한양을 직충할지도 모를 일이니 한 편은 싸우지 않은 군사요, 한 편은 하룻밤을 편히 쉰 군사이라. 임진이 남으론 더욱이 무인지경인즉 승세장구하여 하루낮, 하룻밤을 강행한다면 이날이 어둡고 다시 밝기 전에 경사(京師)는 적군의 도륙을 면할 도리가 없다는 것을 생각할 제 이귀는 초조한 마음을 걷잡을 수가 없으며 말채찍을 들 때마다 저절로 뒤가 돌려다 보이는 것 같았다.

'대관절 군국의 장래가 — 삼백 년 종사가 어찌 되려는고? 아니 내일 일이 어찌 되려는고? 만일 저의 놈들이 대가(大駕)[451]가 남수(南狩)하신 뒤를 따른다면 그때 가서는 ……?'

노재상 — 노대장은 아직도 몸에 스미는 초봄 찬바람을 안차고[452] 달리면서 저절로 흐르는 눈물을 말갈기에 소리 없이 뿌릴 뿐이었다.

날이 저문 뒤에 서울에 들어선 이귀는 남으로 동으로 몰리고 휩쓸어나가

---

451 대가(大駕) : 어가(御駕). 임금이 타던 수레.
452 안차다 : 겁이 없고 야무지다.

는 피란군들의 등을 밀듯이 비집고 달려서 창덕궁으로 곧장 예궐하였다.

인조께서는 편전(便殿)에 계시다가 이귀가 들어왔다는 말씀에 반색을 하시며 불러들여 손을 잡고 위로하시며 적의 정세를 급급히 물으시나 이귀는 칠십 노인으로 하룻밤을 새인 끝에 회환 이백여 리 길을 한지라 기진하고 숨이 턱에 닿는 듯하여 목소리조차 막힐 지경이었다.

상감께서는 주달[453]하는 정세를 들으시더니 길게 한숨을 쉬시며

"내가 어두워 경의 말을 쫓지 않고 오늘날 이 지경에 이르렀으나 하여간 금후지사를 어떻게 하면 좋겠소."

하고 하순[454]하셨다.

경의 말을 쫓지 아니하였다는 것은, 이귀는 반드시 이괄이 반하리라고, 김류(金瑬)는 그렇지 않다 하여 탑전[455]에서 다툰 일까지 있었고 또 김원량(金元亮)은 이괄과 내응이 있어 변백할 때에 인조께서는 이귀의 의견을 물리치시고 모반치 않으리라는 의견에 기울어지셨던 것을 말씀함이다. 이귀는 상감께서 뉘우치심을 신하에게라도 사과하시듯이 말씀하심에 황공하면서도 밝으신 인군이심을 감사히 생각하였다.

이귀는 지금도 이괄이 모반한 원인이 일 년 전 반정 당시에 이괄과 김류 사이에 규각이 난[456] 때부터 시작되었다고 믿는 것이다. 생각하면 어제 일 같지만 작년 이만 때 3월 열 이튿날 반정의 의군을 모화관에 모았을 때 이귀의 천으로 거의대장(擧義大將)을 배한 김류가 당일 정각에는 일이 발각되어 틀리는 줄 알고 모인 군사보다 늦게 왔다. 대장이 늦게 오니 하는 수 없어 역시 이귀의 발론으로 이괄로 대신 대장을 삼자 김류가 뒤미처 왔다. 원체 자기

---

453 주달(奏達) : 임금에게 아뢰던 일.
454 하순(下詢) : 임금이 신하나 백성에게 물음.
455 탑전(榻前) : 왕의 자리 앞.
456 규각(圭角) 나다 : 사물, 뜻 따위가 서로 잘 들어맞지 아니하다.

의 효용을 믿고 야심이 발발한 이괄은 김류의 실수로 자기가 대장이 되어 일이 성공되는 날이면 큰 공을 세우리라고 속으로는 천운이 돌아온 듯이 기뻐하다가 김류가 늦게 온 것을 보고는 대장자리를 내놓기가 싫어서 군명을 시행하여 김류를 베어 없애라 하였었다. 그러나 이귀의 무마로 그 자리는 타첩되었으니 반정 이튿날 인조께서 어제의 동지요, 오늘에 군신을 모으시고 호연(犒宴) ─ 위로하는 잔치를 베푸실 제 김류와 이괄은 앉는 석차다툼으로 두번째 서로 눈을 흘기게 되었었다. 무사의 결기와 야심이 발발하여 그와 같은 공을 다투는 수가 예사려니 하여 양해는 하면서도 이귀로서 생각하면 이괄이 김류의 잠깐 실수를 험절로 하여 김류의 자리와 공로를 넘보는 것이 결코 분수에 마땅타고는 생각지 않았다.

그러나 정사공신을 논공행상할 때에 김류에게 수훈(首勳)을 봉하고 수훈으로 하여금 지차공인을 책봉케 할 제 김류는 이괄을 이등공신으로 책하고 도원수 장만(張晩)의 절제를 받게 하여 이괄을 부원수로 평안병사를 겸하여 영변(寧邊)에 내려가 있게 하였던 것이다. 이때에 이귀는 속으로 생각하였다.

'원체 게두덜[457]대는 축인데 이등공신이란 데 벌써 입이 삐쭉한 것을 제 딴은 장만이쯤 눈에 차지도 않는 터에 그 밑으로 가 있으라 하니 내보내두는 것은 상관없으나 가고 싶은 것을 가는 것은 아니지 …….'

이렇게 생각하면서도 김류더러 좀 더 후대하도록 하라고 간섭을 할 계제는 못 되었었다. 하여간 이귀는 이러한 규각이나 이괄의 불평과 성격을 잘 알기 때문에 처음 고변(告變)이 있을 때 이귀는 있을 상 싶은 일이라고 즉각하였던 것이다.

그러나 김류로 생각하면 결코 논공행상을 불공평히 하였다고 생각지도 않

---

457 게두덜거리다 : 굵고 거친 목소리로 자꾸 불평을 늘어놓다.

거니와 적임적소주의로 제 분수대로 임용하였다고 믿는 것이요, 또 하물며 이괄이 자기에게 사험은 있을지 몰라도 논공과 등용에 불평이 있어서 역적 모반을 한다고 생각하고 싶지는 않았다. 혹 내심으론 그렇게도 생각하고 또 사실이 그렇더라도 자기는 부인하고 덤볐다. 불평이 있어서 모반하였다. — 즉 자기가 논공과 등용을 그릇하기 때문에 모반할 동기를 지어주었다 하는 그런 책임은 지기 싫었기 때문에 김류는 이괄을 잘못 본 점도 있었겠지만 결코 반할 리 없다고 주장하던 것이다.

그것은 하여간에 이귀는 상감 말씀을 듣자오니 오늘 새벽에 파주에서 돌려보낸 아들 시방은 오시(오정)에 도착하였으나 반나절 동안 군신이 모여 의논하였어야 파천하실 마련조차 아직 안 된 모양인지라 급급히 원로와 대신들을 불러들이사 어전회의를 여시도록 계청하였다.

상감께서는 대신들이 입궐하기를 기다리시는 동안에 이 칠십이나 된 노신(老臣)이 정이월 추위를 무릅쓰고 먼 길을 치달려 돌아오는 길로 대궐로 바로 들어온 것을 가엾이 생각하시고 내관을 시켜 저녁밥을 차려오게 해서 어전에서 먹도록 손수 권하시면서 은근하고 극진한 뜻을 보이셨다. 생각하면 비단 군신으로서 의리뿐만 아니라 작년 반정 전후지사로만 하여도 동고상수(同苦相隨) 하던 은애와 신뢰가 깊으신 것이요, 이처럼 외롭고 위험한 때를 당하셔서는 더욱이 전 일(前事)이 새로워져서 경종하고 의탁하시는 마음이 간절하신 것이었다.

"하여간 일이 이미 이렇게 된 바에 경이 지체치 않고 속히 회정해 와주어서 한결 마음이 든든하오."

상감께서 이렇게까지 믿어주시는 말씀을 들으니 이귀는 감격한 중에도 마음을 의지할 곳 없이 진념하시는 지금의 정지를 생각해드리고 더욱이 창연하여 늙은 눈이 뜨거워지는 것을 깨달았다.

어전회의 결과 이날 삼경에 공주(公州)로 남수(南狩)하시기로 묘의가 일결하자[458] 자전(慈殿) 인목대비(仁穆大妃)께서는 먼저 성을 떠나시어 한강으로 나가셨고 상감께서는 묘사주(廟社主)를 뫼시고 뒤미처 동가[459]하셨다. 상감께서 서울을 버리고 떠나신다 하니 자정이 넘은 오밤중이건마는 도성 안은 아까 저녁 때 적군이 임진강을 건넜다느니 파주를 지나쳤다느니 하는 소문이 떠돌 때보다도 더 황급하여져서 방장[460] 적군이 모화관을 넘어 오는 듯이 뒤끓는 것이었다. 이러한 혼란 중에 만일에 이괄과 내응한 별동대가 있어 어둔 틈을 타서 난군이나 일으키면 큰일이 당장 날 것 같이 호종하는 문무백관도 조마조마하였다. 상감께서도 그 염려가 없지 않으셨다.

'그놈 이름이 괄이라더니 성미가 괄해서 그 모양야. 하여간 잠시라도 거의 대장의 이름을 떠었으니 일등훈을 주었다면 좋았기는 했지만 ……'

상감께서는 혼자 이렇게 생각도 하셨다. 그러나 당신 마음에도 괄을 볼 때부터 좋게는 생각지 않으셨고 위룽퉈룽한 위인인 듯싶어 당신께서부터 경이 원지하시던 것을 생각하시면 이귀의 말인즉 옳으나 반드시 김류의 논공이 그릇되었다고 김류만 나무랄 것이 아니라는 생각도 드셨다.

강가에 나오니 피란민으로 장날같이 북적대는 중에 나룻배조차 째어서 노부(鹵簿)[461]의 절차를 단출히 차린 행차이시지만 대가(상감행차)를 모실 배도 넉넉지는 못하였다.

서천에 기운 여드레 달이 의희히 밝아 해빙된 지 얼마 안 되는 검은 강물을 금파은파로 잔잔히 비추었으나 아직도 겨울이 남은 강가의 새벽바람은

---

458 일결(一決)하다 : 한 번에 결정하다.
459 동가(動駕) : 임금이 탄 수레가 대궐 밖으로 나감.
460 방장(方將) : 방금. 말하고 있는 시점부터 바로 조금 후.
461 노부(鹵簿) : 고려 · 조선 시대에 임금이 나들이할 때에 갖추던 의장(儀仗) 제도. 또는 의장을 갖춘 거둥의 행렬.

노신들의 발끝부터 얼어 오르는 듯이 추웠다.

상감께서는 좌우로 멀찍이 떨어져 우글거리는 피란민들을 창연하신 용안으로 돌려다보시더니

"이 분잡한 속에 대비마마께서는 안녕히 건너셨느냐."

하고 하문하시니

"저 건너 횃불 보이는 것이 아마 대비행차이신가 보외다."

고 아뢰었다.

상감께서도 그제야 배에 오르시고 배종[462]한 시신들도 안심하고 탔다. 그러나 강을 건너가보니 저편에서 멀리 바라보이던 것은 사공들이 불 쪼이느라고 모래밭에 질러놓은 화롯불과 그 비복들이 켜들은 횃불들이었다.

"웬일이냐? 벌써 동가하셨을 리는 만무치 않으냐?"

상감께서도 놀라셨거니와 시신들의 얼굴은 한층 더 백지장같이 되어 '큰일 났구나!' 하는 즉각들을 하였다. 사태가 의외인 데서 또 질겁하게 되었다. 설마 아무리 짙은 밤중이요, 군중이 분잡한 속이기로 대비행차가 아직 저편 강가에 뒤떨어지신 것을 못 알아뵈었다고는 믿을 수 없는 일이다. 그러자 강변 아래쪽에서 횃불이 좌우로 늘어선 긴 행렬이 아까 상감께서 배에 오르시던 나무로 향하여 올라오는 것이 원광으로 보인다. 정녕 대비행차임이 분명하다. 시신들은 놀랍기도 하고 겁도 나서 누구 하나 먼저 입을 벌리는 사람도 없이 의회한 달빛에 비추어 횃불이 머무는 곳만 눈이 빠지게 바라보고 섰다.

"배를 다시 대어라."

상감께서는 사태가 이렇게 된 바에야 다시 건너가서서 모시고 오시는 수밖에 없다고 결심하신 것이었다. 시신들은 무거운 짐이나 내려놓은 듯이 잔

---

462 배종(陪從) : 임금이나 높은 사람을 모시고 따라가는 일.

뜩 조였던 마음이 풀리며 깊은 숨을 휘 — 쉬었다. 비빈과 군신은 상감을 모시고 점점 더 매워지는 강바람을 쏘이며 다시 건너왔다.

상감께서는 대비교전에 옥보를 옮기셔서 문안을 여쭈으시며

"벌써 행차가 건너신 줄 알았삽더니 거행절차에 소루[463]가 있어 황송하오나 이렇듯 되었나 보외다. 야기가 매우 춥사오니 어서 배에 오르십소서." 하고 잔사설을 다 떼이시고 속히 모시려 하셨다. 그러나 대비의 말씀은 천만의외이셨다.

"나는 이 길을 그만둘까 하였는데 어쩨들 다시 건너왔는지 강화로 간다기에 그런 줄 알고 끌려 다녔거니와 꼭 강화로 가자고 하는 게 아니라 고작 사십 년 사는 동안에 남 못 겪을 풍성도 그만하면 다 겪었고 죽었어도 벌써 몇 번 죽었어야 할 목숨이 구구히 더 살자고 또 어대를 쫓아가선 무엇할꾸."

대비께서는 혼자말씀처럼 이렇게 역정을 내시고 좌우에 부복하여 대죄드리는 제신을 돌보시고 어서 상감마마가 감기 드시지 않게 모시고 떠나라고 분부를 하신다.

대비 말씀을 들으니 강화로 모시는 줄 알고 공연히 강가를 헤매었던 모양인 것을 비로소 짐작들 하게 되었거니와 이렇게 거행이 소루하게 된 원인과 책임 문제는 나중에 따지기로 하고 우선 절박한 것은 가시지 않겠다고 딴전의 말씀을 내놓으신 것이다. 오밤중에 피란가자고 끌고 나와서 강바람을 쏘이며 헤매게 하면서 너희들만 먼저 건너갔으니 이놈들 어떻게들 거행을 하는 것이냐고 군신을 나무라시는 뜻도 있겠고 역정을 내시는 것도 지당한 일이었다. 그것은 고사하고 갖은 고초와 풍상을 겪으시다가 겨우 피이신 듯하더니 오늘날 또 이런 경난이 남았을 줄 뉘 알았겠느냐고 원통해하시는 것도

---

463 소루(疏漏)하다 : 생각이나 행동 따위가 꼼꼼하지 않고 거칠다.

생각하면 가엾으셨다. 만일 여염 간의 여자 같으면 열아홉에 시집와서 스물 다섯엔 홀로 되고 그 후 열다섯 해 사는 동안 자식을 빼앗겨 참혹한 죽음을 하게 하고도 살았고 친정이 멸족을 당하는 것을 보고도 살았고 내 몸이 몇 번을 죽을 고비를 넘기고도 모진 목숨은 붙어 있었다마는 인제는 겪을 것 다 겪고 볼 것 다 본 나중 판에 또 이 지경일 줄 알았다면야 살아있던 것이 분치 않으냐고 이 밤이 다 — 가도록 넋두리를 하신대도 시원치 않으실 만한 그런 쓰리고 아픈 경난을 하신 대비이신 것이다. 사실 대비께서는 열아홉 되시는 임인년에 계비로 책봉되셔서 스물다섯 되던 무신년 이월에 선조대왕께서 승하하셨고 그 후 열다섯 해 동안을 광해에게 차마 못 당하실 곤경과 참경을 당할 대로 당하신 끝에 그래도 또 고생이 미진하여 나중에는 피난을 간단 말이냐고 역정을 내시는 것이 그럴 듯하신 감회이심을 신하들은 동정해드리는 것이다.

그러나 누구보다도 먼저 이귀의 머리에 떠오르는 것은 작년 반정 때에 상감께서 먼저 창덕궁으로 드서서 광해는 내쫓고 나서 서궁으로 대비를 모시러 갔더니 자의로 인군을 폐하고 자의로 인군이 된 게 아니냐고 역정을 내시다가 가까스로 마음을 돌리셔서 상감을 책립(冊立)하시던 그때 일이다. 그때부터 대비께서는 나를 소홀히 생각들 하지 않는가? — 하는 마음을 늘 풀지 못하셨던 눈치였는데 또 이번에 이런 위급한 지경에 거행이 이렇게 소루하게 되어 선후차서가 뒤바뀌었으니 겸두겸두하여 설고 화가 나신 것이라고 생각하였다.

'그때만 해도 내 말대로만 하였다면 오늘 이 지경에 대비께서 저렇게까지는 안 하실 걸.'

이귀는 이런 생각도 하였다. '내 말대로'라는 것은 그때 이귀는 반정군이 도성 안에 들어가건 좌우 이대로 나뉘어 능양군(지금 여기 계신 상감)께서는 먼저 서궁으로 가서서 대비께 아뢰고 창덕궁으로 모신 뒤에 즉위의 대례를 거행하시는 것이 옳다고 주장하였으나 김류와 여러 사람의 반대로 절차를 바꾸었던 것을 말함이다.

"작년 폐립(廢立)[464]의 대전을 행하실 때 절차가 바뀐 것도 관대한 처분을 내리신 것을 생각해보십시오."

하고 이귀는 마지막으로 또 간하여보았으나 대비께서는 역시 도리질을 하실 뿐이었다.

달은 벌써 서천에 기울었다. 새벽추위에 서리가 맺혀 검은 관대 위에까지 부옇게 내려앉고 날은 먼동이 터가려는 것 같다. 이렇게 상하가 상지하는 동안에 만일 이괄의 군사가 밤길을 재촉하여 벌써 서울을 쳐들어왔다면 경각간에 무슨 대변이 날지 모를 일이라. 상감께서는 인제는 진력도 나셨거니와 모든 것을 운명에 맡기리라 하고 가만히 눈을 감고 서셨으니 무서운 것도 없고 당장 추우신 감각조차 잊으신 듯하였다.

"작년 폐립할 때 말을 꺼내 내가 그때 일을 미타히[465] 생각한 것은 사실이지마는 그걸로 말미암아 지금 이러는 줄로들 아는가……?"

대비께서는 좌우가 맥없이 잠잠하여진 동안 무슨 생각을 하시더니 별안간 이렇게 책망을 하시고 나서

"그런 게 아니라 인제는 부부인(멸족의 화를 당한 후 제주로 관비가 되어 갔던 친정어머님)께서도 살아오신 것을 뵈었고 단지 하나 공주 또 출가를 시켜놓았으니 나는 인제는 더 바랄 것, 더 보잘 것이 없기로 이만 살겠다는 말이다."

하시고 따님을 돌아보신다.

이때였다. 같은 선조대왕의 부마(사위)인 동양위(東陽尉) 신익성(申翊聖)이

---

464 폐립(廢立) : 임금을 폐하고 새로 다른 임금을 맞아 세움.
465 미타(未妥)하다 : 온당하지 않다. 든든하지 못하고 미심쩍은 데가 있다.

제대신과 함께 간하다가 뒤에 물러섰더니 대비께서 따님 말씀을 꺼내시는 것을 듣자 머리에 선뜻 떠오르는 것은 대비께서 애지중지하시는 정명공주(貞明公主)와 함께 귀해 하시는 새 사위님 영안위(永安尉) 홍계원(洪啓元)이 대비 행차에 배종하여 왔더니라는 생각이다. 동양위는 대비 곁에 떨고 섰는 노상 젊은 영안위와 공주의 두 내외분의 얼굴을 힐끗 건너다보다가 무엇을 경각 간에 결심한 듯이 엄숙한 얼굴을 지으면서 천천히 상감 앞에 나와 아뢰기를

"이번 대비행차에 이와 같이 황공부지하고 소루천만한 사태가 생긴 것으로 논지하오면 그 책임소재를 분명히 핵실[466] · 엄벌하여야 하겠삽나이다. 첫째, 영안위 홍계원이 배종하였고 또 대가가 공주로 향하시는 줄은 온 도성 안이 아는 터에 대비행차가 길을 잘못 드시게 한 것은 웬일이며 혹은 잘못 드시게 한 것이 아니라 속에 흉계를 품고 대비행차를 강화도로 모시려 하였던 중적이 역연한 것 같습니다. 무엇보다도 지금 이 자리에서 전하께오서 그처럼 친히 간하시고 신 등이 부복대죄하건마는 홀로 영안위만은 저의 책임을 모른 체하고 대비마마의 총애가 지극하심을 자시하여 일언반사도 간하는 일이 없사오니 이는 다른 뜻을 품고 일부러 일을 만들려는 중적이 명백한 줄로 아옵니다. 어디로 보든지 대비께와 전하께 그럴 도리가 없고 그럴 법이 없사온즉 이와 같은 종사위급지추에 창황히 국문하실 여가가 없사온즉 즉각으로 극형에 처하시와 효수(梟首)하심이 옳을 줄로 아뢰나이다."

고 마치 모역을 고변이나 하듯이 좌우를 위압하는 생각으로 강경히 계청하였다.

멋모르고 우두커니 섰던 좌우들은 혹은 대경실색하여 목소리와 입김까지 강바람에 얼은 듯이 괴괴하여지고 비빈과 시녀들은 벌벌 떨었다.

---

466 핵실(覈實) : 일의 실상을 조사함.

그중에도 대 끝에 오른 홍계원과 그 앞에 서신 공주는 무슨 소리를 들었는지 앞이 내둘리고 가슴속만 울렁거려 혼이 빠진 듯하고 대비께서는 놀랍고 분하서서 상감 입에 말씀이 나오시기를 기다리시기에 급하셨다.

상감께서는 용안이 여러 번 변하시며 들으시더니 신익성의 얼굴에 약간 웃음기가 슬쩍 지치는 것을 빨리 보시자 다시 평온한 기색을 보이신 뒤에 열립한 제대신의 얼굴을 죽 훑어보신 뒤에 또 다시 침통하신 용안을 지으시고 일층 옥음을 높이서서

"종사가 위태하고 창생이 도탄에 들게 된 것도 나의 부덕 소치거든 하물며 불효가 막대하여 대비마마께오서 회심하시지 못하시니 나 역 이제는 죽는 도리밖에 없는 터이라. 죽는 바에야 무엇을 계교하며 하물며 그러한 죄상이 역연하면야 사은(私恩)으로써 법을 굽힐 수 없은즉 영안위를 즉각 처단하여 효수하도록 거행하여라."

하시는 엄명이 내리셨다.

이것은 참말 뜻밖에 청천벽력이었다. 연소한 영안위는 그렇지 않아도 춥고 무서워서 덜덜 떨 지경인데 죄목도 분명치 않고 다만 대비께 역간치 않았다고 당장 목이 달아나게 되었으니 몸이 사시나무 같이 떨리면서 대비마마와 정명공주의 기색만 바라뵈이면서 애원하는 빛을 보인다.

일변 상감의 엄명이 내리자 형방승지가 나서고 금부도사가 당장 끌어낼 듯이 등대를 하는 양을 보니 사기는 절박하였다. 그러면서도 속으로는

'설마 대비께서 그대로 계실까. 무슨 분부든지 내리시겠지.'

하는 믿는 마음도 돈다. 이러한 순간에 옹주는 옹주대로 떨고 서서 엄마마마의 말씀이 떨어지시기만 조민히 기다리고 계시다.

"어린 영안위가 무슨 죄가 있어 효수를 한단 말이냐. 이것도 내 팔자, 저것도 내 팔자. 나중에도 사위까지 죽이게 되었단 말이냐. 필경은 나더러 가자

는 말이겠지만 말이 흉하지 않으냐. 어서 배를 대이라 하여라. 나만 가면 그만이겠구나."

대비께서는 근시들을 돌보시며 이렇게 커닿게 말씀하시고 일어서셨다. 대비께서도 말씀하면 아홉 살 된 정명공주를 데리시고 서궁으로 옮기신 후가 진고생을 다 시키시고 더구나 어리신 영창대군을 그처럼 기막히게 없애신 뒤로는 뼈에 맺힌 원한이 날이 갈수록 깊어가고 영창대군이 가엾고 측은한 마음이 간절하실수록 모든 사랑을 공주에게 쏟으시며 기르시다가 작년에 반정이 되자 여염집으로서도 노처녀라고 할 스물한 살 된 공주를 작년 섣달에야 겨우 영안위 홍계원에게 시집을 보내셨으니 새 사위를 맞으신 지가 불과 두 달이라. 새 사위든 늙은 사위든 사위사랑은 장모라고 하거니와 대비께서는 공주를 두 몫 세 몫으로 사랑하시느니 만큼 부마를 사랑하심도 극진한 터에 시비곡직은 어쨌든지 왕명이 한 번 내린 바에야 구중궁궐 안이고 새벽 강가의 모래사장이고 왕명을 거스를 신하가 없고 왕명을 봉행하면 당장 사위의 목이 베어질 것이니 대비께서는 속는 줄 아시면서도 얼른 마음을 돌리셔서 배에 오르셨다.

상감께서도 영안위를 그 자리에서 사(赦)하여주시고 배에 오르셨다.

그 후 공주(公州)에 가 앉아서 영안위가 동양위를 보고

"대감이 나를 왜 죽이려 드셨소?"

하고 물으니

"그게 어디 죽이려는 참소였던가? 장수하라는 발원이지. 그 덕에 우리도 이렇게 살자고 ……. 하하하."

하며 동양위는 웃었다.

『염상섭 문장 전집』 1(200쪽)

　　지상선(地上善)을 위하여 → 지상선(至上善)을 위하여

『염상섭 문장 전집』 2(320쪽)

　　「현대인과 문학(5)」 중 두 번째 문단 뒤, 다음의 한 단락이 누락됨.

　　"병이 있거나 성한 사람이거나 척서(滌署)하는 맛에 약수를 먹는다. 무식하거나 유식하거나 자미 있고 흥(興)이 있고 흥이 날 제 병병히 있을 수 없고 답답하고 쓸쓸할 제 말벗 삼아서 시조 한 장(章)을 읊고 신시(新詩) 한 줄을 외우고 소설책을 드는 것이다. 교화는 꾸짖고 가르치는 데보다도 제풀에 나아가 무심중(無心中)에 얻는 데에 더 힘이 있는 것이다. 자취(自就)·자발(自發)·자유선택(自由選擇)에 맡김은 높은 고랑의 물을 트면 낮은 데로 흐름과 같다. 소설을 『사서삼경』 가르치듯 하여 읽는 사람은 못 보았다. 흥미가 있기 때문이다.

찾아보기